Americanah

Chimamanda Ngozi Adichie

AMERICANAH

Tradução
Julia Romeu

Companhia Das Letras

Grafia atualizada segundo o Acordo Ortográfico da Língua Portuguesa de 1990, que entrou em vigor no Brasil em 2009.

TÍTULO ORIGINAL
Americanah

CAPA E PROJETO GRÁFICO
Claudia Espínola de Carvalho

IMAGEM DE CAPA
simplyvectors/ Shutterstock

FOTO DA AUTORA
Manny Jefferson

PREPARAÇÃO
Lígia Azevedo

REVISÃO
Jane Pessoa
Isabel Jorge Cury
Juliana Cury | Algo Novo Editorial

Dados Internacionais de Catalogação na Publicação (CIP)
(Câmara Brasileira do Livro, SP, Brasil)

Adichie, Chimamanda Ngozi
Americanah / Chimamanda Ngozi Adichie ; tradução Julia Romeu. — 1ª ed. — São Paulo : Companhia das Letras, 2024.

Título original : Americanah.
ISBN 978-85-359-3753-4
"Edição comemorativa de 10 anos"

1. Ficção nigeriana I. Título.

24-193724 CDD-Ni823

Índice para catálogo sistemático:
1. Ficção : Literatura nigeriana Ni823

Cibele Maria Dias – Bibliotecária – CRB-8/9427

Todos os direitos desta edição reservados à
EDITORA SCHWARCZ S.A.
Rua Bandeira Paulista, 702, cj. 32
04532-002 — São Paulo — SP
Telefone: (11) 3707-3500
www.companhiadasletras.com.br
www.blogdacompanhia.com.br
facebook.com/companhiadasletras
instagram.com/companhiadasletras
twitter.com/cialetras

Este livro é para nossa próxima geração, ndi na-abia n' iru: *Toks, Chisom, Amaka, Chinedum, Kamsiyonna e Arinze; para meu pai, neste que é seu octogésimo ano de vida; e, como sempre, para Ivara.*

Dez anos depois

A América me fascinou assim como fascina todos os recém-chegados. Aos dezenove anos, fugindo do estudo da medicina na minha universidade na Nigéria, eu ansiava por ser escritora, por levar uma vida que girasse em torno da mente. Sim, isso é um clichê, mas a América, para mim, realmente significava ir atrás dos meus sonhos e realizá-los. Desde os primeiros dias, eu observei, li e aprendi. Fiquei impressionada com a quantidade de novidades e a escala das coisas, com as flagrantes contradições, e, acima de tudo, com a maneira como a identidade, enquanto ideia, moldava uma parte tão grande da vida no país.

A América é realmente diferente de qualquer outro país no mundo, não daquela maneira triunfalista daqueles que falam em "excepcionalismo", mas porque, embora ela tenha nascido da violência como muitas outras nações modernas, também reivindicou a pluralidade, uma ideia incomum quando se funda uma nação. Essa pluralidade, essa mistura daqueles que são voluntariamente ou involuntariamente americanos, vivendo numa terra que não lhes pertencia, fez nascer um turbilhão que amplificou, em vez de diminuir, a identidade. Na Nigéria, eu com frequência pensara em *quem* era — escritora, sonhadora, pensadora —, mas só na América passei a considerar o *que* eu era.

Eu me tornei negra na América. Não foi uma escolha — minha pele cor de chocolate cuidou disso —, mas uma revelação. Eu nunca antes tinha me considerado "negra"; não precisei fazer isso, pois, apesar de o colonialismo britânico na Nigéria ter deixado muitas heranças malditas em seu rastro, a identidade racial não foi uma delas. Se eu tivesse sido criada no leste ou no sul da África, regiões que têm suas próprias heranças históricas insidiosas, talvez houvesse pensado em mim mesma em termos de cor da pele. Na Nigéria, eu era igbo e católica apostólica romana, e, mesmo isso, para quem passou a infância num campus universitário refinado, não teve um peso significativo na maneira como eu atravessava o mundo.

Ser negra na América era me sentir atropelada pelo peso da História e dos estereótipos, saber que a raça sempre era uma razão, causa ou explicação possível para as grandes e pequenas interações que compõem nossas frágeis vidas. Ser negra era me dar conta de que era impossível para as pessoas se aproximarem umas das outras com o simples assombro de serem humanas, sem o espectro da raça espreitando das sombras. Ser negra foi, em diferentes circunstâncias, sentir frustração, raiva, irritação ou encontrar em algo uma graça irônica, mas também trouxe consigo a rara riqueza de descobrir a literatura afro-americana, aquelas histórias repletas de uma elegante coragem. Os escritos dos negros americanos me instruíram e me deliciaram, e eu, inconscientemente, devo ter desejado fazer parte dessa tradição, mas de maneira oblíqua, como alguém que estava de fora da cultura americana, uma pessoa negra sem a nefasta História americana.

Americanah não foi o primeiro romance que eu escrevi na minha América — tinha publicado dois outros, *Hibisco roxo* e *Meio sol amarelo* —, mas foi, acho, o primeiro cuja semente foi plantada. Quando finalmente me senti preparada para escrevê-lo, algo estava sendo fermentado dentro de mim, uma espécie de rebelião literária. Eu queria uma libertação da imaginação, não estar presa às regras convencionais da ficção, que tinham se tornado inadequadas diante da minha urgência. E que urgência era essa? Escrever um livro diferente daqueles do passado. Meus romances anteriores tinham sido tão importantes para mim emocionalmente, em especial *Meio sol amarelo*, e eu sentira que apenas sendo a filha obediente da literatura, apenas me curvando à bela e muito testada tradição do realismo literário, como Balzac e Trollope, poderia honrar a história da guerra Nigéria-Biafra.

Eu me sentia diferente em relação a *Americanah*. Queria escrever sobre uma perspectiva americana que não tinha visto em nenhum outro lugar, sobre a negritude e os cabelos das mulheres negras, sobre a imigração e a saudade. De que maneira iria conseguir retratar uma sociedade que parecia estranhamente indiferente à História, como se, a cada nova história, a História recomeçasse do zero? Queria escrever um romance permeado por ideias e até pela exortação, que pudesse, ao mesmo tempo, nos ajudar a falar sobre coisas difíceis. Um romance com uma personagem feminina que não existisse principalmente para cativar o leitor — e esperava que meus leitores pudessem ser gentis com ela, assim como nós esperamos pela gentileza sem a condição de sermos perfeitos (quando as pessoas presumem que Ifemelu sou eu, considero isso um elogio, já que ela é muito mais interessante do que eu jamais poderia ser. Ainda assim, ela sou eu da maneira como todos os meus personagens são eu. Obinze, com seu jeito questionador e sonhador, talvez esteja mais próximo do meu eu interior).

De todas as emoções complicadas que impeliram a concepção deste romance, o espanto talvez tenha sido a mais presente. Por que as questões triviais da negritude eram tão pouco discutidas, tão pouco familiares para a maior parte do público americano? A negritude americana, afinal, era fundamental e fundacional para a América, mas a vida dos negros parecia não apenas separada, como separada de forma desigual. Na faculdade, eu certa vez trancei o cabelo durante o feriado de primavera e, quando voltei às aulas, uma colega não negra me disse, agradavelmente surpresa: "Uau, seu cabelo cresceu muito". Uma ideia logo repetida por alguns outros, todos admirados. As revistas femininas americanas mais conhecidas falavam sem hesitação de cabelos louros e castanhos, de fazer chapinha e de tratamentos com queratina. Mas meus colegas de classe não sabiam nada sobre tranças, um dos penteados contemporâneos mais usados por mulheres negras.

Muitos anos mais tarde, quando eu disse a um amigo escritor que queria escrever um romance sobre o cabelo das mulheres negras, estava falando de cabelo apenas como cabelo, mas também como dispositivo de enredo, como palavra-chave e como metáfora.

"O cabelo das mulheres negras? Ninguém vai ler", disse meu amigo.

"Bom, algumas pessoas já escreveram romances legíveis sobre beisebol, e eu acho que o cabelo dos negros é tão interessante quanto o beisebol, ou talvez mais, porque o cabelo dos negros tem mais potencial de surpreender."

Não tenho certeza se realmente disse isso, ou só pensei, ou se estou só pensando agora, dez anos depois da publicação de *Americanah*.

Aquele amigo — e eu sempre dei valor à honestidade dos bons amigos — tinha certa razão. O cabelo das mulheres negras era um tema bastante improvável para um romance. Mas era sobre isso que eu queria escrever, o espírito do romance já estava me chamando, e eu estava preparada para a possibilidade de a maioria das pessoas não gostar dele. Abordar a negritude na América de maneira honesta é descartar o conforto, de qualquer maneira. E assim, quando comecei a escrever, minha urgência tinha um quê de desobediência, de uma determinação teimosa. Eu não apenas criaria minha própria música, como colocaria as cordas na minha própria harpa.

Talvez tenha sido por isso que ri com tanta frequência enquanto escrevia *Americanah*; aquela sensação de libertação que sempre acompanha a temeridade. Apesar de recear um pouco que não fosse apropriado rir das minhas próprias piadas, eu torci para que meus leitores às vezes rissem delas também. Há um ditado igbo que diz "uma coisa triste também é engraçada" — e eu, muitas vezes, encontrei um humor sombrio nas muitas facetas da experiência dos negros na América. Se o humor é um dispositivo literário, então ele é um que, por ser tão maravilhosamente humano, serve para nos ajudar a nos enxergar melhor.

Pouco tempo depois de o negro americano George Floyd ser assassinado por um policial branco, uma mulher me contou que tinha acabado de ler *Americanah*. "Você é uma profeta, você previu isso", disse ela, como se meu romance fosse uma preparação para um abalo sísmico na antinegritude americana. Um ajuste de contas social e cultural sobre a negritude de fato começou como resultado do assassinato de Floyd. No entanto, embora as revistas femininas mais conhecidas agora incluam tranças em suas matérias sobre penteados, o abalo não chegou a ser sísmico. A visibilidade negra ainda não é tão comum a ponto de se tornar, assim como a visibilidade branca já é há séculos na América, invisível e, portanto, a norma.

Eu considero a literatura a minha religião, mas mesmo assim sempre me emociono com o poder das histórias como se fosse a primeira vez. Não me permiti ter grandes expectativas para este romance, por isso quando, depois de publicá-lo, descobri que *Americanah* tinha sido recebido com entusiasmo por tantas pessoas, senti uma gratidão ímpar (a gratidão, quando é inesperada, tem uma camada extra de deleite). Ainda sinto isso hoje. Já ouvi falar de leitores nigerianos-americanos que se sentiram inspirados a voltar para Lagos, de mulheres negras que — por causa de Ifemelu — decidiram deixar o cabelo natural e, num desdobramento mais divertido, de mulheres de todas as nacionalidades que querem muito conhecer Obinze!

Já fui contatada por leitores cujas palavras jamais irei esquecer. Um professor universitário que disse que *Americanah* ajudou seus alunos a falarem sobre a antinegritude em outras comunidades minoritárias e sobre o colorismo dentro da comunidade negra. Uma mulher negra que me disse simplesmente: “Eu me senti nua. Você realmente me viu, um pouco bem demais”. O homem negro que disse: “Eu não fazia ideia”. E a pessoa que disse: “Você falou a verdade!”.

Americanah não poderia ser uma história sobre negritude sob a perspectiva de alguém que está do lado de fora sem ser, também, uma história sobre imigração de africanos. Não é a história sobre imigração de africanos com a qual o mundo é familiar, sobre a pobreza e a guerra —, mas uma que é familiar para mim: a fuga não da fome, mas do descontentamento, a busca pelos sonhos. Nós nos descobrimos ao escrever e eu vi, neste romance, meu romanticismo persistente, que com frequência é cuidadosamente oculto sob uma razão cautelosa. As histórias que contamos deixam o leitor com uma lembrança não tanto das histórias em si, mas de como nós vemos o mundo. E aqui, nesta história de amor luxuriante, está desnuda a minha fé no amor, no amor imortal.

Chimamanda Ngozi Adichie

Parte 1

1.

Princeton no verão não tinha cheiro de nada e, embora Ifemelu gostasse do verde tranquilo das diversas árvores, das ruas limpas, das casas imponentes, das lojas delicadas e caras demais e do ar calmo de quem sabia merecer a graça alcançada, era isso, a falta de cheiro, que mais lhe agradava, talvez porque todas as outras cidades americanas que conhecia tinham um cheiro bem peculiar. A Filadélfia tinha o odor embolorado da história. New Haven cheirava a abandono. Baltimore cheirava a salmoura. O Brooklyn, a lixo esquentado pelo sol. Mas Princeton não tinha cheiro. Ela gostava de respirar fundo ali. Gostava de observar os moradores da cidade, que dirigiam fazendo questão de mostrar que eram educados e estacionavam seus carros de último modelo diante do hortifrúti orgânico na Nassau Street, ou dos restaurantes japoneses, ou da sorveteria com cinquenta sabores diferentes, incluindo pimentão vermelho, ou do correio, cujos efusivos funcionários se precipitavam para cumprimentar quem entrava. Ela gostava do campus, grave com tanto saber, dos prédios góticos com suas paredes cobertas de hera, e do modo como, de noite, à meia-luz, tudo se transformava numa cena fantasmagórica. E, acima de tudo, gostava do fato de que, nesse lugar de conforto afluente, podia fingir ser outra pessoa, alguém que tivera acesso a esse sagrado clube americano, alguém com os adornos da certeza.

Mas Ifemelu não gostava de ter que ir a Trenton para trançar o cabelo. Não era surpreendente que não houvesse um salão especializado em Princeton — os poucos negros que ela vira ali tinham a pele tão clara e o cabelo tão liso que era difícil imaginá-los usando tranças —, mas, enquanto esperava o trem na Princeton Junction, numa tarde incandescente de calor, Ifemelu se perguntou *por que* não havia um lugar ali onde pudesse fazer suas tranças. A barra de chocolate em sua bolsa tinha derretido. Havia poucas pessoas esperando na plataforma, todas brancas, esguias, usando roupas curtas e leves. O homem parado mais perto dela tomava um sorvete de casquinha; Ifemelu sempre achara um pouco irresponsável o fato de, nos Estados Unidos, homens-feitos tomarem sorvete de casquinha, especialmente porque o faziam em público. Ele se virou para ela e disse "Até que enfim" quando o trem finalmente chegou rangendo, com aquela familiaridade que os estranhos adotam uns com os outros depois de compartilhar a decepção com um serviço público. Ifemelu sorriu para o homem. Os cabelos grisalhos na parte de trás da cabeça dele estavam penteados para a frente, uma maneira cômica de tentar disfarçar a calvície. Ele sem dúvida era um acadêmico, mas não de humanas, ou seria mais acanhado. Talvez ensinasse uma ciência exata, como química. Em outros tempos, ela teria dito "Eu sei", aquela expressão particularmente americana que demonstrava concordância em vez de conhecimento, e então teria iniciado uma conversa com o homem, para ver se ele diria algo que pudesse usar em seu blog. As pessoas sempre ficavam lisonjeadas quando Ifemelu perguntava sobre a vida delas e, se ela não dissesse nada depois que começassem a responder, isso só fazia com que falassem mais. Eram condicionadas a preencher silêncios. Se perguntavam o que Ifemelu fazia, ela respondia vagamente "Tenho um blog sobre comportamento", porque dizer "Tenho um blog anônimo chamado *Raceteenth ou Observações diversas sobre negros americanos (antigamente conhecidos como crioulos) feitas por uma negra não americana*" os deixava constrangidos. Mas Ifemelu já dissera isso algumas vezes. Uma vez para um homem branco de dread que havia se sentado ao seu lado no trem, com cabelos que eram como velhas cordas de barbante trançado que acabavam em tufos louros e uma blusa esfarrapada usada com tamanha humildade que a convenceu de que ele devia ser um guerreiro social e talvez desse um bom colunista convidado. "Esse negócio de raça é totalmente exagerado hoje, os negros precisam desencanar, é tudo questão de classe agora, os opressores e os oprimidos", dissera ele sem hesitar, e Ifemelu havia usado a frase para abrir seu post intitulado "Nem todos os caras brancos de dread estão na nossa". Houve também a vez com o homem de Ohio, espremido ao lado dela num voo. Uma espécie de gerente administrativo, Ifemelu teve certeza ao ver seu terno largo demais e sua camisa colorida de colarinho branco. Ele perguntou o que Ifemelu queria dizer com "blog sobre comportamento" e ela explicou, esperando que ele se retraísse ou pusesse um ponto-final na conversa dizendo algo defensivo e inócuo como "A única raça que importa é a raça humana". Mas ele disse: "Já escreveu sobre adoção? Ninguém quer saber de bebês negros neste país, e eu não estou falando dos mulatos, mas dos bebês negros. Nem as famílias negras querem adotar".

O homem contara a Ifemelu que ele e a esposa haviam adotado uma criança negra, e que seus vizinhos os olhavam como se tivessem decidido se tornar mártires de uma causa duvidosa. O post que ela escreveu em seu blog sobre ele, "Um gerente administrativo branco e malvestido de Ohio nem sempre é o que você pensa", recebera o maior número de comentários daquele mês. Ifemelu ainda se perguntava se ele tinha lido. Ela esperava que sim. Muitas vezes, ficava sentada num café, num aeroporto ou numa estação de trem vendo estranhos passar e se perguntando quais teriam lido seu blog. Que agora era seu ex-blog. Ela havia escrito o último post fazia apenas alguns dias, e até agora tinha duzentos e setenta e quatro comentários. Todos aqueles leitores, cujo número crescia a cada mês, divulgando seus posts nas mídias sociais, sabendo tão mais do que ela; eles sempre a deixavam amedrontada e inebriada. DerridaSafista, uma das comentaristas mais frequentes, escreveu: *Estou um pouco surpresa com o quanto estou levando isso para o lado pessoal. Boa sorte nessa "mudança de vida" que você não explicou qual é, mas, por favor, volte logo para a blogosfera. Você usou sua voz irreverente, desafiadora, engraçada e provocadora para criar um espaço onde era possível ter conversas reais sobre um assunto importante.* Leitores como DerridaSafista, que viviam citando estatísticas e usavam termos como "reificar" em seus comentários, deixavam Ifemelu nervosa, ansiosa por inovar e impressionar; e ela, com o tempo, passou a se sentir como um abutre se alimentando das carcaças das histórias dos outros em busca de algo que pudesse usar no blog. Às vezes, a ligação que Ifemelu fazia entre um fato e a questão racial era frágil. Outras vezes, ela própria não acreditava no que estava dizendo. Quanto mais escrevia, menos certa estava. Cada post arrancava mais uma escama de seu eu, até que ela passou a se sentir nua e falsa.

O homem que tomava o sorvete de casquinha sentou-se ao seu lado no trem e, para não encorajá-lo a puxar conversa, Ifemelu olhou fixamente para a mancha marrom de um frappuccino derramado que havia ao lado do seu pé até chegarem a Trenton. A plataforma estava repleta de pessoas negras, muitas delas gordas, em roupas curtas e leves. Ifemelu ainda ficava espantada com a diferença que alguns minutos no trem faziam. Durante seu primeiro ano nos Estados Unidos, quando pegava o trem da New Jersey Transit até a Penn Station em Nova York e depois o metrô para visitar tia Uju em Flatlands, no Brooklyn, ficava impressionada ao ver como a maior parte das pessoas brancas e magras descia nas estações de Manhattan, e, conforme o metrô ia se aproximando do Brooklyn, só iam sobrando as negras e gordas. Mas, naquela época, ela não pensava naquelas pessoas como sendo "gordas". Pensava nelas como sendo "grandes", porque uma das primeiras coisas que sua amiga Ginika lhe ensinou foi que "gordo", nos Estados Unidos, era uma palavra horrível, carregada de preconceito, assim como "idiota" ou "cretino", e não uma simples descrição, como "alto" ou "baixo". Assim, ela havia tirado a palavra "gordo" de seu vocabulário. Mas "gordo" tornou a surgir no último inverno, após quase treze anos, quando um homem que estava parado na fila do supermercado atrás dela murmurou "Gente gorda não devia comer essa merda", enquanto Ifemelu pagava por seu pacote gigante de Tostitos. Ifemelu olhou para ele, surpresa, um pouco ofendida, mas pensando que seria perfeito para um post contar como aquele estranho tinha decidido que ela era gorda. Usaria as tags raça, gênero e peso. Mas, em casa, ao ficar de pé diante da verdade do espelho, deu-se conta de que havia ignorado por tempo demais suas roupas mais apertadas, suas coxas se esfregando uma na outra, as partes mais moles e arredondadas de seu corpo que balançavam quando andava. Ela estava gorda *mesmo*.

Ifemelu disse a palavra "gorda" devagar, brincando com ela na língua, e pensou em todas as outras coisas que havia aprendido a não dizer em voz alta nos Estados Unidos. Ela estava gorda. Não estava curvilínea, ou cheiinha; estava gorda, aquela era a única palavra que a descrevia corretamente. E também tinha ignorado o cimento em sua alma. Seu blog estava indo bem, com milhares de visitantes por mês, ela ganhava bastante para dar palestras, tinha uma bolsa de estudos em Princeton e estava com Blaine — "Você é o amor da minha vida", havia escrito ele em seu último cartão de aniversário. No entanto, tinha cimento na alma. Estava lá havia algum tempo, numa fadiga matutina, algo sombrio e sem contornos nítidos. E trouxe consigo anseios amorfos, desejos indistintos, vislumbres breves e imaginários de outras vidas que ela poderia estar vivendo, que ao longo dos meses se transformaram numa lancinante saudade de seu país. Ifemelu lia avidamente sites nigerianos, perfis nigerianos no Facebook, blogs nigerianos, e cada clique levava a mais uma história de um jovem que havia pouco voltara para casa, brandindo diplomas americanos ou britânicos, para fundar uma financeira, uma produtora de música, uma marca de roupas, uma revista, uma rede de fast-food. Ela olhava para as fotos desses homens e mulheres e sentia uma dor surda de perda, como se tivessem aberto sua mão à força e pegado algo que lhe pertencia. Eles estavam vivendo a vida dela. A Nigéria passou a ser o lugar onde Ifemelu deveria estar, o único lugar onde poderia fincar suas raízes sem sentir a vontade constante de arrancá-las de novo e sacudir a terra. E, é claro, também havia Obinze. O primeiro homem que ela amou, o primeiro com quem fez amor, a única pessoa para quem nunca tinha sentido necessidade de se explicar. Ele agora era casado e tinha uma filha, e os dois não se falavam havia anos, mas Ifemelu não podia fingir que ele não era parte dessa saudade do país, ou que não pensava nele com frequência, revirando o passado, procurando por presságios de algo sem nome.

O desconhecido grosseiro do supermercado — vai saber os problemas que *ele* tinha, aquele homem macilento de lábios finos — tivera a intenção de ofendê-la, mas, em vez disso, havia ajudado a acordá-la.

Ifemelu começou a planejar e a sonhar, candidatando-se a empregos em Lagos. Não contou nada para Blaine no começo, porque queria receber sua bolsa de Princeton até o fim, e depois que a bolsa acabou, não contou nada porque queria se dar um tempo para ter certeza. Mas, conforme as semanas foram passando, entendeu que jamais teria certeza. Então, disse a ele que ia voltar para a Nigéria, acrescentando "Preciso fazer isso" e sabendo que Blaine ia ouvir em suas palavras o som do fim.

"Por quê?", perguntou ele quase automaticamente, atônito com o que ela havia anunciado. Ali estavam os dois, na sala dele em New Haven, banhada de sol e soft jazz, e Ifemelu olhou para ele, aquele homem bom e perplexo que era seu, e sentiu o dia ganhar uma qualidade triste e épica. Moravam juntos havia três anos, três anos transcorridos sem rugas, como uma camisa bem passada, até sua única briga, meses antes, quando os olhos de Blaine haviam congelado e ele se recusara a olhar para ela. Mas tinham sobrevivido àquilo, principalmente por causa de Barack Obama, criando um novo elo devido à nova paixão que compartilhavam. No dia da eleição, antes de Blaine beijá-la com o rosto molhado de lágrimas, ele dera um abraço apertado nela, como se a vitória de Obama também fosse uma vitória pessoal dos dois. E, agora, ali estava ela, dizendo a ele que tinha acabado. "Por quê?", Blaine perguntou. Ele falava sobre ideias cheias de nuance e complexidade em suas aulas, mas estava pedindo a ela uma razão específica, o *motivo*. Mas Ifemelu não tivera uma grande epifania, não existia um motivo; simplesmente, camadas e camadas de descontentamento haviam se assentado sobre ela e formado uma massa que a impelia. Ifemelu não contou isso a Blaine, porque ele ficaria magoado se soubesse que ela estava se sentindo assim havia algum tempo, que seu relacionamento com ele era como estar satisfeito dentro de uma casa, mas ficar sentado diante da janela olhando para fora o tempo todo.

"Leve a planta", Blaine disse no último dia em que eles se viram, quando Ifemelu estava fazendo as malas. Ele parecia derrotado, parado na cozinha com os ombros encurvados. A planta era dele, folhas verdes cheias de esperança brotando de três caules de bambu. Quando Ifemelu a pegou, uma solidão arrasadora e súbita atravessou-a e permaneceu com ela durante semanas. Às vezes, ainda a sentia. Como era possível sentir falta de algo que não queria mais? Blaine precisava daquilo que ela não podia dar, e ela precisava daquilo que ele não podia dar. Ifemelu lamentava por isso, pela perda do que poderia ter sido.

Então ali estava ela, num dia repleto da opulência do verão, prestes a trançar o cabelo para a viagem de volta. O calor pegajoso se agarrava à sua pele. Havia pessoas com três vezes o seu peso na estação de Trenton, e Ifemelu olhou com admiração para uma delas, uma mulher com uma saia muito curta. Ela não dava importância a pernas esbeltas exibidas numa minissaia — era fácil e seguro, afinal, mostrar pernas que tinham a aprovação do mundo —, mas o ato da mulher gorda tinha aquela convicção silenciosa que alguém divide apenas consigo mesmo, uma noção do que é certo que os outros não podem ver. A decisão de Ifemelu de voltar para seu país era parecida; quando ela se sentia assolada pelas dúvidas, pensava em si mesma como alguém que estava corajosamente sozinho, quase uma heroína, para assim esmagar suas incertezas. A mulher gorda estava com uma excursão de um grupo de adolescentes de dezesseis ou dezessete anos. Eles se reuniram ao redor dela, vestindo uma camiseta amarela com o nome de uma colônia de férias na frente e atrás, rindo e conversando. Os adolescentes fizeram Ifemelu pensar em seu primo Dike. Um dos meninos, alto e de pele escura, com o porte esguio e musculoso de um atleta, era igualzinho a ele. Não que Dike fosse um dia usar aqueles sapatos que pareciam alpargatas. Sapato de moça, era o que ele diria. Aquela expressão era nova; Dike a usara pela primeira vez havia alguns dias, quando estava falando sobre ter ido às compras com tia Uju. "Minha mãe queria que eu comprasse uns sapatos absurdos. Ah, prima, você sabe que não posso usar sapato de moça."

Ifemelu entrou na fila do ponto de táxi que havia perto da estação. Torceu para que o motorista não fosse nigeriano, pois, uma vez que ouvisse seu sotaque, ou se mostraria agressivamente ansioso em lhe contar que fizera mestrado, que o táxi era apenas um segundo emprego e que sua filha era uma das melhores alunas da Universidade Rutgers, ou continuaria a dirigir num silêncio emburrado, dando seu troco e ignorando o seu "obrigada", o tempo todo mergulhado na humilhação porque achava que uma nigeriana como ele, uma jovem ainda por cima, que talvez fosse enfermeira, contadora ou mesmo médica, estava olhando-o com desprezo. Os motoristas de táxi nigerianos nos Estados Unidos tinham certeza de que, no fundo, não eram motoristas de táxi. Ifemelu era a próxima da fila. Seu motorista era negro e de meia-idade. Ela abriu a porta e olhou a identificação grudada nas costas do assento da frente. *Mervin Smith*. Não era um nome nigeriano, mas nunca dava para ter certeza. Os nigerianos usavam todo tipo de nome ali. Até Ifemelu já tinha sido outra pessoa.

"Como vai você?", perguntou o homem.

Ela logo percebeu, para seu alívio, que o sotaque do homem era do Caribe.

"Muito bem. Obrigada." Ifemelu deu-lhe o endereço do Salão Especializado em Tranças Africanas Mariama. Era a primeira vez que ia lá — seu salão de costume havia fechado porque a dona voltara para a Costa do Marfim para se casar —, mas Ifemelu tinha certeza de que ia ter a mesma aparência de todos os outros salões especializados em tranças africanas que já vira. Ficavam na parte da cidade onde havia muros pichados, prédios cujo interior era escuro e úmido e onde não se via nem uma pessoa branca; tinham letreiros coloridos com nomes como Salão Especializado em Tranças Africanas Aisha ou Fatima, tinham aquecedores que faziam a temperatura subir demais no inverno e aparelhos de ar-condicionado que não esfriavam o ar no verão, e estavam repletos de funcionárias francófonas da África Ocidental, sendo que uma delas seria a proprietária, aquela que falava inglês melhor, atendia o telefone e era respeitada pelas outras. Com frequência havia um bebê amarrado às costas de alguém com um pedaço de pano. Ou uma criança de dois ou três anos dormindo numa canga aberta sobre um sofá puído. Às vezes, crianças um pouco mais velhas passavam no salão. As conversas eram barulhentas e rápidas, em francês, wolof ou mandingo, e quando elas falavam inglês com os clientes era um inglês engraçado e cheio de erros, como se não tivessem se acostumado bem com a língua antes de assumir as gírias dos americanos. As palavras saíam pela metade. Certa vez, na Filadélfia, uma cabeleireira guineana dissera a Ifemelu: "Ô tarra, tip si, mut put". Ela precisou repetir várias vezes antes que Ifemelu compreendesse que queria dizer: "Eu tava, tipo assim, muito puta".

Mervin Smith era animado e tagarela. Enquanto dirigia, falou sobre como estava quente e sobre o fato de que certamente haveria apagões.

"Esse é o tipo de calor que mata gente mais velha. Se eles não têm ar-condicionado, têm de ir ao shopping, sabe? No shopping, tem ar condicionado de graça. Mas às vezes não têm ninguém para levar. As pessoas têm de cuidar da gente mais velha", disse ele, com o bom humor inabalado pelo silêncio de Ifemelu.

"Chegamos!", disse ele, estacionando diante de um quarteirão cheio de construções velhas. O salão ficava no meio, entre um restaurante chinês chamado Happy Joy e uma loja de conveniência que vendia bilhetes de loteria. Lá dentro, o cômodo era o retrato do descaso, com a pintura descascada e as paredes cobertas de cartazes grandes que mostravam diversos penteados com tranças e cartazes menores com os dizeres DEVOLUÇÃO DE IMPOSTO RÁPIDA. Três mulheres, todas usando camiseta e bermuda até o joelho, estavam trabalhando no cabelo de clientes sentadas diante delas. Havia uma pequena televisão presa na parede num dos cantos, com o volume um pouco alto, na qual passava um filme nigeriano: o homem batia na mulher, que se encolhia e gritava. A qualidade do áudio era tão ruim que Ifemelu se assustou.

"Oi!", disse ela.

Todas se viraram para olhá-la, mas apenas uma, que tinha de ser a Mariama que dava nome ao salão, disse: "Oi. Seja bem-vinda".

"Eu queria trançar o cabelo."

"Que tipo de trança você quer?"

Ifemelu disse que queria uma trança torcida média e perguntou quanto era.

"Duzentos", disse Mariama.

"Paguei cento e sessenta mês passado." Ela havia trançado os cabelos pela última vez fazia três meses.

Mariama não disse nada durante algum tempo, voltando os olhos para o cabelo que estava trançando.

"Então, cento e sessenta?", perguntou Ifemelu.

Mariama deu de ombros e sorriu. "Tudo bem, mas você tem de voltar aqui da próxima vez. Sente. Espere pela Aisha. Ela vai terminar logo." Mariama apontou para a mais franzina das cabeleireiras, que tinha uma doença de pele, com descolorações rosa esbranquiçadas nos braços e no pescoço que pareciam infecciosas, para preocupação de Ifemelu.

"Oi, Aisha", disse ela.

Aisha olhou para Ifemelu, assentindo levemente sem mover um músculo do rosto, quase hostil em sua ausência de expressão. Havia algo de estranho nela.

Ifemelu sentou perto da porta; o ventilador sobre a mesa riscada estava ligado no máximo, mas fazia pouca diferença no salão abafado. Ao lado do ventilador havia pentes, pacotes com apliques de cabelo, revistas repletas de páginas soltas e pilhas de DVDs. Havia uma vassoura encostada num canto, ao lado da máquina de doces e do secador enferrujado que não era usado havia cem anos. Na tela da televisão, um pai batia em duas crianças, socos duros que atingiam o ar acima da cabeça das pessoas no salão.

"Não! Mau pai! Mau homem!", disse a outra cabeleireira, olhando para a televisão e se encolhendo.

"Você é da Nigéria?", perguntou Mariama.

"Sou", disse Ifemelu. "Você é de onde?"

"Eu e minha irmã Halima somos de Mali. Aisha é do Senegal", respondeu Mariama.

Aisha não ergueu os olhos, mas Halima sorriu para Ifemelu, um sorriso que, com sua calorosa cumplicidade, dava boas-vindas a outra africana; ela não teria sorrido para uma americana da mesma maneira. Era muito estrábica, as pupilas fugindo em direções opostas, de modo que Ifemelu se sentiu insegura, sem saber se os olhos de Halima estavam fixos nela.

Ifemelu se abanou com uma revista. “Está tão quente”, disse ela. Pelo menos, aquelas mulheres não iam responder “Está com calor? Mas você é da África!”.

“Essa onda de calor está horrível. Desculpe, o ar-condicionado quebrou ontem”, disse Mariama.

Ifemelu sabia que o ar-condicionado não havia quebrado no dia anterior. Ele estava quebrado fazia muito mais tempo, talvez jamais tivesse funcionado; mesmo assim, assentiu e disse que talvez tivesse queimado pelo excesso de uso. O telefone tocou. Mariama atendeu e, após um minuto, disse “Pode vir agora”, a mesma frase que tinha feito Ifemelu parar de marcar hora em salões especializados em tranças africanas. Pode vir agora, as mulheres sempre diziam, e aí você chegava e encontrava duas pessoas esperando para fazer as tranças, e ainda assim a dona falaria “Espere, minha irmã está vindo ajudar”. O telefone tocou de novo e Mariama falou em francês, erguendo a voz. Ela parou de fazer tranças para gesticular enquanto gritava. Então, desdobrou um formulário amarelo da Western Union que havia tirado do bolso e começou a ler os números em voz alta. “*Trois! Cinq! Non, non, cinq!*”

A mulher cujo cabelo Mariama estava trançando em minúsculas tranças que pareciam dolorosas disse, irritada: “Ande logo! Não vou passar o dia todo aqui!”.

“Desculpe, desculpe”, disse Mariama. Mesmo assim ela terminou de repetir os números da Western Union antes de continuar a fazer as tranças, com o telefone preso entre o ombro e a orelha.

Ifemelu abriu seu livro, *Cane*, de Jean Toomer, e passou os olhos por algumas páginas. Ela vinha pensando em lê-lo havia tempos, e imaginava que ia gostar dele, já que Blaine não gostara. Uma obra afetada, dissera ele, naquele tom gentil e paciente que usava quando conversavam sobre livros, como se tivesse certeza de que ela, com um pouco mais de tempo e um pouco mais de sabedoria, aceitaria que os romances dos quais ele gostava eram superiores, romances escritos por homens jovens ou quase jovens e repletos de *coisas*, um acúmulo fascinante e confuso de marcas, música, revistas em quadrinhos e ícones, que lidavam apenas de maneira superficial com as emoções e com cada frase estilosamente consciente de seu próprio estilo. Ifemelu havia lido muitos deles porque Blaine os recomendara, mas eram como algodão-doce, dissolvendo fácil na língua da memória.

Ela fechou o livro; estava quente demais para se concentrar. Comeu um pouco de chocolate derretido, mandou uma mensagem de texto para Dike dizendo que ligasse para ela quando acabasse o treino de basquete e se abanou. Leu os cartazes na parede em frente — AS TRANÇAS NÃO SERÃO AJUSTADAS APÓS UMA SEMANA; NÃO ACEITAMOS CHEQUES; NÃO DEVOLVEMOS DINHEIRO —, mas evitou cuidadosamente olhar para os cantos do cômodo, pois sabia que haveria maçarocas de jornal mofado enfiadas embaixo de canos, sujeira incrustada e coisas havia muito apodrecidas.

Finalmente, Aisha terminou de fazer o cabelo da outra cliente e perguntou que cor de aplique Ifemelu ia querer.

"Número quatro."

"Essa não ser cor boa", disse Aisha no mesmo instante.

"É a que eu uso."

"Fica sujo. Não quer a cor um?"

"A um é preta demais, parece falsa", disse Ifemelu, soltando o lenço que estava envolto em sua cabeça. "Às vezes eu uso a dois, mas a quatro é a mais próxima da minha cor natural."

Aisha deu de ombros com um ar altivo, como se não fosse problema dela se a cliente tinha mau gosto. Abriu um armário, pegou dois pacotes de apliques e verificou se ambos eram da mesma cor.

Aisha tocou o cabelo de Ifemelu. "Por que não usa alisa?"

"Gosto do meu cabelo do jeito que Deus fez."

"Mas como penteia? Difícil de pentear."

Ifemelu havia trazido seu próprio pente. Ela penteou devagar seu cabelo denso, macio e em pequenas espirais, até que ele ficou parecendo um halo em torno de sua cabeça. "Não é difícil de pentear se você hidratar do jeito certo", disse Ifemelu, agora com o tom convincente de proselitismo que usava sempre que estava tentando convencer outras mulheres negras dos méritos de deixar o cabelo natural. Aisha deu uma risadinha incrédula; ficou claro que não conseguia entender por que uma pessoa escolheria o sofrimento de pentear um cabelo natural em vez de simplesmente alisá-lo. Ela separou o cabelo de Ifemelu em mechas, pegou um pequeno aplique de cima da mesa e começou a entrelaçá-lo nos fios com dedos hábeis.

"Está apertado demais", disse Ifemelu. "Não aperte." Como Aisha continuou a entrelaçar o aplique até o fim, Ifemelu achou que ela talvez não tivesse entendido e por isso tocou a trança que doía e disse: "Apertada, apertada".

Aisha empurrou a mão dela. "Não. Não. Deixa. Tá bom."

"Está apertada!", insistiu Ifemelu. "Por favor, afrouxe um pouco."

Mariama observava as duas. Começou a emitir um jorro de palavras em francês. Aisha afrouxou a trança.

"Desculpe", disse Mariama. "Ela não entende muito bem."

Mas Ifemelu viu, pelo rosto de Aisha, que ela entendia muito bem, sim. Simplesmente era uma cabeleireira como as dos mercados da África, imune às frescuras cosméticas do atendimento ao cliente americano. Ifemelu imaginou-a trabalhando num mercado em Dacar da mesma maneira que as cabeleireiras de Lagos trabalhavam, assoando o nariz, limpando a mão na canga amarrada à cintura, empurrando com força a cabeça das clientes para posicioná-la melhor, reclamando que o cabelo delas era cheio demais, duro demais ou curto demais e gritando com as mulheres que passavam, tudo isso enquanto conversavam alto demais e faziam tranças apertadas demais.

"Você conhece a moça?", perguntou Aisha, olhando para a televisão.

"O quê?"

Aisha repetiu a pergunta e apontou para a atriz na tela.

"Não", disse Ifemelu.

"Mas você é nigeriana."

"Sou, mas não a conheço."

Aisha indicou a pilha de DVDs sobre a mesa. "Antes, tinha vodu demais. Muito ruim. Agora, filme da Nigéria é muito bom. Casa grande!"

Ifemelu não tinha grande apreço pela indústria cinematográfica da Nigéria, a chamada Nollywood, com seu histrionismo e seus enredos improváveis, mas ela assentiu, porque ouvir "Nigéria" e "bom" na mesma frase era um luxo, mesmo vindo dessa estranha mulher senegalesa. Ifemelu escolheu ver naquilo um augúrio de sua volta para casa.

Todos a quem ela contara que ia voltar tinham ficado surpresos, esperado uma explicação, e, quando ela dizia que ia fazer aquilo apenas porque queria, uma ruga de espanto surgia na testa deles.

"Você vai acabar com seu blog e vender seu apartamento para voltar para Lagos e trabalhar para uma revista que não paga bem?", perguntara tia Uju, repetindo depois a frase, para fazer Ifemelu ver a gravidade de sua tolice. Só sua velha amiga de Lagos, Ranyinudo, fizera sua volta parecer normal. "Lagos agora está cheia de gente que voltou dos Estados Unidos, então é melhor você vir logo e ser mais uma. A gente vê essa gente nas ruas todos os dias, carregando uma garrafa como se fosse morrer de calor se ficar um minuto sem água", dissera Ranyinudo. Ifemelu e Ranyinudo haviam mantido contato ao longo dos anos. No início, elas escreviam cartas sem muita frequência, mas, conforme os cibercafés foram abrindo, os telefones foram se espalhando e o Facebook foi se tornando popular, passaram a se comunicar a intervalos menores. Fora Ranyinudo quem lhe dissera, alguns anos antes, que Obinze ia se casar. "E tem mais, ô, ele tem muita grana agora. Viu o que você perdeu?", havia dito Ranyinudo. Ifemelu fingira indiferença a essa notícia. Afinal, tinha sido ela quem cortara relações com Obinze, e já havia passado tanto tempo. Além disso, ela acabara de começar uma relação com Blaine e estava feliz, acostumando-se a ter uma vida a dois. Mas, depois de desligar, pensara sem parar em Obinze. Imaginá-lo se casando a deixava com um sentimento parecido com tristeza, uma tristeza esvaecida. Mas Ifemelu tentou se convencer de que estava feliz por Obinze e, para provar para si mesma que isso era verdade, decidiu escrever para ele. Não tinha certeza se ainda usava seu velho e-mail, então mandou um esperando, até certo ponto, que ele não fosse responder, mas Obinze respondeu. Ifemelu não voltou a escrever, porque a essa altura já havia admitido para si que uma pequena luz ainda brilhava dentro dela. Era melhor deixar aquilo para lá. Em dezembro do ano anterior, quando Ranyinudo lhe contou que havia encontrado com ele no shopping Palms e que estava com a filhinha (Ifemelu ainda não conseguia imaginar esse shopping enorme e moderno em Lagos; tudo que lhe vinha à mente quando tentava era o minúsculo Mega Plaza do qual se lembrava), dizendo "Ele parecia tão *limpo* e a filha dele é tão bonita", Ifemelu sentiu uma pontada causada por todas as mudanças que haviam acontecido na vida dele.

"Agora, filme da Nigéria é muito bom", disse Aisha de novo.

"É", respondeu Ifemelu, entusiasmada. Isso era o que ela havia se tornado, uma caçadora de sinais. Os filmes da Nigéria eram bons, por isso voltar para lá seria bom.

"Você é ioruba na Nigéria", disse Aisha.

"Não, eu sou igbo."

"Você é igbo?" Pela primeira vez, um sorriso surgiu no rosto de Aisha, um sorriso que mostrava dentes pequenos e gengivas escuras. "Achei que era ioruba porque você é escura, e gente igbo é clara. Tenho dois homens igbos. Muito bons. Homem igbo cuida bem de mulher."

Aisha estava quase sussurrando, falando num tom que sugeria algo sexual e, no espelho, as manchas em seus braços e em seu pescoço pareciam feridas horríveis. Ifemelu imaginou algumas delas estourando e soltando pus, outras descamando. Desviou o olhar.

"Homem igbo cuida bem de mulher", repetiu Aisha. "Eu quero casar. Eles me ama, mas diz que a família quer mulher igbo. Porque igbo sempre casa com igbo."

Ifemelu engoliu a vontade de rir. "Você quer casar com eles dois?"

"Não." Aisha fez um gesto impaciente. "Quero casar com um. Mas é verdade isso? Igbo sempre casa com igbo?"

"Os igbo casam com todo tipo de gente. O marido da minha prima é ioruba. A esposa do meu tio é da Escócia."

Aisha parou de trançar e ficou observando Ifemelu pelo espelho, como se estivesse decidindo se devia ou não acreditar nela.

"Minha irmã disse que é verdade, igbo sempre casa com igbo", disse ela.

"E como sua irmã sabe?"

"Ela conhece muito igbo na África. Vende tecido."

"Onde ela mora?"

"Na África."

"Onde? No Senegal?"

"No Benim."

"Por que você diz que ela mora na África em vez de dizer o país?", perguntou Ifemelu.

Aisha deu uma risadinha. "Você não conhece os Estados Unidos. Você fala em Senegal para os americanos e eles dizem 'Onde fica isso?'. Minha amiga de Burkina Fasso, eles perguntam para ela 'Seu país é na América Latina?'." Aisha voltou a trançar com um sorriso irônico no rosto e então perguntou, como se fosse impossível para Ifemelu compreender os hábitos daquele país: "Há quanto tempo você está nos Estados Unidos?".

Ifemelu então decidiu que não gostava nem um pouco de Aisha. Quis cortar a conversa de modo que elas só dissessem o necessário uma para a outra durante as seis horas que levaria para trançar seu cabelo, então fingiu que não tinha ouvido e pegou o celular. Dike ainda não havia respondido sua mensagem de texto. Ele sempre respondia em questão de minutos, mas talvez estivesse no treino de basquete, ou com os amigos, assistindo a algum vídeo bobo no YouTube. Ifemelu ligou para Dike e deixou um recado enorme, erguendo a voz e falando sem parar, perguntando sobre o treino de basquete, querendo saber se estava quente em Massachusetts e se ele ainda ia levar Page ao cinema naquele dia. Então, num rasgo de ousadia, escreveu um e-mail para Obinze e, sem se permitir relê-lo, enviou-o. Contou-lhe que ia voltar a morar na Nigéria e, embora já tivesse um emprego lá, embora seu carro já estivesse num navio a caminho de Lagos, pela primeira vez aquilo subitamente lhe pareceu ser verdade. *Há pouco tempo decidi voltar para a Nigéria.*

Aisha não desanimou. Quando Ifemelu ergueu os olhos do telefone, ela perguntou de novo: "Há quanto tempo está nos Estados Unidos?".

Ifemelu colocou o celular de volta na bolsa bem devagar. Anos antes, alguém havia lhe feito uma pergunta semelhante no casamento de uma das amigas da tia Uju e ela respondera que estava ali havia dois anos, o que era verdade, mas o sorriso de desdém no rosto de seu interlocutor nigeriano lhe ensinara que, para ganhar o prêmio de ser levada a sério pelos nigerianos que viviam nos Estados Unidos, pelos africanos que viviam nos Estados Unidos, na verdade por qualquer imigrante nos Estados Unidos, precisava de mais. Seis anos, Ifemelu tinha começado a dizer quando fazia apenas três anos e meio. Oito anos, ela dizia quando eram cinco. Agora, que já fazia treze anos, mentir parecia desnecessário, mas ela mentiu mesmo assim.

"Quinze anos", disse.

"Quinze? Muito tempo." Um novo respeito surgiu nos olhos de Aisha. "Você mora aqui em Trenton?"

"Moro em Princeton."

"Princeton." Aisha ficou em silêncio por um segundo. "Você é estudante?"

"Eu tinha uma bolsa até pouco tempo atrás", disse Ifemelu, sabendo que Aisha não ia saber o que era uma bolsa. Naquele raro momento em que a mulher pareceu intimidada, Ifemelu sentiu um prazer perverso. Sim, Princeton. Sim, o tipo de lugar que, para Aisha, só poderia existir na imaginação, o tipo de lugar que jamais teria cartazes que diziam DEVOLUÇÃO DE IMPOSTO RÁPIDA; o pessoal de Princeton não precisava de devolução de imposto rápida.

"Mas eu vou voltar para a Nigéria", acrescentou Ifemelu, sentindo um remorso súbito. "Vou semana que vem."

"Para ver a família."

"Não. Vou voltar a morar lá. A morar na Nigéria."

“Por quê?”

“Como assim por quê? Por que não?”

“É melhor você mandar dinheiro para eles. A não ser que seu pai seja homem grande. Você conhece gente graúda?”

“Arrumei um emprego lá”, disse Ifemelu.

“Você ficou aqui quinze anos e vai voltar só para trabalhar?” Aisha deu um sorrisinho superior. “Você pode ficar aqui se quiser?”

Aisha fez Ifemelu se lembrar do que tia Uju disse quando finalmente aceitou que ela estava falando sério sobre voltar à Nigéria — *Você vai aguentar?* —, e a sugestão de que ela havia sido irrevogavelmente mudada pelos Estados Unidos a fez sentir como se sua pele estivesse cheia de espinhos. Seus pais também achavam que ela talvez não fosse capaz de “aguentar” a Nigéria. “Pelo menos você é uma cidadã americana agora, então sempre vai poder voltar para os Estados Unidos”, o pai lhe dissera. Ambos haviam perguntado se Blaine iria com ela, uma pergunta carregada de esperança. Ifemelu achava graça na frequência com que perguntavam sobre Blaine agora, já que haviam demorado a se acostumar com a ideia de seu namorado ser um negro americano. Imaginou-os fazendo planos silenciosos para seu casamento: sua mãe pensaria num bufê e nas cores da decoração e seu pai pensaria num amigo importante a quem poderia pedir que fosse padrinho do casal. Relutante em acabar com aquela esperança, porque era preciso tão pouco para alimentá-la, o que por sua vez os deixava felizes, Ifemelu disse para o pai: “Decidimos que eu vou voltar primeiro. Blaine vai depois de algumas semanas”.

“Esplêndido”, respondeu o pai, e ela não disse mais nada, porque era melhor deixar as coisas apenas esplêndidas.

Aisha puxou seu cabelo com um pouco de força demais. “Quinze anos nos Estados Unidos é muito tempo”, disse ela, como se estivesse refletindo sobre a questão. “Você tem namorado? Vai casar?”

“Também vou voltar para a Nigéria para ver meu homem”, disse Ifemelu, surpreendendo-se. *Meu homem*. Como era fácil mentir para estranhos, criar para eles a versão da nossa vida como a imaginamos.

“Ah! Aí, sim!”, disse Aisha, animada. Ifemelu finalmente lhe dera um motivo compreensível para querer voltar. “Vocês vão casar?”

“Talvez. Quem sabe?”

“Ah!” Aisha parou de trançar e olhou fixamente para ela no espelho, um olhar penetrante, e Ifemelu por um segundo temeu que aquela mulher fosse uma vidente e soubesse que estava mentindo.

"Quero que você veja meus homens. Vou ligar para eles. Eles vêm e você vê os dois. Primeiro, ligo para o Chijioke. Ele dirige táxi. Depois, para o Emeka. Ele é segurança. Você vê os dois."

"Eles não precisam vir aqui só para me conhecer."

"Não. Eu ligo. Você diz que igbo pode casar com quem não é igbo. Eles ouvem."

"Não, eu não vou fazer isso."

Aisha ficou repetindo, como se não tivesse escutado. "Você diz. Eles escutam porque você é irmã igbo. Qualquer uma pode. Eu quero casar."

Ifemelu olhou para Aisha, uma mulher senegalesa franzina com um rosto sem nada de extraordinário e uma pele manchada que tinha dois namorados igbo, por mais improvável que isso fosse, e que agora insistia para que os conhecesse e tentasse convencê-los a se casar com ela. Aquilo teria dado um bom post para o blog. "Um caso peculiar de uma negra não americana, ou como as pressões da vida de imigrante podem deixar você maluco."

2.

Quando Obinze viu o e-mail dela pela primeira vez, estava sentado no banco de trás de seu Range Rover no trânsito de Lagos, o paletó pendurado no banco da frente, uma criança pedinte de cabelos cor de ferrugem grudada no vidro da janela, um ambulante empurrando CDs contra a outra, o rádio ligado baixinho na Wazobia FM, que dava as notícias em inglês pidgin, e o cinza lúgubre da chuva iminente ao redor. Ele olhou fixo para o BlackBerry, com o corpo subitamente tenso. Primeiro passou os olhos pelo e-mail, desejando de imediato que fosse mais longo. *Teto, kedu? Espero que tudo esteja bem com o trabalho e a família. Ranyinudo disse que te encontrou há algum tempo e que agora você é pai! Um papai orgulhoso. Parabéns. Há pouco tempo decidi voltar a morar na Nigéria. Devo estar em Lagos daqui a uma semana. Adoraria ver você. Cuide-se bem. Ifemelu.*

Obinze releu o e-mail e sentiu uma enorme vontade de alisar algo, as calças, a careca raspada. Ela o chamara de Teto. Em seu último e-mail, enviado logo antes de ele se casar, Ifemelu o havia chamado de Obinze, pedira desculpas pelo silêncio de tantos anos, dissera que gostaria que ele fosse muito feliz em frases animadas, e mencionara o negro americano com quem vivia. Um e-mail simpático. Obinze o detestara. Tanto que havia procurado o negro americano no Google — e por que Ifemelu teria escrito o nome completo do homem se não quisesse que ele o procurasse no Google? Era um professor de Yale, e Obinze ficara furioso com o fato de que ela vivia com um homem que, em seu blog, chamava os amigos de "fera". Mas tinha sido a foto do negro americano, transbordando um ar descolado e intelectual em um jeans rasgado e com óculos de aro preto que o havia feito perder a cabeça e enviar uma resposta fria. *Obrigado pelos parabéns, estou mais feliz do que nunca*, escrevera. Tinha torcido para que Ifemelu mandasse algo zombeteiro de volta — não era nada típico dela não ter sido nem um pouco mordaz no primeiro e-mail —, mas ela não escrevera nada e, quando ele enviara outro e-mail, após sua lua de mel no Marrocos, para dizer que queria manter contato e conversar qualquer dia, ela não respondera.

O trânsito começou a andar. Uma chuva fina caía. A criança correu junto ao carro, sua expressão suplicante ficando mais teatral agora e seus gestos mais frenéticos, levando a mão à boca várias vezes com os dedos unidos. Obinze baixou a janela e entregou-lhe uma nota de cem nairas. Gabriel, seu motorista, observou-o pelo espelho retrovisor com ar de desaprovação.

"Deus te abençoe, *oga*!", disse a criança.

"Não fique dando dinheiro para esses mendigos, senhor", disse Gabriel. "Eles são todos ricos. Ganham muito dinheiro com as esmolas. Ouvi falar de um que construiu um prédio de seis andares em Ikeja!"

"Então por que você está trabalhando como motorista e não como pedinte, Gabriel?", perguntou Obinze, rindo com um pouco de vontade demais. Quis contar ao motorista que sua namorada da faculdade havia acabado de lhe mandar um e-mail, aliás, sua namorada da faculdade *e* do ensino médio. Na primeira vez em que ela o deixara tirar seu sutiã, ficou deitada de costas gemendo baixinho com a mão espalmada sobre a cabeça dele. Depois disse: "Meus olhos estavam abertos, mas eu não via o teto. Isso nunca tinha me acontecido antes". Outras meninas teriam afirmado jamais ter deixado outro menino tocá-las, mas ela não, nunca. Havia uma honestidade vívida em Ifemelu. Começou a chamar aquilo que eles faziam juntos de *teto*, aquele emaranhado cálido na cama dele quando sua mãe não estava em casa, os dois só com a roupa de baixo, tocando, beijando e sugando, com os quadris se movendo numa simulação. *Estou com saudade do teto*, escreveu ela uma vez na contracapa de seu caderno de geografia e, durante muito tempo, Obinze não conseguia olhar para aquele caderno sem sentir um frisson crescente, uma sensação de excitação secreta. Na universidade, quando eles finalmente pararam de simular, ela passou a chamar o próprio Obinze de Teto, de um jeito brincalhão e sugestivo — mas, quando eles brigavam ou ela se escondia num mau humor, chamava-o de Obinze. Jamais o chamou de Zed, como seus amigos faziam. "Por que você chama esse cara de Teto mesmo?", perguntou-lhe certa vez um amigo dele chamado Okwudiba, num daqueles dias preguiçosos após as provas do primeiro semestre. Ifemelu havia se juntado a um grupo de amigos de Obinze que estava sentado a uma mesa de plástico imunda num bar perto do campus. Ela deu um gole em sua garrafa de Maltina, engoliu, olhou para Obinze e disse: "Por que ele é tão alto que a cabeça bate no teto, não tá vendo?". A resposta deliberadamente lenta e o pequeno sorriso nos lábios deixaram claro que ela queria que soubessem que não era por isso que o chamava de Teto. E ele não era alto. Ifemelu o chutou por debaixo da mesa e ele a chutou de volta, observando seus amigos, que riam; todos sentiam um pouco de medo e tinham certa paixão por ela. Será que Ifemelu via o teto quando o negro americano a tocava? Será que falara em "teto" com outros homens? Naquele momento, Obinze ficou chateado ao pensar que talvez tivesse falado, sim. Seu telefone tocou e, por um segundo de confusão, ele pensou que fosse ela ligando dos Estados Unidos.

"Querido, *kedu ebe I no*?" Kosi, sua esposa, sempre iniciava qualquer telefonema para ele com essas palavras. *Onde você está?* Obinze nunca perguntava onde Kosi estava quando ligava para ela, mas ela dizia mesmo assim. *Estou chegando ao salão. Estou atravessando a ponte.* Era como se ela precisasse se reassegurar de sua existência física quando não estavam juntos. Kosi tinha uma vozinha aguda e infantil. Eles tinham que estar na casa do Chief para a festa às sete e meia, e já passava das seis.

Obinze lhe disse que estava preso no trânsito. "Mas agora está andando e acabamos de virar na Ozumba Mbadiwe. Estou chegando."

Na via expressa Lekki, o trânsito fluía rápido sob a chuva cada vez mais fraca, e logo Gabriel estava buzinando diante do portão alto e preto da casa de Obinze. Mohammed, o porteiro, esguio em seu cafetã branco e sujo, abriu o portão e ergueu a mão para cumprimentá-lo. Obinze olhou para a casa bege com colunas na fachada. Dentro estavam seus móveis importados da Itália, sua esposa, sua filha de dois anos, Buchi, Christiana, a babá, Chioma, sua cunhada, que estava de férias forçadas porque os professores da universidade faziam greve de novo, e a nova empregada, Marie, que fora trazida do Benim depois que Kosi decidira que as empregadas nigerianas não eram adequadas. Os cômodos estariam todos frescos, com as palhetas de ventilação do ar-condicionado movendo-se em silêncio, a cozinha cheiraria a curry e tomilho, a CNN estaria ligada no andar de baixo, enquanto a televisão do andar de cima mostraria a Cartoon Network, e saturando tudo haveria o ar imperturbado do bem-estar. Obinze saiu do carro. Seu andar estava duro, suas pernas difíceis de mexer. Nos últimos meses, tinha começado a se sentir empanzinado com tudo o que adquirira — a família, as casas, os carros, as contas bancárias — e, de tempos em tempos, era tomado por um anseio de furar tudo com um alfinete, esvaziar, ser livre. Não tinha mais certeza, na verdade nunca tivera certeza, se gostava de sua vida porque realmente gostava ou se porque deveria gostar.

"Meu querido", disse Kosi, abrindo a porta antes que ele pudesse fazê-lo. Ela estava toda maquiada, com a pele brilhando, e Obinze pensou, como já pensara muitas vezes antes, em como era linda, com seus olhos como duas amêndoas perfeitas e suas feições espantosamente simétricas. O vestido de seda amassada marcava bem sua cintura, e seu corpo parecia uma ampulheta. Ele a abraçou, evitando com cuidado seus lábios, que haviam sido pintados de rosa e contornados com um rosa mais escuro.

"Sol da noite! *Asa! Ugo!*", disse Obinze. "O Chief não vai precisar acender nenhuma luz na festa depois que você chegar."

Kosi riu. Da mesma maneira como ria, como quem se deleita com franqueza e aceitação com sua aparência, quando as pessoas lhe perguntavam "Sua mãe é branca? Você é mestiça?", por ela ter a pele tão clara. Aquilo sempre desconcertara Obinze, o prazer que ela sentia ao ser tomada por uma mulata.

"Papai, papai!", disse Buchi, correndo na direção dele com o jeitinho um pouco desequilibrado das crianças pequenas. Ela havia acabado de sair do banho e estava usando seu pijama de flores, exalando um cheiro doce de sabonete de bebê. "Buch-buch! Buch do papai!", disse Obinze. Ele a atirou para cima, beijou-a, enfiou o nariz em seu pescoço, fazendo-a rir, e fingiu que ia atirá-la no chão.

"Você vai tomar banho ou só trocar de roupa?", perguntou Kosi, indo atrás dele para o andar de cima, onde estava o cafetã azul que ela dispusera sobre a cama. Obinze teria preferido uma camisa social ou um cafetã mais simples do que aquele, com seu bordado decorativo exagerado, que Kosi comprara por um preço inacreditável de um dos novos estilistas pretensiosos da Ilha de Lagos. Mas ele ia usá-lo, para lhe agradar.

"Vou só trocar de roupa", disse.

"Como foi no trabalho?", perguntou Kosi, daquela maneira vaga e agradável de sempre. Obinze lhe contou que estava pensando no novo prédio que acabara de construir em Parkview. Estava torcendo para que a Shell o alugasse, pois as empresas de petróleo eram sempre as melhores inquilinas, nunca reclamando das altas abruptas de preço e pagando despreocupadamente em dólares americanos para que ninguém tivesse que se preocupar com as flutuações da naira.

"Não se preocupe", disse ela. "Deus trará a Shell. Vamos ficar bem, querido."

Os apartamentos na verdade já haviam sido alugados por uma empresa de petróleo, mas Obinze às vezes contava mentiras sem sentido como aquela para Kosi, porque parte dele torcia para que ela fizesse uma pergunta ou o desafiasse, embora soubesse que ela não faria isso, pois tudo o que queria era ter certeza de que as condições de vida deles continuariam iguais, sem se importar com como seu marido fazia que isso acontecesse.

A festa do Chief ia deixá-lo entediado, como sempre, mas Obinze foi porque ia a todas as festas do Chief, e toda vez que estacionava diante da enorme propriedade dele se lembrava da primeira vez em que estivera ali, com sua prima Nneoma. Havia acabado de voltar da Inglaterra, estava em Lagos fazia apenas uma semana, mas Nneoma já tinha começado a resmungar, dizendo que ele não podia ficar o tempo todo no apartamento dela, lendo e sofrendo.

"Hum! O *gini?* Por acaso você é a primeira pessoa a ter esse problema? Você tem que se levantar e ir à luta. Todo mundo vai à luta. Em Lagos, o negócio é ir à luta", disse Nneoma. Ela tinha mãos hábeis com palmas grossas e interesse em muitos negócios diferentes; viajava para Dubai para comprar ouro, para a China para comprar roupas femininas e, recentemente, havia se tornado distribuidora de uma empresa de frangos congelados. "Eu poderia ter convidado você para vir trabalhar comigo, mas, não, você é delicado demais, fala inglês demais. Preciso de alguém com mais *gra-gra*", afirmou ela.

Obinze ainda estava horrorizado com o que havia acontecido com ele na Inglaterra, envolto em camadas de autopiedade, e ficou chateado ao ouvir a pergunta indiferente de Nneoma — "Por acaso você é a primeira pessoa a ter esse problema?". Ela não tinha ideia, essa prima que havia sido criada na aldeia, que via o mundo com olhos duros e insensíveis. Mas, devagar, ele percebeu que Nneoma tinha razão; ele não era o primeiro nem seria o último. Começou a se candidatar a empregos oferecidos nos jornais, mas ninguém ligava para ele para marcar uma entrevista, e seus amigos da escola, que agora trabalhavam em bancos e empresas de telefone celular, passaram a evitá-lo, temendo que fosse obrigá-los a pegar mais um currículo seu.

Um dia, Nneoma disse: "Eu conheço um homem muito rico, o Chief. Esse homem correu sem parar atrás de mim, ê, mas eu recusei. Ele tem um problema sério com mulheres e pode acabar passando aids para alguém. Mas você conhece esses homens, a única mulher que diz não para eles é a que nunca esquecem. Então ele me liga de tempos em tempos e eu às vezes vou cumprimentá-lo. Ele até me ajudou com um capital para eu começar meu negócio depois que aqueles filhos do Satanás roubaram meu dinheiro no ano passado. Chief ainda acha que um dia vou dizer sim para ele. Ora, *o di egwu*, para quê? Levo você até ele. Quando esse homem está de bom humor, pode ser muito generoso. Conhece todo mundo neste país. Talvez nos dê uma carta de recomendação para um gerente de algum lugar".

Um criado abriu a porta para eles. Chief estava sentado numa cadeira dourada que parecia um trono, bebericando conhaque e cercado de convidados. Ele ficou de pé num salto; era um homem não muito grande, alegre e esfuziante. "Nneoma! É você? Então se lembrou de mim hoje!", disse ele. Chief abraçou Nneoma, afastou-se para olhar atrevidamente para os quadris bem marcados na saia justa e para o mega-hair que lhe caía sobre os ombros. "Quer me dar um ataque do coração, é?"

"Como posso te dar um ataque do coração? O que faria sem você?", disse Nneoma, brincando.

"Você sabe muito bem o que faria", disse Chief, e seus convidados riram, três homens dando risadinhas com um ar safado.

"Chief, esse é meu primo Obinze. A mãe dele é a irmã do meu pai, a professora universitária", disse Nneoma. "Foi ela que pagou minha matrícula durante todo o tempo em que estudei. Se não fosse por ela, não sei onde eu estaria hoje."

"Que maravilha, que maravilha", disse Chief, olhando para Obinze como se ele de alguma maneira fosse responsável por essa generosidade.

"Boa noite, senhor", disse Obinze. Ele ficara surpreso ao ver que Chief era um pouco almofadinha, com seu ar de quem se preocupa demais com a própria aparência: unhas feitas e brilhantes, mocassins de veludo preto nos pés, uma cruz de diamante em volta do pescoço. Estava esperando um homem maior, com um aspecto mais grosseiro.

"Sentem. O que querem beber?"

Obinze descobriria mais tarde que os homens e as mulheres importantes não conversavam com as pessoas, só falavam com elas, e aquela noite Chief falou e falou, discursando sobre política enquanto seus convidados exclamavam "Exatamente! Você tem tanta razão, Chief! Obrigado!". Eles usavam o uniforme das pessoas mais ou menos jovens e mais ou menos ricas de Lagos — mocassins de couro, jeans e camisas justas de gola aberta, todas com a assinatura de estilistas conhecidos — mas, em sua maneira de agir, havia a ansiedade insistente dos homens necessitados.

Depois que seus convidados tinham ido embora, Chief voltou-se para Nneoma. "Você conhece aquela música, 'No One Knows Tomorrow'?" E começou a cantar a música com entusiasmo infantil. *No one knows tomorrow! To-mor-row! No one knows tomorrow!* Ele serviu-se de mais uma dose generosa de conhaque. "Esse é o único princípio no qual este país se baseia. O principal princípio. Ninguém conhece o amanhã. Lembra aqueles banqueiros poderosos que existiam durante o governo de Abacha? Eles pensavam que eram donos do país, e de repente estavam na prisão. Vejam aquele miserável que não conseguia pagar o aluguel antigamente, mas então recebeu um poço de petróleo de Babangida e agora tem um jatinho particular!" Chief falava com um tom triunfal, fazendo observações prosaicas como se fossem grandes descobertas, enquanto Nneoma ouvia, sorria e concordava. A animação dela era exagerada, como se um sorriso mais largo ou uma risada mais rápida, polindo o ego e deixando-o cada vez mais brilhante, fossem assegurar a ajuda de Chief. Obinze se divertiu com o quanto aquilo era óbvio, com quão franca ela era em seu flerte. Mas Chief deu a eles uma caixa de vinho tinto de presente e disse vagamente para Obinze: "Venha me ver na semana que vem".

Obinze visitou Chief na semana seguinte e na que veio depois; Nneoma disse-lhe para ficar por perto até que Chief decidisse fazer algo por ele. O empregado de Chief sempre servia sopa de pimenta fresca, pedaços bem temperados de peixe num caldo que fazia o nariz de Obinze escorrer, desanuviava sua cabeça e, sem que ele soubesse como, desimpedia o futuro e enchia-o de esperança, de modo que ficava ali contente, ouvindo Chief e seus convidados. Eles o fascinavam, o acovardamento nada sutil dos quase ricos na presença dos ricos, e dos ricos na presença dos muito ricos; ter dinheiro, aparentemente, era ser consumido por ele. Obinze sentia repulsa e desejo; sentia pena deles, mas também imaginava como seria ser igual a eles. Um dia, Chief bebeu mais conhaque do que o normal e falou caoticamente sobre gente que apunhalava os outros pelas costas, meninos que abandonavam os mestres e tolos ingratos que de repente pensavam ser espertos. Obinze não sabia o que exatamente tinha acontecido, mas alguém aborrecera Chief, uma lacuna se abrira e, assim que eles ficaram sozinhos, disse: "Chief, se eu puder te ajudar em alguma coisa, por favor, me diga. Pode contar comigo". Ficou surpreso com suas próprias palavras. Era como se tivesse deixado seu corpo. Estava zonzo com a sopa de pimenta. Era isso que ir à luta significava. Obinze estava em Lagos e tinha de ir à luta.

Chief olhou-o, um olhar demorado e astuto. "Precisamos de mais gente como você neste país. Pessoas de boa família, com boa educação. Você é um cavalheiro, vejo nos seus olhos. E sua mãe é professora universitária. Não é fácil."

Obinze deu um meio-sorriso para parecer humilde diante desse estranho elogio.

"Você tem fome e honestidade, e isso é muito raro neste país. Não é mesmo?", perguntou Chief.

"Sim", disse Obinze, embora não soubesse se estava concordando com o fato de ter aquela qualidade ou de ela ser rara. Mas não importava, porque Chief parecia certo do que dizia.

"Todo mundo tem fome neste país, até os ricos têm fome, mas ninguém é honesto."

Obinze assentiu e Chief deu outra olhada demorada nele, antes de se voltar em silêncio para seu conhaque. Quando Obinze o visitou de novo, Chief voltara a ser o tagarela de sempre.

"Eu era amigo de Babangida. Era amigo de Abacha. Agora que os militares não estão mais no poder, Obasanjo é meu amigo", disse ele. "Sabe por quê? Acha que é porque sou burro?"

"Claro que não, Chief", disse Obinze.

"Disseram que a Corporação Nacional de Apoio às Fazendas está falida e vai ser privatizada. Você sabia? Não. Como é que eu sei? Tenho amigos. Quando você ficasse sabendo, eu já teria decidido o que fazer e lucrado com isso. É esse o nosso livre mercado!", riu Chief. "A corporação foi fundada nos anos 1960 e tem propriedades no país todo. As casas estão todas podres e os cupins estão comendo os telhados. Mas eles estão vendendo tudo. Vou comprar sete propriedades por cinco milhões cada. Sabe com que valor elas foram registradas? Um milhão. Sabe o quanto valem de verdade? Cinquenta milhões." Chief parou de falar para olhar para um de seus celulares, que tocava — havia quatro na mesa ao lado dele —, e então ignorou-o e se recostou no sofá. "Preciso de alguém para ser o testa de ferro desse negócio."

"Sim, senhor. Eu posso fazer isso", disse Obinze.

Mais tarde, Nneoma, sentada em sua cama e feliz por ele, ficou lhe dando conselhos e batendo a palma da mão na cabeça de tempos em tempos; seu couro cabeludo coçava por debaixo do mega-hair, e ela não podia meter a unha nele.

"Essa é sua oportunidade! Zed, quero ver brilho nos seus olhos! Eles dão um nome importante, consultoria em avaliação, mas não é difícil. Você desvaloriza as propriedades e não se esquece de fazer parecer que está seguindo os procedimentos corretos. Adquire as propriedades, vende metade para pagar o que gastou e pronto! Vai registrar sua própria empresa. Depois, vai construir uma casa em Lekki, comprar carros, pedir que nossa aldeia te dê títulos, pedir que seus amigos publiquem mensagens parabenizando você nos jornais e, num pulo, quando entrar em qualquer banco, eles vão querer conceder empréstimos para você, porque vão achar que não precisa do dinheiro. E depois que você registrar sua empresa, precisa encontrar um homem branco. Um dos seus amigos na Inglaterra. Diga a todo mundo que ele é seu diretor-executivo. Até Chief tem alguns brancos que exibe quando precisa. É assim que a Nigéria funciona. Pode acreditar."

E foi assim mesmo que funcionou, e ainda funcionava, para Obinze. A facilidade da coisa o deixou zonzo. Na primeira vez em que levou sua carta de proposta ao banco, achou surreal dizer "cinquenta" e "cinquenta e cinco" sem mencionar "milhões", porque não havia necessidade de especificar o que era óbvio. Também ficou espantado com quão fáceis tantas outras coisas se tornaram, com como apenas a aparência da riqueza fazia tudo acontecer mais rapidamente. Bastava Obinze se aproximar de um portão em sua BMW que o porteiro o cumprimentava e abria para ele sem fazer perguntas. Até a embaixada dos Estados Unidos agiu diferente. Eles haviam lhe recusado um visto anos antes, quando era jovem e repleto de ambições americanas, mas, com seu novo saldo bancário, conseguiu o visto sem problemas. Em sua primeira viagem, o funcionário da Imigração do aeroporto de Atlanta conversou com ele simpaticamente, perguntando: "Quanto você tem em dinheiro vivo?". Quando Obinze disse que não tinha muito, o homem ficou surpreso. "Sempre vejo nigerianos como você declarando milhares de dólares."

Obinze agora era o tipo de nigeriano de quem se esperava que declarasse uma grande quantia em dinheiro vivo no aeroporto. Aquilo lhe causava uma estranheza desorientadora, porque sua mente não mudara no mesmo ritmo que sua vida, e ele sentia um espaço oco entre si próprio e a pessoa que supostamente era.

Ainda não entendia por que Chief tinha decidido ajudá-lo, usá-lo, ao mesmo tempo que fingia ignorar ou até encorajava os espantosos benefícios colaterais que a situação trazia. Afinal, havia uma fileira de visitantes prostrados na casa de Chief, parentes e amigos que traziam outros parentes e amigos, com os bolsos cheios de pedidos e apelos. Obinze às vezes se perguntava se Chief algum dia ia pedir alguma coisa dele, do menino faminto e honesto a quem transformara num homem importante. Em seus momentos mais melodramáticos, imaginava Chief lhe pedindo que orquestrasse um assassinato.

Assim que chegaram à festa de Chief, Kosi circulou pelo salão levando Obinze atrás dela, abraçando homens e mulheres que mal conhecia, chamando os mais velhos de "senhora" e "senhor" com respeito exagerado, deliciando-se com a atenção que seu rosto recebia, mas ocultando sua personalidade para que sua beleza não ameaçasse ninguém. Elogiou o cabelo de uma mulher, o vestido de outra, a gravata de um homem. Disse "Graças a Deus" com frequência. Quando uma mulher lhe perguntou, num tom acusador, "Que creme você usa no rosto? Como uma pessoa pode ter a pele tão perfeita?", Kosi deu uma risadinha humilde e prometeu enviar uma mensagem de texto para ela com os detalhes dos cuidados que tinha com a pele.

Obinze sempre ficava espantado com o quanto era importante para ela ser uma pessoa perfeitamente agradável, sem nenhuma rusga com ninguém. Aos domingos, ela convidava os parentes dele para ir comer purê de inhame e sopa onugbu e ficava supervisionando tudo para ter certeza de que todos comeriam demais, como era o correto. *Tio, o senhor precisa comer, ô! Tem mais carne na cozinha! Vou pegar outra Guinness para o senhor!* Na primeira vez em que ele a levou à casa de sua mãe em Nsukka, logo antes de se casarem, Kosi se ofereceu num pulo para ajudar a servir e, quando sua mãe fez menção de tirar a mesa, ela se levantou, ofendida, e disse: "Mamãe, como vou deixar a senhora tirar a mesa se eu estou aqui?". Em cada frase, ela se referia aos tios dele como "senhor". Colocava laços de fita nos cabelos das filhas de suas primas. Havia algo de pretensioso em sua modéstia: ela se proclamava.

Agora, Kosi estava fazendo uma mesura e cumprimentando a sra. Akin-Cole, uma mulher notoriamente velha de uma família notoriamente antiga que tinha a expressão arrogante, com as sobrancelhas sempre erguidas, de uma pessoa acostumada a receber homenagens; Obinze muitas vezes a imaginava arrotando bolhas de champanhe.

"Como está sua filha? Já está na escola?", perguntou a sra. Akin-Cole. "Você precisa colocá-la na escola francesa. Eles são muito bons, muito rigorosos. É claro que as aulas são em francês, mas não vai fazer mal nenhum para a criança aprender outra língua civilizada, já que aprende inglês em casa."

"Pode deixar, senhora. Vou procurar a escola francesa", disse Kosi.

"A escola francesa não é ruim, mas prefiro a Sidcot Hall. Eles seguem o currículo britânico completo", disse outra mulher cujo nome Obinze tinha esquecido. Ele sabia que ela havia ganhado muito dinheiro durante o governo do general Abacha. Diziam que trabalhava como cafetina, oferecendo jovens moças a oficiais do Exército que, em troca, lhe passavam contratos de abastecimento superfaturados. Agora, num vestido justo de paetê que marcava sua protuberante barriga, ela se transformara num tipo específico de mulher de meia-idade de Lagos, empedernida pelas decepções, frustrada pela amargura, com uma grossa camada de maquiagem sobre as espinhas da testa.

"Ah, sim, Sidcot Hall", disse Kosi. "Está no topo da minha lista justamente porque sei que seguem o currículo britânico."

Normalmente Obinze não teria dito nada, teria apenas observado e escutado, mas naquele dia, por algum motivo, perguntou: "Mas nós não estudamos todos em escolas primárias que seguiam o currículo nigeriano?".

As mulheres o olharam; sua expressão de espanto indicava que ele não podia estar falando sério. E, sob certos ângulos, não estava. É claro que também queria o melhor para a filha. Às vezes, como naquele momento, sentia-se um intruso nesse novo círculo de pessoas que acreditavam que as mais novas escolas, os mais novos currículos, assegurariam a completitude dos filhos. Obinze não tinha as mesmas certezas que eles. Passava tempo demais lamentando o que poderia ter acontecido e se perguntando como o futuro seria.

Quando era mais jovem, admirava pessoas que vinham de famílias abastadas e que tinham sotaque de outros países, mas havia passado a sentir uma ânsia muda vinda delas, uma busca triste por algo que jamais encontrariam. Ele não queria uma filha bem preparada mas envolta em uma teia de inseguranças. Buchi não ia estudar na escola francesa, disso ele estava certo.

"Se decidir colocar sua filha em desvantagem mandando-a estudar numa dessas escolas com professores nigerianos de meia-tigela, a responsabilidade é sua", disse a sra. Akin-Cole. Ela falava com aquele sotaque estrangeiro impossível de identificar, que misturava britânico, americano e mais alguma coisa, tudo ao mesmo tempo, dos nigerianos ricos que não queriam que ninguém esquecesse como eram viajados, como seu cartão executivo da British Airways estava repleto de milhas.

"Uma amiga minha tem um filho que estuda numa escola no centro da cidade e, imaginem só, eles só têm cinco computadores na escola inteira. Só cinco!", disse a outra mulher. Obinze lembrou o nome dela. Era Adamma.

"As coisas mudaram", afirmou a sra. Akin-Cole.

"Concordo", disse Kosi. "Mas também entendo o que Obinze quis dizer."

Ela estava tomando dois partidos ao mesmo tempo para agradar a todos; sempre preferia a paz à verdade, ansiosa para aquiescer. Ao observá-la conversando com a sra. Akin-Cole, com a sombra dourada que brilhava em suas pálpebras, Obinze se sentiu culpado por pensar aquilo. Kosi era uma mulher tão dedicada, tão cheia de boas intenções. Ele esticou o braço e segurou sua mão.

"Nós vamos à Sidcot Hall e à escola francesa, mas também vamos dar uma olhada em escolas nigerianas como a Crown Day", disse Kosi, lançando-lhe um olhar de súplica.

"Certo", disse Obinze, apertando a mão dela. Kosi entenderia que aquilo era um pedido de desculpas e, mais tarde, ele pediria desculpas de verdade. Deveria ter ficado quieto e deixado a conversa dela transcorrer sem problemas. Kosi muitas vezes lhe contava que suas amigas sentiam inveja dela, diziam que Obinze se comportava como um marido de outro país, porque preparava o café da manhã para ela nos fins de semana e passava todas as noites em casa. E, no orgulho dos olhos da esposa, ele via uma versão mais brilhante e melhor de si mesmo. Estava prestes a dizer algo para a sra. Akin-Cole, algo vazio para apaziguá-la, quando ouviu a voz alta de Chief às suas costas: "Mas vocês sabem que, neste exato momento, o petróleo jorra de tubos ilegais e eles o vendem em garrafas em Cotonou! Sim! Sim!".

Chief estava ali.

"Minha linda princesa!", disse ele para Kosi, abraçando-a e apertando-a contra o corpo. Obinze se perguntou se Chief já tentara seduzi-la. Não seria uma surpresa. Certa vez, estava na casa dele quando um homem veio visitá-lo com a namorada e, quando ela saiu da sala para ir ao banheiro, ouviu Chief dizer ao homem: "Gostei dessa menina. Se você a der para mim, eu te dou um belo terreno em Ikeja".

"Você está tão bem, Chief", disse Kosi. "Sempre tão jovem!"

"Ah, minha querida, eu me esforço, eu me esforço." Chief puxou brincando as lapelas de cetim de seu paletó preto. Ele estava mesmo bem, magro e ereto, ao contrário de muitos outros homens ricos, que pareciam estar grávidos.

"Meu garoto!", disse ele para Obinze.

"Boa noite, Chief." Obinze apertou a mão dele em ambas as suas, inclinando um pouco o corpo para a frente. Observou os outros homens da festa se inclinarem também, apinhando-se em torno de Chief e tentando rir mais alto que todos os outros quando ele contava uma piada.

Tinha chegado mais gente na festa. Obinze ergueu os olhos e viu Ferdinand, um homem gorducho que Chief conhecia e que tinha se candidatado a governador nas últimas eleições, perdido e, como todos os políticos que perdiam faziam, ido aos tribunais para pedir uma recontagem. Ferdinand tinha um rosto pétreo e amoral; se alguém examinasse suas mãos, talvez encontrasse o sangue de seus inimigos debaixo de suas unhas. Encarou Obinze, que desviou os olhos. Temia que Ferdinand se aproximasse para falar da transação imobiliária escusa que mencionara da última vez em que haviam se encontrado, por isso murmurou que ia ao banheiro e se afastou do grupo.

Na mesa do bufê, viu um rapaz olhando com grande decepção para os frios e as pastinhas. Obinze se interessou pela estranheza dele; suas roupas e sua postura mostravam uma singularidade que não teria podido esconder nem se quisesse.

"Tem outra mesa do lado de lá com comida nigeriana", disse-lhe Obinze.

O rapaz olhou para ele e deu uma risada, grato. Chamava-se Yemi e era jornalista. Sua presença ali não era surpresa: fotos das festas de Chief sempre saíam nas edições de fim de semana dos jornais.

Yemi tinha se formado em letras e Obinze lhe perguntou de que livros gostava, ansioso por finalmente conversar sobre alguma coisa interessante. Mas ele logo percebeu que, para Yemi, um livro não podia ser considerado literatura se não tivesse palavras de muitas sílabas e trechos incompreensíveis.

"O problema é que o romance é simples demais, esse homem nem usa palavras bonitas", disse o jornalista.

Obinze ficou triste por Yemi ter recebido uma formação tão deficiente e sem se dar conta. Aquilo o fez querer virar professor. Imaginou-se diante de uma turma repleta de Yemis, ensinando. Teria gostado dessa vida, assim como sua mãe gostara. Muitas vezes, imaginava as outras coisas que poderia ter feito, ou que ainda podia fazer: dar aula numa universidade, editar um jornal, treinar tenistas de mesa profissionais.

"Não sei no que você trabalha, senhor, mas estou sempre à procura de um emprego melhor. Estou terminando meu mestrado agora", disse Yemi, como um verdadeiro lagosiano que sempre ia à luta, com os olhos em perene alerta para enxergar os mais poderosos; Obinze deu-lhe um cartão e foi ver onde estava Kosi.

"Eu estava me perguntando onde você tinha se metido", disse ela.

"Desculpe. Encontrei uma pessoa", explicou Obinze. Ele enfiou a mão no bolso para pegar seu BlackBerry. Kosi lhe perguntou se queria comer mais. Não queria. Queria ir para casa. Tinha sido tomado por uma vontade súbita de se refugiar em seu escritório e responder o e-mail de Ifemelu, mandar-lhe algo que vinha escrevendo mentalmente sem perceber. Como ela considerava voltar para a Nigéria, isso talvez significasse que não estava mais com o negro americano. Mas talvez fosse trazê-lo junto; afinal, era o tipo de mulher que faria um homem jogar toda a sua vida para o alto sem pensar duas vezes, o tipo de mulher que, por não esperar nem pedir certezas, fazia com que certo tipo de certeza se tornasse possível. Quando segurava sua mão na época da faculdade, apertava-a até que ambas as palmas ficassem molhadas de suor e dizia, brincando: "Como não sabemos se esta vai ser a última vez que vamos andar de mãos dadas, é melhor segurar com força. Porque uma moto ou um carro pode nos matar agora, ou eu posso ver o verdadeiro homem dos meus sonhos do outro lado da rua e abandonar você, ou você pode ver a verdadeira mulher dos seus sonhos e me abandonar". Talvez o negro americano voltasse para a Nigéria também, agarrando-se a ela. Mas Obinze sentia, pelo e-mail, que Ifemelu estava solteira. Pegou o BlackBerry para calcular que horas eram nos Estados Unidos quando ela o enviara. Início da tarde. As frases dela continham uma pressa. Ele se perguntou o que estava fazendo quando as escrevera, e o que mais Ranyinudo tinha dito a ela sobre ele.

No sábado de dezembro em que Obinze encontrou Ranyinudo no shopping Palms, ele estava esperando Gabriel trazer o carro, com Buchi num dos braços e uma sacola com os biscoitos dela no outro. "Zed!", gritara Ranyinudo. No ensino médio, ela era uma moleca, sempre animada, muito alta, magra e direta, sem os mistérios das outras. Os meninos todos gostavam dela, mas nenhum queria namorá-la, e chamavam-na carinhosamente de "Me deixe em paz", porque, quando lhe faziam perguntas sobre seu estranho nome, ela sempre dizia: "Sim, é um nome igbo e significa 'Nos deixe em paz', então me deixe em paz!". Obinze ficou surpreso de vê-la tão chique e tão diferente, com o cabelo cortado curtinho e calças justas que mostravam um corpo fornido e cheio de curvas.

"Zed! Zed! Quanto tempo! Você nunca mais quis saber da gente. É sua filha? Que bênção! Outro dia eu estava com um amigo meu, Dele. Conhece Dele, do Hale Bank? Ele disse que você é dono daquele prédio perto do escritório do Ace em Banana Island, é mesmo? Parabéns. Você é muito bem-sucedido, ô. E Dele diz que é muito humilde."

Obinze ficou constrangido com os elogios exagerados dela, com a deferência que lhe pingava sutilmente dos poros. Para Ranyinudo, ele não era mais o Zed do colégio, e as histórias sobre sua riqueza a haviam feito presumir que mudara mais do que teria sido possível. As pessoas sempre lhe diziam o quanto ele era humilde, mas não estavam falando de humildade de verdade, apenas que não ostentava o fato de fazer parte do clube dos ricos, não exercia os direitos que isso trazia — de ser grosseiro, de não pensar nos outros, de ser cumprimentado em vez de cumprimentar — e, como tantos outros do mesmo nível faziam essas coisas, isso era interpretado como humildade. Obinze também não se gabava, nem falava de tudo o que possuía, o que fazia com que as pessoas achassem que tinha muito mais do que na realidade. Até seu amigo mais próximo, Okwudiba, lhe dizia o quanto ele era humilde, e isso o irritava um pouco, pois queria que Okwudiba visse que chamá-lo de humilde era fazer da grosseria uma coisa normal. Além do mais, a humildade sempre lhe parecera algo especioso, inventado para reconfortar os outros; você era elogiado por sua humildade porque não os fazia sentir-se ainda mais cheios de falhas do que já eram. Era a honestidade que Obinze prezava. Sempre tinha desejado ser verdadeiramente honesto e temido não sê-lo.

No carro, quando estavam voltando da festa de Chief, Kosi disse: "Querido, você deve estar com fome. Só comeu aquele rolinho primavera?".

"Também comi suya."

"Você precisa comer. Graças a Deus, pedi a Marie que cozinhasse", disse ela. E acrescentou com uma risadinha: "Já eu devia ter maneirado e deixado aqueles escargots de lado! Acho que comi uns dez. Estavam tão gostosos, apimentados".

Obinze riu, um pouco entediado, mas feliz por ela estar feliz.

Marie era franzina e Obinze não sabia se era tímida ou se era apenas uma impressão causada por seu inglês vacilante. Trabalhava para eles havia apenas um mês. A última empregada, que tinha sido trazida por um parente de Gabriel, era baixa e gorda, e chegou na casa agarrada a uma mala de lona. Ele não estava presente quando Kosi inspecionou a mala — ela fazia isso com todas as domésticas, porque queria saber o que traziam para dentro de sua casa —, mas foi ver o que tinha acontecido, quando ouviu a esposa gritando, naquela voz impaciente e estridente que usava com todas as empregadas para mostrar autoridade e prevenir o desrespeito. A mala da menina estava no chão, aberta, com as roupas espalhadas. Kosi estava postada ao lado, segurando com a ponta dos dedos um pacote de camisinhas.

"Para que isso? Hein? Você veio para minha casa para ser uma prostituta?"

A menina olhou para baixo primeiro, em silêncio, e depois encarou Kosi e disse baixinho: "No meu último emprego, o marido da senhora estava sempre me forçando".

Os olhos de Kosi se arregalaram. Ela deu um passo à frente como se fosse atacar a menina de alguma maneira e então parou.

"Por favor, pegue sua mala e saia daqui agora mesmo", disse.

A menina fez um movimento de surpresa e depois pegou a mala e virou-se na direção da porta. Assim que ela foi embora, Kosi disse: "Você acredita nessa bobagem, querido? Ela trouxe camisinhas e ainda teve a coragem de abrir a boca para dizer isso. Você acredita?".

"O último patrão a estuprava, por isso ela decidiu se proteger dessa vez", disse Obinze.

Kosi olhou-o, atônita. "Você está com pena dela. Não conhece essas empregadas. Como pode sentir pena dela?"

Como você pode não sentir?, ele quis perguntar. Mas o medo hesitante em seus olhos o silenciou. A insegurança de Kosi, tão grande e tão comum, o silenciou. Ela estava preocupada com uma empregada a quem jamais ocorreria a Obinze seduzir. Lagos podia fazer isso com uma mulher casada com um homem jovem e rico; ele sabia o quanto era fácil entrar numa paranoia sobre domésticas, secretárias, as *Moças de Lagos*, aqueles monstros sofisticados e glamorosos que engoliam maridos sem mastigar, enfiando-os em sua garganta coberta de joias. Ainda assim, ele queria que Kosi temesse menos, fosse menos conformada a esse papel.

Alguns anos antes, ele tinha contado a ela sobre a funcionária bonita de um banco que foi a seu escritório para convencê-lo a abrir uma conta, uma jovem que usava uma camisa justa com um botão a mais aberto, tentando ocultar o desespero em seus olhos. "Querido, sua secretária não devia deixar nenhuma dessas moças que fazem marketing para os bancos entrar no seu escritório!", dissera Kosi, como se não pudesse mais ver Obinze e enxergasse apenas vultos, personagens clássicos: um homem rico, uma funcionária que tinha uma meta de depósitos a alcançar, uma troca fácil. Kosi esperava que ele a traísse, e sua preocupação era minimizar suas chances de fazê-lo. "Kosi, nada pode acontecer se eu não quiser. E eu nunca vou querer", tinha dito ele, num tom cuja intenção era tranquilizá-la e repreendê-la ao mesmo tempo.

Nos anos que tinham se passado desde o casamento deles, ela havia desenvolvido uma aversão excessiva às mulheres solteiras e um amor excessivo por Deus. Antes de se casar, ela ia à missa uma vez por semana na igreja anglicana da marina, uma obrigação rotineira de domingo que cumpria porque tinha sido criada assim, mas depois passou a frequentar a Casa de David porque, disse, aquela era uma igreja que acreditava na Bíblia. Mais tarde, quando Obinze descobriu que a Casa de David tinha um serviço religioso especial chamado Segure Seu Marido, ficou perturbado. Assim como na vez em que lhe perguntou por que sua melhor amiga da faculdade, Elohor, mal os visitava e Kosi respondeu: “Ela ainda é solteira”, como se isso explicasse tudo.

Marie bateu na porta do escritório de Obinze e entrou com uma bandeja de arroz e banana-da-terra frita. Ele comeu devagar. Colocou um CD de Fela Kuti para tocar e começou a escrever o e-mail no computador; o teclado do BlackBerry provocaria contrações em seus dedos e em sua mente. Ele que havia apresentado Fela para Ifemelu na faculdade. Antes disso, ela achava que Fela era um maconheiro maluco que fazia show de cueca, mas passou a amar o afrobeat; eles ficavam deitados no colchão de Obinze em Nsukka ouvindo música, e ela dava um salto e começava a fazer movimentos rápidos e vulgares com os quadris quando chegava a parte do coro que dizia *run-run-run*. Obinze se perguntou se Ifemelu ainda se lembrava disso. Ou se lembrava como o primo dele mandava fitas gravadas do exterior, e ele fazia cópias para ela na famosa loja de eletrônicos do mercado, onde o som era alto o dia inteiro e ficava zumbindo nos ouvidos mesmo depois que você ia embora. Obinze queria que Ifemelu tivesse as músicas que ele tinha. Ela jamais se interessou por Biggie, Warren G, Dr. Dre e Snoop Dogg, mas Fela era diferente. Sobre Fela, eles concordavam.

Ele reescreveu diversas vezes o e-mail, sem mencionar a esposa ou usar a primeira pessoa do plural, tentando encontrar um equilíbrio entre ansioso e engraçado. Não queria afastá-la. Queria ter certeza de que ia responder daquela vez. Clicou Enviar e, minutos depois, foi ver se já tinha uma resposta. Estava cansado. Não era uma fadiga física — ia à academia regularmente e havia tempos não se sentia tão bem —, mas uma lassidão esgotante que lhe anestesiava as margens da mente. Levantou-se e foi para a varanda; o súbito ar quente, o rugido do gerador do vizinho e o cheiro da fumaça de diesel o fizeram ficar zonzo. Insetos frenéticos voejavam em torno da lâmpada. Olhando para a escuridão abafada mais ao longe, ele sentiu que sairia flutuando caso se deixasse levar.

Parte 2

3.

Mariama terminou o penteado da cliente, aplicou-lhe um produto para dar brilho ao cabelo e, depois que ela foi embora, disse: "Vou comprar comida chinesa".

Aisha e Halima lhe disseram o que queriam — frango superpicante, asinhas, frango com laranja — com a facilidade e a rapidez de quem dizia aquilo todos os dias.

"Quer alguma coisa?", perguntou Mariama a Ifemelu.

"Não, obrigada."

"Seu cabelo vai demorar. Tem de comer", disse Aisha.

"Tudo bem. Eu tenho uma barrinha", disse Ifemelu. Ela também tinha cenourinhas, embora até então só tivesse comido seu chocolate derretido.

"Barrinha de quê?", perguntou Aisha.

Ifemelu mostrou-lhe a barrinha orgânica, integral e com pedaços de fruta de verdade.

"Isso não é comida!", disse Halima com desprezo, tirando os olhos da televisão.

"Ela está aqui há quinze anos, Halima", disse Aisha, como se o tempo que Ifemelu estava nos Estados Unidos explicasse o fato de comer barras de cereal.

"Quinze? Bastante", disse Halima.

Aisha esperou Mariama sair para tirar o celular do bolso. "Desculpe, vou ligar rapidinho", disse ela, indo para fora. Seu rosto estava alegre quando voltou; nele, havia uma beleza sorridente e de feições regulares que Ifemelu não vira ali antes.

"Emeka trabalha até tarde hoje. Então você só vai ver Chijioke antes de a gente terminar", disse Aisha, como se ela e Ifemelu tivessem planejado aquilo juntas.

"Olhe, você não precisa pedir para passarem aqui. Não vou nem saber o que dizer", disse Ifemelu.

"Você diz a Chijioke que igbo casa com quem não é igbo."

"Aisha, não posso mandar o rapaz casar com você. Ele vai casar se quiser."

"Eles querem casar comigo. Mas eu não sou igbo!" Os olhos de Aisha emitiram faíscas; ela devia ser um pouco instável.

"Foi isso que disseram?", perguntou Ifemelu.

"Emeka disse que a mãe falou que, se ele casar com americana, ela se mata", explicou Aisha.

"Isso não é bom."

"Mas eu sou africana."

"Então quem sabe ela não se mate se ele casar com você."

Aisha olhou para ela sem expressão. "A mãe do seu namorado quer que ele case com você?"

Ifemelu primeiro pensou em Blaine e depois se deu conta de que Aisha, é claro, estava falando de seu namorado inventado.

"Quer. Ela sempre pergunta quando vamos nos casar." Ela ficou impressionada com a própria fluidez; era como se tivesse convencido até a si mesma de que não estava vivendo de lembranças emboloradas pela passagem de treze anos. Mas poderia ter sido verdade; a mãe de Obinze gostava dela, afinal.

"Ah!", disse Aisha, com uma inveja bem-intencionada.

Um homem de pele ressecada e fartos cabelos brancos entrou com uma bandeja de plástico repleta de ervas para vender.

"Não, não, não", disse Aisha, com a palma da mão erguida como que para repeli-lo. O homem retirou-se. Ifemelu sentiu pena dele, com seu ar faminto e seu dashiki puído, e se perguntou quanto conseguiria ganhar com aquilo. Ela devia ter comprado alguma coisa.

"Você fala igbo com Chijioke. Ele ouve você", disse Aisha. "Você fala igbo?"

"É claro que falo igbo", disse Ifemelu na defensiva, enquanto se perguntava se Aisha mais uma vez estava sugerindo que os Estados Unidos a tinham mudado. "Cuidado!", acrescentou, porque Aisha tinha passado um pente de dentes minúsculos por uma madeixa.

"Seu cabelo é duro", disse Aisha.

"Não é duro", retrucou Ifemelu. "Você está usando o pente errado." Ela tirou o pente das mãos de Aisha e colocou-o sobre a mesa.

Ifemelu tinha crescido à sombra do cabelo de sua mãe. Era preto retinto, tão grosso que sugava dois frascos de relaxante no salão, tão cheio que tinha de passar duas horas sob o secador e, quando finalmente era libertado dos bobes rosa, saltava, livre e vasto, cascateando pelas costas como uma celebração. Seu pai dizia que era uma coroa de glória. "É seu cabelo de verdade?", perguntavam estranhos, esticando o braço para tocá-lo com reverência. Outros indagavam "Você é jamaicana?" como se apenas o sangue estrangeiro pudesse explicar cabelos tão abundantes que não rareavam nas têmporas. Durante toda a infância, Ifemelu muitas vezes olhava no espelho e puxava seu cabelo, esticava os cachinhos, desejando que ficasse como o da mãe; mas ele permaneceu crespo e crescia com relutância; as cabeleireiras que o trançavam diziam que os fios cortavam que nem faca.

Um dia, no ano em que Ifemelu comemorou seu décimo aniversário, sua mãe chegou do trabalho com um ar diferente. Suas roupas eram as mesmas, um vestido marrom cingido por um cinto, mas ela estava corada e com os olhos desfocados. "Onde está a tesoura grande?", perguntou, e, quando Ifemelu a trouxe, ela ergueu-a e, mecha por mecha, cortou o cabelo todo. Ifemelu ficou observando de olhos arregalados, atônita. O cabelo ficou jogado no chão como grama morta. "Traga uma sacola grande", disse a mãe. Ifemelu obedeceu, sentindo que estava em transe, sem compreender o que acontecia. Ela observou-a andar pelo apartamento, pegando todos os objetos católicos, os crucifixos pendurados nas paredes, os terços aninhados nas gavetas, os missais exibidos nas prateleiras. A mãe enfiou tudo na sacola de plástico e levou-a até o quintal com passos rápidos, mantendo o olhar distante. Fez uma fogueira ao lado da lata de lixo, no mesmo lugar onde queimava seus absorventes usados, e primeiro jogou o cabelo, embrulhado em jornal velho, e depois, um por um, os objetos de fé. Uma fumaça cinza-escuro subiu formando caracóis. Da varanda, Ifemelu começou a chorar, porque sentiu que algo acontecera e que a mulher diante do fogo, jogando mais querosene quando ele ameaçava apagar e se afastando quando as chamas ficavam mais fortes, aquela mulher careca e sem expressão, não era sua mãe, não podia ser.

Quando sua mãe entrou, Ifemelu deu um passo para trás, mas ela abraçou a filha com força.

"Eu fui salva", disse. "A sra. Ojo pregou para mim esta tarde durante o recreio das crianças e eu recebi Cristo. As coisas velhas passaram e tudo se tornou novo. Deus seja louvado. No domingo, vamos começar a ir à Igreja dos Santos Renascidos. É uma igreja que acredita na Bíblia, uma igreja viva, diferente da St. Dominic." Aquelas palavras não eram da sua mãe. Ela as falou de maneira rígida demais, agindo como outra pessoa. Mesmo sua voz, que em geral era aguda e feminina, tornara-se mais grossa e pesada. Naquela tarde, Ifemelu viu a essência da mãe se esvair. Antes disso, a mãe rezava o terço de vez em quando, fazia o sinal da cruz antes de comer, usava imagens bonitas de santos no pescoço, cantava músicas em latim e ria quando o pai de Ifemelu caçoava de sua pronúncia terrível. Ela também ria sempre que ele dizia: "Sou um agnóstico que respeita a religião", e afirmava que ele tinha sorte de ter se casado com ela, pois, embora fosse à igreja só quando havia um velório ou um casamento, ele entraria no céu nas asas da sua fé. Mas, depois daquela tarde, seu Deus mudou. Tornou-se exigente. O cabelo alisado O ofendia. A dança O ofendia. Ela barganhava com Deus, oferecendo a fome em troca da prosperidade, de uma promoção, de boa saúde. Jejuou tanto que ficou só pele e osso: não comia nem bebia nada nos fins de semana e, nos dias úteis, só bebia água até o início da noite. O pai de Ifemelu a observava, inquieto, implorando-lhe que comesse um pouco mais, jejuasse um pouco menos, sempre falando com cuidado para que ela não o chamasse de agente do demônio e o ignorasse, assim como fizera com uma prima que estava hospedada com eles. "Estou jejuando pela conversão de seu pai", dizia sempre a Ifemelu. Durante meses, a atmosfera no apartamento parecia vidro rachado. Todos pisavam em ovos perto da mãe, que se tornara uma estranha, magra, ossuda e severa. Ifemelu temia que um dia ela simplesmente quebrasse ao meio e morresse.

Então, no Sábado de Aleluia, um dia soturno, o primeiro Sábado de Aleluia calmo da vida de Ifemelu, sua mãe saiu correndo da cozinha e disse: "Eu vi um anjo!". Antigamente, eles estariam cozinhando, animados, com muitas panelas na cozinha e muitos parentes no apartamento, e Ifemelu e a mãe teriam ido à missa da noite e erguido velas acesas, cantando em meio a um mar de chamas bruxuleantes, depois voltado para casa para continuar a fazer o enorme almoço de Páscoa. Mas o apartamento estava em silêncio. Os parentes não tinham ido vê-los e o almoço ia ser arroz e cozido, como sempre. Ifemelu estava na sala com o pai e, quando a mãe disse "Eu vi um anjo!", reparou na exasperação nos olhos dele, um breve lampejo que logo desapareceu.

"O que aconteceu?", perguntou o pai, no tom apaziguador de quem fala com uma criança, como se não contrariar a loucura da mulher fosse fazê-la desaparecer depressa.

A mãe falou de uma visão que acabara de ter, uma aparição flamejante que surgira ao lado do fogão, de um anjo segurando um livro debruado de fio vermelho, dizendo-lhe que deixasse a Santos Renascidos porque o pastor era um bruxo que todas as noites participava de encontros demoníacos no fundo do mar.

"Você devia dar ouvidos a esse anjo", disse o pai de Ifemelu.

Assim, sua mãe abandonou a igreja e começou a deixar o cabelo crescer de novo, mas parou de usar colares e brincos porque as joias, de acordo com o pastor da Fonte de Milagres, não eram de Deus nem eram apropriadas para uma mulher virtuosa. Pouco depois, no dia do golpe fracassado, quando os comerciantes que viviam no andar de baixo estavam chorando porque aquilo teria salvado a Nigéria e as mulheres do mercado teriam virado ministras, sua mãe teve outra visão. Dessa vez o anjo apareceu em seu quarto, em cima do guarda-roupa, e disse-lhe que deixasse a Fonte de Milagres e fosse para a Assembleia dos Guias. No meio do primeiro culto a que Ifemelu assistiu com a mãe, num salão de convenções de chão de mármore, cercada por pessoas perfumadas e pelo ricocheteio de vozes exaltadas, Ifemelu olhou para a mãe e viu que ela estava chorando e rindo ao mesmo tempo. Nessa igreja de esperanças profundas, onde as pessoas batiam os pés no chão e aplaudiam, onde Ifemelu imaginava haver um redemoinho de anjos afluentes pairando acima deles, o espírito de sua mãe encontrara seu lugar. A igreja era repleta de novos-ricos; o pequeno carro de sua mãe era o mais velho do estacionamento, com sua pintura fosca e seus inúmeros arranhões. Se ela louvasse com os prósperos, dissera, Deus a abençoaria como os abençoara. Voltou a usar joias e a beber sua Guinness preta;

jejuava apenas uma vez por semana e muitas vezes dizia "*Meu* Deus me disse" e "*Minha* Bíblia diz", como se o Deus e a Bíblia das outras pessoas não fossem apenas diferentes, mas equivocados. Respondia a "Bom dia" e "Boa tarde" dizendo alegremente "Deus te abençoe!". Seu Deus se tornou alegre e não se importava em receber ordens. Toda manhã, ela acordava as pessoas da casa para rezar; eles todos se ajoelhavam no carpete áspero da sala, cantando, batendo palmas, cobrindo o dia que começava com o sangue de Jesus, e as palavras de sua mãe trespassavam o silêncio do amanhecer: "Deus, meu Pai Todo-Poderoso, eu ordeno que encha esse dia de bênçãos e prove para mim que é o Deus! Senhor, estou esperando por minha prosperidade! Não permita que o demônio vença, não permita que meus inimigos triunfem!". O pai de Ifemelu certa vez disse que essas preces eram batalhas alucinadas com enganadores imaginários, mas fazia questão de que ela sempre acordasse cedo para participar. "Isso deixa sua mãe feliz", dizia.

Na igreja, quando chegava a hora de os fiéis darem seu testemunho, sua mãe era a primeira a correr para o altar. "Eu estava com catarro esta manhã", dizia ela. "Mas, quando o pastor Gideon começou a rezar, ele sumiu. Agora, não estou sentindo mais nada. Louvado seja Deus!" A congregação gritava "Aleluia!" e outras pessoas davam seus testemunhos. *Eu não estudei porque estava doente, mas passei na prova com nota máxima! Eu estava com malária, mas rezei e fui curado! Minha tosse sumiu quando o pastor começou a rezar!* Mas sua mãe sempre ia primeiro, deslizando, sorridente, envolta na aura da salvação. Mais tarde, quando chegava o momento do culto em que o pastor Gideon se levantava de um salto com seu terno com ombreiras e seus sapatos pontudos e dizia: "Nosso Deus não é um Deus pobre! Amém! É nosso destino prosperar! Amém!", a mãe de Ifemelu erguia o braço bem alto, na direção do paraíso, e dizia: "Amém, Senhor meu Pai, amém".

Ifemelu não achava que Deus dera aquela casa enorme e todos aqueles carros ao pastor Gideon, mas que, é claro, ele os comprara com o dinheiro das três coletas que eram feitas a cada culto, e não achava que Deus faria por todos o que fizera pelo pastor, porque isso era impossível, mas gostava do fato de a mãe ter passado a comer regularmente. O calor dos olhos dela voltara, havia uma nova alegria em sua atitude, e ela ficava sentada à mesa com o marido após as refeições e cantava bem alto quando estava na banheira. Sua nova igreja a absorvia, mas não a destruía. Tornou-a previsível e fácil de enganar.

Dizer "Vou à aula de Estudos Bíblicos" e "Vou à Irmandade" eram as maneiras mais fáceis de Ifemelu sair sem ter de responder muitas perguntas durante a adolescência. Ifemelu não se interessava pela igreja e era indiferente a fazer qualquer esforço religioso, talvez porque sua mãe já fizesse tantos. Mas a fé da mãe a confortava; em sua mente, era uma nuvem branca que ficava acima de sua cabeça e ia aonde quer que ela fosse. Até o General surgir na vida deles.

Todas as manhãs, a mãe de Ifemelu rezava pelo General. Ela dizia: "Meu Pai, ordeno que abençoe o mentor de Uju. Que os inimigos dele nunca triunfem!". Ou dizia: "Cobrimos o mentor de Uju com o sangue precioso de Jesus!". E Ifemelu murmurava algo sem sentido em vez de dizer amém. Sua mãe dizia a palavra "mentor" de modo desafiador, com um tom de voz pesado, como se a potência de sua expressão fosse realmente transformar o General num mentor e fazer o mundo virar um lugar onde jovens médicas podiam pagar pelo Mazda da tia Uju, aquele automóvel verde-cintilante de linhas feitas para intimidar.

Chetachi, que morava no andar de cima, perguntou a Ifemelu: "Sua mãe disse que o mentor da sua tia Uju emprestou dinheiro para ela comprar o carro, é verdade?".

"É."

"Ê! Sua tia Uju é sortuda, ô!", disse Chetachi.

Ifemelu não deixou de perceber o sorrisinho irônico dela. Chetachi e a mãe dela já deviam ter fofocado sobre o carro; eram pessoas invejosas e faladeiras que faziam visitas apenas para ver o que os outros tinham, avaliando móveis e aparelhos eletrônicos novos.

"Que Deus abençoe esse homem, ô. Tomara que eu também consiga um mentor quando me formar", disse Chetachi. Ifemelu ficou furiosa com as provocações dela. Mas a culpa era de sua mãe, por contar tão avidamente aos vizinhos a história do mentor. Não devia fazer aquilo; não era da conta de ninguém o que tia Uju fazia. Ifemelu havia escutado a mãe dizendo a alguém no quintal do prédio: "O General queria ser médico quando era jovem, por isso agora ele ajuda jovens médicos. Deus o usa muito para interferir na vida das pessoas". E ela parecia sincera, alegre, convincente. Acreditava nas próprias palavras. Ifemelu não conseguia entender isso, a capacidade de a mãe contar a si mesma histórias sobre a realidade que não guardavam nenhuma semelhança com os fatos. Quando tia Uju lhes contou sobre o novo emprego — as palavras dela foram: "O hospital não tinha uma vaga para médico, mas o General fez com que abrissem uma para mim" —, a mãe de Ifemelu dissera prontamente: "É um milagre!".

Tia Uju sorria, um sorriso silencioso que não revelava nada; é claro que ela não achava que era um milagre, mas se recusava a dizê-lo. Ou talvez houvesse *sim* algo de milagroso em seu novo emprego de consultora no hospital militar em Victoria Island, em sua nova casa em Dolphin Estate, um conjunto de casas de dois andares que tinham um frescor estrangeiro, algumas delas pintadas de rosa e outras de um azul de céu cálido, cercadas por um parque de grama viçosa como o tecido de um tapete novo e bancos onde as pessoas podiam se sentar — uma raridade, mesmo na Ilha de Lagos. Semanas antes ela era uma recém-formada e todos os seus colegas estavam falando em sair do país e fazer a prova para obter a licença médica nos Estados Unidos ou no Reino Unido, porque a opção era desabar sobre um deserto de desemprego. O país estava sedento de esperança, com carros parados durante dias em longas e suarentas filas para comprar gasolina, aposentados carregando placas esmaecidas em que exigiam receber sua pensão, professores se reunindo para anunciar mais uma greve. Mas tia Uju não queria sair do país; Ifemelu sabia que ela sempre desejara ser dona de uma clínica privada e agarrava-se firmemente a esse sonho.

"A Nigéria não vai continuar assim para sempre. Tenho certeza de que vou encontrar um emprego de meio período, e vai ser difícil, sim, mas um dia vou abrir minha clínica, e vai ser na Ilha de Lagos!", dizia tia Uju para Ifemelu. Então ela foi ao casamento de uma amiga. O pai da noiva era vice-marechal do ar, por isso havia um boato de que o chefe de Estado estaria presente. Tia Uju brincou, dizendo que ia pedir que lhe desse o cargo de médica oficial de sua residência. Ele não foi, mas muitos de seus generais foram, e um deles mandou seu ajudante chamar tia Uju e pedir que fosse até o carro dele no estacionamento após a recepção. Quando ela se aproximou do Peugeot escuro com uma bandeirinha presa na frente e disse "Boa tarde, senhor" para o homem no banco de trás, ele afirmou: "Gostei de você. Quero cuidar de você". Talvez houvesse algo de milagroso nessas palavras. *Gostei de você. Quero cuidar de você.* Mas não no sentido em que a mãe de Ifemelu acreditava. "Um milagre! Deus é fiel!", disse ela nesse dia, com os olhos úmidos de fé.

***

Num tom parecido, quando o marido perdeu o emprego na agência federal, a mãe de Ifemelu disse: "O demônio é um mentiroso. Ele quer começar a bloquear nossas bênçãos, mas não vai conseguir". Ele foi demitido por se recusar a chamar sua nova chefe de Mamãe. Chegou em casa mais cedo do que o normal, destroçado por um espanto amargo, com a carta de demissão na mão, reclamando do absurdo que era um homem adulto chamar uma mulher adulta de Mamãe porque ela decidira que aquela era a melhor maneira de demonstrar respeito. "Dez anos de trabalho dedicado. É inescrupuloso", disse ele. A mãe de Ifemelu deu-lhe tapinhas nas costas, disse-lhe que Deus providenciaria outro emprego e que, até lá, eles se arranjariam com o salário de vice-diretora de escola dela. Ele saía para procurar emprego todos os dias, com os dentes cerrados e um nó firme na gravata, e Ifemelu se perguntou se simplesmente entrava em empresas aleatórias para tentar a sorte; mas logo começou a ficar em casa usando uma canga e uma camiseta sem manga, esparramado no sofá, ao lado do som. "Você não tomou banho hoje de manhã?", a mulher perguntou-lhe certa tarde ao chegar do trabalho com um ar exausto, segurando pastas contra o peito e com manchas de suor nas axilas. E depois acrescentou, irritada: "Se você precisa chamar alguém de Mamãe para ganhar um salário, devia ter feito isso!".

Ele não disse nada; por um momento pareceu perdido, encolhido e perdido. Ifemelu sentiu pena dele. Perguntou-lhe sobre o livro que estava aberto sobre seu colo, um livro familiar que sabia que ele lera antes. Esperou que o pai fosse fazer um de seus longos discursos sobre algo como a história da China, e ela ouviria sem prestar muita atenção, como sempre, alegrando-o. Mas ele não estava com vontade de conversar. Deu de ombros, como quem dizia que ela podia pegar o livro se quisesse. As palavras da mulher o machucavam com facilidade demais; sua atenção estava sempre nela, seus ouvidos permaneciam esperando sua voz, os olhos constantemente pousados nela. Não fazia muito tempo, antes de ser demitido, ele havia dito a Ifemelu: "Quando eu for promovido, comprarei para sua mãe algo memorável de fato". Ifemelu tinha perguntado o que seria, e ele sorriu e disse, num tom de mistério: "Será revelado em breve".

Olhando-o ali, mudo no sofá, Ifemelu pensou no quanto ele parecia ser o que era, um homem repleto de anseios desbotados, um funcionário público com ambições intelectuais que desejara uma vida diferente da que tinha, desejara ter estudado mais. Seu pai sempre contava que não pudera fazer faculdade porque precisara arrumar um emprego para sustentar os irmãos, e que pessoas menos inteligentes que ele no ensino médio tinham feito doutorado. Expressava-se num inglês polido e formal. As empregadas deles mal o entendiam, mas ainda assim ficavam bastante impressionadas. Certa vez, uma empregada antiga, Jecinta, entrara na cozinha e começara a bater palmas baixinho, dizendo a Ifemelu: "Você devia ter escutado a palavra bonita que seu pai falou agora! *O di egwu!*". Às vezes, Ifemelu o imaginava numa sala de aula dos anos 1950, um colonizado entusiasmado demais num uniforme escolar de algodão barato do tamanho errado, esforçando-se para impressionar os professores missionários. Até a caligrafia dele era afetada, cheia de curvas e floreios, com uma elegância uniforme que parecia impressa. Quando Ifemelu era criança, levava bronca dele por ser recalcitrante, irascível, intransigente, palavras que faziam suas pequenas ações parecerem épicas e quase dignas de orgulho. Mas o inglês rebuscado do pai começou a incomodá-la quando ela ficou mais velha, pois era uma fantasia, seu escudo contra a insegurança. Ele era assombrado pelo que não tinha — um diploma, uma vida de classe média alta — e, por isso, suas palavras empoladas se tornaram uma armadura. Ifemelu preferia quando o pai falava igbo; eram as únicas ocasiões em que parecia não ter consciência de suas ansiedades.

Perder o emprego deixou-o mais silencioso, e surgiu uma parede fina entre ele e o mundo. Já não resmungava "país de melífluos incuráveis" quando começava o noticiário da noite na NTA, não fazia longos monólogos sobre como o governo de Babangida reduzira os nigerianos a idiotas imprudentes, não brincava com a mulher. E, o que era pior, começara a participar das orações matinais. Nunca tinha feito isso antes; certa vez, a esposa insistira que o fizesse antes de saírem para visitar a aldeia dos dois. "Vamos rezar e cobrir as estradas com o sangue de Jesus", dissera ela, e ele respondera que as estradas iam ficar mais seguras e menos escorregadias se não estivessem cobertas de sangue. O que fez a mulher franzir o cenho e Ifemelu desatar a rir.

Pelo menos ele continuava não indo à igreja. Antes, Ifemelu costumava chegar da igreja com a mãe e encontrá-lo no chão da sala, mexendo numa pilha de LPS e cantando com a música que vinha do aparelho de som. Sempre parecia renovado, descansado, como se ficar sozinho com seus discos o nutrisse. Mas quase não ouvia mais música depois de perder o emprego. Elas chegavam em casa e o encontravam na mesa de jantar, debruçado sobre folhas soltas de papel, escrevendo cartas para jornais e revistas. E Ifemelu soube que, se ele tivesse outra chance, chamaria sua chefe de Mamãe.

Era uma manhã de domingo, bem cedo, e alguém estava batendo na porta da frente. Ifemelu gostava das manhãs de domingo, da maneira lenta como o tempo se movia quando ela, vestida para ir à igreja, ficava sentada na sala com o pai enquanto a mãe se arrumava. Às vezes eles dois conversavam, às vezes ficavam em silêncio, um silêncio compartilhado e satisfatório, como o daquela manhã. Da cozinha, o zumbido da geladeira era o único som que se ouvia até começarem as pancadas na porta. Uma interrupção desagradável. Ifemelu abriu a porta e viu o proprietário do apartamento deles ali, um homem rotundo com olhos esbugalhados e vermelhos, que diziam começar o dia com um copo de gim puro. Ele nem olhou para Ifemelu, cravando os olhos no pai dela e berrando: "Já se passaram três meses! Ainda estou esperando meu dinheiro!". A voz dele era conhecida de Ifemelu, os gritos estridentes que sempre vinham dos apartamentos dos vizinhos, do outro lugar. Mas agora ele estava ali e a cena chocou-a, o proprietário gritando na porta *deles*, seu pai fitando-o com uma expressão gélida e silenciosa. Sua família nunca devera o aluguel antes. Moravam naquele apartamento desde antes de ela nascer; era apertado, tinha as paredes da cozinha enegrecidas de fumaça de querosene, e Ifemelu sentia vergonha quando as amigas da escola iam visitá-la; mas sua família nunca devera o aluguel antes.

"Um bazofiador", disse o pai dela quando o proprietário foi embora, e depois não disse mais nada. Não havia nada a dizer. Eles não tinham pagado o aluguel.

A mãe de Ifemelu apareceu, cantando e muito perfumada, com o rosto seco e brilhante de pó um tom mais claro do que deveria. Ela estendeu um pulso para o marido, com uma pulseira fina de ouro aberta.

"Uju vai passar aqui depois da igreja para nos levar para ver a casa em Dolphin Estate", disse ela. "Você vai com a gente?"

"Não", respondeu ele secamente, como se a nova vida de tia Uju fosse um assunto que preferia evitar.

"Devia ir", disse ela. Mas o pai de Ifemelu não respondeu, apenas fechou a pulseira com cuidado e disse-lhe que vira o nível de água do motor do carro.

"Deus é fiel. Olhem só para Uju, comprando uma casa na Ilha!", disse a mãe de Ifemelu, alegre.

"Mas, mamãe, você sabe que tia Uju não pagou um kobo para morar ali", disse Ifemelu.

A mãe olhou-a. "Você passou esse vestido?"

"Ele não precisa ser passado."

"Está amassado. *Ngwa*, vá passá-lo. Pelo menos tem luz. Ou vista outra coisa."

Ifemelu se levantou com relutância. "Não está amassado."

"Vá passá-lo. Não há necessidade de mostrar ao mundo que as coisas estão difíceis para nós. Nosso caso não é o pior. Hoje você tem aula com a irmã Ibinabo, por isso ande logo."

Irmã Ibinabo era poderosa e, como fingia não sentir o peso desse poder, parecia mais poderosa ainda. Dizia-se que o pastor fazia tudo que ela pedia. A razão não era clara; alguns diziam que ela fundara a igreja com ele; outros, que sabia um segredo terrível de seu passado; e outros, que simplesmente tinha mais poder espiritual do que ele, mas não podia ser pastor porque era mulher. Ela podia impedir a aprovação pastoral de um casamento se quisesse. Conhecia tudo e todos, e parecia estar em todos os lugares ao mesmo tempo, com seu ar de quem fora curtida pelo tempo, como se a vida a tivesse jogado de um lado para o outro durante um longo período. Era difícil saber quantos anos tinha, cinquenta ou sessenta, com seu corpo rijo e o rosto fechado como uma concha. Irmã Ibinabo nunca ria, mas com frequência dava o sorriso leve dos devotos. As mães a encaravam com reverência; levavam-lhe presentes e entregavam-lhe ansiosamente as filhas para a aula dominical. Irmã Ibinabo, a salvadora das jovens. Pediam-lhe que conversasse com meninas que estavam com problemas ou davam trabalho. Algumas mães perguntavam se as filhas podiam morar com ela no apartamento atrás da igreja. Mas Ifemelu sempre sentira na irmã uma hostilidade fervorosa e enraizada contra as meninas. Irmã Ibinabo não gostava delas, apenas as vigiava e amedrontava, como se ficasse ofendida por aquilo que ainda possuíam de fresco e que nela já secara havia muito.

"Vi você usando calças justas no sábado passado", disse irmã Ibinabo para uma menina, Christie, num sussurro exagerado, baixo o bastante para fingir ser um sussurro, mas alto o bastante para que todos ouvissem. "Tudo é permissível, mas nem tudo é benéfico. Toda menina que usa calças justas deseja cair em tentação. É melhor evitar isso."

Christie assentiu, humilde, agradecida, demonstrando sua vergonha.

Na sala dos fundos da igreja, as duas janelas minúsculas não deixavam entrar muita luz, por isso a lâmpada sempre ficava acesa durante o dia. Envelopes para angariar fundos estavam empilhados sobre a mesa e, ao lado deles, havia um monte de papéis coloridos que pareciam pedaços de tecido fino. As meninas começaram a se organizar. Logo, algumas estavam escrevendo nos envelopes e outras cortando e enrolando os papéis, dobrando-os em formato de flor e passando-os por um fio para formar grinaldas fofas. No domingo seguinte, num culto especial de Ação de Graças, as guirlandas seriam colocadas em torno do pescoço grosso do chefe Omenka e do pescoço menor dos membros de sua família. Ele havia doado duas vans novas para a igreja.

"Sente naquele grupo, Ifemelu", disse irmã Ibinabo.

Ifemelu cruzou os braços e, como muitas vezes acontecia quando estava prestes a dizer algo que sabia ser melhor não dizer, as palavras lhe subiram correndo pela garganta. "Por que eu deveria fazer enfeites para um ladrão?"

Irmã Ibinabo arregalou os olhos, atônita. Fez-se um silêncio. As outras meninas ficaram observando, expectantes.

"O que você disse?", perguntou irmã Ibinabo baixinho, dando a Ifemelu uma chance de pedir desculpas, de botar as palavras de novo na boca. Mas Ifemelu se sentiu incapaz de parar, com o coração aos pulos, precipitando-se por um caminho acelerado.

"O chefe Omenka é um estelionatário e todo mundo sabe disso", disse ela. "Esta igreja está cheia de estelionatários. Por que a gente tem de fingir que este prédio não foi construído com dinheiro sujo?"

"Este trabalho é de Deus", disse irmã Ibinabo baixinho. "Se não pode fazer o trabalho de Deus, é melhor ir embora. Vá."

Ifemelu saiu às pressas da sala, passando correndo pelo portão na direção do ponto de ônibus, sabendo que em questão de minutos a história chegaria aos ouvidos da mãe, que estava dentro do prédio principal da igreja. Ela havia arruinado o dia. Tinham planejado ir ver a casa de tia Uju e fazer um belo almoço. Agora, a mãe ficaria irritada, mal-humorada. Ifemelu quis não ter dito nada. Afinal, já fizera guirlandas para outros estelionatários no passado, homens que tinham lugares especiais na primeira fila, que doavam carros com a facilidade de quem dava um chiclete. Tinha participado alegremente das recepções dadas em sua homenagem e comido arroz, carne e salada de repolho, comida contaminada pela fraude. Comera sabendo de tudo isso e não engasgara, nem pensara em engasgar. Mas havia algo de diferente naquele dia. Quando irmã Ibinabo falara com Christie, com aquele desprezo venenoso que afirmava ser orientação religiosa, Ifemelu tinha olhado para ela e visto um traço de sua própria mãe. Ela era uma pessoa mais doce e mais simples, mas, assim como irmã Ibinabo, negava que as coisas eram como eram. Uma pessoa que tinha de estender o manto da religião sobre seus desejos mesquinhos. De repente, a última coisa que Ifemelu queria era estar dentro daquela sala apertada e repleta de sombras. Tudo havia lhe parecido benigno antes, a fé da mãe, empapada de graça, mas, subitamente, não parecia mais. Por um segundo, desejou que ela não fosse sua mãe, e não sentiu culpa e tristeza, mas uma emoção única, uma mistura de culpa e tristeza.

O ponto de ônibus estava estranhamente vazio, e ela imaginou que todas as pessoas que sempre encontrava ali deviam estar dentro das igrejas, cantando e rezando. Esperou pelo ônibus, conjecturando se deveria ir para casa ou para outro lugar, esperar um pouco. Era melhor ir para casa enfrentar o que viesse.

A mãe puxou-lhe a orelha, um puxão quase delicado, como que relutando em lhe causar uma dor real. Fazia isso desde que Ifemelu era criança. "Vou bater em você!", dizia quando a filha fazia algo de errado, mas nunca batia, só dava um puxão frouxo de orelha. Dessa vez puxou duas vezes, a segunda para enfatizar as palavras. "O demônio está usando você. Tem de rezar. Não julgue. Quem julga é Deus!"

O pai disse: "Você deve se abster de sua propensão natural à provocação, Ifemelu. Já é conhecida por insubordinação na escola, o que maculou seu singular currículo acadêmico. Não há necessidade de criar um padrão similar na igreja".

"Pode deixar, papai."

Quando tia Uju chegou, a mãe de Ifemelu lhe contou o que tinha acontecido. "Vá dar uma bronca naquela menina. Você é a única pessoa que ela ouve. Pergunte o que eu lhe fiz para querer me envergonhar desse jeito na igreja. Ela insultou a irmã Ibinabo! É como insultar o pastor! Por que essa menina tem de dar tanto trabalho? Sempre digo que, se era para se comportar assim, melhor se tivesse nascido menino."

"Minha irmã, você sabe que o problema de Ifemelu é nem sempre saber quando deve ficar de boca fechada. Não se preocupe, vou conversar com ela", disse tia Uju em seu papel de pacificadora, acalmando a esposa do primo. Ela sempre se dera bem com a mãe de Ifemelu, com quem tinha o relacionamento fácil de duas pessoas que evitam cuidadosamente ter conversas com alguma profundidade. Talvez tia Uju se sentisse grata por ela tê-la acolhido, aceitado seu status de parente residente especial. Quando Ifemelu era criança, ela não se sentia filha única por causa dos primos, tias e tios que moravam com eles. Sempre havia malas e bolsas no apartamento; às vezes, um ou dois parentes passavam semanas dormindo no chão da sala. A maioria era da família do pai, gente que fora a Lagos para aprender um ofício, estudar ou procurar emprego, para que as pessoas da aldeia não falassem mal do irmão que só tinha uma filha, mas não queria ajudar a criar os outros. O pai sentia que tinha uma obrigação com eles, insistia que todos estivessem em casa às oito da noite, certificava-se de que havia comida suficiente e trancava a porta do quarto até quando ia ao banheiro, porque qualquer um poderia entrar ali e roubar alguma coisa. Mas tia Uju era diferente. Inteligente demais para ficar perdida naquela roça, dizia ele. O pai de Ifemelu a chamava de irmã mais nova, embora ela fosse filha do irmão de seu pai, e fora mais protetor e menos distante com ela. Sempre que via Ifemelu e tia Uju enroscadas na cama, conversando, dizia carinhosamente: "Vocês duas, hein?". Depois que tia Uju fora fazer faculdade em Ibadan, ele dissera para Ifemelu, quase com nostalgia: "Uju tinha uma influência calmante sobre você". Parecia ver na proximidade das duas uma prova da boa escolha que fizera, como se tivesse sido sua intenção trazer um presente para a família, alguém para amortecer a relação entre a mulher e a filha.

Assim, no quarto, tia Uju disse a Ifemelu: "Você devia ter feito a guirlanda e pronto. Já te disse que não tem que dizer tudo. Precisa aprender isso. Não tem que *dizer* tudo".

"Por que a mamãe não pode gostar das coisas que você ganha do General sem fingir que elas vêm de Deus?"

"Quem disse que elas não vêm de Deus?", perguntou tia Uju, puxando os lábios para baixo e fazendo uma careta. Ifemelu riu.

De acordo com a lenda da família, Ifemelu era uma garotinha emburrada aos três anos, que gritava se um estranho se aproximasse. Mas, da primeira vez em que viu tia Uju, que na época tinha treze anos e um rosto cheio de espinhas, pulou em seu colo e não saiu mais. Ela não sabia se isso tinha acontecido mesmo ou se virara verdade após ser contado inúmeras vezes, uma história encantada sobre o início de sua cumplicidade. Era tia Uju quem costurava os vestidinhos de Ifemelu e, quando ela foi ficando mais velha, folheavam juntas as revistas de moda, escolhendo roupas juntas. Tia Uju lhe ensinara a amassar um abacate e espalhá-lo no rosto, a dissolver pó Robb em água quente e colocar a cara no vapor, a secar uma espinha com pasta de dente. Tia Uju lhe trazia livros de James Hadley Chase embrulhados em jornal para esconder as mulheres seminuas na capa, alisou seu cabelo com ferro quente quando ela pegou piolho dos vizinhos, conversou com ela quando da sua primeira menstruação, suplementando o sermão da mãe, cheio de citações da Bíblia sobre a virtude, mas sem detalhes úteis sobre cólicas e absorventes. Quando Ifemelu conheceu Obinze, disse a tia Uju que ele era o amor de sua vida, e tia Uju lhe disse que o deixasse beijar e tocar, mas não penetrar.

4.

Os deuses, as divindades que pairam no ar e criam e destroem os amores juvenis, haviam decidido que Obinze ia namorar Ginika. Ele era o menino novo na escola, bonito, apesar de baixo. Fora transferido do ensino médio da Universidade de Nsukka e, poucos dias depois, todos já sabiam dos boatos sobre sua mãe. Ela havia brigado com um homem, outro professor da universidade, uma briga de verdade, com socos e golpes, e ainda por cima tinha ganhado, chegando até a rasgar as roupas dele, e por isso havia sido suspensa durante dois anos e se mudado para Lagos, onde ficaria até poder voltar. Era uma história estranha; as mulheres do mercado brigavam, as loucas brigavam, mas não as professoras universitárias. Obinze, com seu ar tranquilo e introvertido, tornava tudo ainda mais intrigante. Ele logo foi admitido no clã de rapazes malandros e admirados da escola, Os Caras; eles jogavam conversa fora nos corredores e ficavam nos fundos do salão principal quando todos os alunos estavam ali para a reunião matinal. Nenhum deles enfiava a camisa para dentro da calça e, por isso, sempre tinham problemas com os professores, o que lhes dava ainda mais prestígio, mas Obinze aparecia todos os dias com a camisa bem-arrumada e para dentro. Logo, todos Os Caras passaram a imitá-lo, até Kayode DaSilva, que era o mais admirado de todos.

Kayode passava todas as férias na casa dos pais na Inglaterra, que parecia enorme e assustadora nas fotos que Ifemelu já vira. Sua namorada Yinka era como ele — ela também ia à Inglaterra com frequência, morava em Ikoyi e falava com sotaque britânico. Era a menina mais popular do ano e tinha uma mochila de couro grosso com monogramas e sandálias sempre diferentes das de todas as outras. A segunda menina mais popular era Ginika, que era muito amiga de Ifemelu. Ela não viajava para fora do país com frequência e por isso não tinha aquele ar de quem era de *outro lugar* que Yinka tinha, mas sua pele era caramelo e seus cabelos, quando não estavam presos em tranças, desciam em ondas até o pescoço em vez de continuar em pé num afro. Todo ano ela era escolhida a menina mais bonita do ano e sempre dizia, irônica: "É só porque sou mestiça. Como posso ser considerada mais bonita que Zainab?".

Por isso, era a ordem natural das coisas que os deuses juntassem Obinze e Ginika. Kayode ia dar uma festa organizada às pressas na casa de hóspedes enquanto seus pais estavam em Londres. Ele disse a Ginika: "Vou apresentar você para o Zed na festa".

"Ele até que não é mau", disse Ginika, sorrindo.

"Tomara que não seja briguento que nem a mãe, ô", provocou Ifemelu. Era bom ver Ginika interessada num menino; quase todos Os Caras da escola tinham tentado conquistá-la, mas nenhum conseguira muito; Obinze parecia ser tranquilo, um bom partido.

Ifemelu e Ginika chegaram juntas quando a festa ainda estava nos seus primórdios, a pista vazia, os meninos correndo de um lado para o outro com cassetes, a timidez e o constrangimento ainda intactos. Toda vez que Ifemelu ia à casa de Kayode imaginava como seria morar ali, em Ikoyi, numa propriedade bonita com solo de cascalho e empregados de roupas brancas.

"Olhe ali o Kayode com aquele cara novo", disse ela.

"Não quero olhar", disse Ginika. "Eles estão vindo para cá?"

"Estão."

"Meus sapatos estão tão apertados."

"Dá para dançar com o sapato apertado", disse Ifemelu.

Os meninos estavam ali, diante delas. Obinze se vestira de maneira formal demais, com uma jaqueta pesada de veludo cotelê, enquanto Kayode estava apenas de jeans e camiseta.

"Oi, gatinhas!", disse Kayode. Ele era alto, esguio e tinha os modos descontraídos dos privilegiados. "Ginika, esse é meu amigo Obinze. Zed, essa é Ginika, a rainha que Deus fez para você se estiver disposto a trabalhar por isso!" Ele deu um sorrisinho safado, já um pouco bêbado, o menino de ouro unindo um casal de ouro.

"Oi", Obinze disse para Ginika.

"Esta é Ifemelu", disse Kayode. "Também conhecida como Ifemsco. Ela é o braço direito de Ginika. Se você se comportar mal, ela vai te dar uma surra de chicote."

Todos riram prontamente.

"Oi", disse Obinze. Seus olhos encontraram os de Ifemelu e permaneceram ali, demorando-se.

Kayode estava batendo papo, dizendo a Obinze que os pais de Ginika também eram professores universitários. "Ou seja, vocês dois são gente dos livros." Obinze devia ter tomado as rédeas e começado a falar com Ginika, Kayode devia ter ido embora, Ifemelu devia ter ido atrás e o destino dos deuses teria sido cumprido. Mas Obinze falou pouco e Kayode teve que sustentar a conversa, com a voz ficando cada vez mais exuberante, e de tempos em tempos ele olhava de soslaio para Obinze, como quem desejasse incentivá-lo. Ifemelu não soube quando exatamente, mas, naqueles instantes, enquanto Kayode falava, algo estranho aconteceu. Um tremor dentro dela, uma revelação. Ifemelu se deu conta, de repente, de que queria respirar o mesmo ar que Obinze. Além disso, tornou-se profundamente consciente do presente, do agora. A voz de Toni Braxton saindo do cassete, cantando *be it fast or slow, it doesn't let go, or shake me*, o cheiro do conhaque do pai de Kayode, que fora surrupiado, e a camisa branca justa que lhe apertava as axilas. Tia Uju a obrigara a dar um nó nela na altura do umbigo e naquele instante Ifemelu se perguntou se aquilo de fato estava na moda ou se era só bobo.

A música parou abruptamente. Kayode disse "Já vou" e saiu para descobrir o que dera errado. No silêncio que se seguiu, Ginika ficou brincando com o aro de metal que tinha em volta do pulso.

Obinze encarou Ifemelu de novo.

"Você não está com calor com essa jaqueta?", perguntou ela. A pergunta saiu de sua boca antes que pudesse se controlar, de tanto que estava acostumada a afiar as palavras, a buscar o terror nos olhos dos meninos. Mas ele sorriu. Parecia ter achado aquilo engraçado. Não estava com medo dela.

"Muito", disse Obinze. "Mas sou um caipira da roça e esta é minha primeira festa na cidade grande, então você vai ter que me perdoar." Ele tirou devagar a jaqueta, que era verde e tinha remendo de couro nos cotovelos. Estava com uma camisa de manga comprida por baixo. "Agora, vou ter de ficar carregando uma jaqueta para todo lado."

"Posso segurar para você", ofereceu Ginika. "E não ligue para Ifem, a jaqueta é bonita."

"Obrigado, mas pode deixar, vou segurar como punição por ter decidido usá-la." Ele olhou para Ifemelu com uma expressão divertida.

"Não foi isso que eu quis dizer", corrigiu Ifemelu. "É só que esta sala está tão quente e essa jaqueta parece bem pesada."

"Gostei da sua voz", disse ele, quase a interrompendo.

Ela, que nunca ficava sem saber o que dizer, balbuciou roucamente: "Minha voz?".

"É."

A música havia voltado. "Quer dançar?", perguntou ele.

Ifemelu assentiu.

Obinze pegou a mão dela e sorriu para Ginika, como se ela fosse uma acompanhante simpática que não seria mais necessária. Ifemelu achava bobos aqueles romances água com açúcar que são vendidos nas bancas de jornal, e ela e as amigas às vezes representavam as histórias. Ifemelu ou Ranyinudo faziam o homem e Ginika ou Priye, a mulher — o homem agarrava a mulher, que se debatia sem muita convicção e depois desabava sobre ele com gemidos agudos, e todas caíam na gargalhada. Mas na pista de dança cada vez mais cheia da festa de Kayode, ela percebeu, com um susto, que havia um traço de realidade nesses romances. Era mesmo verdade que, por causa de um homem, seu estômago se comprimia e se recusava a relaxar, as juntas de seu corpo pareciam ficar frouxas, seus membros não conseguiam se mover ao som da música e todas as coisas fáceis de repente se tornavam penosas. Enquanto dançava, hirta, Ifemelu viu Ginika pelo canto dos olhos observando-os com uma expressão intrigada e a boca um pouco aberta, como se não conseguisse acreditar no que acontecera.

"Você disse caipira da roça", mencionou Ifemelu, falando alto para ser ouvida apesar da música.

"O quê?"

"Ninguém diz caipira da roça. É o tipo de coisa que a gente lê num livro."

"Você precisa me dizer quais livros lê."

Ele estava brincando com ela, que não entendeu bem a piada, mas riu mesmo assim. Mais tarde, lamentou não lembrar cada palavra que eles disseram um para o outro enquanto dançavam. Lembrava apenas que se sentira à deriva. Quando as luzes se apagaram e começou a tocar uma música lenta, Ifemelu desejou estar num canto escuro nos braços de Obinze, mas ele disse: "Vamos lá para fora conversar".

Eles se sentaram em blocos de cimento atrás da casa de hóspedes, ao lado do que parecia ser o banheiro do porteiro, uma cabine estreita que emitia um cheiro desagradável quando o vento soprava. Os dois falaram sem parar, famintos por se conhecer. Obinze lhe contou que seu pai morrera quando ele tinha sete anos e que se lembrava claramente dele o ensinando a andar de triciclo numa rua cheia de árvores próxima à casa onde moravam no campus, mas que às vezes descobria, em pânico, que não conseguia se recordar de como era seu rosto e que então se sentia tomado por uma sensação de traição e corria para examinar a foto pendurada na parede da sala.

"Sua mãe nunca quis casar de novo?"

"Mesmo que quisesse, acho que não teria feito isso, por minha causa. Quero que ela seja feliz, mas não quero que se case de novo."

"Eu ia me sentir assim também. É verdade que ela brigou com outro professor?"

"Então você ouviu essa história."

"Dizem que é por isso que ela teve de sair da Universidade de Nsukka."

"Não, ela não brigou. Fazia parte de um comitê e eles descobriram que esse professor havia usado os fundos de forma indevida. Minha mãe acusou o homem publicamente e ele ficou furioso e deu-lhe um tapa, dizendo que não ia aceitar que uma mulher falasse com ele daquele jeito. Então minha mãe se levantou, trancou a porta da sala de conferências e pôs a chave no sutiã. Ela disse a ele que não podia retribuir o tapa, pois ele era mais forte, mas que ele teria de pedir desculpas publicamente, na frente de todo mundo que o vira dando o tapa nela. Ele pediu. Mas minha mãe sabia que era da boca para fora. Contou que ele se desculpou dizendo algo como 'Tudo bem, desculpe, já que é isso que você quer ouvir, agora me dê essa chave'. Naquele dia, chegou em casa com muita raiva e ficou falando sobre como as coisas haviam mudado e o que significava alguém poder chegar e esbofetear outra pessoa sem mais nem menos. Escreveu circulares e artigos sobre isso e a união estudantil se envolveu. As pessoas diziam 'Como ele pôde dar um tapa numa viúva?', e isso a deixou ainda mais irritada. Disse que não devia ter levado um tapa por ser um ser humano completo, não por não ter um marido para defendê-la. Então algumas das alunas dela fizeram camisetas com os dizeres 'ser humano completo'. Ela ficou meio famosa. Em geral é discreta e não tem muitos amigos."

"É por isso que ela veio para Lagos?"

"Não. Ela já estava para tirar essa licença sabática. Eu me lembro da primeira vez que ela me disse que ia tirar uma licença sabática de dois anos e de como fiquei animado porque achei que ia ser nos Estados Unidos, porque o pai de um amigo meu tinha acabado de ir para lá. Ela me explicou que íamos para Lagos e eu perguntei, então para que fazer isso? Melhor ficar em Nsukka."

Ifemelu riu. "Mas pelo menos você pode pegar um avião para vir para Lagos."

"É, mas a gente veio de carro", disse Obinze, rindo. "Mas agora estou feliz por termos vindo para Lagos, ou não teria conhecido você."

"Nem Ginika", provocou ela.

"Pare com isso."

"Seus amigos vão te matar. Era para você estar correndo atrás dela."

"Vou correr atrás de você."

Ifemelu sempre lembraria esse momento, essas palavras. *Vou correr atrás de você.*

"Vi você na escola há um tempo. Até perguntei ao Kay a seu respeito", disse Obinze.

"Está falando sério?"

"Você estava segurando um romance do James Hadley Chase perto do laboratório. Eu pensei: 'Muito bem, ainda há esperança. Ela gosta de ler'."

"Acho que já li todos dele."

"Eu também. Qual é seu preferido?"

"*A srta. Shumway usa a varinha.*"

"O meu é *Quer continuar vivo?*; passei uma noite em claro para terminar."

"É, eu gosto desse também."

"E os outros livros? Quais clássicos você gosta?"

"Clássicos, *kwa*? Eu só gosto de romances policiais. Sidney Sheldon, Robert Ludlum, Jeffrey Archer."

"Mas você também precisa ler livros de verdade."

Ela olhou para ele, achando sua seriedade engraçada. "Menino elitista! Criado na universidade! Foi sua mãe professora quem te ensinou isso?"

"Não, falando sério." Ele parou de falar por um instante. "Vou te emprestar alguns para você experimentar. Adoro os americanos."

"Você precisa ler livros de verdade", imitou Ifemelu.

"E poesia?"

"Como foi aquele último que a gente leu na aula? *A balada do velho marinheiro*? Que coisa chata."

Obinze riu e Ifemelu, sem interesse em continuar a falar de poesia, perguntou: "Então, o que foi que Kayode disse sobre mim?".

"Nada de ruim. Ele gosta de você."

"Você não quer dizer o que foi."

"Ele disse: 'Ifemelu é linda, mas dá trabalho demais. Sabe discutir. Sabe falar. Nunca concorda com ninguém. Mas Ginika é um doce de menina'." Obinze fez uma pausa e acrescentou: "Ele não sabia que era exatamente isso que eu queria escutar. Não estou interessado em meninas boazinhas demais".

"Hum! Você está me insultando?", perguntou ela, cutucando-o com raiva fingida. Gostava dessa imagem de si mesma como sendo alguém que dava trabalho, que era diferente, e às vezes encarava aquilo como uma carapaça que a mantinha segura.

"Você sabe que não estou te insultando." Obinze colocou um braço em seus ombros e puxou-a gentilmente para si; era a primeira vez que os corpos deles se tocavam, e Ifemelu sentiu-se retesar. "Achei você linda, mas não foi só isso. Você pareceu ser o tipo de pessoa que faz algo porque quer, não porque os outros estão fazendo."

Ifemelu pousou a cabeça contra a de Obinze e sentiu, pela primeira vez, o que sentiria em muitas outras ocasiões com ele: uma autoafeição. Ele fazia com que ela gostasse de si mesma. Com Obinze, Ifemelu se sentia confortável; era como se sua pele fosse do tamanho certo. Contou a ele como queria muito que Deus existisse, mas temia que não existisse, como se preocupava com o fato de que devia saber o que queria fazer da vida, mas nem sabia o que queria fazer na faculdade. Parecia tão natural conversar com ele sobre o que lhe viesse à cabeça. Ifemelu nunca tinha feito isso antes. A confiança tão súbita, mas tão completa, e a intimidade a assustavam. Eles não sabiam nada um do outro apenas algumas horas antes e, no entanto, houvera um saber compartilhado naqueles momentos antes de dançarem juntos, e agora ela só conseguia pensar em todas as coisas que ainda queria dizer, nas coisas que queria fazer com ele. As semelhanças na vida deles se tornaram bons presságios: ambos eram filhos únicos, comemoravam aniversário com apenas dois dias de diferença, e as aldeias de suas famílias ficavam no estado de Anambra. Ele era de Abba e ela de Umunnachi, a minutos de carro uma da outra.

"Hum! Um dos meus tios vai à sua aldeia o tempo todo!", ele contou. "Já fui com ele algumas vezes. As estradas de vocês são horríveis."

"Eu conheço Abba. As estradas de lá são piores."

"De quanto em quanto tempo você visita sua aldeia?"

"Todo Natal."

"Só uma vez por ano! Eu vou sempre com a minha mãe, pelo menos cinco vezes por ano."

"Mas aposto que falo igbo melhor que você."

"Impossível", afirmou Obinze, passando a falar igbo. "*Ama m atu inu*. Eu sei até os provérbios."

"Claro. O mais básico, que todo mundo sabe. Um sapo não corre à tarde por nada."

"Não. Eu conheço provérbios sérios. *Akota ife ka ubi, e lee oba*. Se algo maior que a fazenda é desenterrado, o celeiro é vendido."

"Ah, você quer me testar?", perguntou ela, rindo. "*Acho afu adi ako n'akpa dibia*. O saco do homem dos remédios tem todo tipo de coisa."

"Nada mau", disse ele. "*E gbuo dike n'ogu uno, e luo na ogu agu, e lote ya*. Se você matar um guerreiro numa briga local, vai se lembrar dele quando estiver lutando contra seus inimigos."

Trocaram provérbios. Ifemelu só lembrava mais dois quando desistiu, mas Obinze continuava em ponto de bala.

"Como você sabe tudo isso?", perguntou ela, impressionada. "Muitos meninos não querem nem falar igbo, quanto mais saber provérbios."

"Fico escutando a conversa dos meus tios, só isso. Acho que meu pai gostaria disso."

Eles ficaram em silêncio. Uma fumaça de cigarro chegou até os dois vinda da entrada da casa de hóspedes, onde alguns meninos tinham se reunido. Havia sons de festa no ar: música alta, vozes animadas e riso estridente de meninos e meninas, todos mais relaxados e mais livres do que estariam no dia seguinte.

"A gente não vai se beijar?", perguntou ela.

Ele tomou um susto. "De onde veio isso?"

"Só estou perguntando. Estamos sentados aqui há tanto tempo."

"Não quero que você pense que só quero isso."

"E quanto ao que eu quero?"

"O que você quer?"

"O que você acha?"

"Minha jaqueta?"

Ifemelu riu. "É, sua famosa jaqueta."

"Você me deixa tímido."

"Está falando sério? Porque você *me* deixa tímida."

"Acho que nada deixa você tímida."

Eles se beijaram, pressionaram uma testa contra a outra, ficaram de mãos dadas. O beijo dele era gostoso, deixou-a quase tonta; não era nada parecido com o do seu ex-namorado, Mofe, que ela achava cheio de saliva.

Ifemelu contou isso a Obinze algumas semanas mais tarde, dizendo: "E onde você aprendeu a beijar? Seu beijo não é nada igual à inabilidade salivar do meu ex-namorado!". Ele rira, repetira "Inabilidade salivar!" e dissera-lhe que aquilo não era técnica, mas emoção. Tinha feito o mesmo que o ex-namorado dela, mas a diferença, no caso deles, era o amor.

"Você sabe muito bem que para nós dois foi amor à primeira vista", disse Obinze.

"Para nós dois? Forçosamente? Por que você está falando em meu nome?"

"Estou apenas relatando um fato. Pare de lutar contra isso."

Eles estavam sentados lado a lado numa mesa nos fundos da sala de aula dele, que estava quase vazia. O sinal que anunciava o fim do recreio começou a tocar, agudo e dissonante.

"É, é um fato."

"O quê?"

"Eu te amo." As palavras saíram tão fáceis, tão altas. Ifemelu quis que Obinze escutasse e que o menino sentado ali na frente, um menino estudioso que usava óculos, escutasse, e que as meninas reunidas no corredor escutassem.

"Fato", disse Obinze, sorrindo.

Obinze entrou no clube de debate por causa de Ifemelu e, quando ela acabava de falar, era quem aplaudia mais forte e por mais tempo, até os amigos dela dizerem: "Chega, Obinze, por favor". Ela entrou no clube de esportes por causa dele e ficava vendo-o jogar futebol do lado de fora do campo, segurando sua garrafa de água. Mas era tênis de mesa que ele amava, suando e gritando enquanto jogava, molhado de energia, batendo na bolinha branca, e ela se admirava com sua habilidade, com como ele parecia se posicionar longe demais da mesa, mas mesmo assim conseguia bater na bola. Obinze era o campeão invicto da escola, assim como fora, segundo contara, na escola anterior. Quando Ifemelu e Obinze jogavam, ele ria e dizia: "Você não ganha batendo na bola com raiva, ô!". Por causa de Ifemelu, os amigos dele o chamavam de "invólucro de mulher". Certa vez, quando os meninos estavam combinando de se encontrar depois da escola para jogar futebol, um deles perguntou: "Ifemelu deu permissão para você ir?". E Obinze respondeu, sem pestanejar: "Deu, mas ela disse que só posso ficar uma hora". Ela gostava do fato de ele ostentar o namoro como se fosse uma camisa de cor vívida. Às vezes, temia estar feliz demais. Ficava mal-humorada, ou se irritava com Obinze, ou se mantinha distante. E sua alegria se tornava inquieta, batendo as asas dentro dela, como quem busca uma chance de sair voando.

5.

Depois da festa de Kayode, Ginika ficou mais reservada; um constrangimento estranho surgiu entre ela e Ifemelu.

"Você sabe que não imaginei que isso ia acontecer", disse Ifemelu.

"Ifem, ele estava olhando para você desde o começo", disse Ginika, e então, para mostrar que não se importava, brincou com a amiga, afirmando que roubara seu pretendente sem nem tentar. Sua leveza era forçada, excessiva, e Ifemelu sentiu o peso da culpa e de um desejo de compensar demais. Parecia-lhe errado que sua boa amiga Ginika, uma menina bonita, agradável, popular e com quem ela jamais brigara, estivesse reduzida a fingir que não se importava, embora uma melancolia colorisse seu tom de voz sempre que falava de Obinze. "Ifem, você vai ter tempo para nós hoje ou vai ser só Obinze o dia todo?", perguntava ela.

Por isso, quando Ginika chegou à escola certa manhã com os olhos vermelhos e tristes e disse a Ifemelu: "Papai disse que vamos nos mudar para os Estados Unidos no mês que vem", Ifemelu quase teve uma sensação de alívio. Ia sentir falta da amiga, mas o fato de Ginika estar indo embora ia forçá-las a lavar, torcer e estender a amizade no varal, fresca, para secar, fazendo-a voltar ao que fora antes. Os pais de Ginika já havia algum tempo falavam em pedir demissão da universidade e recomeçar nos Estados Unidos. Certa vez, quando Ifemelu a visitava, ouvira o pai de Ginika dizer: "Não somos gado. Esse regime está nos tratando como gado e estamos começando a nos comportar como gado. Não consigo pesquisar direito há anos, porque passo todos os dias organizando greves, falando dos salários que não são pagos e do fato de que não há giz nas salas de aula". Ele era um homem baixo de pele bem escura, que ficava ainda mais baixo e escuro ao lado da mulher corpulenta e de cabelo acinzentado que era a mãe de Ginika, e tinha um ar de indecisão, como se estivesse sempre hesitando entre várias opções. Quando Ifemelu disse a seus pais que a família de Ginika finalmente ia deixar o país, seu pai suspirou e disse: "Pelo menos eles têm a sorte de ter essa opção". E sua mãe disse: "Eles são abençoados".

Mas Ginika reclamava e chorava, imaginando uma vida triste e sem amigos na estranha América. "Queria poder ir morar com vocês quando eles forem", disse para Ifemelu. As amigas tinham se reunido na casa de Ginika. Ifemelu, Ranyinudo, Priye e Tochi estavam no quarto dela, escolhendo quem ia ficar com as roupas que não iam na mudança.

"Ginika, vê lá se vai conseguir conversar com a gente quando voltar", disse Priye.

"Ela vai voltar uma tremenda *americanah*, que nem a Bisi", disse Ranyinudo.

Todas urraram de rir com a palavra *americanah*, enfestoada de alegria com sua quinta sílaba estendida, e ao pensar em Bisi, uma menina um ano abaixo delas que voltara de uma breve viagem aos Estados Unidos com estranhas afetações, fingindo que não entendia mais ioruba e acrescentando um erre arrastado a todas as palavras em inglês que falava.

"Mas, Ginika, sério, eu daria tudo para ser você agora", disse Priye. "Não entendo por que não quer ir. Sempre vai poder voltar, se quiser."

Na escola, os amigos se reuniam em torno dela. Todos queriam levá-la à loja de balas e encontrar com ela depois da escola, como se sua partida iminente a deixasse ainda mais desejável. Ifemelu e Ginika estavam jogando conversa fora no corredor durante um intervalo quando Os Caras se uniram a elas: Kayode, Obinze, Ahmed, Emenike e Osahon.

"Ginika, você vai para onde nos Estados Unidos?", perguntou Emenike. Ele era fascinado por pessoas que viajavam para o exterior. Depois que Kayode voltou de uma viagem à Suíça com os pais, Emenike se abaixou para acariciar seus sapatos dizendo: "Quero tocá-los, porque eles tocaram a neve".

"Missouri", disse Ginika. "Meu pai arrumou um emprego numa universidade de lá."

"Sua mãe é americana, *abi*? Por isso você tem um passaporte americano?"

"É. Mas a gente não viaja desde que eu estava no terceiro ano do fundamental."

"Um passaporte americano é a coisa mais legal do mundo", disse Kayode. "Eu trocava o meu britânico por um na hora."

"Eu também", concordou Yinka.

"Eu quase tive um, ô", disse Obinze. "Tinha oito meses de idade quando meus pais me levaram para os Estados Unidos. Toda hora digo para minha mãe que ela devia ter ido mais cedo e me dado à luz lá!"

"Que azar, cara", disse Kayode.

"Eu nem tenho passaporte. Na última vez que a gente viajou, fui como dependente, com o passaporte da minha mãe", disse Ahmed.

"Viajei com o passaporte da minha mãe até o terceiro ano, mas então meu pai disse que a gente precisava tirar o nosso", contou Osahon.

"Nunca saí do país, mas meu pai prometeu que vou fazer faculdade fora. Queria poder pedir um visto agora em vez de ter que esperar até terminar a escola", disse Emenike. Depois que ele falou essa frase, todos fizeram um silêncio reverente.

"Não nos abandone agora, espere até se formar", disse Yinka finalmente, e ela e Kayode desataram a rir. Os outros riram também, até o próprio Emenike, mas havia, sob o riso deles, um eco agudo. Sabiam que Emenike estava mentindo. Ele inventava histórias sobre pais ricos que todos sabiam que não tinha, tão imerso em sua necessidade de engendrar uma vida que não lhe pertencia. A conversa mingou, mudando para o professor de matemática que não sabia resolver equações simultâneas. Obinze pegou a mão de Ifemelu e eles se afastaram, distraídos. Faziam isso sempre, distanciando-se devagar dos amigos para ir sentar num canto perto da biblioteca ou passear no gramado atrás dos laboratórios. Conforme caminhavam, ela sentiu vontade de dizer a Obinze que não sabia como se podia viajar com o passaporte da mãe e que sua mãe nem tinha um passaporte. Mas não disse nada e ficou andando em silêncio ao lado dele. Obinze se encaixava ali, naquela escola, muito mais do que ela. Ifemelu era popular, sempre era convidada para todas as festas e, nas reuniões de alunos, era anunciada como uma das três primeiras do ano, mas sentia-se encerrada por um halo translúcido de diferença. Não estaria ali se não tivesse se saído tão bem na prova de admissão, se seu pai não estivesse determinado a mandá-la estudar "numa escola que tanto forma caráter como prepara para uma carreira". O ensino fundamental fora diferente, numa escola cheia de crianças como ela, cujos pais eram funcionários públicos, e que andavam de ônibus e não tinham motorista. Ifemelu se lembrava da expressão de surpresa no rosto de Obinze, uma surpresa que ele logo havia ocultado, quando perguntou: "Qual é o telefone da sua casa?", e ela respondeu: "Não temos telefone".

Ele estava segurando a mão dela, apertando-a gentilmente. Admirava-a por ser extrovertida e diferente, mas não parecia capaz de ver o que havia por trás disso. Estar ali, entre pessoas que já tinham viajado para o exterior, era natural para ele. Obinze era fluente em seu conhecimento das coisas de fora, especialmente as que vinham dos Estados Unidos. Todos assistiam a filmes americanos e trocavam revistas americanas com as folhas apagadas, mas ele sabia detalhes sobre presidentes daquele país de cem anos atrás. Todos assistiam aos programas de televisão americanos, mas Obinze sabia que Lisa Bonet havia deixado o *Cosby Show* para fazer *Coração satânico*, e que Will Smith tinha dívidas imensas antes de ser contratado para fazer *Um maluco no pedaço*. "Você está parecendo uma negra americana" era o maior elogio que ele podia fazer, era o que dizia para ela quando usava um vestido bonito ou fazia tranças grossas no cabelo. Manhattan era seu zênite. Muitas vezes ele dizia "Isto aqui não é nenhuma Manhattan" ou "Vá ver em Manhattan como são as coisas". Deu a ela uma edição de *As aventuras de Huckleberry Finn* com as páginas vincadas de tanto que as tinha lido, e ela começou a ler no ônibus quando voltava para casa, mas parou após alguns capítulos. Na manhã seguinte, pôs o livro na mesa dele com um baque decidido. "Isto é uma bobagem ilegível", afirmou.

"É escrito em diversos dialetos americanos", disse Obinze.

"E daí? Eu continuo sem entender."

"Você precisa ter paciência, Ifem. Quando se envolver com a história, vai ver que é muito interessante e não vai querer parar de ler."

"Já parei de ler. Por favor, fique com seus livros de verdade e me deixe com os livros que eu gosto. Mesmo assim ganho de você quando jogamos palavras cruzadas, Sr. Eu Leio Livros de Verdade."

Ifemelu soltou a mão de Obinze enquanto voltavam para a aula. Sempre que se sentia assim, o pânico a cortava à menor provocação e eventos banais se tornavam presságios da destruição. Daquela vez, Ginika foi o gatilho; ela estava parada ao lado da escada com a mochila no ombro e o rosto dourado pelos raios do sol e, subitamente, Ifemelu se deu conta do quanto ela e Obinze tinham em comum. A casa de um andar de Ginika na Universidade de Lagos, um lugar tranquilo com um jardim coroado por sebes de buganvílias, talvez fosse como a casa de Obinze em Nsukka, e ela imaginou Obinze percebendo que Ginika combinava muito mais com ele, e então aquela alegria, aquela coisa frágil e cintilante que havia entre eles dois, desapareceria.

Certa manhã, após a reunião geral da escola, Obinze disse a Ifemelu que sua mãe queria que ela fosse visitá-la.

"Sua mãe?", perguntou Ifemelu, atônita.

"Acho que ela quer conhecer a futura nora."

"Obinze, pare de brincadeira!"

"Eu lembro que, quando estava no sexto ano, convidei uma menina para a festa de fim de ano e minha mãe deu um lenço para a menina. Ela disse: 'Uma dama sempre precisa de um lenço'. Minha mãe às vezes é estranha, *sha*. Talvez queira te dar um lenço."

"Obinze Maduewesi!"

"Ela nunca fez isso antes, mas eu também nunca tive uma namorada séria. Acho que só quer ver você. Mandou um convite para o almoço."

Ifemelu fitou-o com os olhos arregalados. Que tipo de mãe chamava a namorada do filho para fazer uma visita? Era esquisito. Até a expressão "um convite para o almoço" era algo que as pessoas diziam nos livros. Quem era namorada ou namorado de alguém não visitava a casa da pessoa; os dois se inscreviam nas aulas extracurriculares, no clube de francês, em qualquer coisa que lhes permitisse se ver fora da escola. Os pais de Ifemelu, é claro, não sabiam da existência de Obinze. O convite da mãe dele deixou-a assustada e animada; ela passou dias preocupada com o que ia vestir.

"Seja você mesma", disse tia Uju.

Ifemelu respondeu: "Como posso ser eu mesma? O que isso significa?".

Na tarde em que foi fazer a visita, ficou parada diante da porta do apartamento deles por algum tempo antes de tocar a campainha. Quando o fez, sentiu uma súbita esperança louca de que não estivessem em casa. Obinze abriu a porta.

"Oi. Minha mãe acabou de voltar do trabalho."

A sala era arejada, com as paredes sem quadros a não ser pelo azul-turquesa de uma mulher de pescoço longo usando um turbante.

"Essa é a única coisa que é nossa. O resto veio com o apartamento", disse Obinze.

"É bonito", murmurou Ifemelu.

"Não fique nervosa. Lembre, ela quis que você viesse", sussurrou Obinze logo antes de sua mãe aparecer. Ela parecia Onyeka Onwenu, tinha uma semelhança espantosa com ela: uma beldade de nariz largo e lábios grossos com um rosto redondo encimado por um afro curto e uma pele perfeita do marrom profundo do cacau. A música de Onyeka Onwenu fora uma das alegrias luminosas da infância de Ifemelu e não perdera o brilho quando entrara na adolescência. Sempre se lembraria do dia em que seu pai chegara em casa com o disco *In the Morning Light*; o rosto de Onyeka Onwenu na capa fora uma revelação e, durante um longo tempo, ela mantivera o hábito de passar o dedo pelas linhas da foto. Sempre que seu pai colocava aquelas músicas para tocar, deixavam o apartamento festivo e transformavam-no numa pessoa mais relaxada que cantava músicas repletas de feminilidade. Ifemelu, culpada, fantasiava que ele era casado com Onyeka Onwenu em vez de sua mãe. Quando ela cumprimentou a mãe de Obinze dizendo "Boa tarde, senhora", quase esperou que começasse a cantar numa voz tão inigualável quanto a de Onyeka Onwenu. Mas ela tinha uma voz baixa e murmurante.

"Que nome bonito você tem, Ifemelunamma", disse.

Ifemelu ficou alguns segundos sem saber o que dizer. "Obrigada, senhora."

"Traduza-o."

"Traduzir?"

"Isso. Como você traduziria seu nome? Obinze te contou que faço algumas traduções? Do francês. Sou professora de literatura, não de literatura inglesa, veja bem, mas literatura de língua inglesa, e faço traduções como hobby. Seu nome em igbo poderia significar 'feita em bons tempos' ou 'feita lindamente', o que você acha?"

Ifemelu não conseguiu achar nada. Havia algo naquela mulher que fazia Ifemelu querer dizer coisas inteligentes, mas sua mente estava em branco.

"Mamãe, ela veio cumprimentar a senhora, não traduzir o próprio nome", disse Obinze, fingindo exasperação.

"Temos refrigerante para oferecer à convidada? Você tirou a sopa do congelador? Vamos para a cozinha", disse a mãe dele. Ela esticou o braço, tirou um fiapo do cabelo de Obinze e deu um tapinha leve em sua cabeça. A relação fluida e brincalhona deles deixava Ifemelu constrangida. Era livre de amarras, livre do medo das consequências; não tinha a forma comum de um relacionamento com pai ou mãe. Eles cozinharam juntos, a mãe de Obinze mexendo a sopa e ele fazendo garri, enquanto Ifemelu ficava ali bebendo uma Coca. Ela se ofereceu para ajudar, mas a mãe de Obinze disse: "Não, querida, da próxima vez", como se não deixasse qualquer pessoa ajudar na cozinha. Ela era agradável e direta, até calorosa, mas passava uma privacidade, uma relutância em se mostrar completamente para o mundo, um traço de Obinze. Ensinara ao filho a habilidade de, mesmo no meio da multidão, estar confortável dentro de si mesmo.

"Quais são seus romances preferidos, Ifemelunamma?", perguntou. "Você sabe que Obinze só lê livros americanos? Espero que não seja tola assim."

"Mamãe, você só está tentando me forçar a gostar desse livro." Ele fez um gesto indicando o livro sobre a mesa da cozinha, *O cerne da questão*, de Graham Greene. "Minha mãe lê esse livro duas vezes por ano. Não sei por quê", disse para Ifemelu.

"É um livro sábio. As histórias humanas que importam são as duradouras. Os livros americanos que você lê são pesos-pena." Ela se voltou para Ifemelu. "Esse menino é apaixonado demais pelos Estados Unidos."

"Eu leio livros americanos porque os Estados Unidos são o futuro, mamãe. E seu marido estudou lá."

"Isso quando só os obtusos iam estudar nos Estados Unidos. As universidades americanas eram consideradas do mesmo nível que o ensino médio britânico na época. Ensinei muita coisa para aquele homem depois que me casei com ele."

"Apesar de ter deixado suas coisas no apartamento dele para espantar as outras namoradas antes disso?"

"Já disse para você não prestar atenção nas histórias mentirosas do seu tio."

Ifemelu ficou ali, mesmerizada. A mãe de Obinze, seu lindo rosto, seu ar de sofisticação, o fato de que usava um avental branco na cozinha, faziam com que fosse diferente de qualquer outra mãe que ela já conhecera. Ali, seu pai, com suas palavras desnecessariamente empoladas, pareceria grosseiro, e sua mãe, provinciana e mesquinha.

“Pode lavar as mãos na pia”, disse a mãe de Obinze para ela. “Acho que ainda tem água.”

Eles ficaram em volta da mesa de jantar, comendo garri e sopa, com Ifemelu se esforçando para ser, como dissera tia Uju, “ela mesma”, embora não soubesse mais o que era “ela mesma”. Ifemelu se sentiu desmerecedora, incapaz de mergulhar na atmosfera, com Obinze e a mãe dele.

“A sopa está tão doce, senhora”, disse Ifemelu educadamente.

“Ah, foi Obinze que fez. Ele não te contou que sabe cozinhar?”

“Contou, mas eu não achava que sabia fazer sopa, senhora.”

Obinze deu um sorrisinho superior.

“Você cozinha em casa?”, perguntou a mãe dele para Ifemelu.

Ela quis mentir, dizer que cozinhava e que adorava, mas se lembrou das palavras de tia Uju. “Não, senhora. Não gosto de cozinhar. Posso comer macarrão instantâneo todos os dias, se precisar.”

A mãe de Obinze riu, como se estivesse encantada com a honestidade dela. Quando ria, parecia um Obinze com um rosto mais suave. Ifemelu comeu devagar, pensando em como queria ficar ali com eles, em seu enlevo, para sempre.

O apartamento tinha cheiro de baunilha nos fins de semana, quando a mãe de Obinze fazia doces. Fatias de manga brilhando sobre uma torta, bolinhos inchados de passas. Ifemelu mexia a massa e descascava as frutas; a mãe dela não fazia doces, e o forno de sua família era cheio de baratas.

“Obinze acabou de dizer *trunk*, senhora. Ele disse *trunk* para falar do porta-malas do carro”, dedurou ela. Na briga dos dois entre falar inglês americano ou britânico, ela sempre ficava do lado da mãe dele.

“Não é assim que se chama, meu filho querido”, disse a mãe de Obinze. Quando Obinze pronunciava o “ch” com som de “k”, sua mãe dizia: “Ifemelunamma, por favor, diga ao meu filho que eu não falo americano. Ele poderia repetir em inglês?”.

Nos fins de semana, eles viam filmes em vídeo. Ficavam sentados na sala com os olhos na tela e Obinze dizia “*Chelu*, vamos ouvir” quando sua mãe, de tempos em tempos, comentava se uma cena era plausível, ou se indicava o que ia acontecer a seguir, ou se comentava que um ator estava usando peruca. Certo domingo, no meio de um filme, a mãe saiu para ir à farmácia comprar seu remédio para alergia. "Esqueci que fecham mais cedo hoje", disse ela. Assim que o motor do carro foi ligado e emitiu um ronco surdo, Ifemelu e Obinze correram para o quarto dele e mergulharam na cama, beijando-se e se tocando, com as roupas arregaçadas, meio tiradas, postas de lado. A pele de ambos quente, colada uma na outra. Deixaram a porta e a persiana abertas, atentos ao som do carro da mãe dele. Quando o ouviram, em questão de segundos vestiram-se, voltaram para a sala e apertaram o play no videocassete.

A mãe de Obinze entrou e olhou para a televisão. "Vocês estavam vendo essa cena quando eu saí", disse, muito séria. Fez-se um silêncio gelado, inclusive no filme. Então, os gritos musicais de um vendedor de feijões entraram pela janela.

"Ifemelunamma, por favor, venha aqui", disse a mãe dele, virando-se para ir lá para dentro.

Obinze se levantou, mas Ifemelu o deteve. "Não, ela disse para eu ir."

A mãe dele pediu-lhe que entrasse no quarto e sentasse na cama.

"Se acontecer alguma coisa entre você e Obinze, vocês dois serão responsáveis. Mas a natureza é injusta com as mulheres. Um ato é cometido por duas pessoas, mas, se há consequências, apenas uma sofre. Está me entendendo?"

"Estou." Ifemelu manteve os olhos longe da mãe de Obinze, firmemente fixos no linóleo preto e branco do chão.

"Você já fez alguma coisa séria com Obinze?"

"Não."

"Eu já fui jovem. Sei como é amar quando se é jovem. Quero te dar um conselho. Sei que, no fim das contas, você vai fazer o que quiser. Mas meu conselho é que espere. Você pode amar sem fazer amor. É uma maneira linda de mostrar o que a gente sente, mas traz responsabilidade, muita responsabilidade, e não há pressa. Aconselho você a esperar pelo menos até estar na faculdade, até que seja mais senhora de si mesma. Entendeu?"

"Sim", disse Ifemelu. Ela não sabia o que "ser mais senhora de si mesma" significava.

"Sei que você é uma menina esperta. As mulheres são mais sensatas que os homens, e você terá que ser a mais sensata dos dois. Convença-o. Vocês dois devem concordar em esperar, para que não haja pressão."

A mãe de Obinze parou de falar e Ifemelu se perguntou se ela terminara. O silêncio zumbia em seus ouvidos.

"Obrigada, senhora", disse então.

"E quando vocês decidirem começar, quero que venha falar comigo. Quero ter certeza de que vai ser responsável."

Ifemelu assentiu. Ela estava sentada na cama da mãe de Obinze, no quarto dela, assentindo e concordando em lhe contar quando fosse começar a fazer sexo com seu filho. No entanto, sentiu uma ausência de vergonha. Talvez fosse o tom dela, sua tranquilidade, sua normalidade.

"Obrigada, senhora", disse Ifemelu de novo, dessa vez encarando a mulher, cujo rosto tinha a expressão aberta, nada diferente do habitual. "Vou fazer isso."

Ela voltou para a sala. Obinze parecia nervoso, sentado na beira da mesa de centro. "Mil desculpas. Vou conversar com ela sobre isso depois que você for embora. Se ela quer conversar com alguém, deve ser comigo."

"Ela disse para eu nunca mais voltar aqui. E que estou enganando o filho dela."

Obinze piscou. "O quê?"

Ifemelu riu. Mais tarde, quando lhe contou o que sua mãe dissera, ele balançou a cabeça. "A gente vai ter que contar quando for começar? Que bobagem é essa? Ela quer comprar camisinhas para a gente? O que há de errado com essa mulher?"

"Mas quem disse que a gente vai começar alguma coisa?"

6.

Durante a semana, tia Uju ia correndo para casa para tomar um banho e esperar o General e, nos fins de semana, ela ficava descansando de camisola, lendo, cozinhando ou vendo televisão, porque ele ficava em Abuja com a mulher e os filhos. Ela evitava tomar sol e usava cremes que vinham em frascos elegantes para que sua pele, naturalmente tão clara, ficasse ainda mais clara, mais luminosa e ganhasse uma camada de brilho. Às vezes, quando dava ordens a seu motorista, Sola, ou a seu jardineiro, Baba Flower, ou a suas duas empregadas, Inyang, que fazia a limpeza, e Chikodili, que cozinhava, Ifemelu se lembrava da menina do interior que tia Uju era quando fora para Lagos tantos anos antes, que a mãe de Ifemelu dizia ser tão roceira que não parava de tocar as paredes do apartamento, pois por algum motivo esse povo do interior não conseguia ficar de pé sem sujar a parede com a mão. Ifemelu se perguntava se tia Uju alguma vez se observava com os olhos da menina que costumava ser. Talvez não. Ela se firmou em sua nova vida com grande leveza, mais consumida pelo próprio General do que por sua nova prosperidade.

A primeira vez que Ifemelu viu a casa de tia Uju em Dolphin Estate, não teve vontade de ir embora. O banheiro a fascinou, com sua torneira de água quente, seu chuveiro caudaloso, seus azulejos cor-de-rosa. As cortinas do quarto eram feitas de seda crua e ela disse a tia Uju: “Hum, é um desperdício usar esse tecido para fazer cortina! Vamos fazer vestidos com ele”. A sala tinha portas de vidro que abriam e fechavam deslizando, sem fazer nenhum barulho. Até a cozinha tinha ar-condicionado. Ifemelu queria morar ali. Ia impressionar suas amigas. Imaginou-as sentadas na saleta que dava para a sala de estar, que tia Uju chamava de sala de televisão, assistindo a programas via satélite. Assim, perguntou aos pais se poderia ficar com tia Uju durante a semana. “É mais perto da escola. Não vou precisar pegar dois ônibus. Posso ir às segundas-feiras e voltar às sextas. E também posso ajudar tia Uju a cuidar da casa.”

“Pelo que compreendi, ela já tem ajuda suficiente”, respondeu o pai.

“É uma boa ideia”, disse a mãe. “Ela vai poder estudar mais lá, e ao menos haverá luz todos os dias. Não vai ter de usar lâmpadas de querosene.”

“Ela pode visitar Uju depois da aula e nos fins de semana. Mas não vai morar lá”, disse o pai.

A mãe parou de falar, espantada com a firmeza dele. “Tudo bem”, disse, lançando um olhar impotente à filha.

Ifemelu passou dias emburrada. Seu pai sempre a mimava, aceitando fazer o que ela queria, mas dessa vez ignorou seu bico e seus silêncios deliberados na mesa de jantar. Fingiu não notar quando tia Uju lhes trouxe uma televisão nova. Recostou-se em seu sofá puído, lendo seu livro gasto, enquanto o motorista de tia Uju colocava a caixa de papelão da Sony no chão. A mãe de Ifemelu começou a cantar uma música da igreja — “O Senhor me deu a vitória, eu o ergueri bem alto” — que eles muitas vezes cantavam na hora de distribuir o dízimo.

“O General comprou mais do que eu preciso para a casa. Não havia onde pôr essa”, disse tia Uju, uma declaração feita para ninguém em particular, uma maneira de evitar agradecimentos. A mãe de Ifemelu abriu a caixa e tirou gentilmente a embalagem de isopor.

“Na nossa antiga não se vê mais nada”, disse ela, embora todos soubessem que não era verdade. “Olhem como é fininha!”, acrescentou. “Olhem!”

O pai ergueu os olhos do livro. “É, sim”, disse, baixando-os de novo.

O proprietário do apartamento veio de novo. Ele passou ventando por Ifemelu, entrou, foi para a cozinha e estendeu a mão até o quadro de luz, arrancando o fusível e cortando o pouco de eletricidade que tinham.

Depois que foi embora, o pai de Ifemelu disse: "Que ignomínia. Pedir dois anos de aluguel de uma vez. Sempre pagamos um".

"Mas dessa vez não pagamos um ano", disse a mãe e, em seu tom, havia a mais leve das acusações.

"Conversei com Akunne sobre pegar um empréstimo", disse o pai. Ele não gostava de Akunne, seu quase primo, o homem próspero da aldeia deles a quem todos recorriam quando tinham problemas. Chamava-o de analfabeto lúgubre, de novo-rico ignorante.

"O que ele disse?"

"Disse para eu ir conversar com ele na sexta que vem." Seus dedos estavam trêmulos, parecia estar se esforçando para reprimir a emoção. Ifemelu desviou o olhar depressa, torcendo para que ele não a tivesse visto observando-o, e pediu-lhe que explicasse uma pergunta difícil da lição de casa. Para distraí-lo, para fazer parecer que a vida poderia voltar ao normal.

Seu pai não ia pedir ajuda a tia Uju, mas, se ela lhe entregasse o dinheiro, ele não recusaria. Era melhor do que dever a Akunne. Ifemelu contou a tia Uju que o proprietário batera na porta deles, batidas altas e desnecessárias para que os vizinhos ouvissem, e gritou insultos para seu pai. "Você é homem ou não é? Quero meu dinheiro! Vou expulsar você deste apartamento se não receber o aluguel até a semana que vem!"

Conforme Ifemelu imitava o proprietário, uma expressão de tristeza cansada se espalhou pelo rosto de tia Uju. "Como pode um proprietário inútil constranger meu irmão desse jeito? Vou pedir a Oga que me dê o dinheiro."

Ifemelu estacou. "Você não tem dinheiro?"

"Minha conta está quase vazia. Mas Oga vai me dar. Você sabia que não pagaram meu salário nem uma vez desde que comecei a trabalhar? Todo dia tem uma história nova do pessoal do financeiro. O problema começou com meu cargo, que não existe oficialmente, embora eu atenda pacientes todos os dias."

"Mas os médicos estão em greve."

"Os hospitais militares ainda pagam. Mas meu salário não seria suficiente para o aluguel, *sha*."

"Você não tem dinheiro?", Ifemelu perguntou de novo, devagar, para deixar aquilo claro, certificar-se. "Hum, tia, como você pode não ter dinheiro?"

"Oga nunca me dá muito dinheiro. Ele paga todas as contas e prefere que eu peça tudo o que quiser. Alguns homens são assim."

Ifemelu olhou para ela, atônita. Tia Uju, em sua enorme casa rosa com a imensa antena satélite florescendo no telhado, o gerador transbordando de diesel, o congelador repleto de carne, não tinha dinheiro na conta do banco.

"Ifem, não faça essa cara como se alguém tivesse morrido!", disse tia Uju com sua risada irônica. Ela subitamente pareceu pequena e perdida entre os detritos de sua nova vida, a caixa furta-cor sobre a penteadeira, o roupão de seda jogado sobre a cama, e Ifemelu sentiu medo por ela.

"Ele até me deu um pouco mais do que eu pedi", tia Uju contou a Ifemelu no fim de semana seguinte com um sorrisinho, como se achasse divertido o que o General havia feito. "Vamos à sua casa depois do salão para eu dar o dinheiro ao meu irmão."

Ifemelu ficou espantada ao saber o quanto um retoque de relaxamento na raiz custava no salão de tia Uju; as cabeleireiras altivas avaliavam cada cliente, olhando-as de cima a baixo para decidir quanta atenção mereciam. Tia Uju era alguém que bajulavam sem parar, fazendo mesuras profundas ao cumprimentá-la e elogiando de forma exagerada sua bolsa e seus sapatos. Ifemelu observou tudo, fascinada. Era ali, num salão de Lagos, que se podia compreender melhor a hierarquia da nobreza feminina.

"Aquelas meninas! Eu fiquei esperando que estendessem a mão e te pedissem para fazer cocô ali, para que pudessem idolatrá-lo também", disse Ifemelu quando elas saíram do salão.

Tia Uju riu e deu tapinhas nos apliques de cabelo sedosos que cascateavam até a altura dos ombros: era um mega-hair chinês, a versão mais nova, brilhante e reto de tão liso; nunca embaraçava.

"Vivemos numa economia de puxa-saquismo, sabia? O maior problema deste país não é a corrupção. O problema é que há muitas pessoas qualificadas que não estão onde deveriam estar porque não puxam o saco de ninguém, ou porque não sabem que saco puxar ou porque nem sabem como puxar um saco. Eu tenho sorte, estou puxando o saco certo." Ela sorriu. "É sorte, só isso. Oga disse que fui bem-criada, que não fui como todas essas meninas de Lagos que transam com ele na primeira noite e, na manhã seguinte, lhe dão uma lista do que querem ganhar. Transei com ele na primeira noite, mas não pedi nada, o que pensando bem foi idiota da minha parte, mas não transei com ele porque queria alguma coisa. Ah, essa coisa chamada poder... Senti atração por ele, mesmo com aqueles dentes de vampiro. Senti atração por seu poder."

Tia Uju gostava de falar sobre o General, repetindo e saboreando versões diferentes das mesmas histórias. Seu motorista, cuja lealdade ganhara conseguindo consultas pré-natais para sua esposa e vacinas para seu bebê, revelara que o General pedia detalhes sobre aonde ela ia e quanto tempo ficava lá e, todas as vezes que tia Uju contava essa história a Ifemelu, finalizava com um suspiro. "Será que ele acha que eu não ia conseguir me encontrar com outro homem sem que ele soubesse, se quisesse? Mas não quero."

Elas estavam no interior frio do Mazda. Quando o motorista passou de ré pelos portões do terreno onde ficava o salão, tia Uju fez um gesto para o porteiro, abriu a janela e deu-lhe algum dinheiro.

"Obrigado, madame!", disse ele, batendo continência.

Ela passara notas de naira para todos os empregados do salão, para os seguranças que ficavam do lado de fora e para o policial no cruzamento.

"Eles não ganham o suficiente para pagar nem a escola de um filho", disse tia Uju.

"O trocado que você deu para ele não vai para pagar uma mensalidade", disse Ifemelu.

"Mas ele vai poder comprar uma coisinha extra, vai ficar com um humor melhor e não vai bater na esposa hoje à noite", afirmou tia Uju. Ela olhou pela janela e disse "Vá mais devagar, Sola", para poder observar um acidente na Osborne Street; um ônibus batera num carro; a frente do ônibus e a traseira do carro agora eram um monte de metal retorcido e os motoristas gritavam na cara um do outro, separados por uma multidão cada vez maior. "De onde eles vêm? Essa gente que aparece assim que tem um acidente?" Tia Uju se recostou no banco. "Você sabia que eu esqueci como é pegar um ônibus? É tão fácil se acostumar com tudo isso."

"Você pode ir a Falomo agora e entrar num ônibus."

"Mas não vai ser a mesma coisa. Nunca é a mesma coisa quando você tem uma escolha." Tia Uju olhou para Ifemelu. "Não se preocupe comigo."

"Não estou preocupada."

"Está, sim, desde que eu te falei da minha conta."

"Se outra pessoa fizesse isso, você ia dizer que ela era burra."

"Eu não aconselharia você a fazer o que estou fazendo." Tia Uju voltou o rosto para a janela. "Mas ele vai mudar. Vou fazê-lo mudar. Só tenho de ir devagar."

No apartamento, tia Uju deu um saco plástico estourando de dinheiro para o pai de Ifemelu. "São dois anos de aluguel, meu irmão", disse ela com um tom casual e constrangido, e depois fez uma piada sobre o furo na regata dele. Ela não o encarou enquanto falava e ele não a encarou quando agradeceu.

O General tinha olhos amarelados, o que sugeria a Ifemelu que fora subnutrido na infância. Seu corpo sólido e troncudo indicava que havia iniciado e vencido diversas brigas, e os dentes separados da frente faziam-no parecer vagamente perigoso. Ifemelu ficou surpresa com a vulgaridade exuberante dele. "Sou do interior!", disse num tom de júbilo, como que para explicar as gotas de sopa que caíam na sua camisa e na mesa quando comia, ou os arrotos altos que dava depois. Chegava no fim da tarde, com seu uniforme verde, trazendo uma ou duas revistas de fofocas enquanto seu assistente vinha num passo obsequioso atrás, carregando sua pasta e colocando-a sobre a mesa de jantar. O General quase nunca ia embora com as revistas de fofocas; edições de *Vintage People*, *Prime People* e *Lagos Life* se espalhavam pela casa de tia Uju, com suas fotos fora de foco e suas manchetes sensacionalistas.

"Se eu te contar o que essas pessoas fazem, ê", dizia tia Uju para Ifemelu, batendo numa foto de revista com sua unha francesinha. "As histórias de verdade nem estão nas revistas. Oga é que sabe de tudo." Então ela falava do homem que fizera sexo com um general dos mais graúdos em troca de um campo de petróleo, do administrador militar cujos filhos na verdade eram de outro homem, das prostitutas estrangeiras que eram levadas de avião toda semana para o chefe de Estado. Tia Uju repetia as histórias com um divertimento afetuoso, como se achasse que o gosto do General por fofocas sórdidas fosse um defeito cativante que devia ser perdoado. "Sabia que ele tem medo de injeção? Um General com um cargo importante desses que, se vir uma agulha, morre de medo!", dizia tia Uju, no mesmo tom. Aquilo, para ela, era um detalhe encantador. Ifemelu não conseguia pensar no General como encantador, com seus modos grosseiros e arrogantes, o jeito como batia no traseiro de tia Uju quando subiam as escadas, dizendo "Tudo isso para mim? Tudo isso para mim?", e a maneira como falava sem parar, sem nunca acatar uma interrupção, até terminar uma história. Uma de suas preferidas, que ele sempre contava a Ifemelu enquanto bebia cerveja Star depois do jantar, era a história de como tia Uju era diferente. O General contava isso com um ar de autocongratulação, como se a diferença dela fosse um reflexo de seu bom gosto. "A primeira vez que falei que ia a Londres e perguntei o que queria, ela me deu uma lista. Antes de olhar, eu disse que já sabia o que ela ia querer. Não é perfume, sapatos, bolsa, relógio e roupas? Eu conheço as meninas de Lagos. Mas sabe o que tinha lá? Um perfume e quatro livros! Fiquei chocado. *Chai*. Passei mais de uma hora naquela livraria de Piccadilly. Trouxe vinte livros! Que menina de Lagos você conhece que pede livros?"

Tia Uju ria, subitamente doce e infantil. Ifemelu sorria, como sabia ser seu dever. Ela achava que era indigno e irresponsável aquele velho casado lhe contar histórias; era como se estivesse lhe mostrando sua cueca suja. Tentava vê-lo com os olhos de tia Uju, um homem cheio de maravilhas, de excitações mundanas, mas não conseguia. Reconhecia a leveza de ser, a alegria que tia Uju tinha nos dias de semana; era como ela mesma se sentia quando sabia que ia ver Obinze depois da escola. Mas parecia errado, um desperdício, tia Uju sentir isso pelo General. O ex-namorado dela, Olujimi, era diferente, um homem bonito de voz suave; sua polidez discreta brilhava. Eles haviam namorado durante quase toda a faculdade, e quem os via entendia por que estavam juntos. "Eu evoluí", disse tia Uju.

"Quando a gente evolui, não passa para uma coisa melhor?", perguntou Ifemelu. E tia Uju riu, como se fosse mesmo uma piada.

No dia do golpe, um amigo próximo do General ligou para tia Uju para perguntar se ela estava com ele. Havia tensão no ar: alguns oficiais do Exército já haviam sido presos. Tia Uju não estava com o General, não sabia onde ele estava e ficou andando de um lado para o outro no andar de cima e depois no andar de baixo da casa, preocupada, dando telefonemas dos quais não extraía nenhuma notícia. Logo, ela começou a ficar ofegante, sem conseguir respirar direito. Seu pânico se transformara num ataque de asma. Estava resfolegando, tremendo, furando o braço com uma agulha para tentar injetar remédio em si mesma, deixando gotas de sangue manchar a colcha da cama, fazendo com que Ifemelu corresse rua abaixo para bater na casa de um vizinho cuja irmã também era médica. Finalmente o General ligou para dizer que estava bem, que o golpe tinha fracassado e que o chefe de Estado não sofrera nada; os tremores pararam.

Num feriado muçulmano, um desses feriados de dois dias em que os não muçulmanos de Lagos dizem "Feliz salá!" para todos que presumem ser muçulmanos, muitas vezes porteiros do norte do país, e o canal NTA mostra imagens e mais imagens de homens matando carneiros, o General prometeu fazer uma visita; seria a primeira vez que passaria um feriado com tia Uju. Ela ficou a manhã toda na cozinha supervisionando o trabalho de Chikodili, cantando bem alto de tempos em tempos, sendo um pouco íntima demais com ela, rindo um pouco rápido demais. Finalmente, quando tudo estava preparado e a casa cheirava a temperos e molhos, tia Uju subiu para tomar um banho.

"Ifem, por favor, venha me ajudar a aparar os pelos lá de baixo. Oga disse que eles o atrapalham!", disse tia Uju rindo, e então deitou de barriga para cima, com as pernas abertas para o alto e uma revista velha embaixo do corpo, enquanto Ifemelu usava uma gilete. Ifemelu já havia acabado e tia Uju passava um creme esfoliante no rosto quando o General ligou para dizer que não podia mais ir. Tia Uju, com o rosto parecendo o de um monstro, todo coberto de uma pasta branca como giz, com exceção dos círculos em torno dos olhos, desligou, entrou na cozinha e começou a colocar a comida em potes de plástico para guardar no congelador. Chikodili ficou olhando, confusa. Tia Uju fazia movimentos frenéticos, abrindo com um puxão o congelador e fechando com estrondo o armário. Quando foi empurrar para trás a panela de arroz jollof, o pote de sopa egusi caiu no chão. Tia Uju olhou para o líquido verde-amarelado se espalhando pelo chão da cozinha como se não soubesse como aquilo havia acontecido. Virou-se para Chikodili e gritou: "Por que está aí parada que nem uma idiota? Ande, limpe isso!".

Ifemelu estava observando tudo da porta da cozinha. "Tia, é com o General que você devia estar gritando."

Tia Uju parou, furiosa e com os olhos esbugalhados. "É comigo que você está falando desse jeito? Por acaso tenho a sua idade?"

Tia Uju avançou sobre ela. Ifemelu não esperava que tia Uju fosse bater nela, mas quando o tapa golpeou sua face, emitindo um som que pareceu vir de bem longe e fazendo vergões com formato de dedos surgirem ali, não ficou surpresa. As duas ficaram se olhando. Tia Uju abriu a boca como quem ia falar algo e então se virou e foi para cima, com ambas conscientes de que algo entre elas não era mais o mesmo. Tia Uju só desceu no final da tarde, quando Adesuwa e Uche foram visitá-la. Ela chamava as duas de "minhas amigas entre aspas". "Vou ao salão com minhas amigas entre aspas", dizia, com um riso cansado nos olhos. Sabia que eram suas amigas apenas por ela ser amante do General. Mas eram divertidas. Visitavam-na com insistência, comparando impressões sobre compras e viagens, pedindo-lhe que fosse a festas com elas. O estranho é que tia Uju as conhecia, mas não conhecia, disse um dia para Ifemelu. Sabia que Adesuwa tinha terras em Abuja, que ganhara na época em que saía com o chefe de Estado, e que um homem da etnia hausa conhecido por sua riqueza comprara uma butique em Surulere para Uche, mas não sabia quantos irmãos elas tinham, onde seus pais viviam ou se tinham feito faculdade.

Chikodili deixou-as entrar. Usavam cafetãs bordados e perfumes fortes e tinham mega-hair chinês cascateando até as costas. Sua conversa era forrada com uma aspereza mundana, um riso curto e desdenhoso. *Eu disse a ele que tinha de comprar no meu nome, ô. Ah, eu sabia que ele não ia dar o dinheiro se eu não dissesse que tinha alguém doente. Não, ele não sabe que eu abri a conta.* Elas iam a uma festa do Festival de Salá na Victoria Island e tinham ido buscar tia Uju.

"Não estou com vontade", disse tia Uju enquanto Chikodili servia suco de laranja, numa bandeja com uma caixinha e dois copos.

"Hum. Por quê?", perguntou Uche.

"Vai ter homens muito importantes lá", disse Adesuwa. "Nunca se sabe se vai conhecer alguém."

"Não quero conhecer ninguém", disse tia Uju, e todas fizeram silêncio, como se tivessem que se recuperar do espanto, pois as palavras dela eram como uma tempestade que destruíra o que haviam imaginado. Ela devia querer conhecer outros homens, manter os olhos abertos; devia ver o General como alguém que poderia ser trocado por outro melhor. Finalmente uma delas, Adesuwa ou Uche, disse: "Esse seu suco de laranja é da marca barata, ô! Você não compra mais Just Juice?". Era uma piada sem graça, mas elas riram para passar o constrangimento do momento.

Depois que foram embora, tia Uju se aproximou da mesa de jantar, onde Ifemelu estava sentada lendo.

"Ifem, eu não sei o que me deu. *Ndo.*" Ela segurou o pulso de Ifemelu e passou os dedos, quase sem ver o que fazia, sobre as letras em alto-relevo do título do livro de Sidney Sheldon. "Devo ser doida. Ele tem barriga de chope, dentes de vampiro, mulher, filhos e é velho."

Pela primeira vez, Ifemelu se sentiu mais velha que tia Uju, mais sábia e forte que ela, e desejou poder arrancá-la dali, sacudi-la até que visse as coisas com mais clareza e se tornasse alguém que não colocaria suas esperanças no General, cozinhando e se raspando para ele, sempre ansiosa por diminuir seus defeitos. Não era assim que devia ser. Ifemelu sentiu uma leve satisfação quando, mais tarde, ouviu tia Uju gritando no telefone. "Mentira! Você sempre soube que ia para Abuja, então por que me deixou perder tempo preparando tudo?"

O bolo que um motorista entregou na manhã seguinte, com as palavras "Desculpe, meu amor" escritas em glacê azul, tinha um gosto levemente amargo. Ela guardou-o no congelador durante meses.

A gravidez de tia Uju veio como um som súbito numa noite silenciosa. Ela chegou ao apartamento usando uma túnica de paetê que refletia a luz, cintilando como um ente celeste e fluido, e disse que queria contar aos pais de Ifemelu antes que ouvissem a fofoca. "*Adi m ime*", disse simplesmente.

A mãe de Ifemelu desatou a chorar, emitindo gritos dramáticos e olhando em volta, como se pudesse ver ali em torno os cacos de sua própria história. "Meu Deus, por que o Senhor me abandonou?"

"Não planejei isso, aconteceu", disse tia Uju. "Fiquei grávida de Olujimi na faculdade. Fiz um aborto, mas não vou fazer outro." A palavra "aborto", tão franca, feriu a atmosfera da sala, porque todos sabiam que o que a mãe de Ifemelu não estava dizendo era que havia maneiras de lidar com aquilo. O pai de Ifemelu largou o livro que estava lendo e pegou-o de novo. Ele pigarreou. Consolou a esposa.

"Bom, eu não posso perguntar quais são as intenções dele", disse afinal para tia Uju. "Por isso, pergunto quais são as suas."

"Vou ter o bebê."

O pai de Ifemelu esperou por mais, mas tia Uju não disse nada, e assim ele se recostou, acuado. "Você é adulta. Não foi isso que desejei para você, Obianuju, mas você é adulta."

Tia Uju se levantou e sentou no braço do sofá onde ele estava. Ela falou num tom baixo e apaziguador, estranho por ser formal, mas livre de falsidade devido à sobriedade no rosto dela. "Irmão, isso também não foi o que desejei para mim, mas aconteceu. Sinto muito por desapontar você depois de tudo que fez por mim e imploro que me perdoe. Mas vou seguir adiante da melhor maneira possível. O General é um homem responsável. Ele vai tomar conta do filho."

O pai de Ifemelu deu de ombros, mudo. Tia Uju enlaçou-o, como se fosse ele que precisasse de conforto.

Depois, Ifemelu pensaria naquela gravidez como algo simbólico. Marcou o início do fim e fez com que todo o resto parecesse célere, os meses escoando, o tempo precipitando-se para a frente. Lá estava tia Uju, plena de exuberância, com o rosto radiante e fazendo inúmeros planos conforme sua barriga ia crescendo. Passavam-se alguns dias e ela pensava num novo nome de menina para o bebê. "Oga está feliz", disse ela. "Feliz de saber que ainda consegue marcar com sua idade, um cara velho como ele!" O General visitava-a com mais frequência, aparecendo até em alguns fins de semana e trazendo-lhe bolsas de água quente, remédios fitoterápicos, coisas que ouvira dizer serem boas para a gravidez.

Ele disse a tia Uju: "É claro que você vai ter o bebê no exterior", e perguntou o que ela preferia, Estados Unidos ou Inglaterra. O General queria que fosse na Inglaterra, para poder ir junto; os americanos haviam barrado a entrada dos membros mais importantes do governo militar. Mas tia Uju escolheu os Estados Unidos porque, lá, o bebê poderia obter automaticamente a cidadania americana. Eles planejaram tudo, escolheram o hospital e alugaram um apartamento mobiliado num condomínio em Atlanta. "O que é um condomínio?", perguntou Ifemelu. Tia Uju deu de ombros e respondeu: "Vai saber o que os americanos querem dizer com isso. Você devia perguntar a Obinze, ele deve saber. Pelo menos, é um lugar para ficar. E Oga conhece umas pessoas lá que vão me ajudar". Tia Uju só perdeu um pouco do ânimo quando seu motorista lhe contou que a mulher do General tinha descoberto que ela estava grávida e ficara furiosa; aparentemente, houvera uma reunião tensa de família entre os parentes dele e os dela. O General quase nunca falava da esposa, mas tia Uju sabia o suficiente: era uma advogada que abrira mão da carreira para criar os quatro filhos deles em Abuja, uma mulher que parecia gorducha e agradável nas fotos dos jornais. "Queria saber o que ela está pensando", disse tia Uju com tristeza, cismando. Enquanto ela estava nos Estados Unidos, o General mandou pintar um dos quartos de um branco brilhante. Comprou um berço com pernas parecendo velas delicadas. Comprou todo tipo de bichinho de brinquedo e ursos de pelúcia demais. Inyang colocou-os sentados dentro do berço, arrumou-os numa prateleira e, talvez por achar que ninguém ia notar, levou um para seu quarto nos fundos da casa. Tia Uju teve um menino. Ela parecia estar em êxtase quando telefonou. "Ifem, ele tem tanto cabelo! Dá para imaginar? Que desperdício!"

Batizou-o de Dike, o nome do pai, e deu-lhe apenas seu sobrenome, o que deixou a mãe de Ifemelu agitada e amarga.

"O bebê deveria ter o sobrenome do pai, ou esse homem está planejando renegar o filho?", perguntou quando eles estavam sentados na sala, ainda digerindo a notícia do nascimento.

"Tia Uju disse que foi mais fácil dar o sobrenome dela", explicou Ifemelu. "E por acaso o General está se comportando como um homem que vai renegar o filho? Tia Uju disse que ele está querendo até vir pagar o preço de noiva dela."

"Deus nos livre", disse a mãe de Ifemelu, quase cuspindo as palavras, e a menina pensou em todas aquelas preces fervorosas pelo mentor de tia Uju. Quando tia Uju voltou, a mãe de Ifemelu ficou na casa em Dolphin Estate durante algum tempo, alimentando e dando banho no bebê de pele macia que soltava bolinhas de cuspe, mas fitava o General com uma formalidade fria. Respondia às perguntas dele com monossílabos, como se o homem a tivesse traído ao quebrar as regras de seu fingimento. Ter um relacionamento com tia Uju era aceitável, mas uma prova tão flagrante disso, não. A casa cheirava a talco. Tia Uju estava feliz. O General sempre pegava Dike no colo, sugerindo que talvez precisasse mamar de novo ou que devesse ser levado ao médico para tratar a assadura no pescoço.

No aniversário de um ano de Dike, o General contratou uma banda para tocar. Eles organizaram os instrumentos no jardim da frente, do lado do galpão do gerador, e ficaram ali até os últimos convidados irem embora, todos caminhando devagar de tão saciados e levando comida embrulhada em papel-alumínio. Os amigos de tia Uju foram e os do General também, com uma expressão determinada, como quem dizia que, não importavam as circunstâncias, o filho de seu amigo era o filho de seu amigo. Dike, que acabara de começar a andar, cambaleava de terno e gravata-borboleta vermelha, enquanto tia Uju o seguia, tentando obrigá-lo a se manter imóvel durante alguns segundos para o fotógrafo. Finalmente, cansado, ele começou a chorar, tentando arrancar a gravata-borboleta, e o General pegou-o no colo e carregou-o pela festa. Era aquela a imagem do General que permaneceria gravada na mente de Ifemelu. Os braços de Dike em torno de seu pescoço, seu rosto iluminado, mostrando o sorriso com os dentes da frente projetados enquanto dizia: "Ele parece comigo, ô, mas graças a Deus saiu com os dentes da mãe".

O General morreu na semana seguinte, num acidente com um avião militar. "No mesmo dia, exatamente, que o fotógrafo trouxe as fotos do aniversário de Dike", dizia tia Uju sempre, ao contar a história, como se isso tivesse um significado especial.

Era uma tarde de sábado e Obinze e Ifemelu estavam na sala de televisão, Inyang lá em cima com Dike e tia Uju na cozinha com Chikodili quando o telefone tocou. Ifemelu atendeu. A ligação estava ruim e a voz do outro lado, do ajudante de campo do General, saía entrecortada, mas ainda assim era clara o suficiente para que compreendesse os detalhes: o acidente tinha acontecido a alguns quilômetros de Jos, os corpos tinham sido carbonizados, havia rumores de que o chefe de Estado arquitetara tudo para se livrar de oficiais que temia estarem planejando um golpe. Ifemelu segurou o telefone com força demais, atônita. Obinze foi com ela para a cozinha e ficou do lado de tia Uju enquanto a namorada repetia as palavras do ajudante.

"Você está mentindo", disse tia Uju. "É mentira."

Ela marchou até o telefone como que para desafiá-lo e então escorregou até o chão como se não tivesse ossos, desolada. Começou a chorar. Ifemelu abraçou-a, aninhou-a. Todos eles ficaram sem saber o que fazer e o silêncio entre os soluços dela pareciam silenciosos demais. Inyang levou Dike para baixo.

"Mamãe?", chamou ele, intrigado.

"Leve Dike lá para cima", disse Obinze para Inyang.

Alguém deu pancadas no portão. Dois homens e três mulheres, parentes do General, haviam obrigado Adamu a abrir o portão e agora estavam diante da porta da frente, gritando. "Uju! Faça as malas e saia daí agora! Passe a chave do carro para cá!" Uma das mulheres era esquelética e estava agitada e com os olhos vermelhos, gritando: "Sua vagabunda ordinária! Deus nos livre de encostar na propriedade do nosso irmão! Prostituta! Nunca vai viver em paz em Lagos!". Ela tirou o lenço da cabeça e amarrou-o com força em volta da cintura, preparando-se para uma briga. No início tia Uju não disse nada e ficou olhando para eles, parada diante da porta. Depois, pediu-lhes que fossem embora numa voz rouca de lágrimas, mas os gritos dos parentes ficaram mais fortes e tia Uju se virou para voltar para dentro. "Tudo bem, não saiam daí", disse ela. "Fiquem. Fiquem aí enquanto vou chamar os rapazes no quartel."

Só então eles foram embora, dizendo a ela: "Vamos voltar com os nossos rapazes". E só então tia Uju voltou a soluçar. "Não tenho nada. Tudo está no nome dele. Para onde vou levar meu filho agora?"

Tia Uju pegou o telefone e ficou olhando para ele, sem saber para quem ligar.

"Ligue para Uche e Adesuwa", disse Ifemelu. *Elas* iam saber o que fazer.

Tia Uju fez isso, usando o viva voz, e recostou-se na parede.

"Você tem que sair daí imediatamente. Limpe a casa toda, leve tudo", disse Uche. "Vá bem rápido antes que a família volte. Contrate uma van e leve o gerador. Não se esqueça de levar o gerador."

"Não sei onde contratar uma van", murmurou tia Uju, com um ar indefeso que lhe era estranho.

"Vamos arrumar uma para você agorinha. Tem que levar esse gerador. É isso que vai pagar suas despesas até você se ajeitar. Você precisa ir para algum lugar em que eles não possam causar problemas. Vá para Londres ou para os Estados Unidos. Você tem um visto americano?"

"Tenho."

Os momentos finais seriam um redemoinho na memória de Ifemelu, Adamu dizendo que tinha repórteres da *City People* no portão, Ifemelu e Chikodili enfiando roupas em malas, Obinze carregando as coisas na van, Dike cambaleando e rindo. Os quartos do andar de cima estavam insuportavelmente quentes; os aparelhos de ar-condicionado de repente tinham parado de funcionar, como se tivessem decidido, em uníssono, prestar uma homenagem àquele fim.

7.

Obinze queria estudar na Universidade de Ibadan por causa de um poema. Ele leu o poema para Ifemelu, "Ibadan", de J. P. Clark, demorando-se a pronunciar o verso "mancha corrente de ferrugem e ouro".

"Está falando sério?", perguntou ela. "Por causa desse poema?"

"É tão lindo."

Ifemelu balançou a cabeça numa incredulidade fingida e exagerada. Também queria estudar em Ibadan, mas porque tia Uju estudara lá. Eles preencheram juntos os formulários de admissão, sentados à mesa de jantar enquanto a mãe de Obinze andava de um lado para o outro e espiava, dizendo: "Estão usando o lápis certo? Não deixem de reler tudo. Já ouvi falar dos erros mais improváveis, vocês não iam acreditar".

"Mamãe, vai ser mais fácil a gente não cometer nenhum erro se você parar de falar", disse Obinze.

"Você devia pelo menos manter Nsukka como segunda opção", disse a mãe dele. Mas Obinze não queria estudar em Nsukka, queria fugir da vida que sempre tivera, e Nsukka, para Ifemelu, soava remota e empoeirada. Assim, ambos concordaram em deixar a Universidade de Lagos como segunda opção.

No dia seguinte, a mãe de Obinze desmaiou na biblioteca. Um estudante encontrou-a esparramada no chão como um trapo, com um pequeno galo na cabeça, e Obinze disse a Ifemelu: "Graças a Deus a gente ainda não entregou os formulários de admissão".

"Como assim?"

"Minha mãe vai voltar a Nsukka no fim do semestre. Tenho que ficar perto dela. O médico disse que isso vai continuar a acontecer." Ele fez uma pausa. "Podemos nos ver nos feriados. Eu vou a Ibadan e você vem a Nsukka."

"Você é bobo", disse ela. "*Biko*, eu também vou mudar minha escolha para Nsukka."

A mudança agradou ao pai de Ifemelu. Era encorajador, disse ele, que fosse fazer faculdade dentro da região de maioria igbo, já que passara a vida toda no oeste. Já a mãe de Ifemelu ficou chateada. Ibadan era a apenas uma hora de distância, enquanto para chegar a Nsukka era preciso viajar um dia inteiro de ônibus.

"Não é um dia inteiro, mamãe, só sete horas", disse Ifemelu.

"E qual a diferença entre isso e um dia?", perguntou ela.

Ifemelu estava ansiosa por morar longe de casa, pela independência de ser dona de seu próprio tempo, e era confortante pensar que Ranyinudo e Tochi iam para Nsukka também. Assim como Emenike, que perguntou a Obinze se eles podiam ser companheiros de quarto no alojamento masculino. Obinze concordou. Ifemelu lamentou isso. "Tem alguma coisa no Emenike", disse ela. "Bom, desde que ele suma quando a gente estiver fazendo teto..."

Mais tarde, Obinze perguntou, sem estar totalmente brincando, se Ifemelu achava que o desmaio de sua mãe fora deliberado, um truque para mantê-lo por perto. Durante um longo tempo ele falou de Ibadan num tom de quem lamentava não ter ido para lá, até que visitou o campus para participar de um torneio de tênis de mesa e, ao voltar, disse para Ifemelu com certa vergonha: "Ibadan me fez lembrar de Nsukka".

Ir a Nsukka era finalmente ver a casa de Obinze, uma casa térrea num terreno repleto de flores. Ifemelu imaginou-o na infância, andando de bicicleta na ladeira, voltando para casa da escola fundamental com sua mochila e sua garrafa de água. Ainda assim, Nsukka a desorientava. Ela achou a cidade lenta demais, a poeira vermelha demais, as pessoas satisfeitas demais com a pequenez de suas vidas. Mas passaria a amar o lugar, um amor hesitante a princípio. Da janela do quarto da residência em que morava, onde quatro camas ficavam espremidas num espaço onde só cabiam duas, podia ver a entrada do Bello Hall. Pés altos de gamelina balançavam ao sabor do vento e, abaixo deles, ambulantes tomavam conta de bandejas com bananas e castanhas moídas, e os *okadas*, os mototáxis, estacionavam bem perto uns dos outros, conversando e rindo, mas sempre alertas aos fregueses. Ifemelu colocou um papel de parede azul de um tom bem alegre em seu canto e, como ouvira falar de brigas entre colegas de quarto — uma aluna do último ano, diziam, despejara querosene na gaveta de uma do primeiro por ser desaforada demais —, achou que dera sorte com as suas. Eram meninas simpáticas, e em pouco tempo ela estava emprestando e pegando emprestadas as coisas que acabavam rápido, como pasta de dente, leite em pó, macarrão instantâneo e gel. Quase todas as manhãs, acordava ouvindo um murmúrio de vozes no corredor, com as alunas católicas rezando o terço, e corria para o banheiro, para pegar um balde de água antes que acabasse e usar a privada antes que ficasse insuportavelmente entupida. Às vezes, quando se atrasava e as privadas já estavam repletas, ela ia à casa de Obinze, mesmo que ele não estivesse lá. Quando a empregada, Augustina, abria a porta, dizia: "Tina-Tina, como vai? Vim usar o banheiro".

Ifemelu muitas vezes almoçava na casa de Obinze, ou então os dois iam para a cidade, para o restaurante Onyekaozulu, e ficavam sentados nos bancos de madeira em meio à penumbra do lugar comendo, em pratos esmaltados, a mais tenra das carnes e o mais saboroso dos cozidos. Ela passava algumas noites no alojamento masculino em que ficava Obinze, relaxando no colchão dele, que ficava no chão, e ouvindo música. Às vezes, dançava só de calcinha, mexendo os quadris, enquanto Obinze caçoava dela por ter a bunda pequena. "Eu ia mandar você sacudir, mas não tem nada aí para sacudir."

A universidade era maior e mais espaçosa, havia lugares, muitos lugares, onde se esconder; Ifemelu não se sentia deslocada, porque havia muitas opções de grupos aos quais pertencer. Obinze achava graça de quão popular ela já era, com um quarto cheio de gente durante a agitação do começo do primeiro ano e meninos do último ano passando ali, ansiosos para ver se davam sorte, embora houvesse uma grande foto de Obinze acima de sua cama. Os meninos a divertiam. Eles vinham, sentavam em sua cama e se ofereciam, com um ar solene, para "te mostrar o campus", e Ifemelu imaginava-os dizendo as mesmas palavras com o mesmo tom para a menina nova do quarto seguinte. Um deles, no entanto, era diferente. Seu nome era Odein. Ele foi ao quarto dela não como parte do agito, mas para conversar com suas colegas de quarto sobre a união estudantil e, depois disso, aparecia para fazer uma visita, dizer oi, às vezes trazendo um pacote de suya, quente e apimentado, embrulhado em jornal manchado de óleo. Seu ativismo surpreendia Ifemelu — ele parecia um pouco sofisticado demais, um pouco esperto demais, para fazer parte da direção da união dos estudantes —, mas também a impressionava. Odein tinha lábios grossos e perfeitos, o inferior do mesmo tamanho que o superior, lábios que eram ao mesmo tempo sonhadores e sensuais. Conforme ele falava — "Se os estudantes não se unirem, ninguém vai nos escutar" —, Ifemelu se imaginava beijando-o, da maneira como se imaginava fazendo algo que sabia que jamais faria. Foi por causa dele que participou do protesto e convenceu Obinze a participar também. Eles gritaram "Não tem luz! Não tem água!" e "O vice-reitor é um tolo!" e viram-se sendo arrastados pela multidão até a frente da casa do vice-reitor. Garrafas foram quebradas, um carro foi incendiado e então o vice-reitor apareceu, diminuto, cercado por seguranças, falando num tom apaziguador.

Mais tarde, a mãe de Obinze disse: "Entendo as reivindicações dos estudantes, mas nós não somos o inimigo. Os militares são o inimigo. Eles não pagam nosso salário há meses. Como podemos dar aula se não podemos comer?". Mais tarde ainda, espalhou-se pelo campus a notícia de que os professores iam fazer greve e os alunos se reuniram no saguão da residência, ouriçados com o que sabiam e com o que não sabiam. Era verdade, a representante da residência confirmou a notícia e todos eles suspiraram, contemplando esse feriado súbito e indesejado, e voltaram para seus quartos para fazer as malas; a residência ia ser fechada no dia seguinte. Ifemelu ouviu uma menina dizendo ali ao lado: "Eu não tenho nem dez kobos para pagar a passagem para casa".

A greve durou tempo demais. As semanas se arrastaram. Ifemelu estava inquieta, impaciente; escutava o noticiário no rádio todos os dias, esperando ouvir que a greve havia acabado. Obinze telefonava para a casa de Ranyinudo para falar com ela; Ifemelu chegava minutos antes do horário em que ele havia combinado de ligar e ficava sentada ao lado do telefone de disco cinza, esperando que tocasse. Sentia-se separada de Obinze, cada um vivendo e respirando numa esfera diferente, ele entediado e desanimado em Nsukka, ela entediada e desanimada em Lagos, e tudo o mais numa letargia rançosa. A vida se tornara um filme imenso e pausado. Sua mãe lhe perguntou se ela queria assistir às aulas de costura na igreja para mantê-la ocupada e seu pai afirmou que aquilo, aquela greve interminável nas universidades, era o motivo pelo qual os jovens se tornavam bandidos armados. A greve era nacional e todos os amigos de Ifemelu estavam nas casas dos pais, até Kayode, de férias da universidade americana. Ela visitava os amigos e ia a festas, lamentando que Obinze não morasse em Lagos. Às vezes Odein, que tinha carro, ia buscá-la e a levava aonde quer que ela precisasse ir. "Aquele seu namorado tem sorte", disse Odein e Ifemelu riu, flertando com ele. Ainda imaginava como seria beijar aquele menino de olhos castanho-escuros e lábios grossos.

Certo fim de semana, Obinze foi fazer uma visita e ficou hospedado na casa de Kayode.

"O que está acontecendo com você e esse tal de Odein?", perguntou ele.

"O quê?"

"Kayode disse que ele levou você para casa depois da festa de Osahon. Você não me contou."

"Eu esqueci."

"Entendi."

"Contei que ele veio me buscar no outro dia, não contei?"

"Ifem, o que está acontecendo?"

Ela suspirou. "Teto, não é nada. Ele me deixa curiosa. Não vai acontecer nada, nunca. Mas ele me deixa curiosa. Tem outras meninas que deixam você curioso, não tem?"

Ele estava observando-a com medo nos olhos. "Não", respondeu com frieza. "Não tem."

"Seja honesto."

"Estou sendo honesto. O problema é que você pensa que todo mundo é igual a você. Pensa que o normal é ser como você, mas não é."

"O que você quer dizer?"

"Nada. Esquece."

Obinze não quis mais falar no assunto, mas a atmosfera entre eles foi afetada e permaneceu perturbada por dias, mesmo depois de ele ir para casa, de modo que, quando a greve acabou ("Os professores encerraram a greve! Graças a Deus!", gritou Chetachi do apartamento dela certa manhã) e Ifemelu voltou, eles ficaram vacilantes um com o outro nos primeiros dias, pisando em ovos quando conversavam, dando abraços mais curtos.

Ifemelu ficou surpresa ao constatar o quanto sentira falta da própria Nsukka, do ritmo lento da rotina, dos amigos reunidos em seu quarto até depois da meia-noite, das fofocas tolas que eram contadas e repetidas, das escadas pelas quais ela subia e descia devagar, como num despertar gradual, e de todas as manhãs embranquecidas pelo harmatão. Em Lagos, o harmatão era um véu de bruma, mas em Nsukka era uma presença furiosa, mercurial; as manhãs eram frescas, as tardes eram cinzentas de calor e as noites, nunca se sabia. Redemoinhos de poeira tinham início ao longe, muito bonitos de ver desde que estivessem distantes, e rodopiavam até cobrir tudo de marrom. Até os cílios. Por todo lado, a umidade era sorvida sofregamente; o laminado de madeira das mesas descascava e se enrolava, as páginas dos livros de exercícios ficavam quebradiças, as roupas secavam minutos após serem penduradas, os lábios rachavam e sangravam, e todos mantinham Robb e Mentholatum à mão, nos bolsos e nas bolsas. As pessoas passavam vaselina na pele para fazê-la brilhar e as partes esquecidas — entre os dedos ou nos cotovelos — assumiam um aspecto acinzentado e opaco. Os galhos das árvores ficavam nus e, sem as folhas, cobriam-se numa espécie de desolação orgulhosa. Os bazares das igrejas deixavam o ar fragrante e enfumaçado devido aos muitos pratos preparados. Em algumas noites, o calor era tão espesso quanto uma toalha. Em outras, um vento frio e cortante surgia e Ifemelu abandonava seu quarto e se aninhava ao lado de Obinze no colchão dele, ouvindo as casuarinas emitindo assobios lá fora, num mundo subitamente frágil e quebrável.

Os músculos de Obinze doíam. Ele estava deitado de barriga para baixo com Ifemelu montada atrás, massageando suas costas, seu pescoço e suas coxas com os dedos, as mãos, os cotovelos. Seu corpo estava dolorosamente contraído. Ela ficou de pé em cima dele e colocou primeiro um pé, depois o outro, com cuidado, sobre uma coxa. "Isso é bom?"

"É." Ele gemeu com uma mistura de prazer e dor. Ifemelu fez uma pressão devagar, sentindo sua pele quente sob a sola dos pés, os músculos tensos se soltando. Ela se firmou com uma das mãos na parede e enfiou os calcanhares mais fundo, avançando um centímetro de cada vez enquanto Obinze grunhia: "Ah! Isso, Ifem, aí. Ah!".

"Você devia se alongar depois de jogar bola, rapazinho", disse ela, e num segundo estava deitada sobre suas costas, fazendo cócegas em suas axilas e beijando seu pescoço.

"Tenho uma sugestão para uma massagem melhor", disse Obinze. Ao tirar a roupa de Ifemelu, ele não parou, como sempre fazia, ao chegar na calcinha. Tirou-a também, e Ifemelu ergueu as pernas para ajudar.

"Teto", disse ela, incerta. Não queria que ele parasse, mas imaginara aquilo de um jeito diferente, presumindo que iam fazer da ocasião algo mais formal, mais planejado.

"Eu gozo fora", disse ele.

"Você sabe que isso nem sempre dá certo."

"Se não der certo, a gente cuida bem do Júnior."

"Pare com isso."

Obinze encarou-a. "Mas, Ifem, a gente vai se casar de qualquer jeito."

"Quem disse? Posso conhecer um homem rico e bonito e largar você."

"Impossível. Vamos para os Estados Unidos quando nos formarmos criar nossos lindos filhos."

"Você vai dizer qualquer coisa agora, pois seu cérebro está entre as pernas."

"Meu cérebro sempre está lá!"

Ambos estavam rindo, mas a risada estagnou e deu lugar a uma seriedade nova e estranha, uma união escorregadia. Para Ifemelu, era como uma cópia malfeita, uma imitação desajeitada de como ela imaginara que seria. Depois que Obinze saiu de dentro dela, tendo espasmos, ofegando e segurando o pênis, ela ficou com uma sensação de desconforto. Tinha passado o tempo todo tensa, sem conseguir relaxar. Imaginara a mãe dele observando-os; a imagem havia se forçado para dentro de sua mente e, o que era mais esquisito, fora uma imagem dupla, da mãe de Obinze e de Onyeka Onwenu, ambas fitando-a sem piscar. Ifemelu sabia que não podia contar de jeito nenhum à mãe de Obinze o que tinha acontecido, embora tivesse prometido e acreditado que ia mesmo fazê-lo. Mas, agora, não via como seria possível. O que ela diria? Que palavras usaria? Será que esperaria detalhes? Os dois deviam ter planejado aquilo melhor; assim, ela saberia como contar à mãe dele. A falta de planejamento a deixara um pouco abalada, desapontada. De alguma maneira parecia não ter valido a pena, no fim das contas.

Uma semana depois, quando Ifemelu acordou com dor, uma dor fina e aguda na lateral do corpo e uma náusea enorme que se espalhava por ele todo, entrou em pânico. Então vomitou e o pânico cresceu.

"Aconteceu", ela disse a Obinze. "Fiquei grávida." Eles haviam se encontrado, como sempre, diante do refeitório Ekpo depois da aula da manhã. Outros alunos jogavam conversa fora. Um grupo de meninos estava fumando e rindo perto deles e, por um instante, pareceram-lhe estar rindo dela.

Obinze franziu o cenho. Não pareceu entender o que Ifemelu estava dizendo. "Mas, Ifem, não pode ser. Foi rápido demais. Além do mais, eu gozei fora."

"Eu disse para você que isso não funciona!", exclamou ela. Subitamente ele lhe pareceu jovem, um menininho confuso fitando-a, indefeso. Seu pânico cresceu. Num impulso, ela chamou um *okada* que passava, pulou na garupa e disse ao motorista que queria ir para a cidade.

"Ifem, o que você está fazendo?", perguntou Obinze. "Aonde você vai?"

"Ligar para tia Uju", disse ela.

Obinze subiu no *okada* seguinte e logo estava a toda atrás dela, passando pelos portões da universidade e pelo edifício da Nitel, onde Ifemelu deu ao homem atrás do balcão descascado um pedaço de papel com o telefone de tia Uju. Ela falou em código no telefone, inventando-o na hora, por causa das pessoas paradas ali, algumas esperando para fazer seus próprios telefonemas, outras apenas sem fazer nada, mas todas escutando com um interesse aberto e descarado a conversa de quem falava.

"Tia, acho que o que aconteceu com você logo antes de Dike vir aconteceu comigo", disse Ifemelu. "Comemos semana passada."

"Só na semana passada? Quantas vezes?"

"Uma."

"Ifem, fique calma. Não acho que esteja grávida. Mas precisa fazer um teste. Não vá ao centro médico do campus. Vá até a cidade, onde ninguém conhece você. Mas se acalme antes. Vai dar tudo certo, *inugo*?"

Mais tarde, Ifemelu se sentou numa cadeira bamba da sala de espera do laboratório, gélida e silenciosa, ignorando Obinze. Estava com raiva dele. Era injusto, sabia, mas estava com raiva dele. Quando entrara no banheiro sujo com o potinho que a funcionária do laboratório lhe dera, ele perguntara, já se levantando: "Quer que eu vá com você?", e ela respondera, irritada: "Vir comigo para quê?". E tinha sentido vontade de dar um tapa na funcionária. Uma menina de cara amarelada, magra feito um poste, que fez um muxoxo de desprezo e balançou a cabeça quando Ifemelu disse: "Teste de gravidez", como se não acreditasse estar diante de mais uma prova de imoralidade. Agora, estava observando os dois com um sorrisinho superior, cantarolando insolentemente.

"Estou com o resultado", disse a menina depois de algum tempo, segurando o papel aberto com uma expressão de decepção, pois dera negativo. Ifemelu sentiu-se atônita demais para ficar aliviada a princípio e depois teve que urinar de novo.

"As pessoas deviam se respeitar e viver como cristãos para evitar problemas", disse a menina quando estavam indo embora.

Naquela noite, Ifemelu vomitou de novo. Estava deitada no quarto de Obinze, lendo, ainda fria com ele, quando um jato de saliva salgada lhe encheu a boca e ela deu um salto e correu para o banheiro.

"Deve ter sido alguma coisa que comi", disse ela. "Aquele caldo de inhame que comprei da Mama Owerre."

Obinze foi à secretaria dos alojamentos e voltou dizendo que sua mãe ia levá-la ao médico. Era de noitinha, a mãe de Obinze não gostava do jovem que ficava de plantão no centro médico no fim da tarde e, por isso, dirigiu até a casa do dr. Achufusi. Quando passaram pela escola de ensino fundamental com sua sebe de casuarina aparada, Ifemelu subitamente imaginou que estava mesmo grávida e que a menina usara elementos químicos fora da data de validade no laboratório sujo. Num impulso, ela disse: "A gente fez sexo, tia. Uma vez". Ifemelu sentiu Obinze ficar tenso ao seu lado. A mãe dele olhou-a pelo retrovisor. "Vamos ver o médico primeiro", disse ela. O dr. Achufusi, um homem avuncular e simpático, apertou a lateral do corpo de Ifemelu e disse: "É seu apêndice, está muito inflamado. Precisamos fazer uma cirurgia de retirada logo". Ele se voltou para a mãe de Obinze. "Posso marcar para amanhã à tarde."

"Muito obrigada, doutor", disse ela.

No carro, Ifemelu disse: "Eu nunca fiz uma cirurgia, tia".

"Não é nada", disse a mãe de Obinze imediatamente. "Os médicos daqui são muito bons. Ligue para seus pais e diga para eles não se preocuparem. Vamos cuidar de você. Depois de receber alta, pode ficar lá em casa até sarar."

Ifemelu ligou para a colega de sua mãe, tia Bunmi, e mandou-lhe uma mensagem e o telefone da casa de Obinze. Naquela noite, sua mãe ligou; parecia ofegante.

"Deus está no controle, querida", disse. "Graças a Deus por essa sua amiga. Deus vai abençoar a ela e à mãe dela."

"É ele. Um menino."

"Ah." A mãe fez uma pausa. "Por favor, agradeça a eles. Deus os abençoe. Vamos pegar o primeiro ônibus amanhã de manhã para Nsukka."

Ifemelu se lembraria de uma enfermeira raspando alegremente seus pelos púbicos, da aspereza da gilete, do cheiro de antisséptico. Então veio um vazio, um apagão, e, quando ela saiu dele, grogue e ainda cambaleando à beira da memória, ouviu seus pais conversando com a mãe de Obinze. A mãe estava segurando sua mão. Depois, a mãe de Obinze pediria que eles ficassem em sua casa, pois não fazia sentido desperdiçar dinheiro num hotel. "Ifemelu é como uma filha para mim", disse.

Antes de os pais de Ifemelu voltarem para Lagos, seu pai disse, com a reverência intimidada que sentia diante de quem havia estudado muito: "Ela tem um bacharelado de primeira classe em Londres". E sua mãe disse: "É um menino muito respeitoso, esse Obinze. Foi bem-educado. E a aldeia deles não é longe da nossa".

A mãe de Obinze esperou alguns dias, talvez aguardando até que Ifemelu estivesse se sentindo mais forte, antes de chamá-los e pedir que se sentassem e desligassem a televisão.

"Obinze e Ifemelu, as pessoas cometem erros, mas alguns deles podem ser evitados."

Obinze ficou em silêncio. Ifemelu disse: "Sim, tia".

"Vocês precisam usar camisinha sempre. Se quiserem ser irresponsáveis, esperem até não serem mais responsabilidade minha." O tom dela estava mais duro, passara a ser de repreensão. "Se escolherem ter uma vida sexual ativa, então devem se proteger. Obinze, você deve usar sua mesada para comprar camisinhas. Ifemelu, você também. Não quero saber se tem vergonha. Tem de entrar na farmácia e comprar. Nunca, nunca deixe o menino ficar a cargo de sua proteção. Se ele não quiser usar, é porque não gosta o suficiente de você, e você não devia estar ali. Obinze, você pode não ser a pessoa que corre o risco de ficar grávida, mas, se isso acontecer, vai mudar sua vida toda e nunca mais vai poder voltar atrás. E, por favor, façam isso apenas um com o outro. As doenças estão em todo lugar. A aids é real."

Eles ficaram em silêncio.

"Vocês me ouviram?", perguntou a mãe de Obinze.

"Sim, tia", disse Ifemelu.

"Obinze?"

"Ouvi, mamãe", disse Obinze, acrescentando, irritado: "Eu não sou criança!". Então se levantou e saiu, altivo, da sala.

8.

As greves agora eram comuns. Nos jornais, os professores da universidade listavam suas reivindicações e os acordos que eram destroçados por membros do governo cujos filhos estudavam no exterior. As universidades ficaram vazias, as salas de aula sem vida. Os alunos torciam por greves curtas, pois sabiam que seria impossível não haver greve nenhuma. Todos estavam falando em ir embora do país. Até Emenike havia se mudado para a Inglaterra. Ninguém sabia como tinha conseguido um visto. "Então ele nem comentou nada com você?", Ifemelu perguntou a Obinze, que respondeu: "Você sabe como é Emenike". Ranyinudo, que tinha um primo nos Estados Unidos, pediu um visto, mas foi rejeitado na embaixada por um negro americano que, segundo ela, estava resfriado e mais interessado em assoar o nariz do que em olhar para seus documentos. Irmã Ibinabo começou a fazer a Vigília pelo Milagre do Visto de Estudante às sextas-feiras, só com pessoas jovens, cada uma segurando um envelope com um formulário de pedido de visto sobre o qual ela colocava a mão, abençoando-o. Uma menina, já no último ano da Universidade de Ife, conseguiu um visto da primeira vez em que tentou e deu um testemunho emocionado na igreja. "Mesmo que eu tenha de começar tudo de novo nos Estados Unidos, pelo menos sei quando vou me formar", disse ela.

Um dia, tia Uju ligou. Ela não ligava mais com frequência; antes, costumava telefonar para a casa de Ranyinudo quando Ifemelu estava em Lagos, ou para a casa de Obinze quando estava na faculdade. Mas suas ligações foram minguando. Tinha três empregos, pois ainda não fora considerada qualificada para ser médica nos Estados Unidos. Falava das provas que tinha de fazer, inúmeros passos significando várias coisas que Ifemelu não entendia. Sempre que a mãe de Ifemelu sugeria que pedisse para tia Uju lhes mandar algo dos Estados Unidos — vitaminas, sapatos —, o marido dizia não: eles tinham de esperar Uju se ajeitar primeiro. Então a mãe de Ifemelu respondia, com uma ponta de ironia no sorriso, que quatro anos era bastante tempo para se ajeitar.

"Ifem, *kedu*?", perguntou tia Uju. "Achei que estava em Nsukka. Acabei de ligar para a casa de Obinze."

"A universidade está em greve."

"Hum! A greve ainda não acabou?"

"Não, aquela última acabou, mas as aulas voltaram e eles começaram outra."

"Que maluquice é essa?", perguntou tia Uju. "Falando sério, você devia vir estudar aqui. Tenho certeza de que conseguiria uma bolsa sem problemas. E pode me ajudar a cuidar de Dike. O pouco dinheiro que ganho vai todo para a babá. E, com a graça de Deus, quando você chegar eu já vou ter passado todas as minhas provas e começado a residência." Tia Uju parecia entusiasmada, mas vaga; não havia pensado muito naquela ideia até mencioná-la.

Ifemelu podia não ter deixado passar dali, uma ideia sem forma que emergira, mas que se deixara afundar de novo, se não fosse por Obinze. "Você devia mesmo ir, Ifem", disse ele. "Não tem nada a perder. Faça os exames para as faculdades norte-americanas e tente ganhar uma bolsa. Ginika pode ajudar você a preencher a papelada de admissão nas universidades. Tia Uju está lá, então pelo menos você vai ter de onde começar. Eu queria fazer isso também, mas não posso largar tudo e ir. Para mim, é melhor terminar a faculdade aqui e depois ir para os Estados Unidos fazer pós-graduação. Estudantes estrangeiros ganham bolsas e ajuda de custo para fazer pós-graduação lá."

Ifemelu não compreendia exatamente o que tudo aquilo significava, mas pareceu-lhe correto porque vinha dele, o especialista nos Estados Unidos. Assim, ela começou a sonhar. Via-se numa casa como a do *Cosby Show*, numa faculdade com alunos segurando cadernos que, milagrosamente, não tinham vincos nem sinais de uso. Ela fez os exames para as faculdades norte-americanas num centro de Lagos lotado de gente comichando com suas ambições americanas. Ginika, que havia acabado de se formar na faculdade, se inscrevia em universidades em seu nome, ligando para dizer "Queria que você soubesse que vou focar na região da Filadélfia, que já conheço", como se Ifemelu soubesse onde ficava a Filadélfia. Para ela, os Estados Unidos eram os Estados Unidos.

A greve acabou. Ifemelu voltou a Nsukka, acomodou-se de novo na vida no campus e, de tempos em tempos, sonhava com os Estados Unidos. Quando tia Uju ligou para contar que haviam chegado cartas aceitando-a na universidade e uma oferta de bolsa, ela parou de sonhar. Estava com medo demais de ter esperanças, mas agora tudo parecia possível.

"Faça tranças bem, bem pequenas, para durar muito. É muito caro fazer o cabelo aqui", disse tia Uju.

"Tia, eu ainda tenho que conseguir o visto!"

Ifemelu pediu um visto, na certeza de que um americano grosseiro ia rejeitá-la, afinal isso acontecia com frequência, mas a mulher de cabelos grisalhos que usava um broche de são Vicente de Paulo na lapela sorriu e disse: "Venha pegar seu visto em dois dias. Boa sorte com os estudos".

Na tarde em que Ifemelu foi apanhar seu passaporte com aquele visto de cor clara na segunda página, organizou o triunfante ritual que significava o começo de uma nova vida no exterior: a divisão de suas posses entre as amigas. Ranyinudo, Priye e Tochi estavam no quarto dela, bebendo Coca, suas roupas numa pilha sobre a cama, todas esticando o braço ao mesmo tempo na direção de seu vestido laranja, seu vestido preferido, um presente de tia Uju — a saia godê e o zíper que ia do pescoço à bainha a faziam sentir-se glamorosa e perigosa. Aquilo tornava fácil o trabalho dos homens, dizia Obinze, antes de começar a abri-lo devagar. Ifemelu queria ficar com o vestido, mas Ranyinudo disse: "Ifem, você sabe que vai ter o vestido que quiser nos Estados Unidos e, da próxima vez que a gente se vir, vai ser uma tremenda *americanah*".

Sua mãe disse que Jesus lhe contara num sonho que Ifemelu ia prosperar nos Estados Unidos, seu pai colocou um envelope fino em suas mãos, dizendo: "Gostaria de poder te dar mais", e ela, sentindo uma tristeza, se deu conta de que ele devia ter pedido aquilo emprestado. Diante do entusiasmo dos outros, Ifemelu de repente começou a se sentir frágil e amedrontada.

"Talvez eu devesse ficar e terminar a faculdade aqui", disse ela para Obinze.

"Não, Ifem, você tem que ir. Além do mais, você nem gosta de geologia. Vai poder estudar outra coisa nos Estados Unidos."

"Mas a bolsa é parcial. Onde vou arrumar dinheiro para pagar o resto? Não posso trabalhar com um visto de estudante."

"Você pode arrumar um emprego de meio período através da universidade. Vai dar um jeito. Uma bolsa que cobre setenta e cinco por cento da mensalidade é muita coisa."

Ifemelu assentiu, deixando-se levar pela onda de fé dele. Ela visitou a mãe de Obinze para se despedir.

"A Nigéria está expulsando seus melhores recursos", disse a mulher, resignada, dando um abraço nela.

"Tia, vou sentir saudades. Muito obrigada por tudo."

"Fique bem, minha querida, e estude bem. Escreva para nós. Não suma."

Ifemelu assentiu, chorosa. Quando saiu, já abrindo a cortina da porta da frente, a mãe de Obinze disse: "E não deixe de fazer um plano com Obinze. Façam um plano". As palavras dela, tão inesperadas e tão certas, animaram Ifemelu. O plano passou a ser este: Obinze iria para os Estados Unidos no minuto em que se formasse. Daria um jeito de conseguir um visto. Talvez, quando o momento chegasse, Ifemelu já pudesse ajudá-lo com isso de alguma maneira.

Nos anos seguintes, mesmo depois de perder contato com ele, Ifemelu às vezes se lembrava das palavras da mãe dele — *Não deixe de fazer um plano com Obinze* — e se sentia confortada.

9.

Mariama voltou carregando sacolas de papel pardo sujas de óleo do restaurante chinês, trazendo o cheiro de gordura e tempero para dentro do salão abafado.

"Acabou o filme?" Ela olhou para a tela preta da televisão e então remexeu na pilha de DVDs para selecionar outro.

"Com licença, por favor, para comer", disse Aisha para Ifemelu. Ela se empoleirou numa cadeira nos fundos e comeu com os dedos asinhas de frango fritas, mantendo os olhos na tela da televisão. O novo filme tinha trailers, cenas cortadas de forma grosseira e separadas umas das outras por lampejos de luz. Cada um deles terminava com uma voz nigeriana masculina, teatral e alta, dizendo: "Compre uma cópia já!". Mariama comeu em pé. Ela disse algo para Halima.

"Eu termino primeiro e depois como", respondeu Halima em inglês.

"Você pode ir comer, se quiser", disse a cliente de Halima, uma jovem de voz aguda e ar simpático.

"Não, eu termino. Falta pouco", disse Halima. A cabeça de sua cliente só tinha um tufo de cabelo na frente, espetado como os pelos de um animal, enquanto o resto já fora arrumado em tranças minúsculas que iam até a altura do pescoço.

"Tenho uma hora antes de ter que ir pegar minhas filhas", disse a cliente.

"Quantas você tem?", perguntou Halima.

"Duas", respondeu a cliente. Ela parecia ter cerca de dezessete anos. "Duas meninas lindas."

O filme novo havia começado. O rosto sorridente de uma atriz de meia-idade tomou a tela.

"Ô, ô, oba! Gosto dela", disse Halima. "O nome dela é Patience! Ela não leva desaforo para casa!"

"Você conhece?", perguntou Mariama a Ifemelu, apontando para a televisão.

"Não", respondeu Ifemelu. Por que elas insistiam em perguntar se ela conhecia atores de Nollywood? O cômodo inteiro estava com um cheiro forte demais de comida. Aquilo deixou o ar abafado fedendo a óleo, mas também a fez sentir um pouco de fome. Comeu algumas cenouras. A cliente de Halima inclinou a cabeça para um lado e para o outro na frente do espelho e disse: "Muito obrigada, ficou lindo!".

Depois que ela foi embora, Mariama disse: "Menina tão pequena e já tem dois filhos".

"Ai, ai, ai, essa gente", disse Halima. "Quando uma menina tem treze anos, ela já sabe todas as posições. Na *Afrique* não é assim!"

"Não é mesmo!", concordou Mariama.

Elas olharam para Ifemelu, querendo que concordasse, aprovasse. Era o que esperavam naquele espaço compartilhado da africanidade delas, mas Ifemelu não disse nada e virou a página do livro. Tinha certeza de que iam falar mal dela depois que fosse embora. *Aquela menina nigeriana, ela se acha muito importante por causa de Princeton. Vejam a barrinha de cereal, ela não come mais comida de verdade.* Iam rir de desprezo, mas um desprezo apenas leve, porque ela ainda era uma irmã africana, apesar de ter perdido brevemente o rumo. Um novo cheiro de óleo tomou o cômodo quando Halima abriu o pote de plástico em que estava sua comida. Ela comia e conversava com a tela da televisão. "Ah, seu homem burro! Ela vai roubar seu dinheiro!"

Ifemelu espanou alguns cabelinhos que espetavam seu pescoço. O salão fervilhava de calor. "Posso deixar a porta aberta?", perguntou.

Mariama abriu a porta e encostou uma cadeira nela. "Esse calor está insuportável."

***

Cada onda de calor fazia Ifemelu se lembrar de sua primeira, no verão em que chegara. Era verão nos Estados Unidos, ela sabia, mas a vida toda pensara no "exterior" como um lugar de casacos de lã e neve, e como os Estados Unidos eram no "exterior" e suas ilusões eram tão fortes que não podiam ser abaladas pela razão, comprou o suéter mais grosso que encontrou no mercado Tejuosho para levar. Usou-o na viagem, fechando o zíper até em cima no interior murmurante do avião e abrindo-o quando saiu do aeroporto com tia Uju. O calor abrasador alarmou-a, assim como o velho Toyota hatch de tia Uju, que tinha uma mancha de ferrugem na lateral e o tecido dos bancos descascado. Olhou com atenção para os prédios, carros e letreiros, todos opacos, decepcionantemente opacos; na paisagem de sua imaginação, as coisas mundanas dos Estados Unidos eram cobertas por um esmalte brilhante. O que deixou Ifemelu mais assustada foi o adolescente de boné parado diante do muro de tijolos com o rosto abaixado, o corpo inclinado para a frente e as mãos entre as pernas. Ela se virou para olhar de novo.

"Olhe aquele menino!", disse. "Não sabia que as pessoas faziam esse tipo de coisa nos Estados Unidos."

"Você não sabia que as pessoas faziam xixi nos Estados Unidos?", disse tia Uju, mal olhando para o menino antes de virar a cabeça na direção do sinal.

"Ahn-hã, tia! Quis dizer que não sabia que faziam isso na rua. Que nem ele."

"Não fazem. Não é que nem na Nigéria, onde todo mundo faz. Ele pode ser preso por isso, mas este bairro não é bom, de qualquer jeito", disse tia Uju, seca. Havia algo de diferente nela. Ifemelu notara no primeiro instante no aeroporto, o cabelo mal trançado, as orelhas sem brincos, o abraço rápido e casual, como se fizesse semanas, e não anos, desde que tinham se visto pela última vez.

"Eu devia estar estudando agora", disse tia Uju sem tirar os olhos da rua. "Você sabe que minha prova está chegando."

Ifemelu não sabia que ainda faltava uma prova; ela achou que tia Uju estava apenas esperando o resultado. Mas disse: "Sei, sim".

O silêncio delas parecia cheio de farpas. Ifemelu sentiu vontade de pedir desculpas, embora não soubesse pelo quê. Talvez tia Uju lamentasse sua presença agora que estava ali, em seu carro resfolegante.

O celular de tia Uju tocou. "Sim, é Uju." Ela pronunciou *iu-ju*, como os americanos faziam.

"É assim que você pronuncia seu nome agora?", perguntou Ifemelu depois.

"É assim que eles dizem."

Ifemelu quis dizer "Bom, esse não é seu nome", mas engoliu as palavras. Disse, em igbo: "Não sabia que ia estar tão quente aqui".

"Estamos numa onda de calor, a primeira do verão", disse tia Uju, como se a expressão *onda de calor* fosse algo que Ifemelu devesse compreender. Ela nunca tinha sentido um calor tão *quente*. Era um calor envolvente, sem piedade. Quando chegaram ao apartamento de um quarto de tia Uju, a maçaneta estava morna. Dike ficou de pé num pulo no chão acarpetado da sala, repleto de carrinhos de brinquedo e super-heróis, e abraçou Ifemelu como quem se lembrava dela. "Alma, esta é minha prima!", disse para a babá, uma mulher de pele branca e expressão cansada com cabelos negros presos num rabo de cavalo oleoso. Se Ifemelu tivesse conhecido Alma em Lagos, a teria considerado branca, mas ali aprenderia que Alma era hispânica, uma categoria americana que, para confundir, era tanto etnia quanto raça, e ela se lembraria de Alma quando, anos depois, escreveu um post para o blog chamado: "Entendendo a América para o negro não americano: o que significa hispânico".

> Hispânicos são frequentes companheiros dos negros americanos nos índices de pobreza, um pequeno passo acima deles na hierarquia racial do país. A raça inclui a mulher de pele chocolate do Peru; os povos indígenas do México; pessoas com cara de mestiças da República Dominicana; pessoas mais branquinhas de Porto Rico; e o cara louro de olhos azuis da Argentina. Você só precisa falar espanhol e não ser da Espanha e, *voilà*, pertence a uma raça chamada hispânico.

Mas, naquela tarde, Ifemelu mal notou Alma, ou a sala onde havia apenas um sofá e uma televisão, ou a bicicleta encostada num canto, porque ficou absorta diante de Dike. Na última vez em que o vira, no dia em que tia Uju saíra apressada de Lagos, ele era uma criança de um ano chorando sem parar no aeroporto, como se entendesse a reviravolta que havia acabado de acontecer em sua vida, e agora estava ali, no primeiro ano, com um sotaque americano perfeito e uma hiperfelicidade; o tipo de menino que nunca parava quieto e nunca parecia triste.

"Por que você está de casaco? Está quente demais para usar casaco", disse ele, rindo, ainda enlaçando-a num longo abraço. Ifemelu riu. Ele era tão pequeno, tão inocente e, no entanto, havia uma precocidade nele, mas uma precocidade solar; não acalentava intenções sombrias em relação aos adultos de seu mundo. Naquela noite, depois que ele e tia Uju deitaram na cama e Ifemelu se ajeitou no cobertor no chão, Dike disse: "Por que ela tem de dormir no chão, mãe? Nós três cabemos aqui", como se intuísse a maneira como a prima estava se sentindo. Não havia nada de *errado* naquilo — afinal, ela dormia sobre tapetes quando visitava sua avó na aldeia —, mas finalmente estava nos Estados Unidos, na gloriosa América, e não tinha esperado dormir no chão.

"Eu estou bem, Dike", disse Ifemelu.

Ele se levantou e deu seu travesseiro para ela. "Tome. É tão macio e gostoso."

"Dike, venha deitar. Deixe sua tia dormir", disse tia Uju.

Ifemelu não conseguiu dormir, sua mente estava alerta demais à novidade de tudo, e esperou até ouvir o ronco de tia Uju para sair do quarto e acender a luz da cozinha. Uma barata gorda estava na parede ao lado dos armários, movendo-se um pouco para cima e um pouco para baixo, como quem respira fundo. Se estivesse em sua cozinha em Lagos, Ifemelu teria procurado uma vassoura para matá-la, mas deixou a barata americana em paz e foi postar-se diante da janela da sala. Tia Uju tinha dito que aquela parte do Brooklyn chamava Flatlands. A rua lá embaixo era mal iluminada, ladeada não por árvores frondosas, mas por carros estacionados bem próximos uns dos outros, muito diferente da rua bonita do *Cosby Show*. Ifemelu ficou ali por bastante tempo, com o corpo inseguro, tomada por uma sensação de novidade. Mas também sentiu um frisson de expectativa, uma vontade de descobrir os Estados Unidos.

"Acho que é melhor você cuidar de Dike no verão e me ajudar a economizar o dinheiro da babá, depois procurar um emprego quando chegar à Filadélfia", disse tia Uju na manhã seguinte. Ela acordara Ifemelu, dando instruções secas sobre Dike e dizendo que ia à biblioteca para estudar depois do trabalho. As palavras dela saíam aos borbotões. Ifemelu gostaria que diminuísse um pouco o ritmo.

"Você não pode trabalhar com visto de estudante, e esses empregos temporários que a universidade arruma são uma porcaria, não pagam nada, mas você tem que conseguir cobrir o aluguel e o resto da mensalidade de alguma forma. Eu, por exemplo, tenho três empregos e mesmo assim não é fácil. Falei com uma amiga minha, não sei se você se lembra da Ngozi Okonkwo. Ela é cidadã americana agora e vai passar um tempo na Nigéria para abrir um negócio. Implorei e ela concordou em deixar você trabalhar com o cartão dela da Seguridade Social."

"Como? Vou usar o nome dela?", perguntou Ifemelu.

"É claro que você vai usar o nome dela", disse tia Uju com as sobrancelhas erguidas, como se mal tivesse conseguido se controlar para não perguntar se Ifemelu era idiota. Havia uma bolinha branca de creme facial em seu cabelo, presa na raiz de uma trança, e Ifemelu ia dizer-lhe para limpar, mas mudou de ideia e não disse nada, observando tia Uju andar apressada até a porta. Ficou magoada com a bronca. Era como se a velha intimidade entre elas tivesse desaparecido de repente. A impaciência de tia Uju, sua nova aspereza, faziam Ifemelu sentir que havia coisas que já devia saber, mas que, por sua própria culpa, não sabia. "Tem carne enlatada para você fazer sanduíches para o almoço", disse tia Uju, como se essas palavras fossem perfeitamente normais, como se não exigissem um preâmbulo engraçado sobre como os americanos comiam pão no almoço. Mas Dike não queria comer sanduíche. Depois de ele ter mostrado todos os seus brinquedos para ela e depois de os dois terem assistido a alguns episódios de *Tom e Jerry*, com ele rindo, deliciado, porque Ifemelu já vira tudo antes na Nigéria e, assim, podia lhe dizer o que ia acontecer antes que acontecesse, Dike abriu a geladeira e apontou para o que queria de almoço. "Salsicha." Ifemelu examinou aquelas linguiças curiosas e começou a abrir os armários, procurando óleo.

"A mamãe disse que eu tenho que chamar você de tia Ifem. Mas você não é minha tia. É minha prima."

"Então me chame de prima."

"Tá bom, prima", disse Dike, rindo. Sua risada era tão calorosa, tão aberta. Ifemelu encontrou o óleo.

"Não precisa de óleo", disse Dike. "É só cozinhar na água."

"Água? Como é possível fazer linguiça na água?"

"É uma salsicha, não uma linguiça."

É claro que era uma linguiça, apesar de usarem aquele nome ridículo de "salsicha", e por isso ela fritou duas num pouco de óleo, como estava acostumada a fazer com linguiças Satis. Dike ficou olhando, horrorizado. Ifemelu apagou o fogo. Ele se afastou, dizendo: "Eca". Os dois ficaram se olhando, entre eles um prato com um pão de cachorro-quente e duas salsichas murchas. Ao ver aquilo, ela soube que devia ter feito o que ele dissera.

"Posso comer um sanduíche de manteiga de amendoim com geleia em vez disso?", perguntou Dike. Ifemelu seguiu as instruções dele ao fazer o sanduíche, cortando fora a casca do pão, colocando a manteiga de amendoim antes e tentando não rir ao ver a atenção com a qual ele a observava, como se temesse que decidisse fritar o sanduíche.

Naquela tarde, quando Ifemelu contou o incidente da salsicha para tia Uju, ela, para surpresa de Ifemelu, não achou a menor graça e disse: "Não é linguiça, é salsicha".

"É a mesma coisa que dizer que um biquíni é diferente de calcinha e sutiã. Será que um visitante do espaço saberia a diferença?"

Tia Uju deu de ombros; ela estava sentada diante da mesa de jantar com um livro didático de medicina aberto, comendo um hambúrguer embrulhado num saco de papel amassado. Sua pele estava seca, seus olhos, sombrios, seu espírito, pálido, sem cor. Parecia estar olhando, e não lendo, aquele livro.

No supermercado, tia Uju nunca comprava o que precisava; comprava o que estava em promoção e se obrigava a precisar daquilo. Pegava o folheto colorido na entrada do Key Food e ia procurar os itens em liquidação em cada corredor, enquanto Ifemelu empurrava o carrinho e Dike caminhava ao lado.

"Mamãe, eu não gosto desse. Compre o azul", disse Dike quando tia Uju colocou caixas de cereal no carrinho.

"Esse aqui é compre um, leve dois", disse tia Uju.

"Mas o gosto é ruim."

"O gosto é igual ao do cereal que você come sempre, Dike."

"Não." Dike pegou uma caixa azul da prateleira e saiu correndo na direção do caixa.

"Oi, fofinho!" A caixa era corpulenta e alegre, com bochechas avermelhadas descascando por causa de uma queimadura de sol. "Está ajudando a mamãe?"

"Dike, ponha isso lá de volta", disse tia Uju, com o sotaque anasalado e escorregadio que usava quando falava com americanos brancos, na presença de americanos brancos, ou onde pudesse ser ouvida por americanos brancos. Junto com o sotaque, surgia uma nova personalidade, de alguém que pedia desculpas, rebaixava-se. Ela foi solícita em excesso com a caixa. "Desculpe, desculpe", disse, procurando o cartão de débito na carteira. Como a mulher estava olhando, tia Uju deixou Dike ficar com o cereal, mas, quando eles chegaram ao carro, agarrou sua orelha, puxou e torceu.

"Eu já falei para não pegar nada no supermercado! Está me ouvindo? Ou quer que eu te dê um tapa pra você ouvir?"

Dike pressionou a palma da mão contra o ouvido.

Tia Uju se voltou para Ifemelu. "É assim que as crianças se comportam neste país. Jane estava me contando que a filha ameaça chamar a polícia quando ela lhe dá umas palmadas. Imagine. Eu não culpo a menina, ela veio para os Estados Unidos e aprendeu que se pode chamar a polícia."

Ifemelu massageou o joelho de Dike. Ele não olhou para ela. Tia Uju estava dirigindo um pouco depressa demais.

Dike chamou-a do banheiro, para onde fora quando a mãe o mandara escovar os dentes antes de ir para a cama.

"Dike, *I mechago*?", perguntou Ifemelu.

"Por favor, não fale igbo com ele", disse tia Uju. "Falar duas línguas vai confundi-lo."

"Como assim, tia? Nós falávamos duas línguas quando éramos crianças."

"Aqui é a América. É diferente."

Ifemelu ficou quieta. Tia Uju fechou o livro de medicina e ficou olhando para o nada. A televisão estava desligada e o som de água corrente vinha do banheiro.

"O que foi, tia? Qual é o problema?"

"Como assim? Não tem nenhum problema", disse tia Uju, suspirando. "Fui reprovada no último exame. Recebi o resultado pouco antes de você chegar."

"Ah." Ifemelu ficou olhando para ela.

"Nunca fui reprovada na vida. Mas eles não estavam testando para saber se eu tinha conhecimento, estavam testando minha habilidade de responder a perguntas capciosas de múltipla escolha que não têm nada a ver com medicina." Ela ficou de pé e foi para a cozinha. "Estou cansada. Tão cansada. Achei que, a essa altura, as coisas iam estar melhores para mim e para Dike. Não tinha ninguém para me ajudar e não conseguia acreditar como o dinheiro ia embora rápido. Estava estudando e tinha três empregos. Numa loja no shopping, trabalhando como assistente de pesquisa e cheguei até a trabalhar algumas horas no Burger King."

"Vai melhorar", disse Ifemelu, perdida. Ela sabia quão vazias eram suas palavras. Nada era pessoal. Ifemelu não podia confortar tia Uju, porque não sabia como. Quando tia Uju falou das amigas que tinham ido para os Estados Unidos antes e passado nas provas — Nkechi, que morava em Maryland, lhe dera uma mesa de jantar e cadeiras; Kemi, de Indiana, comprara sua cama; Ozavisa mandara louças e roupas de Hartford —, Ifemelu disse "Deus as abençoe" e as palavras incharam em sua boca, inúteis.

Ela havia presumido, pelos telefonemas de tia Uju, que as coisas não estavam muito ruins, embora agora estivesse se dando conta de que ela sempre era vaga nas conversas, mencionando "o trabalho" e "as provas" sem dar detalhes. Ou talvez fosse porque Ifemelu não tinha pedido detalhes, imaginando que não os compreenderia. E Ifemelu pensou, olhando para ela, que a velha tia Uju jamais usaria tranças tão malfeitas. Jamais teria tolerado os pelinhos encravados que pareciam passas em seu queixo, ou usado calças que sobravam entre as pernas. A América a deixara submissa.

10.

Aquele primeiro verão foi o verão da espera para Ifemelu; a verdadeira América, pensava ela, estaria logo na próxima esquina. Até os dias, deslizando um para dentro do outro, lânguidos e límpidos, com o sol se demorando até bem tarde, pareciam estar aguardando. Havia uma desolação em sua vida, uma aridez em brasa, sem pais, amigos ou um lar, os marcos familiares que faziam com que fosse quem era. Por isso esperava, escrevendo cartas longas e detalhadas para Obinze, telefonando para ele de vez em quando — telefonemas curtos, porque tia Uju dizia que não podia gastar o cartão telefônico — e passando seu tempo com Dike. Ele era só uma criança, mas Ifemelu sentia, com ele, uma cumplicidade próxima da amizade; assistiam juntos aos desenhos preferidos dele, *Os anjinhos* e *Franklin*, liam juntos, e ela o levava para brincar com os filhos de Jane, que morava no apartamento ao lado. Ela e o marido, Marlon, eram de Granada e tinham um sotaque lírico; parecia que estavam sempre prestes a começar a cantar. "Eles são como nós; ele tem um bom emprego, tem ambição, e batem nos filhos", dissera tia Uju, num tom de aprovação.

Ifemelu e Jane riram quando descobriram quão parecida fora a infância de ambas em Granada e na Nigéria, com livros de Enid Blyton, professores anglófilos e pais que idolatravam a BBC World Service. Ela era apenas alguns anos mais velha que Ifemelu. "Eu era muito nova quando me casei. Todas queriam Marlon, então como eu podia dizer não?", disse, meio brincando. As duas ficavam sentadas nos degraus diante do prédio vendo Dike e os filhos de Jane, Elizabeth e Junior, andando de bicicleta até o fim da rua e voltando, Ifemelu muitas vezes dizendo a Dike para não ir mais longe, as crianças brincando, as calçadas de concreto brilhando à luz do sol e a tranquilidade do verão interrompida pela música alta que surgia e desaparecia conforme os carros passavam.

"As coisas ainda devem estar muito estranhas para você", disse Jane.

Ifemelu assentiu. "Estão."

Um caminhão de sorvete entrou na rua, emitindo uma melodia que parecia o tilintar de sinos.

"Sabe, esse é meu décimo ano aqui e ainda sinto que estou me acostumando", disse Jane. "A coisa mais difícil é criar meus filhos. Veja Elizabeth, eu tenho que tomar muito cuidado com ela. Se não tomar cuidado neste país, seus filhos se tornam alguém que você não conhece. É diferente de onde vim, porque lá você consegue controlá-los. Aqui, não." Jane parecia inofensiva, com seu rosto desinteressante e seus braços flácidos, mas por trás do sorriso frequente havia uma vigilância gélida.

"Quantos anos ela tem? Dez?", perguntou Ifemelu.

"Nove, e já quer começar a fazer drama. Pagamos um bom dinheiro para ela estudar numa escola particular, porque as escolas públicas daqui são péssimas. Marlon disse que vamos nos mudar para uma cidade menor logo, assim eles vão poder estudar em escolas melhores. Senão, ela vai começar a se comportar como esses negros americanos."

"Como assim?"

"Não se preocupe, com o tempo você vai entender", disse Jane, levantando-se para ir pegar dinheiro para comprar sorvete para as crianças.

Ifemelu gostava de ficar sentada diante do prédio com Jane, até a noite em que Marlon voltou do trabalho e disse-lhe, num murmúrio apressado, depois de Jane entrar para pegar limonada para as crianças: "Tenho pensado em você. Quero conversar com você". Ifemelu não contou a Jane. Jane jamais culparia Marlon, o marido de pele clara e olhos castanho-esverdeados que todas as outras queriam. Então, começou a evitar ambos, inventando jogos de tabuleiro elaborados que ela e Dike podiam jogar dentro do apartamento.

Certa vez, Ifemelu perguntou a Dike o que ele tinha feito na escola antes das férias e ele disse: "Círculos". As crianças se sentavam no chão num círculo e contavam quais eram suas coisas preferidas.

Ela ficou abismada. "Você já sabe fazer conta de dividir?"

Dike olhou-a com estranheza. "Ainda estou no primeiro ano, prima."

"Quando eu era da sua idade, já fazia divisões simples."

Ifemelu enfiou na cabeça que as crianças americanas não aprendiam nada na escola primária e ficou ainda mais convencida disso quando Dike lhe contou que sua professora às vezes distribuía cupons de lição de casa; se você ganhasse um cupom, podia deixar de fazer a lição de casa por um dia. Círculos, cupom de lição de casa, que outra bobagem ela ia escutar? Assim, começou a ensinar matemática a Dike. Ifemelu não conseguia mais lembrar aquele verão sem pensar em contas de dividir, neles sentados lado a lado à mesa de jantar, Dike com a testa enrugada, sem entender nada, e na maneira como ela alternava suborno com gritos. *Tá, tente mais uma vez e você pode tomar um sorvete. Você não vai brincar se não acertar*. Mais tarde, quando Dike ficou mais velho, ele diria que achava matemática fácil por Ifemelu ter passado aquele verão sendo sua torturadora. "Você quer dizer aquele verão em que eu fui sua tutora", dizia ela, numa piada que se tornou familiar e à qual eles recorriam sempre, como se faz com uma comida reconfortante.

Aquele também foi seu verão da comida. Ifemelu tinha prazer no desconhecido — nos hambúrgueres do McDonald's com o toque crocante e azedo do picles, coisa de que ela gostava num dia e não gostava no outro, dos wraps que tia Uju trazia para casa, com molho picante, e da mortadela e do peperoni que deixavam uma leve camada de sal em sua boca. Ficava desorientada com a falta de sabor das frutas, como se a natureza tivesse se esquecido de pôr tempero nas laranjas e bananas, mas gostava de olhar para elas e tocá-las; as bananas eram tão grandes e perfeitamente amarelas que perdoava sua falta de gosto. Um dia, Dike disse: "Por que você está fazendo isso? Comendo uma banana com amendoim?".

"É assim que a gente come na Nigéria. Quer experimentar?"

"Não", disse ele com firmeza. "Acho que não gosto da Nigéria, prima."

O sorvete, por sorte, tinha um sabor que permanecia igual. Ela comia direto das embalagens gigantes, compradas duas pelo preço de uma, que havia no congelador, engolindo bolas de baunilha e chocolate enquanto via televisão. Acompanhava os programas que via na Nigéria — *Um maluco no pedaço*,

A Different World — e descobria novos — *Friends*, *Os Simpsons* —, mas eram os comerciais que a encantavam. Ifemelu ansiava pela vida que mostravam, cheia de alegria, onde todos os problemas tinham soluções cintilantes na forma de xampus, carros e comidas embaladas. Em sua mente, eles se tornaram a América real, a América que ela só conheceria quando se mudasse no outono para a faculdade. A princípio o noticiário da noite a confundia, uma ladainha de incêndios e tiroteios, porque estava acostumada ao noticiário da NTA, em que oficiais do Exército arrogantes cortavam fitas de inauguração ou faziam discursos. Mas, conforme foi assistindo todas as noites às imagens de homens algemados sendo arrastados, de famílias desesperadas diante de casas queimadas, dos destroços de carros que haviam batido durante perseguições da polícia, de vídeos fora de foco de assaltos a lojas, a confusão se transformou em preocupação. Ela entrava em pânico quando ouvia um som vindo de fora, quando Dike se afastava demais de bicicleta pela rua. Parou de tirar o lixo depois de escurecer, porque poderia haver um homem com uma arma lá fora. Tia Uju dizia, com uma risada breve: "Se você continuar a ver televisão, vai achar que essas coisas acontecem o tempo todo. Você sabe quantos crimes acontecem na Nigéria? É só que a gente não noticia como eles fazem aqui".

11.

Tia Uju chegava em casa tensa e com o rosto grave quando as ruas já estavam escuras e Dike já estava na cama, perguntando "Tem alguma carta para mim? Tem alguma carta para mim?", a indagação sempre repetida, todo o seu ser à beira de um precipício, prestes a despencar. Em algumas noites, ela passava um longo tempo falando ao telefone, a voz num sussurro, como se estivesse protegendo algo do olhar invasivo do mundo. Finalmente, contou a Ifemelu sobre Bartholomew. "Ele é contador, divorciado e quer se casar de novo. É de Eziowelle, muito perto da nossa aldeia."

Ifemelu, atônita com as palavras de tia Uju, só conseguiu responder "Ah, sim", mais nada. "O que ele faz?" e "De onde ele é?" eram as perguntas que sua mãe teria feito, mas desde quando tia Uju ligava se um homem era de uma aldeia próxima da deles?

Num sábado, Bartholomew chegou de Massachusetts para fazer uma visita. Tia Uju fez moelas picantes, passou pó no rosto e ficou parada diante da janela da sala, esperando o carro dele chegar. Dike ficou observando-a, brincando sem muita animação com seus super-heróis, confuso, mas também animado, porque podia sentir sua expectativa. Quando a campainha tocou, ela disse a Dike, num tom de urgência: "Comporte-se!".

Bartholomew usava calças cáqui de cintura alta e falava com um sotaque americano cheio de buracos, deturpando palavras até elas se tornarem impossíveis de entender. Ifemelu sentiu, pela maneira como agia, que Bartholomew tivera uma infância de privações no campo, a qual tentava compensar com sua afetação americana.

Ele olhou rapidamente para Dike e disse, quase com indiferença: "Ah, é, seu filho. Como você está?".

"Bem", murmurou Dike.

Bartholomew não se interessava pelo filho da mulher que estava cortejando nem se dava ao trabalho de fingir que se interessava, o que irritou Ifemelu. Era chocante o quanto era errado para tia Uju e o quanto não estava à sua altura. Um homem mais inteligente teria se dado conta disso e sido mais moderado, mas Bartholomew, não. Ele se comportava de forma pomposa, como um prêmio especial que tia Uju tinha a sorte de ter ganhado, e ela não o contrariava. Antes de provar as moelas, ele disse: "Vamos ver se isso aqui presta".

Tia Uju riu, e em seu riso havia uma aquiescência, porque aquelas palavras de Bartholomew, "Vamos ver se isso aqui presta", referiam-se ao fato de ela prestar como cozinheira e, portanto, como esposa. Ela concordara em participar daqueles rituais, dando um sorriso que prometia ser recatado com ele, mas não com o mundo, atirando-se para pegar o garfo quando este escorregou da mão dele, servindo-o de mais cerveja. Dike observava tudo silenciosamente da mesa de jantar, sem tocar em seus brinquedos. Bartholomew comeu as moelas e bebeu a cerveja. Falou da política nigeriana com o fervor entusiasmado de uma pessoa que acompanhava tudo de longe, que lia e relia artigos na internet. "A morte de Kudirat não vai ser em vão, ela só vai inflamar o movimento democrático de uma maneira que nem a vida dele conseguiu! Acabei de escrever um artigo sobre esse assunto para a versão on-line do *Nigerian Village*." Tia Uju assentia quando ele falava, concordando com tudo que dizia. Muitas vezes, um silêncio abissal se estendia entre eles. Viram televisão, um drama, previsível e repleto de cenas ensolaradas, entre elas uma que mostrava uma menina jovem com um vestido curto.

"Uma menina na Nigéria nunca usaria um vestido desses", disse Bartholomew. "Veja só isso. Este país não tem senso de moral."

Ifemelu não devia ter dito nada, mas havia algo em Bartholomew que tornava o silêncio impossível, aquela caricatura exagerada que ele era, com o mesmo corte de cabelo raspado atrás desde que fora para os Estados Unidos trinta anos antes e suas moralidades falsas e excessivas. Ele era uma daquelas pessoas que, na aldeia onde nascera, diriam ter se "perdido". *Ele foi para os Estados Unidos e se perdeu*, diria sua família. *Ele foi para os Estados Unidos e se recusou a voltar*.

"As meninas da Nigéria usam vestidos muito mais curtos que esse, ô", disse Ifemelu. "Quando eu estava no ensino médio, algumas se trocavam na casa das amigas para que os pais não soubessem."

Tia Uju voltou-se para ela, apertando os olhos numa advertência. Bartholomew olhou-a e deu de ombros, como se não a considerasse digna de uma resposta. Uma antipatia fervilhou entre os dois. Ele ignorou-a pelo resto da tarde. No futuro, faria isso com frequência. Mais tarde, Ifemelu leu os posts dele no *Nigerian Village*, todos num tom azedo e histérico, escritos sob o apelido Contador Igbo de Massachusetts, e ficou surpresa ao ver a frequência com que escrevia, quão ativamente se envolvia em discussões ocas.

Bartholomew não ia à Nigéria fazia anos e talvez precisasse do consolo desses grupos on-line, em que pequenas observações pegavam fogo e se tornavam ataques, com insultos pessoais atirados de ambos os lados. Ifemelu imaginou os envolvidos, nigerianos vivendo em lugares sombrios dos Estados Unidos, com a vida embotada pelo trabalho, guardando com carinho economias durante um ano inteiro para poder passar uma semana na Nigéria em dezembro, aonde chegariam com malas cheias de sapatos, roupas e relógios baratos, e veriam, gravadas nos olhos dos parentes, imagens radiantes de si mesmos. Depois, voltariam para os Estados Unidos para brigar na internet sobre a mitologia que cada um construía de seu país, pois esse país, seu lar, agora era um lugar indistinto entre aqui e lá, e pelo menos on-line podiam ignorar a consciência de quão desimportantes haviam se tornado.

As mulheres nigerianas iam para os Estados Unidos e se tornavam dissolutas, escreveu o Contador Igbo de Massachusetts em um post; era uma verdade desagradável, mas que precisava ser dita. O que mais explicava a alta taxa de divórcio entre nigerianos nos Estados Unidos e a baixa taxa entre nigerianos na Nigéria? Sereia Delta respondeu que nos Estados Unidos simplesmente havia leis que protegiam as mulheres e que essas taxas seriam tão altas quanto na América se essas mesmas leis existissem na Nigéria. A tréplica do Contador Igbo de Massachusetts foi: "Você sofreu uma lavagem cerebral no Ocidente. Devia ter vergonha de se dizer nigeriana". Em resposta a Eze Houston, que escreveu que os homens nigerianos agiam de forma cínica quando voltavam à Nigéria procurando enfermeiras e médicas para se casar, apenas para que suas novas esposas pudessem ganhar bastante dinheiro para eles nos Estados Unidos, o Contador Igbo de Massachusetts escreveu: "Qual é o problema de um homem querer segurança financeira da esposa? As mulheres não querem a mesma coisa?".

Depois que Bartholomew foi embora naquele sábado, tia Uju perguntou a Ifemelu: "O que você achou dele?".

"Ele usa creme para clarear a pele."

"O quê?"

"Você não viu? O rosto dele tem uma cor engraçada. Deve estar usando um barato, sem protetor solar. Que espécie de homem clareia a pele, *biko*?"

Tia Uju deu de ombros, como se não tivesse notado o tom amarelo-esverdeado do rosto do homem, que ficava pior na altura das têmporas.

"Ele não é uma pessoa ruim. Tem um bom emprego." Ela fez uma pausa. "Estou ficando velha. Quero que Dike tenha um irmão ou irmã."

"Na Nigéria, um homem como ele não teria nem coragem de falar com você."

"Não estamos na Nigéria, Ifem."

Antes de tia Uju ir para o quarto, cambaleando sob o peso de suas muitas ansiedades, ela disse: "Por favor, só reze para dar certo".

Ifemelu não rezava, mas, mesmo que rezasse, não ia suportar pedir que tia Uju ficasse com Bartholomew. Sentia-se triste ao ver que a tia passara a se contentar apenas com o que era familiar.

Por causa de Obinze, Manhattan intimidava Ifemelu. Na primeira vez em que pegou o metrô do Brooklyn para lá, com as palmas das mãos suadas, andou pelas ruas observando e absorvendo tudo. Uma mulher que parecia uma sílfide correndo de salto alto com o vestido curto flutuando atrás de si até que tropeçou e quase caiu, um homem gorducho tossindo e cuspindo na calçada, uma menina toda vestida de preto com a mão erguida para os táxis que passavam voando. Os inúmeros arranha-céus pareciam provocar o firmamento, mas havia poeira nas janelas dos prédios. A imperfeição estonteante daquilo tudo a deixou mais calma. "É maravilhoso, mas não é o paraíso", escreveu Ifemelu para Obinze. Mal podia esperar para que ele também visse Manhattan. Imaginou os dois andando de mãos dadas como os casais americanos que via, demorando-se diante das vitrines, lendo os menus pregados nas portas dos restaurantes, parando num carrinho que vendia comida para comprar garrafas de chá gelado. "Em breve", respondeu Obinze numa carta. Eles diziam "em breve" um para o outro com frequência e aquele "em breve" dava a seu plano o peso de algo real.

Finalmente o resultado da prova de tia Uju chegou. Ifemelu trouxe o envelope da caixa de correio, tão fino, tão ordinário, com PROVA DE LICENÇA MÉDICA DOS ESTADOS UNIDOS escrito em letras uniformes, e ficou com ele na mão durante um longo tempo, torcendo para que a notícia fosse boa. Ergueu-o assim que tia Uju entrou. Ela soltou uma exclamação. "É grosso? É grosso?"

"O quê? *Gini?*", perguntou Ifemelu.

"É grosso?", perguntou tia Uju de novo, deixando a bolsa escorregar até o chão e se aproximando com a mão estendida e o rosto contorcido de esperança. Pegou o envelope e gritou "Consegui!", e depois o abriu para se certificar, olhando a folha de papel fino. "Se você é reprovado, eles mandam um envelope grosso com a papelada para se inscrever de novo."

"Tia! Eu sabia! Parabéns!", disse Ifemelu.

Tia Uju abraçou-a e elas se encostaram uma na outra, ouviram a respiração uma da outra, o que trouxe a Ifemelu uma lembrança doce de Lagos.

"Onde está Dike?", perguntou tia Uju, como se ele não estivesse sempre já deitado quando ela chegava em casa do segundo emprego. Entrou na cozinha, pôs-se abaixo das luzes fortes do teto e olhou mais uma vez o resultado com os olhos úmidos. "Então vou ser uma clínica geral nesta tal de América", disse, quase num sussurro. Abriu uma lata de Coca e não bebeu.

Mais tarde, disse: "Vou ter que desfazer minhas tranças para a entrevista e fazer relaxamento no cabelo. Kemi disse que não devo usar tranças na entrevista. Eles acham que você não é profissional se tem o cabelo trançado".

"Então não existem médicas de cabelo trançado nos Estados Unidos?", perguntou Ifemelu.

"Falei o que me disseram. Você está num país que não é o seu. Faz o que precisa fazer se quiser ser bem-sucedido."

Lá estava ela de novo, aquela estranha ingenuidade com a qual tia Uju se cobrira, como se fosse um cobertor. Às vezes, quando estavam conversando, ocorria a Ifemelu que tia Uju deliberadamente deixara parte de si para trás, uma parte essencial, num lugar distante e esquecido. Obinze dizia que era a gratidão exagerada que vinha com a insegurança do imigrante. Tão típico dele ter uma explicação. Obinze, que a ancorou ao longo daquele verão de espera — sua voz tranquila no telefone, suas longas cartas em envelopes aéreos azuis — e que entendia o que lhe roía o estômago quando o fim das férias se aproximava. Ifemelu queria começar a estudar, encontrar os Estados Unidos de verdade, mas havia algo lhe roendo o estômago, uma ansiedade, e uma nostalgia nova e dolorosa pelo verão no Brooklyn que se tornara familiar; crianças andando de bicicleta, negros longilíneos usando camiseta sem manga branca e justa, caminhões de sorvete tilintando, música alta vinda de carros conversíveis, o sol brilhando até tarde da noite, coisas apodrecendo e fedendo no calor úmido. Ela não queria deixar Dike — só de pensar nisso, tinha a sensação de que um tesouro lhe escapava pelas mãos —, mas queria deixar o apartamento de tia Uju e começar uma vida cujos limites apenas ela definisse.

Dike certa vez lhe falou com uma expressão de anseio de um amigo que fora a Coney Island e voltara com uma foto tirada numa montanha-russa muito alta. Por isso, Ifemelu fez uma surpresa para ele no fim de semana antes de ir embora, dizendo: "Nós vamos para Coney Island!". Jane havia lhe explicado que metrô pegar, o que fazer, quanto custaria. Tia Uju disse que era uma boa ideia, mas não acrescentou nenhum centavo ao que ela já tinha. Quando viu Dike nos brinquedos, gritando, aterrorizado e encantado, um menininho completamente aberto ao mundo, não se importou com o que gastara. Eles comeram cachorro-quente e algodão-doce, e tomaram milk-shake. "Vai ser tão legal quando eu não precisar ir com você no banheiro das meninas", disse Dike, fazendo Ifemelu morrer de rir. No trem de volta, ele estava cansado e sonolento. "Prima, esse foi o dia mais legal de todos que passei com você", disse, recostando-se nela.

A sensação agridoce de um limbo que terminava dominou-a dias depois, quando se despediu de Dike, beijando-o — uma, duas e então três vezes, enquanto ele chorava, uma criança tão desacostumada a chorar, e ela tentava conter as lágrimas e tia Uju dizia sem parar que a Filadélfia não ficava tão longe assim. Ifemelu arrastou a mala até a estação, pegou o metrô, desceu no terminal da rua 42 e entrou num ônibus que ia para lá. Ela sentou na janela — alguém havia grudado um chiclete mascado no vidro — e passou diversos minutos olhando mais uma vez para o cartão da Seguridade Social e a carteira de motorista que pertenciam a Ngozi Okonkwo. Tinha no mínimo dez anos a mais do que Ifemelu, um rosto fino, sobrancelhas que começavam em bolinhas e se transformavam em arcos e um maxilar em forma de V.

"Eu não pareço nada com ela", dissera Ifemelu quando tia Uju lhe dera o cartão.

"Os brancos acham que nós todos somos parecidos."

"Ahn-hã, tia!"

"Não estou brincando. A prima de Amara veio para cá no ano passado e ainda não tem um visto, por isso começou a trabalhar com a identidade de Amara. Você se lembra dela? A prima é magra e tem a pele clara. Elas não se parecem nem um pouco. Ninguém notou. Trabalha como cuidadora domiciliar na Virgínia. Só não se esqueça do seu novo nome. Tenho uma amiga que esqueceu e uma colega ficou chamando, chamando, e ela não respondeu. Então desconfiaram e denunciaram para a Imigração."

12.

Lá estava Ginika, parada no pequeno terminal de ônibus cheio de gente, usando uma minissaia e um tomara que caia que cobria seus seios, mas não sua barriga, pronta para arrebanhar Ifemelu e levá-la para a verdadeira América. Estava muito mais magra, com metade do tamanho antigo, e sua cabeça parecia maior, equilibrada sobre um pescoço longo que lembrava o de um vago animal exótico. Ela estendeu os braços, como quem atrai uma criança para um abraço, rindo e exclamando "Ifemsco! Ifemsco!", e Ifemelu, por um momento, foi transportada para o ensino médio — uma imagem de meninas fofocando em uniforme azul e branco, com uma boina de feltro sobre a cabeça, num grupinho no corredor da escola. Abraçou Ginika. O gesto teatral delas, de se apertar com força, separar-se e então voltar a se apertar, fez, para sua leve surpresa, com que seus olhos se enchessem de lágrimas.

"Olhe só para você!", disse Ginika, gesticulando e fazendo tilintar as diversas pulseiras de prata que tinha no braço. "É você mesma?"

"Quando *você* parou de comer e ficou parecendo um bacalhau seco?", perguntou Ifemelu.

Ginika riu, pegou a mala e virou-se para a porta. "Vamos logo, estacionei em lugar proibido."

O Volvo verde estava na esquina de uma rua estreita. Uma mulher sisuda de uniforme, com o bloquinho de multas na mão, marchava na direção delas quando Ginika pulou para dentro do carro e deu a partida. "Essa foi por pouco!", disse ela, rindo. Um mendigo usando uma camiseta imunda e empurrando um carrinho repleto de embrulhos havia parado bem ao lado do carro, como quem quisesse descansar por um instante, olhando em frente, para o vazio, e Ginika olhou-o de soslaio ao sair devagar da vaga. Elas mantiveram os vidros abertos. A Filadélfia tinha o cheiro do sol de verão, de asfalto queimado, de carne grelhada em carrinhos de comida aninhados nas esquinas, com estrangeiros morenos, homens e mulheres, trabalhando debruçados lá dentro. Ifemelu passaria a gostar dos *gyros* que eram vendidos nesses carrinhos, feitos de pão pita, cordeiro e molhos que pingavam, assim como passaria a amar a própria Filadélfia. A cidade não trazia o espectro da intimidação como Manhattan; era um lugar íntimo, mas não provinciano, uma cidade que poderia ser gentil. Ifemelu viu mulheres na calçada saindo do trabalho para ir almoçar, usando tênis, prova da preferência americana pelo conforto e não pela elegância, e viu jovens casais enlaçados, beijando-se de tempos em tempos como se temessem que, se soltassem as mãos, seu amor se dissolveria, derreteria e viraria nada.

"Peguei o carro do meu senhorio emprestado. Não queria vir buscar você no meu carro de merda. Não acredito, Ifemsco. Você está nos Estados Unidos!", disse Ginika. Havia um glamour metálico e diferente em sua magreza, na pele clara, na saia curta que subiu quando se sentou, mal cobrindo sua virilha, no cabelo muito liso que toda hora passava para trás da orelha, com mechas louras brilhando à luz do sol.

"Estamos entrando na Cidade Universitária e é lá que fica o campus da Wellson, *shay*, sabe? Podemos passar lá, para você ver a universidade primeiro, depois vamos para minha casa no subúrbio e à noite podemos ir para a casa de uma amiga. Vai ter uma reuniãozinha lá." Ginika havia passado a usar o inglês nigeriano, uma versão datada e afetada, ansiosa por provar que continuava a mesma. Com uma lealdade esforçada, havia mantido contato ao longo dos anos: ligava, escrevia cartas e mandava livros e calças disformes de alfaiataria. E agora estava dizendo "*shay*, sabe", e Ifemelu não teve coragem de contar que ninguém mais dizia "*shay*".

Ginika contou histórias sobre suas primeiras experiências nos Estados Unidos, como se contivessem uma sabedoria sutil da qual Ifemelu ia precisar.

"Se você tivesse visto como eles riram de mim no colégio quando eu disse que alguém estava pagando pau para mim. Porque aqui ninguém fala assim, já que pau quer dizer pênis! E eu tive que explicar várias vezes que na Nigéria pagar pau era estar a fim. E você sabia que 'mestiço' aqui é uma palavra feia? No primeiro ano de faculdade, eu estava contando para uns amigos meus sobre como fui votada a menina mais bonita da escola no meu país. Lembra? Não devia ter ganhado. Era Zainab. Foi só porque sou mestiça. Isso é mais forte ainda aqui. Você vai ouvir umas merdas dos brancos daqui que eu não ouço. Mas, então, eu estava contando sobre como era lá na Nigéria e sobre como todos os meninos ficavam atrás de mim porque eu era mestiça, e elas disseram que eu estava me insultando. Por isso agora digo que sou birracial e devo me sentir ofendida quando alguém fala em mestiça. Eu conheci muita gente aqui cuja mãe é branca e eles são tão cheios de problemas, ê. Eu não sabia nem que *deveria* ter problemas até vir para os Estados Unidos. Sinceramente, se alguém quiser criar filhos birraciais, é melhor fazer isso na Nigéria."

"Claro. Onde todos os meninos correm atrás das meninas mestiças."

"Nem *todos* os meninos, aliás", disse Ginika, fazendo uma careta. "É melhor Obinze vir logo para cá antes que alguém roube você. Sabe que tem o tipo de corpo que eles gostam aqui, não é?"

"Como assim?"

"Você é magra e tem o peito grande."

"Eu não sou magra. Sou esguia."

"Os americanos dizem magra. Aqui, ser magra é uma coisa boa."

"É por isso que você parou de comer? Sua bunda sumiu. Sempre quis ter uma bunda igual à sua", disse Ifemelu.

"Sabia que eu comecei a perder peso assim que vim para cá? Cheguei perto até da anorexia. Os meninos da minha escola me chamavam de Porca. Você sabe como, na Nigéria, quando alguém comenta que você perdeu peso é uma coisa ruim? Aqui, se alguém diz que você perdeu peso, é preciso agradecer. É diferente aqui, só isso", disse Ginika com certa melancolia, como se ela também fosse nova nos Estados Unidos.

Mais tarde, Ifemelu estava observando Ginika no apartamento de sua amiga Stephanie, com uma garrafa de cerveja na boca e as palavras com sotaque americano simplesmente saindo, e ficou impressionada ao ver como ela tinha ficado parecida com as amigas que fizera naquele país. Jessica, de família japonesa, linda e animada, brincando com a chave de sua Mercedes, que tinha o emblema da marca. Teresa, uma menina de pele pálida que tinha uma risada alta e usava brincos solitários de diamante e sapatos velhos e gastos. Stephanie, de família chinesa, cujo cabelo era um chanel perfeito com as pontas viradas para dentro na altura do queixo e que, de tempos em tempos, tirava um maço de cigarros da bolsa estampada com monogramas e ia para fora fumar. Hari, de pele cor de café e cabelos pretos, que usava uma blusinha com os dizeres "Eu sou indiana, não indo-americana" quando Ginika a apresentou a Ifemelu. Todas riam das mesmas coisas e diziam "Eca!" para as mesmas coisas, numa coreografia perfeita. Stephanie anunciou que tinha uma cerveja artesanal na geladeira e todas disseram "Legal!" em uníssono. Então Teresa disse "Posso beber a cerveja normal, Steph?" na vozinha de quem temia ofender. Ifemelu ficou sentada numa poltrona solitária num dos extremos da sala, bebendo suco de laranja e ouvindo-as conversar. *Aquela empresa é tão do mal. Ai, meu Deus, não acredito na quantidade de açúcar que tem aqui. A internet supervai mudar o mundo.* Ela ouviu Ginika perguntar "Você sabia que eles usam um componente de osso de animal para fazer essa pastilha de hortelã?", e as outras gemeram. Havia códigos que Ginika conhecia, maneiras de ser que dominava. Ao contrário de tia Uju, fora para os Estados Unidos com a flexibilidade e a fluidez da juventude, as pistas culturais haviam penetrado sua pele e ela agora ia jogar boliche, sabia o que Tobey Maguire andava fazendo e achava que mergulhar a batata frita no molho depois de já tê-la mordido uma vez era digno de um "eca". A pilha de garrafas e latas de cerveja estava ficando maior. As meninas relaxavam, numa lassidão glamorosa, no sofá e no tapete, enquanto um CD de rock pesado, que Ifemelu considerava um barulho sem nenhuma harmonia, tocava. Teresa era quem bebia mais rápido, jogando cada lata de cerveja vazia no chão de madeira, enquanto as outras riam com um entusiasmo que intrigava Ifemelu, porque não era tão engraçado assim. Como elas sabiam quando rir, e do que rir?

Ginika estava comprando um vestido para ir a um jantar organizado pelo escritório de advocacia em que era estagiária.

"Você devia comprar algumas coisas, Ifem."

"Não vou gastar dez kobos do meu dinheiro a não ser que precise."

"Dez centavos."

"Dez centavos."

"Posso te dar uma jaqueta e roupas de cama, mas você precisa pelo menos de uma meia-calça. O frio está chegando."

"Eu vou dar um jeito", disse Ifemelu. E daria mesmo. Se precisasse, usaria todas as roupas ao mesmo tempo, em camadas, até conseguir um emprego. Ficava apavorada com a ideia de gastar dinheiro.

"Ifem, eu pago para você."

"Você não está ganhando muito dinheiro."

"Pelo menos estou ganhando algum", brincou Ginika.

"Tomara que eu consiga um emprego logo."

"Vai conseguir, não se preocupe."

"Não entendo como alguém vai acreditar que sou Ngozi Okonkwo."

"Não mostre a carteira de motorista quando for fazer a entrevista. Mostre só o cartão da Seguridade Social. Talvez eles nem peçam a carteira. Às vezes não pedem, em empregos mais simples."

Ginika levou-a a uma loja de roupas que Ifemelu achou frenética demais; o lugar a fez pensar numa casa noturna, com música eletrônica tocando alto, o interior sombrio, as vendedoras, duas jovens de braços finos todas de preto, andando de um lado para o outro depressa demais. Uma tinha pele chocolate e um longo mega-hair negro com luzes castanho-avermelhadas e a outra era branca, com o cabelo negro retinto que balançava nas costas quando se aproximou.

"Oi, meninas, tudo bem? Posso ajudar em alguma coisa?", perguntou a vendedora numa voz melodiosa que tilintava. Ela tirou roupas dos cabides e desdobrou-as para mostrar a Ginika. Ifemelu olhava as etiquetas e convertia os preços para naira, depois comentava: "Hum! Como essa coisa pode custar tanto?". Pegou e examinou cuidadosamente algumas das roupas para descobrir o que era cada uma, se uma roupa de baixo ou uma blusa, se uma camisa ou um vestido, e às vezes não chegava a nenhuma conclusão.

"Isso literalmente acabou de chegar", disse a vendedora, mostrando um vestido com brilhos como quem divulgava um grande segredo, e Ginika disse "Ai, meu Deus, jura?" com muita animação. Sob as luzes fortes demais do vestiário, Ginika experimentou o vestido e ficou andando na ponta dos pés. "Amei."

"Mas ele não tem forma", disse Ifemelu. Para ela, parecia um saco quadrado no qual uma pessoa entediada havia grudado lantejoulas de maneira aleatória.

"É pós-moderno", disse Ginika.

Ao ver Ginika se exibir diante do espelho, Ifemelu se perguntou se ela também adquiriria o mesmo gosto por vestidos sem forma, se era isso que os Estados Unidos faziam com você.

No caixa, a funcionária loura perguntou: "Alguém atendeu você?".

"Sim", disse Ginika.

"Chelcy ou Jennifer?"

"Desculpe, não lembro o nome dela." Ginika olhou em torno para apontar a vendedora, mas ambas as jovens haviam sumido nos vestiários dos fundos.

"Foi a de cabelo comprido?"

"Bom, as duas tinham cabelo comprido."

"Foi a de cabelo preto?"

As duas tinham cabelo preto.

Ginika sorriu e olhou para a caixa, que sorriu e olhou para Ginika, e dois segundos flácidos se arrastaram até que a segunda disse, num tom alegre: "Não tem problema, eu descubro depois e garanto a comissão dela".

Quando saíram da loja, Ifemelu disse: "Eu estava vendo a hora que ela ia perguntar: 'Foi a que tinha dois olhos ou a que tinha duas pernas?'. Por que ela não perguntou se tinha sido a negra ou a branca?".

Ginika riu. "Porque aqui é a América. A gente tem que fingir que não nota certas coisas.

Ginika perguntou se Ifemelu não queria morar com ela e economizar no aluguel, mas o apartamento dela ficava muito longe, no fim da linha principal, e pegar o trem todos os dias para a Filadélfia seria caro demais. Elas foram ver apartamentos juntas na parte oeste da cidade e Ifemelu ficou surpresa ao encontrar armários podres na cozinha e um camundongo correndo por um quarto vazio.

"Meu alojamento em Nsukka era sujo, mas não tinha rato, ô."

"É um camundongo", disse Ginika.

Ifemelu estava prestes a assinar um contrato — se para economizar ela tinha que morar com camundongos, que fosse — quando uma amiga de Ginika falou para elas de um quarto para alugar, um negócio ótimo para quem estava na faculdade. Era num apartamento de quatro quartos com o carpete mofado que ficava em cima de uma pizzaria na Powelton Avenue, na esquina onde drogados às vezes largavam o cachimbo de crack, pedaços horríveis de metal retorcido que brilhavam ao sol. O quarto de Ifemelu era o mais barato, o menor, de frente para a parede de tijolos gastos do prédio ao lado. Havia pelos de cachorro flutuando no ar. Suas colegas de apartamento, Jackie, Elena e Allison, quase pareciam ser a mesma pessoa, todas meninas franzinas de quadris estreitos com cabelos castanhos alisados e tacos de lacrosse empilhados no corredor estreito. O cachorro de Elena andava pela casa, grande e preto como um burrico de pelos longos; de tempos em tempos, uma pilha de cocô aparecia na base da escada e Elena gritava "Você está ferrado agora, rapazinho!" como se estivesse fazendo uma performance para as outras, interpretando um papel cujas falas todas conheciam. Ifemelu lamentou que o cachorro não ficasse do lado de fora, que era o lugar dos cachorros. Quando Elena perguntou por que Ifemelu não havia feito carinho ou coçado a cabeça do animal durante sua primeira semana no apartamento, ela respondeu: "Não gosto de cachorro".

"Isso é tipo uma coisa cultural?"

"Como assim?"

"Tipo, eu sei que na China eles comem carne de gato e de cachorro."

"Meu namorado adora cachorro, eu só não gosto."

"Ah", disse Elena, olhando para Ifemelu com o cenho franzido, do mesmo jeito que Jackie e Allison haviam olhado mais cedo, quando ela disse que nunca tinha jogado boliche, como se estivessem se perguntando como poderia ser uma pessoa normal sem nunca ter jogado boliche. Ifemelu estava na periferia de sua própria vida, compartilhando uma geladeira e um banheiro, uma intimidade rasa, com pessoas que não conhecia nem um pouco. Pessoas que viviam usando pontos de exclamação. "Legal!", diziam sempre. "Que legal!" Pessoas que não esfregavam a pele quando tomavam banho; o banheiro era repleto de xampus, condicionadores e géis, mas não havia nem uma esponja e isso, a ausência de uma esponja, fazia as colegas parecerem irremediavelmente estranhas para ela. (Uma de suas lembranças mais antigas era da mãe no banheiro com um balde de água, dizendo: "*Ngwa*, esfregue entre as pernas muito, muito bem..."; Ifemelu usara a esponja com um pouco de vigor demais, para mostrar à mãe quão bem sabia se limpar, e durante os dias que se seguiram teve que andar com as pernas bem abertas.) Havia uma falta de questionamento na vida de suas colegas de apartamento, uma certeza presumida que a fascinava, pois elas sempre diziam "Vamos lá pegar" sobre o que quer que precisassem — mais cerveja, pizza, asinhas de frango, destilado — como se esse pegar fosse um ato que não requeria dinheiro. Na Nigéria, ela estava acostumada às pessoas primeiro perguntarem "Você tem dinheiro?" antes de fazerem esses planos. Elas largavam caixas de pizza na mesa da cozinha; a cozinha em si ficava bagunçada durante dias; nos fins de semana, seus amigos se reuniam na sala, deixando latas de cerveja empilhadas na geladeira e rastros de urina seca no assento da privada.

"Vamos a uma festa. Venha também, vai ser ótimo!", disse Jackie, e Ifemelu vestiu calças justas e uma blusa frente única que havia pegado emprestada de Ginika.

"Vocês não vão se vestir?", ela perguntou às outras meninas antes de saírem. Jackie disse: "Nós *estamos* vestidas. Como assim?", com uma risada que sugeria que mais uma estranheza havia surgido. Elas foram à casa de uma fraternidade na Chestnut Street, onde todos ficaram parados, de pé, bebendo um ponche cheio de vodca em copos de plástico até Ifemelu aceitar o fato de que ninguém ia dançar; fazer uma festa ali era beber de pé. As roupas dos estudantes daquela festa eram de tecidos esfiapados e golas largas, parecendo gastas de propósito. (Anos mais tarde, ela escreveria um post para o blog dizendo que, quando a questão é se vestir bem, a cultura americana é tão satisfeita consigo mesma que não apenas tem uma falta de atenção com a cortesia de uma boa aparência como transformou essa falta de atenção numa virtude. "*Somos superiores/ocupados/malandros/relaxados demais para nos importarmos com nosso aspecto aos olhos dos outros, por isso podemos usar pijamas para ir à escola e roupa de baixo para ir ao shopping.*") Conforme eles foram ficando mais e mais bêbados, alguns caíram, desacordados, no chão, e outros pegaram canetas e começaram a escrever na pele exposta dos primeiros. *Chupa. Vai, Sixers.*

"A Jackie disse que você é da África", comentou um menino de boné de beisebol.

"Sou."

"Que maneiro!", disse ele, e Ifemelu imaginou-se contando aquilo a Obinze, a maneira como o imitaria. Obinze arrancava cada fiapo de história dela, repassando os detalhes, fazendo perguntas, e às vezes ria, o som ecoando pela linha do telefone. Ifemelu lhe contou sobre a vez em que Allison disse: "Ei, a gente vai comer um negócio. Venha também!", e ela achou que era um convite e que, como acontecia nos convites na Nigéria, Allison ou uma das outras pagaria a conta. Mas, quando a garçonete trouxe a conta, Allison começou a decifrar cuidadosamente quantas bebidas cada uma havia pedido e quem havia comido a lula de entrada para se certificar de que ninguém ia pagar por outro. Obinze achara muito engraçado, e disse: "Isso é a América mesmo!".

Para Ifemelu, foi engraçado apenas na hora de contar. Ela teve dificuldades para esconder seu espanto com as fronteiras da hospitalidade e também com a questão das gorjetas — pagar mais quinze ou vinte por cento para a garçonete —, que parecia muito com um suborno, um sistema forçado e eficiente de suborno.

13.

No início, Ifemelu se esqueceu de que era outra pessoa. Num apartamento na parte sul da Filadélfia, uma mulher de expressão cansada abriu a porta e deixou-a entrar num cômodo onde havia um fedor forte de urina. A sala era escura e abafada e Ifemelu imaginou o prédio inteiro imerso em urina acumulada durante meses, talvez anos, e ela trabalhando todos os dias no meio dessa nuvem. Lá dentro ouvia-se um homem gemendo, emitindo sons graves e arrepiantes; eram os gemidos de uma pessoa para quem gemer era a única opção que restara, e isso a assustou.

"É meu pai", disse a mulher, lançando-lhe um olhar penetrante de avaliação. "Você é forte?"

O anúncio no jornal *City Paper* continha a palavra "forte" bem destacada. CUIDADORA DOMICILIAR FORTE. PAGO EM DINHEIRO.

"Sou forte o suficiente para fazer o trabalho", disse Ifemelu, tentando controlar a vontade de sair de ré daquele apartamento e correr para longe.

"Seu sotaque é bonito. Você é de onde?"

"Da Nigéria."

"Nigéria. Não está tendo uma guerra lá?"

"Não."

"Posso ver sua identidade?", perguntou a mulher, olhando rapidamente para a carteira de motorista e acrescentando: "Como é que se pronuncia seu nome mesmo?"

"Ifemelu."

"Como?"

Ifemelu quase engasgou. "Ngozi. Você murmura o ene."

"Entendi." A mulher, com seu ar de exaustão infinita, parecia cansada demais para questionar as duas pronúncias diferentes. "Você pode dormir aqui?"

"Dormir aqui?"

"Isso. Eu moro aqui com meu pai. Tem um quarto vazio. É para trabalhar três noites por semana. Você teria que limpá-lo de manhã." A mulher fez uma pausa. "Você é *bem* magrinha. Olhe, eu tenho mais duas pessoas para entrevistar, aviso se escolher você."

"Tudo bem. Obrigada." Ifemelu sabia que não ia conseguir o emprego e sentiu-se grata por isso.

Ela repetiu "Eu me chamo Ngozi Okonkwo" na frente do espelho antes da sua próxima entrevista, no restaurante Seaview. "Posso chamar você de Goz?", perguntou o gerente depois que eles deram um aperto de mão, e Ifemelu disse que sim, mas, antes de dizer que sim, fez uma pausa, a mais breve das pausas, mas ainda assim uma pausa. E se perguntou se foi por isso que não conseguiu o emprego.

Depois, Ginika disse: "Você podia ter dito que Ngozi é seu nome tribal e Ifemelu é seu nome da selva, e ainda ter inventado mais um nome e dito que era seu nome espiritual. Eles acreditam em qualquer merda sobre a África".

Ginika riu, uma risada segura e profunda. Ifemelu riu também, embora não tivesse entendido bem a piada. E teve uma súbita sensação de névoa, de uma teia leitosa que teria de rasgar com as mãos. Seu outono da semicegueira tinha começado, o outono das perplexidades, das experiências que teve sabendo que havia camadas escorregadias de significado que lhe escapavam.

O mundo estava envolto em gaze; Ifemelu podia ver a silhueta das coisas, mas nunca com clareza o suficiente, nunca o suficiente. Ela contou a Obinze que havia coisas que devia saber como fazer, mas não sabia, detalhes que devia ter trazido para dentro de seu espaço, mas não trouxera. E ele lembrou a

Ifemelu quão rapidamente ela estava se adaptando, com um tom sempre calmo, sempre consolador. Ifemelu fez entrevistas para vagas de garçonete, hostess, bartender e caixa e ficou esperando ofertas de emprego que nunca chegaram, sentindo que a culpa era sua. Tinha de ser ela que estava fazendo algo de errado; mas não sabia o que poderia ser. O outono chegara, chuvoso e com céus cinzentos. O dinheiro vazava de sua parca conta no banco. Os suéteres mais baratos da loja Ross ainda a deixavam espantada com seus preços altos, as passagens de ônibus e trem se acumulavam e as compras de supermercado causavam buracos em seu extrato, apesar de ficar atenta diante do caixa, observando a tela até dizer "Por favor, pare. Não vou levar o resto" quando a conta somava trinta dólares. A cada dia parecia surgir uma nova carta para ela na mesa da cozinha e, dentro do envelope, havia uma mensalidade a ser paga e palavras escritas em maiúsculas: SUA MATRÍCULA SERÁ SUSPENSA SE O PAGAMENTO NÃO FOR RECEBIDO ATÉ A DATA NO FIM DESTA NOTIFICAÇÃO.

Era a agressividade das maiúsculas, mais do que as palavras em si, que a amedrontava. Ifemelu se preocupava com as possíveis consequências, uma preocupação vaga, mas constante. Não se imaginava sendo presa por não pagar a mensalidade, mas o que de fato acontecia quando você não pagava a mensalidade nos Estados Unidos? Obinze disse que nada aconteceria e sugeriu que fosse à secretaria conversar sobre a possibilidade de pagar o que devia em prestações, pois assim teria ao menos tomado alguma providência. Ela ligava para ele com frequência, com cartões telefônicos baratos que comprava na loja de conveniência lotada de um posto de gasolina na Lancaster Avenue, e o mero ato de arranhar a parte metálica para revelar o número que havia ali embaixo a deixava plena de expectativa de ouvir a voz de Obinze de novo. Ele a acalmava. Com ele, Ifemelu podia sentir o que sentia, não tinha de forçar uma alegria na voz como fazia com os pais, dizendo que estava ótima, que achava que ia conseguir um emprego de garçonete, que estava se acostumando muito bem às aulas.

O melhor momento do dia era conversar com Dike. Sua voz, mais aguda no telefone, a aquecia quando ele lhe contava o que havia acontecido em seu programa, como ele acabara de passar de uma fase no Game Boy. "Quando você vai vir nos visitar, prima?", perguntava sempre. "Queria que você estivesse cuidando de mim. Não gosto de ir para a casa da srta. Brown. O banheiro dela é fedido."

Ifemelu sentia saudades dele. Às vezes, contava-lhe coisas que sabia que ele não ia compreender, mas contava assim mesmo. Falou do professor que, na hora do almoço, sentava no gramado para comer um sanduíche, do que havia lhe pedido que o chamasse pelo primeiro nome, Al, do que usava uma jaqueta de couro com tachinhas e tinha uma moto. No dia em que recebeu sua primeira propaganda por correio, disse para Dike: "Quer saber de uma coisa? Recebi uma carta hoje". Aquele cartão de crédito pré-aprovado, com seu nome escrito corretamente e num itálico elegante, deixara-a mais animada, fizera-a sentir-se menos invisível, um pouco mais presente. Alguém a conhecia.

14.

Mas também havia Cristina Tomas. Cristina Tomas com sua cara lavada, seus olhos azuis aguados, seu cabelo desbotado e sua pele pálida. Cristina Tomas sentada na mesa de recepção com um sorriso. Cristina Tomas usando uma meia-calça esbranquiçada que fazia suas pernas parecerem de uma mulher morta. Era um dia quente, Ifemelu havia passado por alunos esparramados em gramados verdes; havia um punhado de balões de cores alegres abaixo de um cartaz que dizia BEM-VINDOS, CALOUROS.

"Boa tarde. É aqui que a gente se matricula?", perguntou ela a Cristina Tomas, cujo nome ainda não sabia.

"Isso. Você. É. Uma. Aluna. Estrangeira?"

"Sou."

"Você. Primeiro. Precisa. Pegar. Uma. Carta. Do. Departamento. De. Alunos. Estrangeiros."

Ifemelu deu um meio-sorriso de pena, porque Cristina Tomas certamente tinha alguma espécie de doença que a fazia falar tão devagar, com os lábios espremidos fazendo um beicinho para ensinar o caminho até o departamento de alunos estrangeiros. Mas, quando ela voltou com a carta, Cristina Tomas disse "Eu. Preciso. Que. Você. Preencha. Alguns. Formulários. Você. Entende.

Como. Preencher. Estes. Aqui?", e Ifemelu entendeu que a menina estava falando desse jeito por causa *dela*, de seu sotaque, e durante um instante sentiu-se como uma criança pequena, de braços e pernas moles, babando.

"Eu falo inglês", disse Ifemelu.

"Aposto que fala", disse Cristina Tomas. "Só não sei se fala *bem*."

Ifemelu se encolheu. Naquele segundo de silêncio difícil em que ficou olhando nos olhos de Cristina Tomas antes de pegar os formulários, ela se encolheu. Como uma folha seca. Falava inglês desde pequena, fora a capitã da equipe de debate no ensino médio e sempre achara a pronúncia anasalada dos americanos um pouco rudimentar; não deveria ter se acovardado e encolhido, mas o fez. E, nas semanas seguintes, conforme o frio do outono ia surgindo, começou a treinar um sotaque americano.

As aulas nos Estados Unidos eram fáceis, com deveres enviados por e-mail, salas com ar-condicionado, professores que aceitavam dar uma prova extra para aumentar a nota do aluno. Mas Ifemelu sentia-se constrangida com o que os professores chamavam de "participação" e não via por que tinha de ser parte da nota final: aquilo apenas fazia os alunos falarem sem parar, desperdiçando o tempo de aula com comentários óbvios, ocos, às vezes sem sentido. Tinha de ser porque os americanos eram ensinados, desde o ensino fundamental, a sempre dizer *alguma coisa* na aula, não importava o quê. E assim ela ficava com a língua travada, rodeada de alunos confortavelmente sentados, estourando de sabedoria não sobre a matéria das aulas, mas sobre como *ser* naquelas aulas. Eles nunca diziam "Não sei", diziam "Não tenho certeza", o que não transmitia nenhuma informação, mas ainda sugeria a possibilidade de conhecimento. E aqueles americanos andavam a passos de cavalo, sem ritmo. Evitavam dar instruções diretas. Não diziam "Pergunte a alguém do andar de cima"; diziam "Talvez você devesse perguntar a alguém do andar de cima". Quando você tropeçava e caía, quando se engasgava, quando algum infortúnio o acometia, eles não diziam "Sinto muito", mas perguntavam "Tudo bem?", quando era óbvio que não estava tudo bem. E quando você dizia "Sinto muito" para eles quando se engasgavam, tropeçavam ou sofriam algum infortúnio, eles respondiam, com os olhos arregalados de surpresa: "Ah, não foi culpa sua". E usavam demais a palavra "animado", um professor animado com um livro novo, um aluno animado com uma aula, um político na televisão animado com uma lei; era animação demais. Algumas das expressões que Ifemelu ouvia todos os dias a deixavam atônita, chocada, e ela se perguntava o que a mãe de Obinze acharia delas. *São uma hora. Tenho umas maçã. Que isso?* "Esses americanos não sabem falar inglês, ô", disse Ifemelu a Obinze. No primeiro dia de aula, ela fora ao centro médico e passara um pouco de tempo demais olhando fixamente para a lata cheia de camisinhas grátis que ficava num canto. Depois que fez o exame, a recepcionista disse "Tudo pronto!" e Ifemelu, sem entender, se perguntou o que "Tudo pronto" significava até presumir que já tinha feito tudo o que precisava fazer.

Todos os dias, ela acordava preocupada com dinheiro. Se comprasse todos os livros de que precisava para as aulas, não teria o suficiente para pagar o aluguel, por isso pegava-os emprestados durante as aulas e fazia anotações febris que às vezes, ao ler depois, a deixavam confusa. A amiga que fizera nas aulas, Samantha, uma mulher magra que evitava o sol, dizendo "Fico vermelha logo", às vezes a deixava levar um livro para casa. "Fique com ele até amanhã e faça anotações se precisar", dizia. "Sei como pode ser difícil, por isso larguei a faculdade anos atrás para trabalhar." Samantha era mais velha e Ifemelu ficou aliviada ao tornar-se sua amiga, pois ela não era uma bobalhona de dezoito anos como tantos outros alunos de comunicação. Ifemelu nunca passava mais de um dia com os livros e às vezes se recusava a levá-los para casa. Feria seu orgulho ter de depender da boa vontade alheia. Às vezes, depois das aulas, ela se sentava num banco e ficava olhando os alunos passarem pela grande escultura cinzenta que havia no meio do pátio; todos pareciam ter a vida que queriam, podiam ter um emprego se quisessem e, acima de suas cabeças, bandeirinhas se moviam serenamente ao sabor do vento.

Ifemelu ansiava por compreender tudo sobre os Estados Unidos, por imediatamente ficar por dentro das coisas: torcer por um time no Super Bowl, entender o que era um Twinkie e o que significavam um *lockout* na temporada esportiva, medir tudo em onças e pés quadrados, pedir um muffin e dizer "Eu me dei bem" sem se sentir boba.

Obinze sugeriu que ela lesse livros americanos, romances, livros sobre história e biografias. Em seu primeiro e-mail para ela — um cibercafé havia acabado de abrir em Nsukka — passou-lhe uma lista. *The Fire Next Time* estava no topo. Ifemelu leu por alto o primeiro capítulo de pé diante da estante da biblioteca, preparada para achá-lo chato, mas, devagar, foi até um sofá, sentou e continuou a ler até terminar três quartos do livro, quando parou e pegou emprestados todos os livros de James Baldwin disponíveis. Ela passava seu tempo livre na biblioteca, lindamente iluminada; os diversos computadores, as salas de leitura grandes, limpas e arejadas, o ar alegre e acolhedor de tudo pareciam-lhe de uma extravagância pecaminosa. Afinal, Ifemelu estava acostumada a ler livros com páginas faltando que haviam caído por terem sido passadas por mãos demais. E, agora, estava em meio àquela sucessão de livros com lombadas inteiras. Escrevia para Obinze contando sobre o que estava lendo, cartas cuidadosas e suntuosas que abriram uma nova intimidade entre eles; finalmente, começara a compreender o poder que os livros tinham sobre ele. Ifemelu tinha ficado intrigada por Obinze querer ir a Ibadan por causa do poema; como algumas palavras podiam fazer uma pessoa ansiar por um lugar que não conhecia? Mas naquelas semanas em que descobriu fileiras e fileiras de livros com seu cheiro parecido ao do couro e sua promessa de prazeres desconhecidos, quando ficava sentada com as pernas dobradas abaixo do corpo numa poltrona no andar de baixo ou numa mesa do andar de cima com a luz fluorescente refletindo nas páginas, finalmente entendeu. Ela leu os livros da lista de Obinze, mas também escolheu alguns de forma aleatória, pegando-os sem parar das estantes, lendo um capítulo antes de decidir quais leria de uma só vez na biblioteca e quais levaria para casa. Conforme lia, as mitologias dos Estados Unidos começaram a ganhar significado e seus tribalismos — de raça, ideologia e região —, a se tornar claros. E Ifemelu se sentiu consolada pelas coisas novas que aprendeu.

“Você sabia que falou ‘animada’?”, perguntou Obinze certo dia, com um tom divertido na voz. “Disse que estava animada com sua nova aula de mídia.”

“Disse?”

Palavras novas estavam lhe escapulindo da boca. Colunas de névoa se desfaziam. Na Nigéria, ela lavava suas calcinhas e sutiãs todas as noites e pendurava-os num canto discreto do banheiro. Agora que os empilhava numa cesta e os jogava numa máquina de lavar, passara a ver aquilo, o empilhamento de roupas de baixo sujas, como algo normal. Falava nas aulas, sustentada pelos livros que lia, animada por poder discordar dos professores e ganhar por isso não uma bronca por não ter respeito, mas um movimento encorajador de cabeça.

"Assistimos a filmes nas aulas", ela contou a Obinze. "Eles falam dos filmes aqui como se fossem tão importantes quanto os livros. Então vemos filmes, escrevemos uma redação sobre eles e todo mundo ganha dez ou nove. Dá para imaginar? Esses americanos não são sérios, ô."

Em seu seminário de história a professora Moore, uma mulher minúscula e hesitante com o ar de desnutrição emocional de alguém que não tem amigos, mostrou algumas cenas do seriado *Raízes*, imagens vívidas sobre o quadro da sala às escuras. Quando ela desligou o projetor, uma mancha branca e fantasmagórica ficou circulando na parede por um instante antes de desaparecer. Ifemelu vira *Raízes* pela primeira vez em VHS com Obinze e a mãe dele, os três enfiados no sofá da casa em Nsukka. Quando Kunta Kinte estava sendo açoitado para aceitar seu nome de escravo, a mãe de Obinze se levantou de repente, tão de repente que quase tropeçou num pufe de couro, e saiu do cômodo, mas não antes de Ifemelu ver seus olhos vermelhos. Ela ficou espantada de ver que a mãe de Obinze, tão contida, reservada em sua intensa privacidade, podia chorar durante um filme. Agora, quando as persianas foram erguidas e a sala de aula mais uma vez foi inundada de luz, Ifemelu se lembrou daquela tarde de sábado e de como tinha sentido que algo lhe faltava, de como desejou poder chorar também.

"Vamos falar da representação histórica no cinema", disse a professora Moore.

Uma voz firme de mulher vinda do fundo da sala, com um sotaque não americano, perguntou: "Por que a palavra crioulo foi censurada?".

Um suspiro coletivo varreu a sala como uma brisa.

"Bom, isso foi gravado para a televisão e uma das coisas sobre as quais eu queria que conversássemos era como representamos a história na cultura popular. O uso dessa palavra certamente é uma parte importante disso", explicou a professora.

"Não faz sentido para mim", disse a voz firme. Ifemelu se voltou. O cabelo natural da menina que falava era cortado tão curto quanto o de um menino, e seu rosto bonito, testa larga e faces encovadas, a fez lembrar os habitantes do leste da África que sempre ganhavam maratonas na televisão.

"O que eu quero dizer é que crioulo é uma palavra que existe. As pessoas usam, ela faz parte dos Estados Unidos. Já causou muita dor às pessoas e eu acho um insulto censurar."

"Bem", disse a professora Moore, olhando em volta como quem busca ajuda.

A ajuda veio de uma voz rascante no meio da sala. "Bem, é por causa da dor que essa palavra causou que *não* se deve usá-la!" Aquele *não* alçou voo com aspereza, saído da boca de uma negra americana usando argolas de bambu.

"A questão é que toda vez que você fala essa palavra, isso machuca os afro-americanos", disse um menino pálido de cabelos bagunçados na frente da sala.

Ifemelu ergueu a mão; *Luz em agosto*, de Faulkner, que ela havia acabado de ler, estava em sua mente. "Não acho que machuque sempre. Acho que depende da intenção e também de quem está usando."

Uma menina ao seu lado ficou com o rosto muito vermelho e falou abruptamente: "Não! A palavra é a mesma, não importa quem diz".

"Isso é uma bobagem", disse a voz firme de novo. Uma voz sem medo. "Se minha mãe usa um galho para me bater e um estranho usa um galho para me bater, não é a mesma coisa."

Ifemelu olhou para a professora Moore para ver como a palavra "bobagem" havia sido recebida. Ela não parecia ter notado; um terror vago congelava suas feições num sorriso ao mesmo tempo simpático e irônico.

"Concordo que seja diferente quando são os afro-americanos que dizem, mas não acho que devia ser usada nos filmes, pois assim pessoas que não devem vão querer usar e machucar os outros", disse uma menina negra de pele clara, a última dos quatro negros da sala, que usava um suéter num tom fúcsia perturbador.

"Mas isso é negar a realidade. Se a palavra foi usada dessa maneira, então deve ser representada assim nos filmes. Esconder isso não vai mudar nada." A voz firme.

"Bom, se vocês não tivessem vendido a gente, não íamos estar discutindo nada disso", falou a afro-americana de voz rascante num tom mais baixo que foi, no entanto, perfeitamente audível.

A sala ficou envolta em silêncio. Então a voz surgiu de novo. "Desculpe, mas mesmo que nenhum africano tivesse sido vendido por africanos, o tráfico transatlântico de escravos ainda teria acontecido. Foi uma empreitada europeia. Os europeus estavam buscando mão de obra para as plantações."

A professora Moore interrompeu com timidez: "Muito bem, agora vamos falar das maneiras como a história pode ser sacrificada em nome do entretenimento".

Depois da aula, Ifemelu e a menina de voz firme se aproximaram.

"Oi. Sou Wambui. Sou do Quênia. Você é nigeriana, não é?" Ela tinha um aspecto impressionante; uma pessoa que passava a vida corrigindo tudo e todos no mundo.

"Sou. Meu nome é Ifemelu."

Apertaram as mãos. Nas semanas seguintes, surgiria entre as duas uma amizade fácil e duradoura. Wambui era a presidente da Associação de Estudantes Africanos.

"Você não conhece a Associação? Precisa vir na próxima reunião, na quinta", disse ela.

As reuniões aconteciam no porão do Wharton Hall, um cômodo sem janelas com luzes fortes onde havia pratos de papel, caixas de pizza e garrafas de refrigerante empilhadas numa mesa de metal e cadeiras dobráveis organizadas num semicírculo bagunçado. Nigerianos, ugandenses, quenianos, ganeses, sul-africanos, tanzanianos, zimbabuanos, um congolês e um guineano ficavam ali comendo, conversando, incentivando uns aos outros, e seus sotaques diferentes formavam redes de sons consoladores. Eles contavam, brincando, o que os americanos lhes falavam: *Você fala inglês tão bem. Tem muita aids no seu país? É tão triste que as pessoas vivam com menos de um dólar por dia na África*. E eles próprios caçoavam da África, trocando histórias de absurdos, de tolice, e sentiam-se seguros para caçoar, porque era algo que nascia de uma saudade, de um desejo desesperado de ver aquele lugar de novo. Ali, Ifemelu tinha uma leve sensação acalentadora de renovação. Ali, ela não precisava se explicar.

Wambui havia contado para todo mundo que Ifemelu estava procurando um emprego. Dorothy, a ugandesa bem feminina de longas tranças que trabalhava como garçonete na Center City, disse que o restaurante estava precisando de gente. Mas primeiro Mwombeki, o tanzaniano que estava se formando em engenharia e ciências políticas, deu uma olhada no currículo de Ifemelu e pediu-lhe que apagasse os três anos de universidade na Nigéria: os empregadores americanos não gostavam de contratar pessoas com uma educação boa demais para fazer os trabalhos mais simples. Mwombeki a fez se lembrar de Obinze, aquela segurança dele, aquela força silenciosa. Nas reuniões, fazia todo mundo rir. "Estudei em uma escola boa de ensino fundamental por causa do socialismo de Nyerere", dizia Mwombeki sempre. "Se não fosse por isso eu agora estaria em Dar fazendo girafas de madeira para os turistas." Quando dois alunos novos apareceram pela primeira vez, um de Gana e outro da Nigéria, Mwombeki fez para eles o que chamava de discurso de boas-vindas.

"Por favor, não vão ao Kmart comprar vinte calças jeans só porque custam cinco dólares cada. Os jeans não vão fugir. Vão estar lá amanhã, com um preço ainda menor. Vocês agora estão nos Estados Unidos: não esperem comer alimentos quentes no almoço. Esse gosto africano deve ser abolido. Quando visitarem a casa de um americano que tenha algum dinheiro, eles vão se oferecer para mostrar a casa. Esqueçam que, na casa de vocês, seu pai ia ter um ataque se alguém se aproximasse do quarto. Todo mundo aqui sabe que lugar de visita é na sala e, quando absolutamente necessário, no banheiro. Mas, por favor sorriam, vão atrás do americano, vejam a casa e não deixem de dizer que adoraram tudo. E não fiquem chocados com a maneira indiscriminada como os casais americanos se tocam. Quando houver um na fila na lanchonete, a menina vai tocar o braço do menino e o menino vai pôr o braço em volta dos ombros dela e eles vão esfregar os ombros e as costas, esfregar, esfregar, esfregar, mas, por favor, não imitem esse comportamento."

Todo mundo estava rindo. Wambui gritou algo em suaíli.

"Logo, logo vocês vão adotar um sotaque americano, pois não vão querer que as pessoas do serviço de atendimento ao consumidor fiquem falando 'O quê? O quê?' no telefone. Vão começar a admirar africanos que têm um sotaque americano perfeito, como nosso irmão Kofi aqui. Os pais de Kofi vieram para cá de Gana quando ele tinha dois anos, mas não se enganem com o sotaque dele. Se forem à sua casa, verão que comem kenkey todos os dias. O pai deu uma bofetada nele quando tirou C numa matéria. Não tem bobagem de americano naquela casa. Ele vai a Gana todos os anos. Chamamos pessoas como Kofi de africanos americanos, não afro-americanos, que é como chamamos nossos irmãos e irmãs cujos ancestrais eram escravos."

"Foi B menos, não C", brincou Kofi.

"Tentem ficar amigos dos nossos irmãos e irmãs afro-americanos, num verdadeiro espírito de pan-africanismo. Mas não deixem de permanecer amigos de outros africanos, pois isso vai ajudar vocês a manter a perspectiva. Sempre participem das reuniões da Associação de Estudantes Africanos, mas, se quiserem muito, também podem experimentar a União dos Estudantes Negros. Por favor, notem que em geral os afro-americanos entram na União dos Estudantes Negros e os africanos entram na Associação de Estudantes Africanos. Às vezes alguém participa das duas, mas é raro. Os africanos que participam da União são aqueles sem autoconfiança que logo dizem 'Eu *originalmente* sou do Quênia', embora o Quênia lhes saia pela boca assim que eles a abrem. Os afro-americanos que vêm às nossas reuniões são aqueles que escrevem poemas sobre a Mãe África e que pensam que toda africana é uma rainha. Se um afro-americano o chamar de mandingo, ele está insultando você por ser africano. Alguns deles vão fazer perguntas irritantes sobre a África, mas outros vão se entender melhor com você. Também vão ver que pode ser mais fácil ficar amigo de outros estudantes estrangeiros, como coreanos, indianos, brasileiros, sei lá, do que com americanos, tanto negros quanto brancos. Muitos estudantes estrangeiros entendem o trauma de tentar obter um visto americano, e esse é um bom jeito de iniciar uma amizade."

Houve mais risos, com o próprio Mwombeki rindo alto, como se não houvesse ouvido as próprias piadas antes.

Mais tarde, quando Ifemelu saiu da reunião, ela pensou em Dike e se perguntou de qual organização participaria na faculdade, da Associação de Estudantes Africanos ou da União dos Estudantes Negros, e como seria considerado, afro-americano ou africano americano. Ele teria de escolher o que seria, ou melhor, o que ele seria ia ser escolhido pelos outros.

Ifemelu achou que a entrevista no restaurante onde Dorothy trabalhava tinha ido bem. A vaga era de hostess e ela tinha usado sua melhor camisa, sorrido calorosamente e dado um aperto de mão firme. A gerente, uma mulher sorridente que parecia repleta de uma felicidade incontrolável, disse-lhe: "Ótimo! Foi maravilhoso conversar com você! A gente se fala em breve!". Assim, quando o telefone tocou naquela noite, Ifemelu agarrou-o com força, torcendo para ser uma oferta de emprego.

"Ifem, *kedu*?", disse tia Uju.

Tia Uju ligava vezes demais para perguntar se ela tinha conseguido um emprego. "Tia, você vai ser a primeira pessoa para quem vou ligar quando isso acontecer", dissera Ifemelu no último telefonema, na noite anterior, mas tia Uju já estava ligando de novo.

"Bem", disse Ifemelu, e estava prestes a acrescentar: "Ainda não consegui nada" quando tia Uju disse: "Aconteceu algo com Dike".

"O quê?", perguntou Ifemelu.

"A srta. Brown me disse que o viu dentro do closet com uma menina. Ela está no terceiro ano. Parece que estavam mostrando as partes íntimas um para o outro."

Fez-se um silêncio.

"Só isso?", perguntou Ifemelu.

"Como assim, só isso? Ele não tem nem sete anos! O que é isso? É para isso que eu vim para os Estados Unidos?"

"Lemos algo sobre isso em uma das minhas aulas outro dia. É normal. As crianças têm curiosidade em relação a essas coisas quando são bem novinhas, mas não entendem bem o que elas são."

"Normal, *kwa*? Não é normal de jeito nenhum."

"Tia, nós todos tínhamos curiosidade quando éramos crianças."

"Não com sete anos! *Tufiakwa!* Onde ele aprendeu isso? O problema é essa babá que fica com ele. Desde que a Alma parou de trabalhar aqui e ele começou a ficar na casa da srta. Brown, as coisas mudaram. Está aprendendo besteiras de todas aquelas crianças sem educação. Vou me mudar para Massachusetts no fim do semestre."

"Hum!"

"Vou terminar minha residência lá e Dike vai poder estudar numa escola melhor e ter uma babá melhor. Bartholomew vai se mudar de Boston para uma cidade pequena, Warrington, para abrir o negócio dele, então vai ser um novo começo para nós dois. O ensino fundamental de lá é muito bom. E o médico local está procurando um sócio, porque o número de pacientes tem aumentado. Já conversamos e ele está interessado em trabalhar comigo quando eu terminar a residência."

"Você vai sair de Nova York para ir para uma cidadezinha no interior de Massachusetts? E pode interromper a residência assim?"

"Claro. Minha amiga Olga, sabe, aquela da Rússia? Ela vai embora também, mas vai ter que refazer um ano no programa novo. Quer ser dermatologista e a maior parte dos nossos pacientes aqui é negra, e ela disse que as doenças de pele são diferentes na pele negra. Ela sabe que não vai acabar numa área de maioria de população negra e por isso quer ir para um lugar onde os pacientes são brancos. Eu não a culpo. É verdade que meu programa é mais bem conceituado, mas às vezes as oportunidades de emprego são maiores em lugares menores. Além disso, não quero que Bartholomew pense que não levo nosso relacionamento a sério. Estou ficando velha. Quero começar a tentar engravidar."

"Você vai mesmo se casar com ele."

Tia Uju disse, com exasperação fingida: "Ifem, achei que já tínhamos passado dessa fase. Quando eu me mudar, vamos a um cartório casar, assim ele vai poder adotar Dike legalmente".

Ifemelu ouviu o telefone bipando, o aviso de que outra pessoa estava ligando. "Tia, depois eu ligo para você", disse, atendendo a outra chamada antes que tia Uju pudesse responder. Era a gerente do restaurante.

"Sinto muito, Ngozi", disse ela. "Mas decidimos contratar uma pessoa mais qualificada. Boa sorte!"

Ifemelu desligou o telefone e pensou na mãe e na maneira como ela, muitas vezes, culpava o demônio. *O demônio é um mentiroso. Ele quer pôr obstáculos no nosso caminho.* Ficou olhando para o telefone e para as contas sobre a mesa, sentindo uma pressão sufocante aumentando no peito.

15.

O homem era baixo, seu corpo uma massa de músculos, e o cabelo desbotado pelo sol havia começado a rarear. Ao abrir a porta ele olhou-a, avaliando-a sem piedade, e então sorriu e disse: "Entre. Meu escritório é no porão". Ifemelu ficou arrepiada e uma inquietação surgiu dentro dela. Havia algo de venal no rosto de lábios finos dele; tinha o ar de um homem que conhecia bem a perversão.

"Sou um cara bastante ocupado", disse ele, indicando uma cadeira no escritório minúsculo que cheirava levemente a mofo.

"Foi o que presumi pelo anúncio", disse Ifemelu. *Assistente pessoal mulher para professor de esportes ocupado de Ardmore, precisa ser comunicativa e saber lidar com o público.* Ela sentou na cadeira, tensa, de repente se dando conta de que, por causa de um anúncio que lera no *City Paper*, agora estava sozinha com um estranho no porão de uma casa estranha nos Estados Unidos. Com as mãos enfiadas bem no fundo dos bolsos do jeans, ele andou de um lado para o outro com passos curtos e rápidos, falando sobre quanta gente queria contratá-lo como professor de tênis, e Ifemelu achou que talvez ele fosse tropeçar nas pilhas de revistas esportivas no chão. Ela sentiu-se tonta só de olhar para aquele homem. Falava com a mesma rapidez com que se movia, com uma expressão incrivelmente alerta; seus olhos permaneciam arregalados, sem piscar, durante tempo demais.

"Bom, o negócio é o seguinte. Tem duas vagas, uma para secretária e outra para ajudar no relaxamento. A vaga de secretária já foi preenchida. Ela começou ontem, estuda na Bryn Mawr, e vai passar o fim de semana inteiro organizando meus arquivos. Aposto que tenho uns cheques não depositados aqui em algum lugar." Ele tirou uma das mãos do bolso para mostrar a escrivaninha bagunçada. "Agora, o que eu preciso é de ajuda no relaxamento. Se você quiser, o emprego é seu. Pago cem dólares com possibilidade de aumento, mas você trabalha quando for necessário, sem horário definido."

Cem dólares, quase o suficiente para o aluguel de um mês, por dia. Ifemelu se remexeu na cadeira. "O que exatamente você quer dizer com 'ajuda no relaxamento'?"

Ficou olhando para ele, esperando uma explicação. Começou a irritá-la pensar no quanto pagara pelo trem até o subúrbio.

"Olhe, você não é mais criança. Eu trabalho tanto que não consigo dormir. Não consigo relaxar. Não uso drogas, por isso achei que precisava de ajuda para relaxar. Você pode fazer uma massagem, me ajudar a relaxar, entendeu? Eu tinha uma pessoa que fazia isso, mas ela acabou de se mudar para Pittsburgh. É um trabalho ótimo, pelo menos ela achava. Ajudou a pagar os estudos." Ifemelu percebeu que ele já tinha dito isso para muitas outras mulheres devido ao ritmo cadenciado com que as palavras saíam. Aquele não era um homem bom. Ela não sabia bem o que ele estava querendo dizer, mas fosse o que fosse, estava arrependida por ter ido.

Ifemelu se levantou. "Posso pensar e ligar para você?"

"Claro." Ele deu de ombros, um movimento com o peso de uma irritação súbita, como se não pudesse acreditar que ela não visse a sorte que dera. Após levá-la até a porta, o homem fechou-a depressa, sem responder ao último "obrigada" de Ifemelu. Ela andou até a estação, lamentando-se pela passagem de trem. As árvores estavam explodindo de cor, com folhas vermelhas e amarelas que tingiam o ar de dourado, e ela pensou nas palavras que lera em algum lugar: *O primeiro verde da natureza é ouro.* O ar fresco, fragrante e seco, fez com que se lembrasse de Nsukka durante a época do harmatão e trouxe consigo uma pontada súbita de saudade, tão aguda e abrupta que encheu os olhos dela de lágrimas.

***

Toda vez que Ifemelu ia a uma entrevista de emprego ou ligava para algum lugar para falar de uma vaga, dizia a si mesma que aquele, finalmente, seria seu dia: dessa vez o emprego de garçonete, hostess ou babá seria seu, mas, no mesmo instante em que se desejava sorte, sentia uma sombra cada vez maior num canto de sua mente. "O que eu estou fazendo de errado?", perguntou a Ginika, que lhe disse para ser paciente, não perder as esperanças. Ifemelu escreveu e reescreveu seu currículo, inventou que já trabalhara de garçonete em Lagos, colocou Ginika como uma empregadora de cujos filhos já tinha cuidado, deu o nome da senhoria de Wambui como referência e, a cada entrevista, dava sorrisos calorosos e apertos de mão firmes, tudo o que era sugerido no livro que lera sobre como fazer entrevistas de emprego nos Estados Unidos. Mas não surgia nem um emprego. Seria seu sotaque estrangeiro? Sua falta de experiência? Mas seus amigos africanos todos tinham empregos, e universitários viviam conseguindo trabalhar sem experiência. Certa vez, Ifemelu fora a um posto de gasolina na Chestnut Street e um mexicano grandalhão dissera, com os olhos fixos em seus seios: "Você veio por causa da vaga de vendedora? Pode trabalhar para mim de outro jeito". E, então, com um sorriso, sem nunca deixar de ter malícia nos olhos, ele disse que a vaga já fora preenchida. Ela começou a pensar mais no demônio de sua mãe, a imaginar que podia haver o dedo dele ali. Somava e subtraía sem parar, determinando do que ia e do que não ia precisar, fazendo arroz e feijão toda semana e esquentando porções pequenas no micro-ondas para comer no almoço e no jantar. Obinze se ofereceu para lhe mandar algum dinheiro. Seu primo de Londres fora visitá-lo e lhe dera algumas libras. Ele podia trocar por dólares em Enugu.

"Como é que você vai me mandar dinheiro da Nigéria? Devia ser o contrário", disse ela. Mas ele mandou assim mesmo, pouco mais de cem dólares num envelope cuidadosamente selado.

Ginika estava ocupada, trabalhando muitas horas no estágio e estudando para as provas da faculdade de direito, mas ligava sempre para saber como andava a busca de emprego e sempre falava num tom alegre, como quem queria empurrar a amiga na direção da esperança. "Eu trabalhei pra uma instituição de caridade de uma mulher, Kimberly, e ela me ligou para dizer que sua babá vai sair e então está procurando alguém. Falei de você e ela quer te conhecer. Se ela te contratar, vai pagar em dinheiro sem declarar nada, então você não vai ter de usar aquele nome falso. Que horas acabam as aulas amanhã? Posso passar aí e te levar na entrevista."

"Se eu conseguir esse emprego, vou dar o salário do primeiro mês para você", disse Ifemelu, e a amiga riu.

Ginika estacionou na alameda circular que dava numa casa cuja riqueza era ostensiva, com uma soberba fachada de pedra e quatro pilares brancos imponentes na entrada. Kimberly abriu a porta da frente. Ela era esguia e sem curvas, e ergueu ambas as mãos para tirar os espessos cabelos dourados da frente do rosto, como se fosse impossível para apenas uma delas dar conta de todas aquelas madeixas.

"Que prazer conhecer você", disse para Ifemelu, sorrindo, quando a cumprimentou com uma mãozinha ossuda e frágil. Com seu suéter dourado marcando uma cintura surrealmente pequena, seu cabelo dourado e sua sapatilha dourada, ela parecia improvável como a luz do sol.

"Essa é minha irmã Laura, que veio fazer uma visita. Bem, nós nos visitamos quase todos os dias! Laura vive praticamente aqui do lado. As crianças estão em Poconos até amanhã, com minha mãe. Achei que seria melhor fazer isso com elas viajando, de qualquer maneira."

"Oi", disse Laura. Ela era tão magra, reta e loura quanto Kimberly. Ao descrevê-las para Obinze, Ifemelu diria que Kimberly parecia um minúsculo pássaro de ossos bem finos, fáceis de esmagar, enquanto Laura lembrava um falcão, de bico afiado e mente sombria.

"Olá, sou Ifemelu."

"Que nome lindo", disse Kimberly. "Significa alguma coisa? Amo nomes multiculturais porque eles têm significados maravilhosos, de culturas maravilhosas e ricas." Kimberly estava dando o sorriso benevolente das pessoas que pensam que "cultura" é uma propriedade estranha e pitoresca de pessoas pitorescas, uma palavra que sempre tinha de ser acompanhada do adjetivo "rica". Ela jamais acharia que a Noruega tinha uma "cultura rica".

"Eu não sei o que significa", disse Ifemelu, sentindo, sem precisar ver, a expressão levemente divertida no rosto de Ginika.

"Quer um chá?", perguntou Kimberly, indo até uma cozinha de cromados brilhantes, granitos e espaços vazios que indicavam opulência. "Sempre tomamos chá, mas é claro que temos outras opções."

"Um chá seria ótimo", disse Ginika.

"E você, Ifemelu? Sei que estou destruindo seu nome com minha pronúncia, mas é realmente um nome lindo. Lindo mesmo."

"Não, você disse direitinho. Aceito uma água ou um suco de laranja, por favor." Ifemelu mais tarde se daria conta de que Kimberly usava a palavra "lindo" de uma maneira peculiar. "Vou encontrar minha amiga linda do mestrado", dizia ela, ou: "Estamos trabalhando com essa mulher linda no projeto para o centro da cidade", e as mulheres a quem se referia sempre acabavam sendo pessoas de aparência nada extraordinária, mas negras. Um dia, mais para o fim do inverno, quando ela estava com Kimberly naquela mesa enorme da cozinha, tomando chá e esperando que as crianças chegassem de um passeio com a avó, Kimberly disse: "Ah, olhe que mulher linda", e apontou para uma modelo sem graça numa revista, cuja única característica diferente era uma pele muito escura. "Ela não é incrível?"

"Não é, não." Ifemelu fez uma pausa. "Sabe, você pode simplesmente dizer que uma pessoa é negra. Nem toda pessoa negra é linda."

Kimberly ficou surpresa. Algo para o qual não tinha palavras se espalhou em seu rosto. Então ela sorriu, e Ifemelu depois consideraria aquele o momento em que tinham se tornado amigas de verdade. Naquele primeiro dia já tinha gostado de Kimberly, com sua beleza quebrável, seus olhos azuis repletos da expressão que Obinze muitas vezes usava para descrever as pessoas de quem gostava: *obi ocha*. Um coração limpo. Kimberly fez perguntas a Ifemelu sobre sua experiência com crianças, ouvindo com atenção, como se o que quisesse ouvir fosse aquilo que não seria dito em voz alta.

"Ela não fez curso de primeiros-socorros, Kim", disse Laura. "Você estaria disposta a fazer um? É muito importante para quem vai cuidar de crianças."

"Claro."

"Ginika disse que você se mudou da Nigéria porque os professores universitários vivem em greve lá, é isso?", perguntou Kimberly.

"Isso."

Laura assentiu com ar de quem compreendia bem. "É horrível como as coisas estão na África."

"O que você achou dos Estados Unidos até agora?"

Ifemelu falou da vertigem que teve a primeira vez que foi ao supermercado; foi até a seção dos cereais, querendo comprar flocos de milho simples, que era o que estava acostumada a comer na Nigéria, mas subitamente foi confrontada por cem tipos diferentes de cereal, num turbilhão de cores e imagens, e teve que controlar uma zonzeira. Contou essa história porque achou que era engraçada; um apelo inofensivo ao ego americano.

Laura riu. "Dá para entender por que você ficou tonta!"

"É, adoramos excesso neste país", disse Kimberly. "Aposto que no seu você comia vários alimentos e vegetais orgânicos maravilhosos, mas vai ver que aqui é diferente."

"Kim, se ela estava comendo toda essa comida orgânica maravilhosa na Nigéria, por que veio para os Estados Unidos?", perguntou Laura. Quando as duas eram crianças, Laura devia ter assumido o papel da irmã mais velha que expunha a tolice da mais nova, sempre num tom gentil e alegre e, de preferência, diante de parentes adultos.

"Bom, mesmo que eles tivessem pouca coisa para comer, só estou dizendo que devia ser tudo orgânico, nada dessa comida maluca que temos aqui", disse Kimberly. Ifemelu sentiu, entre elas, a presença de espinhos afiados flutuando no ar.

"Você não falou da televisão para ela", disse Laura, que então se voltou para Ifemelu. "Os filhos da Kim só veem televisão na companhia de adultos, e só o canal educativo. Se ela contratar você, vai ter de estar completamente presente e monitorar tudo, principalmente com Morgan."

"Tudo bem."

"Eu não tenho babá", disse Laura, aquele "eu" brilhando com enfática superioridade. "Sou mãe em tempo integral, superenvolvida. Achei que ia voltar a trabalhar quando Athena fez dois anos, mas não consegui suportar a ideia de me separar dela. Kim também é superenvolvida, mas às vezes está ocupada, faz um trabalho maravilhoso com a instituição de caridade dela e por isso eu sempre me preocupo com as babás. A última, Martha, era maravilhosa, mas nos perguntávamos se a que veio antes, como era mesmo o nome dela?, deixava Morgan assistir a programas que não eram apropriados. Minha filha não vê televisão. Acho que tem violência demais. Pode ser que a deixe assistir a alguns desenhos animados quando for mais velha."

"Mas os desenhos animados também têm violência", disse Ifemelu.

Laura pareceu irritada. "Mas é desenho. As crianças ficam traumatizadas quando veem a coisa de verdade."

Ginika olhou de soslaio para Ifemelu, um olhar de cenho franzido que dizia: Deixe para lá. Quando estava no ensino fundamental, Ifemelu vira o pelotão de fuzilamento que havia matado Lawrence Anini, fascinada pelas mitologias em torno dos roubos à mão armada feitos por ele, pela maneira como escrevia cartas de advertência para os jornais, alimentava os pobres com o que roubava, virava ar quando a polícia chegava. Sua mãe dissera: "Vá lá para dentro, criança não pode ver isso", mas sem muita convicção, e só depois de Ifemelu já ter visto a maior parte do fuzilamento. O corpo de Anini amarrado grosseiramente a um poste, contorcendo-se conforme as balas o atingiam, antes de tombar sobre o emaranhado de cordas. Ela se lembrou daquilo, de como a imagem a assombrara e ao mesmo tempo parecera comum.

"Deixe-me mostrar a casa para você, Ifemelu", disse Kimberly. "Eu falei certo?"

Elas passaram por todos os cômodos — o quarto da filha com paredes cor-de-rosa e uma colcha de babados na cama, o quarto do filho com uma bateria, a sala com um piano cuja tampa de madeira estava repleta de fotos da família.

"Tiramos essa na Índia", disse Kimberly. Eles estavam de pé ao lado de um riquixá, de camiseta, Kimberly com o cabelo dourado preso num rabo de cavalo, seu marido alto e esguio, seu filho pequeno de cabelos louros e sua filha um pouco mais velha, de cabelos ruivos, todos segurando garrafas de água e sorrindo. Estavam sempre sorrindo nas fotos que tiravam, velejando, fazendo trilha e visitando lugares turísticos, sempre se abraçando, repletos de braços e pernas relaxados e dentes brancos. Faziam Ifemelu se lembrar de comerciais de televisão, de pessoas cuja vida sempre acontecia sob luzes que as deixavam mais bonitas, pessoas de quem até mesmo a bagunça era agradável esteticamente.

"Algumas das pessoas que conhecemos não tinham nada, absolutamente nada, mas eram tão felizes", disse Kimberly. Ela pegou uma fotografia na parte de trás do piano, cheio delas, mostrando sua filha com duas mulheres indianas, de pele escura e cheia de rugas, sorriso com dentes faltando. "Essas mulheres eram maravilhosas", disse.

Ifemelu também aprenderia que, para Kimberly, os pobres eram desprovidos de culpa. A pobreza era reluzente. Ela não podia conceber que pessoas pobres fossem perversas ou más, pois sua pobreza as canonizara, e os maiores santos eram os pobres de outros países.

"Morgan adora isso, é nativo-americano. Mas Taylor diz que dá medo!" Kimberly apontou para uma pequena escultura em meio às fotografias.

"Ah." Ifemelu de repente não lembrou qual era o menino e qual era a menina; ambos os nomes, Morgan e Taylor, pareciam sobrenomes.

O marido de Kimberly chegou em casa pouco antes de Ifemelu ir embora.

"Olá! Olá!", disse ele, deslizando para dentro da cozinha, alto, bronzeado, cheio de táticas. Ao ver os fios longos com ondulações quase perfeitas que batiam na gola da camisa dele, Ifemelu imaginou que cuidava com grande zelo de seus cabelos.

"Você deve ser a amiga de Ginika, da Nigéria", disse ele, sorrindo, transbordando consciência de seu próprio charme. Olhava as pessoas nos olhos não por estar interessado nelas, mas porque sabia que assim elas sentiam que ele estava interessado nelas.

Com a chegada dele, Kimberly ficou um pouco sem ar. Sua voz mudou; ela passou a falar no tom agudo de uma mulher forçando feminilidade. "Don, querido, você chegou mais cedo", disse, beijando-o.

Ele olhou nos olhos de Ifemelu e contou que quase fora à Nigéria logo depois de Shagari ser eleito, quando trabalhava como consultor para uma agência de desenvolvimento internacional, mas a viagem foi cancelada no último minuto e ele sempre lamentara isso, pois torcera para ver um show do Fela num templo. Mencionou Fela de forma casual, íntima, como se fosse algo que eles tinham em comum, um segredo que compartilhavam. Em sua maneira de contar uma história havia a expectativa de uma sedução bem-sucedida. Ifemelu observou-o, falando pouco, recusando-se a cair em sua armadilha e sentindo uma estranha pena de Kimberly. Imagine ter que aturar uma irmã como Laura e um marido assim.

"Don e eu ajudamos uma instituição de caridade muito boa do Malaui, aliás Don ajuda muito mais que eu." Kimberly olhou para ele, que fez uma cara irônica e disse: "Bem, nós fazemos o que podemos, mas sabemos muito bem que não somos messias".

"Devíamos planejar uma visita. É um orfanato. Nunca fomos à África. Adoraria organizar alguma atividade da minha instituição lá."

O rosto de Kimberly assumira uma expressão mais suave, seus olhos tinham ficado úmidos, e, por um instante, Ifemelu lamentou ter vindo da África e ser o motivo pelo qual aquela mulher linda, com seus dentes esbranquiçados e seu cabelo farto, teve de procurar tão lá no fundo aquela piedade, aquela falta de esperança. Deu um sorriso alegre, esperando que isso fizesse Kimberly se sentir melhor.

"Vou entrevistar mais uma pessoa e depois entro em contato com você, mas acho que se encaixa muito bem conosco", disse Kimberly, levando Ifemelu e Ginika até a porta da frente.

"Obrigada", disse Ifemelu. "Adoraria trabalhar para você."

No dia seguinte, Ginika ligou e deixou um recado com uma voz triste. "Ifem, sinto muito mesmo. Kimberly contratou outra pessoa, mas disse que não vai se esquecer de você. Alguma coisa vai dar certo em breve, não se preocupe demais. Ligo para você mais tarde."

Ifemelu quis atirar o telefone longe. *Não vai se esquecer de você.* Por que Ginika se daria ao trabalho de repetir uma expressão tão vazia: "Não vai se esquecer de você"?

Era o fim do outono, as árvores pareciam ter criado chifres, folhas secas às vezes entravam no apartamento e o aluguel tinha vencido. Os cheques de suas colegas de apartamento estavam sobre a mesa da cozinha, um sobre o outro, todos cor-de-rosa com flores nas bordas. Ifemelu achou desnecessariamente decorativo que houvesse cheques floridos nos Estados Unidos; aquilo quase tirava sua seriedade. Ao lado deles estava um bilhete na letra infantil de Jackie: *Ifemelu, o aluguel já está quase uma semana atrasado.* Se ela fizesse o cheque, não ia sobrar nada em sua conta. Um dia antes de ela ir embora de Lagos, sua mãe lhe dera um pequeno frasco da marca Mentholatum para passar nos lábios, dizendo: "Ponha isso na mala para quando sentir frio". Ifemelu remexeu a bagagem procurando por ele, abriu-o e cheirou-o, passando um pouco embaixo do nariz. O cheiro a fez sentir vontade de chorar. A secretária eletrônica estava piscando, mas Ifemelu não queria ouvir o recado porque seria apenas outra variação do último deixado por tia Uju. "Alguém ligou para você? Já tentou no McDonald's e no Burger King aí perto? Eles nem sempre põem anúncios no jornal, mas pode ser que estejam precisando de gente. Não posso te mandar nada até o mês que vem. Minha conta também está vazia, vou te dizer, ser médica-residente é trabalho escravo."

Havia jornais espalhados pelo chão com anúncios de empregos circulados à caneta. Ifemelu pegou um e folheou, vendo anúncios que já lera. Mais uma vez, a seção de ACOMPANHANTES chamou sua atenção. Ginika dissera: "Esqueça esse negócio de acompanhante. Eles dizem que não é prostituição, mas é, e o pior é que você recebe um quarto do que ganha, se tanto, porque a agência fica com o resto. Conheço uma menina que fez isso no primeiro ano de faculdade". Ifemelu leu o anúncio e, de novo, pensou em ligar, mas não ligou, porque estava torcendo para que a última entrevista que tinha feito, para uma vaga de garçonete num pequeno restaurante que não pagava salário, só repassava as gorjetas, desse resultado. Disseram que iam ligar até o fim do dia caso o emprego fosse dela; esperou até bem tarde, mas não ligaram.

E então o cachorro de Elena comeu seu bacon. Ifemelu havia aquecido uma fatia numa folha de papel-toalha, colocado sobre a mesa e se virado para abrir a geladeira. O cachorro engoliu o bacon e o papel-toalha. Ela olhou para o espaço vazio onde seu bacon estivera e depois para o cachorro, que estava com uma expressão presunçosa, e todas as frustações de sua vida fervilharam em sua cabeça. Um cachorro comendo seu bacon, um cachorro comendo seu bacon e ela sem um emprego.

"Seu cachorro acabou de comer meu bacon", disse ela para Elena, que estava fatiando uma banana do outro lado da cozinha e deixando as rodelas cair em sua tigela de cereal.

"Você é que odeia meu cachorro."

"Ele devia ser mais bem treinado. Não devia roubar a comida das pessoas da mesa da cozinha."

"Não vai fazer um vodu para matar meu cachorro."

"O quê?"

"Tô brincando!", disse Elena. Ela estava dando um sorrisinho superior, seu cão abanava o rabo e Ifemelu sentiu ácido nas veias; aproximou-se de Elena com a mão erguida, pronta para acertar seu rosto, mas se controlou com um tranco, parou, virou-se e foi para o andar de cima. Sentou na cama e apertou os joelhos contra o peito, abalada com a própria reação, com a rapidez com que sua fúria surgira. Lá embaixo, Elena estava gritando ao telefone: "Juro por Deus, a piranha tentou me bater!". Ifemelu tinha sentido vontade de dar uma bofetada em sua colega dissoluta não porque o cachorro dela comera seu bacon, mas porque estava em guerra com o mundo e acordava todos os dias sentindo-se machucada, imaginando uma horda de pessoas sem rosto que estavam todas contra ela. O fato de não conseguir visualizar o futuro a aterrorizava. Quando seus pais ligaram e deixaram um recado, ela armazenou-o, imaginando se aquela seria a última vez que ouviria a voz deles. Estar ali, vivendo no exterior, sem saber quando ia poder voltar para casa, era ver o amor se transformar em ansiedade. Se Ifemelu ligava para a amiga de sua mãe, tia Bunmi, e o telefone tocava e ninguém atendia, ela entrava em pânico, temendo que seu pai tivesse morrido e tia Bunmi não soubesse como contar.

Mais tarde, Allison bateu em sua porta. "Ifemelu? Só queria lembrar que seu cheque para o aluguel não está na mesa. Já está atrasado."

"Eu sei. Estou fazendo o cheque." Ela estava deitada na cama de barriga para cima. Não queria ser a menina que tinha problemas para pagar o aluguel. Odiava o fato de que Ginika pagara suas compras de supermercado na semana anterior. Ouviu Jackie gritando de lá de baixo: "O que é que a gente vai fazer? Não somos os pais dela, porra".

Ifemelu pegou o talão. Antes de fazer o cheque, ligou para tia Uju para falar com Dike. Então, munida com o frescor da inocência dele, ligou para o professor de tênis de Ardmore.

"Quando é que eu posso começar?", perguntou.

"Quer passar aqui agora?"

"Tudo bem."

Ela raspou as axilas e procurou o batom que não usava desde o dia em que deixara Lagos, quando a maior parte do que tinha na boca havia ficado no pescoço de Obinze na despedida no aeroporto. O que ia acontecer com o professor de tênis? Ele tinha falado em "massagem", mas seus modos, seu tom, pingavam insinuações. Talvez ele fosse um daqueles homens brancos estranhos sobre os quais Ifemelu lera, com gostos estranhos, que queriam que as mulheres passassem uma pena em suas costas ou urinassem neles. Ela faria aquilo sem problemas, urinar num homem por cem dólares. A ideia divertiu-a e Ifemelu deu um pequeno sorriso irônico. O que quer que acontecesse, ela chegaria com sua melhor aparência e deixaria claro que havia limites que não ultrapassaria. Logo no início, ela diria: "Se você está esperando sexo, nada feito". Ou talvez falasse de forma mais delicada, mais sugestiva. "Não me sinto confortável indo longe demais." Talvez estivesse imaginando coisas; talvez ele só quisesse uma massagem.

Quando Ifemelu chegou à casa do homem, ele se comportou de maneira brusca. "Vamos lá para cima", disse, indo na direção do quarto, onde havia apenas uma cama e uma enorme pintura de uma lata de sopa de tomate na parede. Ofereceu-lhe algo para beber, de um modo automático que indicava que esperava uma recusa, e então tirou a camisa e deitou na cama. Não haveria nenhum preâmbulo? Ifemelu lamentou que não tivesse feito as coisas um pouco mais devagar. Estava sem palavras.

"Venha aqui", disse ele. "Preciso me esquentar."

Era melhor ir embora. O equilíbrio de forças pendia para o lado dele, desde o instante em que ela entrara na casa. Era melhor ir embora. Ifemelu ficou de pé.

"Não vou conseguir fazer sexo", disse ela. Sua voz pareceu aguda, insegura. "Não vou conseguir fazer sexo com você", repetiu.

"Ah, não. Eu não espero que faça", disse o homem depressa demais.

Ifemelu caminhou devagar na direção da porta, conjecturando se estaria trancada, se ele a trancara, e então imaginando se ele tinha uma arma.

"Venha para cá e se deite", disse ele. "Venha me esquentar. Vou tocar um pouco você, mas não vai ser nada que te deixe constrangida. Só preciso de um pouco de contato humano para relaxar."

Havia, na expressão e no tom de voz do homem, uma segurança completa. Ela se sentiu derrotada. Como era sórdido tudo aquilo, o fato de estar ali com um estranho que já sabia que ela ia ficar. Sabia que ia ficar pelo fato de ter ido. Já estava ali, já fora maculada. Ifemelu tirou os sapatos e deitou na cama dele. Não queria estar ali, não queria o dedo dele se movendo entre suas pernas, não queria ouvir os suspiros e gemidos dele em seus ouvidos, mas sentiu seu corpo despertando numa excitação nauseante. Depois, ficou imóvel, enrodilhada e dormente. O homem não a forçara. Ela tinha vindo por conta própria. Tinha deitado naquela cama e, quando ele colocou sua mão entre as pernas dele, enroscou-se e moveu os dedos. Agora, mesmo depois de ter lavado as mãos, que seguravam a nota nova e fininha de cem dólares que o homem lhe dera, seus dedos ainda pareciam grudentos; não pertenciam mais a ela.

"Você pode vir duas vezes por semana? Pago sua passagem de trem", disse ele se espreguiçando num tom de fim de conversa; queria que ela fosse embora.

Ifemelu não disse nada.

"Feche a porta", disse o homem, virando as costas para ela.

Ela andou até o trem, sentindo-se pesada e lenta, com a mente entupida de lama. Sentou-se ao lado da janela e começou a chorar. Sentiu-se como uma bolinha, sozinha e à deriva. O mundo era um lugar tão, tão grande, e ela era tão pequena, tão insignificante, sendo jogada de um lado para o outro, vazia. Quando chegou ao apartamento, lavou as mãos com uma água tão quente que lhe escaldou os dedos e um pequeno pedaço de carne viva surgiu em seu polegar, vermelho como uma flor. Ifemelu tirou todas as roupas e amassou-as até formar uma bola compacta que atirou num canto e para a qual ficou olhando durante algum tempo. Nunca voltaria a usar aquelas roupas, nem a tocar nelas. Ficou sentada na cama, nua, observando sua vida, aquele quarto minúsculo com o carpete mofado, a nota de cem sobre a mesa, o corpo contorcido numa ânsia. Não devia ter ido lá. Devia ter ido embora. Queria tomar uma ducha, esfregar a pele, mas não podia suportar a ideia de tocar o próprio corpo, e por isso vestiu a camisola com cuidado, para encostar o mínimo possível em si mesma. Imaginou-se arrumando as malas, comprando uma passagem de alguma maneira e voltando para Lagos. Enroscou-se na cama e chorou, desejando poder colocar sua mão dentro de si mesma e arrancar a lembrança do que tinha acabado de acontecer. A luz da secretária eletrônica estava piscando. Devia ser Obinze. Ifemelu não suportou pensar nele naquele momento. Pensou em ligar para Ginika. Por fim, ligou para tia Uju.

"Fui fazer um trabalho para um homem no subúrbio hoje. Ele me pagou cem dólares."

"Ê? Que bom. Mas você precisa continuar a procurar alguma coisa permanente. Acabei de descobrir que vou ter de pagar um plano de saúde para Dike, porque o que o hospital novo de Massachusetts oferece não presta, não cobre meu filho. Ainda estou em choque depois de saber quanto vou ter de pagar."

"Você não vai me perguntar o que fiz, tia? Não vai me perguntar o que fiz antes de o homem me dar cem dólares?", perguntou Ifemelu, com uma raiva que surgiu dominando-a, esmigalhando seus dedos e fazendo-os tremer.

"O que você fez?", perguntou tia Uju, indiferente.

Ifemelu desligou. Apertou Novas Mensagens em sua secretária eletrônica. A primeira era de sua mãe, falando rápido para diminuir o custo da ligação. "Ifem, como você está? Estamos ligando para saber como andam as coisas. Faz tempo que não liga. Por favor, mande uma mensagem. Nós estamos bem. Deus te abençoe."

Então veio a voz de Obinze, suas palavras flutuando no ar e para dentro da cabeça de Ifemelu. "Eu te amo, Ifem", disse ele no fim, naquela voz que subitamente pareceu tão distante, parte de outra época e outro lugar. Ela ficou deitada na cama, tensa. Não conseguia dormir, não conseguia se distrair. Começou a pensar em matar o professor de tênis. Golpearia a cabeça dele com um machado diversas vezes. Enfiaria uma faca em seu peito musculoso. O homem morava sozinho, provavelmente chamava outras mulheres para entrar em seu quarto e abrir as pernas para que ele enfiasse seu dedo curto com a unha roída. Ninguém saberia qual delas tinha cometido o crime. Ifemelu deixaria a faca enfiada no peito dele e procuraria em suas gavetas pelo maço de notas de cem dólares, para pode pagar o aluguel e a mensalidade.

Naquela noite nevou. Era a primeira vez que Ifemelu via neve, e ela observou o mundo pela janela, os carros estacionados cobertos, deformados, pelas camadas de neve. Estava inerte, distante, flutuando num mundo onde a escuridão surgia cedo demais e todos andavam vergados pelo peso dos casacos e achatados pela ausência de luz. Os dias escoavam, o ar frio se transformou num ar gelado, doloroso de respirar. Obinze ligou muitas vezes, mas ela não atendeu. Apagou as mensagens dele sem ouvir e os e-mails dele sem ler, e sentiu-se afundando, afundando rápido, sem conseguir nadar até a superfície.

Ifemelu acordava entorpecida todas as manhãs, debilitada pela tristeza, assustada pelo dia interminável que tinha pela frente. Tudo tinha se tornado mais espesso. Fora engolida, estava perdida numa névoa viscosa, envolta em uma sopa de nada. Havia um abismo entre ela e o que deveria sentir. Não ligava para nada. Queria ligar, mas não sabia mais como; a habilidade de fazê-lo escapara da sua memória. Às vezes, acordava se debatendo, indefesa, e via, diante de si e atrás de si e por todo lado, uma completa falta de esperança. Sabia que não fazia sentido estar ali, estar viva, mas não tinha energia para pensar de forma concreta em como se matar. Ficava deitada na cama, lendo sem pensar em nada. Às vezes se esquecia de comer e às vezes esperava até meia-noite, quando suas colegas de apartamento estavam cada uma em seu quarto, para esquentar a comida, e foi deixando os pratos sujos debaixo da cama até que um mofo esverdeado surgiu, fofo, em torno dos resquícios oleosos do feijão com arroz. Muitas vezes, quando estava lendo ou comendo, sentia uma vontade avassaladora de chorar e as lágrimas vinham, os soluços machucando sua garganta. Ela tinha tirado o som do telefone. Não ia mais às aulas. Seus dias ficaram imóveis de silêncio e neve.

Allison estava dando pancadas em sua porta de novo. "Você está aí dentro? Telefone! Ela disse que é uma emergência, meu Deus! Eu sei que você está aí dentro, ouvi a descarga do banheiro um minuto atrás!"

As pancadas secas e surdas, como se Allison estivesse batendo na porta com a palma da mão e não com os nós dos dedos, irritaram Ifemelu. "Ela não quer abrir", disse Allison, e então, justamente quando Ifemelu achou que tinha ido embora, as pancadas voltaram. Ifemelu se levantou da cama, onde estivera deitada, lendo dois romances alternadamente capítulo por capítulo, e foi na direção da porta com as pernas pesadas. Queria andar depressa, de maneira normal, mas não conseguia. Seus pés haviam se transformado em caramujos. Destrancou a porta. Com uma expressão furiosa, Allison enfiou o telefone em suas mãos.

"Obrigada", disse Ifemelu sem energia. Acrescentou num murmúrio: "Desculpe". Até mesmo falar, fazer as palavras subirem pela garganta e saírem pela boca, deixava Ifemelu exausta.

"Alô?", disse ao telefone.

"Ifem! O que está acontecendo? O que você tem?", perguntou Ginika.

"Nada."

"Estava tão preocupada com você. Graças a Deus encontrei o telefone da sua colega! Obinze me ligou várias vezes. Ele está louco de preocupação", disse Ginika. "Até tia Uju ligou para saber se eu tinha visto você."

"Tenho estado ocupada", disse Ifemelu vagamente.

Fez-se uma pausa. O tom de Ginika ficou mais suave. "Ifem, eu estou aqui, você sabe disso, não sabe?"

Ifemelu queria desligar e voltar para a cama. "Sei."

"Tenho uma boa notícia. Kimberly me ligou para pedir seu telefone. A babá que tinha contratado acabou de ir embora. Ela quer contratar você. Quer que comece a trabalhar na segunda-feira. Disse que quis contratar você desde o início, mas Laura a convenceu a escolher a outra. Então, Ifem, você conseguiu um emprego! Pago em dinheiro! Sem declarar! Ifemsco, é maravilhoso. Ela vai pagar duzentos e cinquenta por semana, mais do que dava para a outra babá. E dinheiro vivo, sem pagar imposto! Kimberly é uma pessoa incrível. Vou aí amanhã buscar você para ir falar com ela."

Ifemelu não disse nada, esforçando-se para compreender. As palavras demoravam a ganhar sentido.

No dia seguinte, Ginika bateu sem parar na porta até que ela finalmente abriu e viu Allison parada ali atrás no patamar da escada, observando a cena com curiosidade.

"A gente já está atrasada, vá se vestir", disse Ginika com firmeza e autoridade, sem deixar espaço para discordância. Ifemelu pôs uma calça jeans. Ela sentiu que Ginika a fitava. No carro, o rock que Ginika gostava de ouvir preencheu o silêncio. Elas estavam na Lancaster Avenue, prestes a sair da parte oeste da Filadélfia, com prédios cercados por tapumes e embalagens de hambúrguer jogadas no chão, e entrar nos subúrbios imaculados e repletos de árvores da Main Line quando Ginika disse: "Acho que você está com depressão".

Ifemelu balançou a cabeça e se virou para a janela. Depressão era algo que acontecia com os americanos, com sua necessidade egocêntrica de transformar tudo numa doença. Ela não estava com depressão; estava apenas um pouco cansada e um pouco lenta. "Não estou com depressão", disse. Anos mais tarde, escreveria sobre isso no blog: "Sobre negros não americanos sofrendo de doenças cujo nome se recusam a saber". Uma congolesa havia escrito um longo comentário em resposta: ela tinha se mudado de Kinshasa para a Virgínia e, quando já estava na faculdade fazia meses, começara a sentir tontura de manhã, o coração aos pulos como se estivesse tentando escapar do peito, o estômago embrulhado, os dedos dormentes. Foi ao médico. E mesmo tendo marcado "sim" em todos os sintomas descritos no cartão que ele tinha lhe dado, recusou-se a aceitar o diagnóstico de síndrome do pânico, porque síndrome do pânico era coisa de americano. Ninguém em Kinshasa tinha síndrome do pânico. Não era que chamassem aquilo de outro nome, não chamavam de nada. Será que as coisas só começavam a existir quando ganhavam um nome?

"Ifem, muita gente passa por isso, e eu sei que não tem sido fácil pra você se adaptar a um país novo sem ter um emprego. Não falamos de coisas como depressão na Nigéria, mas isso existe. Você devia consultar alguém no centro médico. Pode fazer terapia."

Ifemelu manteve o rosto virado para a janela. Sentiu, mais uma vez, aquela vontade avassaladora de chorar e respirou fundo, torcendo para que passasse. Queria ter contado a Ginika sobre o professor de tênis, ter tomado o trem para o apartamento dela naquele dia, mas agora era tarde demais, o ódio que sentia por si mesma cristalizara dentro de Ifemelu. Jamais seria capaz de formar as frases para contar sua história.

"Ginika", disse. "Obrigada." Sua voz estava rouca. As lágrimas tinham chegado, e ela não conseguia controlá-las. Ginika parou num posto de gasolina, deu-lhe um lenço e esperou que seus soluços parassem antes de dar a partida no carro e dirigir até a casa de Kimberly.

16.

Kimberly chamou aquilo de um bônus de contratação. "Ginika me disse que você teve alguns problemas", disse. "Por favor, não recuse."

Não teria ocorrido a Ifemelu recusar o cheque; agora ela poderia pagar algumas contas e mandar um pouco de dinheiro para os pais. Sua mãe gostou dos sapatos que enviou, de bico fino e com franja na frente, do tipo que poderia usar para ir à igreja. "Obrigada", disse-lhe a mãe e, então, dando um suspiro fundo no telefone, acrescentou: "Obinze veio me ver".

Ifemelu ficou em silêncio.

"Seja qual for o problema que você tem, por favor, converse com ele", disse.

Ifemelu respondeu "Tudo bem" e começou a falar de outra coisa. Quando a mãe disse que eles estavam sem luz fazia duas semanas, aquilo subitamente pareceu alheio a ela e sua própria casa pareceu um lugar distante. Não conseguia mais lembrar como era passar uma noite à luz de velas. Não lia mais as notícias no site Nigeria.com porque cada manchete, mesmo as mais improváveis, a fazia se lembrar de Obinze.

A princípio, decidiu que ia esperar um mês. Um mês para permitir que o ódio que sentia de si mesma se dissipasse, e então ligaria para Obinze. Mas um mês se passou e ainda assim Ifemelu o manteve lacrado no silêncio, amordaçado em sua mente para que pudesse pensar o mínimo possível nele. Ainda apagava seus e-mails sem ler. Começou a responder-lhe muitas vezes, fazendo rascunhos, mas então parava e apagava-os. Ela teria de lhe contar o que acontecera e não podia suportar a ideia de fazer isso. Sentia vergonha. Sentia que fracassara. Ginika não parava de perguntar qual era o problema, por que havia cortado o contato com Obinze, e Ifemelu dizia que não era nada, só queria um pouco de espaço. Ginika olhou-a, atônita. *Você só quer um pouco de espaço?*

No início da primavera, chegou uma carta de Obinze. Ifemelu precisava de apenas um clique para apagar seus e-mails e, depois da primeira vez, as outras foram mais fáceis, porque ela não conseguia imaginar ler o segundo e-mail se não lera o primeiro. Mas uma carta era diferente. Aquela trouxe a Ifemelu a maior dor que já sentira. Ela afundou na cama, segurando o envelope; cheirou-o, ficou olhando a caligrafia familiar dele. Imaginou-o em sua escrivaninha no alojamento masculino, ao lado da geladeira que zumbia, escrevendo daquele seu jeito calmo. Queria ler a carta, mas não conseguia se obrigar a abri-la. Colocou-a sobre a mesa. Ela a leria em uma semana. Precisava de uma semana para ganhar forças. E responderia, disse a si mesma. Contaria tudo para ele. Mas, uma semana depois, a carta ainda estava lá. Ifemelu colocou um livro em cima dela, depois outro, até que um dia a carta ficou esmagada debaixo de pastas e livros. Ela jamais a leria.

Taylor era fácil, uma criança infantil, o brincalhão que às vezes era tão ingênuo que Ifemelu, sentindo-se culpada, o achava burro. Mas Morgan, apenas três anos mais velha, já tinha a postura lúgubre de uma adolescente. Lia tão bem quanto crianças vários anos acima, fazia diversas atividades extras e observava os adultos com um olhar velado, como se conhecesse a escuridão à espreita em suas vidas. No início, Ifemelu não gostava dela, reagindo ao que pensava ser uma intensa antipatia. Durante as primeiras semanas em que cuidou deles, foi distante e às vezes até fria com Morgan, resolvida a não fazer as vontades daquela criança mimada e opulenta com um punhado de sardas escuras no nariz, mas, conforme os meses foram passando, começou a gostar da menina, um sentimento que tomou o cuidado de não demonstrar. Em vez disso, era firme e neutra, sem deixar de sustentar os olhares dela. Talvez fosse por isso que Morgan fazia o que Ifemelu pedia. Com frieza, indiferença e má vontade, mas fazia. Com frequência, ela ignorava a própria mãe. E, com o pai, seu jeito vigilante e melancólico se aguçava, transformando-se em veneno. Don chegava em casa e entrava com alarde na sala, esperando que tudo parasse por causa dele. E tudo parava mesmo, com exceção do que quer que Morgan estivesse fazendo. Kimberly, arfante e ardente, perguntava como tinha sido seu dia, esforçando-se para agradar, como se não conseguisse acreditar que ele mais uma vez tivesse voltado para casa e para ela. Taylor se atirava nos braços do pai. E Morgan tirava os olhos da televisão, de um livro ou de um jogo para observá-lo, como se visse através dele, enquanto Don fingia não se inquietar com aquele olhar penetrante. Às vezes, Ifemelu se perguntava: será que o problema era Don? Será que ele estava traindo Kimberly e Morgan descobrira? Traição era a primeira coisa que passaria pela cabeça de qualquer pessoa com um homem como Don, com aquele seu ar lúbrico. Mas talvez ele se satisfizesse apenas com insinuações; flertava descaradamente, mas não fazia nada a mais, pois um caso requereria algum esforço e ele era o tipo de homem que tomava, mas não entregava.

Ifemelu sempre pensava naquela tarde, quando não fazia muito tempo que trabalhava lá. Kimberly tinha saído. Taylor estava brincando e Morgan, lendo na sala. De repente, ela largou o livro, subiu calmamente as escadas e arrancou o papel de parede de seu quarto, arrastou a cômoda, tirou a colcha da cama, rasgou as cortinas e estava de joelhos, puxando, puxando, puxando o carpete muito bem colado quando Ifemelu chegou correndo para impedi-la. Era como se Morgan fosse um robozinho de aço, debatendo-se para escapar com uma força que assustou Ifemelu. Talvez a menina acabasse virando uma assassina em série como aquelas mulheres nos documentários policiais que passavam na televisão, ficando seminua em ruas escuras para atrair caminhoneiros e estrangulá-los. Quando Ifemelu afinal a largou, soltando-a devagar agora que estava mais calma, Morgan voltou para o primeiro andar e retomou a leitura do livro.

Mais tarde, Kimberly, aos prantos, perguntou: "Meu amor, por favor, me diga o que houve".

E Morgan disse: "Estou velha demais para todas aquelas coisas cor-de-rosa no meu quarto".

Agora, Kimberly levava Morgan duas vezes por semana a uma terapeuta em Bala Cynwyd. Tanto ela quanto Don estavam mais hesitantes com a filha, mais amedrontados com seu olhar de denúncia.

Quando Morgan ganhou um concurso de redação na escola, Don chegou em casa com um presente para ela. Kimberly permaneceu ao pé da escada, ansiosa, enquanto Don subia para lhe dar o presente, embrulhado em papel cintilante. Ele desceu poucos instantes depois.

"Ela nem olhou para ele. Levantou, entrou no banheiro e ficou lá", disse. "Deixei em cima da cama."

"Não se preocupe, querido, ela vai acabar se aproximando de você", disse Kimberly, abraçando-o e esfregando suas costas.

Mais tarde, Kimberly disse baixinho a Ifemelu: "Morgan é muito dura com ele. Ele tenta sem parar, mas ela não deixa o pai se aproximar. De jeito nenhum".

"Morgan não deixa ninguém se aproximar", disse Ifemelu. Don precisava lembrar que a criança ali era Morgan, não ele.

"Ela ouve você", disse Kimberly, um pouco triste.

Ifemelu teve vontade de dizer: "Eu não lhe dou muita escolha", porque gostaria que Kimberly não fosse tão transparente em sua propensão a ceder; talvez Morgan apenas precisasse sentir que a mãe sabia se impor também. Em vez disso, ela disse: "É porque eu não sou da família. Ela não me ama e por isso não sente todas essas coisas complicadas por mim. Sou um motivo de irritação, na melhor das hipóteses".

"Não sei o que estou fazendo de errado", disse Kimberly.

"É uma fase. Vai passar, você vai ver." Ela queria proteger Kimberly, servir de escudo para ela.

"Ela só gosta do meu primo Curt. Adora. Quando a família se reúne, fica emburrada se ele não está. Vou ver se pode vir fazer uma visita e conversar com ela."

Laura havia trazido uma revista.

"Olhe isso, Ifemelu. Não é na Nigéria, mas é perto. Sei que as celebridades podem ser superficiais, mas ela parece estar fazendo um trabalho legal."

Ifemelu e Kimberly olharam juntas a página: uma mulher branca e magra, sorrindo para a câmera, segurando um bebê africano de pele escura nos braços e, ao seu redor, criancinhas africanas de pele escura espalhadas como um tapete. Kimberly emitiu um som, um hummm, como se não soubesse o que sentir.

"E, além do mais, ela é linda", disse Laura.

"É mesmo", disse Ifemelu. "E é tão magra quanto as crianças, mas sua magreza é por escolha, e a delas, não."

Laura explodiu numa risada. "Você é *tão* engraçada! Como é atrevida!"

Kimberly não riu. Depois, quando estava sozinha com Ifemelu, ela disse: "Lamento que Laura tenha dito aquilo. Nunca gostei da palavra 'atrevida'. É o tipo de palavra que se usa com algumas pessoas e não com outras". Ifemelu deu de ombros, sorriu e mudou de assunto. Ela não entendia por que Laura procurava tantas informações sobre a Nigéria, perguntando-lhe sobre as fraudes que haviam se tornado uma epidemia no país, dizendo-lhe quanto dinheiro os nigerianos que moravam nos Estados Unidos mandavam para casa todos os anos. Era um interesse agressivo, sem nenhum afeto; muito estranho alguém dar tanta atenção a algo de que não gostava. Talvez o motivo daquilo na verdade fosse Kimberly, e Laura, de um jeito sinuoso, estivesse tentando atingir a irmã, dizendo coisas que a fariam começar a pedir profusas desculpas. Mas parecia muito trabalho para pouca recompensa. No início, Ifemelu achava os pedidos de desculpa de Kimberly gentis, embora desnecessários, mas começara a sentir um lampejo de impaciência com eles, porque aquelas desculpas repetidas eram manchadas pela autoindulgência, como se Kimberly acreditasse que, através delas, poderia alisar todas as superfícies ásperas do mundo.

Quando Ifemelu estava no emprego havia alguns meses, Kimberly perguntou: "Você consideraria morar aqui? O porão na verdade é um apartamento de um quarto com uma entrada separada. Você não pagaria aluguel, é claro".

Ifemelu já estava procurando um conjugado, ansiosa por deixar suas colegas de apartamento agora que tinha dinheiro para isso, e não queria se imiscuir ainda mais na vida dos Turner, mas considerou a possibilidade, porque ouviu a súplica na voz de Kimberly. No fim das contas, decidiu que não poderia morar com eles. Quando recusou, Kimberly ofereceu o carro extra deles emprestado para ela. "Vai ficar muito mais fácil para você vir para cá depois da aula. Ele é bem velhinho. Íamos doá-lo. Espero que não pife no meio do caminho", disse ela, como se houvesse possibilidade de aquele Honda, com apenas alguns anos de idade e nenhum arranhão, pifar no meio do caminho.

"Você não devia confiar em mim desse jeito, me deixando levar o carro para casa. E se eu não voltar um dia?", perguntou Ifemelu.

Kimberly riu. "Ele não vale grande coisa."

"Você tem uma carteira de motorista americana, não tem?", perguntou Laura. "Digo, você pode dirigir aqui, não é?"

"Claro que pode, Laura", disse Kimberly. "Por que ela aceitaria o carro se não pudesse?"

"Só estou confirmando", disse Laura, como se não pudesse confiar que Kimberly fizesse as duras perguntas necessárias a quem não era cidadão americano. Ifemelu ficou observando as duas, tão parecidas fisicamente, ambas tão infelizes. Mas a infelicidade de Kimberly era interna, não reconhecida, oculta por seu desejo de que as coisas fossem como deveriam ser e também pela esperança — ela acreditava na felicidade dos outros porque aquilo significava que algum dia talvez pudesse tê-la. A infelicidade de Laura era diferente, cheia de espinhos — ela desejava que todos à sua volta fossem infelizes, porque se convencera de que sempre seria assim.

"Sim, tenho uma carteira de motorista americana", disse Ifemelu, e então começou a falar sobre o curso de direção segura que tinha feito no Brooklyn antes de obter a carteira e sobre como o instrutor, um homem branco e magro com cabelos emaranhados cor de palha, a havia enganado. Num porão escuro e cheio de estrangeiros, aonde se chegava descendo uma escada estreita e ainda mais escura, o instrutor tinha recolhido o pagamento em dinheiro de todo mundo antes de passar o filme sobre direção segura, que foi projetado na parede. De tempos em tempos, ele fazia piadas que ninguém entendia e ria sozinho. Ifemelu desconfiou um pouco do filme: como era possível que um carro indo tão devagar tivesse causado todos aqueles estragos num acidente, quebrando o pescoço do motorista? Depois, ela passou para as perguntas da prova. Achou-as fáceis, preenchendo rapidamente as bolinhas das respostas com seu lápis. Um sul-asiático franzino ao lado, que devia ter cinquenta anos de idade, não parava de lhe lançar olhares súplices, enquanto ela fingia não entender que ele queria ajuda. O instrutor recolheu os papéis, pegou uma borracha cor de argila e começou a apagar algumas respostas e colorir outras. Todos passaram. Muitos apertaram a mão do homem, dizendo "Obrigado, obrigado", numa grande gama de sotaques, antes de saírem, meio envergonhados. Agora, eles podiam requerer uma carteira de motorista americana. Ifemelu contou a história com uma franqueza falsa, como se fosse mera curiosidade e não algo que escolhera para provocar Laura.

"Foi um momento estranho para mim, porque até aquele ponto eu achava que ninguém nos Estados Unidos era desonesto", disse Ifemelu.

"Minha Nossa Senhora", disse Kimberly.

"Isso aconteceu no Brooklyn?", perguntou Laura.

"Sim."

Laura deu de ombros, como quem dizia que é claro que aquilo podia acontecer no Brooklyn, mas não nos Estados Unidos que ela habitava.

A questão era uma laranja. Uma laranja redonda cor de fogo que Ifemelu trouxera junto com o almoço, descascada, cortada em quatro e colocada num saco com fecho. Ela a comia na mesa da cozinha enquanto Taylor fazia a lição de casa sentado ali perto.

"Quer um pouco?", perguntou ela, oferecendo um pedaço.

"Obrigado", disse o menino. Ele pôs o pedaço na boca. Fez uma careta. "É ruim! Tem um monte de coisa dentro!"

"São as sementes", disse ela, vendo o que Taylor havia cuspido na mão.

"Sementes?"

"Isso, as sementes da laranja."

"As laranjas não têm coisas dentro."

"Têm, sim. Jogue isso no lixo, Taylor. Vou colocar o vídeo educativo para você."

"As laranjas não têm coisas dentro", repetiu ele.

A vida toda, Taylor havia comido laranjas sem sementes, laranjas cultivadas de modo a serem laranjas perfeitas, com casca perfeita, mas sem sementes. Por isso, aos oito anos de idade, ele não sabia que existia algo como uma laranja com sementes. Taylor correu para a sala para contar a Morgan. Ela ergueu os olhos do livro que lia e ajeitou o cabelo atrás da orelha num gesto lento e cheio de enfado.

"É claro que as laranjas têm sementes. Mamãe compra sem semente, só isso. Ifemelu não comprou o tipo certo." Ela lançou um de seus olhares acusatórios à babá.

"Essa laranja é do tipo certo para mim, Morgan. Fui criada comendo laranjas com sementes", disse Ifemelu, ligando o vídeo.

"Tá", disse Morgan, dando de ombros. Se fosse Kimberly ela não teria dito nada, só mantido uma expressão de raiva no rosto.

A campainha tocou. Só podia ser o limpador de carpetes. No dia seguinte, Kimberly e Don iam dar um coquetel para angariar fundos para um amigo sobre quem Don dissera: "Ele só está se candidatando ao Congresso para massagear o ego, mas não vai nem chegar perto de se eleger", e Ifemelu ficou surpresa por ele parecer reconhecer o ego dos outros, embora estivesse perdido na névoa do seu. Ela foi até a porta. Um homem pesado e de rosto vermelho estava lá fora carregando um equipamento de limpeza, com algo jogado sobre o ombro e uma peça parecida com um cortador de grama no chão aos seus pés.

Ele se empertigou quando a viu. Seu rosto mostrou uma breve surpresa e depois congelou numa expressão de hostilidade.

"Você chamou para limpar o carpete?", perguntou, como se não se importasse, como se ela pudesse mudar de ideia, ou ele quisesse que mudasse de ideia. Ifemelu encarou o homem com uma provocação nos olhos, prologando um momento carregado de presunções: ele achava que ela era dona da casa, e não era o que tinha esperado encontrar naquela casa de pedra imponente com pilares brancos.

"Sim", disse Ifemelu, sentindo um cansaço súbito. "A sra. Turner me disse que vocês viriam."

Foi como um passe de mágica, o desaparecimento instantâneo da hostilidade dele. O rosto do homem relaxou num sorriso. Ela também era uma empregada. O universo mais uma vez era como devia ser.

"Bom dia, como vai? Sabe onde ela quer que eu comece?", perguntou ele.

"Lá em cima", disse Ifemelu, perguntando-se como toda aquela alegria podia estar contida naquele corpo antes. Ela jamais esqueceria aquele homem, os pedaços de pele presos aos lábios ressecados, e iniciaria o post intitulado "Às vezes, nos Estados Unidos, raça é classe" com a história de sua mudança drástica de atitude, terminando com a frase: *Para ele, não importava quanto dinheiro eu tinha. De acordo com sua maneira de ver as coisas, eu não me encaixava no papel de proprietária daquela mansão por causa da minha aparência. No discurso público dos Estados Unidos, muitas vezes "negros", como um todo, são colocados na mesma categoria que "brancos pobres". Não "negros pobres" e "brancos pobres". Mas "negros" e "brancos pobres". É uma coisa muito curiosa mesmo.*

Taylor estava animado. "Eu quero ajudar, posso? Posso?", ele pediu ao limpador.

"Não, obrigado, rapazinho", disse o homem. "Eu dou conta."

"Tomara que ele não comece pelo meu quarto", disse Morgan.

"Por quê?", perguntou Ifemelu.

"Porque eu não quero."

Ifemelu teve vontade de contar a Kimberly sobre o limpador de carpete, mas ela talvez ficasse perturbada e pedisse desculpas por algo que não era sua culpa, como fazia muitas vezes, vezes demais, em nome de Laura.

Era constrangedor ver como Kimberly se esforçava, ansiosa por fazer a coisa certa, mas sem saber o que era. Se Ifemelu lhe contasse sobre o limpador de carpetes, era impossível prever o que ela faria — rir, pedir desculpas, pegar o telefone para ligar para a empresa e reclamar.

Assim, em vez disso, ela falou de Taylor e da laranja.

"Ele achou mesmo que as sementes queriam dizer que a laranja estava estragada? Que engraçado."

"É claro que Morgan logo disse que ele estava errado."

"É a cara dela, mesmo."

"Quando eu era pequena, minha mãe costumava me dizer que uma laranja ia crescer na minha cabeça se eu engolisse uma semente. Acordei muitas vezes ansiosa, e tive que ir me olhar no espelho. Pelo menos Taylor não vai ter esse trauma de infância."

Kimberly riu.

"Olá!" Era Laura, entrando pela porta dos fundos com Athena, uma criança que era um fio de gente, com um cabelo tão ralo que seu couro cabeludo branco aparecia por entre os fios. Parecia uma menininha faminta e abandonada. Talvez os vegetais batidos e as regras rígidas de dieta de Laura a tivessem deixado subnutrida.

Laura colocou um vaso de plantas sobre a mesa. "Vai ficar incrível na decoração de amanhã."

"É lindo", disse Kimberly, inclinando-se para beijar a cabeça de Athena. "Esse é o cardápio do bufê. Don acha que a seleção de canapés é simples demais. Eu não sei."

"Ele quer que você inclua mais?", perguntou Laura, passando os olhos pelo cardápio.

"Só achou que eram simples demais, mas não se zangou nem um pouco."

Na sala, Athena começou a chorar. Laura foi falar com ela e, logo, teve início uma série de negociações. "Você quer esse aqui, meu amor? O amarelo, o azul ou o vermelho? Qual você quer?"

Dê logo um, pensou Ifemelu. Soterrar uma criança de quatro anos com um monte de escolhas, colocar nela o fardo de tomar uma decisão, era privá-la da bênção da infância. Afinal a vida de adulto estava logo ali, e então ela teria de tomar decisões cada vez mais penosas.

"Ela está emburrada hoje", disse Laura, voltando para a cozinha. O choro de Athena parou. "Eu a levei ao médico para ver se a infecção no ouvido tinha sarado mesmo, e ela está uma ferinha o dia todo. Ah, e conheci um nigeriano encantador hoje. Quando chegamos lá, descobrimos que havia um médico novo no consultório, nigeriano, e ele veio nos cumprimentar. Ele me fez lembrar de você, Ifemelu. Eu li na internet que os nigerianos são o grupo de imigrantes que têm o mais alto nível de educação neste país. É claro que isso não se refere aos milhões que vivem com menos de um dólar por dia no seu país, mas quando conheci esse médico, pensei nesse artigo, em você e em outros africanos privilegiados que estão aqui neste país." Laura fez uma pausa e Ifemelu sentiu, como muitas vezes sentia, que ela tinha mais a dizer, mas estava se controlando. Era estranho ser chamada de privilegiada. Os privilegiados eram pessoas como Kayode DaSilva, cujo passaporte vergava sob o peso de vistos, que passava o verão em Londres e ia nadar no Clube Ikoyi, que podia se levantar e dizer casualmente: "Vamos tomar um sorvete no Frenchies".

"Nunca ninguém me chamou de privilegiada antes!", disse Ifemelu. "Isso é muito bom."

"Acho que vou trocar e pedir que ele seja o pediatra de Athena. Foi maravilhoso, tão educado e bem-falante. Desde que o dr. Hoffman saiu ela está com o dr. Bingham, e eu não gosto dele." Laura pegou o cardápio de novo. "Na pós-graduação conheci uma africana que era igual a esse médico, acho que era de Uganda. Ela era maravilhosa e não se dava nem um pouco com a afro-americana da nossa aula. Não tinha todas aquelas questões."

"Talvez na época em que o pai da afro-americana não podia votar por ser negro o pai da ugandense fosse candidato ao Parlamento ou estudasse em Oxford", disse Ifemelu.

Laura olhou para ela com uma expressão de confusão fingida. "Desculpe, será que não entendi alguma coisa?"

"Só acho que é uma comparação simplista. Você precisa entender história um pouco melhor", disse Ifemelu.

Laura ficou de boca aberta. Ela cambaleou, mas se recompôs.

"Bem, vou pegar minha filha e ir procurar alguns livros de história na biblioteca, se é que vou saber como é a cara deles!", disse Laura, saindo da cozinha com passos firmes.

Ifemelu quase pôde ouvir o coração de Kimberly batendo loucamente.

"Sinto muito", disse Ifemelu.

Kimberly balançou a cabeça e murmurou: "Sei que a Laura pode ser difícil", mantendo o olhar na salada que estava fazendo.

Ifemelu correu lá para cima para falar com Laura.

"Sinto muito. Fui grossa com você e peço desculpas." Mas ela só sentia muito por causa de Kimberly, por causa da maneira como ela começara a misturar a salada, como se quisesse transformá-la numa polpa.

"Não tem problema", fungou Laura, passando a mão nos cabelos da filha, e Ifemelu soube que, durante muito tempo, ela usaria o manto dos magoados.

A não ser por um "oi" seco, Laura não falou com Ifemelu na festa do dia seguinte. A casa ficou repleta do murmúrio gentil de vozes e de convidados levando taças de vinho à boca. Eram todos parecidos, com roupas bonitas que jamais chocariam alguém e um senso de humor agradável que jamais chocaria alguém e, assim como outros americanos de classe média alta, usavam demais a palavra "maravilhoso". "Você vai vir ajudar na festa, não vai?", perguntara Kimberly a Ifemelu, como sempre fazia quando reuniam os amigos em casa. Ifemelu não sabia bem de que maneira ajudava, já que a comida desses eventos ficava a cargo de bufês e as crianças eram mandadas para a cama mais cedo, mas sentia, sob a leveza do convite de Kimberly, algo próximo a uma carência. De uma maneira sutil que Ifemelu não compreendia inteiramente, sua presença parecia dar forças a Kimberly. Se ela a queria ali, Ifemelu iria.

"Esta é Ifemelu, nossa babá e minha amiga", disse Kimberly ao apresentá-la aos convidados.

"Você é tão bonita", disse-lhe um homem com dentes horrivelmente brancos. "As mulheres africanas são lindas, principalmente as etíopes."

Um casal falou de seu safári na Tanzânia. "Nosso guia era maravilhoso e agora estamos pagando os estudos da filha mais velha dele." Duas mulheres falaram de suas doações a uma instituição de caridade maravilhosa do Malaui que furava poços, a um orfanato maravilhoso em Botsuana, a uma cooperativa de microfinanciamento no Quênia. Ifemelu ficou observando-as. Havia certo luxo na ideia de ajudar instituições de caridade com o qual ela não conseguia se identificar e que não possuía. Achar que "fazer caridade" era algo normal, regozijar-se com essa doação feita a pessoas que não se conheciam — talvez isso surgisse quando você tivera posses ontem, tinha hoje e esperava ter amanhã. Ifemelu as invejou por isso.

Uma mulher franzina com um paletó cor-de-rosa de corte severo disse: "Sou presidente do conselho de uma instituição de caridade que atua em Gana. Trabalhamos com mulheres do campo. Estamos sempre interessados em contratar funcionários africanos, não queremos ser aquela ONG que não usa a mão de obra local. Por isso, se você estiver procurando um emprego para quando se formar e quiser voltar para a África para trabalhar, me ligue".

"Obrigada." Ifemelu sentiu um desejo súbito e desesperado de ser do país onde as pessoas davam dinheiro, e não do país onde elas recebiam, ser um daqueles que tinham posses e que, portanto, podiam ser iluminados pela graça de ter doado, estar entre aqueles que tinham dinheiro para gastar em piedade e empatia copiosas. Ela foi para a varanda em busca de ar fresco. Do outro lado da sebe, viu a babá jamaicana das crianças dos vizinhos andando pela alameda, aquela que sempre desviava o olhar e não gostava de cumprimentá-la. Então, Ifemelu percebeu um movimento na outra ponta da varanda. Era Don. Havia algo de furtivo em seu comportamento e ela sentiu, embora não tivesse visto, que ele havia acabado de desligar o telefone.

"Ótima festa", disse Don para ela. "É só uma desculpa para Kim e eu convidarmos nossos amigos. Roger está dando um salto alto demais e eu já falei isso para ele, não tem chance..."

Don continuou a falar, com a voz carregada demais de bonomia, e Ifemelu sentiu sua antipatia arranhando a garganta. Ela e Don não conversavam daquele jeito. Era informação demais, conversa demais. Ifemelu teve vontade de dizer a ele que não tinha ouvido seu telefonema, se é que houvera algo a ser ouvido, que não sabia nada e não queria saber.

"Eles devem estar estranhando sua ausência."

"É, a gente precisa voltar", disse Don, como se tivessem ido para fora juntos. Dentro da casa, Ifemelu viu Kimberly parada no meio da sala, um pouco afastada de seu círculo de amigos; ela estava procurando Don e, quando o viu, seus olhos pousaram nele e seu rosto ficou tranquilo, despido de preocupação.

Ifemelu saiu cedo da festa; ela queria falar com Dike antes de ele ir para a cama. Tia Uju atendeu o telefone.

"Dike já foi dormir?", perguntou.

"Ele está escovando os dentes", disse ela. E então, numa voz mais baixa, acrescentou: "Dike estava perguntando sobre o sobrenome dele de novo".

"O que você disse?"

"A mesma coisa. Você sabe que ele nunca perguntou sobre esse tipo de coisa antes de nos mudarmos para cá."

"Talvez seja o fato de agora existir o Bartholomew e de vocês estarem num ambiente novo. Está acostumado a ter você só para ele."

"Dessa vez ele não perguntou por que tem meu sobrenome, perguntou se tem meu sobrenome porque o pai não o amava."

"Tia, talvez esteja na hora de explicar que você não foi a segunda esposa do General", disse Ifemelu.

"Eu praticamente fui." Tia Uju falou num tom desafiador, quase petulante, apertando sua própria versão dos fatos com força no punho fechado. Ela dissera a Dike que seu pai fora membro do governo militar, que ela era sua segunda esposa e que eles haviam colocado seu sobrenome nele para protegê-lo, porque algumas pessoas do governo, embora não o pai dele, haviam feito coisas ruins.

"Bem, Dike está aqui", disse tia Uju num tom de voz normal.

"Oi, prima! Você devia ter visto a partida de futebol que eu joguei hoje!", disse ele.

"Por que você só faz todos esses gols incríveis quando eu não estou aí? Será que você sonha com esses gols?", perguntou Ifemelu.

Dike riu. Ele ainda ria com facilidade, tinha o senso de humor intacto, mas desde que se mudara para Massachusetts não era mais transparente. Uma camada fina de algo o envolvera, fazendo com que se tornasse difícil de decifrar, mantendo a cabeça eternamente baixa para ver o Game Boy, erguendo os olhos de tempos em tempos para observar a mãe e o mundo com um cansaço pesado demais para uma criança. As notas dele estavam caindo. Tia Uju o ameaçava com mais frequência. Da última vez em que Ifemelu os visitara, tia Uju tinha dito para ele: "Vou mandar você de volta para a Nigéria se fizer isso de novo!", falando igbo como só fazia quando estava com raiva. Ifemelu temia que, para Dike, igbo fosse se tornar a língua do conflito.

Tia Uju também havia mudado. No início, parecia curiosa, cheia de expectativas em relação à sua nova vida. "Esse lugar tem tanta gente *branca*", disse ela. "Dei uma passada rápida na farmácia para comprar um batom, porque é preciso fazer uma viagem de trinta minutos para ir ao shopping, e todos os tons disponíveis eram claros demais! Mas eles não podem oferecer o que não vão vender nunca! Pelo menos esse lugar é tranquilo e silencioso, e eu me sinto segura bebendo a água da torneira, algo que jamais tentaria fazer no Brooklyn."

Devagar, conforme os meses foram passando, tia Uju foi ficando mais amarga.

"A professora de Dike disse que ele é agressivo", contou a Ifemelu certo dia, depois de ser chamada para conversar com o diretor. "Agressivo, imagine. Ela quer que ele faça o que chamam de educação especial, onde vai ser obrigado a fazer as aulas sozinho com alguém acostumado a lidar com crianças com problemas. Falei para a mulher que não é o meu filho, mas o pai dela que é agressivo. Olhe só para ele, só por ter a aparência diferente, quando faz o que os outros meninos fazem, dizem que é agressão. Então o diretor me disse: 'Dike é um de nós, nós não o vemos como sendo nem um pouco diferente'. Que fingimento é esse? Eu disse a ele para olhar bem para meu filho. Só tem dois meninos como ele na escola inteira. O outro é mestiço e tem a pele tão clara que, se você olhar de longe, nem vai perceber que é negro. Meu filho se destaca, então como pode me dizer que não vê diferença? Absolutamente recusei que o colocassem na turma especial. Ele é mais inteligente que todos os outros juntos. Querem começar agora, assim ele já fica marcado. Kemi me falou disso. Ela disse que tentaram fazer isso com o filho dela em Indiana."

Depois, as reclamações de tia Uju passaram a ser sobre seu programa de residência, sobre quão lento era, quão limitado, com prontuários médicos escritos à mão e guardados em arquivos empoeirados. Então, quando terminou a residência, reclamava dos pacientes que pensavam estar lhe fazendo um favor se consultando com ela. Tia Uju mal mencionava Bartholomew, era como se ela morasse só com Dike em Massachusetts, na casa perto do lago.

17.

Ifemelu decidiu parar de fingir que tinha sotaque americano num dia ensolarado de julho, o mesmo dia em que conheceu Blaine. Era um sotaque convincente. Ela o aperfeiçoara, ouvindo com cuidado amigos e apresentadores de noticiário, a contração do tê, o enrolado profundo do erre, as frases começando com "então" e a resposta fácil, "é mesmo?", mas o sotaque tinha rachaduras, era consciente, precisava ser lembrado. Exigia um esforço, o lábio retorcido, os volteios da língua. Se Ifemelu estivesse em pânico, apavorada, ou se fosse acordada de supetão no meio de um incêndio, não ia lembrar como produzir aqueles sons americanos. Por isso, resolveu parar naquele dia de verão, no fim de semana do aniversário de Dike. Sua decisão foi tomada devido a uma ligação de telemarketing. Ela estava em seu apartamento na Spring Garden Street, o primeiro que foi realmente seu nos Estados Unidos, só seu, um conjugado com uma torneira que pingava e um aquecedor barulhento. Nas semanas após sua mudança, Ifemelu se sentira pisando nas nuvens, coberta de bem-estar, porque abria a geladeira sabendo que tudo lá dentro era seu e limpava a banheira sabendo que não ia encontrar no ralo tufos de cabelos de outra pessoa, tão diferentes dos seus que a deixavam desconcertada. "Oficialmente a dois quarteirões do gueto", fora como o porteiro-chefe do prédio, Jamal, descrevera o lugar ao lhe dizer que podia esperar ouvir tiros de tempos em tempos, mas, embora Ifemelu abrisse a janela toda noite, se esforçando para escutar, tudo o que ouvia eram os sons do fim do verão, a música dos carros que passavam, os risos animados das crianças, os gritos das mães.

Naquela manhã de julho, já com a mala arrumada para ir passar o fim de semana em Massachusetts, ela estava fazendo ovos mexidos quando o telefone tocou. O identificador de chamadas mostrou "número desconhecido" e Ifemelu achou que podia ser um telefonema de seus pais na Nigéria. Mas era um funcionário de telemarketing, um jovem americano que estava oferecendo tarifas mais baratas para ligações interurbanas e internacionais. Ela sempre desligava quando era telemarketing, mas algo na voz dele a fez apagar o fogo e manter o telefone junto ao ouvido, algo pungente de tão jovem e inexperiente, o mais leve tremor, uma simpatia agressiva de vendedor que não era nem um pouco agressiva; era como se o rapaz estivesse dizendo o que fora treinado para dizer, mas ao mesmo tempo morrendo de medo de ofendê-la.

Ele perguntou como ela andava, como estava o tempo em sua cidade e disse-lhe que fazia muito calor em Phoenix. Talvez fosse seu primeiro dia no emprego e ele estivesse com o fone machucando-lhe o ouvido enquanto trabalhava, sentindo a vaga esperança de que as pessoas para quem ligava não estivessem em casa. Como Ifemelu teve uma estranha pena dele, perguntou se tinha uma oferta melhor do que cinquenta e sete centavos por minuto para ligar para a Nigéria.

"Espere um minuto enquanto procuro a tarifa para a Nigéria", disse ele, e ela voltou a mexer os ovos.

O rapaz voltou para a linha e disse que a tarifa deles era a mesma, mas será que não havia outro país para o qual ela ligava? México? Canadá?

"Bem, eu às vezes ligo para Londres", disse ela. Ginika estava passando o verão lá.

"Tá bem, espere um minuto enquanto procuro a França", disse ele.

Ifemelu deu uma gargalhada.

"Está vendo alguma coisa engraçada aí?", perguntou ele.

Ela riu mais ainda. Havia aberto a boca para lhe dizer, sem rodeios, que a graça estava no fato de ele estar vendendo ligações internacionais e não saber onde ficava Londres, mas algo a impediu; uma imagem do rapaz, que devia ter dezoito ou dezenove anos, ser gorducho, ter o rosto cor-de-rosa, sentir-se constrangido diante das meninas, adorar videogames e não ter ideia das contradições turbulentas que formavam o mundo. Por isso, ela disse: "Tem uma comédia antiga e hilária passando na televisão".

"É mesmo?", disse o rapaz, e riu também. A ingenuidade dele partiu o coração de Ifemelu e, quando ele voltou para a linha para lhe dizer as tarifas da França, ela disse que eram mais baixas do que as que pagava e que ia pensar em trocar de companhia telefônica.

"Quando seria um bom horário para ligar de novo? Se não tiver problema...", disse ele. Ifemelu se perguntou se ele recebia comissão. Será que ganharia mais se ela trocasse mesmo de companhia telefônica? Porque faria isso, desde que não lhe custasse nada.

"No fim da tarde", disse ela.

"Posso perguntar com quem eu falo?"

"Meu nome é Ifemelu."

Ele repetiu o nome dela com um cuidado exagerado. "É um nome francês?"

"Não. Nigeriano."

"Sua família é de lá?"

"É." Ela pegou os ovos com a espátula e pôs no prato. "Fui criada lá."

"É mesmo? Há quanto tempo você está nos Estados Unidos?"

"Três anos."

"Uau. Legal. Você parece uma americana falando."

"Obrigada."

Só depois de desligar Ifemelu começou a sentir a mácula de uma vergonha crescente se espalhando sobre ela, por ter agradecido ao rapaz, por ter transformado as palavras dele, "Você parece uma americana falando", numa guirlanda que pôs em volta do próprio pescoço. Por que era um elogio, uma realização, soar como um americano? Ifemelu tinha ganhado; Cristina Tomas, a branca Cristina Tomas sob cujo olhar se encolhera como um pequeno animal derrotado, falaria normalmente com ela agora. Tinha ganhado de fato, mas seu triunfo era vazio. Sua vitória efêmera havia criado um enorme espaço oco, porque ela assumira, por tempo demais, um tom de voz e uma maneira de ser que não eram seus. Assim, ela acabou de comer os ovos e decidiu parar de fingir que tinha sotaque americano. Falou pela primeira vez sem o sotaque americano naquela tarde na estação da rua 13, inclinando-se na direção da mulher atrás do balcão da Amtrak.

"Eu gostaria de uma passagem de ida e volta para Haverhill, por favor. A volta vai ser na tarde de domingo. Tenho carteirinha de estudante", disse ela, sentindo um prazer súbito em forçar bem as palavras e não enrolar o erre em "Haverhill". Aquela era mesmo ela; era a voz com que falaria se acordasse de um sono profundo no meio de um terremoto. Mesmo assim, Ifemelu havia decidido que se a mulher da Amtrak reagisse ao seu sotaque, falando devagar como se ela fosse uma idiota, falaria com a voz do sr. Agbo, a pronúncia afetada e extracuidadosa que aprendera durante os debates do ensino médio, quando seu professor barbado, mexendo na gravata desfiada, colocava cassetes com gravações da BBC para tocar e fazia todos os alunos pronunciarem as palavras sem parar até dar um sorriso radiante e dizer: "Correto!". Além da voz do sr. Agbo, também ergueria de leve as sobrancelhas, no que imaginava ser a postura altiva de um estrangeiro. Mas não houve necessidade de fazer nada disso, porque a mulher da Amtrak falou normalmente. "Pode me mostrar a carteirinha, senhorita?"

Por isso, Ifemelu só usou sua voz do sr. Agbo quando conheceu Blaine.

O trem estava lotado. O assento ao lado de Blaine era o único disponível no vagão, pelo que ela podia ver, e o jornal e a garrafa de suco ali em cima pareciam ser dele. Ifemelu parou, fazendo um gesto na direção do assento, mas Blaine manteve o olhar fixo à frente. Uma mulher atrás dela arrastava uma mala pesada, o condutor anunciava que todos os itens pessoais deviam ser removidos dos assentos livres e Blaine estava vendo-a ali parada — como poderia não ver? — e, ainda assim, não fez nada. Assim, a voz do sr. Agbo surgiu. "Com licença. Esses objetos são seus? Poderia retirá-los?"

Ela colocou a mala no compartimento de cima e ajeitou-se no banco com frieza, segurando sua revista e voltando o corpo para o corredor, e não para ele. O trem já havia começado a se mover quando ele disse: "Desculpe por não ter visto você parada aí".

Ifemelu se surpreendeu com o pedido de desculpas, dito com uma expressão tão sincera que parecia que ele tinha feito algo mais ofensivo. "Não tem problema", disse ela, e sorriu.

"Tudo bem?"

Ela havia aprendido a responder "Tudo, e com você?" do jeito melodioso dos americanos, mas nessa ocasião disse apenas: "Estou bem, obrigada".

"Meu nome é Blaine", disse ele, oferecendo a mão para ela apertar.

Ele parecia ser alto. Um homem com pele cor de pão de mel e o tipo de corpo esguio e bem-proporcionado que era perfeito para um uniforme, qualquer uniforme. Ifemelu soube logo que ele era afro-americano, não caribenho, africano, filho de imigrantes vindos de um lugar ou de outro. Ela nem sempre fora capaz de discernir isso. Numa ocasião, perguntara a um taxista "De onde você é?" num tom arguto e íntimo, certa de que ele era de Gana, e o homem respondera "Detroit" dando de ombros. Mas, quanto mais tempo passava nos Estados Unidos, melhor ficava em fazer essa distinção, às vezes pela aparência e pelo andar, mas principalmente pela postura e pelo comportamento, aquela marca sutil que a cultura imprime nas pessoas. Com Blaine, ela teve certeza: ele era descendente dos negros e negras que estavam nos Estados Unidos havia centenas de anos.

"Eu me chamo Ifemelu, é um prazer", disse ela.

"Você é nigeriana?"

"Sou, sim."

"Uma burguesa nigeriana", disse Blaine com um sorriso. Houve uma intimidade surpreendente e imediata na maneira como ele a provocou, chamando-a de privilegiada.

"Tão burguesa quanto você." Agora, eles estavam usando um claro tom de flerte. Ela avaliou-o discretamente, observando sua calça cáqui e sua camisa azul-marinho, o tipo de roupa selecionado com a quantidade correta de cuidado; um homem que se olhava no espelho, mas não por tempo demais. Ele sabia bastante coisa sobre os nigerianos, segundo disse. Era professor assistente em Yale e, embora sua área de interesse fosse principalmente o sul da África, como poderia não saber coisas sobre os nigerianos se eles estavam em todos os lugares?

"Como é mesmo a porcentagem? Um em cada cinco africanos é nigeriano?", perguntou Blaine, ainda sorrindo. Seu tom era meigo e irônico ao mesmo tempo. Era como se acreditasse que eles compartilhavam uma série de piadas intrínsecas que não precisavam ser verbalizadas.

"Sim, nós, nigerianos, nos espalhamos bastante. Temos que fazer isso. Somos muitos e no nosso país não há espaço suficiente", disse Ifemelu, percebendo quão próximos um do outro estavam, separados apenas por um apoio de braço. Ele falava o tipo de inglês americano do qual ela acabara de abrir mão, o tipo que levava pessoas que faziam pesquisa por telefone a presumir que você era branco e com alto nível de escolaridade.

"Então você dá aulas sobre o sul da África?", perguntou ela.

"Não. Sobre política comparativa. Você não pode simplesmente falar da África num programa de pós-graduação em ciências políticas neste país. Pode comparar a África com a Polônia ou com Israel, mas focar só no continente? Isso, eles não deixam."

O uso da palavra "eles" sugeria um "nós" que seriam os dois. As unhas dele estavam limpas. Não usava aliança. Ifemelu começou a imaginar um relacionamento, ambos acordando juntos no inverno, enroscados na brancura intensa da luz da manhã, tomando chá; ela torceu para que ele fosse um daqueles americanos que gostavam de chá. O suco na garrafa que Blaine enfiara na sacola presa ao assento da frente era de romã orgânica. Uma garrafa marrom simples com um rótulo marrom simples, ambos estilosos e saudáveis. Nada de produtos químicos no suco e nada de gastar tinta em rótulos decorativos. Onde será que ele tinha comprado aquilo? Não era o tipo de coisa que se vendia na estação. Talvez ele fosse vegetariano, não confiasse em grandes corporações, só fizesse compras em feiras de produtos orgânicos e trouxesse seu próprio suco de casa. Ifemelu não tinha muita paciência com as amigas de Ginika, que eram, em sua maioria, assim; o ar de superioridade delas a fazia se sentir irritada e falha, mas ela estava preparada para perdoar a atitude moralista de Blaine. Ele tinha nas mãos um livro de biblioteca de capa dura cujo título Ifemelu não conseguia ler, e havia enfiado sua edição do *New York Times* ao lado da garrafa de suco. Quando Blaine viu sua revista, ela lamentou não ter tirado da mala o livro de poemas de Esiaba Irobi que planejara ler na viagem de volta. Ele ia achar que ela só lia revistas de moda superficiais. Ifemelu sentiu uma vontade súbita e irracional de lhe contar o quanto amava a poesia de Yusef Komunyakaa, para se redimir. Primeiro, ela cobriu com a palma da mão o batom vermelho vivo no rosto da modelo da capa. Depois, esticou o braço e empurrou a revista para dentro da sacola do assento da frente, dizendo, com ar de desprezo, que era absurdo como as revistas femininas forçavam imagens de mulheres brancas, de ossos pequenos e seios pequenos, para que as mulheres multiósseas e multiétnicas tentassem imitá-las.

"Mas eu leio assim mesmo", disse. "É que nem fumar: é ruim para a saúde, mas você faz mesmo assim."

"Multiósseas e multiétnicas", repetiu Blaine, divertido, com os olhos cálidos de interesse indisfarçado; Ifemelu ficou encantada por ele não ser o tipo de homem que, quando estava interessado numa mulher, cultivava uma indiferença fingida.

"Você está fazendo pós-graduação?", perguntou ele.

"Estou no terceiro ano da faculdade. Estudo na Wellson."

Será que ela havia imaginado ou ele tinha mesmo feito uma expressão sisuda que mostrava decepção e surpresa? "É mesmo? Você parece mais madura."

"Eu sou. Fiz alguns anos de faculdade na Nigéria antes de vir para cá." Ifemelu se remexeu na cadeira, determinada a voltar para aquele tom de flerte que não deixava dúvidas. "Já você parece ser jovem demais para ser professor de faculdade. Seus alunos nem devem saber quem é o professor."

"Acho que tem muita coisa que eles não sabem. Comecei a lecionar no ano passado." Ele fez uma pausa. "Você está pensando em fazer pós-graduação?"

"Sim, mas tenho medo de terminar a pós e perder a habilidade de falar inglês. Conheço uma mulher que está fazendo pós, amiga de uma amiga, e só de ouvi-la falar fico assustada. A dialética semiótica da modernidade intertextual. Não faz o menor sentido. Às vezes, acho que eles vivem num universo acadêmico paralelo, falando academiquês em vez de inglês, sem saber o que está acontecendo no mundo real."

"É uma opinião bem forte."

"Não sei como ter opiniões de outro tipo."

Blaine riu e ela ficou feliz por tê-lo feito rir.

"Mas eu entendo", disse ele. "Meus interesses em pesquisa incluem movimentos sociais, a economia política das ditaduras, o direito de voto e de representação dos americanos, raça e etnia na política e financiamento de campanha. Pelo menos, é o que digo sempre. E grande parte disso é bobagem. Dou minhas aulas e me pergunto se alguma coisa do que digo importa para aqueles moleques."

"Ah, com certeza importa. Eu adoraria assistir a uma de suas aulas." Ela pareceu ansiosa demais. A frase não saiu como pretendera. Sem querer, colocara-se no papel de uma aluna em potencial. Blaine pareceu muito interessado em mudar o rumo da conversa; talvez também não quisesse ser seu professor. Ele disse que estava voltando para New Haven depois de ter ido visitar alguns amigos em Washington. "E você, está indo para onde?", ele perguntou.

"Para Warrington. É um pouco longe de Boston. Minha tia mora lá."

"E você vai a Connecticut?"

“Não com muita frequência. Nunca fui a New Haven. Mas já fui aos shoppings de Stamford e Clinton.”

“Ah, sim, os shoppings”, disse ele, virando os cantos dos lábios um pouco para baixo.

“Você não gosta de shoppings?”

“Tirando o fato de que são lugares sem graça e sem alma? Não me incomodam muito.”

Ifemelu jamais tinha entendido o problema com shoppings, com a ideia de encontrar exatamente as mesmas lojas em todos eles; para ela, o fato de todos serem iguais era reconfortante. E, com aquelas roupas cuidadosamente escolhidas, ele sem dúvida fazia compras em algum lugar, não fazia?

“Então você planta seu próprio algodão e faz suas próprias roupas?”, perguntou ela.

Blaine riu e Ifemelu também. Ela imaginou os dois de mãos dadas indo ao shopping em Stamford, ela provocando-o, lembrando-o da conversa que haviam tido no dia em que se conheceram e erguendo o rosto para beijá-lo. Não era de sua natureza conversar com estranhos em meios de transporte públicos — passaria a fazê-lo com mais frequência quando começasse a escrever o blog, anos mais tarde —, mas naquela ocasião falou sem parar, talvez devido à novidade em sua voz. Quanto mais conversavam, mais Ifemelu disse a si mesma que aquilo não era coincidência — havia algo de significante no fato de ela ter conhecido aquele homem no dia em que devolveu sua própria voz a si mesma. Ifemelu contou a Blaine, com o riso contido de alguém impaciente pelo fim da própria piada, sobre o operador de telemarketing que achava que Londres era na França. Ele não riu, apenas balançou a cabeça.

“Eles não treinam nem um pouco essas pessoas. Aposto que é um temporário que não tem plano de saúde nem benefícios.”

“É”, disse ela, arrependida. “Senti um pouco de pena dele.”

“Meu departamento trocou de prédio há algumas semanas. Yale contratou uma empresa de mudanças e disse a eles que colocassem todas as coisas do escritório de cada pessoa exatamente no mesmo lugar nos escritórios novos. E eles obedeceram. Todos os meus livros estavam no mesmo lugar nas prateleiras. Mas sabe o que eu vi depois? Muitos estavam de ponta-cabeça.” Ele olhava para ela como quem desejava vivenciar uma epifania compartilhada e, por um instante, ela sentiu um branco e não soube bem do que se tratava a história.

"Ah. Os homens da empresa de mudança não sabiam ler", disse finalmente.

Blaine assentiu. "Alguma coisa nisso me deixou arrasado..." Ele permitiu que o resto da frase ficasse no ar.

Ifemelu começou a imaginar como ele seria na cama. Devia ser um amante gentil e atencioso para quem a realização emocional era tão importante quanto a ejaculação, alguém que não julgaria a pele flácida dela, que acordaria de bom humor todas as manhãs. Ela desviou o olhar depressa, temendo que ele pudesse ler sua mente, de tão espantosamente claras que eram as imagens surgidas ali.

"Quer beber uma cerveja?", perguntou Blaine.

"Uma cerveja?"

"É. O café do trem serve cerveja. Quer uma? Vou pegar uma para mim."

"Quero. Obrigada."

Ifemelu se levantou, envergonhada, para deixá-lo passar, torcendo para sentir algum cheiro nele, mas não sentiu. Blaine não usava perfume. Talvez boicotasse perfumes porque os fabricantes não tratavam bem os empregados. Ela observou-o atravessar o corredor, sabendo que ele sabia que estava olhando. A oferta de cerveja lhe agradara. Ifemelu temera que ele só bebesse suco de romã orgânica, mas a ideia de um suco de romã orgânica era agradável se ele bebesse cerveja também. Quando Blaine voltou com as cervejas e os copos de plástico, serviu-a com um gesto elaborado que, para ela, pingava romance. Ifemelu jamais gostara de cerveja. Quando era adolescente considerava-a uma bebida de homem, rude e deselegante. Agora, sentada ao lado de Blaine, rindo enquanto ele lhe contava sobre a primeira vez que ficara bêbado de verdade, no primeiro ano da faculdade, deu-se conta de que podia gostar de cerveja. Do sabor encorpado de cereais da cerveja.

Blaine falou de sua época de faculdade: da tolice de comer um sanduíche de sêmen durante o trote de sua fraternidade; de ser chamado o tempo todo de Michael Jordan na China, durante as férias de verão de seu terceiro ano, que passara viajando pela Ásia; da morte da mãe, de câncer, na semana em que ele se formou.

"Um sanduíche de sêmen?"

"Eles se masturbavam dentro de um pão pita e você tinha de dar uma mordida, mas não precisava engolir."

"Ai, meu Deus."

"Acho que a ideia é fazer coisas idiotas quando você é jovem para não fazer quando for mais velho", disse ele.

Quando o condutor anunciou que a próxima parada era New Haven, Ifemelu sentiu uma pontada de tristeza. Ela rasgou uma página de sua revista e escreveu seu telefone. "Você tem um cartão?", perguntou.

Blaine tocou os bolsos. "Não tenho nenhum aqui comigo."

Eles ficaram em silêncio enquanto ele pegava suas coisas. Então, ouviu-se o apito dos freios do trem. Ifemelu sentiu, torcendo para estar errada, que Blaine não queria lhe dar seu número.

"Bom, você pode escrever seu telefone então, se conseguir lembrar qual é", pediu ela. Uma piada boba. A cerveja arrancara aquelas palavras de sua boca.

Ele escreveu o telefone na revista. "Cuide-se", disse. Tocou-lhe o ombro de leve ao ir embora e havia algo em seus olhos, algo ao mesmo tempo terno e triste, que obrigou Ifemelu a dizer a si mesma que estivera errada em imaginar uma relutância nele. Blaine já estava com saudades. Ela se mudou para o assento dele, desfrutando do calor que seu corpo deixara para trás, e ficou observando-o atravessar a plataforma pela janela.

Quando chegou à casa de tia Uju, a primeira coisa que quis fazer foi ligar para ele. Mas achou que era melhor esperar algumas horas. Depois de uma hora, pensou "dane-se" e ligou. Blaine não atendeu. Ela deixou um recado. Mais tarde, ligou de novo. Ninguém. Ifemelu ligou diversas vezes. Nunca tinha ninguém. Ligou à meia-noite. Não deixou nenhum recado. Ligou e ligou o fim de semana todo, mas ele nunca atendeu.

Warrington era uma cidadezinha sonolenta, contente consigo mesma; ruas sinuosas cortavam bosques cerrados — até a rua principal, que os moradores não queriam alargar por medo de que isso atraísse gente estranha da cidade grande, era sinuosa e estreita —, casas pacatas eram cercadas por árvores e, nos fins de semana, o lago azul ficava pontilhado de barcos. Da janela da sala de jantar da casa de tia Uju via-se o lago cintilando, num azul tão tranquilo que prendia o olhar. Ifemelu estava diante da janela e tia Uju, sentada à mesa, bebendo suco de laranja e exibindo suas queixas como se fossem joias. Aquilo havia se tornado uma rotina das visitas de Ifemelu: tia Uju juntava todas as suas insatisfações numa bolsa de seda, acalentando-as, polindo-as, e então, no sábado dos fins de semana que Ifemelu passava lá, enquanto Bartholomew estava na rua e Dike no andar de cima, espalhava-as sobre a mesa e virava todas para um lado e para o outro, para ver a luz refletir-se nelas.

Algumas histórias, ela contava duas vezes. Falava sobre como havia ido à biblioteca pública outro dia, esquecido de tirar da bolsa o livro que tinha de entregar e o segurança lhe dissera: "Sua gente nunca faz nada direito". Sobre como havia entrado no consultório e a paciente perguntara: "O médico já está vindo?", e quando dissera que a médica era ela, o rosto da paciente ficara cor de tijolo.

"Sabia que naquela tarde ela ligou para transferir seu prontuário para o consultório de outro médico? Dá para acreditar?"

"O que Bartholomew acha de tudo isso?", Ifemelu fez um gesto que abarcava a sala, a vista do lago, a cidade.

"Aquele lá está ocupado demais correndo atrás de clientes. Ele sai cedo e volta tarde para casa todos os dias. Às vezes, Dike passa uma semana inteira sem pôr os olhos nele."

"Fico surpresa por você ainda estar aqui, tia", disse Ifemelu baixinho, e ambas sabiam que "aqui" não significava apenas Warrington.

"Quero outro filho. Nós estamos tentando." Tia Uju postou-se ao lado de Ifemelu, de pé diante da janela.

Ouviu-se o som de passos na escada de madeira e Dike surgiu na cozinha, usando uma camiseta desbotada e shorts e segurando seu Game Boy. Toda vez que Ifemelu o via, ele parecia estar mais alto e mais reservado.

"Você vai usar essa camiseta para ir para a colônia de férias?", perguntou tia Uju.

"Vou, mãe", respondeu ele, com os olhos fixos na tela que piscava em suas mãos.

Tia Uju foi olhar o forno. Naquela manhã, ela concordara em deixá-lo comer nuggets de frango de café da manhã. Dike passaria o dia numa colônia de férias.

"Prima, a gente ainda vai jogar futebol mais tarde, não vai?", perguntou Dike.

"Vamos", disse Ifemelu. Ela pegou um nugget do prato dele e levou-o à boca. "Já é esquisito comer nuggets de café, mas esses são feitos de frango ou de plástico?"

"Plástico apimentado."

Ifemelu andou com Dike até o ônibus e observou-o embarcar, vendo o rosto pálido das outras crianças nas janelas, o motorista acenando para ela com uma alegria exagerada. Ifemelu estava ali esperando quando o ônibus o trouxe de volta à tarde. Havia algo de furtivo em seu rosto, algo parecido com tristeza.

"O que foi?", perguntou Ifemelu, enlaçando-o pelos ombros.

"Nada", disse Dike. "Vamos jogar futebol agora?"

"Só depois de você me contar o que aconteceu."

"Não aconteceu nada."

"Acho que você está precisando de um pouco de açúcar. Provavelmente vai comer demais amanhã, já que vai ter bolo de aniversário. Mas vamos comer um biscoito."

"Você suborna as crianças de quem cuida com açúcar? Cara, como elas são sortudas."

Ifemelu riu. Pegou o pacote de Oreo da geladeira.

"Você joga futebol com as crianças de quem cuida?", perguntou Dike.

"Não", disse ela, embora de vez em quando jogasse com Taylor, chutando a bola para ele e recebendo de volta no imenso quintal arborizado da casa deles. Às vezes, quando Dike lhe perguntava sobre as crianças de quem cuidava, Ifemelu satisfazia a curiosidade infantil dele, falando sobre seus brinquedos e sua vida, mas sempre tomava cuidado para não fazê-las parecer importantes para ela.

"E como foi na colônia de férias?"

"Legal." Ele fez uma pausa. "A guia do meu grupo, Haley, deu filtro solar para todo mundo passar, mas não quis dar para mim. Disse que eu não precisava."

Ifemelu olhou para o rosto dele, que estava quase sem expressão, impávido a ponto de parecer assustador. Não soube o que dizer.

"Ela achou que, como você tem a pele negra, não precisa de filtro solar. Mas precisa. Muita gente não sabe que pessoas negras também precisam de filtro solar. Não se preocupe, vou te dar um." Ifemelu estava falando depressa demais, sem saber se aquilo era a coisa certa a dizer, ou o que seria a coisa certa a dizer, e preocupada porque o incidente o chateara tanto que ficara aparente em seu rosto.

"Não tem problema", disse Dike. "Foi meio engraçado. Meu amigo Danny riu."

"Por que seu amigo achou que foi engraçado?"

"Porque foi!"

"Você queria que ela tivesse dado o filtro para você também, não é?"

"Acho que sim", respondeu ele, dando de ombros. "Só quero ser normal."

Ifemelu deu um abraço nele. Mais tarde, foi ao mercado e comprou para ele uma embalagem enorme de filtro solar e, em sua visita seguinte, viu-a na cômoda, esquecida e fechada.

Entendendo a América para o Negro Não Americano: O tribalismo americano

Nos Estados Unidos, o tribalismo vai muito bem, obrigado. Existem quatro tipos: de classe, ideologia, região e raça. Em primeiro lugar, vamos ao de classe. É bem fácil. Ele separa os ricos dos pobres.

Em segundo lugar, o de ideologia. Liberais e conservadores. Eles não apenas discordam em questões políticas, mas cada lado acha que o outro é malévolo. O casamento com uma pessoa da outra ideologia é desencorajado e, nas raras ocasiões em que acontece, é considerado espantoso. Em terceiro lugar, o de região. Entre Norte e Sul. Os dois lados lutaram numa guerra civil e as máculas dessa guerra persistem. Finalmente, o de raça. Existe uma hierarquia de raça nos Estados Unidos. Os brancos estão sempre no topo, especificamente os brancos, de família anglo-saxã e protestante, conhecidos como WASPS, e os negros sempre estão no nível mais baixo, enquanto o que está no meio depende da época e do lugar. (Ou, como dizem aqueles versos maravilhosos: "Se você é branco, tudo bem; se você é marrom, fique por aí; se você é negro, volte para casa!".) Os americanos presumem que todos vão compreender seu tribalismo. Mas demora um pouco para entendê-lo de fato. Quando eu estava na faculdade, tivemos um palestrante convidado e uma colega sussurrou para outra: "Meu Deus, que cara de judeu ele tem", e estremeceu, estremeceu de verdade. Como se ser judeu fosse uma coisa ruim. Não entendi. Para mim, o homem era branco, não muito diferente da menina que falara aquilo. Judeu, para mim, era algo vago, bíblico. Mas aprendi rápido. Entenda, na hierarquia das raças dos Estados Unidos, os judeus são brancos, mas ficam um degrau abaixo dos brancos. Era um pouco confuso, porque eu conhecia uma menina de cabelo cor de palha e sardas que dizia ser judia. Como os americanos sabiam quem era judeu? Como minha colega sabia que aquele homem era judeu? Li em algum lugar que as faculdades americanas costumavam perguntar aos candidatos qual era o sobrenome de sua mãe, para ter certeza de que não eram judeus, porque não os aceitavam. Era assim que se sabia? Pelo sobrenome das pessoas? Quanto mais tempo você passar aqui, mais vai entender.

18.

A nova cliente de Mariama estava usando um short jeans grudado na bunda e um par de tênis do mesmo tom de rosa vívido da blusa. Imensos brincos de argola tocavam seu rosto. Ela estava de pé diante do espelho, descrevendo o tipo de trança que queria.

"Tipo um zigue-zague com uma divisão bem aqui deste lado, mas não coloca o cabelo no começo, coloca quando começar o rabo de cavalo", disse, falando devagar e enunciando bem cada palavra. "Entendeu?", perguntou, parecendo já convencida de que Mariama não havia entendido.

"Entendi", disse Mariama, muito séria. "Quer ver uma foto? Tenho esse tipo no meu álbum."

O álbum foi folheado até o final e, enfim, a cliente sentiu-se satisfeita e se sentou; um plástico esfiapado foi posto em torno de seu pescoço e a altura de sua cadeira foi ajustada, enquanto Mariama mantinha no rosto um sorriso repleto de coisas reprimidas.

"Fui nessa outra cabeleireira da última vez", contou a cliente. "Ela era africana também e queria queimar meu cabelo! Pegou um isqueiro e eu pensei: Shontay White, não deixe essa mulher chegar perto do seu cabelo. Então perguntei para ela: 'Para que serve isso?'. E ela: 'Quero limpar suas tranças'. E eu: 'O quê?'. E aí ela tentou me mostrar, tentou passar o isqueiro em uma das tranças, e eu dei uma de louca para cima dela."

Mariama balançou a cabeça. "Não, isso é ruim. Queimar não é bom. A gente não faz isso."

Uma cliente entrou com o cabelo coberto por um lenço amarelo-gema.

"Oi", disse ela. "Queria trançar o cabelo."

"Que tipo de trança você quer?", perguntou Mariama.

"Tranças com apliques normais, médios."

"Quer longa?"

"Não muito longa, talvez na altura do ombro."

"Tudo bem. Pode sentar, por favor. Ela vai fazer para você." Mariama fez um gesto para Halima, que estava sentada nos fundos com os olhos fixos na televisão. Halima levantou e se espreguiçou por um pouco de tempo demais, como se para registrar sua relutância.

A mulher se sentou e fez um gesto para a pilha de DVDs. "Vocês vendem filmes nigerianos?", perguntou a Mariama.

"Costumava vender, mas meu fornecedor faliu. Quer comprar?"

"Não. Perguntei porque você tem muitos."

"Alguns são muito bons", disse Mariama.

"Não consigo assistir a essas coisas. Acho que tenho certo preconceito. No meu país, a África do Sul, os nigerianos são conhecidos por roubar cartão de crédito, usar drogas e mais um monte de coisas loucas. Acho que os filmes são meio assim, também."

"Você é da África do Sul? Não tem sotaque!", exclamou Mariama.

A mulher deu de ombros. "Estou aqui há muito tempo. Não faz muita diferença."

"Não", disse Halima, subitamente animada, de pé atrás da mulher. "Quando vim para cá com meu filho, bateram nele na escola por causa do sotaque africano. Em Newark. Se você visse o rosto do meu filho... Roxo que nem cebola. Eles bateram, bateram, bateram. Meninos negros bateram nele daquele jeito. Agora o sotaque foi embora e não tem mais problema."

"Lamento muito", disse a mulher.

"Obrigada." Halima sorriu, apaixonada pela mulher por aquele feito extraordinário, ter um sotaque americano. "É, a Nigéria é um país muito corrupto. O mais corrupto da África. Eu vejo os filmes, mas não vou lá, não!" Ela sacudiu a mão no ar.

"Nunca me casaria com um nigeriano e não deixaria ninguém da minha família casar", disse Mariama, lançando um rápido olhar de desculpas para Ifemelu. "Não são todos, mas muitos fazem coisas ruins. Até matam por dinheiro."

"Isso eu não sei", disse a cliente, num tom moderado, sem muita convicção.

Aisha ficou observando tudo em silêncio, com um ar astuto. Mais tarde sussurrou para Ifemelu, com uma expressão de desconfiança: "Você está aqui há quinze anos, mas não tem sotaque americano. Por quê?".

Ifemelu ignorou-a e, mais uma vez, abriu *Cane*, o livro de Jean Toomer. Olhou fixamente para as palavras e, de súbito, teve vontade de voltar no tempo e adiar a volta para casa. Talvez tivesse se precipitado. Não devia ter vendido seu apartamento. Devia ter aceitado a oferta da revista *Letterly* de comprar seu blog e pagar-lhe para escrever os posts. E se chegasse a Lagos e se desse conta de que fora um erro voltar? Mesmo a ideia de que sempre poderia voltar para os Estados Unidos não a confortava tanto quanto ela gostaria.

O filme tinha acabado e, em meio ao silêncio que agora imperava no salão, a cliente de Mariama disse: "Está apertada", tocando uma das tranças fininhas que saíam de seu couro cabeludo. Falou mais alto do que precisava.

"Não tem problema. Eu refaço", disse Mariama. Ela foi simpática e educada, mas Ifemelu podia ver que achava que aquela cliente era implicante e que não havia nada de errado com a trança, mas isso era parte de sua nova personalidade americana, esse fervor de servir bem ao cliente, essa falsidade cintilante das superfícies, e que ela aceitara aquilo, conformara-se. Quando a cliente fosse embora, talvez Mariama se despisse daquela personalidade e dissesse algo para Halima ou Aisha sobre os americanos, sobre como eram mimados e infantis, mas, quando a próxima cliente chegasse, ia se tornar mais uma vez uma versão sem jaça de sua personalidade americana.

A cliente disse: "Ficou fofo", enquanto entregava o dinheiro para Mariama e, pouco depois de ela ir embora, uma jovem branca entrou, com o corpo macio e bronzeado e o cabelo mal preso num rabo de cavalo.

"Oi!", disse ela.

Mariama respondeu "Oi" e esperou, enxugando as mãos sem parar na parte da frente do short.

"Eu queria trançar o cabelo... Você sabe trançar meu cabelo, não sabe?"

Mariama deu um sorriso excessivamente entusiasmado. "Claro. Fazemos todo tipo de cabelo. Você quer trança normal ou de raiz?" Ela agora estava limpando a cadeira com furor. "Por favor, sente-se."

A mulher se sentou e disse que queria trança de raiz. "Que nem a Bo Derek naquele filme, sabe? *Mulher nota dez*?

"Sei, sim", disse Mariama. Ifemelu duvidava que soubesse.

"Meu nome é Kelsey", anunciou a mulher, como quem falava para todos ali. Ela era simpática de uma maneira agressiva. Perguntou de onde Mariama era, havia quanto tempo estava nos Estados Unidos, se tinha filhos, como andavam os negócios.

"Às vezes bem, às vezes mal, mas a gente tenta", disse Mariama.

"Mas você nem conseguiria abrir um negócio no seu país, não é? Não é maravilhoso poder vir para os Estados Unidos para que seus filhos tenham uma vida melhor?"

Mariama pareceu surpresa. "É."

"As mulheres podem votar no seu país?", perguntou Kelsey.

Mariama fez uma pausa mais longa. "Podem."

"O que você está lendo?", perguntou Kelsey a Ifemelu.

Ifemelu mostrou-lhe a capa do romance. Não queria iniciar uma conversa. Principalmente não com Kelsey. Reconheceu nela o nacionalismo dos americanos liberais que criticavam abundantemente os Estados Unidos, mas não gostavam que você o fizesse; esperavam que você fosse silencioso e grato, e sempre lembravam o quanto a América era melhor do que seu país de origem.

"É bom?"

"É."

"É um romance, não é? É sobre o quê?"

Por que as pessoas perguntavam "É sobre o quê?", como se um romance só pudesse ser sobre uma coisa? Ifemelu não gostava da pergunta; não teria gostado mesmo que não estivesse sentindo, além daquela incerteza deprimente, o começo de uma dor de cabeça. "Se você for uma pessoa que só gosta de certos tipos de livro, talvez não goste deste. Mistura verso e prosa."

"Seu sotaque é lindo. De onde você é?"

"Da Nigéria."

"Ah. Legal." Kelsey tinha dedos finos; seriam perfeitos para um anúncio de anéis. "Eu vou à África no outono. Ao Congo e ao Quênia, e vou tentar ver a Tanzânia também."

"Que legal."

"Estou lendo uns livros para me preparar. Todo mundo recomendou *O mundo se despedaça*, que eu li no colégio. É muito bom, mas meio antiquado, não é? Tipo, ele não me ajudou a entender a África moderna. Acabei de ler um livro incrível, *Uma curva no rio*. Fez com que eu realmente entendesse como a África moderna funciona."

Ifemelu emitiu um som que era algo entre uma fungada e um "hum", mas não disse nada.

"É tão honesto, o livro mais honesto que já li sobre a África", disse Kelsey.

Ifemelu se remexeu na cadeira. O tom de Kelsey a irritou. Sua dor de cabeça estava piorando. Ela não achava que aquele romance era sobre a África, de jeito nenhum. Era sobre a Europa, ou um anseio pela Europa, sobre a imagem negativa que um homem indiano nascido na África tinha de si mesmo, um homem que se sentia tão ferido, tão humilhado, por não ter nascido europeu, por não ser membro de uma raça que alçara às alturas devido à sua habilidade de criar, que transformava suas insuficiências pessoais imaginárias num desprezo impaciente pela África; através de sua atitude altiva e presumida com o africano, ele podia se tornar, mesmo que brevemente, um europeu. Ifemelu se recostou na cadeira e disse isso num tom contido. Kelsey ficou assustada; não havia esperado um minidiscurso. Depois disse, num tom gentil: "Bem, eu entendo por que você vê o romance desse jeito".

"E eu entendo por que *você* o vê como viu", disse Ifemelu.

Kelsey ergueu as sobrancelhas, como se Ifemelu fosse uma daquelas pessoas um pouco desequilibradas que era melhor evitar. Ifemelu fechou os olhos. Sentiu como se nuvens estivessem tomando sua cabeça. Sentia-se fraca. Talvez fosse o calor. Tinha terminado um relacionamento no qual não estava infeliz e dado fim a um blog do qual gostava, e agora estava perseguindo algo que não conseguia articular de forma clara, nem para si mesma. Podia ter escrito um post sobre Kelsey também, aquela menina que achava ser milagrosamente neutra na forma como lia os livros, enquanto os outros eram emocionais.

"Você quer usar cabelo?", perguntou Mariama a Kelsey.

"Cabelo?"

Mariama mostrou um conjunto de apliques numa embalagem de plástico transparente. Os olhos de Kelsey se arregalaram e ela deu uma rápida olhada em torno, vendo o saco de onde Aisha pegava pequenas madeixas para cada trança e o outro que Halima estava abrindo naquele momento.

"Ai, meu Deus, então é assim que se faz. Eu sempre achei que as afro-americanas de cabelo trançado tinham o cabelo cheio!"

"Não, nós usamos apliques", disse Mariama, sorrindo.

"Talvez da próxima vez. Acho que só vou usar meu próprio cabelo hoje", disse Kelsey.

Não demorou muito para fazer o cabelo dela, que foi dividido em sete tranças, com os fios finos demais já soltando nas raízes. "Ficou ótimo!", disse ela no fim.

"Obrigada", disse Mariama. "Por favor, venha de novo. Posso fazer outro estilo para você da próxima vez."

"Ótimo!"

Ifemelu observou Mariama pelo espelho, pensando em sua própria personalidade americana. Era com Curt que estava quando se olhou no espelho e, numa súbita revelação, pela primeira vez viu outra pessoa.

Curt gostava de dizer que tinha sido amor à primeira risada. Sempre que as pessoas perguntavam como eles tinham se conhecido, mesmo pessoas com quem não tinham nenhuma intimidade, ele contava a história de como Kimberly os tinha apresentado, ele o primo que viera de Maryland visitar, ela a babá nigeriana de quem Kimberly falava tanto, e quão impressionado ficou com sua voz grave e com a trança que escapava de seu elástico. Mas foi quando Taylor entrou correndo na sala, usando uma capa azul e uma cueca e gritando "Eu sou o Capitão Cueca!" e Ifemelu atirou a cabeça para trás e gargalhou que ele se apaixonou. A risada dela era tão vibrante, com os ombros sacudindo e o peito arfando; era a risada de uma mulher que, quando ria, ria mesmo. Às vezes, quando eles estavam sozinhos e Ifemelu ria, Curt dizia, numa provocação: "Foi isso que me pegou. E sabe o que eu pensei? Se ela ri assim, como será que faz *outras coisas*?". Curt também contava que Ifemelu sabia que ele estava encantado — como podia não saber? —, mas fingiu não perceber, porque não queria um branco. Mas a verdade é que Ifemelu não havia notado o interesse dele. Sempre fora capaz de sentir o desejo dos homens, mas não o de Curt, não no início. Ainda pensava em Blaine, via-o andando pela plataforma da estação de trem de New Haven, uma imagem que a deixava repleta de um anseio impossível. Ela não tinha se sentido meramente atraída por Blaine, mas absorta diante dele e, em sua mente, ele se transformara no perfeito namorado americano que jamais teria. Ainda assim, tinha vivido outras paixonites desde então, menores se comparadas àquele impacto do trem, e acabara de superar uma por Abe, de sua aula de ética. Abe, que era branco, que não desgostava dela, que a achava inteligente e engraçada, até bonita, mas não a via como mulher. Ifemelu tinha curiosidade em relação a Abe, interesse, mas todos os seus flertes, para ele, eram apenas ela sendo legal: Abe a apresentaria para um amigo negro se tivesse um. Ifemelu era invisível para ele. Isso arrasara sua paixonite e talvez também a tivesse feito não prestar atenção em Curt. Até uma tarde em que estava jogando beisebol com Taylor, que atirou a bola alto demais, mandando-a para dentro do arbusto ao lado da cerejeira dos vizinhos.

"Acho que perdemos essa", disse Ifemelu. Na semana anterior, um frisbee havia desaparecido lá dentro. Curt se levantou da cadeira dobrável (ele estava observando todos os gestos dela, segundo relataria mais tarde) e marchou para o arbusto, quase mergulhando nele como se fosse uma piscina e emergindo com a bola.

"Viva! Tio Curt!", disse Taylor. Mas Curt não deu a bola a Taylor; em vez disso, ofereceu-a a Ifemelu. Ela viu em seus olhos o que ele queria que visse. Sorriu e disse: "Obrigada". Mais tarde, na cozinha, quando estava bebendo um copo d'água depois de ter colocado um vídeo para Taylor, Curt disse: "É agora que eu convido você para jantar, mas, a essa altura, aceito qualquer negócio. Posso te pagar um drinque, um sorvete, uma refeição, um ingresso para o cinema? Esta noite? No fim de semana antes de eu voltar para Maryland?".

Ele olhava maravilhado para ela, com a cabeça um pouco abaixada, e Ifemelu sentiu algo desabrochando dentro de si. Como era glorioso ser tão desejada, e por aquele homem com um bracelete de metal estilo roqueiro no pulso e uma beleza de covinha no queixo dos modelos de catálogos de lojas de departamento. Ela começou a gostar de Curt porque ele gostava dela. "Você come de um jeito tão delicado", disse Curt no primeiro encontro dos dois, num restaurante italiano na Old City. Não havia nada de particularmente delicado no ato de levar um garfo à boca, mas Ifemelu gostou de ele ter achado isso.

"Bom, sou um branco rico de Potomac, mas sou bem menos babaca do que deveria ser", disse Curt, de um jeito que fez Ifemelu sentir que ele já havia dito aquilo antes, e que tivera uma boa recepção quando o fizera. "Laura sempre diz que minha mãe tem mais dinheiro que Deus, mas não tenho certeza disso."

Ele falou de si mesmo com entusiasmo, como se estivesse determinado a dizer tudo que havia para ser dito de uma só vez. A família de Curt era dona de hotéis havia cem anos. Ele tinha feito faculdade na Califórnia para escapar deles. Tinha se formado e viajado pela América Latina e pela Ásia. Algo começara a atraí-lo de volta, talvez a morte do pai, talvez o fato de estar infeliz num relacionamento. Então, fazia um ano, ele tinha se mudado para Maryland de novo, aberto uma empresa de software só para não ter que entrar para o negócio da família, comprado um apartamento em Baltimore e passado a ir para Potomac todo domingo para tomar brunch com a mãe. Curt falava de si mesmo com uma simplicidade desimpedida, presumindo que Ifemelu ia gostar de suas histórias apenas porque ele gostava. Seu entusiasmo juvenil a fascinou. Ela sentiu o corpo firme dele quando eles deram um abraço de despedida diante de seu prédio.

"Vou tentar beijar você em exatamente três segundos", disse ele. "Vai ser um beijo de verdade que pode nos levar a outras etapas, por isso, se você não quiser que aconteça, talvez seja bom dar um passo para trás agora."

Ifemelu não deu um passo para trás. O beijo foi excitante da maneira como as coisas novas são excitantes. Depois Curt disse, num tom de urgência: "Precisamos contar para Kimberly".

"Contar o que para Kimberly?"

"Que estamos saindo."

"Estamos?"

Curt riu e Ifemelu riu também, embora não estivesse brincando. Ele era franco e transbordava; o cinismo não lhe ocorria. Ela ficou encantada e quase indefesa diante disso, sendo levada por ele; talvez estivessem mesmo saindo após um beijo, já que Curt tinha tanta certeza de que estavam.

No dia seguinte, Kimberly cumprimentou-a, dizendo: "Olá, mocinha apaixonada".

"Então você vai perdoar seu primo por querer sair com a criadagem?", perguntou Ifemelu.

Kimberly riu e então, num gesto que surpreendeu e emocionou Ifemelu, abraçou-a. Elas se afastaram, constrangidas. O programa da Oprah estava passando na televisão da sala e Ifemelu ouviu a plateia irrompendo em aplausos.

"Bom", disse Kimberly, parecendo ela própria um pouco surpresa com o abraço. "Só queria dizer que fico muito... feliz por vocês dois."

"Obrigada. Mas a gente só saiu uma vez e não aconteceu nada."

Kimberly deu uma risadinha e por um instante pareceu que elas eram amigas de colégio fofocando sobre meninos. Às vezes Ifemelu sentia, por trás das sequências bem engrenadas da vida de Kimberly, um lampejo de arrependimento não apenas pelas coisas que ela desejava ter no presente, mas pelas que desejara ter no passado.

"Você devia ter visto Curt esta manhã", disse Kimberly. "Nunca o vi desse jeito! Ele está muito animado."

"Com o quê?", perguntou Morgan. Ela estava de pé diante da entrada da cozinha, com o corpo pré-adolescente hirto de hostilidade. Atrás, Taylor tentava esticar as pernas de um robozinho de plástico.

"Bom, querida, você vai ter que perguntar para o tio Curt."

Curt entrou na cozinha com um sorriso tímido e o cabelo um pouco molhado, usando um perfume leve com cheiro de menta. "Oi", disse ele. Tinha ligado para ela à noite, dizendo que não conseguia dormir. "Isso é muito brega, mas estou tão repleto de você, é como se estivesse *respirando* você, sabe?", dissera, e Ifemelu tinha pensado que os escritores de romances estavam errados e que eram os homens, e não as mulheres, os verdadeiros românticos.

"Morgan está perguntando por que você parece tão animado", disse Kimberly.

"Bom, Morg, estou animado porque tenho uma namorada nova, uma pessoa muito especial que acho que você conhece."

Ifemelu quis que Curt removesse o braço que estava em volta de seus ombros; ele não estava anunciando um noivado, pelo amor de Deus. Morgan olhou fixamente para eles. Ifemelu viu Curt pelos olhos dela: o tio bonito que viajava pelo mundo e contava todas as piadas engraçadas no Dia de Ação de Graças, o tio legal, jovem o suficiente para compreendê-la, mas velho o suficiente para tentar fazer sua mãe compreendê-la.

"Ifemelu é sua namorada?", perguntou Morgan.

"É", disse Curt.

"Que nojo", disse Morgan, com uma genuína cara de nojo.

"Morgan!", exclamou Kimberly.

Morgan se virou e marchou lá para cima.

"Ela tem uma paixonite pelo tio Curt e aí chega a babá e invade seu território. Deve ser difícil mesmo", disse Ifemelu.

Taylor, que parecia contente tanto com a notícia quanto com o fato de ter esticado as pernas do robô, disse: "Você e a Ifemelu vão se casar e ter um filho, tio Curt?".

"Bom, meu amigo, por enquanto vamos passar um bom tempo juntos para tentar nos conhecer bem."

"Ah, tudo bem", disse Taylor, um pouco decepcionado, mas quando Don chegou em casa, ele correu para os braços dele e disse: "A Ifemelu e o tio Curt vão se casar e ter um filho!".

"Ah", disse Don.

A surpresa dele fez Ifemelu pensar em Abe, da aula de ética. Don a achava bonita e interessante e achava Curt bonito e interessante, mas não lhe ocorreu pensar nos dois, juntos, emaranhados nos fios delicados de um romance.

Curt nunca tinha transado com uma negra; ele disse isso para ela após sua primeira vez, em sua cobertura em Baltimore, jogando a cabeça num gesto em que caçoava de si mesmo, como se isso fosse algo que devesse ter feito havia muito tempo, mas que sempre deixara para depois.

"Um brinde a esse marco, então", disse Ifemelu, fingindo que erguia um copo.

Certa vez, depois de Dorothy apresentar seu novo namorado holandês numa reunião da Associação de Estudantes Africanos, Wambui dissera: "Eu nunca ia poder transar com um branco, ia ter medo de vê-lo pelado, com toda aquela palidez. A não ser que fosse um italiano com um bronzeado forte. Ou um judeu de cabelo escuro". Ifemelu olhou para os cabelos e a pele claros de Curt, as sardas cor de ferrugem em suas costas, a leve penugem dourada no peito, e pensou no quanto discordava de Wambui naquele momento.

"Você é tão sexy", disse ela.

"Você é *mais*."

Curt lhe disse que nunca tinha se sentido tão atraído por uma mulher antes, nunca havia visto um corpo tão lindo, seus seios perfeitos, sua bunda perfeita. Ifemelu achou engraçado o fato de ele considerar perfeito o que Obinze chamava de uma bunda achatada, e ela achava que seus seios eram seios grandes como quaisquer outros, já um pouco caídos. Mas as palavras dele lhe agradaram, como um presente generoso e desnecessário. Ele queria sugar seu dedo, lamber mel do bico de seu seio, espalhar sorvete em sua barriga, como se não fosse o suficiente ficar deitado sentindo sua pele nua contra a dela.

Mais tarde, quando Curt quis brincar de ser outra pessoa — "Que tal você fingir que é a Foxy Brown?", disse ele —, Ifemelu achou aquilo cativante, a habilidade que ele tinha de atuar, de se perder de forma tão completa num personagem, e entrou na brincadeira para agradá-lo, feliz com seu prazer, embora ficasse intrigada por isso ser tão excitante para ele. Muitas vezes, quando estava nua ao lado de Curt, pegava-se pensando em Obinze. Tinha de se esforçar para não comparar o toque de Curt com o dele. Contara a Curt sobre Mofe, seu namoradinho da escola, mas não dissera nada sobre Obinze. Parecia um sacrilégio discuti-lo, referir-se a ele como um "ex", aquela palavra vazia que não dizia nada e não significava nada. A cada mês de silêncio que se passava entre eles, Ifemelu sentia o próprio silêncio se calcificar e se tornar uma estátua imensa e sólida, impossível de derrotar. Ela ainda começava a escrever para ele com frequência, mas sempre parava, decidindo não mandar os e-mails.

Com Curt Ifemelu se tornou, em sua mente, uma mulher livre de pesos e preocupações, uma mulher correndo na chuva com o gosto de morangos cálidos de sol na boca. "Um drinque" tornou-se parte da arquitetura de sua vida, mojitos e martínis, drinques transparentes e secos, drinques vermelhos e frutados. Com ele, Ifemelu foi escalar, andar de caiaque, acampar perto da casa de campo da família dele, todas coisas que jamais se imaginara fazendo antes. Estava mais leve e mais esguia; era a Namorada de Curt, um papel que vestiu como quem usava o vestido preferido, de caimento perfeito. Ifemelu ria mais porque ele ria tanto. O otimismo de Curt a cegava. Ele era cheio de planos. "Tive uma ideia!", dizia sempre. Ela o imaginou quando criança, cercado de brinquedos demais com cores vivas, sempre sendo encorajado a realizar "projetos", sempre com alguém a lhe dizer que suas ideias prosaicas eram maravilhosas.

"Vamos para Paris amanhã!", disse Curt certo fim de semana. "Sei que não é nada original, mas você nunca foi e vou amar mostrar a cidade para você!"

"Eu não posso simplesmente decidir ir a Paris. Tenho um passaporte nigeriano. Preciso pedir um visto, mostrar meu extrato bancário, minha carteirinha do plano de saúde e várias outras provas de que não vou ficar lá e me tornar um fardo para a Europa."

"É, não pensei nisso. Tudo bem, vamos no fim de semana que vem. Vamos resolver essa questão do visto esta semana. Tiro um extrato do banco amanhã."

"Curtis", disse ela com alguma severidade, para obrigá-lo a ser racional, mas enquanto estava ali, vendo a cidade tão do alto, sentiu um redemoinho de alegria arrastá-la. Ele era animado, uma animação que nunca dava descanso, e de uma maneira que apenas um americano como ele podia ser, e havia uma qualidade infantil nisso que Ifemelu achava tanto admirável quanto repulsiva. Um dia, caminharam pela South Street, porque ela nunca tinha visto o que ele afirmou ser a melhor parte da Filadélfia, e Curt deu-lhe a mão enquanto os dois passavam por lojas de tatuagem e grupos de meninos de cabelo rosa. Perto da Condom Kingdom, Curt entrou na minúscula loja de uma mulher que lia tarô, arrastando-a consigo. A mulher de véu negro disse para eles: "Vejo luz e felicidade de longo prazo adiante para vocês dois", e Curt respondeu: "Nós também!", e deu-lhe dez dólares a mais. Mais tarde, quando sua efervescência se tornou uma provocação para Ifemelu, uma alegria incansável que ela queria golpear, esmagar, essa se tornaria uma de suas melhores lembranças de Curt, ele dentro de uma da loja de tarô na South Street num dia repleto da promessa de verão; tão bonito, tão alegre, alguém que acreditava de verdade. Acreditava em bons presságios, pensamentos positivos e finais felizes para os filmes, uma crença sem preocupação, porque não havia pensado muito antes de acreditar; apenas acreditava.

19.

A mãe de Curt tinha uma elegância pálida, cabelos brilhantes, uma pele jovem e roupas caras e de bom gosto que haviam sido feitas para parecer caras e de bom gosto; ela parecia ser o tipo de rica que não dava boas gorjetas. Curt a chamava de "minha mãe", o que tinha certa formalidade, um som arcaico. Nos domingos eles tomavam brunch com ela. Ifemelu gostava do ritual dessas refeições no salão de jantar ornamentado do hotel repleto de pessoas bem-vestidas, casais grisalhos com seus netos, mulheres de meia-idade com broche na lapela. O único outro negro era um garçom de uniforme engomado. Ela comia ovos macios, finas lascas de salmão e meias-luas de melão fresco observando Curt e a mãe, ambos de ofuscante cabelo dourado. Curt falava enquanto a mãe ouvia, enlevada. Ela idolatrava o filho — aquele temporão nascido quando ela não sabia se ainda podia engravidar, o charmoso, aquele cujas manipulações sempre a faziam aquiescer. Ele era seu aventureiro, aquele que lhe trazia espécies exóticas — já namorara uma japonesa e uma venezuelana —, mas que um dia se casaria com uma moça adequada. Ela toleraria qualquer uma de quem ele gostasse, mas não sentia obrigação de ter afeição por elas.

"Sou republicana, toda a nossa família é. Somos contra o Estado do bem-estar social, mas apoiamos muito o movimento de direitos civis. Só queria que você soubesse o tipo de republicanos que somos", disse ela a Ifemelu da primeira vez em que a viu, como se aquilo fosse a coisa mais importante a ser esclarecida.

"E a senhora gostaria de saber que tipo de republicana eu sou?", perguntou Ifemelu.

A mãe de Curt a princípio pareceu surpresa e depois sua boca se esticou num sorriso forçado. "Você é engraçada", declarou ela.

Certa vez, ela disse a Ifemelu: "Seus cílios são bonitos", palavras abruptas e inesperadas, e então ficou bebericando seu bellini como se não tivesse ouvido o "Obrigada" surpreso dela.

Quando estavam no carro voltando para Baltimore, Ifemelu disse: "Cílios? Ela deve ter se esforçado bastante para encontrar alguma coisa para elogiar!".

Curt riu. "Laura diz que minha mãe não gosta de mulheres bonitas."

Morgan foi passar um fim de semana com Curt.

Kimberly e Don queriam levar os filhos para a Flórida, mas ela se recusou a ir. Por isso, Curt convidou-a para passar o fim de semana em Baltimore. Ele planejou um passeio de barco e Ifemelu achou que ele devia ficar algum tempo sozinho com a menina. "Você não vai, Ifemelu?", perguntou Morgan, com uma expressão murcha. "Achei que íamos todos *juntos*." A palavra "juntos" foi dita com mais animação do que Ifemelu jamais ouvira em Morgan. "É claro que eu vou", disse ela. Morgan ficou observando enquanto Ifemelu passava rímel e gloss.

"Venha aqui, Morg", disse ela, e passou uma leve camada do gloss nos lábios de Morgan. "Junte os lábios. Muito bem. Por que está tão linda assim, srta. Morgan?" A menina riu. No píer, Ifemelu e Curt andaram ao lado dela, segurando uma de suas mãos cada um, com Morgan feliz por ter suas mãos seguradas daquele jeito, e Ifemelu pensou, como às vezes fazia brevemente, em como seria ser casada com Curt, ter uma vida gravada em conforto, ele se dando bem com sua família e seus amigos e ela com os dele, com exceção da mãe. Eles falavam em casamento sem muita seriedade. Desde que Ifemelu contara para Curt sobre as cerimônias em que se pagava o preço da noiva, algo que os igbo faziam antes do carregamento do vinho e da cerimônia na igreja, ele brincava, dizendo que ia à Nigéria pagar o preço dela, chegar a sua aldeia ancestral, sentar-se com seu pai e seus tios e insistir em levá-la de graça. E Ifemelu, em troca, brincava que ia entrar numa igreja na Virgínia ao som da *Marcha nupcial* enquanto os parentes dele olhassem horrorizados e se perguntassem, aos sussurros, por que a criada estava com o vestido da noiva.

Eles estavam enroscados no sofá, ela lendo um romance e ele vendo um jogo na televisão. Ifemelu achava bonitinha a maneira como ele ficava absorto em seus jogos, com os olhos apertados e imóveis de concentração. Durante os anúncios, ela o provocava. Por que o futebol americano não tinha uma lógica inerente, só homens gordos pulando uns em cima dos outros? E por que os jogadores de beisebol passavam tanto tempo cuspindo e de repente davam umas corridas incompreensíveis? Ele riu e tentou explicar, mais uma vez, o significado de home runs e touchdowns, mas Ifemelu não estava interessada, porque compreender significaria não poder mais provocá-lo, e por isso olhou de novo para seu romance, pronta para brincar com ele de novo no comercial seguinte.

O sofá era macio. A pele dela estava brilhando. Na faculdade, Ifemelu tinha feito créditos extras e aumentado sua média. Pelas janelas altas da sala via-se a Inner Harbor espraiando-se lá embaixo, com águas cintilantes e luzes tremeluzentes. Uma sensação de contentamento tomou conta dela. Fora isso que Curt lhe dera, a dádiva do contentamento, do conforto. Como Ifemelu tinha se acostumado depressa com a vida deles, com o passaporte repleto de vistos, a solicitude das aeromoças nas cabines de primeira classe, os edredons de plumas dos hotéis em que se hospedavam e as pequenas coisas que ela guardava com avidez: potinhos de geleia da bandeja de café da manhã, vidrinhos de condicionador, pantufas de tricô, até toalhas de rosto, caso fossem especialmente macias. Tinha deixado sua antiga pele para trás. Quase havia passado a gostar do inverno, da camada brilhante de gelo em cima dos carros, da quentura luxuosa dos suéteres de cashmere que Curt lhe dava. Quando estavam numa loja, ele não olhava os preços das coisas primeiro. Fazia o supermercado dela, dava-lhe livros didáticos, mandava-lhe vales-presente de lojas de departamento, levava-a ele mesmo para fazer compras. Curt pediu-lhe que deixasse de ser babá: eles iam poder passar mais tempo juntos se ela não tivesse que trabalhar todos os dias. Mas Ifemelu se recusou. “Preciso ter um emprego.”

Ela economizou dinheiro e mandou mais para casa. Queria que seus pais se mudassem para um apartamento novo. Tinha havido um assalto à mão armada no prédio ao lado do deles.

“Vocês podem ir para um lugar maior num bairro melhor”, disse Ifemelu.

“Estamos bem aqui”, respondeu sua mãe. “Não é tão ruim. Eles construíram um novo portão na rua e baniram *okadas* depois das seis da tarde, então é seguro.”

“Um portão?”

“É, perto do quiosque.”

“Que quiosque?”

“Você não se lembra do quiosque?” Ifemelu hesitou. Suas lembranças tinham um tom sépia. Ela não se lembrava do quiosque.

Seu pai havia, finalmente, arrumado um emprego, como vice-diretor de recursos humanos de um dos novos bancos. Ele comprou um telefone celular. Comprou pneus novos para o carro da mãe de Ifemelu. Devagar, estava voltando a fazer seus monólogos sobre a Nigéria.

“Não se poderia descrever Obasanjo como um bom homem, mas precisamos admitir que ele fez algumas coisas boas neste país; há um espírito de empreendedorismo desabrochando”, dizia.

Era estranho ligar direto para eles, ouvir o “Alô?” de seu pai após o segundo toque e, quando ele ouvia a voz dela, erguia a sua, quase gritando, como sempre fazia com ligações internacionais. Sua mãe gostava de levar o telefone para a varanda, para ter certeza de que os vizinhos iam ouvir. *Ifem, como está o tempo nos Estados Unidos?*

A mãe de Ifemelu fazia perguntas superficiais e aceitava respostas superficiais. “Está tudo indo bem?”, dizia, e Ifemelu não tinha escolha senão responder que sim. Seu pai se lembrava das aulas que ela mencionava e pedia detalhes. Ifemelu escolhia as palavras, tomando cuidado para não dizer nada sobre Curt. Era mais fácil não falar dele.

“Quais são suas perspectivas de emprego?”, perguntou o pai. Sua formatura estava se aproximando e seu visto de estudante ia vencer.

“Eles designaram uma consultora de carreira para mim e vou me encontrar com ela na semana que vem”, disse Ifemelu.

“Todos os alunos que vão se formar têm um consultor designado?”

“Têm.”

Seu pai emitiu um som de respeito admirado. “Os Estados Unidos são um lugar organizado e as oportunidades de emprego são abundantes aí.”

“Sim. Eles conseguiram bons empregos para muitos alunos”, disse Ifemelu. Não era verdade, mas era o que seu pai esperava ouvir. A sala de consultoria de carreira, um espaço abafado com pilhas desoladas de arquivos sobre as mesas, era conhecida por ser repleta de consultores que liam currículos, pediam que você mudasse a fonte ou a formatação e lhe davam contatos antigos que nunca ligavam de volta. Na primeira vez em que Ifemelu foi lá, sua consultora, Ruth, uma afro-americana com a pele caramelo, perguntou: "O que você quer fazer de verdade?".

"Quero um emprego."

"Sim, mas de que tipo?", perguntou Ruth, com certa incredulidade.

Ifemelu olhou seu currículo sobre a mesa. "Eu me formei em comunicação, então qualquer coisa nessa área, na mídia."

"Você tem uma paixão, um emprego dos sonhos?"

Ifemelu balançou a cabeça. Sentiu-se fraca por não ter uma paixão, por não ter certeza do que queria fazer. Seus interesses eram vagos e variados: edição de revistas, moda, política, televisão, nenhum tinha uma forma definida. Ela foi à feira de empregos da faculdade, aonde os alunos chegavam com ternos mal-ajambrados e expressão séria, tentando parecer adultos que mereciam um emprego de verdade. Os recrutadores, eles próprios pessoas que tinham se formado fazia pouco tempo, os jovens mandados ali para capturar outros jovens, lhe falaram em "oportunidade de crescimento", "adequação" e "benefícios", mas nenhum fazia uma oferta mais definitiva quando se davam conta de que Ifemelu não era cidadã americana e de que, se a contratassem, teriam de enveredar pelo túnel escuro que era a papelada da Imigração. "Eu devia ter me formado em engenharia ou alguma coisa assim", disse ela para Curt. "Formandos em comunicação tem de sobra."

"Conheço algumas pessoas com quem meu pai fazia negócios, talvez eles possam ajudar", disse Curt. E, pouco tempo depois, anunciou que ela fora chamada para uma entrevista num escritório no centro de Baltimore, para uma vaga na área de relações públicas. "Você só precisa arrebentar na entrevista e o emprego é seu", disse ele. "Conheço um pessoal numa outra empresa maior, mas o bom dessa é que eles vão conseguir um visto de trabalhador temporário para você *e* dar início ao processo de obtenção do green card."

"O quê? Como você conseguiu isso?"

Ele deu de ombros. "Liguei para algumas pessoas."

"Curt. Meu Deus. Não sei como agradecer."

"Tenho algumas sugestões", disse ele, com uma satisfação infantil.

Era uma boa notícia, mas uma sobriedade a envolveu. Wambui estava trabalhando em três empregos ilegais para levantar os cinco mil dólares de que precisava para pagar a um afro-americano que ia se casar com ela para lhe dar o green card, Mwombeki estava tentando desesperadamente encontrar uma empresa que o contratasse apesar de seu visto temporário, e ali estava ela, um balão rosa, sem peso, flutuando até o topo, impelida por fatores exteriores a si mesma. Ifemelu sentiu, em meio à sua gratidão, um pequeno ressentimento. Curt podia, com alguns telefonemas, rearranjar o mundo e obrigar tudo a entrar no lugar em que desejava que estivesse.

Quando ela falou da entrevista em Baltimore, Ruth disse: "Meu conselho? Tire essas tranças e alise o cabelo. Ninguém fala nessas coisas, mas elas importam. A gente quer que você consiga esse emprego".

Tia Uju havia dito algo parecido no passado e, na época, Ifemelu rira. Agora, sabia que não devia rir. "Obrigada", disse.

Desde que tinha chegado aos Estados Unidos, ela trançava o cabelo com longos apliques, sempre espantada com o custo para fazê-lo. Usava cada penteado por três, até quatro meses, até seu couro cabeludo coçar de um jeito insuportável e as tranças começarem a sair de uma massa fofa de fios novos. Por isso, relaxar o cabelo seria uma nova aventura. Ifemelu tirou as tranças, tomando cuidado para não machucar o couro cabeludo, para não mexer na camada que o protegeria. Havia uma variedade imensa de relaxantes, caixas e mais caixas na seção de "cabelo étnico" da farmácia, com fotos de mulheres negras sorrindo com cabelos impossíveis de tão lisos e brilhantes ao lado de palavras como "botânico" e "aloe vera", que prometiam um processo suave. Ela comprou um numa caixa verde. No banheiro, passou com cuidado o gel protetor entre as raízes e a testa antes de começar a besuntar o cabelo com o relaxante cremoso, madeixa por madeixa, com as mãos em luvas plásticas. O cheiro a fez lembrar o laboratório de química e, por isso, Ifemelu forçou a janela do banheiro, que muitas vezes emperrava. Prestou bastante atenção no relógio, tirando o relaxante após exatamente vinte minutos, mas seu cabelo continuou crespo, com a mesma densidade. O relaxante não pegou. Essa foi a palavra — "pegou" — que a cabeleireira da zona oeste da Filadélfia usou. "Menina, você precisa de uma profissional", disse enquanto passava outro relaxante. "As pessoas acham que vão economizar se fizerem em casa, mas não é verdade."

Ifemelu sentiu apenas uma leve ardência no começo, mas quando a cabeleireira estava tirando o relaxante enquanto ela mantinha a cabeça apoiada em uma pia de plástico, agulhadas de dor profunda surgiram em diversas partes de seu couro cabeludo e se refletiram em partes diferentes do corpo, ricocheteando de volta para a cabeça.

"Arde um pouco", disse a cabeleireira. "Mas olha como está bonito. Uau, menina, você está com um balanço de branca!"

O cabelo de Ifemelu pendia em vez de se manter armado. Estava liso e cintilante, dividido na lateral e virando levemente para dentro na altura do queixo. Não tinha mais cachos. Ela não se reconheceu. Saiu do salão quase de luto; enquanto a cabeleireira alisava as pontas com um ferro, o cheiro de queimado, de algo orgânico morrendo, causou nela uma sensação de perda. Curt pareceu incerto ao vê-la.

"Você gostou, amor?", perguntou ele.

"Estou vendo que você não gostou", disse Ifemelu.

Curt não disse nada. Esticou a mão para acariciar seu cabelo, como se isso fosse fazê-lo gostar.

Ela afastou a mão dele. "Ai. Cuidado. O relaxante me queimou um pouco."

"O quê?"

"Não é tão grave assim. Acontecia comigo o tempo todo na Nigéria. Dê uma olhada nisso."

Ifemelu mostrou a Curt um queloide atrás de sua orelha, um pequeno inchaço vermelho que surgira depois de tia Uju ter passado um ferro de alisar em seu cabelo na época da escola. "Puxe a orelha para trás", dizia tia Uju sempre, e Ifemelu segurava a orelha, tensa e sem respirar, apavorada com a ideia de o ferro, que acabara de vir do fogão, queimando, mas também animada com a perspectiva de cabelos lisos que balançavam. E, um dia, o ferro a queimou mesmo, quando ela se mexeu um pouco e a mão de tia Uju se moveu um pouco, fazendo o metal quente chamuscar a pele atrás da orelha.

"Meu Deus", disse Curt, com os olhos arregalados. Ele insistiu em examinar gentilmente seu couro cabeludo para ver o quanto ela estava machucada. "Meu Deus."

Seu horror deixou Ifemelu mais preocupada do que normalmente ficaria. Ela nunca havia se sentido tão próxima de Curt quanto naquele momento, sentada imóvel na cama com o rosto enfiado na camisa dele, inalando o cheiro de amaciante enquanto ele passava os dedos devagar por seus novos cabelos lisos.

"Por que você tem que fazer isso? Seu cabelo era lindo trançado. E aquela última vez, quando você tirou as tranças e deixou meio natural? Ficou ainda mais lindo, tão cheio e incrível."

"Meu cabelo cheio e incrível ia dar certo se eu estivesse fazendo uma entrevista para ser backing vocal numa banda de jazz, mas preciso parecer profissional nessa entrevista, e profissional quer dizer liso, mas se for encaracolado, que seja um cabelo encaracolado de gente branca, cachos suaves ou, na pior das hipóteses, cachinhos espirais, mas nunca crespo."

"É *errado* você ter que fazer isso, porra."

À noite, ela demorou para encontrar uma posição confortável no travesseiro. Dois dias depois, partes de seu couro cabeludo estavam em carne viva. Três dias depois, havia pus ali. Curt queria que Ifemelu fosse ao médico e ela riu dele. As feridas iam sarar, disse, o que aconteceu. Mais tarde, quando passou sem problemas pela entrevista de emprego e a mulher apertou sua mão e disse que "se encaixaria maravilhosamente" na empresa, Ifemelu se perguntou se a mulher teria achado a mesma coisa se ela tivesse entrado naquele escritório com a coroa espessa e crespa que Deus lhe dera, seu afro.

Ela não contou aos pais como conseguiu o emprego. Seu pai disse: "Não tenho dúvidas de que você alcançará a excelência. Os Estados Unidos criam oportunidades para as pessoas prosperarem. A Nigéria pode, de fato, aprender muito com eles". Sua mãe começou a cantar quando ela disse que, em alguns anos, poderia se tornar uma cidadã americana.

Entendendo a América para o Negro Não Americano: O que os WASPS querem?

O Professor Gato recebeu uma visita de outro professor, um judeu com um sotaque forte do tipo de país europeu onde a maioria das pessoas bebe um copo de antissemitismo no café. O Professor Gato estava falando sobre direitos civis e o judeu disse: "Os negros não sofreram como os judeus". O Professor Gato respondeu: "O que é isso, a olimpíada da opressão?".

O judeu não sabia, mas "olimpíada da opressão" é o que os liberais americanos inteligentes dizem para fazer você se sentir burro e calar a boca.

Existe MESMO uma olimpíada da opressão acontecendo. As minorias raciais americanas — negros, hispânicos, asiáticos e judeus — todas sofrem merda na mão dos brancos, merdas diferentes, mas merda mesmo assim. Cada uma secretamente acredita que sua merda é a pior. Então, não, não existe uma Liga Unida dos Oprimidos. No entanto, todos os outros acham que são melhores do que os negros porque, bem, eles não são negros. Um exemplo é Lili, uma mulher de pele café, cabelos negros e língua espanhola que limpava a casa da minha tia numa cidade da Nova Inglaterra. Ela era muito altiva. Era desrespeitosa, trabalhava mal, fazia exigências. Minha tia acreditava que Lili não gostava de trabalhar para negros. Antes de finalmente demiti-la, minha tia disse: "Que mulher idiota, ela pensa que é branca". Ou seja, a brancura é algo a que se aspira. Nem todo mundo é assim, claro (por favor, não precisam afirmar o óbvio nos comentários), mas muitas minorias têm um anseio conflituoso pela brancura dos WASPS ou, para ser mais exata, pelos privilégios da brancura dos WASPS. Eles não devem gostar de pele branca, mas certamente gostam de entrar numa loja sem que um segurança os acompanhe. Fazer uma omelete sem quebrar os góis, como disse o grande Philip Roth. Então, se todos nos Estados Unidos querem ser WASPS, o que os WASPS querem? Alguém sabe?

20.

Ifemelu passaria a amar Baltimore — por seu charme desafiador, suas ruas de um esplendor esvaecido e as feiras orgânicas realizadas nos fins de semana sob a ponte, com barracas repletas de hortaliças verdejantes, frutas carnudas e almas virtuosas —, embora nunca tanto quanto seu primeiro amor, a Filadélfia, aquela cidade que segurava delicadamente a história nas mãos. Mas, quando chegou a Baltimore sabendo que ia morar lá e que não estava apenas visitando Curt, achou-a desolada e impossível de amar. Os prédios eram grudados uns nos outros em fileiras murchas e, nas esquinas sujas, havia pessoas encurvadas usando casacos acolchoados, pessoas negras e tristes que esperavam os ônibus com uma névoa lúgubre pairando à sua volta. Muitos dos taxistas parados diante da estação de trem eram etíopes ou panjabi.

O motorista etíope disse: “Não consigo descobrir de onde é seu sotaque. Você é de onde?”.

“Da Nigéria.”

“Nigéria? Não parece africana, nem um pouco.”

“Por que não pareço africana?”

“Porque sua blusa é justa demais.”

“Não é, não.”

"Achei que você era de Trinidad ou um lugar assim." Ele olhava para ela pelo retrovisor com uma expressão de censura e preocupação. "Precisa tomar muito cuidado ou os Estados Unidos vão corromper você." Quando, anos mais tarde, Ifemelu publicou o post "Sobre as divisões entre os grupos de negros não americanos nos Estados Unidos", escreveu sobre o taxista, mas falou que quem passara por aquilo fora outra pessoa, para não revelar aos leitores o que ela era.

Ifemelu falou do taxista para Curt, contando como sua sinceridade a tinha enfurecido e como ela fora ao banheiro da estação para ver se sua blusa rosa de mangas compridas era *mesmo* justa demais. Curt morreu de rir. Aquela se tornou uma das muitas histórias que ele gostava de contar para os amigos. *E ela foi mesmo ao banheiro ver a blusa!* Seus amigos eram como ele, pessoas ricas e solares que existiam na superfície cintilante das coisas. Ifemelu gostava deles e sentia que gostavam dela. Para eles, ela era interessante e diferente devido à maneira como dizia sem rodeios o que estava pensando. Eles esperavam certas coisas dela e perdoavam certas coisas nela por ser estrangeira. Certa vez, quando estava com eles num bar, Ifemelu ouviu Curt conversando com Brad, e Curt disse a palavra "fanfarrão". Ela ficou impressionada com aquela palavra, com o quanto ela era típica de um americano. Fanfarrão. Era uma palavra que jamais lhe ocorreria. Entender isso era se dar conta de que Curt e seus amigos nunca seriam completamente compreensíveis para ela.

Ifemelu alugou um apartamento em Charles Village de um quarto com um assoalho antigo de madeira, embora estivesse quase morando com Curt; a maior parte de suas roupas estava no closet cheio de espelhos dele. Agora que o via todos os dias, não apenas no fim de semana, percebia novas camadas nele, como o quanto era difícil para Curt ficar parado, simplesmente ficar parado, sem pensar no que ia fazer a seguir, ou como estava acostumado a simplesmente tirar a calça e deixá-la no chão durante dias até a faxineira vir. A vida dos dois era repleta dos planos que ele fazia — passar um dia em Cozumel, um feriado em Londres — e, às vezes, ela saía do trabalho na sexta à noite e pegava um táxi para ir encontrá-lo no aeroporto.

"Não é legal?", perguntava Curt e Ifemelu respondia que sim, que era legal. Ele não parava de pensar no que mais *fazer*, e Ifemelu lhe disse que isso era raro para ela, pois fora criada não fazendo, mas sendo. Logo acrescentou que gostava de tudo aquilo, porque realmente gostava, e porque sabia o quanto Curt precisava ouvi-lo. Na cama, ele era ansioso.

"Você gosta disso? Acha bom o que eu faço?", perguntava sempre. E Ifemelu dizia que sim, o que era verdade, mas sentia que ele nem sempre acreditava, ou só acreditava durante algum tempo e depois tinha de ouvir a afirmação de novo. Havia algo em Curt que era mais iluminado que o ego, mas mais sombrio que a insegurança, algo que precisava estar sempre sendo polido, lustrado, encerado.

Então, o cabelo de Ifemelu começou a cair na altura das têmporas. Ela o encharcava com condicionadores espessos e cremosos e postava-se embaixo de secadores profissionais a vapor até gotículas de água começarem a lhe escorrer pelo pescoço. Ainda assim, seu cabelo foi ficando mais ralo a cada dia.

"São os produtos químicos", disse-lhe Wambui. "Você sabe o que tem num relaxante? Essas coisas matam. Tem de cortar o cabelo e deixá-lo natural."

Wambui estava usando o cabelo em caracóis curtos dos quais Ifemelu não gostava; pareciam esparsos e sem graça, e não valorizavam o rosto bonito de sua amiga.

"Não quero usar dread", disse ela.

"Não precisa ser dread. Você pode usar um afro ou tranças, como costumava fazer. Pode usar seu cabelo natural de muitos jeitos."

"Não posso simplesmente cortar meu cabelo."

"Relaxar o cabelo é que nem ser preso. Você fica numa jaula. Seu cabelo manda em você. Não foi correr com o Curt hoje porque não quer suar e ficar com o cabelo crespo. Naquela foto em que me mandou, estava com ele coberto no barco. Está sempre lutando para fazer seu cabelo ficar de um jeito que não é o normal dele. Se o deixar natural e cuidar bem dele, vai parar de cair. Posso ajudá-la a cortá-lo agora mesmo. Não precisa pensar muito."

Wambui parecia tão certa e foi tão convincente que Ifemelu procurou uma tesoura. Wambui cortou seu cabelo, deixando apenas dois dedos, as pontas que haviam crescido desde que ela o relaxara da última vez. Ifemelu olhou no espelho. Ela estava com os olhos enormes e uma cabeça enorme. Na melhor das hipóteses, parecia um menino; na pior, um inseto.

"Estou tão feia. Dá até medo."

"Você está linda. Dá para ver muito bem sua estrutura óssea agora. Não está acostumada a se ver assim, só isso. Vai se acostumar", afirmou Wambui.

Ifemelu ainda estava olhando, espantada, para seu cabelo. O que ela tinha feito? Parecia inacabada, como se o próprio cabelo, curto e espetado, estivesse pedindo atenção, pedindo que algo fosse feito com ele, pedindo *mais*. Depois que Wambui foi embora, ela foi à farmácia com o boné de Curt enfiado na cabeça. Comprou óleos e géis, aplicando um depois do outro, primeiro no cabelo molhado e depois no seco, desejando que um milagre indefinido acontecesse. Alguma coisa, qualquer coisa, que fizesse seu cabelo parecer cabelo. Pensou em comprar uma peruca, mas as perucas traziam ansiedade, a possibilidade sempre presente de saírem voando. Pensou num texturizador para soltar os cachinhos crespos, esticar um pouco o pixaim, mas um texturizador na verdade era um relaxante, só mais suave, e ela ainda teria de evitar a chuva.

Curt lhe disse: "Pare de se estressar, meu amor. É um estilo incrível e muito corajoso".

"Não quero que meu cabelo seja *corajoso*."

"Eu quis dizer que é estiloso, chique." Ele hesitou. "Você está linda."

"Pareço um menino."

Curt não disse nada. Havia, em sua expressão, um divertimento velado, como se ele não entendesse por que ela estava tão chateada, mas achasse melhor não dizer isso.

No dia seguinte Ifemelu ligou para o trabalho dizendo que estava doente e voltou para a cama.

"Você não faltou no trabalho para a gente ficar um dia a mais nas Bermudas, mas vai faltar por causa do cabelo?", perguntou Curt, apoiado nos travesseiros e tentando reprimir o riso.

"Não posso sair assim." Ela estava se enfiando embaixo das cobertas como quem quer se esconder.

"Não é tão ruim quanto você pensa", disse ele.

"Pelo menos você finalmente admitiu que está ruim."

Curt riu. "Você entendeu o que eu quis dizer. Venha aqui."

Ele a abraçou, beijou-a e então deslizou para o chão e começou a massagear seus pés; Ifemelu gostava da pressão cálida, do toque dos dedos dele. Mas não conseguiu relaxar. Quando se vira no espelho do banheiro, tomara um susto com seu cabelo, sem brilho e encolhido pelo sono, como um emaranhado de lã sobre sua cabeça. Ela pegou o celular e mandou uma mensagem para Wambui: *Odiei meu cabelo. Não consegui ir trabalhar hoje.*

Wambui respondeu minutos depois: *Entre na internet. FelizComEnrolado-Crespo.com. É uma comunidade sobre cabelo natural. Você vai se inspirar.*

Ifemelu mostrou a mensagem a Curt. "Que nome bobo eles deram para o site", disse.

"É, mas me parece uma boa ideia. Você devia dar uma olhada um dia desses."

"Ou agora", disse Ifemelu, levantando-se. O laptop de Curt estava aberto em cima da escrivaninha. Quando ela se aproximou dele, notou uma mudança em Curt. Uma rapidez súbita e tensa. Uma palidez, um gesto de pânico na direção do laptop.

"O que foi?", perguntou.

"Eles não significam nada. Esses e-mails não significam nada."

Ifemelu olhou atônita para ele, forçando sua mente a funcionar. Curt não tinha esperado que ela usasse o laptop, porque quase nunca o fazia. Ele a estava traindo. Que estranho que ela nunca tivesse imaginado essa possibilidade. Apanhou o laptop e segurou-o com força, mas Curt não tentou pegá-lo. Apenas ficou parado, olhando. A página com o e-mail do Yahoo estava minimizada ao lado de uma página sobre basquete universitário. Ela leu alguns dos e-mails. Olhou as fotografias anexadas. Os e-mails da mulher — o e-mail dela era PaolaCintilante123 — eram fortemente sugestivos, enquanto os de Curt eram apenas sugestivos o suficiente para ter certeza de que ela não desistiria. *Eu vou fazer um jantar para você usando um vestido vermelho bem justo e sapatos de salto altíssimo*, escreveu ela, *e basta você chegar e trazer uma garrafa de vinho.* Curt respondeu: *Você ia ficar ótima de vermelho.* A mulher tinha mais ou menos a idade dele, mas havia, nas fotos que mandava, um ar de grande desespero, por causa do cabelo tingido de um louro platinado, dos olhos sobrecarregados de sombra azul, de um decote profundo demais. Ifemelu ficou surpresa por Curt achá-la atraente. Sua ex-namorada branca tinha um ar de sofisticação e frescor.

"Eu a conheci em Delaware", disse Curt. "Lembra aquela conferência à qual quis que você fosse? Ela começou a dar em cima de mim no primeiro minuto. Está atrás de mim desde então. Não me deixa em paz. Mas ela sabe que eu tenho namorada."

Ifemelu olhou fixamente para uma das fotos, uma em preto e branco tirada de perfil, com a cabeça da mulher jogada para trás e seus longos cabelos cascateando nas costas. Era uma mulher que gostava de seu cabelo e achava que Curt gostaria também.

"Não aconteceu nada", disse ele. "Nada mesmo. Só os e-mails. Ela está correndo muito atrás de mim. Falei de você, mas ela não desiste."

Ifemelu olhou para Curt, ali parado de camiseta e short, muito certo de suas justificativas. Ele era mimado da mesma maneira que uma criança o era: cegamente.

"Você também escreveu para ela", disse Ifemelu.

"Mas foi só porque ela não parava."

"Não, foi porque você quis."

"Não aconteceu nada."

"Não é essa a questão."

"Sinto muito. Sei que você já está chateada e que estou piorando as coisas."

"Todas as suas namoradas tinham cabelos longos que cascateavam", disse ela, com o tom carregado de acusação.

"O quê?"

Ifemelu estava sendo absurda, mas saber disso não adiantou nada. Ela se lembrou das fotos que vira das ex-namoradas dele e sentiu sua raiva aumentar: a japonesa esguia com cabelos lisos pintados de vermelho, a venezuelana morena com cabelo cacheado que pendia até os ombros, a menina branca com madeixas e mais madeixas de cabelo ruivo. E agora essa mulher, que ela não achava muito bonita, mas que tinha cabelos compridos e lisos. Ifemelu fechou o laptop. Sentiu-se pequena e feia. Curt estava falando. "Eu vou pedir a ela para nunca mais entrar em contato comigo. Isso nunca mais vai acontecer, amor, eu juro." Ifemelu achou que ele parecia acreditar que aquilo, de alguma maneira, era responsabilidade da mulher, não dele.

Ela deu meia-volta, enfiou o boné de Curt na cabeça, atirou algumas coisas numa sacola e foi embora.

Curt veio visitá-la mais tarde, levando tantas flores que Ifemelu mal conseguiu ver seu rosto quando abriu a porta. Ela sabia que ia perdoá-lo, porque acreditava nele. Paola Cintilante tinha sido apenas mais uma de suas pequenas aventuras. Ele não teria levado o caso com ela adiante, mas teria continuado a encorajar a atenção que lhe dava até perder o interesse. Paola Cintilante era como as estrelas prateadas que os professores colavam nas páginas da lição de casa da escola, fontes de um prazer superficial e breve.

Ifemelu não queria sair, mas não queria ficar com ele na intimidade de seu apartamento; a mágoa ainda era recente demais. Por isso, cobriu o cabelo com um lenço e deram uma caminhada, Curt solícito e cheio de promessas, eles andando lado a lado, mas sem se tocar, até a esquina da Charles com a University Parkway e depois voltando até o apartamento dela.

Ela fingiu que estava doente e faltou ao trabalho por três dias. Finalmente foi trabalhar com um afro muito curto, penteado demais e com óleo demais. "Você está diferente", disseram seus colegas, todos com certa hesitação.

"Significa alguma coisa? Tipo, alguma coisa política?", perguntou Amy, que tinha um cartaz de Che Guevara na parede de seu cubículo.

"Não", respondeu Ifemelu.

Na cafeteria, a srta. Margaret, a afro-americana peituda que servia as refeições — e que, além de dois seguranças, era a única outra negra na empresa —, perguntou: "Por que você cortou o cabelo, meu bem? É lésbica?".

"Não, srta. Margaret, pelo menos não por enquanto."

Alguns anos depois, no dia em que Ifemelu pediu demissão, ela foi à cafeteria para seu último almoço. "Está indo embora?", perguntou a srta. Margaret, chateada. "Que droga, meu bem. Eles precisam tratar o povo melhor aqui. Acha que seu cabelo foi parte do problema?"

O site FelizComEnroladoCrespo.com tinha um fundo amarelo-gema e muita gente comentando, pessoas cujas fotos de identificação eram de mulheres negras piscando. Elas tinham longos dreads, afros curtos, afros grandes, cabelos torcidos, tranças, cachos imensos e chamativos. Chamavam relaxante de "crack cremoso". Estavam cansadas de fingir que seu cabelo não era o que era, cansadas de correr da chuva e fugir do suor. Elogiavam as fotos umas das outras e terminavam os comentários mandando "abraços". Reclamavam que as revistas feitas para os negros nunca tinham mulheres de cabelo natural em suas páginas, falavam de produtos de farmácia tão contaminados de óleo mineral que não conseguiam aumentar a umidade dos cabelos naturais. Trocavam receitas. Esculpiam para si mesmas um mundo virtual onde seu cabelo enrolado, crespo, pixaim e lanudo era normal. E Ifemelu caiu nesse mundo transbordando gratidão. Mulheres com o cabelo tão curto quanto o dela diziam ter um miniafro. Ela aprendeu, com mulheres que postavam longas instruções, a evitar xampus com silicone, a passar condicionador sem enxágue no cabelo molhado, a dormir com um lenço de cetim em volta do cabelo. Encomendou produtos de mulheres que os fabricavam em sua cozinha e os enviavam com instruções precisas: MELHOR REFRIGERAR IMEDIATAMENTE, NÃO CONTÉM CONSERVANTES. Curt abria a geladeira, pegava um frasco com um rótulo que dizia MANTEIGA DE CABELO e perguntava: "Posso passar isso na torrada?". Ele estava fascinado por tudo aquilo. Leu posts no FelizComEnroladoCrespo.com. "Eu acho ótimo!", disse. "É um *movimento* de mulheres negras!"

Um dia, quando passeavam na feira e Ifemelu estava de mãos dadas com Curt diante de uma barraca de maçãs, um homem negro passou e murmurou: "Já se perguntou por que ele gosta de você assim, com essa cara de selva?". Ela parou, por um momento sem ter certeza se havia imaginado aquelas palavras, e então se voltou e olhou para o homem. Ele andava com uma cadência exagerada nos passos, o que lhe sugeria um caráter volúvel. Um homem em quem não valia a pena prestar atenção. Mas suas palavras a incomodaram, forçaram uma porta que deixou entrar novas dúvidas.

"Você ouviu o que aquele cara disse?", Ifemelu perguntou a Curt.

"Não, o que ele disse?"

Ela balançou a cabeça. "Nada."

Sentiu-se desanimada e, naquela noite, enquanto Curt via um jogo, dirigiu até uma loja de produtos de beleza e passou os dedos por pequenas amostras de apliques lisos e sedosos. Então se lembrou de um comentário de Jamilah1977 — *Eu amo minhas irmãs que amam seus apliques lisos, mas nunca mais vou botar crina de cavalo na minha cabeça* — e saiu da loja, ansiosa por voltar, entrar no site e escrever sobre isso nos comentários. Ela escreveu: *As palavras de Jamilah me fizeram lembrar que não há nada mais bonito do que o que Deus me deu.* Outras mulheres responderam, postando sinais de polegar para cima, dizendo o quanto gostavam da foto que ela havia postado no site. Ifemelu nunca havia falado tanto em Deus. Comentar naquele site era como dar testemunho na igreja: suas palavras eram recebidas com um alarido de aprovação, e reviviam.

Num dia comum do início da primavera — não havia nenhuma luz especial, nada de significante aconteceu, e talvez fosse apenas porque o tempo havia transfigurado suas dúvidas, como muitas vezes acontece —, ela enfiou os dedos em seu cabelo, denso, esponjoso e glorioso, e não conseguiu imaginá-lo de outro jeito. Ifemelu simplesmente se apaixonou por seu cabelo.

Por que as mulheres negras de pele escura — tanto americanas quanto não americanas — amam Barack Obama

Muitos negros americanos se orgulham de dizer que têm antepassados índios. O que significa Graças a Deus, Não Somos Totalmente Negros. O que significa que não têm a pele muito escura. (Só para esclarecer, quando os brancos falam em pele escura eles querem dizer gregos ou italianos, mas quando os negros falam isso eles estão se referindo a Grace Jones.) Os homens negros americanos gostam que suas mulheres tenham uma parcela de exotismo, que sejam meio chinesas ou tenham um ancestral cheroqui. Gostam que as mulheres tenham a pele clara. Mas tome cuidado com o que os negros americanos consideram "pele clara". Algumas dessas pessoas de "pele clara", nos países dos negros não americanos, seriam simplesmente chamadas de brancas. (Ah, e os negros americanos de pele escura se ressentem dos negros de pele clara, pois acham que é fácil demais para eles atrair as mulheres.)

Mas, meus colegas negros não americanos, não fiquem se achando. Porque essa merda também acontece nos nossos países caribenhos e africanos. Não é tão ruim quanto com os negros americanos, você acha mesmo? Talvez. Mas ainda assim acontece. Aliás, que história é essa de os etíopes acharem que não são tão negros? E por que os caribenhos se apressam tanto em dizer que têm ancestrais de várias raças? Enfim, chega de divagações. O fato é que a pele clara é valorizada na comunidade dos negros americanos. Mas todo mundo finge que não é mais assim. Eles dizem que o dia do teste do saco de papel já passou (façam uma pesquisa sobre isso) e que devemos seguir em frente. Mas, hoje, os negros americanos que são figuras públicas e fazem entretenimento de sucesso têm, em sua maioria, a pele clara. Principalmente as mulheres. Muitos homens negros americanos têm esposa branca. Os que se dignam a ter esposa negra se casam com negras de pele clara (também conhecidas como amarelo-escuras). E é por isso que as mulheres de pele escura amam Barack Obama. Ele quebrou o padrão! Casou-se com uma delas. Ele sabe o que o mundo parece não saber: negras de pele escura são o máximo. Elas querem que Obama ganhe porque talvez, finalmente, alguém contrate uma mulher linda cor de chocolate para ser a estrela de uma comédia romântica de orçamento alto que vai estrear em cinemas no país inteiro, não apenas em três cineminhas de arte de Nova York. Na cultura pop americana, as mulheres bonitas de pele escura são invisíveis. (Outro grupo que é tão invisível quanto é o de homens asiáticos. Mas, pelo menos, eles são considerados superinteligentes.) Nos filmes, as mulheres de pele escura fazem o papel da empregada gorda e maternal, ou da amiga da protagonista, que é forte, desbocada e às vezes assustadora, e que está sempre ali para dar um apoio. Elas falam coisas sábias e têm atitude, enquanto a mulher branca encontra um grande amor. Mas elas nunca podem fazer o papel da mulher gostosa, linda e desejada por todos. Então, as mulheres de pele escura esperam que Obama mude isso. Ah, e elas também são a favor de tirar essa gente podre de Washington, de sair do Iraque e de todo o resto.

21.

Era domingo de manhã e tia Uju ligou, agitada e estressada.

"Veja esse menino! Você precisa ver a roupa maluca que ele quer usar para ir à igreja. Está se recusando a pôr o que eu separei para ele. Você sabe que, se Dike não se vestir direito, eles vão ter um motivo para falar da gente. Se eles estão esfarrapados não tem problema, mas se nós estamos já é outra coisa. É por isso também que tenho dito para Dike ser mais calmo na escola. Outro dia, disseram que ele estava conversando na aula, e Dike disse que estava conversando porque já tinha acabado a lição. Ele tem que ser mais calmo, porque gente como nós sempre vai ser vista como diferente, mas esse menino não entende. Por favor, converse com seu primo!"

Ifemelu pediu que Dike levasse o telefone para o quarto.

"A mamãe quer que eu use uma camisa muito feia." Seu tom de voz não demonstrava nenhuma emoção.

"Sei que essa camisa é careta, Dike, mas use para lhe agradar, tá? Só para ir à igreja. Só hoje."

Ela sabia que camisa era, uma listrada e sisuda que Bartholomew comprara para Dike. Era o tipo de camisa que Bartholomew comprava; fez Ifemelu se lembrar dos amigos dele que ela conhecera num fim de semana, um casal nigeriano que morava em Maryland com dois filhos. As crianças sentaram ao lado deles no sofá, hirtas e abotoadas, presas na jaula sem ar das aspirações dos pais imigrantes. Ifemelu não queria que Dike fosse como eles, mas entendia as ansiedades de tia Uju, que estava tentando avançar sobre um território desconhecido.

"Você provavelmente não vai encontrar ninguém que conhece na igreja", disse ela. "E eu vou conversar com a sua mãe e pedir que ela não o obrigue a usar essa camisa de novo." Ifemelu argumentou até Dike concordar, desde que pudesse usar um tênis e não o sapato que sua mãe tinha escolhido.

"Eu vou para aí no próximo fim de semana", disse a ele. "Vou levar meu namorado, Curt. Você finalmente vai conhecê-lo."

Com tia Uju, Curt foi solícito e encantador daquela maneira bem treinada que fazia Ifemelu sentir um pouco de vergonha. Eles tinham jantado com Wambui e alguns amigos fazia pouco tempo e Curt enchera uma taça de vinho aqui, um copo de água ali. Encantador, fora o que uma das meninas dissera depois. *Seu namorado é tão encantador.* E ocorreu a Ifemelu que ela não gostava daquele encanto. Não do tipo que Curt tinha, com sua necessidade de brilhar, de desempenhar um papel. Ela gostaria que seu namorado fosse tranquilo e mais introspectivo. Quando puxava conversa com outras pessoas no elevador ou elogiava estranhos de maneira derramada, Ifemelu prendia a respiração, certa de que todos perceberiam como ele amava atenção. Mas retribuíam o sorriso, respondiam e permitiam que Curt os cortejasse. Como tia Uju fez. "Curt, não quer experimentar a sopa? Ifemelu nunca fez essa sopa para você? Já comeu banana-da-terra frita?"

Dike observou, falando pouco, mas sempre com educação, apesar de Curt ter brincado com ele, falado de esportes e se esforçado tanto para ganhar sua afeição que Ifemelu achou que ele fosse dar cambalhotas. Finalmente, Curt perguntou: "Quer jogar um pouco de basquete?".

Dike deu de ombros. "Tudo bem."

Tia Uju ficou olhando os dois irem lá para fora.

"Olhe a maneira como ele se comporta, como se tudo o que você toca cheirasse a perfume. Ele gosta muito de você", disse tia Uju. E então, com uma careta, acrescentou: "Apesar do seu cabelo estar assim".

"Tia, *biko*, deixe meu cabelo em paz."

"Parece juta." Tia Uju enfiou uma das mãos no afro de Ifemelu.

Ifemelu afastou a cabeça. "E se todas as revistas que você lesse e todos os filmes que visse tivessem mulheres lindas com cabelo parecendo juta? Você ia estar admirando meu cabelo."

Tia Uju fez um muxoxo de desdém. "Tudo bem, você pode falar desse jeito complicado, mas o que eu estou dizendo é verdade. Cabelo natural tem algo de desleixado e desmazelado." Tia Uju fez uma pausa. "Você já leu a redação que seu primo escreveu?"

"Já."

"Como ele pode dizer que não sabe o que é? Desde quando é cheio de conflitos desse jeito? E falar até que o nome dele é difícil?"

"Você devia conversar com ele, tia. Ele se sente assim, pronto."

"Acho que Dike escreveu isso porque é o tipo de coisa que ensinam para as crianças aqui. Todo mundo é cheio de conflitos, identidade disso, identidade daquilo. Alguém comete um assassinato e diz que foi porque sua mãe não o abraçava quando tinha três anos. Ou fazem algo perverso e dizem que é por causa de uma doença que têm." Tia Uju olhou pela janela. Curt e Dike batiam bola no quintal e, mais ao longe, começava um bosque denso. Na última visita de Ifemelu, ela acordara e vira, pela janela da cozinha, um casal de cervos galopando, graciosos.

"Estou cansada", disse tia Uju em voz baixa.

"O que você quer dizer?" Mas Ifemelu sabia que ela ia reclamar mais de Bartholomew.

"Nós dois trabalhamos. Nós dois chegamos em casa no mesmo horário. E você sabe o que Bartholomew faz? Senta na sala, liga a televisão e me pergunta o que vamos comer no jantar." Tia Uju franziu o cenho e Ifemelu notou como ganhara peso, o princípio de um queixo duplo, o nariz alargado. "Ele quer que eu dê meu salário para ele. Imagine! Diz que é assim que os casamentos são e que ele é o chefe da família, que eu não devia mandar dinheiro para meu irmão sem pedir permissão a ele, que eu devia usar meu salário para pagar as prestações do carro dele. Quero dar uma olhada em escolas privadas para Dike, com todas essas maluquices acontecendo naquela escola pública, mas Bartholomew diz que é caro demais. Caro demais! Já os filhos dele estudaram em escolas particulares na Califórnia. Ele nem se incomoda com todas as coisas ruins que estão acontecendo na escola de Dike. Fui lá outro dia e uma assistente gritou comigo da outra ponta do corredor. Imagine. Ela foi tão grosseira. Notei que ela não gritou com os outros pais. Por isso, fui até lá dar uma bronca nela. Essa gente, eles fazem você ficar agressivo só para fazer tipo." Tia Uju balançou a cabeça. "Bartholomew nem se incomoda que Dike ainda o chama pelo nome. Eu lhe disse para encorajar o menino a chamá-lo de pai, mas ele não se incomoda. Tudo o que quer de mim é que entregue meu salário e faça moela apimentada aos sábados enquanto assiste ao futebol europeu. Por que eu deveria dar meu salário para ele? Por acaso ele pagava minhas mensalidades da faculdade de medicina? Ele quer abrir um negócio, mas não consegue um empréstimo e diz que vai processar o banco por discriminação porque sua avaliação de crédito não foi ruim e ele descobriu que um homem da nossa igreja conseguiu um empréstimo com uma avaliação muito pior. É culpa minha se ele não consegue um empréstimo? Alguém o forçou a se mudar para cá? Ele não sabia que íamos ser os únicos negros daqui? Ele não veio para cá porque achou que isso ia beneficiá-lo? Tudo é dinheiro, dinheiro, dinheiro. Fica querendo tomar minhas decisões de trabalho por mim. O que um contador sabe de medicina? Só quero estar bem de vida. Só quero poder pagar a faculdade do meu filho. Não preciso trabalhar mais horas só para acumular dinheiro. Não estou planejando comprar um barco como os americanos fazem." Tia Uju se afastou da janela e se sentou à mesa da cozinha. "Eu nem sei por que vim para este lugar. Outro dia, a farmacêutica disse que meu sotaque era incompreensível. Imagine, eu fui pedir um remédio e ela teve a coragem de dizer que meu sotaque era incompreensível. E naquele mesmo dia, como se alguém tivesse mandado os dois de propósito, um paciente, um vagabundo inútil cheio de tatuagens pelo corpo, me disse para voltar para o lugar de onde vim. Só porque eu sabia que ele estava mentindo quando disse que sentia dor e me recusei a lhe dar analgésicos. Por que tenho que aceitar essa droga? Eu culpo Buhari, Babangida e Abacha, porque eles destruíram a Nigéria."

Era estranho como tia Uju sempre falava dos antigos chefes de Estado, citando seus nomes com uma acusação venenosa, sem nunca mencionar o General.

Curt e Dike voltaram para a cozinha. Dike estava com os olhos brilhando, um pouco suado e falando bastante: lá fora, diante da cesta de basquete que eles tinham na casa, o menino se apaixonara por Curt.

“Quer água, Curt?”, perguntou Dike.

“Chame-o de tio Curt”, disse tia Uju.

Curt riu. “Ou primo Curt. Que tal priminho Curt?”

“Você não é meu primo”, disse Dike, sorrindo.

“Eu seria, se me casasse com sua prima.”

“Isso depende de quanto você vai nos oferecer por ela!”, disse Dike.

Todos riram. Tia Uju pareceu contente.

“Quer pegar essa água e ir me encontrar lá fora, Dike?”, perguntou Curt. “Ainda temos que terminar a partida!”

Curt tocou o ombro de Ifemelu com gentileza e perguntou se estava tudo bem antes de ir lá para fora de novo.

“*O na-eji gi ka akwa*”, disse tia Uju, com a voz carregada de admiração.

Ifemelu sorriu. Curt de fato a segurava como se ela fosse um ovo. Com ele, ela se sentia quebrável, preciosa. Mais tarde, quando eles foram embora, Ifemelu pegou a mão dele e apertou-a; sentia-se orgulhosa — por estar com ele, por ser dele.

Certa manhã, tia Uju acordou e foi ao banheiro. Bartholomew havia acabado de escovar os dentes. Ela foi pegar sua escova de dentes e viu, dentro da pia, uma bola grande de pasta de dente. Grande o suficiente para uma escovada completa. Ali estava ela, distante do ralo, macia, derretendo. Aquilo a deixou enojada. Como exatamente alguém escovava os dentes e acabava deixando tanta pasta de dente na pia? Será que não tinha visto? Será que, quando a bola caiu na pia, ele pôs mais pasta na escova de dente? Ou simplesmente escovou os dentes daquele jeito mesmo, com uma escova quase seca, o que significaria que os dentes dele não estavam limpos? Mas o problema de tia Uju não eram os dentes de Bartholomew. Era a bola de pasta de dente na pia. Em tantas outras manhãs ela havia limpado a pasta de dente, lavado a pia. Mas naquela manhã, não. Naquela manhã, estava farta. Gritou o nome de Bartholomew sem parar. Ele perguntou o que havia de errado. Tia Uju disse que o errado era a pasta de dente na pia. Bartholomew olhou para ela e murmurou que escovara os dentes apressado, que já estava atrasado para o trabalho, e tia Uju disse que ela também tinha que ir trabalhar e que ganhava mais, caso ele tivesse esquecido. Ela estava pagando pelo carro dele, afinal de contas. Bartholomew virou as costas, furioso, e foi para baixo. Nesse ponto da história tia Uju fez uma pausa e Ifemelu imaginou Bartholomew com sua camisa de gola de cor diferente e suas calças altas demais com pregas feias na frente, imaginou-o indo embora cheio de raiva, com os joelhos virados para dentro. A voz de tia Uju estava estranhamente calma no telefone.

"Encontrei uma casa numa cidade chamada Willow. Num condomínio muito bonito, com portão, perto da universidade. Dike e eu vamos embora no próximo fim de semana", disse tia Uju.

"Hum! Tão rápido, tia?"

"Eu tentei. Já chega."

"O que Dike disse?"

"Disse que nunca tinha gostado de morar no meio do mato. Não disse nem uma palavra sobre Bartholomew. Willow vai ser muito melhor para ele."

Ifemelu gostou do nome da cidade, Willow; pareceu-lhe ter o frescor de um novo começo.

Para outros Negros Não Americanos:
Nos Estados Unidos você é negro, baby

Querido Negro Não Americano, quando você escolhe vir para os Estados Unidos, vira negro. Pare de argumentar. Pare de dizer que é jamaicano ou ganense. A América não liga. E daí se você não era negro no seu país? Está nos Estados Unidos agora. Nós todos temos nosso momento de iniciação na Sociedade dos Ex-Crioulos. O meu foi numa aula da faculdade, quando me pediram para dar a visão negra de algo, só que eu não tinha ideia do que aquilo significava. Então, simplesmente inventei. Além do mais, admita: você diz "Eu não sou negro" só porque sabe que os negros são o último degrau da escada de raças americana. E você não quer estar ali. Não negue. E se ser negro trouxesse todos os privilégios de ser branco? Você ainda diria "Não me chame de negro, eu sou de Trinidad?". É, eu sabia que não. Você é negro, baby. E essa é a questão de se tornar negro: você tem de se mostrar ofendido quando palavras como "farofeiro" e "tiziu" são usadas de brincadeira, mesmo que não tenha a menor ideia do que está sendo dito — e, como você é um Negro Não Americano, é provável que não saiba o que elas significam. (Na faculdade, um colega branco me perguntou se eu gostava de melancia, eu disse que sim e outra colega disse: "Meu Deus, que coisa racista". Fiquei confusa e disse: "Espere, por quê?".) Quando outro negro te cumprimenta com a cabeça num bairro de maioria branca, você tem de retribuir. Eles chamam isso de cumprimento negro. É uma maneira que os negros têm de dizer: "Você não está sozinho, eu estou aqui também". Ao descrever as mulheres negras que você admira, sempre use a palavra FORTE, porque, nos Estados Unidos, é isso que as mulheres negras devem ser. Se você for mulher, por favor, não fale o que pensa como está acostumada a fazer em seu país. Porque, nos Estados Unidos, mulheres negras de personalidade forte dão MEDO. E, se você for homem, seja supertranquilo, nunca se irrite demais, ou alguém vai achar que está prestes a sacar uma arma. Quando estiver vendo televisão e ouvir um "insulto racial" sendo usado, fique ofendido na mesma hora. Apesar de estar pensando: "Mas por que eles não me explicam exatamente o que foi dito?". Apesar de querer decidir sozinho quão ofendido ficar, ou mesmo se está ofendido, ainda assim você precisa ficar muito ofendido.

Quando um crime for noticiado, reze para que não tenha sido cometido por um negro e, se por acaso tiver sido, fique bem longe da área do crime durante semanas, ou vai acabar sendo parado pela polícia por se encaixar no perfil dos suspeitos. Se uma caixa negra não for eficiente com a pessoa não negra que está na fila à sua frente, elogie os sapatos ou alguma outra coisa dessa pessoa para compensar a ineficiência, pois você é tão culpado do crime da caixa quanto ela. Se estudar numa faculdade de prestígio e um jovem membro do Partido Republicano te disser que você só conseguiu entrar lá por causa da ação afirmativa, não mostre seu boletim do ensino médio cheio de notas dez. Em vez isso, comente gentilmente que os maiores beneficiários da ação afirmativa são as mulheres brancas. Se for comer num restaurante, por favor, dê gorjetas generosas. Se não fizer isso, a próxima pessoa negra que chegar vai ser muito mal servida, porque os garçons gemem quando veem uma mesa cheia de negros. Entenda, os negros têm um gene que faz com que não deem gorjetas, então, por favor, lute contra esse gene. Se estiver falando com uma pessoa que não for negra sobre alguma coisa racista que aconteceu com você, tome cuidado para não ser amargo. Não reclame. Diga que perdoou. Se for possível, conte a história de um jeito engraçado. E, principalmente, não demonstre raiva. Os negros não devem ter raiva do racismo. Se tiverem, ninguém vai sentir pena deles. Isso se aplica apenas a liberais brancos, aliás. Nem se incomode em falar de alguma coisa racista que aconteceu com você para um conservador branco. Porque esse conservador vai dizer que VOCÊ é o verdadeiro racista e sua boca vai ficar aberta de espanto.

22.

Num sábado, no shopping de White Marsh, Ifemelu viu Kayode DaSilva. Estava chovendo. Ela estava dentro do shopping, perto da entrada, esperando Curt chegar com o carro e Kayode quase esbarrou nela.

"Ifemsco!", disse ele.

"Meu Deus! Kayode!"

Eles se abraçaram, olharam-se e disseram todas as coisas que as pessoas dizem quando não se veem há muitos anos, ambos assumindo sua voz nigeriana e sua personalidade nigeriana, falando mais alto, sendo mais espalhafatosos, acrescentando um "ô" às frases. Kayode deixara o país logo depois do ensino médio para fazer faculdade em Indiana e se formara anos antes.

"Eu estava trabalhando em Pittsburgh, mas acabei de me mudar para Silver Spring para começar num emprego novo. Adoro Maryland. Encontro nigerianos no supermercado, no shopping, por todo lado. É que nem estar de novo no meu país. Mas você já deve saber disso."

"Sei", disse Ifemelu, embora não soubesse. Sua Maryland era um mundo pequeno e circunscrito formado pelos amigos americanos de Curt.

"Eu estava planejando ir visitar você, aliás." Kayode olhava para ela como quem queria absorver seus detalhes, memorizá-la, para quando fosse contar a história de seu encontro.

"É mesmo?"

"Meu chapa Zed e eu estávamos conversando outro dia e acabamos falando em você, e ele disse que tinha ouvido falar que você estava morando em Baltimore, e me pediu, já que eu morava perto, que tentasse te encontrar, visse se estava bem e dissesse a ele como você estava."

Uma dormência tomou o corpo de Ifemelu de supetão. Ela murmurou: "Ah, vocês ainda se falam?".

"Sim. Voltamos a nos falar quando ele se mudou para a Inglaterra, no ano passado."

Inglaterra! Obinze estava na Inglaterra. Ifemelu criara a distância entre eles, ignorando-o, trocando de e-mail e de telefone, mas ainda assim sentiu-se profundamente traída ao ouvir essa notícia. Ocorreram mudanças na vida dele sobre as quais ela nada sabia. Obinze estava na Inglaterra. Fazia apenas alguns meses, ela e Curt tinham ido à Inglaterra para ver o Festival de Glastonbury e depois haviam passado dois dias em Londres. Obinze estava na mesma cidade. Ela podia ter encontrado com ele ao descer a Oxford Street.

"Então, o que aconteceu? Sinceramente, não consegui acreditar quando ele me disse que vocês não se falavam mais. Hum! Nós todos estávamos só esperando o convite para o casamento, ô!", disse Kayode.

Ifemelu deu de ombros. Havia coisas espalhadas dentro dela que precisava reunir.

"Então, como você está? Como está a vida?", perguntou Kayode.

"Ótima", disse ela com frieza. "Estou esperando meu namorado vir me buscar. Aliás, acho que é ele ali."

Houve, no comportamento de Kayode, um desaparecimento de animação, uma diminuição de sua atitude calorosa, porque ele sentiu muito bem que Ifemelu escolhera se afastar dele. Ela já estava indo embora. Por sobre o ombro, disse para Kayode: "Cuide-se bem". Ifemelu devia ter dado seu telefone e pedido o dele, conversado durante mais tempo, comportando-se de todas as maneiras esperadas. Mas as emoções estavam em convulsão dentro dela. E ela culpou Kayode por saber de Obinze, por trazê-lo de volta.

"Acabei de encontrar um velho amigo da Nigéria. Não o vejo desde a escola", disse Ifemelu para Curt.

"É mesmo? Que legal. Ele mora aqui?"

"Em Washington."

Curt olhava para ela, esperando mais. Ele ia querer convidar Kayode para tomar uns drinques com eles, ia querer ser amigo do amigo dela, ser tão simpático quanto sempre era. E aquilo, a expressão expectante dele, irritou-a. Ifemelu queria silêncio. Até o rádio a estava incomodando. O que Kayode diria a Obinze? Que ela estava namorando um homem branco e bonito que dirigia uma BMW Coupé, que usava um afro e uma flor vermelha atrás da orelha. O que Obinze acharia daquilo? O que ele estava fazendo na Inglaterra? Ifemelu teve uma memória vívida de um dia de sol — o sol sempre brilhava nas lembranças que tinha de Obinze e ela desconfiava disso — quando o amigo dele, Okwudiba, levou um VHS para sua casa, e Obinze disse: "Filme britânico? É perda de tempo". Para ele, só os filmes americanos valiam a pena. E, agora, Obinze estava na Inglaterra.

Curt estava olhando para ela. "Ver esse cara deixou você chateada?"

"Não."

"Ele foi seu namorado ou alguma coisa assim?"

"Não", disse ela, virando o rosto para a janela.

Naquele mesmo dia, ela mandaria um e-mail para o endereço do Hotmail de Obinze: *Teto, nem sei por onde começar. Encontrei Kayode no shopping hoje. Dizer que sinto muito pelo meu silêncio parece idiota até para mim, mas sinto muito mesmo e me acho uma idiota. Vou te contar tudo o que aconteceu. Senti saudades, ainda sinto*. E ele não responderia.

"Marquei a massagem sueca para você", disse Curt.

"Obrigada", disse Ifemelu. E, então, num tom mais baixo, ela acrescentou, para compensar seu mau humor: "Você é tão fofo".

"Eu não quero ser fofo. Quero ser a porra do amor da sua vida", disse Curt, com uma força que a sobressaltou.

Parte 3

23.

Em Londres, a noite chegava cedo demais, ficava suspensa no ar da manhã como uma intimidação e então, à tarde, uma penumbra azul-acinzentada baixava e todos os prédios vitorianos assumiam um ar lúgubre. Naquelas primeiras semanas, o frio assustava Obinze com sua ameaça sem peso, ressecando suas narinas, aprofundando suas ansiedades, fazendo-o urinar com demasiada frequência. Ele caminhava rápido pela calçada, todo virado para dentro de si mesmo, com as mãos enfiadas fundo no casaco que seu primo lhe emprestara, um casaco cinza de lã cujas mangas quase engoliam seus dedos. Às vezes, parava diante de uma estação do metrô, com frequência perto de uma barraquinha de flores ou de uma banca de jornal, e ficava observando as pessoas que passavam. Andavam tão rápido, aquelas pessoas, como se tivessem algo urgente para fazer, um propósito na vida, enquanto ele não tinha. Seus olhos as seguiam com um anseio perdido, e Obinze pensava: *Você pode trabalhar, sua situação é legal, você é visível e nem sabe a sorte que tem.*

Foi numa estação de metrô que ele encontrou os angolanos que iam cuidar de seu casamento arranjado, exatamente dois anos e três dias após sua chegada à Inglaterra — ele tinha contado certinho.

"A gente conversa no carro", um deles dissera ao telefone. A Mercedes preta de modelo antigo era conservada com cuidado, os tapetes curvados de tanto ser aspirados e o couro dos bancos brilhando de polido. Os dois homens eram parecidos, com sobrancelhas grossas que quase se tocavam, embora houvessem dito a Obinze que eram apenas amigos, e estavam vestidos de modo parecido também, com jaqueta de couro e longas correntes de ouro. O corte de cabelo quadrado dos dois, que parecia um chapéu de tão alto, deixou Obinze surpreso, mas talvez fosse parte da imagem de caras na moda ter um cabelo retrô. Eles falavam com a autoridade de pessoas que já haviam feito aquilo antes e num tom levemente condescendente; o destino de Obinze, afinal, estava em suas mãos.

"Decidimos que vai ser em Newcastle porque conhecemos um pessoal lá e o bicho está pegando em Londres, tem casamento demais rolando lá agora, valeu? A gente não quer confusão", disse um deles. "Vai dar tudo certo. Só não saia se exibindo por aí, valeu? Não chame atenção até o casamento estar feito. Não arrume briga no pub, valeu?"

"Nunca fui muito bom de briga", disse Obinze secamente, mas os angolanos não sorriram.

"Você está com o dinheiro?", perguntou o outro.

Obinze entregou duzentas libras em notas de vinte que ele tirara do caixa eletrônico ao longo de dois dias. Aquilo era um adiantamento, para provar que falava sério. Mais tarde, depois de conhecer a menina, pagaria duas mil libras.

"O resto tem que ser antes do casamento, valeu? A gente vai usar uma parte para resolver umas coisas e o resto fica com a menina. Cara, você sabe que a gente não está tirando nada. Em geral a gente pede muito mais, mas estamos fazendo isso pelo Iloba", disse o primeiro.

Obinze não acreditou neles, nem mesmo àquela altura. Conheceu a menina, Cleotilde, alguns dias depois; encontrou-se com ela num shopping, num McDonald's cujas janelas davam para a entrada imunda de uma estação de metrô do outro lado da rua. Ficou sentado numa mesa com os angolanos, vendo as pessoas passarem às pressas e se perguntando qual delas era ela, enquanto os outros dois sussurravam ao telefone; talvez estivessem combinando outros casamentos arranjados.

"Oi!", disse Cleotilde.

Ela surpreendeu Obinze. Esperara alguém com marcas de acne disfarçadas por maquiagem demais, uma pessoa durona e experiente. Mas ali estava ela, jovem e cheia de frescor, com a pele morena, óculos, quase uma criança, sorrindo timidamente para ele e tomando um milk-shake de canudinho. Parecia uma caloura de universidade que era inocente ou tola, ou ambos.

"Só quero saber se você tem certeza de que quer fazer isso", disse Obinze. Então, com medo de amedrontá-la e fazê-la desistir, acrescentou: "Fico muito grato e você não vai ter muito trabalho — daqui a um ano eu vou ter meus documentos e a gente se divorcia. Mas eu só queria conhecê-la primeiro e ter certeza de que você quer fazer isso".

"Quero", disse Cleotilde.

Obinze ficou observando-a e esperando que dissesse mais. Ela brincou com o canudinho, envergonhada, sem olhar para ele, e Obinze levou algum tempo para entender que estava reagindo mais a ele do que à situação. Cleotilde o tinha achado bonito.

"Quero ajudar minha mãe. As coisas estão difíceis lá em casa", disse ela, com um toque de sotaque não britânico marcando suas palavras.

"Ela está com a gente, valeu?", disse um dos angolanos com impaciência, como se Obinze tivesse ousado questionar o que eles lhe haviam dito.

"Mostre seus documentos para ele, Cleo", disse o outro angolano.

Pareceu falso quando ele a chamou de Cleo: Obinze sentiu-o pela maneira como o homem disse o apelido e pela leve surpresa no rosto dela. Era uma intimidade mentirosa: o angolano jamais a chamara de Cleo antes. Talvez jamais tivesse dito seu nome. Obinze se perguntou de onde a conheciam. Será que tinham uma lista de jovens com passaporte da União Europeia que precisavam de dinheiro? Ela afastou o cabelo, que era uma massa de cachinhos, e ajeitou os óculos, como se estivesse se preparando antes de apresentar seu passaporte e sua carteira de motorista. Obinze os examinou. Ela parecia ter menos do que vinte e três anos.

"Você me dá seu telefone?", pediu Obinze.

"Ligue para nós se precisar de alguma coisa", disseram os angolanos, quase ao mesmo tempo. Mas Obinze escreveu seu telefone num guardanapo e empurrou-o para ela do outro lado da mesa. Os angolanos o olharam de soslaio. Depois, pelo telefone, Cleotilde lhe contou que morava em Londres fazia seis anos e estava economizando para fazer faculdade de moda, embora os angolanos tivessem dito que ela morava em Portugal.

"Quer me encontrar?", perguntou ele. "Vai ser muito mais fácil se tentarmos nos conhecer um pouco."

"Quero", disse ela, sem hesitar.

Eles comeram peixe com batata frita num pub, numa mesa que tinha uma camada grossa de gordura nas laterais, enquanto Cleotilde falava de seu amor por moda e perguntava-lhe como eram as roupas tradicionais da Nigéria. Ela parecia um pouco mais madura; Obinze notou o brilho em suas faces e os cachos mais definidos no cabelo e soube que se arrumara para ir vê-lo.

"O que você vai fazer depois que tiver seus documentos?", perguntou. "Vai mandar buscar sua namorada na Nigéria?"

O que ela estava fazendo era tão óbvio que Obinze ficou tocado. "Não tenho namorada."

"Nunca fui à África. Adoraria ir." Cleotilde disse África com um suspiro, como um estrangeiro admirador, carregando a palavra de aventuras exóticas. Segundo ela, seu pai, um angolano negro, tinha abandonado sua mãe, uma portuguesa branca, quando ela tinha apenas três anos de idade, e jamais o vira desde então. Nunca fora a Angola. Disse isso dando de ombros e erguendo as sobrancelhas cinicamente, como se aquilo não a incomodasse, e o esforço pareceu tão contrário à sua personalidade, tão forçado, que Obinze viu quão profundo era o incômodo. Havia dificuldades na vida de Cleotilde que ele quis conhecer melhor, partes de seu corpo fornido e bem-feito que ele ansiou por tocar, mas temeu complicar as coisas. Esperaria até depois do casamento, até que o lado comercial de seu relacionamento estivesse completo. Ela pareceu compreender isso sem que eles tocassem no assunto. Assim, nas ocasiões em que se encontraram e conversaram ao longo das semanas seguintes, às vezes praticando como responderiam às perguntas durante sua entrevista na Imigração e às vezes apenas conversando sobre futebol, havia entre os dois a urgência crescente do desejo reprimido. Ele estava ali, na maneira como se postavam próximos um do outro, mas sem se tocar, quando esperavam na estação de metrô, na maneira como brincavam por ele torcer pelo Arsenal e ela pelo Manchester United, nos olhares demorados que trocavam. Depois que Obinze deu aos angolanos duas mil libras em dinheiro, Cleotilde lhe contou que tinha recebido apenas quinhentas libras.

"Só quero que você saiba. Sei que não tem mais dinheiro. Quero fazer isso por você", disse ela.

Cleotilde estava fitando-o, com os olhos úmidos de coisas não ditas, e ela o fez sentir-se completo de novo, fez com que lembrasse o quanto ansiava por algo que fosse simples e puro. Obinze quis beijá-la, seu lábio superior mais rosado e brilhante de batom do que o inferior, abraçá-la, dizer-lhe quão profunda e irreprimível era sua gratidão. Ela jamais mexeria o caldeirão das preocupações dele, jamais sacudiria o poder dela diante de sua cara. Iloba lhe contara que uma mulher do Leste Europeu pedira ao homem nigeriano, uma hora antes do casamento, para lhe dar mais mil libras ou desistiria do acordo. Em pânico, o homem começara a ligar para todos os seus amigos para tentar conseguir o dinheiro.

"Cara, a gente cobrou pouco", foi tudo que um dos angolanos disse quando Obinze perguntou quanto eles haviam pagado a Cleotilde, naquele tom de voz deles, o tom de pessoas que sabiam o quanto eram necessárias. Foram eles, afinal, que o levaram ao escritório de um advogado, um nigeriano de fala mansa numa cadeira giratória que deslizara para trás para alcançar um arquivo enquanto dizia: "Você pode se casar apesar de seu visto ter expirado. Na verdade, casar-se agora é sua única chance". Foram eles que lhe deram seis meses de contas de gás e de luz com seu nome e um endereço de Newcastle, eles que encontraram um homem que "resolveria" o problema de sua carteira de motorista, um homem misteriosamente chamado Brown. Obinze encontrou Brown na estação de trem de Barking; ele ficou ao lado do portão, como havia combinado, em meio à confusão de pessoas, olhando em torno e esperando seu celular tocar, porque Brown se recusara a lhe dar um número.

"Está esperando alguém?" Brown estava parado ali, um homem franzino com o gorro de inverno enfiado até as sobrancelhas.

"Sim. Sou Obinze", disse ele, sentindo-se como um personagem num romance policial que tinha de falar usando um código bobo. Brown levou-o até uma esquina pouco movimentada, entregou-lhe um envelope e ali estava sua carteira de motorista, com sua foto e a genuína aparência gasta de algo que era usado havia um ano. Um cartão fino de plástico, mas que lhe pesou no bolso. Alguns dias depois, Obinze entrou com ele num prédio de Londres que, por fora, parecia uma igreja, um lugar de aspecto grave que tinha um campanário, mas que por dentro era ensebado, maltratado, entupido de gente. Os avisos tinham sido escritos de forma apressada em quadros brancos: NASCIMENTOS E ÓBITOS AQUI. CERTIDÕES DE CASAMENTO AQUI. Obinze, com o rosto congelado numa expressão cuidadosamente neutra, entregou a carteira para a funcionária atrás do balcão.

Uma mulher atravessava a porta, conversando alto com a pessoa que estava com ela. "Olhe como isto aqui está cheio. São todos casamentos arranjados, todos eles, agora que Blunkett está atrás dos imigrantes."

Talvez ela tivesse ido registrar um óbito e suas palavras fossem os ataques solitários da dor, mas Obinze sentiu o familiar pânico apertando seu peito. A funcionária examinou sua carteira, levou tempo demais para fazê-lo. Os segundos se estenderam e azedaram. As palavras *São todos casamentos arranjados, todos eles* ecoaram na cabeça de Obinze. Finalmente, a funcionária ergueu a cabeça e empurrou-lhe um formulário.

"Vai casar, é? Parabéns!" As palavras saíram com a alegria mecânica da repetição frequente.

"Obrigado", disse Obinze, tentando descongelar o rosto.

Atrás do balcão havia um quadro branco encostado na parede com os locais e as datas dos casamentos marcados escritos em azul; um nome numa das últimas linhas chamou a atenção de Obinze. *Okoli Okafor e Crystal Smith*. Okoli Okafor fora seu colega no colégio e na faculdade; um menino quieto de quem caçoavam por ter um sobrenome como primeiro nome, que mais tarde entrou para um culto terrível da universidade e depois deixou a Nigéria em uma das greves mais longas. Ali estava ele agora, o fantasma de um nome, prestes a se casar na Inglaterra. Todos o chamavam de Okoli Paparazzi na faculdade. No dia em que a princesa Diana morreu, um grupo de estudantes se reuniu antes de uma aula, falando sobre o que tinham ouvido no rádio aquela manhã, repetindo a palavra "paparazzi" sem parar, com um ar entendido e seguro, até que, quando se fez um silêncio, Okoli Okafor perguntou baixinho: "Mas quem exatamente são os paparazzi? São motociclistas?", e instantaneamente recebeu o apelido.

A lembrança, clara como um raio de luz, levou Obinze de volta a um tempo em que ele ainda acreditava que o universo se dobraria de acordo com sua vontade. A melancolia tomou-o enquanto deixava o prédio. Certa vez, durante seu último ano de faculdade, o ano em que as pessoas saíram dançando nas ruas porque o general Abacha morrera, sua mãe dissera: "Um dia, vou erguer o rosto e todas as pessoas que conheço estarão mortas ou fora do país". Ela falara em tom de cansaço num momento em que estavam ambos na sala, comendo milho cozido e ube. Ele sentiu em sua voz a tristeza da derrota, como se seus amigos que estavam partindo para dar aula no Canadá ou nos Estados Unidos confirmassem para ela um grande fracasso pessoal. Por um momento, Obinze sentiu como se ele também a tivesse traído por ter seus próprios planos: fazer pós-graduação nos Estados Unidos, trabalhar nos Estados Unidos, viver nos Estados Unidos. Era um plano que tinha fazia muito tempo. É claro que Obinze sabia quão irracional a embaixada americana podia ser — até o vice-reitor tivera um visto recusado certa vez e não pudera participar de uma conferência —, mas nunca havia duvidado de seu plano. Depois, ele se perguntaria por que tivera tanta certeza. Talvez fosse porque jamais quisera ir para outro lugar, como muitos outros; alguns agora estavam indo para a África do Sul, o que Obinze achava divertido. Sempre tinha sido a América, apenas a América. Um anseio acalentado e aconchegado durante muitos anos. O anúncio na NTA intitulado *Andrew indo nessa*, que mostrava um rapaz querendo ir embora da Nigéria e ao qual ele assistira quando era criança, dera uma forma definida a seu anseio. "Cara, estou indo nessa", dizia o personagem Andrew, olhando com arrogância para a câmera. "Não tem estrada boa, não tem luz, não tem água. Cara, você não consegue nem comprar uma garrafa de refrigerante!" Enquanto Andrew estava indo nessa, os soldados do general Buhari açoitavam adultos na rua, os professores faziam greve por salários melhores e sua mãe decidira que Obinze não podia mais beber Fanta sempre que quisesse, só aos domingos e com permissão. Assim, a América se tornara um lugar onde garrafas e mais garrafas de Fanta podiam ser obtidas, sem permissão. Obinze se postava diante do espelho e repetia as palavras de Andrew: "Cara, estou indo nessa!". Mais tarde, quando procurava revistas, livros, filmes e histórias de segunda mão sobre os Estados Unidos, seu anseio assumiu certa qualidade mística e os Estados Unidos se tornaram o lugar aonde ele estava destinado a ir. Ele se viu caminhando pelas ruas do Harlem, discutindo os méritos de Mark Twain com seus amigos americanos, vendo o Mount Rushmore. Dias depois de se formar na faculdade, inchado de conhecimento sobre os Estados Unidos, Obinze pediu um visto na embaixada americana de Lagos.

Ele já sabia que o melhor entrevistador era o homem louro de barba e, conforme avançava na fila, torceu para não cair nas mãos do grande horror, uma mulher branca e bonita que era famosa por berrar no microfone e insultar até velhinhas. Finalmente chegou sua vez e o homem louro de barba disse: "Próximo!". Obinze se aproximou e deslizou seus formulários por baixo do vidro. O homem deu uma olhada rápida nos formulários e disse, com uma voz gentil: "Desculpe, você não se qualifica. Próximo!". Obinze ficou atônito.

Ele foi mais três vezes ao longo dos meses seguintes. Toda vez lhe diziam, sem nem olhar seus documentos: "Desculpe, você não se qualifica", e toda vez ele saía do frescor refrigerado do prédio da embaixada e sentia a luz cruel do sol, atônito e incrédulo.

"É o medo do terrorismo", disse sua mãe. "Os americanos agora são avessos a jovens estrangeiros."

Ela o aconselhou a procurar um emprego e tentar de novo no ano seguinte. Suas buscas não deram em nada. Obinze foi a Lagos, Port Harcourt e Abuja para fazer provas de avaliação que achava fáceis e ia a entrevistas, respondendo às perguntas com fluidez, mas depois se seguia um longo silêncio vazio. Alguns amigos estavam conseguindo emprego, gente que não tinha diploma superior e não se comunicava tão bem quanto ele. Obinze se perguntou se os empregadores conseguiam sentir o cheiro do desejo pelos Estados Unidos em seu hálito, ou quão obsessivamente ele ainda entrava nos sites de universidades americanas. Morava com a mãe, dirigia o carro dela, transava com jovens estudantes impressionáveis, passando a noite em claro em cibercafés que tinham promoções para quem queria varar a noite toda na internet, e às vezes passava dias a fio no quarto, lendo e evitando a mãe. Ele se irritava com a alegria tranquila dela, com o quanto se esforçava para ser positiva, dizendo-lhe que agora que o presidente Obasanjo estava no poder, as coisas estavam mudando, as empresas de telefonia celular e os bancos estavam crescendo e contratando, e até dando empréstimos para os jovens comprarem carros. Mas, na maior parte do tempo, ela o deixava em paz. Não batia em sua porta. Apenas pedia que a empregada, Agnes, deixasse um pouco de comida na panela para ele e tirasse os pratos sujos de seu quarto. Um dia, ela deixou um bilhete na pia do banheiro. *Fui convidada para uma conferência acadêmica em Londres. Vamos conversar*. Obinze ficou intrigado. Quando sua mãe chegou em casa da aula, ele estava na sala esperando por ela.

"Mamãe, *nno*."

Ela recebeu seu cumprimento com um gesto de cabeça e largou a bolsa sobre a mesa de centro. "Vou pôr seu nome no meu pedido de visto para a Inglaterra e dizer que é meu assistente de pesquisa", disse baixinho. "Com isso, você deve conseguir um visto de seis meses. Pode ficar hospedado com Nicholas em Londres. Ver o que consegue da vida. Talvez possa ir para os Estados Unidos de lá. Sei que sua cabeça não está mais aqui."

Obinze ficou olhando para ela.

"Pelo que entendi, todo mundo faz esse tipo de coisa hoje", disse ela, sentando no sofá ao lado dele, tentando soar casual, mas fazendo com que Obinze sentisse seu desconforto devido à rapidez incomum de suas palavras. Sua mãe era da geração dos que não entendiam o que havia acontecido com a Nigéria, mas se permitiam ser arrastados pela vida. Era uma mulher introspectiva que não pedia favores de ninguém, que se recusava a mentir, que não aceitava nem um cartão de Natal dos alunos porque isso talvez a comprometesse, que declarava cada kobo gasto em qualquer comitê do qual participasse; e ali estava ela, comportando-se como se dizer a verdade fosse um luxo que eles não tinham mais como sc dar. Aquilo ia contra tudo o que ela ensinara a Obinze, mas ele sabia que a verdade, nas circunstâncias deles, se tornara um luxo. Sua mãe mentiria por ele. Se qualquer outra pessoa mentisse por ele, não teria muita, ou nenhuma, importância, mas ela mentiu por ele e ele conseguiu o visto de seis meses para o Reino Unido e, mesmo antes de partir, sentiu-se um fracassado. Passou meses sem entrar em contato com ela. Não entrou em contato porque não havia nada a contar. Passou três anos na Inglaterra e falou com a mãe apenas algumas vezes, conversas tensas durante as quais imaginava que ela devia estar se perguntando por que ele não realizara nada. Mas a mãe nunca pedia detalhes; só esperava para ouvir o que Obinze estava disposto a contar. Mais tarde, quando ele voltou para a Nigéria, sentia-se enojado com sua própria presunção, com o quanto fora cego em relação à mãe, e passava muito tempo com ela, determinado a se redimir, a retornar à sua antiga relação, mas primeiro a tentar mapear as fronteiras de seu afastamento.

24.

Todo mundo falava rindo das pessoas que iam para o exterior para limpar privada, por isso Obinze encarou seu primeiro emprego com ironia: ele de fato estava no exterior limpando privadas, usando luvas de borracha e carregando uma pá, no escritório de uma imobiliária no segundo andar de um prédio de Londres. A cada vez que abria a porta de uma cabine, ela parecia suspirar. A mulher linda que limpava os banheiros femininos era ganense, mais ou menos da sua idade, com a pele escura mais brilhante que Obinze já vira. Ele sentia, pela maneira como ela falava e se portava, que tivera uma vida parecida com a sua, uma infância protegida pela família, por refeições regulares, por sonhos que não incluíam limpar privadas em Londres. Ela ignorava seus gestos amistosos, dizendo apenas "Bom dia" da maneira mais formal possível, mas era amiga da mulher branca que limpava os escritórios do andar de cima, e certa vez Obinze as viu na cafeteria deserta, bebendo chá e conversando baixinho. Ele ficou observando-as por um longo tempo, uma enorme mágoa explodindo na mente. Não é que ela não quisesse amizades, só não queria a dele. Talvez a amizade em suas circunstâncias atuais fosse impossível porque a mulher era ganense e ele, nigeriano, era próximo demais do que ela era; conhecia suas nuances, enquanto ela estava livre para se reinventar com a polonesa e ser quem quisesse ser.

As privadas não eram tão ruins, um pouco de urina fora do mictório, algumas descargas mal dadas; limpar aqueles banheiros deveria ser bem mais fácil do que era para os faxineiros do campus em Nsukka, com os rastros de merda espalhados na parede que sempre haviam feito Obinze se perguntar quem se daria a tanto trabalho. Por isso, ficou chocado quando, certa noite, entrou numa cabine e descobriu um cocô sobre a tampa da privada, sólido, longo, focado, como se tivesse sido colocado com cuidado num local preciso. Parecia um cachorrinho enroscado sobre um tapete. Era uma performance. Obinze pensou na famosa repressão dos ingleses. A esposa de seu primo, Ojiugo, certa vez dissera: "Os ingleses podem passar anos morando na casa ao lado da sua e nunca cumprimentar você. Eles são muito fechados". Havia, naquela performance, certa abertura. Será que tinha sido alguém que fora demitido? A quem fora negada uma promoção? Obinze passou um longo tempo olhando para aquele monte de merda, sentindo-se cada vez menor ao fazê-lo, até que aquilo se tornou uma afronta pessoal, um soco no queixo. E tudo por três pratas a hora. Ele tirou as luvas, deixou-as ao lado do monte de merda e saiu do prédio. Naquela noite, recebeu um e-mail de Ifemelu. *Teto, nem sei por onde começar. Encontrei Kayode no shopping hoje. Dizer que sinto muito pelo meu silêncio parece idiota até para mim, mas sinto muito mesmo e me acho uma idiota. Vou te contar tudo o que aconteceu. Senti saudades, ainda sinto.*

Ele olhou atônito para o e-mail. Era isso que tinha desejado durante tanto, tanto tempo. Ter notícias dela. Quando Ifemelu cortou o contato, ele preocupou-se a ponto de passar semanas insone, vagando pela casa no meio da noite, perguntando-se o que havia acontecido com ela. Eles não tinham brigado, seu amor estava tão efervescente quanto sempre fora, seus planos continuavam intactos e, subitamente, Ifemelu ficara em silêncio, um silêncio brutal e completo. Obinze tinha ligado sem parar até ela mudar de número, havia mandado e-mails, falado com a mãe dela, tia Uju, Ginika. O tom de Ginika, quando ela disse: "Ifem precisa de algum tempo, acho que está com depressão", pareceu gelo pressionado contra o corpo dele. Ifemelu não tinha ficado paralítica ou cega num acidente, não estava subitamente sofrendo de amnésia. Ela falava com Ginika e outras pessoas, mas não com ele. Não *queria* falar com *ele*. Obinze escreveu-lhe e-mails pedindo que ao menos lhe contasse o motivo, o que tinha acontecido. Logo, os e-mails dele começaram a voltar, sem poder ser entregues; Ifemelu tinha fechado sua conta. Ele sentia falta dela, uma saudade que ia até o fundo. Ressentia-se dela. Perguntava-se sem parar o que teria acontecido. Obinze mudou, aninhando-se mais dentro de si mesmo. Sentia-se, alternadamente, inflamado de raiva, retorcido de espanto, murcho de tristeza.

E agora ali estava o e-mail de Ifemelu. Seu tom era o mesmo, como se não o tivesse ferido, não o tivesse deixado sangrando por mais de cinco anos. Por que estava escrevendo agora? O que ele teria para dizer, que limpava privadas e naquele dia mesmo tinha encontrado um cocô enrolado? Como ela sabia se ele ainda estava vivo? Obinze podia ter morrido durante o silêncio deles e ela não teria sabido. Uma sensação furiosa de que fora traído o inundou. Ele clicou em Apagar e depois Esvaziar Lixeira.

Seu primo Nicholas tinha as bochechas caídas de um buldogue, mas mesmo assim conseguia ser muito bonito, ou talvez não fossem suas feições, mas sua aura que era atraente, o ar masculino que ele, por ser alto, de ombros largos e passos grandes, transmitia. Em Nsukka, Nicholas tinha sido o aluno mais popular do campus e a visão de seu Fusca velho estacionado diante de um bar fazia com que os clientes obtivessem um prestígio imediato. Era famosa a história de como duas meninas populares tinham brigado por ele no Bello Hostel, rasgando a blusa uma da outra, mas Nicholas manteve uma solteirice de canalha até conhecer Ojiugo. Ela era a aluna preferida da mãe de Obinze, a única que era boa o suficiente para ser sua assistente de pesquisa, e passara na casa deles certo domingo para discutir um livro. Nicholas também tinha passado lá, em seu ritual semanal, para comer o arroz de domingo. Ojiugo usava batom laranja e jeans rasgado, falava sem rodeios e fumava em público, provocando fofocas perversas e a antipatia de outras meninas, não por fazer essas coisas, mas por ousar fazê-las sem ter morado fora ou ter um pai estrangeiro, qualidade que a teria feito perdoar sua falta de conformismo. Obinze se lembrava do desdém com que Ojiugo havia tratado Nicholas num primeiro momento, ignorando-o enquanto ele, desacostumado à indiferença das meninas, falava mais e mais alto. Mas, no fim, eles foram embora juntos no Fusca dele. Atravessavam o campo na maior velocidade naquele Fusca, Ojiugo dirigindo e Nicholas com o braço pendurado para fora da janela da frente, a música alta, as curvas feitas bruscamente e, numa ocasião, com um amigo enfiado no porta-malas da frente, aberto. Fumavam e bebiam em público juntos. Criavam mitos glamorosos. Certa vez foram vistos num bar, Ojiugo usando a grande camisa branca de Nicholas sem nada embaixo e Nicholas usando uma calça jeans sem nada em cima. "As coisas estão difíceis, então temos que dividir uma roupa só", disseram casualmente para os amigos.

O fato de Nicholas ter perdido sua excentricidade juvenil não surpreendeu Obinze; o que o surpreendeu foi a perda até da mais ínfima lembrança dela. Nicholas, pai e marido, dono de uma casa na Inglaterra, falava com uma sobriedade tão severa que chegava a ser cômica. "Se você vier para a Inglaterra com um visto que não te dá o direito de trabalhar", disse para ele, "a primeira coisa que deve procurar não é comida ou água, mas um número da Seguridade Social para poder trabalhar. Aceite qualquer emprego que conseguir. Não gaste nada. Case com uma cidadã da União Europeia e obtenha seus documentos. Então, sua vida vai poder começar." Parecia que Nicholas sentia ter feito sua parte, tendo dito aquelas palavras sábias. Nos meses seguintes, mal falou com Obinze. Era como se não fosse mais o primo mais velho que, quando Obinze tinha quinze anos, lhe oferecera um cigarro para experimentar e que desenhara diagramas numa folha de papel para lhe mostrar o que fazer quando seus dedos estivessem entre as pernas de uma menina. Nos fins de semana, Nicholas andava pela casa envolto numa nuvem tensa de silêncio, acalentando suas preocupações. Só durante os jogos do Arsenal ele relaxava um pouco, com uma Stella Artois na mão, gritando: "Vai, Arsenal!", com Ojiugo e os filhos, Nna e Nne. Após a partida, seu rosto congelava de novo. Ele chegava do trabalho, abraçava os filhos e Ojiugo e perguntava: "Como vocês estão? O que fizeram hoje?". Ojiugo listava o que haviam feito. Violoncelo. Piano. Violino. Lição de casa. Kumon. "Nne está ficando muito melhor na leitura da partitura", acrescentava ela. Ou: "Nna foi descuidado no Kumon hoje e cometeu dois erros". Nicholas elogiava ou repreendia cada criança; Nna, que tinha o rosto gorducho de um buldogue, e Nne, que tinha a pele escura e o rosto largo e belo da mãe. Falava com eles apenas em inglês, um inglês cuidadoso, como se achasse que o igbo que compartilhava com a mulher fosse infectá-los, talvez fazê-los perder seu precioso sotaque britânico. Então dizia: "Muito bem, Ojiugo. Estou com fome".

"Sim, Nicholas."

Ela servia a comida do marido, um prato numa bandeja levado até ele em seu escritório ou diante da televisão na cozinha. Obinze às vezes se perguntava se fazia uma mesura ao servi-lo, ou se a mesura estava apenas em seu comportamento, nos ombros caídos e no pescoço curvado. Nicholas falava com Ojiugo no mesmo tom que usava com as crianças. Certa vez, Obinze ouviu-o dizer para ela: "Vocês bagunçaram meu escritório. Agora saiam daqui, todos vocês".

"Sim, Nicholas", disse ela, tirando as crianças dali. "Sim, Nicholas" era sua resposta para quase tudo que ele dizia. Às vezes, pelas costas do marido, ela cruzava olhares com Obinze e fazia uma careta engraçada, inflando as bochechas para que parecessem pequenos balões ou enfiando a língua pelo canto da boca. Aquilo fazia Obinze se lembrar da teatralidade exagerada dos filmes de Nollywood.

"Não paro de lembrar como você e Nicholas eram em Nsukka", disse Obinze certa tarde enquanto a ajudava a cortar um frango.

"Hum! Sabia que a gente costumava transar em público? Fizemos isso no Arts Theatre. Até no prédio da engenharia uma tarde, num canto pouco movimentado do corredor!" Ojiugo riu. "O casamento muda as coisas. Mas este país não é fácil. Consegui meus documentos porque fiz pós-graduação aqui, mas ele só conseguiu os dele há dois anos, então durante muito tempo vivemos com medo, trabalhando com o nome de outras pessoas. Isso faz coisas incríveis com a sua cabeça, *eziokwu*. Não foi nada fácil para Nicholas. O emprego que ele tem agora é bom, mas o contrato é temporário. Ele não sabe se vão renovar. Recebeu uma boa oferta na Irlanda, a Irlanda está crescendo muito agora e os programadores de computador se dão muito bem lá, mas Nicholas não quer que a gente se mude. As escolas são muito melhores aqui."

Obinze escolheu alguns temperos no armário, espalhou-os no frango e botou a panela no forno.

"Você põe noz-moscada no frango?", perguntou Ojiugo.

"Ponho", disse Obinze. "Você não?"

"E eu lá sei de alguma coisa? Quem casar com você vai ganhar na loteria, sinceramente. Aliás, o que aconteceu mesmo entre você e Ifemelu? Eu gostava tanto dela."

"Ela foi para os Estados Unidos, seus olhos se abriram e ela me esqueceu."

Ojiugo riu.

O telefone tocou. Como Obinze passava o tempo todo rezando por um telefonema da agência de empregos, cada vez que o telefone tocava um leve pânico lhe tomava o peito e Ojiugo dizia: "Não se preocupe, Zed, as coisas vão dar certo para você. Veja minha amiga Bose. Ela pediu asilo, eles negaram e ela passou pelo inferno antes de finalmente conseguir seus documentos. Agora, é dona de duas creches e tem uma casa de veraneio na Espanha. Vai acontecer com você, não se preocupe, *rapuba*". Havia certa vacuidade na forma como ela tentava animá-lo, uma maneira automática de expressar boa vontade que não requeria nenhum esforço concreto de sua parte para ajudá-lo. Às vezes ele se perguntava, sem se ressentir, se Ojiugo realmente queria que conseguisse um emprego, porque então ele não poderia mais ficar olhando as crianças enquanto ela passava no supermercado Tesco para comprar leite, não poderia mais fazer o café da manhã delas enquanto Ojiugo supervisionava seu ensaio antes do colégio, Nne no piano ou violino e Nna no violoncelo. Havia algo naqueles dias de que Obinze viria a sentir saudades: passar manteiga na torrada à luz fraca da manhã enquanto a música se espalhava pela casa, ou a voz alta de Ojiugo fazendo um elogio ou demonstrando impaciência, dizendo "Muito bem! De novo!" ou "Que droga é essa que você está fazendo?".

No fim daquela tarde, depois que Ojiugo buscou as crianças na escola, ela disse a Nna: "Seu tio Obinze fez o frango".

"Obrigado por ajudar a mamãe, tio, mas acho que não vou comer frango hoje." Ele tinha o jeito brincalhão da mãe.

"Olhe só para esse menino", disse Ojiugo. "Seu tio cozinha melhor do que eu."

Nna revirou os olhos. "Tudo bem, mamãe, se você está dizendo. Posso ver televisão? Só por dez minutos?"

"Tudo bem, dez minutos."

Era a meia hora que eles tinham de intervalo depois de terem feito a lição de casa e antes de o professor particular de francês chegar, e Ojiugo estava fazendo sanduíches de geleia e cortando cuidadosamente a casca do pão. Nna ligou a televisão. Estava passando o show de um homem usando correntes brilhantes e enormes em volta do pescoço.

"Mamãe, faz tempo que estou pensando", disse Nna. "Quero ser rapper."

"Você não pode ser rapper, Nna."

"Mas eu quero, mamãe."

"Você não vai ser rapper, meu amor. Não viemos para Londres para você ser rapper." Ela se virou para Obinze, abafando o riso. "Acredita nesse menino?"

Nne entrou na cozinha com um suquinho Capri-Sun na mão. "Mamãe? Eu poderia beber um, por favor?"

"Sim, Nne", disse Ojiugo e, virando-se para Obinze, repetiu as palavras da filha com um sotaque britânico exagerado. "*Mamãe, eu poderia beber um, por favor?* Viu como ela está chique? Há! Minha filha vai ser alguém na vida. É por isso que todo o nosso dinheiro vai para a escola Brentwood." Ela deu um beijo estalado na testa de Nne e Obinze percebeu, observando-a endireitar uma trança na cabeça da menina, que Ojiugo era uma pessoa inteiramente satisfeita. Outro beijo na testa de Nne. "Como está se sentindo, Oyinneya?", perguntou ela.

"Bem, mamãe."

"Amanhã, lembre-se de não ler só a linha que pedirem para você ler. Vá mais adiante, tá?"

"Tá, mamãe." Nne tinha o comportamento solene de uma criança determinada a agradar aos adultos de sua vida.

"A prova de violino dela é amanhã e ela tem dificuldades em ler partitura", disse Ojiugo, como se fosse possível para Obinze esquecer isso, quando Ojiugo mencionava o tempo todo. No fim de semana anterior, ele tinha ido com ela e as crianças a uma festa de aniversário num salão alugado tão grande que fazia eco, onde crianças indianas e nigerianas corriam de um lado para o outro enquanto Ojiugo sussurrava sobre algumas delas para ele, contando quem era bom em matemática mas não sabia soletrar, quem era a maior rival de Nne. Ela sabia as últimas notas de todas as crianças inteligentes. Quando não conseguiu lembrar quanto uma criança indiana, bem amiga de Nne, tinha tirado numa prova, chamou a filha para lhe perguntar.

"Hum, Ojiugo, deixe a menina brincar", disse Obinze.

Agora, Ojiugo plantava um terceiro beijo estalado na testa de Nne. "Minha querida. Ainda temos que comprar um vestido para a festa."

"É, mamãe. Um vestido vermelho, não vinho."

"A amiga dela vai dar uma festa, uma menina russa. Elas ficaram amigas porque estudam com o mesmo professor de violino. Quando conheci a mãe da menina, acho que vestia algo ilegal, tipo a pele de um animal extinto, e estava tentando fingir que não tinha um sotaque russo, queria ser mais britânica que os britânicos!"

"Ela é legal, mamãe", disse Nne.

"Eu não disse que não era, querida", disse Ojiugo.

Nna tinha aumentado o volume da televisão.

"Abaixe isso, Nna", disse Ojiugo.

"Mas, mamãe!"

"Abaixe o volume agora!"

"Mas não consigo ouvir nada, mamãe!"

Ele não abaixou o volume e Ojiugo não disse mais nada; em vez disso, virou-se para Obinze para continuar a falar com ele.

"Por falar em sotaques", disse Obinze, "será que você deixaria Nna fazer isso se ele não tivesse um sotaque estrangeiro?"

"Como assim?"

"Sabe, no sábado passado, quando Chika e Bose trouxeram os filhos deles aqui, eu estava pensando que os nigerianos daqui perdoam tantas coisas nos filhos porque eles têm sotaque estrangeiro. As regras são diferentes."

"*Mba*, a questão não é o sotaque. É porque na Nigéria as pessoas ensinam seus filhos a terem medo em vez de respeito. Não queremos que eles sintam medo de nós, mas isso não significa que aceitamos que façam besteira. Punimos nossos filhos. Esse menino sabe que lhe dou um tapa se ele fizer alguma maluquice. Um tapa de verdade."

"Parece-me que a senhora se explica demais."

"Ah, mas ela vai provar." Ojiugo sorriu. "Sabe, não leio um livro há meses. Não tenho tempo."

"Minha mãe costumava dizer que você ia se tornar uma grande crítica literária."

"É. Antes de o filho do irmão dela me engravidar." Ojiugo fez uma pausa, ainda sorrindo. "Agora, minha vida são essas crianças. Quero que Nna vá à escola City of London. E depois, com a graça de Deus, para Marlborough ou Eton. Nne já é uma estrela acadêmica e eu sei que ela vai conseguir uma bolsa em todas as escolas boas. Tudo gira em torno deles agora."

"Um dia eles vão estar crescidos, vão sair de casa, e você vai ser apenas uma fonte de vergonha ou exasperação para eles, que não vão atender seus telefonemas nem ligar durante semanas", disse Obinze e, assim que o disse, arrependeu-se. Era uma frase mesquinha, que não saíra como ele pretendera. Mas Ojiugo não se ofendeu. Ela deu de ombros e disse: "Então, vou pegar minha bolsa e ficar postada na frente da casa deles".

Obinze se intrigava com o fato de ela não lamentar todas as coisas que poderia ter sido. Será que era uma qualidade inerente das mulheres, ou será que elas simplesmente aprendiam a blindar seus arrependimentos, suspender suas vidas, anular-se na criação dos filhos? Ojiugo entrava em fóruns on-line que falavam de professores particulares, música e escolas, e contava a Obinze o que tinha descoberto como se de fato achasse que o resto do mundo deveria estar tão interessado quanto ela no quanto a música aumentava as habilidades matemáticas das crianças de nove anos de idade. Ou passava horas ao telefone conversando com suas amigas sobre que professor de violino era bom e que aulas extras eram um desperdício de dinheiro.

Um dia, depois de Ojiugo ter saído às pressas para levar Nna à aula de piano, ela ligou para Obinze para contar, rindo: "Acredita que me esqueci de escovar os dentes?". Ela chegava em casa das reuniões do Vigilantes do Peso contando-lhe quanto havia perdido ou ganhado, escondendo barras de Twix na bolsa e depois perguntando-lhe, aos risos, se ele queria uma. Mais tarde, inscreveu-se em outro programa de perda de peso, foi a duas reuniões e chegou em casa dizendo: "Não volto mais lá. Eles tratam você como se tivesse um problema mental. Eu disse não, não tenho nenhuma questão emocional, por favor, só gosto de comida, e aquela mulher metida me disse que tem algum componente emocional que estou reprimindo. Que bobagem. Esses brancos acham que todo mundo tem tantos problemas quanto eles". Ojiugo estava com o dobro do tamanho que tinha na faculdade e, embora suas roupas da época nunca houvessem sido muito arrumadas, tinham o aspecto interessante de um estilo, a calça jeans dobrada, as blusas largas deixando um ombro à mostra. Agora, pareciam apenas desleixadas. Seu jeans fazia um monte de carne molenga subir acima da cintura, o que desfigurava suas camisetas como se um alienígena estivesse crescendo ali embaixo.

Às vezes, as amigas dela iam fazer uma visita, e ficavam todas conversando na cozinha até saírem às pressas para ir buscar as crianças. Naquelas semanas que passou torcendo para que o telefone tocasse, Obinze viria a conhecer bem suas vozes. Podia ouvir tudo com clareza do minúsculo quarto no segundo andar, onde ficava na cama, lendo.

"Conheci um homem há pouco tempo", disse Chika. "Ele é legal, ô, mas é tão caipira. Foi criado em Onitsha, então vocês podem imaginar o sotaque que tem. Mistura *tch* com *sh*. Eu quero ir ao *tchopping*. Até logo, *shau*."

Elas riram.

"Bom, ele disse que estava disposto a se casar comigo e adotar Charles! Disposto! Como se estivesse fazendo uma caridade. Disposto! Imagine. Mas não é culpa dele, é porque estamos em Londres. Ele é o tipo de homem para quem eu não ia nem olhar se estivéssemos na Nigéria, quanto mais namorar. O problema é que as pessoas perdem a referência aqui em Londres."

"Londres nivela tudo. Nós todos estamos em Londres agora e somos todos iguais, que maluquice", disse Bose.

"Talvez ele devesse arrumar uma mulher jamaicana", disse Amara. O marido a havia deixado por uma jamaicana, com quem, todos souberam depois, tinha um filho de quatro anos, e ela de alguma maneira desviava todas as conversas para os jamaicanos. "Essas mulheres do Caribe estão roubando nossos homens e eles são burros o suficiente para ir atrás delas. Daqui a pouco têm um bebê, e não querem que o homem se case com elas, ô, só querem a pensão. Só fazem gastar o dinheiro deles fazendo cabelo e unha."

"É." Bose, Chika e Ojiugo concordaram. Uma concordância rotineira e automática: o bem-estar emocional de Amara era mais importante do que aquilo no qual realmente acreditavam.

O telefone tocou. Ojiugo atendeu e depois voltou dizendo: "Essa mulher que ligou, ela é uma figura. A filha dela e Nne fazem parte da mesma orquestra. Eu a conheci quando Nne fez sua primeira prova. Chegou de Bentley, uma negra, com motorista e tudo. Perguntou para mim onde morávamos e, quando eu disse, soube exatamente o que ela pensou: como alguém que mora em Essex pode estar pensando na Orquestra Infantil Nacional? Então decidi arrumar problema e disse que minha filha estudava em Brentwood e você devia ter visto a cara dela! Vocês sabem que gente como nós não devia estar falando em colégios particulares e em música. O máximo que devíamos querer é uma boa escola de ensino médio. Só olhei para a cara da mulher e comecei a rir por dentro. Então ela começou a me dizer que aulas de música para crianças são muito caras. Ficou falando em como é caro, como se tivesse visto minha conta de banco vazia. Imagine, ô! Ela é uma dessas pessoas que querem ser o único negro num lugar, e qualquer outro negro é uma ameaça. Ligou agora para me dizer que leu na internet sobre uma menina de onze anos que conseguiu um diploma de nível cinco e não entrou na Orquestra Infantil Nacional. Por que ela fez questão de me ligar para me contar uma história negativa?".

"Inimiga do progresso!", disse Bose.

"Ela é jamaicana?", perguntou Amara.

"É uma negra britânica. Não sei de onde é a família."

"Deve ser da Jamaica", disse Amara.

25.

Escolado era a palavra que usavam para descrever Emenike no ensino médio. Escolado, uma palavra feia, vinda da admiração envenenada que sentiam por ele. Cara Escolado. Homem Escolado. Se o gabarito de uma prova vazava, Emenike sabia onde obtê-lo. Também sabia que menina tinha feito um aborto, quais eram as propriedades dos pais dos alunos ricos, que professores estavam transando. Sempre falava depressa e de um jeito belicoso, como se qualquer conversa fosse uma discussão, a rapidez e a força de suas palavras sugerindo autoridade e desencorajando a discordância. Ele sabia e estava repleto de uma ânsia de saber. Sempre que Kayode voltava das férias em Londres, corado de relevância, Emenike lhe perguntava sobre as últimas músicas e filmes e depois examinava seus sapatos e suas roupas. "É de marca? Qual?", indagava, com os olhos ferais de desejo. Tinha dito a todos que seu pai era o igwe de sua aldeia e que ele o mandara a Lagos para morar com um tio até fazer vinte e um anos, para evitar as pressões da vida de príncipe. Mas um dia um velho chegou à escola usando uma calça com o joelho remendado, o rosto magro e o corpo curvado da humildade que a pobreza lhe impusera. Todos os meninos riram depois de descobrir que aquele era o pai de Emenike. O riso logo foi esquecido, talvez porque ninguém nunca tivesse mesmo acreditado naquela história de príncipe — Kayode, afinal, sempre chamava Emenike de caipira pelas costas. Ou talvez precisassem de Emenike, que possuía informações que ninguém mais tinha. Isso, a audácia dele, tinha atraído Obinze. Emenike era uma das poucas pessoas para quem "ler" não significava "estudar" e, por isso, passavam horas juntos conversando sobre livros, trocando conhecimento e jogando palavras cruzadas. Sua amizade cresceu. Na universidade, quando Emenike morava com ele no alojamento masculino, as pessoas às vezes o confundiam com um parente seu. "E seu irmão, como está?", perguntavam. E Obinze dizia "Está bem", sem se incomodar em explicar que eles não eram da mesma família. Mas havia muitas coisas que não sabia sobre Emenike, e que sabia que não devia perguntar. Ele com frequência abandonava a escola durante semanas, dizendo vagamente que tinha "ido para casa", e falava sem parar de pessoas que estavam "se dando bem" no exterior. Tinha a ansiedade retorcida e urgente de alguém que acreditava que a sorte lhe dera um lugar abaixo de seu verdadeiro destino. Quando Emenike foi morar na Inglaterra durante uma greve no segundo ano de faculdade, Obinze nunca entendeu como conseguira um visto. Ainda assim, tinha ficado feliz por ele. Emenike estava repleto, quase estourando, de ambição, e Obinze pensou naquele visto como um ato de misericórdia: aquela ambição afinal encontraria uma válvula de escape. Isso pareceu acontecer com bastante rapidez, pois Emenike enviava notícias de progresso: uma pós-graduação concluída, um emprego no Ministério das Cidades, um casamento com uma inglesa que era advogada em Londres.

Emenike foi a primeira pessoa para quem Obinze ligou quando chegou à Inglaterra.

"Zed! Que bom que ligou. Depois ligo de volta, estou entrando numa reunião da gerência", disse Emenike. Na segunda vez em que Obinze ligou, Emenike pareceu um pouco agitado. "Estou em Heathrow. Georgina e eu vamos passar uma semana em Bruxelas. Ligo quando voltar. Estou doido para encontrar você, cara!" O e-mail que ele tinha mandado em resposta ao de Obinze fora parecido: *Que bom que você está vindo para cá, cara, vai ser tão bom te ver!* Obinze tinha imaginado, tolamente, que Emenike ia hospedá-lo e lhe mostrar o caminho. Ele sabia das muitas histórias de amigos e parentes que, à luz crua da vida no exterior, se tornavam versões não confiáveis e até hostis de si mesmos. Mas o que acontece com a teimosia da esperança, com a necessidade de acreditar que somos excepcionais, que essas coisas acontecem com outras pessoas, cujos amigos não são como os seus? Obinze ligou para outros amigos. Nosa, que partira da Nigéria logo depois de se formar, apanhou-o na estação do metrô e levou-o de carro até um pub onde outros amigos logo se reuniram. Eles trocaram apertos de mão, deram tapinhas nas costas uns dos outros e beberam chope. Riram das lembranças da escola. Falaram pouco sobre os detalhes de sua vida atual. Quando Obinze disse que precisava de um número da Seguridade Social e perguntou: "Gente, o que eu faço?", todos balançaram vagamente a cabeça.

"Fique esperto, cara, só isso", disse Chidi.

"Você precisa é vir mais para o centro de Londres. Está muito longe de tudo em Essex", disse Wale.

Quando Nosa o levou de volta à estação de metrô mais tarde, Obinze perguntou: "Você trabalha onde, cara?".

"No subterrâneo. É muito duro, mas as coisas vão melhorar", disse Nosa. Embora Obinze soubesse que ele estava se referindo ao metrô, a palavra "subterrâneo" o fez pensar em túneis lúgubres que rasgavam a terra e seguiam sempre, sem dar em nada.

"E o Escolado, o Emenike?", perguntou Nosa, com o tom repleto de maldade. "Está indo muito bem e mora em Islington, com a esposa oyinbo que tem idade para ser mãe dele. Ficou metido, ô. Não fala mais com qualquer um. Pode ajudar você."

"Ele tem viajado muito, a gente não se viu ainda", disse Obinze, ouvindo claramente a falta de convicção das próprias palavras.

"Como vai seu primo Iloba?", perguntou Nosa. "Eu o vi no ano passado, no casamento do irmão de Emeka."

Obinze nem tinha lembrado que Iloba agora morava em Londres; a última vez que o vira fora dias antes da formatura. Iloba era apenas da aldeia de sua mãe, mas era tão entusiástico ao falar de sua relação com Obinze que todos no campus presumiram que os dois eram primos. Iloba muitas vezes pegava uma cadeira, sorrindo e sem ser convidado, e se sentava com Obinze e seus amigos num bar de beira de estrada, ou aparecia na porta de Obinze nas tardes de domingo, quando estava cansado do langor das tardes de domingo. Certa vez, Iloba tinha parado Obinze na sala de estudos gerais, gritando alegremente "Primo!", e então lhe desfiando uma lista de casamentos e mortes de pessoas da aldeia de sua mãe que ele mal conhecia. "Udoakpuanyi morreu há algumas semanas. Você não conheceu? A casa da família é vizinha à da sua mãe." Obinze assentiu e emitiu os sons apropriados para agradar a Iloba, pois seu comportamento era sempre tão agradável e sem noção, com calças sempre apertadas e curtas demais, mostrando os calcanhares ossudos; por causa delas, ele ganhara o apelido Pula-Brejo Iloba, que logo se transformara em Puloba.

Obinze pegou o telefone dele com Nicholas e ligou.

"Zed! Primo! Você não me contou que vinha para Londres", disse Iloba. "Como está sua mãe? E seu tio, aquele que casou com uma mulher de Abagana? E Nicholas?" Iloba parecia repleto de uma felicidade simples. Algumas pessoas nasciam com uma inabilidade de se emaranhar em emoções sombrias, em complicações, e ele era uma delas. Por essas pessoas, Obinze sentia admiração e tédio. Quando ele perguntou se Iloba poderia ajudá-lo a conseguir um número da Seguridade Social, teria entendido se houvesse reagido com algum ressentimento, alguma má vontade — afinal, estava contatando-o só porque precisava de algo —, mas, para sua surpresa, Iloba pareceu sinceramente ansioso por ajudar.

"Eu deixaria você usar o meu, mas estou usando, então é arriscado", disse Iloba.

"Onde você trabalha?"

"No centro de Londres. Como segurança. Não é fácil, este país não é fácil, mas estamos nos virando. Gosto dos turnos da noite, porque me dão tempo de ler para o curso. Estou fazendo mestrado em administração na Birkbeck." Iloba fez uma pausa. "Zed, não se preocupe, vamos resolver isso juntos. Deixe-me perguntar por aí e depois te falo."

Iloba ligou duas semanas depois para dizer que tinha encontrado uma pessoa. "O nome dele é Vincent Obi. Ele é de Abia. Um amigo meu me falou dele. Quer conhecer você amanhã no fim da tarde."

Eles se conheceram no apartamento de Iloba. O lugar passava uma sensação claustrofóbica, aquele bairro de concreto sem árvores, as paredes arranhadas do prédio. Tudo parecia pequeno demais, apertado demais.

"Belo apartamento, Puloba", disse Obinze, não porque o apartamento fosse belo, mas porque Iloba tinha um apartamento em Londres.

"Eu convidaria você para vir morar comigo, Zed, mas moro com dois primos." Iloba colocou garrafas de cerveja e um pequeno prato de chin-chin na mesa. Obinze sentiu uma saudade aguda de casa com aquele ritual de hospitalidade. Lembrou-se de ir à aldeia com a mãe no Natal e das tias lhe oferecendo chin-chin.

Vincent Obi era um homem pequeno e rotundo, submerso numa calça jeans larga e num casaco deselegante. Quando Obinze apertou sua mão, eles se olharam de cima a baixo. Pela postura de Vincent, pela agressividade de sua atitude, Obinze sentiu que ele aprendera muito cedo, por necessidade, a resolver seus próprios problemas. Obinze imaginou a vida dele na Nigéria: uma escola pública de ensino médio cheia de crianças descalças, um curso politécnico pago com a ajuda de diversos tios, uma família com muitos irmãos e uma multidão de dependentes em sua aldeia que, sempre que visitava, esperariam que levasse pão e algum dinheiro, que seria cuidadosamente distribuído a cada um. E ele se viu pelos olhos de Vincent: o filho de uma professora universitária que tinha sido criado no carpete e que agora precisava da ajuda dele. No início, Vincent fingiu um sotaque britânico, exagerando um pouco.

"Estamos fazendo um negócio, mas estou te ajudando. Você pode usar meu número da Seguridade Social e me pagar quarenta por cento do que ganhar", disse Vincent. "É um negócio. Se eu não ganhar o que a gente combinou, denuncio você."

"Meu irmão", disse Obinze. "Isso é um pouco demais. Você sabe qual é a minha situação. Não tenho nada. Por favor, peça menos."

"Trinta e cinco por cento é o melhor que posso fazer. Isso é um negócio." Ele tinha perdido o sotaque e agora falava em inglês nigeriano. "Preste atenção, tem muita gente na sua situação."

Iloba interrompeu em igbo. "Vincent, meu irmão aqui está tentando economizar para conseguir seus documentos. Trinta e cinco é demais, *o rika, biko*. Por favor, nos ajude."

"Você sabe que algumas pessoas pedem cinquenta por cento. Sim, ele está numa situação ruim, mas todo mundo está numa situação ruim. Vou ajudar, mas isso é um negócio." O igbo de Vincent tinha um sotaque rural. Ele colocou o cartão da Seguridade Social na mesa e escreveu o número de sua conta num papel. O celular de Iloba começou a tocar. Quando a noite caiu, com a cor do céu se suavizando e virando um violeta pálido, Obinze tinha se tornado Vincent.

26.

Obinze-Vincent informou a agência, após a experiência com a merda enrolada na tampa da privada, que não ia voltar para aquele emprego. Ele leu com avidez os classificados, deu telefonemas e torceu, até que a agência lhe ofereceu outro, limpando corredores largos num depósito de embalagem de detergente. Um brasileiro macilento de cabelos escuros limpava o prédio ao lado. "Meu nome é Vincent", disse Obinze quando eles se conheceram na sala dos fundos.

"Sou o Dee." Ele fez uma pausa. "Bom, você não é inglês. Vai saber falar. Meu nome mesmo é Duerdinhito, mas os ingleses não conseguem pronunciar, então me chamam de Dee."

"Duerdinhito", disse Obinze.

"Isso!" Um sorriso radiante. Um pequeno laço entre estrangeiros. Enquanto esvaziavam os aspiradores de pó, conversaram sobre as Olimpíadas de 1996, Obinze se gabando de como a seleção de futebol da Nigéria tinha vencido o Brasil e depois a Argentina.

"Kanu era bom, isso eu reconheço", disse Duerdinhito. "Mas a Nigéria deu sorte."

Toda noite, Obinze ficava coberto por uma poeira química branca. Coisas arenosas ficavam presas em seus ouvidos. Ele tentava não respirar fundo demais enquanto limpava, temendo os perigos que flutuavam no ar, até que o gerente lhe disse que ia ser demitido devido a cortes no pessoal. O emprego seguinte foi uma substituição temporária numa empresa que montava cozinhas, semana após semana sentado ao lado de motoristas brancos que o chamavam de "operário", indo a obras repletas de barulhos e capacetes, tendo de subir longas escadas carregando ripas de madeira, sem ajuda e sem incentivo. Pelo silêncio que mantinham enquanto dirigiam e pelo tom com que diziam "operário!", Obinze sentia a antipatia dos motoristas. Uma vez, quando ele tropeçou e caiu de joelhos, uma queda tão séria que voltou para o caminhão mancando, o motorista disse aos outros no depósito: "Não ficou roxo porque já é preto!". Eles riram. Sua hostilidade o irritava, mas apenas ligeiramente; o que lhe importava é que ganhava quatro libras por hora, mais quando fazia hora extra. Quando foi mandado para um novo depósito de entrega em West Thurrock, temeu não ter tempo para fazer hora extra.

O gerente do novo depósito parecia o arquétipo do inglês que Obinze tinha na mente, alto e esguio, com cabelos cor de areia e olhos azuis. Mas ele era um homem sorridente e, na imaginação de Obinze, os ingleses não eram sorridentes. Seu nome era Roy Snell. Apertou vigorosamente a mão de Obinze.

"Então, Vincent, você é da África?", perguntou, enquanto mostrava a Obinze o depósito, que era do tamanho de um campo de futebol, muito maior que o último, e cheio de caminhões sendo carregados, de caixas de papelão desmontadas sendo dobradas num buraco fundo, de homens conversando.

"Sim, nasci em Birmingham e voltei para a Nigéria quando tinha seis anos." Era a história que ele e Iloba tinham concordado ser a mais convincente.

"Por que você voltou? As coisas estão muito ruins na Nigéria?"

"Eu só queria tentar uma vida melhor aqui."

Roy Snell assentiu. Parecia ser o tipo de pessoa que poderia ser descrita como "risonha". "Você vai trabalhar com Nigel hoje, ele é o mais novo", disse, mostrando com um gesto um homem branquelo e gorducho, cabelos escuros espetados e um rosto quase de querubim. "Acho que vai gostar de trabalhar aqui, Vinny!" Ele tinha levado cinco minutos para ir de Vincent a Vinny e, nos meses seguintes, quando eles jogavam tênis de mesa durante o horário do almoço, Roy dizia aos outros: "Preciso ganhar do Vinny para variar!". Eles davam risadinhas e repetiam "Vinny".

Obinze achava divertido o entusiasmo com que os homens folheavam o jornal todas as manhãs, parando na foto da mulher de seios grandes, examinando-a como se fosse um artigo de grande interesse e como se fosse diferente da foto da mesma página no dia anterior ou na semana anterior. Suas conversas, conforme esperavam que os caminhões fossem carregados, eram sempre sobre futebol e, principalmente, mulheres, com cada homem contando histórias que pareciam apócrifas demais e parecidas demais com uma história contada no dia anterior, na semana anterior, e a cada vez que eles mencionavam calcinhas — a garota mostrou as calcinhas — Obinze achava ainda mais divertido, porque calcinhas, na Nigéria, eram só calças pequenas, e ele imaginava aquelas mulheres núbeis de calças curtas e largas, do tipo que ele usava na escola.

O cumprimento matinal de Roy Snell era uma cutucada na barriga. "Vinny! Tudo indo? Tudo indo?", perguntava. Ele sempre colocava o nome de Obinze na lista de quem ia fazer os trabalhos externos que pagavam mais, sempre perguntava se ele queria trabalhar no fim de semana, quando pagavam o dobro, sempre perguntava sobre meninas. Era como se Roy tivesse uma afeição especial por ele, ao mesmo tempo protetora e gentil.

"Você não trepa desde que chegou no Reino Unido, não é, Vinny? Posso te dar o telefone de uma garota", disse ele certa vez.

"Tenho uma namorada na Nigéria", disse Obinze.

"E o que tem de mau numa trepadinha?"

Alguns homens que estavam por ali riram.

"Minha namorada tem poderes mágicos."

Roy achou isso mais engraçado do que Obinze. Riu sem parar. "Ela gosta de bruxaria, é isso? Muito bem, nada de trepadinha para você. Sempre quis ir à África, Vinny. Acho que vou tirar férias e ir visitar você na Nigéria quando estiver lá. Pode me mostrar tudo, me arrumar umas nigerianas... Mas nada de bruxaria, Vinny!"

"Claro, pode ser."

"Ah, pode ser mesmo! Você parece um cara que sabe o que fazer com as garotas!", disse Roy, com mais uma cutucada na barriga de Obinze.

Roy sempre colocava Obinze para trabalhar com Nigel, talvez por serem os mais novos do depósito. Naquela primeira manhã, Obinze notou que, enquanto bebiam café em copos de papel e olhavam o quadro para ver quem ia trabalhar com quem, os outros estavam rindo de Nigel. Ele estava sem as sobrancelhas, e os pedaços de pele levemente rósea onde elas deviam estar davam a seu rosto uma aparência inacabada e fantasmagórica.

"Enchi a cara num pub e meus amigos rasparam minhas sobrancelhas", Nigel explicou a Obinze quase se desculpando quando eles deram um aperto de mão.

"Nada de sexo para você até suas sobrancelhas crescerem, velho", gritou um dos homens quando Nigel e Obinze andavam até o caminhão. Obinze prendeu as máquinas de lavar na boleia, apertando as amarras até elas ficarem bem juntas, e então entrou e olhou o mapa para encontrar o caminho mais curto até os endereços de entrega. Nigel fazia curvas bruscamente e murmurava sobre como as pessoas dirigiam hoje. Num sinal, ele pegou um frasco de perfume de uma bolsa que tinha posto aos seus pés, passou-o no pescoço e ofereceu-o a Obinze.

"Não, obrigado", disse Obinze. Nigel deu de ombros. Dias depois, ofereceu de novo. A atmosfera no interior do caminhão ficava densa com o cheiro do perfume e Obinze, de tempos em tempos, respirava fundo o ar fresco que vinha pela janela.

"Você acabou de chegar da África. Não viu os pontos turísticos de Londres, viu, velho?", perguntou Nigel.

"Não", disse Obinze.

Assim, depois que eles faziam entregas antes da hora no centro de Londres, Nigel o levava para passear, mostrando o Palácio de Buckingham, o Palácio de Westminster, a Tower Bridge, enquanto falava sobre a artrite da mãe e os peitos da namorada, Haley. Levava um tempo para entender o que Nigel dizia por causa do sotaque dele, que era apenas uma versão mais aguda do sotaque das pessoas com quem Obinze já tinha trabalhado, cada palavra retorcida e esticada ao sair da boca, até o ponto em que virava outra coisa. Uma vez, Nigel disse "macho" e Obinze achou que ele tinha dito "maço" e, quando Obinze finalmente entendeu o que Nigel queria dizer, Nigel riu e disse: "Você fala de um jeito meio metido, não é? Metido estilo africano".

Um dia, quando Obinze já estava no trabalho fazia meses, depois de entregarem uma geladeira num endereço em Kensington, Nigel disse, falando do homem idoso que entrara na cozinha: "É um cavalheiro de verdade, mesmo". O tom de Nigel era de admiração e certa intimidação. O homem parecera desmazelado e de ressaca, com os cabelos desgrenhados, o roupão aberto na altura do peito, e dissera com altivez: "Vocês sabem montar tudo, não sabem?", como se achasse que não sabiam. Obinze ficou espantado com o fato de que, por Nigel achar que o homem era "um cavalheiro de verdade", não ter reclamado da cozinha suja, como teria feito normalmente. E se o homem tivesse um sotaque diferente, Nigel o teria chamado de pão-duro por não ter dado uma gorjeta.

Eles estavam se aproximando do endereço seguinte de entrega no sul de Londres e Obinze tinha acabado de ligar para a dona da casa para dizer que estavam quase lá quando Nigel disse, de supetão: "O que você diz para uma menina quando gosta dela?".

"Como assim?", perguntou Obinze.

"A verdade é que não estou transando com Haley. Gosto dela, mas não sei como dizer isso. Outro dia, fui à casa dela e tinha outro cara lá." Nigel fez uma pausa. Obinze tentou manter o rosto impávido. "Você parece o tipo de cara que sabe o que dizer pras garotas, velho", acrescentou Nigel.

"Diga que gosta dela, só isso", disse Obinze, pensando em como Nigel, quando estava no depósito com os outros homens, agia como eles, contribuindo com histórias sobre como trepava com Haley e, certa vez, sobre como trepara com a amiga dela quando Haley estava viajando. "Sem joguinhos, sem cantadas. Só diga: olha, eu gosto de você e te acho linda."

Nigel lhe lançou um olhar magoado. Era como se ele tivesse se convencido de que Obinze tinha habilidade na arte das mulheres e esperasse algo profundo, algo que, enquanto colocava a máquina de lavar louça num carrinho e levava até a porta, Obinze desejou possuir. A porta foi aberta por uma mulher indiana, uma dona de casa gorducha e gentil que lhes ofereceu chá. Muitas pessoas ofereciam chá ou água. Certa vez, uma mulher de ar triste oferecera a Obinze um pote de geleia e ele hesitara, mas sentiu que, qualquer que fosse a tristeza profunda que ela sentia, seria aumentada se ele recusasse, e assim levou para casa a geleia que ainda estava na geladeira, fechada.

"Obrigada, obrigada", disse a indiana quando Obinze e Nigel instalaram a máquina nova e levaram a velha.

Na porta, ela deu uma gorjeta a Nigel. Ele era o único motorista que dividia as gorjetas meio a meio com Obinze; os outros fingiam não lembrar que deviam dividir. Certa vez, quando Obinze estava trabalhando com outro, uma velha jamaicana enfiara dez libras em seu bolso quando o motorista não estava vendo. "Obrigada, irmão", disse ela, e Obinze sentiu vontade de ligar para sua mãe em Nsukka e lhe contar o que tinha acontecido.

27.

Um crepúsculo sombrio pairava sobre Londres quando Obinze entrou no café da livraria e se sentou com um mocha e um bolinho de mirtilo. Sentia uma dor agradável na sola dos pés. Não fazia muito frio; ele estava suando com o casaco de Nicholas, que agora estava pendurado no espaldar da cadeira. Aquele era o presente que se dava todas as semanas; ir à livraria, comprar um café caro demais, ler o máximo que pudesse de graça e se tornar Obinze de novo. Às vezes, pedia para ser deixado no centro de Londres depois de uma entrega e ali vagava até parar numa livraria, onde se sentava num canto no chão, longe dos grupos de pessoas. Lia ficção americana contemporânea, porque esperava encontrar uma afinidade, um formato para seus anseios, uma ideia dos Estados Unidos do qual se imaginara parte. Queria saber como era o cotidiano na América, o que as pessoas comiam e o que as consumia, o que as envergonhava e o que as atraía, mas lia romance atrás de romance e se decepcionava: nada era grave, nada era sério, nada era urgente, e a maior parte se dissolvia num vazio irônico. Obinze lia os jornais e as revistas americanas, mas apenas folheava os jornais britânicos, porque havia cada vez mais artigos sobre imigração, que avivavam o pânico em seu peito. ESCOLAS TOMADAS DE GENTE PEDINDO ASILO. Ele ainda não tinha conseguido uma pessoa. Na semana anterior, havia se encontrado com dois nigerianos, amigos distantes de um amigo, que disseram conhecer uma mulher do Leste Europeu, e deu-lhes cem libras. Agora, os homens não retornavam suas ligações e os celulares caíam direto na caixa postal. Obinze só tinha comido metade do bolinho. Não havia percebido a rapidez com que o café ficara cheio. Estava confortável, aconchegado, e absorto em um artigo de revista quando uma mulher e um menininho se aproximaram e perguntaram se podiam se sentar à mesa com ele. Tinham a pele cor de amêndoa e os cabelos escuros. Ele imaginou que fossem de Bangladesh ou do Sri Lanka.

"Claro", disse Obinze, tirando sua pilha de livros e revistas do lugar, embora não estivesse do lado da mesa que eles iam usar. O menino parecia ter oito ou nove anos de idade, usava um suéter do Mickey e tinha um Game Boy azul. A mulher tinha um brinco no nariz, uma minúscula pedra parecida com vidro que cintilava quando mexia a cabeça para um lado e para o outro. Ela perguntou se ele tinha espaço suficiente para suas revistas ou se queria que ela movesse um pouco a cadeira. Depois disse ao filho, num tom risonho que era claramente dirigido a Obinze, que nunca tivera certeza se aqueles pauzinhos que ficavam ao lado dos pacotes de açúcar eram para mexer a bebida.

"Não sou um bebê!", disse o menino quando a mulher tentou cortar seu muffin.

"Só achei que ia ser mais fácil para você."

Obinze ergueu os olhos e viu que a mulher estava conversando com o filho, mas olhando para ele com desejo e melancolia nos olhos. Esse encontro fortuito com uma estranha encheu-o de expectativa e Obinze pensou a que caminhos poderia levá-lo.

O menino tinha um rosto adorável e curioso. "Você mora em Londres?", ele perguntou a Obinze.

"Sim", disse Obinze, mas aquele sim não contava sua história, o fato de que morava em Londres mesmo, mas era invisível, sua existência era como um rascunho feito a lápis e apagado; cada vez que via um policial ou qualquer pessoa de uniforme, qualquer pessoa com o mais leve ar de autoridade, tinha de se controlar para não sair correndo.

"O pai dele faleceu no ano passado", disse a mulher numa voz mais baixa. "Essas são nossas primeiras férias em Londres sem ele. Costumávamos vir aqui todo ano antes do Natal." A mulher não parava de assentir enquanto falava e o menino pareceu irritado, como se não quisesse que Obinze soubesse daquilo.

"Sinto muito", disse Obinze.

"Fomos à Tate", disse o menino.

"Você gostou?", perguntou Obinze.

Ele fez uma careta. "Foi chato."

A mãe dele se levantou. "Está na hora de ir. Vamos assistir a uma peça." Ela voltou-se para o filho e acrescentou: "Você sabe muito bem que não vai entrar no teatro com esse Game Boy".

O menino ignorou-a, disse tchau para Obinze e se virou na direção da porta. A mãe lançou a Obinze um olhar demorado, ainda mais melancólico do que antes. Talvez tivesse amado o marido profundamente e aquilo, a primeira vez que tinha consciência de se sentir atraída de novo, fosse uma revelação perturbadora. Ele ficou observando-os enquanto iam embora, conjecturando se devia se levantar e pedir o telefone dela, mas sabendo que não faria isso. Havia algo naquela mulher que o fez pensar no amor. Então, de repente, um impulso sexual o dominou. Uma maré de desejo. Ele queria transar. Ia mandar uma mensagem de texto para Tendai. Eles tinham se conhecido numa festa a que Nosa o levara e Obinze fora parar na cama dela aquela noite. Tendai, a sábia zimbabuana de quadris largos que tinha o hábito de passar tempo demais de molho na banheira. Olhou-o atônita da primeira vez em que ele limpou seu apartamento e fez arroz jollof para ela. Estava tão pouco acostumada a ser bem tratada por um homem que o observava sem parar, ansiosa, com os olhos velados, como se estivesse prendendo a respiração e esperando a violência começar. Ela sabia que ele não tinha documentos. "Se tivesse, ia ser um daqueles nigerianos que trabalham com TI e dirigem uma BMW", disse. Ela tinha um visto temporário, ia conseguir um passaporte britânico em um ano e dera a entender que talvez estivesse disposta a ajudá-lo. Mas Obinze não queria a complicação de casar com Tendai para obter cidadania; um dia, ela ia acordar e se convencer de que não tinha sido só por causa disso.

Antes de sair da livraria, mandou-lhe uma mensagem: *Está em casa? Estava pensando em passar aí.* Caía uma chuva fina e gelada enquanto caminhava até a estação do metrô, com gotículas molhando seu casaco. Ao chegar lá, ficou absorto ante o número de cusparadas que havia nos degraus. Por que as pessoas não esperavam sair da estação para cuspir? Obinze se sentou no assento manchado do metrô barulhento, diante de uma mulher que estava lendo a edição vespertina do jornal. A manchete era FALEM INGLÊS EM CASA, DIZ BLUNKETT A IMI-

GRANTES. Ele imaginou o artigo. Havia tantos assim nos jornais e apenas repetiam o que era dito no rádio e na televisão e até na conversa de alguns homens do depósito. O vento que soprava nas Ilhas Britânicas estava impregnado do cheiro do medo de quem pedia asilo, infectando a todos com o pânico de uma catástrofe iminente. Assim, esses artigos eram escritos e lidos, de forma simples e histérica, como se seus autores vivessem num mundo onde o presente não tinha ligação com o passado e nunca tivessem considerado que esse era o curso normal da história: a chegada em massa à Inglaterra de negros vindos de países criados pelo Reino Unido. Mas Obinze entendia. Só podia ser reconfortante negar a história daquela maneira. A mulher fechou o jornal e olhou para ele. Tinha cabelos castanhos esparsos e olhos mesquinhos e desconfiados. Ele se perguntou o que ela estaria pensando. Será que estava imaginando se ele seria um daqueles imigrantes ilegais que entupiam uma ilha já cheia de gente? Mais tarde, no trem para Essex, notou que todas as pessoas ao redor eram nigerianas, que vozes altas falando em ioruba e pidgin tomavam o vagão e, por um momento, viu o estrangeirismo não branco desabrido daquela cena através dos olhos desconfiados da mulher branca do metrô. Pensou mais uma vez na mulher de Bangladesh ou do Sri Lanka e na sombra de tristeza da qual só agora estava emergindo, pensou em sua mãe, em Ifemelu, na vida que havia imaginado para si e na vida que tinha agora, com suas camadas de trabalho e leitura, pânico e esperança. Nunca se sentira tão sozinho.

28.

Certa manhã, no começo do verão, quando havia uma quentura renovadora no ar, Obinze chegou ao depósito e no mesmo instante soube que algo estava errado. Os outros homens evitavam seu olhar, tinham uma rigidez pouco natural nos movimentos e Nigel se virou rápido, rápido demais, na direção do banheiro quando o viu. Eles sabiam. Só podia ser porque haviam descoberto, de alguma maneira. Viram as manchetes sobre pessoas que pediam asilo no país sobrecarregando o Sistema Nacional de Saúde, sabiam que havia hordas lotando uma ilha já lotada e agora entendiam que ele era um daqueles homens, trabalhando com um nome que não lhe pertencia. Onde estava Roy Snell? Será que tinha ido chamar a polícia? Será que era a polícia que se chamava nesses casos? Obinze tentou lembrar detalhes das histórias de pessoas que tinham sido apanhadas e deportadas, mas sua mente estava entorpecida. Ele se sentiu nu. Queria se virar e sair correndo, mas seu corpo continuou a se mover, contra sua vontade, na direção da área de carga. Então ele sentiu um movimento atrás de si, rápido, violento e próximo demais. Antes que pudesse se virar, um chapéu de papel havia sido enfiado em sua cabeça. Era Nigel e, com ele, estava um grupo de homens sorridentes.

"Feliz aniversário, Vinny!", disseram todos.

Obinze congelou, assustado com o vazio completo de sua mente. Então se deu conta de que era o aniversário de Vincent. Roy devia ter contado a todos. Nem ele tinha se lembrado da data de nascimento de Vincent.

"Ah!", disse apenas, enjoado de tanto alívio.

Nigel pediu-lhe que entrasse na sala de café, para onde todos os homens se dirigiam, e quando Obinze se viu ali entre eles, todos brancos com exceção de Patrick, da Jamaica, passando uns para os outros os muffins e a Coca que haviam comprado com seu próprio dinheiro para celebrar um aniversário que acreditavam ser dele, teve uma sensação que fez seus olhos se encherem de lágrimas: sentiu-se seguro.

Vincent ligou para ele naquela noite e Obinze ficou ligeiramente surpreso, pois ele tinha ligado apenas uma vez, meses antes, quando mudou de banco e queria lhe dar o novo número da conta. Obinze conjecturou se devia desejar feliz aniversário a Vincent e se o telefonema estava de algum modo relacionado ao aniversário dele.

"Vincent, *kedu*?", disse Obinze.

"Quero um aumento."

Será que Vincent tinha aprendido aquilo num filme? As palavras "Quero um aumento" pareceram falsas e cômicas. "Quero quarenta e cinco por cento. Sei que está trabalhando mais agora."

"Vincent, hum. Quanto acha que estou ganhando? Você sabe que estou economizando para pagar o casamento."

"Quarenta e cinco por cento", disse Vincent, e desligou.

Obinze decidiu ignorá-lo. Ele conhecia o tipo de pessoa que Vincent era; elas exigiam coisas para ver até onde conseguiam chegar e depois davam um passo para trás. Se ele ligasse e tentasse negociar, aquilo talvez lhe desse coragem de fazer mais demandas. O fato de Obinze entrar no banco de Vincent todas as semanas para depositar dinheiro em sua conta era algo que não se arriscaria a perder por completo. Por isso quando, uma semana mais tarde, em meio à algazarra matinal de motoristas e caminhões, Roy disse: "Vinny, venha aqui no meu escritório um instante", Obinze não desconfiou de nada. Sobre a escrivaninha de Roy estava um jornal dobrado na página que tinha a foto da mulher de seios grandes. Roy pôs seu copo de café devagar sobre o jornal. Ele parecia constrangido, sem olhar diretamente para Obinze.

"Alguém ligou para cá ontem. Disse que você não é quem diz ser, que está ilegalmente no país e que está trabalhando com o nome de um britânico." Fez-se silêncio. Obinze sentiu uma surpresa aguda. Roy pegou o copo de café de novo. "É só você trazer seu passaporte amanhã que a gente resolve tudo, tá?"

Obinze murmurou as primeiras palavras que lhe ocorreram. "Está bem, eu trago meu passaporte amanhã." Ele saiu do escritório sabendo que jamais se lembraria do que sentira momentos antes. Será que Roy estava lhe pedindo que trouxesse o passaporte para fazer com que a demissão fosse mais fácil para ele, para lhe dar uma saída, ou será que realmente acreditava que a pessoa que ligara estava errada? Por que alguém ligaria para dizer aquilo se não fosse verdade? Obinze nunca tinha feito tanto esforço quanto no resto daquele dia para parecer normal, para dominar a raiva que o dominava. Não era a ideia do poder que Vincent tinha sobre ele que o enfurecia, mas a temeridade com que o exercera. Obinze deixou o depósito naquele dia pela última vez, desejando acima de tudo ter dito seu nome verdadeiro a Roy e Nigel.

Alguns anos mais tarde, em Lagos, depois de Chief lhe dizer para achar um homem branco que pudesse apresentar como seu gerente-geral, Obinze ligou para Nigel. O número do celular dele ainda era o mesmo.

"Aqui é o Vinny."

"Vinny! Tudo bem, velho?"

"Tudo, e você?", disse Obinze. Depois, disse: "Meu nome verdadeiro não é Vincent, Nigel. Eu me chamo Obinze. Tenho uma oferta de emprego para você na Nigéria".

29.

Os angolanos lhe diziam que as coisas tinham "aumentado" ou que estavam mais "difíceis", palavras opacas que supostamente explicavam cada novo pedido de dinheiro.

"Não foi isso que combinamos", dizia Obinze, ou "Não tenho mais dinheiro no momento". E eles respondiam: "As coisas aumentaram, valeu?", num tom que, Obinze imaginava, era acompanhado de um encolher de ombros. Seguia-se um silêncio, um vazio de palavras na linha que lhe dizia que aquilo era problema seu, não deles. "Pago até sexta", dizia Obinze afinal, antes de desligar.

A piedade doce de Cleotilde o amansava. "Eles estão com meu passaporte", disse ela para Obinze, que achou aquilo vagamente sinistro, quase um rapto. "Se não fosse por isso, podíamos fazer sozinhos", acrescentou ela.

Mas Obinze não queria fazer aquilo sozinho com Cleotilde. Era importante demais e ele precisava da expertise dos angolanos, de sua experiência, para se certificar de que tudo ia dar certo. Nicholas já havia lhe emprestado algum dinheiro e Obinze detestara ter de pedir por causa da crítica nos olhos sérios dele, como se estivesse pensando que Obinze era mole, mimado, e que muita gente não tinha um primo que podia lhe emprestar dinheiro. Emenike era a única outra pessoa a quem poderia pedir. Da última vez em que tinham se falado, Emenike dissera para ele: "Não sei se você já viu essa peça no West End, mas Georgina e eu fomos outro dia e amamos", como se pudesse passar pela cabeça de Obinze, que trabalhava como entregador e economizava com austeridade, consumido pelas preocupações com a Imigração, a ideia de ver uma peça no West End. O fato de Emenike não ter noção de sua situação o incomodava, porque sugeria uma falta de atenção, ou até pior, uma indiferença em relação a ele e à sua vida atual. Obinze ligou para Emenike e disse, falando rápido, obrigando-se a emitir as palavras, que precisava de quinhentas libras, que pagaria assim que conseguisse outro emprego e então, mais devagar, contou-lhe sobre os angolanos e sobre quão próximo estava de finalmente casar, mas que havia muitos gastos extras que não previra em seu orçamento.

"Não tem problema, vamos nos encontrar na sexta", disse Emenike.

Agora, Emenike estava sentado diante de Obinze num restaurante mal iluminado, após ter tirado a jaqueta e revelado um suéter de cashmere bege que parecia sem jaça. Ele não havia ganhado peso como a maior parte de seus amigos que moravam no exterior, não parecia diferente desde a última vez que Obinze o vira em Nsukka.

"Cara, Zed, você parece ótimo", disse Emenike, com as palavras incandescentes de falsidade. É claro que Obinze não parecia ótimo, com os ombros curvados de estresse, usando roupas emprestadas do primo. "*Abeg*, desculpe por não ter tido tempo de ver você. Meu horário de trabalho é uma loucura e temos viajado muito. Eu teria convidado você para ficar conosco, mas não é uma decisão que posso tomar sozinho. Georgina não entenderia. Você sabe que essa gente oyinbo não age como nós." Os lábios dele se moveram, formando algo que parecia um sorriso superior. Emenike estava zombando da esposa, mas Obinze sabia, pela admiração sutil de seu tom, que era uma zombaria colorida pelo respeito, uma zombaria daquilo que ele, sem querer, acreditava ser inerentemente superior. Obinze se lembrou daquilo que Kayode dizia de Emenike na escola: ele pode ler todos os livros que quiser, mas a roça ainda está no seu sangue.

"Acabamos de voltar dos Estados Unidos. Cara, você tem de ir pra lá. Não tem país igual no mundo. Pegamos um avião até Denver e depois fomos de carro até Wyoming. Georgina tinha acabado de terminar de trabalhar num processo muito difícil, lembra que eu comentei quando ia viajar para Hong Kong?

Ela estava lá a trabalho e fui encontrá-la para passar o feriado. Por isso achei que devíamos ir aos Estados Unidos, ela precisava de férias." O telefone de Emenike emitiu um bipe. Ele tirou-o do bolso, olhou-o e fez uma careta, como se desejasse que lhe perguntasse sobre o que era a mensagem, mas Obinze não o fez. Estava cansado; Iloba lhe dera seu próprio cartão da Seguridade Nacional, embora fosse arriscado para eles dois trabalharem ao mesmo tempo, mas todas as agências de emprego às quais Obinze fora até então queriam que ele mostrasse um passaporte além do cartão. Sua cerveja estava choca e ele queria que Emenike simplesmente lhe desse o dinheiro. Mas Emenike voltou a falar e a gesticular, com movimentos fluidos e seguros, ainda com os modos de uma pessoa convencida de que sabia coisas quc os outros jamais saberiam. No entanto, havia algo de diferente nele que Obinze não conseguiu identificar. Emenike falou durante um longo tempo, muitas vezes começando uma história com a frase "O que você tem de entender sobre esse país é o seguinte". Obinze parou de prestar atenção e começou a pensar em Cleotilde. Os angolanos tinham dito que pelo menos dois convidados dela tinham de ir a Newcastle, para evitar suspeitas, mas ela ligara na noite anterior para sugerir trazer apenas uma amiga, para que ele não tivesse de pagar pela passagem de trem e o hotel de mais duas pessoas. Obinze tinha achado aquilo gentil, mas havia pedido que ela trouxesse duas pessoas mesmo assim; não ia correr nenhum risco.

Emenike estava falando de algo que havia acontecido em seu trabalho. "Eu na verdade tinha chegado na reunião antes de todo mundo, estava com minhas pastas, mas aí fui no banheiro e, quando voltei, esse homem oyinbo idiota me disse: 'Ah, você deve estar no fuso africano'. E quer saber? Eu mandei-o para aquele lugar. Desde então, ele está me mandando e-mails e me chamando para ir tomar um drinque. Um drinque por quê?" Emenike deu um gole em sua cerveja. Era a terceira que tomava e estava ficando mais relaxado e falando mais alto. Todas as suas histórias sobre o trabalho se desenvolviam da mesma maneira: alguém de início o subestimava ou humilhava e ele saía vitorioso, com a última palavra ou gesto inteligente.

"Tenho saudades de Naija. Já faz tanto tempo que não visito, mas não tive oportunidade de viajar para lá ultimamente. Além do mais, Georgina não sobreviveria a uma visita à Nigéria!", disse Emenike, rindo. Ele havia colocado seu país no papel da selva e a si próprio no papel de intérprete da selva. "Quer mais uma cerveja?", perguntou.

Obinze balançou a cabeça. Um homem que tentava chegar à mesa atrás deles roçou na jaqueta de Emenike, fazendo-a escorregar da cadeira.

"Ah, veja só esse homem. Ele quer arruinar minha jaqueta da Aquascutum. Foi um presente de Georgina no meu último aniversário", disse Emenike, voltando a pendurar a jaqueta no espaldar. Obinze não conhecia a marca, mas sabia, pelo sorrisinho estiloso no rosto de Emenike, que devia estar impressionado.

"Tem certeza de que não quer mais uma cerveja?", perguntou Emenike, olhando em torno em busca da garçonete. "Ela está me ignorando. Notou como foi grosseira mais cedo? Essa gente do Leste Europeu detesta servir negros."

Depois que a garçonete anotou o pedido, Emenike tirou um envelope do bolso. "Aqui está, cara. Sei que você pediu quinhentos, mas é mil. Quer contar?"

Contar? Obinze quase o disse em voz alta, mas a palavra não lhe saiu da boca. Receber dinheiro à moda nigeriana era tê-lo metido nas mãos com os punhos fechados, o olhar desviado e ter seu agradecimento efusivo — e ele tinha de ser efusivo — recusado com um gesto. Você certamente não o contava, às vezes nem o olhava até estar a sós. Mas ali estava Emenike, pedindo-lhe que contasse o dinheiro. Por isso Obinze o fez, devagar, de forma deliberada, levando cada nota de uma das mãos à outra, imaginando se Emenike o odiara durante todos aqueles anos de ensino médio e faculdade. Obinze não ria de Emenike como Kayode e os outros meninos, mas também não o defendia. Talvez Emenike desprezasse sua neutralidade.

"Obrigado, cara", disse Obinze. É claro que eram mil libras. Será que Emenike achava que uma nota de cinquenta havia caído quando ele estava a caminho do restaurante?

"Não é um empréstimo", disse Emenike, recostando-se na cadeira e dando um sorrisinho.

"Obrigado, cara", repetiu Obinze e, apesar de tudo, sentiu-se grato e aliviado. Estava preocupado com quantas coisas ainda tinha de pagar antes do casamento e, se o necessário para que ele ocorresse era contar o dinheiro que ganhara enquanto Emenike o observava com uma expressão de poder no olhar, que fosse.

O telefone de Emenike tocou. "Georgina", disse ele alegremente antes de atender. Ergueu um pouco a voz, para que Obinze pudesse ouvir. "É fantástico vê-lo depois de tanto tempo." E, depois, após um momento de silêncio: "É claro, querida, vamos fazer isso".

Deixou o telefone na mesa e disse a Obinze: “Georgina quer vir nos encontrar daqui a meia hora para sairmos para jantar. Tudo bem?”.

Obinze deu de ombros. “Nunca recuso comida.”

Logo antes de Georgina chegar, Emenike lhe disse em voz baixa: “Não comente essa história de casamento com ela”.

Pela maneira como Emenike falava de Georgina, ele tinha imaginado uma pessoa frágil e inocente, uma advogada bem-sucedida que ainda assim não conhecia de verdade os males do mundo, mas, quando ela chegou, com seu rosto quadrado, seu corpo quadrado e o cabelo castanho cortado curto que lhe dava um ar de eficiência, Obinze viu logo que era uma mulher franca, experiente e até cínica. Alguém que verificava as finanças das instituições de caridade para as quais fazia doações. Que sem dúvida sobreviveria a uma visita à Nigéria. Por que Emenike a descrevia como uma patética rosa inglesa? Georgina tocou os lábios de Emenike com os seus e voltou-se para apertar a mão de Obinze.

“Está com vontade de comer alguma coisa em particular?”, perguntou ela a Obinze, desabotoando o casaco marrom de camurça. “Tem um indiano bom aqui perto.”

“Ah, aquele lugar é meio vagabundo”, disse Emenike. Ele tinha mudado. Sua voz assumira uma modulação estranha, ele agora falava mais devagar e a temperatura de todo o seu ser estava muito mais baixa. “Podíamos ir àquele restaurante novo em Kensington, não é muito longe.”

“Não sei se Obinze vai achá-lo muito interessante, querido”, disse Georgina.

“Ah, acho que ele vai gostar.” Autossatisfação, essa era a diferença. Emenike estava casado com uma mulher britânica, morava numa casa britânica, tinha um emprego britânico, viajava com um passaporte britânico, falava “exercício” para se referir a uma atividade mental, não física. Tinha ansiado por essa vida, sem jamais acreditar de fato que a teria. Agora, sua coluna estava rígida de autossatisfação. Ele estava empanzinado. No restaurante de Kensington, uma vela ardia sobre a mesa e o garçom louro, que parecia alto e bonito demais para ser um garçom, serviu-lhes minúsculas tigelas de algo que tinha o aspecto de gelatina verde.

“Nosso novo aperitivo de limão e tomilho, com os cumprimentos do chef”, disse.

“Ótimo”, disse Emenike, afundando-se no mesmo instante num dos rituais de sua nova vida: franzir o cenho, concentrar-se, bebericar água com gás e analisar o cardápio de um restaurante. Ele e Georgina discutiram as entradas. O garçom foi chamado para responder a uma pergunta. Obinze ficou impressionado com quão seriamente Emenike levou aquela iniciação ao vodu do comer bem, pois quando o garçom lhe trouxe o que pareciam ser três pedaços elegantes de ervas daninhas, pelos quais ele pagaria treze libras, Emenike esfregou as mãos de deleite. O hambúrguer de Obinze foi servido em quatro pedaços dispostos dentro de um copo de martíni. Quando chegou o pedido de Georgina, uma pilha de filé cru e vermelho com um ovo em cima, Obinze tentou não olhar para aquilo enquanto comia, para não sentir vontade de vomitar.

Emenike foi quem mais falou, contando a Georgina sobre sua época de colégio juntos, mal deixando Obinze dizer qualquer coisa. Nas histórias que contava, ele e Obinze eram os rebeldes populares que sempre entravam em confusões glamorosas. Obinze observou Georgina, só agora se dando conta de quão mais velha que Emenike ela era. Pelo menos oito anos. Seus contornos faciais masculinos eram suavizados por sorrisos frequentes e breves, mas eram sorrisos pensativos, os sorrisos de uma cética natural, e Obinze se perguntou até que ponto ela acreditava nas histórias de Emenike, o quanto o amor suspendera sua razão.

"Vamos dar um jantar amanhã, Obinze", disse Georgina. "Você precisa vir."

"É, esqueci de mencionar", disse Emenike.

"Você precisa mesmo vir. Chamamos alguns amigos e acho que vai gostar de conhecê-los."

"Eu adoraria", disse Obinze.

A casa geminada deles em Islington, com a pequena escada bem preservada que levava a uma porta da frente verde, cheirava a assado quando Obinze chegou. Emenike abriu a porta para ele. "Zed! Você chegou cedo, estamos acabando de cozinhar. Venha ficar no meu escritório até os outros chegarem." Emenike levou-o até o escritório do segundo andar, um cômodo arejado e iluminado que ficava ainda mais claro devido às estantes e cortinas brancas. As janelas tomavam boa parte das paredes e Obinze imaginou o cômodo à tarde, gloriosamente inundado de luz, e ele próprio aninhado na poltrona perto da porta, imerso num livro.

"Já venho chamar você", disse Emenike.

Num dos parapeitos, havia fotos dele apertando os olhos diante da Capela Sistina, fazendo o sinal da paz na Acrópole, de pé dentro do Coliseu com uma camisa da mesma cor de noz-moscada do muro da ruína. Obinze imaginou-o, obediente e determinado, visitando os lugares que devia visitar, pensando, enquanto o fazia, não nas coisas que via, mas nas fotos que tiraria e nas pessoas que veriam as fotos. Nas pessoas que saberiam que ele tivera aqueles triunfos. Um livro de Graham Greene que estava na estante chamou sua atenção. Obinze pegou *O cerne da questão* e começou a ler o primeiro capítulo, sentindo uma súbita nostalgia por sua adolescência, época em que sua mãe o relia a cada poucos meses.

Emenike entrou. "É um do Waugh?"

"Não." Obinze mostrou-lhe a capa do livro. "Minha mãe ama este livro, estava sempre tentando me convencer a gostar de romances ingleses."

"Waugh é o melhor deles. *Brideshead* é o mais próximo que eu já li de um romance perfeito."

"Acho Waugh caricato. Simplesmente não entendo os romances cômicos ingleses. É como se não conseguissem lidar com a complexidade real e profunda da vida humana e tivessem de recorrer ao cômico. Greene é o outro extremo, taciturno demais."

"Não, cara, você tem de reler Waugh. Não sou grande fã de Greene, mas a primeira parte de *Fim de caso* é maravilhosa."

"Este escritório é meu sonho", disse Obinze.

Emenike deu de ombros. "Quer algum livro? Leve o que quiser."

"Obrigado, cara", disse Obinze, sabendo que não ia levar nenhum.

Emenike observou tudo em volta, como quem via o escritório com um novo olhar. "Encontramos esta escrivaninha em Edimburgo. Georgina já tinha algumas peças boas, mas nós encontramos algumas coisas novas juntos."

Obinze se perguntou se Emenike teria absorvido de forma tão completa seu novo disfarce que, mesmo quando eles estavam sozinhos, conseguiria falar em "móveis clássicos" como se essa ideia não fosse completamente estranha ao seu mundo nigeriano, onde as coisas novas tinham de ter cara de novas. Talvez ele ainda dissesse algo a Emenike sobre isso, mas não agora; sua relação já havia mudado demais. Obinze desceu com ele. A mesa de jantar era uma explosão de cores, com pratos de cerâmica de tons alegres, todos diferentes e alguns com a pintura descascada nas bordas, taças de vinho e guardanapos azul-marinho. Numa tigela de prata no centro da mesa, delicadas flores leitosas boiavam na água. Emenike apresentou-o.

"Este é Mark, um velho amigo de Georgina, e sua esposa, Hannah, que aliás está terminando uma tese de doutorado sobre o orgasmo feminino, ou o orgasmo feminino israelense."

"Bem, o tema não é assim tão específico", disse Hannah para risada geral, dando-lhe um aperto de mão caloroso. Tinha um rosto bronzeado de feições largas com uma expressão bem-humorada, o rosto de uma pessoa que não suporta brigas. Mark, pálido e desgrenhado, apertou seu ombro, mas não riu com os outros. Disse "Como vai?" para Obinze de uma maneira quase formal.

"Esse é nosso querido amigo Phillip, que é o melhor advogado de Londres, depois de Georgina, é claro", disse Emenike.

"Todos os homens da Nigéria são tão lindos quanto você e seu amigo?", Phillip perguntou a Emenike, fingindo desmaiar enquanto apertava a mão de Obinze.

"Você vai ter de ir à Nigéria ver", disse Emenike piscando para Phillip, no que parecia ser um flerte contínuo.

Phillip era esguio e elegante e usava uma camisa de seda vermelha desabotoada em cima. Seus maneirismos, os gestos flexíveis dos punhos, os dedos que giravam no ar, fizeram Obinze se lembrar de um menino do ensino médio — chamado Hadome — que diziam pagar a alunos mais novos para chupar seu pau. Certa vez, Emenike e dois outros meninos tinham atraído Hadome para dentro do banheiro e o haviam espancado, fazendo com que seu olho inchasse tão rápido que, logo antes de as aulas do dia acabarem, estava grotesco, parecendo uma berinjela enorme. Obinze tinha ficado diante do banheiro com outros meninos, que não haviam ajudado a espancar Hadome, mas que tinham rido dele, provocado e incentivado, gritando: "Veado! Veado!".

"Esta é nossa amiga Alexa. Ela acabou de se mudar para um apartamento novo em Holland Park depois de ter passado anos na França, então, para nossa sorte, agora vamos vê-la bem mais. Alexa trabalha com direitos autorais musicais. E também é uma poeta fantástica", disse Emenike.

"Ah, pare com isso", disse Alexa. Ela se virou para Obinze e perguntou: "De onde você é, querido?".

"Da Nigéria."

"Não, não, eu quis dizer em Londres, querido."

"Moro em Essex", respondeu ele.

"Entendi", disse ela, como que desapontada. Era uma mulher franzina com um rosto muito branco e cabelos cor de tomate. "Vamos comer, meninos e meninas?" Alexa apanhou um dos pratos e examinou-o.

"Amei estes pratos. Georgina e Emenike nunca são enfadonhos, são?", disse Hannah.

"Compramos num bazar na Índia", disse Emenike. "Feitos à mão por mulheres do campo, tão lindos. Estão vendo os detalhes nas bordas?" Ele ergueu um dos pratos.

"Sublime", disse Hannah, olhando para Obinze.

"É, são bonitos", murmurou Obinze. Os pratos, com seu acabamento amador e as bordas mal esculpidas, jamais teriam sido apresentados para convidados na Nigéria. Ele ainda não tinha certeza se Emenike se tornara alguém que acreditava que algo era lindo porque tinha sido feito à mão por pessoas pobres num país estrangeiro ou se simplesmente aprendera a fingir que sim. Georgina serviu os drinques. Emenike serviu a entrada, caranguejo com ovos cozidos. Ele havia assumido um charme cuidadoso e bem ensaiado. Dizia "Minha nossa" com frequência. Quando Phillip reclamou do casal francês que estava construindo uma casa ao lado da sua em Cornwall, Emenike perguntou: "A casa fica entre você e o pôr do sol?".

A casa fica entre você e o pôr do sol. Jamais teria ocorrido a Obinze ou a qualquer pessoa com quem ele tinha sido criado fazer uma pergunta daquelas.

"E como foi nos Estados Unidos?", perguntou Phillip.

"É realmente um lugar fascinante. Passamos alguns dias com Hugo em Jackson, Wyoming. Você conheceu Hugo no Natal passado, não foi, Mark?"

"Conheci. E o que ele está fazendo lá?" Mark não pareceu impressionado com os pratos; ao contrário da esposa, não apanhara um da mesa para examiná-lo.

"É um resort de esqui, mas não é pretensioso. Em Jackson, eles dizem que quem vai a Aspen espera que alguém amarre suas botas", disse Georgina.

"A ideia de esquiar nos Estados Unidos me deixa doente", disse Alexa.

"Por quê?", perguntou Hannah.

"Eles têm uma Disney no resort, com Mickey Mouse de roupa de esqui?", perguntou Alexa.

"Alexa só foi aos Estados Unidos uma vez, quando estava no colégio, mas ama odiar o país de longe", disse Georgina.

"Passei a vida inteira amando os Estados Unidos de longe", disse Obinze. Alexa virou-se para ele com alguma surpresa, como se não esperasse que abrisse a boca. Sob a luz do candelabro, seus cabelos vermelhos emitiam um brilho estranho e antinatural.

"O que eu tenho notado aqui é que muitos ingleses são fascinados pelos Estados Unidos, mas também têm um profundo ressentimento do país", acrescentou Obinze.

"Perfeitamente", disse Phillip, assentindo para Obinze. "Perfeitamente. É o ressentimento de um pai cujo filho se tornou muito mais belo e com uma vida muito mais interessante."

"Mas os americanos amam os britânicos, amam nosso sotaque, a rainha e os ônibus de dois andares", disse Emenike. Pronto, ele tinha dito: o homem se considerava britânico.

"E sabem qual foi a grande revelação que Emenike teve quando estávamos lá?", perguntou Georgina, sorrindo. "A diferença entre o *bye* americano e o britânico."

"O *bye*?", perguntou Alexa.

"É. Ele diz que os britânicos esticam muito mais a palavra enquanto os americanos a dizem bem curta."

"Foi mesmo uma grande revelação. Explicou tudo sobre a diferença entre ambos os países", disse Emenike, sabendo que eles iam rir, e eles riram. "Eu também estava pensando na diferença sobre como abordar os estrangeiros. Os americanos sorriem e são muito simpáticos, mas se seu nome não é Cory ou Chad, eles não fazem nenhum esforço para pronunciá-lo da maneira correta. Os britânicos ficam emburrados e desconfiados se você é simpático, mas tratam os nomes estrangeiros como se fossem de fato nomes válidos."

"Interessante", disse Hannah.

Georgina disse: "É um pouco cansativo falar que os Estados Unidos são um país insular, não que ajudemos muito a melhorar, porque se algo de importante acontece lá é manchete aqui; se algo importante acontece aqui, sai na última página nos Estados Unidos, quando sai. Mas realmente acho que o mais perturbador foi a ostentação do nacionalismo, você não acha, querido?". Georgina se virou para Emenike.

"Sem dúvida", disse Emenike. "Ah, e nós fomos a um rodeio. Hugo achou que íamos gostar de absorver um pouco de cultura."

Todos deram risadinhas.

"E vimos um desfile inacreditável de criancinhas muito maquiadas e pessoas segurando bandeirinhas e dizendo: 'Deus abençoe a América'. Fiquei apavorado de lá ser o tipo de lugar onde você não sabe o que pode acontecer se disser: 'Não gosto da América'."

"Eu também achei os Estados Unidos muito jingoístas quando fiz o treinamento lá", disse Mark.

"Mark é cirurgião pediátrico", Georgina disse a Obinze.

"Você sentia que as pessoas — as pessoas progressistas, digo, porque os americanos conservadores são de um planeta completamente diferente, mesmo para mim, que sou tóri — podiam muito bem criticar o próprio país, mas não gostavam nem um pouco quando você fazia isso", disse Mark.

"Você morou onde?", perguntou Emenike, como se conhecesse todos os recantos dos Estados Unidos.

"Na Filadélfia. Era um hospital infantil. Um lugar impressionante, e o treinamento foi muito bom. Na Inglaterra, eu poderia ter levado dois anos para ver os casos raros que vi em um mês lá."

"Mas você não ficou lá", disse Alexa, quase triunfante.

"Não tinha planejado ficar", disse Mark cujo rosto nunca chegou realmente a formar uma expressão.

"Por falar nisso, acabei de me envolver com uma instituição de caridade fantástica que está tentando fazer com que o Reino Unido pare de contratar tantos profissionais de saúde africanos", disse Alexa. "Simplesmente não há mais médicos e enfermeiras no continente. É uma completa tragédia! Os médicos africanos deviam ficar na África."

"Por que eles não podem praticar medicina num lugar onde sempre há luz e sempre são pagos?", perguntou Mark, sem emoção na voz. Obinze sentiu que ele não gostava nem um pouco de Alexa. "Sou de Grimsby e certamente não quero trabalhar num hospital minúsculo de lá."

"Mas não é bem a mesma coisa, é? Estamos falando de algumas das pessoas mais pobres do mundo. Os médicos têm uma responsabilidade como africanos", disse Alexa. "A vida não é justa, só isso. Se eles têm o privilégio de ter um diploma de medicina, isso vem com a responsabilidade de ajudar seu povo."

"Entendi. Mas nenhum de nós tem essa responsabilidade pelas cidadezinhas pobres do norte da Inglaterra, é isso?", perguntou Mark.

O rosto de Alexa ficou vermelho. No súbito silêncio tenso em que o ambiente ao redor de todos ficou crispado, Georgina se levantou e disse: "Está todo mundo preparado para provar meu cordeiro assado?".

Todos elogiaram a carne, que Obinze lamentou não ter ficado mais tempo no forno; ele cortou cuidadosamente as bordas, comendo a parte que havia ficado dourada e deixando no prato as partes sangrando. Hannah tomou as rédeas da conversa como quem queria suavizar o ambiente, com uma voz tranquilizadora, abordando os assuntos sobre os quais sabia que todos tinham a mesma opinião, mudando para outro se sentia uma discordância iminente. A conversa era harmônica, as vozes fluindo ao concordar: como era atroz tratar daquele jeito os chineses que catavam moluscos, como era absurda a ideia de taxar o ensino superior, como era escandaloso que as pessoas que apoiavam a caça à raposa tivessem entrado à força no Parlamento. Eles riram quando Obinze disse: "Não entendo por que a caça à raposa é uma questão tão vital neste país. Não existem coisas mais importantes?".

"O que poderia ser mais importante?", perguntou Mark secamente.

"Bom, só sabemos fazer nossa luta de classes assim", disse Alexa. "Os proprietários de terra e os aristocratas caçam, entende, e nós, a classe média liberal, ficamos furiosos com isso. Queremos arrancar os brinquedos bobos deles."

"Certamente queremos", disse Phillip. "É monstruoso."

"Você leu Blunkett dizendo que não sabe quantos imigrantes existem no país?", perguntou Alexa. Obinze sentiu uma tensão imediata, um aperto no peito.

"*Imigrante*, é claro, significa muçulmano", disse Mark.

"Se ele quisesse mesmo saber, iria a todas as obras do país e faria uma contagem", disse Phillip.

"Foi bastante interessante ver como isso se desenrola nos Estados Unidos", disse Georgina. "Eles também fazem o maior barulho por causa da imigração. Mas é claro que a América acolheu imigrantes melhor do que a Europa."

"Bem, sim, mas isso é porque os países da Europa tiveram por base a exclusão e não a inclusão, como a América", disse Mark.

"Mas também é uma psicologia diferente, não é?", perguntou Hannah.

"Os países europeus são cercados por países parecidos uns com os outros, enquanto a América tem o México, que na verdade é um país subdesenvolvido, e isso cria uma psicologia diferente em relação à imigração e às fronteiras."

"Mas na Inglaterra não há imigrantes da Dinamarca. Há imigrantes do Leste Europeu, que é o nosso México", disse Alexa.

"Com exceção, é claro, da raça", afirmou Georgina. "As pessoas do Leste Europeu são brancas. Os mexicanos, não."

"Aliás, como você viu a questão da raça nos Estados Unidos, Emenike? É um país de um racismo perverso, não é?"

"Ele não precisa ir aos Estados Unidos para viver isso, Alexa", disse Georgina.

"Pareceu-me que nos Estados Unidos os negros e os brancos trabalham juntos, mas não se divertem juntos, e aqui eles se divertem juntos, mas não trabalham juntos", disse Emenike.

Os outros assentiram de maneira pensativa, como se ele tivesse dito algo profundo, mas Mark disse: "Não tenho certeza se entendi".

"Acho que neste país a noção de classe está no ar que as pessoas respiram. Todo mundo sabe seu lugar. Até as pessoas que têm raiva da divisão de classes aceitam seu lugar", disse Obinze. "Um menino branco e uma menina negra que passam a infância na mesma cidade de classe trabalhadora podem namorar e a raça vai ser secundária, mas, nos Estados Unidos, mesmo que o menino branco e a menina negra tenham passado a infância no mesmo bairro, a raça vai ser primária."

Alexa lhe lançou outro olhar de surpresa.

"Um pouco simplificado, mas sim, foi mais ou menos isso que eu quis dizer", disse Emenike devagar, recostando-se na cadeira, e Obinze sentiu que estava sendo repreendido. Ele devia ter ficado quieto; aquele, afinal, era o palco de Emenike.

"Mas você não sofreu nenhuma demonstração de racismo aqui, sofreu, Emenike?", perguntou Alexa, e seu tom implicava que já sabia que a resposta seria não. "É claro que as pessoas têm preconceitos, mas todo mundo tem, não tem?"

"Bem, não", disse Georgina com firmeza. "Você devia contar a história do motorista de táxi, querido."

"Ah, essa história", disse Emenike ao se levantar para pegar os queijos, murmurando algo no ouvido de Hannah que a fez sorrir e tocar o braço dele. Como Emenike adorava viver no mundo de Georgina.

"Conte, conte", disse Hannah.

Assim, Emenike contou. Contou a história do táxi para o qual havia feito sinal certa noite, na Upper Street; de longe, a luz que indicava que o carro estava livre estava ligada, mas, quando o carro se aproximou de Emenike, a luz foi desligada, e ele presumiu que o motorista tinha parado de trabalhar. Depois de o táxi passar por Emenike, ele olhou para trás distraidamente e viu que a luz do táxi havia sido ligada de novo e que, um pouco depois na mesma rua, parou para duas mulheres brancas.

Obinze já tinha ouvido a história de Emenike antes e, nessa ocasião, ficou impressionado com a diferença em sua maneira de contá-la. Ele não mencionou a fúria que tinha sentido, parado na rua olhando para aquele táxi. Ficou tremendo, dissera Emenike a Obinze, com as mãos trêmulas durante um bom tempo, um pouco assustado com o que estava sentindo. Mas agora, enquanto bebericava o resto do vinho tinto com flores flutuando à sua frente, falou num tom livre de raiva, com uma superioridade divertida, enquanto Georgina interrompia para frisar sua indignação, dizendo: "Vocês acreditam nisso?".

Alexa, corada devido ao vinho tinto, com os olhos vermelhos sob os cabelos escarlate, mudou de assunto. "Blunkett precisa ser sensato e se certificar de que esse país vai continuar sendo um refúgio. Pessoas que sobreviveram a guerras terríveis precisam poder entrar aqui!" Ela se virou para Obinze. "Você não concorda?"

"Sim", disse ele, sentindo o alheamento correr por seu corpo como um calafrio.

Alexa, os outros convidados e talvez até Georgina, todos entendiam o que era fugir de uma guerra, do tipo de pobreza que esmagava a alma das pessoas, mas não conseguiam entender a necessidade de escapar da letargia opressiva da falta de escolha. Não conseguiam entender por que pessoas como ele, criadas com todo o necessário para satisfazer suas necessidades básicas, mas chafurdando na insatisfação, condicionadas desde o nascimento a olhar para outro lugar, eternamente convencidas de que a vida real acontecia nesse outro lugar, agora estavam resolvidas a fazer coisas perigosas, ilegais, para poder ir embora, sem estar passando fome, ter sido estupradas nem estar fugindo de aldeias em chamas. Apenas famintas por escolha e certeza.

30.

Nicholas deu a Obinze um terno para ele usar no casamento. "É um bom terno italiano", disse. "Está pequeno em mim, então deve ficar bom em você." As calças eram grandes e sobraram na lateral quando Obinze apertou o cinto, mas o paletó, que também era grande, ocultava a dobra feia de pano na altura da cintura. Não que ele se importasse. Estava tão concentrado em atravessar aquele dia, em finalmente começar sua vida, que teria envolvido as partes íntimas numa fralda de bebê se isso fosse necessário. Obinze e Iloba se encontraram com Cleotilde perto do centro cívico. Ela estava sob uma árvore com as amigas, os cabelos presos por um arco branco e os olhos com um ousado delineador preto; parecia uma pessoa mais velha e mais sensual. Seu vestido marfim era justo no quadril. Ele pagara pelo vestido. "Não tenho nenhum vestido bom de sair", havia dito Cleotilde em tom de desculpa quando ligou para lhe dizer que não tinha nada que fosse parecer convincente para uma noiva. Ela o abraçou. Parecia nervosa, e Obinze tentou controlar o próprio nervosismo pensando neles dois juntos depois da cerimônia, sobre como, em menos de uma hora, estaria livre para andar com passos mais seguros nas ruas da Inglaterra, livre para beijá-la.

"Você está com as alianças?", perguntou Iloba.

"Estou", disse Cleotilde.

Ela e Obinze as haviam comprado na semana anterior, duas alianças iguais, simples e baratas, numa loja pequena, e Cleotilde ficara tão deliciada, pondo e tirando anéis diferentes do dedo aos risos, que Obinze havia se perguntado se ela desejava que fosse um casamento de verdade.

"Faltam quinze minutos", disse Iloba. Ele havia assumido a função de organizador. Tirou fotos, com a câmera digital erguida diante do rosto, dizendo: "Cheguem mais perto! Isso, mais uma!". Seu ânimo esfuziante irritava Obinze. Quando tinham ido de trem para Newcastle no dia anterior, enquanto Obinze passara o tempo todo olhando pela janela, sem conseguir nem ler, Iloba ficara falando sem parar até sua voz se tornar um murmúrio distante, talvez porque estivesse tentando impedir Obinze de se preocupar demais. Agora, conversava com as amigas de Cleotilde com uma simpatia desenvolta, falando sobre o novo técnico do Chelsea e sobre o *Big Brother*, como se estivessem ali para fazer algo normal, ordinário.

"Está na hora", disse Iloba. Eles andaram na direção do centro cívico. A tarde estava clara com a luz do sol. Obinze abriu a porta e se afastou para que os outros passassem e entrassem no corredor árido, onde pararam para se localizar, para ver bem para qual lado era o cartório. Dois policiais estavam diante da porta no lado de dentro, observando-os com olhares duros. Obinze dominou o pânico. Não havia nada com que se preocupar, absolutamente nada, disse para si mesmo, era provável que fosse rotineira a presença de policiais no centro cívico. Mas, quando o corredor de repente ficou pequeno, quando o ar de repente ficou pesado de maus augúrios, Obinze sentiu que algo estava errado, e então notou outro homem se aproximando dele com as mangas arregaçadas e as bochechas tão vermelhas que parecia estar usando uma maquiagem horrível.

"Você é Obinze Maduewesi?", perguntou o homem das bochechas vermelhas. Ele tinha alguns papéis nas mãos e, entre eles, Obinze viu uma cópia de seu passaporte.

"Sim", disse Obinze baixinho, e aquela palavra, sim, era um reconhecimento para o homem de bochechas vermelhas da Imigração, para Iloba e Cleotilde, e para ele mesmo, de que estava tudo acabado.

"Seu visto venceu e você não tem direito de estar no Reino Unido", disse o homem das bochechas vermelhas.

Um policial pôs algemas em seus pulsos. Obinze sentiu que observava a cena de longe, vendo a si mesmo andando até o carro de polícia diante do prédio e afundando no banco de trás, que era macio demais. Ele temera que isso fosse acontecer tantas vezes no passado, em tantos momentos que haviam se tornado um só redemoinho de pânico, e agora o fato parecia o eco surdo que vinha depois da explosão. Cleotilde se atirara no chão e começara a chorar. Ela podia nunca ter visitado o país do pai, mas naquele momento Obinze se convenceu de sua africanidade, pois de que outra maneira poderia ter se atirado no chão com aquele perfeito rasgo dramático? Ele se perguntou se as lágrimas eram por ele, por ela ou pelo que poderia ter acontecido entre os dois. Mas Cleotilde não precisava se preocupar, já que era cidadã europeia; o policial mal olhou para ela. Foi Obinze que sentiu o peso das algemas durante a ida até a delegacia, que entregou seu relógio, seu cinto e sua carteira em silêncio e observou o policial pegar seu celular e desligar. A calça larga de Nicholas caía de sua cintura.

"Os sapatos também. Tire os sapatos", disse o policial.

Obinze tirou os sapatos. Foi levado a uma cela. Era pequena, com paredes marrons, e as barras de metal, tão grossas que ele não conseguia envolver uma delas com a mão, o fizeram lembrar a gaiola do chimpanzé no zoológico triste e esquecido de Nsukka. No teto bem alto, brilhava uma única lâmpada. A vastidão vazia ecoava naquela cela minúscula.

"Você sabia que seu visto tinha vencido?"

"Sim", disse Obinze.

"Você estava prestes a fazer um casamento arranjado?"

"Não. Cleotilde e eu estamos namorando há algum tempo."

"Posso te conseguir um advogado, mas é óbvio que você vai ser deportado", disse o funcionário da Imigração, sem demonstrar emoção na voz.

Quando o advogado chegou, com o rosto inchado e círculos escuros em volta dos olhos, Obinze se lembrou de todos os filmes em que o defensor público parece distraído e exausto. Ele chegou com uma pasta, mas não a abriu, e sentou-se diante de Obinze sem nada nas mãos, nenhum arquivo, nenhum papel, nenhuma caneta. Foi simpático e demonstrou pena.

"O governo tem um caso sólido e podemos apelar, mas, para ser honesto, só vai demorar mais e você vai acabar sendo removido do Reino Unido de qualquer jeito", disse ele, com o ar de um homem que já dissera aquelas mesmas palavras, no mesmo tom, mais vezes do que gostaria ou poderia lembrar.

"Estou disposto a voltar para a Nigéria", disse Obinze. Seu último caco de dignidade era como um pano que escorregava do corpo e que ele estava desesperado para amarrar.

O advogado pareceu surpreso. "Então, tudo bem", disse, levantando-se com um pouco de pressa demais, como quem estava grato por seu trabalho ter ficado mais fácil. Obinze observou-o ir embora. Ia fazer um xis num formulário ao lado da opção que dizia que seu cliente estava disposto a ser removido. "Removido." A palavra fez Obinze se sentir inanimado. Uma coisa a ser removida. Uma coisa sem vida ou mente. Uma coisa.

Obinze odiou o peso frio das algemas, a marca que imaginava deixarem em seus pulsos, o brilho dos aros de metal interligados que o privavam de movimentos. Ali estava ele, usando algemas, sendo levado pelo saguão do aeroporto de Manchester e, no frescor e na algaravia daquele aeroporto, homens, mulheres e crianças, viajantes, faxineiros e seguranças o observaram, perguntando-se que ato perverso havia cometido. Ele manteve o olhar numa mulher branca e alta que andava com passos apressados à sua frente, com os cabelos esvoaçantes e uma mochila que a deixava curvada. Ela não ia compreender sua história, por que ele estava atravessando o aeroporto com metal preso nos pulsos, pois pessoas como ela não encaravam viagens com ansiedade em relação a vistos. A mulher talvez se preocupasse com dinheiro, com um lugar para ficar, com segurança, talvez até com vistos, mas nunca com uma ansiedade que retorcia sua coluna vertebral.

Obinze foi levado até um cômodo onde havia beliches encostados melancolicamente nas paredes. Havia três homens lá dentro. Um deles, de Djibuti, falava pouco, permanecendo deitado olhando para o teto como se tentasse refazer a jornada que o havia levado até uma prisão temporária no aeroporto de Manchester. Dois eram nigerianos. O mais novo ficava sentado na cama estalando os dedos incessantemente. O mais velho andava de um lado para o outro no pequeno cômodo, sem parar de falar.

"Como foi que eles pegaram você, irmão?", perguntou o homem a Obinze, com uma familiaridade instantânea da qual ele se ressentiu. Algo nele fez Obinze se lembrar de Vincent. Obinze deu de ombros e não disse nada; não havia necessidade de ser cortês só porque eles compartilhavam uma cela.

"Você pode me dar alguma coisa para ler, por favor?", pediu Obinze a uma funcionária da Imigração quando ela veio levar o homem de Djibuti para falar com uma visita.

"Ler?", repetiu a mulher com as sobrancelhas erguidas.

"Isso. Um livro, uma revista, um jornal", disse Obinze.

"Você quer ler?", disse ela e, em seu rosto, havia uma expressão divertida de desdém. "Sinto muito. Mas temos uma sala de televisão. Você pode ver alguma coisa lá depois do almoço."

Na sala de televisão havia um grupo de homens, muitos nigerianos, conversando em voz alta. Os outros homens ficavam sentados, atolados em sua própria tristcza, ouvindo os nigcrianos rclatando suas histórias, às vezes aos risos e às vezes com autopiedade.

"Essa minha segunda vez. Da primera vim cum passaporte diferente", disse um deles.

"Elis me pegaro no trabaio, ô."

"Eles pegaro um cara e deportaro, mas eli voltou e agora tem os documento. Agora eli vai me ajudá", disse um terceiro.

Obinze invejou-os por serem homens que casualmente mudavam de nome e de passaporte, que iam planejar, voltar e fazer tudo de novo, pois não tinham nada a perder. Ele não tinha o savoir-faire deles; era mimado, um menino que, na infância, comera cereal e lera livros, criado por uma mãe durante uma época em que falar a verdade ainda não era um luxo. Sentia vergonha de estar com eles, entre eles. Aqueles homens não tinham sua vergonha, e Obinze sentia inveja disso também.

Enquanto esteve detido, ele se sentiu esfolado, em carne viva, como se suas camadas externas tivessem sido arrancadas. A voz da mãe ao telefone quase lhe pareceu estranha, uma mulher falando um inglês nigeriano perfeito, dizendo-lhe, calmamente, que fosse forte, que estaria em Lagos para recebê-lo. Obinze se lembrou de como, anos antes, quando o governo do general Buhari havia parado de distribuir itens essenciais e ela não chegava mais em casa com latas de leite grátis, começara a moer grãos de soja em casa para fazer leite. Dizia que leite de soja era mais nutritivo que leite de vaca e, embora Obinze se recusasse a beber aquele líquido granulado de manhã, a via fazendo isso com um bom senso conformado. Foi o que sua mãe demonstrara naquele momento ao telefone, dizendo-lhe que ia buscá-lo como se sempre tivesse lhe ocorrido a hipótese de seu filho estar detido, esperando para ser removido de um país estrangeiro.

Obinze pensou muito em Ifemelu, imaginando o que ela estaria fazendo e como sua vida havia mudado. Certa vez, quando eles estavam na faculdade, ela lhe dissera: "Sabe o que eu mais admirava em você no colégio? Você nunca se importou em dizer 'Eu não sei'. Os outros meninos fingiam saber o que não sabiam. Mas você tinha essa autoconfiança e sempre conseguia admitir que não sabia alguma coisa". Obinze tinha achado aquele um elogio estranho e guardado com carinho aquela imagem de si mesmo, talvez por saber que não era inteiramente verdade. Perguntou-se o que Ifemelu pensaria se soubesse onde ele estava agora. Sentiria pena, ele tinha certeza, mas será que também ficaria um pouco desapontada? Quase chegou a pedir a Iloba que falasse com ela. Não seria difícil encontrá-la; Obinze já sabia que ela morava em Baltimore. Mas não pediu. Quando Iloba o visitava, falava em advogados. Ambos sabiam que não adiantaria nada, mas ainda assim Iloba falava em advogados. Ficava sentado diante de Obinze com a cabeça apoiada na mão e falava em advogados. Obinze se perguntava se alguns dos advogados existiam apenas na mente de Iloba. "Conheço um advogado de Londres, um ganense, ele representou esse homem sem cidadania, o homem estava quase num avião de volta para Gana e de repente foi solto. Agora, trabalha com TI." Em outras ocasiões, Iloba encontrava conforto em afirmar o que era óbvio. "Ah, se o casamento tivesse acontecido antes de eles chegarem", dizia. "Sabia que, mesmo que eles tivessem chegado um segundo depois de você ter se casado com ela, não poderiam fazer nada?" Obinze assentiu. Ele sabia, e Iloba sabia que ele sabia. Em sua última visita, depois de Obinze lhe dizer que ia ser levado para Dover no dia seguinte, Iloba começou a chorar. "Zed, não era para ser assim."

"Iloba, por que você está falando bobagem? Pare de chorar, meu amigo", disse Obinze, feliz por estar numa posição em que podia fingir ser forte.

No entanto, quando Nicholas e Ojiugo o visitaram, ele não gostou do esforço que fizeram para ser positivos, quase fingindo que ele estava apenas doente num hospital e eles estavam ali para vê-lo. Ficaram sentados diante de Obinze, com aquela mesa fria e vazia entre eles, dizendo coisas triviais, com Ojiugo falando um pouco depressa demais e Nicholas falando mais em uma hora do que Obinze o ouvira dizer em semanas; Nne entrara na Orquestra Infantil Nacional, Nna havia ganhado mais um prêmio. Eles trouxeram dinheiro, livros, uma sacola cheia de roupas. Nicholas havia feito compras para ele e a maior parte das roupas era nova e de seu tamanho. Ojiugo perguntou muitas vezes: "Mas eles estão te tratando bem? Estão te tratando bem?", como se fosse o tratamento que importava, e não a maldita realidade de tudo, o fato de ele estar num centro de detenção, prestes a ser deportado. Ninguém se comportava de maneira normal. Estavam todos sob o feitiço de seu infortúnio.

"Eles estão esperando que tenha lugar num voo para Lagos", disse Obinze. "Vão me manter em Dover até que haja um assento disponível."

Obinze lera sobre Dover num jornal. Era uma antiga prisão. Pareceu-lhe surreal passar de carro pelos portões eletrônicos, pelos muros altos, pelas cercas de arame. Sua cela era menor, mais fria, do que a de Manchester, e seu colega de cela, outro nigeriano, disse-lhe que não ia permitir que o deportassem. Tinha um rosto endurecido e magro. "Vou tirar a camisa e os sapatos quando eles tentarem me pôr no avião. Vou pedir asilo", disse ele a Obinze. "Se você tirar a camisa e os sapatos, eles não põem você no avião." O homem repetia isso como um mantra. De tempos em tempos peidava alto, sem dizer nada, e de tempos em tempos colocava-se de joelhos no meio da cela minúscula deles, erguia as mãos para os céus e rezava. "Meu pai, louvo Vosso nome! Nada é demais para Vós! Abençoo Vosso nome!" Tinha sulcos profundos na palma das mãos. Obinze se perguntou que atrocidades aquelas mãos já tinham visto. Sentia-se sufocado naquela cela, de onde só lhe permitiam sair para se exercitar e comer, uma comida que o fazia pensar numa tigela de minhocas cozidas. Não conseguia comer; sentiu seu corpo ficando fraco, a carne desaparecendo. Quando um dia o levaram até uma van bem cedo, uma penugem que parecia grama cortada cobria todo o seu maxilar. Ainda nem amanhecera. Estava com duas mulheres e cinco homens, todos algemados, todos a caminho da Nigéria e, no aeroporto de Heathrow, eles passaram pela segurança e pela alfândega, sendo escoltados até dentro do avião, onde os outros passageiros os olharam, espantados. Foram acomodados bem no fundo, na última fileira, a mais próxima do banheiro. Obinze não se moveu durante todo o voo. Não quis a comida. "Não, obrigado", disse para a aeromoça.

A mulher ao seu lado disse com avidez: "Posso comer a dele?". Ela também estivera em Dover. Tinha lábios muito escuros e modos alegres de quem não se deixava derrotar. Obinze tinha certeza de que ela ia obter outro passaporte com outro nome e tentar de novo.

Quando o avião começou a aterrissagem em Lagos, uma aeromoça postou-se de pé perto deles e disse bem alto: "Vocês não podem sair. Um funcionário da Imigração vem levá-los". Seu rosto estava rígido de nojo, como se fossem todos criminosos cobrindo de vergonha nigerianos honestos como ela. O avião ficou vazio. Obinze olhava pela janela, observando um jato antigo sob o sol fraco de fim de tarde, até que um homem de uniforme veio caminhando pelo corredor. Sua barriga era grande; provavelmente tivera trabalho para abotoar a camisa.

"Muito bem, muito bem, vim me encarregar de vocês! Bem-vindos de volta!", disse com bom humor, fazendo Obinze se lembrar da habilidade que os nigerianos tinham de rir, de recorrer facilmente à diversão. Ele sentira falta disso. "Nós rimos demais", disse sua mãe certa vez. "Talvez devêssemos rir menos e resolver mais nossos problemas."

O homem de uniforme levou-os a um escritório e entregou formulários a todos. Nome. Idade. País de onde veio.

"Trataram você bem?", o homem perguntou a Obinze.

"Sim."

"E você tem alguma coisa para os meninos?"

Obinze olhou-o por um momento, com o rosto franco e uma visão simples do mundo; deportações aconteciam todos os dias e quem estava vivo continuava a viver. Obinze tirou uma nota de dez libras do bolso, parte do dinheiro que Nicholas lhe dera. O homem pegou-a com um sorriso.

Quando saiu, pareceu-lhe que respirava vapor; sentiu-se tonto. Uma nova tristeza o envolveu, a tristeza dos dias que estavam por vir, quando se sentiria um pouco perdido, sem foco no olhar. Na área reservada do desembarque, um pouco afastada das outras pessoas, sua mãe esperava por ele.

Parte 4

31.

Depois que Ifemelu terminou o namoro com Curt, ela disse a Ginika: "Tinha algo que eu queria sentir e não sentia".

"Como assim? Você traiu o cara!" Ginika sacudiu a cabeça como se Ifemelu fosse maluca. "Ifem, sinceramente, às vezes não entendo você."

Era verdade, ela havia traído Curt com um homem mais novo que morava em seu prédio em Charles Village e tinha uma banda. Mas também era verdade que, ao longo do namoro, ansiara por ter nas mãos emoções que jamais tivera. Ifemelu não acreditara por completo em si mesma enquanto estava com Curt — aquele homem alegre e bonito, com sua habilidade de moldar a vida da maneira que queria. Ela o amava e amava a vida fácil e animada que ele lhe proporcionava, mas muitas vezes tinha de se controlar para não criar arestas, não esmigalhar o espírito solar dele, ainda que um pouco.

"Acho que você se sabota", disse Ginika. "É por isso que cortou relações com Obinze daquele jeito. E agora traiu Curt porque, de certa forma, acha que não merece a felicidade."

"Agora você vai sugerir um remédio para Distúrbio da Autossabotagem", disse Ifemelu. "É absurdo."

"Então, por que fez o que fez?"

"Foi um erro. As pessoas cometem erros. Elas fazem coisas idiotas."

Na verdade, Ifemelu tinha feito aquilo porque estava curiosa, mas não ia dizer isso a Ginika, pois pareceria frívolo; ela não ia entender, ia preferir um motivo grave e importante como autossabotagem. Ifemelu nem tinha certeza se gostava do rapaz, que se chamava Rob e usava jeans rasgado e sujo, botas enlameadas e camisas de flanela amassadas. Ela não entendia o grunge, a ideia de andar todo esfarrapado porque você tinha dinheiro o suficiente para não precisar se vestir daquele jeito; aquilo zombava de quem era esfarrapado de verdade. A maneira como Rob se vestia o fez parecer superficial para Ifemelu, mas ela sentiu uma curiosidade por ele, por como ele seria nu na cama com ela. O sexo foi bom da primeira vez, ela ficou por cima, deslizando, gemendo e agarrando o pelo em seu peito, sentindo-se levemente teatral de uma maneira glamorosa enquanto o fazia. Mas, da segunda vez, depois que Ifemelu chegou ao apartamento de Rob e ele a puxou para agarrá-la, um grande torpor se abateu sobre ela. Ele já estava respirando pesado e ela se livrou de seus abraços e pegou a bolsa para ir embora. No elevador, foi tomada pela sensação assustadora de que estava procurando por algo sólido que se debatia em suas mãos, e tudo o que tocava se dissolvia. Foi para o apartamento de Curt e contou tudo.

"Não significou nada. Aconteceu uma vez e eu estou muito arrependida."

"Pare de brincadeira", disse Curt, mas Ifemelu viu, pelo horror incrédulo que escurecia o azul de seus olhos, que ele sabia que ela não estava brincando. Eles levaram horas se evitando, tomando chá, colocando música para tocar e lendo e-mails, Curt deitado no sofá olhando para o teto, imóvel e silencioso, antes de perguntar: "Quem é ele?".

Ifemelu disse o nome do homem. Rob.

"Ele é branco?"

Ela ficou surpresa por ele fazer aquela pergunta, e tão cedo. "Sim." Ifemelu vira Rob pela primeira vez meses antes, no elevador, com suas roupas desalinhadas e seu cabelo não lavado, e ele sorrira para ela e dissera: "Até mais". Depois disso, sempre que o via, ele a olhava com uma espécie de interesse preguiçoso, como se ambos soubessem que algo ia acontecer entre eles e fosse apenas questão de quando.

"Quem é ele, porra?"

Ifemelu lhe contou que Rob morava no andar acima do dela, que eles se cumprimentavam e que mais nada tinha acontecido até a noite em que ela o viu chegando com bebidas, ele perguntou se ela queria beber algo e ela fez algo impulsivo e idiota.

"Você deu o que ele queria", disse Curt. Suas feições estavam se endurecendo. Era uma coisa estranha para Curt dizer, o tipo de coisa que tia Uju, que pensava em sexo como algo que a mulher dava ao homem para prejuízo dela própria, diria.

Num súbito acesso estonteante de temeridade, ela corrigiu Curt. "Eu tomei o que queria. Se dei qualquer coisa a ele foi por acaso."

"Ouça o que você está dizendo! Ouça o que você está dizendo, porra!", disse Curt, com a voz rouca. "Como pôde fazer isso comigo? Fui tão bom com você."

Ele já estava olhando para o relacionamento deles pelas lentes do pretérito. Aquilo a intrigava, a capacidade do amor romântico de se transformar, a rapidez com que uma pessoa amada podia se tornar uma estranha. Para onde o amor ia? Talvez o amor verdadeiro fosse o da família, ligado de alguma maneira ao sangue, já que o amor pelos filhos não morria como o amor romântico.

"Você não vai me perdoar", disse ela, numa meia pergunta.

"Vaca", disse Curt.

Ele brandiu a palavra como uma faca; ela saiu de sua boca afiada de ódio. Ouvir Curt dizer "vaca" com tanta frieza parecia surreal e Ifemelu ficou com os olhos marejados de lágrimas por saber que ela o havia transformado num homem que podia dizer "vaca" de maneira tão fria e por desejar que fosse um homem que não diria "vaca", não importava a situação. Sozinha em seu apartamento, ela chorou e chorou, enroscada no tapete da sala que era tão raramente usado e ainda tinha cheiro de novo. Seu relacionamento com Curt era o que desejava, a crista de uma onda em sua vida, mas ela pegara um machado e o fizera em pedaços. Por que havia destruído aquilo? Imaginou sua mãe dizendo que tinha sido o demônio. Lamentou não acreditar no demônio, um ser exterior a você que invadia sua mente e fazia com que destruísse aquilo que amava.

Ifemelu passou semanas ligando para Curt, esperando diante do prédio dele até que ele saísse, dizendo sem parar o quanto estava arrependida e o quanto queria resolver aquilo. No dia em que acordou e finalmente aceitou que Curt não retornaria suas ligações, não abriria a porta do apartamento, não importava o quanto ela batesse, foi sozinha para o bar preferido deles dois no centro da cidade. A bartender, aquela que conhecia os dois, deu-lhe um sorriso gentil, um sorriso de pena. Ifemelu sorriu de volta e pediu outro mojito, pensando que a moça talvez fosse mais adequada para Curt, com seu cabelo castanho escovado até parecer cetim, seus braços finos, suas roupas pretas e justas e sua habilidade de conversar de forma natural e inofensiva. Ela também seria fiel de forma natural e inofensiva; se tivesse um homem como Curt, não ficaria interessada numa cópula de curiosidade com um estranho que tocava música barulhenta. Ifemelu olhou para dentro do copo. Havia algo de errado com ela. Não sabia o que era, mas havia algo de errado com ela. Uma fome, uma inquietação. Um conhecimento incompleto de si mesma. A sensação de algo distante, fora do alcance. Ela se levantou e deixou uma boa gorjeta sobre o balcão. Durante um bom tempo, sua lembrança do término com Curt foi isto: descer a toda a Charles Street num táxi, um pouco bêbada, um pouco aliviada e um pouco só, com um motorista panjabi que lhe contava orgulhosamente que seus filhos tiravam notas melhores que as crianças americanas na escola.

Alguns anos depois, num jantar em Manhattan, um dia depois de Barack Obama se tornar o candidato do Partido Democrata à presidência dos Estados Unidos, um homem branco e calvo, rodeado de convidados, todos pessoas que apoiavam Obama com fervor e estavam com os olhos úmidos devido ao vinho e à vitória, disse: "Obama vai acabar com o racismo nesse país", e uma estilosa poeta haitiana de quadris largos concordou, assentindo com um afro maior que o de Ifemelu, e disse que tinha namorado um homem branco durante três anos na Califórnia e que a raça nunca fora um problema para eles.

"Isso é mentira", disse Ifemelu.

"O quê?", perguntou a mulher, como se não tivesse ouvido direito.

"É mentira", repetiu Ifemelu.

A mulher arregalou os olhos. "Você está me dizendo como foi minha própria experiência?"

Embora Ifemelu àquela altura já tivesse compreendido que pessoas como aquela mulher diziam o que diziam para manter os outros confortáveis e para mostrar que eram gratas pelo Quanto Nós Evoluímos; embora àquela altura estivesse alegremente aninhada no círculo de amigos de Blaine, um dos quais era o novo namorado da mulher; e embora devesse ter deixado aquilo para lá, não deixou. Não conseguiu. As palavras, mais uma vez, foram mais rápidas que ela; tomaram sua garganta e se derramaram para fora.

"O único motivo pelo qual você diz que a raça nunca foi um problema é porque queria que não fosse. Nós todos queríamos que não fosse. Mas isso é uma mentira. Eu sou de um país onde a raça não é um problema; eu não pensava em mim mesma como negra e só me tornei negra quando vim para os Estados Unidos. Quando você é negro nos Estados Unidos e se apaixona por uma pessoa branca, a raça não importa quando vocês estão juntos sem mais ninguém por perto, porque então é só você e seu amor. Mas no minuto em que põe o pé na rua, a raça importa. Mas nós não falamos sobre isso. Nem falamos com nosso namorado branco sobre as pequenas coisas que nos irritam e as coisas que queríamos que ele entendesse melhor, pois temos medo de que ele diga que estamos exagerando ou que nos ofendemos com facilidade demais. E não queremos que diga: 'Olhe como evoluímos, há apenas quarenta anos seria ilegal sermos um casal', porque sabe o que a gente está pensando quando ele diz isso? Por que foi ilegal um dia, porra? Mas não dizemos nada disso. Deixamos que se acumule dentro da nossa cabeça, e quando vamos a jantares de gente liberal e legal como este, dizemos que a raça não importa porque é isso que se espera que digamos, para manter nossos amigos liberais e legais confortáveis. É verdade. Estou falando porque já vivi isso."

A anfitriã, uma francesa, deu uma olhada rápida para seu marido americano com um sorriso furtivo e satisfeito no rosto; os jantares mais inesquecíveis aconteciam quando os convidados diziam coisas inesperadas e potencialmente ofensivas.

A poeta sacudiu a cabeça e disse para a anfitriã: "Eu adoraria levar um pouco daquela pastinha deliciosa para casa, se tiver sobrado", e olhou para os outros como se não conseguisse acreditar que estavam dando atenção a Ifemelu. Mas estavam, todos em silêncio, com os olhos fixos em Ifemelu como se ela estivesse prestes a revelar um segredo picante que os excitaria e comprometeria ao mesmo tempo. Ifemelu havia bebido vinho branco demais; de tempos em tempos, sentia uma zonzeira, e mais tarde mandaria e-mails pedindo desculpas à anfitriã e à poeta. Mas todos estavam observando-a, até Blaine, cuja expressão, pela primeira vez, ela não conseguia decifrar claramente. E, então, Ifemelu começou a falar em Curt.

Não era que eles evitassem a questão da raça, ela e Curt. Falavam sobre isso daquela forma escorregadia que não admitia nada e não aprofundava nada e que terminava com a palavra "maluquice", como um objeto curioso que deveria ser examinado e depois deixado de lado. Ou num tom de brincadeira que sempre a deixava com uma leve dormência desconfortável que ela nunca admitiu para ele. E não era que Curt fingisse que ser negro e ser branco era a mesma coisa nos Estados Unidos; ele sabia que não era. Na verdade, o problema era que Ifemelu não entendia como ele podia compreender uma coisa e ser completamente cego para outra parecida, como conseguia colocar-se no lugar do outro de forma tão fácil em uma instância e ter tanta dificuldade em outra. Antes do casamento de Ashleigh, por exemplo, uma prima de Curt, ele deixara Ifemelu num pequeno salão próximo da casa onde passara a infância, para ela fazer as sobrancelhas. Ifemelu entrou e deu um sorriso para a mulher asiática que estava na recepção.

"Oi, eu queria fazer a sobrancelha com cera."

"A gente não trabalha com cabelo crespo", disse a mulher.

"Vocês não trabalham com cabelo crespo?"

"Não. Sinto muito."

Ifemelu lançou um olhar demorado à mulher; não valia a pena discutir. Se eles não trabalhavam com cabelo crespo, então não trabalhavam com cabelo crespo, fosse lá o que isso significava. Ela ligou para Curt e lhe pediu que fosse buscá-la, porque o salão não trabalhava com cabelo crespo. Curt entrou lá, com os olhos mais azuis que o normal, e disse que queria falar com o gerente imediatamente. "Vocês vão fazer a sobrancelha da minha namorada ou eu vou mandar fechar esta porra de lugar. Vocês não merecem ter um alvará."

A mulher se transformou numa coquete sorridente e solícita. "Sinto muito, foi um mal-entendido", disse ela. Sim, eles podiam fazer as sobrancelhas. Ifemelu não quis, temendo que a mulher fosse queimá-la, arrancar sua pele, beliscá-la, mas Curt estava ultrajado demais por ela, soltando fumaça no ambiente abafado do salão, e por isso ela sentou-se, tensa, e aguardou enquanto a mulher passava cera em suas sobrancelhas.

Quando eles estavam no carro de novo, Curt perguntou: "Em que mundo os pelos da sua sobrancelha são crespos? E por que seria difícil passar cera num cabelo crespo, porra?".

"Talvez eles nunca tenham feito a sobrancelha de uma mulher negra e pensem que é diferente, pois nosso cabelo é *mesmo* diferente, mas acho que agora ela sabe que as sobrancelhas não são tão diferentes."

Curt deu uma risada de desdém, esticando o braço para pegar a mão dela, com a palma da mão morna. Durante a festa do casamento, ele manteve os dedos entrelaçados aos de Ifemelu. Jovens em minúsculos vestidos, com a barriga sugada para dentro, iam em hordas cumprimentá-lo e flertar com ele, perguntando se Curt se lembrava delas, a amiga de Ashleigh do colégio, a colega de quarto de Ashleigh na faculdade. Quando Curt dizia: "Essa é minha namorada, Ifemelu", elas a olhavam com surpresa, uma surpresa que algumas disfarçavam e outras não, e em sua expressão surgia a pergunta: "Por que ela?". Aquilo divertia Ifemelu. Ela já vira aquele olhar antes, no rosto de mulheres brancas, estranhas por quem passavam na rua, que viam sua mão na de Curt e imediatamente tinham o rosto anuviado por aquele olhar. Era o olhar de pessoas encarando uma imensa perda da tribo. Não era apenas por Curt ser branco, mas pelo tipo de branco que era, com os cabelos dourados e revoltos e o rosto bonito, o corpo de atleta, o charme solar, exalando dinheiro. Se ele fosse gordo, mais velho, pobre, feio, excêntrico ou tivesse dreads, aquilo seria menos espantoso e as guardiãs da tribo seriam amansadas. E não ajudava o fato de que, embora Ifemelu fosse uma mulher negra bonita, não era o tipo de mulher negra que elas, com algum esforço, conseguiriam imaginar com alguém como ele: não tinha a pele clara, não era mulata. Naquela festa, Curt continuou segurando sua mão, beijou-a diversas vezes e apresentou-a para todo mundo. Seu divertimento foi azedando e se transformando em exaustão. Os olhares haviam começado a penetrar sua pele. Ela estava cansada até da proteção de Curt, cansada de precisar dela.

Curt se inclinou para perto de Ifemelu e sussurrou: "Está vendo aquela ali, com o bronzeado artificial feio? Ela nem viu que a porra do namorado não para de olhar para você desde que chegamos".

Então ele havia notado e compreendido os olhares de "Por que ela?". Ifemelu ficou surpresa. Às vezes, mesmo enquanto flutuava em sua exuberância borbulhante, ele tinha um lampejo de intuição, de uma percepção surpreendente, e ela se perguntava se havia outras coisas, mais fundamentais, que não discernia nele. Como na ocasião em que sua mãe tinha passado os olhos no jornal de domingo e murmurado que algumas pessoas ainda estavam procurando motivos para reclamar, embora os Estados Unidos agora fossem cegos para a cor, e ele respondera: "Ah, mamãe. E se dez pessoas com a aparência de Ifemelu de repente entrassem aqui para comer? Você entende que os outros clientes não iam ficar nada satisfeitos?".

"Talvez", dissera a mãe dele, sem entrar muito no assunto e erguendo as sobrancelhas com uma expressão de acusação para Ifemelu, como quem dizia que sabia muito bem quem havia transformado seu filho num patético defensor dos negros. Ifemelu dera um pequeno sorriso vitorioso.

Mas, certa vez, eles foram visitar a tia de Curt, Claire, em Vermont, uma mulher que tinha uma fazenda de produtos orgânicos, andava descalça e falava sobre o quanto aquilo a fazia sentir-se conectada com a terra. Por acaso Ifemelu tinha tido uma experiência parecida na Nigéria?, perguntara ela, fazendo uma cara de decepção quando Ifemelu respondeu que sua mãe lhe daria um tapa se ela saísse sem sapatos. Durante toda a visita, Claire falou sobre seu safári no Quênia, sobre a elegância de Mandela, sobre sua adoração por Harry Belafonte, e Ifemelu temeu que fosse começar a usar as gírias dos negros americanos ou a falar suaíli. Depois que eles deixaram sua enorme casa, ela disse: "Aposto que ela seria uma mulher interessante se fosse ela mesma. Não preciso que se esforce tanto para me assegurar que gosta de pessoas negras".

E Curt disse que a questão não era a raça, mas o fato de que sua tia tinha uma consciência aguda da diferença, qualquer diferença.

"Ela teria feito exatamente a mesma coisa se eu tivesse aparecido lá com uma russa loura."

É claro que a tia dele não teria feito a mesma coisa com uma russa loura. Uma russa loura era branca, e a tia não teria sentido a necessidade de provar que gostava de pessoas com a aparência da russa loura. Mas Ifemelu não disse isso a Curt, porque lamentou que não fosse óbvio para ele.

Quando eles entraram num restaurante com mesas cobertas por toalhas de linho e o recepcionista olhou-os e perguntou a Curt: "Mesa para um?", Curt rapidamente disse a Ifemelu que o recepcionista não tinha dito aquilo "por isso". E ela quis perguntar: "Por qual outro motivo seria?". Quando a mulher com cabelos cor de morango que era dona de uma pousada em Montreal se recusou a demonstrar que tinha registrado a presença de Ifemelu enquanto eles faziam o check-in, numa cegueira determinada, sorrindo e olhando apenas para Curt, ela quis lhe dizer o quanto se sentia negligenciada, mais ainda porque não sabia se a mulher não gostava de negros ou se gostava de Curt. Mas não disse, pois Curt lhe diria que ela estava se ofendendo por nada, ou que estava cansada, ou ambos. Era simples: havia momentos em que ele via e momentos em que não conseguia ver. Ifemelu sabia que devia mencionar esses pensamentos, que não contar lançava uma sombra sobre eles dois. Ainda assim, escolhia o silêncio. Até o dia em que eles discutiram sobre a revista dela. Curt pegou uma edição da *Essence* da pilha que havia em sua mesa de centro, numa das raras manhãs que passaram no apartamento dela, quando o ar ainda estava espesso com o aroma das omeletes que ela fizera.

"Esta revista é meio racialmente tendenciosa", disse ele.

"O quê?"

"Admita. Só tem mulheres negras aqui."

"Você está falando sério?", disse ela.

Curt ficou intrigado. "Estou."

"Vamos à livraria."

"O quê?"

"Preciso te mostrar uma coisa. Não discuta."

"Tudo bem", disse ele, sem saber direito o que era aquela nova aventura, mas ansioso, com seu deleite infantil, por participar dela.

Ifemelu dirigiu até a livraria na Inner Harbor, pegou edições de todas as revistas femininas que estavam dispostas na prateleira e levou-o até o café.

"Quer um latte?", perguntou ele.

"Quero, obrigada."

Depois que eles sentaram e puseram os copos de papel sobre a mesa, ela disse: "Vamos começar com as capas". Espalhou as revistas sobre a mesa, colocando algumas sobre as outras. "Veja, todas são mulheres brancas. Essa aqui supostamente é hispânica, a gente sabe porque eles escreveram duas palavras em espanhol aqui, mas ela é igualzinha a esta mulher branca, não tem nenhuma diferença no tom da pele, no cabelo, nas feições. Agora vou folhear página por página e você vai me dizer quantas mulheres negras vê."

"Ai, amor", disse Curt, divertido, recostando-se na cadeira e levando o copo de papel aos lábios.

"Faça isso por mim", pediu ela.

Então, ele contou. "Três mulheres negras", disse, finalmente. "Ou talvez quatro. *Ela* talvez seja negra."

"Ou seja, três mulheres negras em cerca de duas mil páginas de revistas femininas, e todas são mestiças ou racialmente ambíguas, de modo que também poderiam ser italianas, porto-riquenhas ou sei lá. Nenhuma tem a pele escura. Nenhuma se parece comigo, então eu não posso pegar dicas de maquiagem nestas revistas. Olhe, este artigo diz que você deve beliscar as bochechas para ficar corada, porque supõe que todas as leitoras da revista têm uma pele que fica corada desse jeito. Este aqui fala em produtos para o cabelo de *todas* — e 'todas' significa louras, morenas e ruivas. Eu não sou nada disso. E este fala dos melhores condicionadores — para cabelo liso, cacheado e encaracolado. Não crespo. Está vendo o que eles chamam de cabelo encaracolado? Meu cabelo nunca fica assim. Este aqui fala de combinar a cor de seus olhos com a cor da sombra — olhos azuis, verdes e castanho-esverdeados. Mas meus olhos são negros, então eu não sei que sombras funcionam para mim. Este diz que esse batom rosa é universal, mas eles querem dizer universal se você for branca, porque eu ia parecer uma palhaça se tentasse usar esse tom. Ah, veja, aqui temos algum progresso. Um anúncio de base para o rosto. Tem sete tons diferentes para pele branca e um tom genérico de chocolate, mas isso já é um progresso. Agora vamos conversar sobre racialmente tendencioso. Está entendendo por que uma revista como a *Essence* existe?"

"Tudo bem, amor. Tudo bem. Eu não sabia que ia virar essa história toda", disse ele.

Naquela noite, Ifemelu escreveu um longo e-mail para Wambui sobre a livraria, as revistas, as coisas que não dizia a Curt, o não dito e não terminado. Era um e-mail longo, que inquiria, questionava, revirava. Wambui respondeu, dizendo: "Tudo isso é tão cru e verdadeiro. Mais pessoas deveriam ler. Você devia fazer um blog".

Os blogs eram algo novo, não familiar para Ifemelu. Mas dizer a Wambui o que tinha acontecido não fora satisfatório o suficiente; ela ansiava por ouvintes e ansiava por ouvir as histórias alheias. Quantas outras pessoas escolhiam o silêncio? Quantas tinham se tornado negras nos Estados Unidos? Quantas sentiam que seu mundo era envolto em gaze? Ifemelu terminou com Curt algumas semanas depois, fez um cadastro no WordPress e criou seu blog. Mais tarde ela mudaria o nome, mas no início ele chamava Raceteenth, ou Observações Curiosas de uma Negra Não Americana sobre a Questão da Negritude nos Estados Unidos. Seu primeiro post era uma versão do e-mail que tinha mandado para Wambui, só corrigindo a pontuação. Ela se referiu a Curt como "O Ex-Namorado Branco e Gostoso". Algumas horas depois, foi ver as estatísticas do blog. Nove pessoas tinham lido. Em pânico, Ifemelu apagou o post. No dia seguinte, publicou-o de novo, modificado e editado, terminando-o com palavras das quais ainda se lembrava muito bem. E recitou essas palavras agora, na mesa de jantar da francesa e do americano, enquanto a poeta haitiana a observava com os braços cruzados.

> Sabe qual é a solução mais simples para o problema da raça nos Estados Unidos? O amor romântico. Não a amizade. Não o tipo de amor tranquilo e superficial cujo objetivo é manter as duas pessoas confortáveis. Mas o amor romântico profundo e real, do tipo que retorce e estica você e faz com que respire através das narinas da pessoa que ama. E como esse tipo de amor romântico profundo e real é tão raro e como a sociedade americana é feita de modo a torná-lo ainda mais raro entre um negro americano e um branco americano, o problema da raça nos Estados Unidos nunca vai ser resolvido.

"Ah! Que história maravilhosa!", disse a anfitriã francesa, com a palma da mão pousada de forma dramática sobre o peito, olhando para os outros em volta da mesa como quem buscava uma reação. Mas todos os outros permaneceram em silêncio, desviando os olhares incertos.

Um agradecimento público a Michelle Obama e o cabelo como metáfora da raça

> A Amiga Branca e eu somos fãs de Michelle Obama. Por isso, outro dia, eu disse a ela: "Será que a Michelle Obama pôs mega-hair? O cabelo dela está mais cheio hoje e fazer escova todos os dias deve danificá-lo". E ela disse: "Quer dizer que o cabelo dela não é daquele jeito naturalmente?". Só eu que acho, ou isso aí é a metáfora perfeita para a raça nos Estados Unidos? Cabelo. Já viu como, nesses programas de televisão que transformam a aparência da pessoa, as mulheres negras sempre têm o cabelo natural (crespo, enrolado, pixaim) na foto feia do "antes" e como, na foto bonita do "depois", alguém pegou um pedaço de metal quente e queimou o cabelo delas para ficar liso? Algumas mulheres negras, tanto americanas como não americanas, preferem sair peladas na rua a aparecer em público com seu cabelo natural. Porque, veja bem, não é profissional, sofisticado, sei lá, simplesmente não é normal. (Por favor, pessoal dos comentários, não diga que

é a mesma coisa que uma mulher branca que não tinge o cabelo.) Quando você TEM cabelo natural de negro, as pessoas acham que você "fez" alguma coisa com ele. Na verdade, as pessoas com os afros e os dreads são as que não "fizeram" nada com o cabelo. Você devia era perguntar à Beyoncé o que ela fez. (Nós todos amamos Bey, mas que tal ela mostrar, só uma vez, como é o cabelo que sai natural de seu couro cabeludo?) Eu tenho cabelo crespo natural. Que uso em afros, tranças, trança de raiz. Não, não é uma coisa política. Não, eu não sou artista plástica, poeta ou cantora. Também não sou natureba. Só não quero relaxar o cabelo — já estou em contato com muitas outras substâncias cancerígenas no meu cotidiano. (Aliás, será que a gente pode banir as perucas afro no Halloween? O afro não é uma fantasia, pelo amor de Deus.) Imagine se Michelle Obama se cansasse de toda aquela escova, decidisse usar o cabelo natural e aparecesse na televisão com o cabelo parecendo algodão, ou com ele bem crespo? (Nunca se sabe como a textura do cabelo de alguém vai ser. Não é incomum para uma mulher negra ter três texturas diferentes no cabelo.) Ela ia ficar linda, mas o pobre do Obama sem dúvida ia perder o voto dos independentes e até dos democratas indecisos.

ATUALIZAÇÃO: ZoraNeale22, que está voltando ao cabelo natural agora, me pediu para postar como cuido do meu. Manteiga de carité como condicionador sem enxágue funciona em muitos cabelos naturais. Mas não para mim. Qualquer produto com manteiga de carité deixa meu cabelo acinzentado e ressecado. E ser seco é o maior problema dele. Eu lavo uma vez por semana com um xampu hidratante sem silicone. Uso um condicionador hidratante. Não seco com toalha. Deixo molhado, separo em seções, coloco um produto cremoso sem enxágue (meu preferido atualmente é o Qhemet Biologics, mas também gosto das marcas Oyin Handmade, Shea Moisture, Bask Beauty e Darcy's Botanicals). Então, faço três ou quatro tranças grandes começando na raiz e amarro meu lenço de cetim na cabeça (o cetim é bom, ele preserva a umidade. Algodão é ruim, suga a umidade). Vou dormir. Na manhã seguinte, desfaço as tranças e *voilà*, estou com um lindo afro macio! O mais importante é passar o produto enquanto o cabelo estiver molhado. E eu nunca, nunca penteio o cabelo quando ele está seco. Só penteio quando está molhado, úmido ou cheio de condicionador bem cremoso. Essa técnica de fazer trança com o cabelo molhado também pode funcionar com as Amigas Brancas de Cabelo Seriamente Encaracolado que estão cansadas da chapinha e dos tratamentos com queratina. Tem mais alguma negra americana ou não americana por aí que usa o cabelo natural e quer contar como cuida dele?

32.

Durante semanas Ifemelu tateou, tentando se lembrar da pessoa que era antes de namorar Curt. A vida conjunta deles tinha acontecido, ela não teria sido capaz de imaginá-la antes, então, sem dúvida, conseguiria voltar ao que era. Mas o antes era uma névoa cor de ardósia, e Ifemelu não sabia mais quem fora, do que gostava, do que não gostava, o que queria. Seu emprego a entediava: ela fazia as mesmas coisas chatas, escrevendo releases, editando releases, revisando releases, com gestos automáticos e entorpecidos. Talvez sempre houvesse sido assim e Ifemelu não tivesse notado, pois estava cega com o brilho de Curt. Seu apartamento parecia a casa de um estranho. Nos fins de semana, ela ia para Willow. O apartamento de tia Uju ficava num condomínio de prédios com revestimento de estuque, num bairro cuidadosamente planejado com pedras colocadas nos cantos, onde, no fim da tarde, pessoas simpáticas saíam para passear com cachorros bonitos. Tia Uju tinha uma nova leveza; usava uma fina tornozeleira no verão, um lampejo esperançoso de ouro na perna. Passara a fazer parte da Médicos Africanos pela África, doando seu tempo em missões médicas de duas semanas e, durante a viagem ao Sudão, conheceu Kweku, um médico ganense divorciado. "Ele me trata como se eu fosse uma princesa. Como Curt tratava você."

"Estou tentando esquecê-lo, tia. Pare de falar nele!"

"Sinto muito", disse tia Uju, não parecendo sentir nem um pouco. Ela tinha dito a Ifemelu para fazer de tudo para salvar aquele relacionamento, porque não ia encontrar outro homem que a amasse tanto quanto Curt. Quando Ifemelu disse a Dike que tinha terminado com Curt, ele falou: "Ele era bem legal, prima. Você vai ficar bem?".

"Vou, claro."

Talvez ele sentisse que a verdade era outra e soubesse da leve instabilidade de seu ânimo; na maioria das noites, Ifemelu ficava na cama chorando, culpando-se pelo que destruíra, e depois dizendo a si mesma que não tinha motivos para chorar, mas chorando mesmo assim. Dike levou uma bandeja para o quarto dela com uma banana e uma lata de amendoim.

"Hora do lanche!", disse, com um sorriso de zombaria; ainda não entendia por que alguém comeria aquelas duas coisas juntas. Ele ficou sentado na cama, contando como estava a escola enquanto Ifemelu comia. Dike jogava basquete agora, suas notas tinham melhorado e ele gostava de uma menina chamada Autumn.

"Você está se adaptando bem aqui."

"Estou", disse ele, e seu sorriso a fez lembrar como eram seus sorrisos no Brooklyn, francos, sem reservas.

"Lembra aquele personagem de anime, o Goku?"

"Lembro."

"Você meio que parece o Goku com esse afro", disse Dike, rindo.

Kweku bateu na porta e esperou que Ifemelu dissesse "Entre" antes de enfiar a cabeça pela fresta. "Já está pronto, Dike?", perguntou.

"Estou, tio. Vamos nessa!"

"Vamos ao centro comunitário, quer vir?", perguntou Kweku a Ifemelu de forma hesitante, quase formal; ele também sabia que ela estava sofrendo por ter terminado com o namorado. Era um homem baixo e de óculos, um cavalheiro, um homem gentil; Ifemelu gostava dele, pois ele gostava de Dike.

"Não, obrigada", disse ela. Kweku morava numa casa não muito longe dali, mas algumas de suas camisas estavam no armário de tia Uju e Ifemelu vira uma loção pós-barba no banheiro dela e embalagens de iogurte orgânico na geladeira, que sabia que ela não comia. Kweku olhava para tia Uju com olhos translúcidos, de um homem que queria que o mundo soubesse o quanto estava apaixonado. Aquilo fez Ifemelu se lembrar de Curt e sentir, mais uma vez, uma tristeza nostálgica.

A mãe dela percebeu algo em sua voz pelo telefone. "Você está doente? Aconteceu alguma coisa?"

"Estou bem. É só o emprego."

Seu pai também lhe perguntou por que estava diferente e se estava tudo bem. Ifemelu contou que estava tudo bem e que ela passava boa parte do tempo depois do trabalho escrevendo no blog e estava prestes a explicar seu novo passatempo quando ele disse: "O conceito me é razoavelmente familiar. Estamos passando por um rigoroso programa de treinamento em computação no escritório".

"Eles deferiram o pedido do seu pai. Ele vai poder sair de licença durante as férias da minha escola", disse a mãe dela. "Então, devemos pedir nosso visto em breve."

Ifemelu havia tempos sonhava com uma visita dos pais e falava nessa possibilidade. Ela podia pagar por uma naquele momento e sua mãe queria que fosse naquele momento, mas Ifemelu lamentou que não pudesse ser em outro. Queria vê-los, mas pensar na visita deles a deixava exausta. Não sabia se ia ser capaz de ser sua filha, a pessoa de quem se lembravam.

"Mamãe, ando muito ocupada no trabalho atualmente."

"Hum. A gente por acaso vai para atrapalhar seu trabalho?"

Assim, ela enviou para eles uma carta-convite, o extrato do banco e uma cópia de seu green card. Ir à embaixada americana era melhor agora; os funcionários ainda eram rudes, mas o pai de Ifemelu contou que você não tinha mais de brigar e empurrar os outros para conseguir entrar na fila. Eles receberam visto de seis meses. Passaram três semanas com ela. Pareciam estranhos. Sua aparência estava a mesma, mas a dignidade da qual Ifemelu se lembrava sumira e deixara em seu lugar uma avidez mesquinha e provinciana. O pai dela ficou maravilhado com os carpetes no hall do prédio; a mãe comprou inúmeras bolsas de couro falso no Kmart e guardou guardanapos de papel da praça de alimentação do shopping e até sacolas plásticas. Ambos posaram para fotos diante da loja de departamentos JC Penney, pedindo que Ifemelu não deixasse de pegar o letreiro inteiro. Ela os observava com desprezo e sentia-se culpada por isso; tinha guardado suas lembranças como se fossem tão preciosas, mas, agora que finalmente os estava vendo, observava-os com desprezo.

"Eu não entendo os americanos. Eles dizem uma coisa e eu entendo outra", declarou seu pai. "A maneira de falar dos britânicos é preferível, creio."

Antes de irem embora, a mãe de Ifemelu lhe perguntou, falando baixinho: "Você tem um amigo?". Ela disse a palavra "amigo" em inglês e não em igbo; era a palavra inofensiva que os pais usavam para não conspurcar a língua com termos como "namorado", embora fosse exatamente isso que queriam dizer; um envolvimento romântico, um marido em potencial.

"Não", disse Ifemelu. "Tenho estado muito ocupada no trabalho."

"Trabalhar é bom, Ifem. Mas você também deve ficar de olhos abertos. Lembre que uma mulher é como uma flor. Nosso tempo passa rápido."

Antes, Ifemelu teria rido sem dar importância e dito à mãe que não se sentia nem um pouco como uma flor, mas agora estava cansada demais, aquilo lhe parecia um esforço grande demais. No dia em que seus pais voltaram para a Nigéria, ela desabou na cama, chorando descontroladamente e pensando no que havia de errado com ela. Estava aliviada por seus pais terem ido embora e se sentia culpada pelo alívio. Depois do trabalho, vagava pelo centro de Baltimore sem rumo, sem se interessar por nada. Era isso que os escritores queriam dizer quando falavam em *ennui*? Numa tarde enfadonha de quarta-feira, ela pediu demissão. Não planejara fazê-lo, mas subitamente pareceu-lhe que era necessário, e por isso fez uma carta no computador e levou-a até o escritório do gerente.

"Mas você estava progredindo tanto. Há algo que podemos fazer para que mude de ideia?", perguntou o gerente, muito surpreso.

"É um motivo pessoal, ligado à minha família", disse Ifemelu vagamente. "Agradeço muito por todas as oportunidades que me deu."

Então, qual é a verdade?

Eles nos dizem que raça é uma invenção, que existe mais variação genética entre duas pessoas negras do que entre um negro e um branco. Mas então dizem que as negras têm um tipo pior de câncer de mama e maior predisposição a tumores no útero. E que os brancos têm mais fibrose cística e osteoporose. Então, qual é a verdade, médicos presentes? Raça é uma invenção ou não é?

33.

O blog havia se mostrado para o mundo e perdido os dentes de leite; ele alternadamente a surpreendia, dava-lhe prazer e a deixava perplexa. Seus leitores cresceram, chegando a milhares em todo o mundo, de forma tão rápida que ela resistia ao impulso de conferir as estatísticas, relutando em saber quantas pessoas novas tinham clicado na página para lê-la naquele dia, porque isso a amedrontava. E a encantava. Quando via seus posts republicados em outro site, corava com a sensação de ter realizado algo importante, mas não havia imaginado nada disso, não havia acalentado nenhuma ambição definida. Chegaram e-mails de leitores que queriam apoiar o blog. Apoiar. Aquela palavra fez o blog ser algo ainda mais exterior a Ifemelu, uma coisa separada que poderia prosperar ou não, às vezes sem ela e às vezes com. Assim, Ifemelu colocou um link para sua conta no PayPal. Apareceram créditos, muitos pequenos e um tão grande que, quando ela o viu, soltou um som desconhecido, uma mistura de suspiro e grito. Ele começou a aparecer todo mês, uma contribuição anônima, tão regular quanto um salário e, cada vez que isso acontecia, ela se sentia envergonhada, como se tivesse encontrado algo de valor na rua e guardado. Imaginou se seria de Curt, assim como se perguntava se ele lia o blog e o que achava de ser chamado de O Ex-Namorado Branco e Gostoso. Eram perguntas feitas sem grande nervosismo; Ifemelu sentia falta do que poderia ter sido, mas não sentia mais falta dele.

Ela entrava no blog e no e-mail com frequência demais, como uma criança rasgando ansiosamente o embrulho de um presente que não sabe se quer, e lia coisas de gente chamando-a para tomar um drinque, acusando-a de ser racista, dando-lhe ideias sobre o que postar. Outra blogueira que fazia cremes para cabelo foi a primeira a sugerir pôr um anúncio e, por uma taxa simbólica, Ifemelu postou a imagem de uma mulher de cabelos abundantes no topo da página de seu blog, à direita; clicar nela levava ao site de cremes para cabelo. Outro leitor ofereceu mais dinheiro para que ela publicasse um anúncio gráfico com duas imagens, mostrando primeiro uma modelo de pescoço longo com um vestido justo e depois a mesma modelo com um chapéu de abas moles. Clicar na imagem levava a uma loja on-line. Logo, ela recebeu e-mails com ofertas para anunciar xampus da Pantene e maquiagem da Covergirl. Depois, um e-mail do diretor para assuntos multiculturais de uma escola particular de Connecticut, tão formal que ela o imaginou sendo datilografado em papel cortado à mão com um brasão prateado, pedindo-lhe que desse uma palestra sobre diversidade para os alunos. Chegou também um e-mail de uma corporação na Pensilvânia, escrito de maneira menos formal, dizendo-lhe que um professor universitário local a havia identificado como uma instigante blogueira de raça e pedindo-lhe que se apresentasse em seu workshop anual sobre diversidade. Um editor da *Baltimore Living* mandou um e-mail dizendo que eles queriam incluí-la numa matéria do tipo "dez pessoas que vão dar o que falar"; Ifemelu foi fotografada ao lado do laptop com o rosto mergulhado nas sombras e a foto saiu com a legenda: "A blogueira". Seus leitores triplicaram. Mais convites chegaram. Para receber telefonemas, ela usava suas calças mais sérias e seu batom mais discreto e falava sentada à mesa bem empertigada, com as pernas cruzadas, a voz segura e tranquila. Mas uma parte dela sempre ficava apreensiva, esperando que a pessoa do outro lado da linha percebesse que estava fingindo ser essa mulher profissional que negociava quanto ia receber e visse que era uma desempregada que usava uma camisola amassada o dia inteiro, gritasse "Fraude!" e desligasse. Mais convites chegaram. O hotel e a passagem eram pagos e os honorários variavam. Certa vez Ifemelu disse, num impulso, que queria duas vezes mais do que lhe fora oferecido na semana anterior e ficou chocada quando o homem que tinha ligado de Delaware disse: "Tudo bem, pode ser".

A maior parte das pessoas que compareceram à sua primeira palestra sobre diversidade, numa pequena empresa de Ohio, usava tênis. Todas eram brancas. Sua apresentação se chamava "Como falar sobre raça com colegas de outras raças", mas com quem, perguntou-se ela, eles iam falar sobre isso, já que eram todos brancos? Talvez o faxineiro fosse negro.

"Não sou especialista, por isso não me citem", começou Ifemelu. Eles riram, risos calorosos e encorajadores, e ela disse a si mesma que ia se sair bem, não precisava ter se preocupado em se dirigir a uma sala cheia de estranhos no meio de Ohio. (Tinha sentido uma leve apreensão ao ler que ainda existiam cidades abertamente racistas naquele estado.) "O primeiro passo para se comunicar de forma honesta sobre a questão da raça é entender que você não pode igualar todos os racismos", disse Ifemelu, partindo para o discurso que havia preparado com cuidado. Quando, no fim, disse "Obrigada", feliz com a fluidez com que as palavras tinham saído, os rostos ao seu redor estavam gélidos. Os aplausos mecânicos a deixaram arrasada. Depois, Ifemelu ficou sozinha com o diretor de recursos humanos, bebendo chá doce demais no salão de conferências e conversando sobre futebol, que ele sabia que a Nigéria jogava bem, como se estivesse ansioso por discutir qualquer coisa, menos a palestra que ela acabara de dar. Naquela noite, ela recebeu um e-mail: *SUA PALESTRA FOI UMA PORCARIA. VOCÊ É RACISTA. DEVIA ESTAR FELIZ POR TERMOS DEIXADO VOCÊ ENTRAR NESTE PAÍS.*

O e-mail, escrito todo em maiúsculas, foi uma revelação. O propósito de workshops sobre diversidade ou palestras multiculturais não era inspirar nenhuma mudança real, mas fazer com que as pessoas se sentissem bem consigo mesmas. Elas não queriam o conteúdo de suas ideias; queriam apenas o simbolismo de sua presença. Não tinham lido seu blog, apenas ouvido falar que ela era uma "blogueira famosa" que escrevia sobre questões raciais. Assim, ao longo das semanas seguintes, conforme Ifemelu foi dando mais palestras em empresas e escolas, começou a dizer o que eles queriam ouvir, sendo que jamais escreveria nada daquilo em seu blog, pois sabia que as pessoas que o liam não eram as mesmas que iam a workshops sobre diversidade. Durante suas palestras, Ifemelu dizia: "Os Estados Unidos já progrediram muito e devemos nos orgulhar disso". Em seu blog, escrevia: *O racismo nunca devia ter acontecido, então você não ganha um doce por ele ter diminuído*. Mais convites ainda chegaram. Ela contratou uma estagiária, uma estudante americana cuja família era do Haiti e que usava o cabelo em caracóis elegantes, que conhecia bem os meandros da internet, procurando qualquer informação de que Ifemelu precisasse e apagando comentários inapropriados praticamente assim que eram postados.

Ifemelu comprou um pequeno apartamento. Ao ver o anúncio na parte de imóveis dos classificados do jornal, ela tomara um susto ao se dar conta de que tinha como pagar a entrada sem precisar de um empréstimo. Assinar seu nome acima da palavra "proprietária" a deixara com a sensação amedrontadora de ser uma adulta e também com um leve espanto de isso ser possível por causa de seu blog. Ela transformou um dos dois quartos num escritório e começou a escrever lá, passando bastante tempo diante da janela para observar seu novo bairro de Roland Park, com as casas geminadas restauradas à sombra de velhas árvores. Ficava surpresa ao ver que alguns posts chamavam atenção e que outros mal eram clicados. Seus textos sobre sites e namoro continuavam a receber comentários após muitos meses, como se fossem uma coisa grudenta.

> Bom, como ainda estou um pouco triste por causa do término com O Ex-Namorado Branco e Gostoso e não gosto de ir a bares, acabei entrando num site de namoro. E vi vários perfis. Mas sabe a hora em que você escolhe em qual etnia está interessado? Os homens brancos escolhem mulheres brancas e os mais corajosos escolhem asiáticas e hispânicas. Os homens hispânicos escolhem brancas e hispânicas. Os homens negros são os únicos que provavelmente vão escolher "todas", mas alguns nem escolhem as mulheres negras. Escolhem brancas, asiáticas e hispânicas. Não fez com que eu me sentisse muito amada. Mas o que o amor tem a ver com essas escolhas? Você pode entrar no supermercado, encontrar alguém por acaso e se apaixonar, e essa pessoa não ser um membro da raça que você escolheria on-line. Por isso, após ver os perfis, cancelei minha conta, que, ainda bem, estava nos primeiros dias, obtive um reembolso e de agora em diante vou andar às cegas pelo supermercado.

Surgiram comentários de pessoas com histórias parecidas, de pessoas dizendo que ela estava errada, de homens pedindo que publicasse uma foto sua, de mulheres negras compartilhando histórias de namoros na internet que haviam dado certo, de pessoas que tinham ficado com raiva e pessoas que haviam adorado o post. Alguns dos comentários a divertiam, pois não tinham nenhuma ligação com o assunto. *Vá se foder*, escreveu um. *Os negros se dão bem em tudo. Você não consegue nada neste país se não for negro. As mulheres negras podem até ser mais gordas.* Seu post semanal, "Mistura de sexta-feira", um emaranhado de pensamentos, era o que mais recebia cliques e comentários todas as semanas. Às vezes, Ifemelu escrevia alguns posts esperando reações desagradáveis, com um nó no estômago de medo e animação, mas recebia só comentários insossos. Agora que a convidavam para participar de mesas-redondas e debates em emissoras de rádio públicas ou comunitárias, sempre identificada simplesmente como blogueira, sentia-se consumida por seu blog. Ela se tornara seu blog. Havia momentos em que acordava no meio da noite e seus desconfortos crescentes rastejavam das fendas em que se escondiam, fazendo com que os muitos leitores do blog se tornassem, em sua mente, uma multidão furiosa e crítica que a esperava, aguardando o momento de atacá-la, desmascará-la.

Discussão aberta: para todos os negros enrustidos

Isto é para todos os negros enrustidos, os negros americanos e não americanos que estão vencendo na vida e não gostam de falar sobre experiências de vida que têm exclusivamente a ver com o fato de serem negros, pois não querem deixar ninguém constrangido. Conte sua história aqui. Se desenrusta. Este é um lugar seguro.

34.

O blog trouxe Blaine de volta para a vida de Ifemelu. Na conferência de blogueiros Blogging While Brown, em Washington, durante o evento de boas-vindas, com o saguão do hotel repleto de pessoas dizendo olá umas para as outras em vozes entusiasmadas demais que mostravam nervosismo, ela estava conversando com uma moça que tinha um blog sobre maquiagem, uma americana de família mexicana que usava sombra neon, quando ergueu os olhos e estacou, trêmula, pois a poucos metros de onde estava, em meio a um grupo pequeno de pessoas, estava Blaine. Ele estava igual, a não ser pelos óculos de armação preta. Exatamente como Ifemelu se lembrava de tê-lo visto no trem: alto e com gestos graciosos. A moça do blog de maquiagem falava sobre como as empresas de cosméticos sempre mandavam coisas de graça para o Bellachicana, e sobre as questões éticas que isso envolvia, e Ifemelu assentia, mas estava realmente prestando atenção apenas na presença de Blaine e no fato de que ele estava se afastando do grupo de pessoas e se aproximando dela.

"Oi!", disse ele, olhando o crachá de Ifemelu. "Então você é a Negra Não Americana? Eu amo seu blog."

"Obrigada", disse Ifemelu. Blaine não se lembrava dela. E por que deveria? Fazia tanto tempo que eles se encontraram no trem e, na época, nenhum dos dois sabia o que a palavra "blog" significava. Ele acharia divertido o quanto ela o idealizara, como ele se tornara uma pessoa feita não de carne, mas de pequenos cristais de perfeição, o homem americano que ela jamais teria. Blaine se virou para cumprimentar a moça do blog sobre maquiagem e Ifemelu viu, em seu crachá, que ele escrevia um blog sobre a "interseção do mundo acadêmico com a cultura popular".

Blaine se voltou para ela de novo. "E aí, você ainda vai a muitos shoppings em Connecticut? Porque eu ainda planto meu próprio algodão."

Por um instante Ifemelu não conseguiu respirar, mas então riu, uma risada que a deixou tonta e embriagada, porque sua vida tinha se transformado num filme mágico no qual as pessoas se reencontravam. "Você lembrou!"

"Estava olhando você do outro lado do salão. Não acreditei quando te vi."

"Meu Deus, quanto tempo faz? Dez anos?"

"Mais ou menos. Uns oito, talvez?"

"Você nunca retornou minha ligação", disse ela.

"Eu estava namorando. Já andava mal naquela época, mas durou muito mais tempo do que devia." Ele parou de falar com uma expressão que Ifemelu viria a conhecer bem, os olhos apertados de maneira virtuosa de modo a anunciar o espírito nobre de seu dono.

Seguiram-se e-mails e telefonemas entre Baltimore e New Haven, comentários brincalhões que um postava no blog do outro, muita paquera durante ligações feitas tarde da noite, até o dia de inverno em que Blaine surgiu na porta dela com as mãos enfiadas nos bolsos do casaco caban cinza e a gola salpicada de uma neve que mais parecia pó de fada. Ifemelu estava fazendo arroz de coco, o apartamento cheirando a temperos, uma garrafa de vinho barato sobre o balcão da cozinha e Nina Simone tocando alto no som. A canção "Don't Let Me Be Misunderstood" levou-os, poucos minutos depois de ele chegar, a atravessar a ponte que fazia com que deixassem de ser amigos se paquerando e se tornassem amantes na cama dela. Depois, Blaine se apoiou no cotovelo para observá-la. Havia algo de fluido, quase andrógino, em seu corpo esguio, que a fez lembrar que ele lhe dissera praticar ioga. Talvez Blaine conseguisse ficar apoiado sobre a cabeça e se contorcer em posições improváveis. Quando Ifemelu misturou o arroz, agora frio, com o molho de coco, ela contou a Blaine que cozinhar a entediava e que havia comprado todos aqueles temperos no dia anterior e cozinhara porque ele ia visitá-la. Ela os havia imaginado com gengibre nos lábios, curry sendo lambido de seu corpo, folhas de louro entre seus corpos, mas os dois tinham sido tão responsáveis, beijando-se na sala e então indo para o quarto.

"Devíamos ter feito as coisas de maneira mais improvável", disse.

Blaine riu. "Eu gosto de cozinhar, então vai haver muitas oportunidades para o improvável." Mas ela sabia que ele não era o tipo de pessoa que fazia coisas de maneira improvável. Não depois de ter colocado a camisinha com uma concentração tão lenta e clínica. Mais tarde, quando Ifemelu ficou sabendo das cartas que Blaine escrevia para o Congresso sobre Darfur, sobre os adolescentes para quem dava aulas particulares na escola de ensino médio de Dixwell, sobre os abrigos nos quais era voluntário, passaria a pensar nele como alguém que não tinha uma espinha dorsal normal, mas um tronco firme de bondade.

Era como se, por causa do encontro deles no trem anos antes, pudessem pular diversos passos, ignorar fatos desconhecidos e deslizar para uma intimidade imediata. Depois da primeira visita de Blaine, Ifemelu foi para New Haven com ele. Houve semanas naquele inverno, frias e ensolaradas, em que New Haven parecia iluminada por dentro, com a neve pendendo dos arbustos e uma qualidade festiva de um mundo que parecia ser habitado de maneira completa apenas por eles dois. Andavam até o árabe na Howe Street para comer homus, ficavam sentados num cantinho escuro conversando durante horas até que finalmente emergiam, com a língua ardendo do alho. Ou Ifemelu encontrava Blaine na biblioteca depois da aula e eles sentavam no café, bebendo chocolate quente espesso demais e comendo croissants integrais arenosos demais, a pilha de livros dele sobre a mesa. Ele cozinhava vegetais orgânicos e grãos cujos nomes ela não conseguia pronunciar — triguilho, quinoa —, limpando tudo rapidamente enquanto cozinhava, passando um pano sobre uma mancha de molho de tomate assim que ela aparecia, secando a água derramada no mesmo instante em que caía. Blaine a assustava, falando dos produtos químicos que eram jogados nas colheitas, nos produtos dados às galinhas para que crescessem de forma mais rápida e naqueles usados para dar às frutas uma casca perfeita. Por que ela achava que as pessoas estavam morrendo de câncer? Assim, antes de Ifemelu comer uma maçã, ela a esfregava na pia, embora Blaine só comprasse frutas orgânicas. Ele disse a ela quais grãos tinham proteína, quais vegetais tinham caroteno, que frutas tinham açúcar demais. Blaine sabia tudo;

ela sentia-se intimidada por isso, orgulhosa disso, e um pouco enojada com isso. Com ele, pequenas tarefas domésticas, realizadas em seu apartamento no vigésimo andar de um prédio alto perto do campus, tornavam-se cheias de significado — a maneira como ele a observava passar manteiga de cacau depois de tomar um banho à noite, o som farfalhante que a lava-louça fazia quando ligava —, e ela imaginava um berço no quarto, um bebê dentro dele e Blaine batendo com cuidado frutas orgânicas no liquidificador para fazer papinha. Seria um pai perfeito, aquele homem disciplinado.

"Não consigo comer tempeh, não entendo como você gosta", disse Ifemelu para ele.

"Eu não gosto."

"Então por que come?"

"Porque faz bem."

Blaine corria todas as manhãs e passava fio dental todos os dias. Passar fio dental parecia a Ifemelu um hábito tão americano, deslizar um fio entre os dentes de maneira mecânica, inelegante e funcional. "Você devia passar fio dental todos os dias", disse-lhe ele. E ela começou a passar fio dental, assim como começou a fazer outras coisas que Blaine fazia — ir à academia, comer mais proteína do que carboidratos —, e com uma satisfação agradecida, porque aquilo a melhorava. Blaine era como um tônico salutar — com ele, ela só podia habitar um nível de bondade mais alto.

A melhor amiga dele, Araminta, veio visitá-lo e deu um abraço caloroso em Ifemelu, como se elas já se conhecessem. "Blaine não namorou ninguém de verdade desde que terminou com Paula. E agora ele está com uma irmã nossa e com uma irmã de pele escura ainda por cima. Que progresso!", disse Araminta.

"Minta, pare com isso", disse Blaine, mas ele estava sorrindo. O fato de sua melhor amiga ser mulher, uma arquiteta que usava mega-hair liso e longo, sapatos de salto alto, jeans justos e lentes de contato coloridas dizia algo sobre ele que agradava a Ifemelu.

"Blaine e eu crescemos juntos. Na escola, éramos os únicos negros do ano. Todos os nossos amigos queriam que namorássemos, sabe como sempre acham que dois negros têm que virar um casal? Mas ele não era meu tipo de jeito nenhum", contou Araminta.

"Até parece", disse Blaine.

"Ifemelu, posso só dizer o quanto estou feliz por você não ser acadêmica? Já ouviu os amigos dele falando? Nada é o que é. Tudo tem que significar outra coisa. É ridículo. Outro dia, Marcia estava dizendo que as mulheres negras são gordas porque seus corpos são locais de resistência à escravidão. Sim, isso é verdade se hambúrguer e refrigerante forem resistência à escravidão."

"Qualquer pessoa vê que esse discurso anti-intelectual é pose, pois a senhorita gosta de ir beber no Harvard Club", disse Blaine.

"Pelo amor de Deus. Ter uma boa formação não é a mesma coisa que transformar o mundo todo em algo a ser explicado! Até Shan ri de vocês. Ela sabe imitar direitinho você e Grace: *a formação canônica e a topografia da consciência espacial e histórica.*" Araminta se virou para Ifemelu. "Você já conheceu a irmã dele, Shan?"

"Não."

Mais tarde, quando Blaine estava no banheiro, Araminta disse: "Shan é uma figura interessante. Não a leve a sério demais quando você a conhecer".

"Como assim?"

"Ela é ótima, é muito sedutora, mas se você achar que está sendo grosseira ou alguma coisa assim, não é pessoal, é só o jeito dela." E então ela disse, numa voz mais baixa: "Blaine é um cara incrível, um cara incrível".

"Eu sei." Ifemelu sentiu, nas palavras de Araminta, algo que era ou um aviso ou uma súplica.

Blaine pediu-lhe que fosse morar com ele depois de um mês, mas ela levou um ano para fazer isso, embora àquela altura já estivesse passando a maior parte do tempo em New Haven, tivesse uma carteirinha da academia de Yale por ser namorada de um professor e escrevesse seu blog no apartamento dele, numa escrivaninha que ele colocara perto da janela do quarto para ela. De início, entusiasmada com o interesse de Blaine, reverenciando sua inteligência, Ifemelu deixava-o ler os posts antes de publicá-los. Ela não pedia sugestões dele, mas devagar começou a fazer mudanças, a acrescentar e remover coisas por causa do que dizia. Depois, começou a se ressentir disso. Seus posts estavam acadêmicos demais, parecidos demais com Blaine. Ifemelu escrevera um texto sobre os centros das cidades — "Por que as partes mais sujas e mal-ajambradas das cidades americanas estão repletas de negros americanos?" — e Blaine lhe disse para incluir detalhes sobre políticas governamentais e remoções. Ela fez isso, mas, depois de reler, apagou o post.

"Eu não quero explicar, só quero observar", disse.

"Lembre que as pessoas não leem você como entretenimento, mas como uma avaliação da nossa cultura. É uma grande responsabilidade. Existem jovens escrevendo trabalhos de faculdade sobre seu blog", disse Blaine. "Não estou dizendo que você tem que ser acadêmica ou chata. Mantenha seu estilo, mas seja mais profunda."

"Já sou profunda o suficiente", disse Ifemelu, irritada, mas com a sensação de que ele tinha razão.

"Você está sendo preguiçosa, Ifem."

Ele usava a palavra "preguiçoso" com frequência, para alunos que não entregavam os trabalhos no prazo, para celebridades negras que não eram politicamente ativas, para ideias que não casavam com as suas. Às vezes, Ifemelu sentia que era aprendiz de Blaine; quando passeavam em museus, ele se demorava diante de quadros abstratos, que a entediavam, e ela acabava se afastando na direção das esculturas ousadas ou dos quadros naturalistas e sentindo, por seu sorriso forçado, sua decepção com o fato de que ainda não aprendera o suficiente com ele. Quando Blaine colocava para tocar algumas músicas de sua coleção completa de John Coltrane, ficava observando-a enquanto ela escutava, esperando pelo êxtase que ele tinha certeza de que a dominaria e, no fim, quando Ifemelu permanecia distante desse êxtase, rapidamente desviava os olhos. Ela escreveu no blog sobre dois romances que amou, de Ann Petry e Gayl Jones, e Blaine disse: "Elas não ultrapassam as fronteiras". Disse isso com doçura, como se não quisesse aborrecê-la, mas como se acreditasse que precisava ser dito. As opiniões dele eram firmes, tão ponderadas e completamente formadas em sua própria mente que Blaine às vezes parecia surpreso que Ifemelu não tivesse chegado sozinha às mesmas conclusões. Ifemelu se sentia um pouco distante das coisas nas quais ele acreditava e das coisas que ele sabia e era ansiosa por alcançá-lo, fascinada por sua convicção de que entendia o que era o certo. Certa vez, quando eles estavam descendo a Elm Street para ir comer um sanduíche, viram uma mulher negra e gorducha que sempre estava no campus, parada perto da lanchonete, com um gorro de lã sobre a cabeça, oferecendo rosas de plástico para os passantes e perguntando: "Tem um trocado?". Dois alunos estavam conversando com ela e um lhe entregou um cappuccino num copo de papel comprido. A mulher pareceu radiante; ela jogou a cabeça para trás e deu um gole.

"Que coisa nojenta", disse Blaine quando eles passaram.

"É mesmo", disse Ifemelu, embora não entendesse bem por que ele tinha se incomodado tanto com a mulher sem-teto e o cappuccino que ganhara de presente. Semanas antes, uma mulher idosa e branca que estava atrás deles na fila do supermercado disse: "Seu cabelo é tão lindo, posso tocar nele?", e Ifemelu deixou. A mulher mergulhou os dedos em seu afro. Ela sentiu Blaine ficando tenso, viu a pulsação em suas têmporas. "Como você pôde deixar aquela mulher fazer aquilo?", ele perguntou depois. "Por que não? De que outra maneira ela vai saber como é a sensação de tocar um cabelo como o meu? Ela não deve conhecer nenhuma negra."

"E você tem que ser a cobaia dela?", perguntou Blaine. Ele esperava que Ifemelu sentisse o que ela não sabia como sentir. Havia coisas que existiam para ele que ela não sabia como penetrar. Quando estava com os amigos mais íntimos de Blaine, ela muitas vezes se sentia um pouco perdida. Eles eram jovens, bem-vestidos e de princípios elevados, com frases repletas de "de certa forma" e "as formas como"; reuniam-se num bar toda quinta-feira e às vezes um deles dava um jantar, ocasiões em que Ifemelu ouvia bem mais do que falava, observando-os com espanto: será que estavam falando sério, aquelas pessoas que ficavam tão furiosas com vegetais importados que amadureciam dentro dos caminhões? Eles queriam acabar com o trabalho infantil na África. Recusavam-se a comprar roupas feitas por trabalhadores asiáticos que recebiam muito pouco. Olhavam para o mundo com uma seriedade luminosa e nada prática que a deixava tocada, mas nunca a convencia. Cercado por aquelas pessoas, Blaine transbordava referências que ela não conhecia e parecia distante, como se pertencesse a elas; quando finalmente a fitava, com olhos cálidos e cheios de amor, Ifemelu sentia uma espécie de alívio.

Ela falou de Blaine para os pais, contou que ia deixar Baltimore e se mudar para New Haven para ir morar com ele. Podia ter mentido, inventado um emprego novo ou simplesmente dito que queria se mudar. "O nome dele é Blaine", disse. "Ele é americano."

Ifemelu ouviu o simbolismo em suas próprias palavras, viajando milhares de quilômetros até a Nigéria, e soube que seus pais iam entender. Ela e Blaine não tinham falado sobre casamento, mas o chão sob seus pés parecia firme. Ela queria que seus pais soubessem dele e do quanto era bom. Usou essa palavra para descrevê-lo: "bom".

"Um crioulo americano?", perguntou seu pai, parecendo atônito.

Ifemelu deu uma gargalhada. "Papai, ninguém mais fala *crioulo*."

"Mas por que um preto? Existe uma escassez substancial de nigerianos aí?"

Ela ignorou-o, ainda rindo, e pediu-lhe que passasse o telefone para sua mãe. Ignorar o pai e até dizer a ele que ia morar com um homem com quem não era casada eram coisas que só podia fazer porque morava nos Estados Unidos. As regras haviam mudado, caído nas rachaduras da distância e do estrangeiro.

Sua mãe perguntou: "Ele é cristão?".

"Não. Ele é adorador do demônio."

"Sangue de Jesus!", gritou ela.

"Não, mamãe, ele é cristão", disse Ifemelu.

"Então, tudo bem", disse sua mãe. "Quando ele vai vir aqui se apresentar? Podemos planejar e fazer tudo ao mesmo tempo — bater de porta em porta, ver o preço da noiva, carregar o vinho —, assim vai custar menos e ele não vai ter de ficar indo e vindo. A América é longe..."

"Mamãe, por favor, estamos indo com calma por enquanto."

Depois que Ifemelu desligou, ainda achando graça, ela decidiu mudar o título do seu blog para Raceteenth ou Observações Diversas sobre Negros Americanos (Antigamente Conhecidos como Crioulos) Feitas por uma Negra Não Americana.

Ofertas de emprego nos Estados Unidos — a principal maneira nacional de decidir "quem é racista"

Nos Estados Unidos, o racismo existe, mas os racistas desapareceram. Os racistas pertencem ao passado. Os racistas são os brancos malvados de lábios finos que aparecem nos filmes sobre a era dos direitos civis. Esta é a questão: a maneira como o racismo se manifesta mudou, mas a linguagem, não. Então, se você nunca linchou alguém, não pode ser chamado de racista. Se não for um monstro sugador de sangue, não pode ser chamado de racista. Alguém tem de poder dizer que racistas não são monstros. São pessoas com famílias que as amam, pessoas normais que pagam impostos. Alguém tem de ter a função de decidir quem é racista e quem não é. Ou talvez esteja na hora de esquecer a palavra “racista”. Encontrar uma nova. Como Síndrome do Distúrbio Racial. E podemos ter categorias diferentes para quem sofre dessa síndrome: leve, mediana e aguda.

35.

Certa noite, Ifemelu acordou para ir ao banheiro e ouviu Blaine falando ao telefone na sala com um tom gentil e consolador. "Desculpe, acordei você? Era minha irmã Shan", disse ele ao voltar para a cama. "Ela voltou para Nova York, estava na França. Vai publicar seu primeiro livro e está tendo um pequeno colapso nervoso por causa disso." Ele ficou em silêncio por um instante. "Outro pequeno colapso nervoso. Shan tem muitos colapsos nervosos. Vamos a Nova York neste fim de semana visitá-la?"

"Claro. O que ela faz mesmo?"

"O que ela não faz? Trabalhava num fundo de investimento. Então saiu de lá, viajou pelo mundo todo e trabalhou um pouco como jornalista. Conheceu um cara do Haiti e se mudou para Paris para ir morar com ele. Então o cara ficou doente e morreu. Aconteceu muito rápido. Shan ficou lá por mais um tempo e, mesmo depois de decidir voltar para os Estados Unidos, manteve um apartamento em Paris. Está com esse cara novo, Ovidio, há mais ou menos um ano agora. Ele é o primeiro relacionamento real que ela tem desde que Jerry morreu. Ele é legal. Foi para a Califórnia a trabalho esta semana e por isso Shan está sozinha. Ela gosta de dar umas reuniões que chama de *salons*. Tem um grupo incrível de amigos, quase todos são artistas plásticos ou escritores, e eles se reúnem no apartamento dela e têm conversas muito legais." Blaine fez uma pausa. "Ela é uma pessoa muito especial."

Quando Shan entrava num ambiente, todo o ar desaparecia. Ela não respirava fundo, e não precisava: o ar simplesmente flutuava em sua direção, atraído por sua autoridade natural, até que não houvesse mais nada para os outros. Ifemelu imaginou a infância sem ar de Blaine, correndo atrás de Shan para impressioná-la, para lembrá-la de sua existência. Mesmo agora, que já era um adulto, ainda era o irmão mais novo repleto de um amor desesperado, tentando receber uma aprovação que temia jamais conseguir. Eles chegaram ao apartamento de Shan no início da tarde e Blaine parou para conversar com o porteiro, assim como havia conversado com o motorista de táxi que os trouxera da Penn Station daquela maneira natural que tinha, formando alianças com zeladores, faxineiros, motoristas de ônibus. Ele sabia quanto ganhavam, quantas horas trabalhavam; sabia que não tinham plano de saúde.

"Ei, Jorge, como vai?", Blaine pronunciou o nome do homem à maneira espanhola, com o som de erre no jota e no gê.

"Bem. Como estão seus alunos lá em Yale?", perguntou o porteiro, parecendo feliz em vê-lo e feliz por Blaine dar aula em Yale.

"Estão me deixando maluco, como sempre." Então Blaine apontou para a mulher que estava diante do elevador e de costas para eles, abraçada a um tapete de ioga rosa. "Ah, olhe Shan ali." Shan era minúscula e linda, tinha um rosto oval com maçãs do rosto altas que lhe davam uma aparência aristocrática.

"Olá!", disse ela, abraçando Blaine. Nem olhou para Ifemelu. "Estou tão feliz de ter ido ao pilates. A prática abandona você se você abandonar a prática. Foi correr hoje?"

"Fui."

"Acabei de falar com David de novo. Ele disse que vai me mandar uma capa alternativa esta noite. Finalmente parecem estar me escutando." Shan revirou os olhos. As portas do elevador se abriram e ela entrou primeiro, ainda conversando com Blaine, que agora parecia constrangido, como se estivesse esperando pelo momento de apresentar as duas, um momento que Shan não estava disposta a dar.

"A diretora de marketing me ligou esta manhã. Ela tinha aquela polidez insuportável que é pior que qualquer insulto, sabe? E então me disse que os livreiros já tinham amado a capa e blá-blá-blá. É ridículo", disse Shan.

"É o instinto de manada das grandes editoras. Elas fazem o que todo mundo faz", disse Blaine.

O elevador parou no andar e Shan se virou para Ifemelu. "Ah, sinto muito, estou tão estressada", disse. "É um prazer conhecê-la. Blaine não para de falar em você." Ela olhou para Ifemelu, numa avaliação aberta que não temia admitir ser uma avaliação aberta. "Você é muito bonita."

"*Você* é muito bonita", disse Ifemelu para sua própria surpresa, pois essas não eram palavras que teria dito normalmente, mas ela já se sentia apropriada por Shan; seu elogio a deixara estranhamente feliz. Shan é especial, dissera Blaine, e agora Ifemelu entendia o que ele quisera dizer. Shan tinha o ar de uma pessoa que era, de alguma maneira, uma *escolhida*. Os deuses a haviam tocado com uma varinha de condão. Quando fazia coisas comuns, elas se tornavam enigmáticas.

"Gostou da sala?", perguntou Shan a Ifemelu com um gesto largo que abarcava a decoração ousada: um tapete vermelho, um sofá azul, um sofá laranja, uma poltrona verde.

"Sei que supostamente quer dizer alguma coisa, mas não entendi o quê."

Shan riu, sons curtos que pareciam cortados cedo demais, como se mais devesse vir mas não viesse, e, como ela apenas riu, sem dizer mais nada, Ifemelu acrescentou: "É interessante".

"Sim, *interessante*." Shan postou-se ao lado da mesa de jantar e ergueu a perna sobre ela, inclinando-se para pegar o pé com uma das mãos. Seu corpo era uma coleção de curvas leves e graciosas, suas nádegas, seus seios, suas batatas da perna, e, no movimento que fez, havia a certeza dos escolhidos; ela podia esticar a perna sobre a mesa de jantar sempre que quisesse, mesmo quando havia uma convidada em seu apartamento.

"Blaine me mostrou o Raceteenth. É um ótimo blog", disse ela.

"Obrigada", disse Ifemelu.

"Tenho um amigo nigeriano que é escritor. Você conhece Kelechi Garuba?"

"Já li algumas coisas dele."

"Conversamos sobre seu blog outro dia e ele disse que tinha certeza de que a Negra Não Americana era do Caribe, porque os africanos não ligam para raça. Ele vai ficar chocado quando conhecer você!" Shan parou de falar para mudar a perna que estava sobre a mesa, inclinando-se para pegar o outro pé. "Ele está sempre preocupado com o fato de seus livros não venderem bem. Eu disse que ele precisa escrever coisas terríveis sobre seu povo se quiser vender. Precisa dizer que somente os africanos têm culpa dos problemas africanos e que os europeus ajudaram mais do que prejudicaram a África, e então vai ficar famoso e as pessoas vão dizer que ele é tão *honesto*!"

Ifemelu riu.

"Que foto interessante", disse ela, indicando uma fotografia num aparador que mostrava Shan segurando duas garrafas de champanhe bem no alto, cercada por crianças morenas esfarrapadas e sorridentes no que parecia ser uma favela latino-americana, com barracos de paredes de metal remendadas atrás. "Eu quis dizer literalmente interessante."

"Ovidio não queria que nós a deixássemos à mostra, mas eu insisti. A intenção é irônica, obviamente."

Ifemelu imaginou como Shan havia insistido: uma única frase que não precisaria ter sido repetida e que teria deixado Ovidio catando seus cacos.

"E você vai com frequência à Nigéria?", perguntou Shan.

"Não. Na verdade, não voltei desde que vim para os Estados Unidos."

"Por quê?"

"No início, não tinha dinheiro. Depois, estava trabalhando e não tinha tempo."

Shan estava de frente para ela agora, com os braços esticados para trás como se fossem asas.

"Os nigerianos nos chamam de *acata*, não é? Isso significa animal selvagem?"

"Não tenho certeza se significa animal selvagem. Na realidade, não sei o que significa e não uso essa palavra." Ifemelu percebeu que estava quase gaguejando. O que disse era verdade, mas sob o olhar direto de Shan, sentiu-se culpada. Ela transbordava poder, um poder sutil e devastador.

Blaine surgiu da cozinha com dois copos de um líquido avermelhado.

"Coquetel sem álcool!", disse Shan com um deleite infantil, pegando o copo de Blaine.

"Romã, água com gás e um pouco de oxicoco", disse Blaine, dando o outro copo a Ifemelu. "E quando você vai fazer o próximo *salon*, Shan? Eu estava falando deles para Ifemelu."

Quando Blaine dissera a Ifemelu que Shan chamava suas reuniões de "*salons*", ele havia enfatizado a palavra com um tom de zombaria, mas agora a disse com uma esforçada pronúncia francesa: *sa-lon*.

"Ah, em breve, acho", disse Shan, dando de ombros, carinhosa e casual, e então deu um gole no copo e inclinou-se para o lado como uma árvore dobrada pelo vento.

O celular de Shan tocou. "Onde coloquei o telefone? Deve ser David."

O celular estava sobre a mesa. "Ah, é Luc. Eu ligo para ele depois."

"Quem é Luc?", perguntou Blaine, saindo da cozinha.

"Um cara francês, rico. É engraçado, eu o conheci no aeroporto, porra! Disse que tenho namorado e ele respondeu: 'Então vou admirar você de longe e dar tempo ao tempo'. Disse assim mesmo: 'dar tempo ao tempo'." Shan deu um gole no coquetel. "É legal como na Europa os homens brancos veem você como uma mulher, não uma mulher negra. Não que eu queira sair com eles, Deus me livre. Mas gosto de saber que tenho a possibilidade."

Blaine assentia, concordando. Se qualquer outra pessoa tivesse dito o que Shan dissera, ele imediatamente analisaria as palavras em busca de nuances e discordaria de sua abrangência e simplicidade. Certa vez, quando eles estavam assistindo a uma notícia sobre o divórcio de uma celebridade, Ifemelu tinha lhe dito que não entendia as honestidades rígidas e inequívocas que os americanos exigiam em seus relacionamentos. "Como assim?", perguntara ele, com um tom que mostrava que estava pronto para discordar; Blaine acreditava em honestidades rígidas e inequívocas.

"É diferente para mim, e eu acho que é porque sou do Terceiro Mundo", dissera Ifemelu. "Ser uma filha do Terceiro Mundo é ter consciência de diversas instâncias e de como a honestidade e a verdade sempre vão depender do contexto." Tinha se sentido inteligente ao pensar nessa explicação, mas Blaine sacudira a cabeça mesmo antes de ela terminar de falar e dissera: "Que coisa preguiçosa, usar o Terceiro Mundo desse jeito".

Agora, ele estava assentindo enquanto Shan dizia: "Os europeus simplesmente não são tão conservadores e travados nos relacionamentos quanto os americanos. Na Europa, os homens brancos pensam: 'Quero uma mulher gostosa, só isso'. Nos Estados Unidos, os homens brancos pensam: 'Eu me recuso a tocar numa mulher negra, mas posso pensar no caso da Halle Berry'".

"Isso é engraçado", disse Blaine.

"É claro que existe um nicho de homens brancos que só namoram mulheres negras neste país, mas é tipo um fetiche, e é nojento", disse Shan, virando seu olhar brilhante para Ifemelu.

Ela quase relutou em discordar; era estranho o quanto queria que Shan gostasse dela. "Na verdade, minha experiência foi oposta. Atraio muito mais o interesse de homens brancos do que de afro-americanos."

"É mesmo?" Shan fez uma pausa. "Acho que é porque você é exótica, tem essa coisa de ser uma africana autêntica."

Ifemelu ficou magoada com o impacto de ser rechaçada por Shan e depois passou a se ressentir de Blaine, desejando que ele não concordasse com a irmã de maneira tão absoluta.

O celular de Shan tocou de novo. "Ah, acho bom que seja David!" Ela levou o aparelho para dentro do banheiro.

"David é o editor dela. Querem pôr uma imagem sensual, um torso negro, na capa, e Shan é contra", disse Blaine.

"É mesmo?", disse Ifemelu, dando um gole no coquetel e folheando uma revista de arte, ainda irritada com ele.

"Você está bem?", perguntou Blaine.

"Estou ótima."

Shan voltou. Blaine olhou para ela. "Tudo bem?"

Ela assentiu. "Eles não vão usar aquela imagem. Parece que está todo mundo se entendendo agora."

"Que bom", disse Blaine.

"Você pode escrever no blog como minha convidada durante algumas semanas quando o livro sair", disse Ifemelu. "Seria maravilhoso. Eu ia amar."

Shan ergueu as sobrancelhas, numa expressão que Ifemelu não conseguiu decifrar, e ela temeu ter sido entusiástica demais.

"É, pode ser", disse.

Obama só vai ganhar se continuar sendo o Negro Mágico

O pastor dele é amedrontador porque o que ele diz talvez signifique que Obama não é o Negro Mágico, afinal de contas. Aliás, esse pastor é bem melodramático, mas você já foi a alguma igreja de Negros Americanos dessas tradicionais? É puro teatro. Mas o ponto central do que esse cara diz é verdade: os Negros Americanos (e certamente os negros da idade dele) conhecem uma América que é diferente daquela dos Brancos Americanos; eles conhecem uma América mais dura, mais feia. Mas você não deve dizer isso, porque na América tudo está ótimo e todos são iguais. Então, agora que o pastor disse isso, talvez Obama ache a mesma coisa, e se Obama acha a mesma coisa, ele não é o Negro Mágico, e apenas um Negro Mágico pode ganhar uma eleição americana. E o que é um Negro Mágico?, você pode perguntar. Aquele homem negro que é sempre sábio e gentil. Ele nunca reage diante de um sofrimento terrível, nunca fica com raiva, nunca é ameaçador. Sempre perdoa todas as merdas racistas. Ensina o branco a entender o preconceito triste, porém compreensível, que há em seu coração. Esse personagem existe em muitos filmes. E Obama é perfeito para o papel.

36.

Era uma festa surpresa de aniversário em Hamden, para Marcia, amiga de Blaine.

"Feliz aniversário, Marcia!", disse Ifemelu em coro com os outros amigos, de pé ao lado de Blaine. Sua língua estava um pouco pesada na boca e sua animação era um pouco forçada. Ela estava com Blaine fazia mais de um ano, mas não se integrava perfeitamente em seu círculo de amigos.

"Seu filho da mãe!", disse Marcia para o marido, Benny, rindo com lágrimas nos olhos.

Tanto Marcia quanto Benny eram professores de história e vinham do sul dos Estados Unidos; os dois até eram parecidos, com seu corpo franzino, sua pele cor de mel e suas longas madeixas que iam até o pescoço. Exibiam seu amor como quem usava um perfume forte, exalando um envolvimento óbvio, tocando-se, um sempre citando o outro. Ao observá-los, Ifemelu imaginava aquela vida para ela e Blaine numa pequena casa numa rua tranquila, com batiques pendurados nas paredes, esculturas africanas mal-encaradas pelos cantos e ambos existindo num constante zumbido de felicidade.

Benny estava servindo drinques. Marcia andava de um lado para o outro, ainda atônita, olhando para as travessas de comida de bufê sobre a mesa de jantar e para os diversos balões batendo contra o teto. "Quando você fez tudo isso, amor? Só saí durante uma hora!"

Ela abraçou todo mundo, enxugando os olhos. Antes de abraçar Ifemelu, uma ruga de preocupação passou rapidamente por seu rosto e Ifemelu soube que Marcia havia esquecido seu nome. "Que *bom* ver você de novo, obrigada por ter vindo", disse ela com uma dose extra de sinceridade, enfatizando o "bom" como quem queria compensar por ter esquecido seu nome.

"Chile!", disse Marcia para Blaine, que deu um abraço nela e ergueu-a um pouco acima do chão enquanto ambos riam.

"Você está mais leve do que no seu último aniversário!", disse Blaine.

"E parece cada vez mais jovem!", disse Paula, ex-namorada de Blaine.

"Marcia, você vai engarrafar e vender seu segredo?", perguntou uma mulher que Ifemelu não conhecia, com cabelos descoloridos e bufantes que pareciam um capacete de platina.

"O segredo dela é sexo bom", disse com seriedade Grace, uma americana de ascendência coreana que dava aula de estudos afro-americanos e era minúscula e esguia, sempre usando estilosas roupas frouxas de modo que parecia flutuar em meio a um farfalhar de sedas. "Sou uma coisa rara, uma pessoa religiosa que também é uma esquerdista apaixonada", dissera ela a Ifemelu quando foram apresentadas.

"Você ouviu isso, Benny?", disse Marcia. "Nosso segredo é sexo bom."

"É isso aí!", disse Benny, piscando para ela. "Ei, alguém viu a declaração de Barack Obama esta manhã?"

"Vi, passou nos noticiários o dia todo", disse Paula. Era baixa e loura com uma pele bonita, rosada e saudável de quem praticava esportes ao ar livre, o que fazia Ifemelu se perguntar se ela andava a cavalo.

"Nem tenho televisão", disse Grace num tom de quem zombava de si mesma. "Outro dia me rendi e comprei um celular."

"Vão passar de novo", disse Benny.

"Vamos comer!" Era Stirling, o amigo rico, que Blaine lhe disse ser de uma antiga família abastada de Boston; ele e o pai haviam entrado em Harvard com mais facilidade por serem descendentes de diversos graduandos da universidade. Tinha tendências esquerdistas e boas intenções, e se sentia tolhido pela consciência de seus diversos privilégios. Jamais se permitia ter uma opinião. "É, eu entendo o que você quer dizer", falava sempre.

A comida foi devorada com muitos elogios e muito vinho, o frango frito, a couve, as tortas. Ifemelu pegou porções minúsculas, feliz por ter comido algumas nozes e amêndoas antes de saírem; não gostava da comida do sul dos Estados Unidos.

"Não como um pão de milho bom assim há anos", disse Nathan, que estava sentado ao lado dela. Ele era professor de literatura, um homem neurótico de óculos que piscava muito e que Blaine um dia dissera ser a única pessoa em Yale em quem tinha confiança absoluta. Alguns meses antes, Nathan tinha lhe dito, numa voz repleta de altivez, que não lia nenhuma obra de ficção publicada depois de 1930. "Foi tudo ladeira abaixo depois dos anos 1930."

Ifemelu tinha contado isso a Blaine mais tarde, e havia uma impaciência em seu tom, quase uma acusação, quando acrescentou que acadêmicos não eram intelectuais; não eram pessoas curiosas, apenas construíam tendas de conhecimento especializado e se mantinham dentro delas, seguros.

Blaine disse: "Ah, Nathan tem umas questões. Não é por ele ser acadêmico". Um tom defensivo havia começado a surgir na voz de Blaine quando ele falava dos amigos, talvez por perceber que Ifemelu não se sentia confortável com eles. Quando ia a uma palestra com Ifemelu, Blaine nunca deixava de dizer que ela poderia ter sido melhor ou que os primeiros dez minutos tinham sido chatos, como se quisesse se antecipar às suas críticas. A última palestra à qual eles tinham assistido fora de sua ex-namorada Paula, numa universidade em Middletown; Paula havia se postado diante da turma, num vestido envelope verde-escuro e de botas, falando de forma fluida e segura, provocando e encantando a plateia ao mesmo tempo, a cientista política jovem e bonita que sem dúvida ia conseguir entrar para o corpo docente fixo. Ela olhava com frequência para Blaine, como uma aluna para o professor, avaliando seu desempenho pela expressão dele. Enquanto ela falou, Blaine assentiu continuamente e em dada ocasião até suspirou, como se suas palavras o tivessem levado a ter uma epifania familiar e maravilhosa. Paula e Blaine tinham continuado bons amigos, mantendo-se no mesmo círculo depois de ela o ter traído com uma mulher, também chamada Paula, e que agora ganhara o apelido de Pee para distingui-la. "Nosso namoro andava mal havia tempos. Ela disse que estava só fazendo uma experiência com Pee, mas eu pude ver que era bem mais do que isso e estava certo, pois elas ainda estão juntas", Blaine tinha explicado a Ifemelu, e aquilo tudo lhe parecera tranquilo demais, educado demais. Até mesmo a simpatia de Paula com ela parecia algo que fora esfregado até ficar limpo.

"Que tal a gente largar esse cara e ir tomar um drinque?", disse Paula a Ifemelu aquela noite após sua palestra, com as faces coradas de empolgação e de alívio por ter se saído bem.

"Estou exausta", disse Ifemelu.

"E eu preciso me preparar para dar aula amanhã. Vamos fazer alguma coisa neste fim de semana, tá?" Eles se despediram com um abraço.

"Não foi muito ruim, foi?" Blaine perguntou a Ifemelu quando eles estavam voltando para New Haven.

"Achei que você fosse ter um orgasmo", respondeu ela, e Blaine riu. Ifemelu tinha pensado, ao ver Paula falar, que ela se sentia confortável com os ritmos de Blaine de uma maneira que não acontecia com Ifemelu, e pensou a mesma coisa agora, ao ver Paula comer seu terceiro prato de couve, sentada ao lado de sua namorada, Pee, e rindo de algo que Marcia dissera.

A mulher com o cabelo de capacete estava comendo a couve com os dedos.

"Nós, humanos, não fomos feitos para comer com utensílios", disse ela.

Michael, que estava sentado ao lado de Ifemelu, deu uma risada alta de desdém. "Por que você não vai morar numa caverna de uma vez?", ele perguntou e todos riram, mas Ifemelu não teve certeza se estava ou não brincando. Michael não tinha paciência para papos excêntricos. Ifemelu gostava dele, com as tranças que lhe cobriam o couro cabeludo e a expressão sempre irônica, desprezando o sentimentalismo. "Michael é legal, mas ele se esforça tanto para ser autêntico que pode passar muita energia negativa", disse Blaine quando ela o conheceu. Michael fora preso por roubar um carro quando tinha dezenove anos e gostava de dizer: "Alguns negros não dão valor à educação até passarem um tempo na cadeia". Ele era um fotógrafo que recebia bolsa de uma universidade e, na primeira vez em que Ifemelu vira suas fotos, em preto e branco, em danças de sombras, sua delicadeza e vulnerabilidade a haviam deixado surpresa. Ela tinha esperado imagens mais rudes. Agora, uma dessas fotos estava pendurada numa das paredes do apartamento de Blaine, diante de sua escrivaninha.

Do outro lado da mesa, Paula perguntou: "Falei para você que estou pedindo para meus alunos que leiam seu blog, Ifemelu? É interessante como eles têm uma maneira limitada de pensar. Quero tirá-los de sua zona de conforto. Amei o último post, 'Dicas amigáveis para o Não Negro Americano: como reagir a um Negro Americano falando sobre negritude'".

"Que curioso!", disse Marcia. "Eu adoraria ler isso."

Paula pegou o celular, apertou alguns botões e começou a ler em voz alta:

> Querido Americano Não Negro, caso um Americano Negro estiver te falando sobre a experiência de ser negro, por favor, não se anime e dê exemplos de sua própria vida. Não diga: "É igualzinho a quando eu...". Você já sofreu. Todos no mundo já sofreram. Mas você não sofreu especificamente por ser um Negro Americano. Não se apresse em encontrar explicações alternativas para o que aconteceu. Não diga: "Ah, na verdade não é uma questão de raça, mas de classe. Ah, não é uma questão de raça, mas de gênero. Ah, não é uma questão de raça, é o bicho-papão". Entenda, os Negros Americanos na verdade não QUEREM que seja uma questão de raça. Para eles, seria melhor se merdas racistas não acontecessem. Portanto, quando dizem que algo é uma questão de raça, talvez seja porque é mesmo, não? Não diga: "Eu não vejo cor", porque, se você não vê cor, tem de ir ao médico, e isso significa que, quando um homem negro aparece na televisão e eles dizem que ele é suspeito de um crime, você só vê uma figura desfocada, meio roxa, meio cinza e meio cremosa. Não diga: "Estamos cansados de falar sobre raça" ou "A única raça é a raça humana". Os Negros Americanos também estão cansados de falar sobre raça. Eles prefeririam não ter de fazer isso. Mas merdas continuam acontecendo. Não inicie sua reação com a frase "Um dos meus melhores amigos é negro", porque isso não faz diferença, ninguém liga para isso, e você pode ter um melhor amigo negro e ainda fazer merda racista. Além do mais provavelmente não é verdade, não a parte de você ter um amigo negro, mas a de ele ser um de seus "melhores" amigos. Não diga que seu avô era mexicano e que por isso você não pode ser racista (por favor, clique aqui para ler sobre o fato de que Não Há uma Liga Unida dos Oprimidos). Não mencione o sofrimento de seus bisavós irlandeses. É claro que eles aturaram muita merda de quem já estava estabelecido nos Estados Unidos. Assim como os italianos. Assim como as pessoas do Leste Europeu. Mas havia uma hierarquia. Há cem anos, as etnias brancas odiavam ser odiadas, mas era meio que tolerável, porque

pelo menos os negros estavam abaixo deles. Não diga que seu avô era um servo na Rússia na época da escravidão, porque o que importa é que você é americano agora e ser americano significa que você leva tudo de bom e de ruim. Os bens dos Estados Unidos e suas dívidas, sendo que o tratamento dado aos negros é uma dívida imensa. Não diga que é a mesma coisa que o antissemitismo. Não é. No ódio aos judeus, também há a possibilidade da inveja — eles são tão espertos, esses judeus, eles controlam tudo, esses judeus —, e nós temos de admitir que certo respeito, ainda que de má vontade, acompanha essa inveja. No ódio aos Negros Americanos, não há inveja — eles são tão preguiçosos, esses negros, são tão burros, esses negros.

Não diga: "Ah, o racismo acabou, a escravidão aconteceu há tanto tempo". Nós estamos falando de problemas dos anos 1960, não de 1860. Se você conhecer um negro idoso do Alabama, ele provavelmente se lembra da época em que tinha de sair da calçada porque um branco estava passando. Outro dia, comprei um vestido de um brechó no eBay que é da década de 1960. Ele estava em perfeito estado e eu o uso bastante. Quando a dona original usava, os negros americanos não podiam votar por serem negros. (E talvez a dona original fosse uma daquelas mulheres que se veem nas famosas fotos em tom sépia que ficavam do lado de fora das escolas em hordas, gritando "Macaco!" para as crianças negras pequenas porque não queriam que elas fossem à escola com seus filhos brancos. Onde estão essas mulheres agora? Será que elas dormem bem? Será que pensam sobre quando gritaram "Macaco"?) Finalmente, não use aquele tom de Vamos Ser Justos e diga: "Mas os negros são racistas também". Porque é claro que todos nós temos preconceitos (não suporto nem alguns dos meus parentes de sangue, uma gente ávida e egoísta), mas o racismo tem a ver com o poder de um grupo de pessoas e, nos Estados Unidos, são os brancos que têm esse poder. Como? Bem, os brancos não são tratados como merda nos bairros afro-americanos de classe alta, não veem os bancos lhes recusarem empréstimos ou hipotecas precisamente por serem brancos, os júris negros não dão penas mais longas para criminosos brancos do que para os negros que cometeram o mesmo crime, os policiais negros não param os brancos apenas por estarem dirigindo um carro, as empresas negras não escolhem não contratar alguém porque seu nome soa como de uma pessoa branca, os professores negros não dizem às crianças brancas que elas não são inteligentes o suficiente para serem médicas, os políticos negros não tentam fazer alguns truques para reduzir o poder de veto dos brancos através da manipulação dos distritos eleitorais, e as agências publicitárias não dizem que não podem usar modelos brancas para anunciar produtos glamorosos porque elas não são consideradas "aspiracionais" pelo "mainstream".

Então, depois dessa lista do que não fazer, o que se deve fazer? Não tenho certeza. Tente escutar, talvez. Ouça o que está sendo dito. E lembre-se de que não é uma acusação pessoal. Os Negros Americanos não estão dizendo que a culpa é sua. Só estão dizendo como é. Se você não entende, faça perguntas. Se tem vergonha de fazer perguntas, diga que tem vergonha de fazer perguntas e faça assim mesmo. É fácil perceber quando uma pergunta está sendo feita de coração. Depois, escute mais um pouco. Às vezes, as pessoas só querem ser ouvidas. Um brinde às possibilidades de amizade, de elos e de compreensão.

Marcia disse: "Adorei a parte sobre o vestido!".

"É engraçado e constrangedor ao mesmo tempo", comentou Nathan.

"Você deve estar fazendo uma grana com as palestras que dá por causa desse blog", disse Michael.

"Só que a maior parte vai para meus parentes famintos na Nigéria", disse Ifemelu.

"Deve ser bom ter isso", disse ele.

"Ter o quê?"

"Saber de onde você é. Ter tantas gerações de ancestrais, esse tipo de coisa."

"Bem", respondeu ela, "é, sim."

Michael encarou Ifemelu com uma expressão que a deixou incomodada, porque não teve certeza do que havia ali em seus olhos, e em seguida desviou o olhar.

Blaine estava dizendo à amiga de Marcia com o cabelo em forma de capacete: "A gente precisa deixar para trás esse mito. Não houve nada de judaico-cristão na história americana. Ninguém gostava dos católicos nem dos judeus. São valores anglo-protestantes, não judaico-cristãos. Até Maryland parou muito rapidamente de ser tão acolhedora com os católicos". Ele parou de falar de repente, tirou o celular do bolso e se levantou. "Com licença, pessoal", disse, acrescentando numa voz mais baixa para Ifemelu: "É Shan. Já volto", e entrou na cozinha para atender.

Benny ligou a televisão e eles assistiram a Barack Obama, um homem magro num casaco preto que parecia ser um número maior, com uma postura levemente incerta. Enquanto falava, baforadas de vapor saíam de sua boca no ar frio, como se fossem fumaça. *E é por isso que, à sombra do antigo Capitólio estadual, onde Lincoln certa vez apelou a um Congresso dividido pedindo-lhe que se unisse, onde esperanças comuns e sonhos comuns ainda vivem, estou diante de vocês hoje para anunciar minha candidatura à presidência dos Estados Unidos da América.*

"Não acredito que eles o convenceram a fazer isso. O cara tem potencial, mas precisa crescer primeiro. Precisa ganhar peso. Ele vai estragar tudo para os negros, porque não vai nem chegar perto, e um negro não vai poder se candidatar pelos próximos cinquenta anos neste país", disse Grace.

"Ele me passa uma sensação boa!", disse Marcia, rindo. "Amo isso, a ideia de construir uma América mais cheia de esperança."

"Acho que ele tem uma chance", disse Benny.

"Ah, ele não vai ganhar. Vão dar um tiro nele primeiro", disse Michael.

"É tão bom ver um político que entende o que são nuances, para variar", disse Paula.

"Sim", disse Pee. Ela tinha braços firmes demais, finos e com músculos proeminentes, o cabelo cortado bem curto e um ar de intensa ansiedade; era o tipo de pessoa cujo amor sufocava. "Ele parece tão inteligente, tão articulado."

"Já *você* parece minha mãe falando", disse Paula, no tom áspero de uma briga privada que ainda estava acontecendo, de palavras que significavam outras coisas. "Por que é tão extraordinário que ele seja articulado?"

"Você está de TPM, Paula?", perguntou Marcia.

"Está!", exclamou Pee. "Viu que ela comeu todo o frango frito?"

Paula ignorou Pee e, num gesto desafiador, esticou o braço para pegar outra fatia de torta de abóbora.

"O que você acha de Obama, Ifemelu?", perguntou Marcia, e Ifemelu imaginou que Benny ou Grace haviam sussurrado o nome dela em seu ouvido e agora Marcia estava ansiosa para demonstrar que guardara a informação.

"Gosto da Hillary Clinton", disse Ifemelu. "Não sei nada sobre esse tal de Obama."

Blaine voltou para a sala. "Sobre o que vocês estavam falando?"

"Shan está bem?", perguntou Ifemelu. Blaine assentiu.

"Não importa o que as pessoas pensam do Obama. A grande pergunta é se os brancos estão preparados para ter um presidente negro", disse Nathan.

"Eu estou preparada para ter um presidente negro, mas acho que o país não está", disse Pee.

"Falando sério, você andou conversando com minha mãe?", perguntou Paula. "Ela falou a mesmíssima coisa. Se você está preparada para ter um presidente negro, então quem exatamente é esse país vago que não está? As pessoas dizem isso quando não conseguem dizer que *elas* não estão preparadas. E até mesmo a ideia de estar preparado é ridícula."

Ifemelu pegou essas palavras emprestadas meses depois, num post escrito durante a frenética fase final da campanha presidencial. "Até mesmo a ideia de estar preparado é ridícula." *Será que ninguém vê o quanto é absurdo perguntar às pessoas se elas estão preparadas para ter um presidente negro? Você está preparado para ter o Mickey Mouse na presidência? E o Caco, dos* Muppets? *E a rena do nariz vermelho?*

"Minha família tem o perfil liberal perfeito, fizemos todas as opções certas", disse Paula com um muxoxo de ironia, girando a base de sua taça de vinho vazia. "Mas meus pais sempre se apressavam em dizer aos amigos que Blaine dava aula em Yale. Como se estivessem dizendo que ele é um dos bons."

"Você está sendo dura demais com eles, Pauly", disse Blaine.

"Não, falando sério, você não achava?", perguntou ela. "Lembra aquele Dia de Ação de Graças horrível na casa dos meus pais?"

"Aquele dia em que eu quis comer macarrão?"

Paula riu. "Não, não é disso que estou falando." Mas ela não disse do que estava falando e a memória não foi arejada, permaneceu guardada na privacidade que eles compartilhavam.

Quando estavam de volta ao apartamento de Blaine, Ifemelu disse a ele: "Fiquei com ciúmes".

Era *mesmo* ciúmes, aquela pontada de insegurança, o enjoo. Paula tinha o ar de ser uma ideóloga de verdade; ela podia, imaginou Ifemelu, deixar-se levar com facilidade até a anarquia, ficar na linha de frente de um protesto, desafiando os cassetetes dos policiais e as provocações de quem não acreditava. Sentir que Paula era assim era sentir-se falha em comparação a ela.

"Não há motivo para ciúme, Ifem", disse Blaine.

“O frango frito que você come não é o frango frito que eu como, mas é o que Paula come.”

“O quê?”

“Para você e para Paula, frango frito é frango empanado. Para mim, é frango feito no óleo, sem farinha. Eu só estava pensando que vocês têm muita coisa em comum.”

“Nós temos frango frito em comum? Você entende a significância de ter escolhido logo o frango frito, um alimento associado aos negros americanos, como metáfora?” Blaine estava rindo, uma risada doce e afetuosa. “Seu ciúme é bonitinho, mas não há a menor chance de acontecer alguma coisa entre mim e ela.”

Ifemelu sabia que não havia nada acontecendo; Blaine jamais a trairia. Tinha fibra moral demais. A fidelidade era fácil para ele; não se virava para olhar para as mulheres bonitas na rua porque não lhe ocorria fazer isso. Mas Ifemelu tinha ciúmes dos resquícios emocionais que havia entre ele e Paula e por pensar que Paula era como ele, boa como ele.

Viajar sendo negro

O amigo de uma amiga, um Negro Americano moderno e cheio da grana, está escrevendo um livro chamado *Viajar sendo negro*. Não só negro, diz ele, mas visivelmente negro, porque existe todo tipo de negro e, com todo o respeito, ele não está falando daqueles que parecem ser porto-riquenhos ou brasileiros ou sei lá o quê, está falando de quem é visivelmente negro. Porque o mundo trata você de um jeito diferente. Nas palavras dele: “Tive a ideia de fazer o livro no Egito. Cheguei ao Cairo e um árabe egípcio me chamou de bárbaro negro. Eu pensei: ‘Ei, achei que eu estava na África!’. Então comecei a pensar em outras partes do mundo e em como seria viajar para lá quando se é negro. Tenho a pele bastante escura. Os brancos do sul de hoje, se me vissem, me chamariam de negão. Os guias de viagem dizem o que você deve esperar se for gay ou mulher. Precisam fazer isso com quem é visivelmente negro. Expliquem para os negros que viajam como são as coisas. Não é que alguém vai atirar em você nem nada, mas é muito bom saber os lugares em que vão te olhar com espanto. Na Floresta Negra, na Alemanha, é um olhar de espanto bastante hostil. Em Tóquio e Istambul, ninguém ligou para minha aparência. Em Shangai, os olhares foram intensos; em Delhi, raivosos. Eu pensei: 'Ei, nós não estamos meio que juntos nesse barco? Tipo, pessoas de cor?'. Eu tinha lido que o Brasil é a meca das raças, mas, quando fui ao Rio, ninguém que estava nos restaurantes e hotéis caros se parecia comigo. As pessoas reagem de forma estranha quando eu vou para a fila da primeira classe no aeroporto. É uma reação de simpatia, como quem diz você está cometendo um erro, não pode ter essa aparência e viajar de primeira classe. Fui ao México, e eles ficaram me olhando. Não foi nem um pouco hostil, mas faz você se dar conta de que chama atenção, é como se gostassem de você, mas mesmo assim você é o King Kong". Nesse ponto, meu Professor Bonitão disse: "A América Latina como um todo tem um relacionamento muito complicado com a negritude, que é ofuscada por toda aquela história de 'somos todos mestiços' que eles contam para si mesmos. O México não é tão ruim quanto lugares como a Guatemala e o Peru, onde os privilégios dos brancos são tão mais óbvios, mas esses países têm uma população negra muito maior". E então outro amigo disse: "Os negros nativos são sempre tratados de maneira pior do que os de outros países em todo lugar do mundo. Minha amiga, que tem pais togoleses e nasceu e foi criada na França, finge ser anglófona quando vai às compras em Paris, pois as vendedoras são mais simpáticas com os negros que não falam francês. Assim como os negros americanos são bastante respeitados nos países africanos". O que vocês acham? Contem suas histórias de viagem nos comentários.

37.

Ifemelu tinha a impressão de que havia desviado o olhar por um momento e, ao virar de novo o rosto, encontrara Dike transformado; seu priminho desaparecera e no lugar dele estava um menino que não parecia um menino, com um metro e oitenta de altura, um corpo esguio e musculoso, fazendo parte do time de basquete da Willow High School e namorando uma menina loura e ágil chamada Page, que usava saias minúsculas e tênis Converse. Uma vez, quando Ifemelu perguntou: “Então, como vão as coisas com Page?”, ele respondeu: “A gente ainda não transou, se é isso que você quer saber”.

No fim da tarde, seis ou sete amigos se juntavam no quarto dele, todos brancos, com exceção de Min, um rapaz alto de família chinesa cujos pais eram professores da universidade. Eles jogavam jogos de computador e assistiam a vídeos no YouTube, provocando-se e brincando de lutar uns com os outros, todos envoltos em uma aura brilhante de juventude despreocupada, e seu centro era Dike. Todos riam das piadas de Dike, olhavam-no para ver se concordava com algo e, de uma forma delicada, sem palavras, deixavam que tomasse as decisões coletivas: pedir pizza, ir ao centro comunitário jogar pingue-pongue. Quando estava com eles, Dike mudava; sua voz e seu andar ficavam desafiadores e ele abria os ombros como se estivesse numa competição, pontuando suas falas com gírias.

"Por que você fala desse jeito quando está com seus amigos, Dike?", perguntou Ifemelu.

"Pô, prima, a galera é assim, tá ligada?", disse ele, com uma careta engraçada que a fez rir.

Ifemelu imaginou-o na faculdade; ele seria um perfeito guia estudantil, levando um grupo de candidatos e seus pais para passear no campus, mostrando-lhes todas as coisas maravilhosas que havia lá sem se esquecer de acrescentar algo de que não gostasse pessoalmente, mas mantendo o discurso sempre engraçado, alegre e vivaz, e todas as meninas teriam uma paixão instantânea por ele, todos os meninos sentiriam inveja de seu charme e todos os pais desejariam que seus filhos fossem daquele jeito.

Shan estava com uma blusa dourada cintilante que deixava os seios soltos, balançando quando se movia. Ela flertou com todos, tocando um braço aqui, dando um abraço demorado ou um beijo longo ali. Seus elogios pingavam uma extravagância que os fazia parecer falsos, mas seus amigos sorriam e desabrochavam ao ouvi-los. Não importava o que era dito; importava que fosse Shan a dizê-lo. Era a primeira vez de Ifemelu num *salon*, e ela estava nervosa. Não havia necessidade daquilo, era apenas uma reunião de amigos, mas Ifemelu estava nervosa assim mesmo. Tinha demorado um tempo enorme para decidir o que vestir e experimentado e descartado nove roupas antes de decidir-se por um vestido azul-turquesa que afinava sua cintura.

"Oi!", disse Shan quando Ifemelu e Blaine chegaram, abraçando os dois.

"Grace vem?", ela perguntou a Blaine.

"Vem. Ela vai pegar um trem que sai mais tarde."

"Ótimo. Não a vejo há tempos." Shan baixou a voz e disse para Ifemelu: "Ouvi dizer que Grace rouba as teses dos alunos".

"O quê?"

"Grace. Ouvi dizer que ela rouba as teses dos alunos. Você sabia disso?"

"Não", disse Ifemelu. Ela achou estranho que Shan estivesse lhe dizendo aquilo sobre a amiga de Blaine, mas sentiu-se especial, admitida em sua caverna íntima de fofocas. Então, subitamente envergonhada por não ter sido enfática o suficiente em sua defesa de Grace, de quem gostava, disse: "Acho que isso não pode ser verdade".

Mas Shan já estava prestando atenção em outra coisa.

"Quero que você conheça o homem mais sensual de Nova York, Omar", disse Shan, apresentando Ifemelu para um homem tão alto quanto um jogador de basquete, cujo contorno do cabelo era perfeito demais, uma curva fechada traçada na testa e ângulos definidos descendo junto às orelhas. Quando Ifemelu estendeu o braço para apertar sua mão, ele fez uma leve mesura com a mão no peito e sorriu.

"Omar não toca em mulheres de quem não é parente", explicou Shan. "O que é muito sensual, não é?" E ela inclinou a cabeça para olhá-lo de maneira sugestiva.

"Essa é Maribelle, uma mulher linda e completamente original, e sua namorada Joan, que é tão linda quanto ela. Elas fazem com que me sinta mal!", disse Shan, provocando uma risadinha em Maribelle e Joan, mulheres brancas franzinas com óculos de aros escuros que eram grandes demais para seu rosto. Ambas estavam de vestido curto, um de bolinhas vermelhas e outro de barra de renda, com a aparência um pouco esmaecida e um pouco mal-ajambrada de peças encontradas num brechó. De certa maneira, eram fantasias. Tinham as características das roupas de um tipo específico de classe média bem informada e de alta escolaridade, que gostava de vestidos que eram mais interessantes do que bonitos, que gostava do que era eclético, que gostava do que supostamente deveria gostar. Ifemelu imaginou aquelas mulheres numa viagem: elas colecionariam coisas estranhas e encheriam a casa com elas, provas não refinadas de seu refinamento.

"Este é Bill!", disse Shan, abraçando um homem musculoso de pele escura que usava um chapéu de feltro. "Bill é escritor, mas, ao contrário de nós, tem pilhas de dinheiro", disse Shan, quase arrulhando. "Bill tem uma ideia ótima para um livro chamado *Viajar sendo negro*."

"Adoraria saber mais sobre ele", disse Ashanti.

"Aliás, mulher, adorei seu cabelo", disse Shan para Ashanti.

"Obrigada!", agradeceu Ashanti. Ela era linda e tinha conchinhas por todo lado; elas chacoalhavam em seus pulsos, enroscavam-se em seus dreads retorcidos e lhe cingiam o pescoço. Dizia coisas como "mãe África" e "a religião ioruba" com frequência, olhando para Ifemelu como quem quer confirmação, e aquilo era uma paródia da África com a qual Ifemelu se sentia desconfortável, e depois se sentia mal por se sentir tão desconfortável.

"Você finalmente tem uma capa da qual gosta?", perguntou Ashanti a Shan.

"*Gosta* é exagero", disse Shan. "Bem, queridos, é um livro de memórias, certo? É sobre um monte de coisa, sobre ter sido criada numa cidade onde só tinha gente branca, ter sido a única criança negra na minha escola, a morte da minha mãe, essas coisas todas. Meu editor leu o manuscrito e disse: 'Entendo que a questão racial é importante aqui, mas precisamos ter certeza de que o livro vai transcender a raça, para não ser só sobre isso'. E eu pensando: mas por que tenho que transcender a raça? Sabe, como se a questão racial fosse uma bebida que é melhor se for servida diluída, temperada com outros líquidos, ou os brancos não vão conseguir engolir."

"Isso é engraçado", disse Blaine.

"Ele toda hora assinalava os diálogos no manuscrito e escrevia nas margens: 'As pessoas falam assim mesmo?'. E eu pensando: ei, quantos negros você conhece? Estou falando de conhecer como iguais, como amigos. Não estou falando da recepcionista do escritório e talvez daquele único casal negro cujo filho estuda na mesma escola que o seu e a quem você cumprimenta. Estou falando de conhecer de verdade. Nenhum. Então como é que você pode me dizer como os negros falam?"

"Não é culpa dele. Não existem negros de classe média o suficiente para todo mundo", disse Bill. "Muitos brancos liberais estão procurando amigos negros. É quase tão difícil quanto encontrar uma doadora de óvulo loura e alta que tem dezoito anos e estuda em Harvard."

Todos riram.

"Escrevi uma cena sobre algo que aconteceu quando eu estava na pós-graduação, sobre uma mulher da Gâmbia que conheci. Ela adorava comer chocolate em pó. Sempre tinha um pacote na bolsa. Bom, ela foi morar em Londres e se apaixonou por um inglês branco que ia largar a mulher por causa dela. Fomos a um bar e ela estava contando isso para mim, para outra menina e para um cara chamado Peter. Um cara baixinho de Wisconsin. E vocês sabem o que Peter disse para ela? 'A esposa dele deve se sentir pior ainda porque você é negra.' Disse isso como se fosse óbvio. Não que a esposa fosse se sentir mal porque havia outra mulher e ponto, mas que ia se sentir mal porque ela era negra. Aí eu coloquei isso no livro e meu editor quis mudar porque não era *sutil*. Como se a vida fosse sutil, porra. E aí escrevi sobre o fato de que minha mãe era frustrada no trabalho, porque sentia que tinha chegado a um teto e que eles não a deixavam avançar porque era negra, e meu editor disse: 'Será que a gente pode incluir um pouco de nuance? Será que sua mãe se dava mal com alguém no trabalho, de repente? Ou já havia recebido o diagnóstico de que tinha câncer?'. Ele achou que a gente devia complicar, para não ser só sobre raça. E eu disse: mas *era* a raça. Ela era frustrada porque achava que, se tudo fosse igual, com exceção de sua raça, teria sido promovida a vice-presidente. E falou bastante sobre isso até morrer. Mas, de alguma maneira, a experiência da minha mãe subitamente não tinha nuance. *Nuance* significa não incomode as pessoas para que todos possam se considerar *indivíduos* e achar que todos chegaram aonde estão devido ao *mérito*."

"Talvez você devesse transformar seu livro num romance", disse Maribelle.

"Está brincando?", disse Shan, um pouco bêbada, um pouco dramática, agora sentada em posição de lótus no chão. "Você não pode escrever um romance honesto sobre a questão racial neste país. Se escrever sobre a maneira como as pessoas realmente são afetadas por sua raça, vai ser muito *óbvio*. Os escritores negros que produzem ficção literária neste país, que são ao todo três, não os dez mil que escrevem aquelas bostas daqueles livros de gueto com capa colorida, têm duas opções: podem escrever de forma afetada ou pretensiosa. Se você não faz nem uma coisa nem outra, ninguém sabe em que categoria te colocar. Então, se você for escrever sobre raça, precisa ter certeza de que vai ser tão lírico e sutil que o leitor que não lê nas entrelinhas nem vai saber que aquilo é sobre raça. Sabe, uma meditação proustiana diluída e desfocada que, no fim, deixa a gente se sentindo diluído e desfocado."

"Ou arranje um escritor branco. Os escritores brancos podem ser francos em relação à questão racial e ser muito ativistas, porque a raiva deles não ameaça ninguém", disse Grace.

"E esse livro recente, *Memórias de um monge*?", disse Maribelle.

"É um livro covarde e desonesto. Você já leu?", perguntou Shan.

"Li uma crítica."

"Esse é o problema. Você lê mais sobre livros do que livros propriamente ditos."

Maribelle corou. Ifemelu sentiu que ela só poderia ouvir aquilo de Shan calada.

"Neste país, somos muito ideológicos em relação à ficção. Se um personagem não nos é familiar, então ele se torna inverossímil", disse Shan. "Você não pode nem ler ficção americana para ter uma noção de como a vida real é vivida hoje. Lê-se ficção americana para ver brancos malucos fazendo coisas consideradas estranhas por brancos normais."

Todo mundo riu. Shan ficou deliciada, como uma menininha exibindo sua habilidade de cantar para os amigos importantes dos pais.

"O mundo simplesmente não se parece com esta sala", disse Grace.

"Mas pode parecer", disse Blaine. "Provamos que o mundo pode ser como esta sala. Pode ser um lugar seguro e igual para todos. Só precisamos derrubar as paredes do privilégio e da opressão."

"Lá vai meu irmão hippie", disse Shan.

Mais risos.

"Você devia escrever sobre isso no seu blog, Ifemelu", disse Grace.

"Sabe por que Ifemelu pode escrever aquele blog, aliás?", disse Shan. "Porque ela é africana. Está escrevendo do lado de fora. Na realidade, ela não sofre tudo aquilo sobre o que está escrevendo. São coisas excêntricas, curiosas para ela. Então ela pode escrever sobre isso, receber todos esses elogios e ser chamada para dar palestras. Se fosse afro-americana, ia ser considerada uma pessoa cheia de raiva e condenada ao ostracismo."

A sala, por um segundo, encheu-se de silêncio.

"Acho que você tem alguma razão", disse Ifemelu, irritada com Shan e consigo mesma por se dobrar ao seu feitiço. Era verdade que a questão racial não estava bordada no tecido de sua história pessoal, não fora gravada em sua alma. Ainda assim, teria preferido que Shan tivesse dito aquilo para ela quando estivessem sozinhas, em vez de dizê-lo agora, com tanto júbilo, diante de seus amigos, deixando Ifemelu com um nó amargo no peito que era uma espécie de luto.

"Grande parte disso é relativamente recente. Identidades negras e pan-africanas na verdade eram fortes no início do século XIX. A Guerra Fria obrigou as pessoas a escolherem, ou você se tornava um internacionalista, que, é claro, para os americanos significava comunista, ou passava a fazer parte do capitalismo americano, que foi a escolha que a elite afro-americana fez", disse Blaine, como quem tentava defender Ifemelu, mas ela achou aquilo abstrato demais, débil demais, tardio demais.

Shan olhou para Ifemelu e sorriu, e naquele sorriso havia a possibilidade de uma enorme crueldade. Quando, meses depois, Ifemelu brigou com Blaine, ela se perguntou se Shan havia alimentado a raiva dele, uma raiva que nunca compreendeu completamente.

Obama é alguma coisa além de negro?

Muita gente — principalmente quem não é negro — diz que Obama não é negro, é birracial, multirracial, mestiço, qualquer coisa menos simplesmente negro. Porque a mãe dele era branca. Mas raça não é biologia; raça é sociologia. Raça não é genótipo; é fenótipo. A raça importa por causa do racismo. E o racismo é absurdo porque gira em torno da aparência. Não do sangue que corre nas suas veias. Gira em torno do tom da sua pele, do formato do seu nariz, dos cachos do seu cabelo. Booker T. Washington e Frederick Douglass tinham pais brancos. Imagine-os dizendo que não eram negros.

Imagine Obama, que tem a pele cor de amêndoa torrada e o cabelo crespo, dizendo para uma pesquisadora do censo que é meio branco. Tudo bem, então, responderia ela. Muitos negros americanos têm um ancestral branco, pois os donos brancos de escravos gostavam de estuprar as mulheres nos alojamentos de escravos à noite. Mas, se você sair com a pele negra, acabou. (Por isso, se você é aquela mulher loura de olhos azuis que diz "Meu avô era nativo-americano e também sou vítima de discriminação" quando os negros estão falando da merda que sofrem, por favor, pare com isso.) Nos Estados Unidos, você não decide de que raça é. Isso é decidido por você. Barack Obama, com a aparência que tem, teria que sentar na parte de trás do ônibus há cinquenta anos. Se um negro qualquer cometer um crime hoje, Barack Obama poderia ser detido pela polícia e interrogado por se encaixar no perfil do suspeito. E qual é esse perfil? Homem Negro.

38.

Blaine não gostava de Boubacar, e isso talvez tivesse ou não importância na história da briga deles, mas Blaine não gostava de Boubacar, e o dia de Ifemelu havia começado com uma visita à aula de Boubacar. Ela e Blaine tinham conhecido Boubacar num jantar que a universidade dera em sua homenagem; ele era um professor senegalês de pele castanho-escura que havia acabado de se mudar para os Estados Unidos para dar aula em Yale. Ele transbordava inteligência e amor-próprio. Ficou na cabeceira da mesa, bebendo vinho tinto e falando secamente sobre os presidentes franceses que já havia conhecido e as universidades francesas que tinham lhe oferecido emprego.

"Vim para os Estados Unidos porque quero escolher meu próprio mestre", disse Boubacar. "Já que tenho de ter um mestre, melhor os Estados Unidos do que a França. Mas jamais comerei um cookie ou irei ao McDonald's. Que coisa mais bárbara!"

Ifemelu achou-o encantador e divertido. Gostou de seu sotaque, de seu inglês pingando wolof e francês.

"Eu o adorei", disse ela para Blaine depois.

"É interessante a maneira como ele fala coisas comuns e acha que são profundas", disse Blaine.

"Ele é bastante cheio de si, mas todas as outras pessoas naquela mesa também eram", disse Ifemelu. "Vocês de Yale têm de ser cheios de si para ser contratados, não têm?"

Blaine normalmente teria rido, mas daquela vez não riu. Ifemelu sentiu, em sua reação, uma antipatia territorial que era alheia à sua natureza; aquilo a surpreendeu. Blaine fingia ter um sotaque francês exagerado e imitava Boubacar. "Os africanos francófonos param para tomar um café, os anglófonos param para tomar um chá. É impossível encontrar um *café au lait* de verdade neste país!"

Talvez Blaine se ressentisse da rapidez com que Ifemelu se aproximara de Boubacar naquele dia depois de as sobremesas terem sido servidas, como se ele fosse uma pessoa que falava a mesma língua silenciosa que ela. Ifemelu havia provocado Boubacar a propósito dos africanos francófonos, sobre como sua mente tinha sido subjugada pelos franceses e como eles haviam se tornado frágeis, conscientes demais das desfeitas dos europeus, mas apaixonados demais por sua condição de europeus. Boubacar rira de uma maneira que demonstrava intimidade; ele não riria assim com um americano, seria mordaz se um americano ousasse dizer a mesma coisa. Talvez Blaine se ressentisse desse sentimento em comum, de algo primariamente africano do qual se sentia excluído. Mas o que Ifemelu sentia por Boubacar era fraternal, livre de desejo. Eles se encontravam com frequência para tomar chá na Livraria Atticus e conversavam — ou ela escutava, já que quase só ele falava, sobre a política no oeste da África, sua família, sua terra —, e ela sempre ia embora com a sensação de estar fortalecida.

Quando Boubacar lhe falou sobre a nova bolsa de estudos na área de humanas em Princeton, Ifemelu começou a olhar para seu passado. Uma inquietude havia tomado conta dela. Suas dúvidas sobre o blog aumentaram.

"Você precisa se candidatar. Seria perfeito para você", disse ele.

"Não sou acadêmica. Nem fiz pós-graduação."

"Quem recebe a bolsa atualmente é um músico de jazz brilhante, que só tem diploma de ensino médio. Eles querem pessoas que estão fazendo coisas novas, pioneiras. Você precisa se candidatar e, por favor, dê meu nome como referência. Nós precisamos entrar nesses lugares, entende? É a única maneira de mudar o rumo da conversa."

Ifemelu ficou tocada, sentada ali diante de Boubacar num café e sentindo, entre eles, a afinidade calorosa de algo que é compartilhado.

Boubacar muitas vezes a tinha convidado para assistir à sua aula, que era um seminário sobre questões africanas contemporâneas. "Talvez renda um post para o blog", disse. Assim, no dia em que começou sua briga com Blaine, ela foi à aula de Boubacar. Ficou sentada nos fundos, perto da janela. Lá fora, as folhas caíam de árvores velhas e majestosas, e pessoas com lenço protegendo o pescoço caminhavam rapidamente pela calçada com copos de papel na mão, sendo que as mulheres, em particular as asiáticas, pareciam bonitas com suas saias retas e suas botas de salto alto. Todos os alunos de Boubacar tinham laptops abertos à frente do rosto, com telas brilhantes mostrando páginas de e-mail, pesquisas no Google, fotos de celebridades. De tempos em tempos, abriam um arquivo do Word e escreviam algumas palavras do professor. Os casacos estavam pendurados nas costas das cadeiras e sua linguagem corporal jogada, levemente impaciente, dizia: nós já sabemos as respostas. Depois da aula, eles iam ao café da biblioteca comprar um sanduíche com zhou do norte da África ou curry da Índia e, quando estivessem a caminho de outra aula, um grupo de estudantes lhes daria camisinhas e pirulitos, e à noite eles iriam a um chá na casa de um professor, onde um presidente latino-americano ou um ganhador do prêmio Nobel responderia a suas perguntas como se fossem importantes.

"Seus alunos estavam todos vendo coisas na internet", disse Ifemelu a Boubacar quando eles caminhavam para o escritório dele.

"Esses alunos não duvidam de sua presença aqui. Acreditam que deviam estar aqui, que mereceram isso e que pagam por isso. *Au fond*, eles nos compraram a todos. É a chave da grandeza dos Estados Unidos, essa arrogância", disse Boubacar com uma boina de feltro preta na cabeça e as mãos enfiadas nos bolsos do paletó. "É por isso que não entendem que deviam ser gratos por eu estar diante deles."

Eles tinham acabado de chegar ao escritório dele quando alguém bateu na porta semicerrada.

"Entre", disse Boubacar.

Kavanagh entrou. Ifemelu já conversara com ele algumas vezes; era um professor assistente de história que tinha morado no Congo quando criança. Tinha os cabelos encaracolados e um mau humor terrível, e parecia ser mais adequado a cobrir guerras perigosas em países distantes do que a ensinar história na faculdade. Ficou sob o umbral da porta e disse a Boubacar que ia sair em licença sabática e que o departamento ia comprar uns sanduíches no dia seguinte para fazer um almoço de despedida para ele — sanduíches chiques, tinham dito, com coisas como broto de alfafa.

"Se eu estiver entediado o suficiente, dou uma passada lá", disse Boubacar.

"Venha também", disse Kavanagh para Ifemelu. "Falando sério."

"Vou, sim", disse ela. "Almoço grátis é sempre uma boa ideia."

Quando Ifemelu estava saindo do escritório de Boubacar, Blaine lhe mandou uma mensagem de texto. *Você soube o que aconteceu com o sr. White, da biblioteca?*

A primeira coisa que ela pensou foi que o sr. White tinha morrido; não sentiu uma tristeza muito grande, e sentiu-se culpada por isso. O sr. White era um segurança da biblioteca que ficava sentado ao lado da saída e olhava a contracapa de todos os livros, um homem com bolsas sob os olhos e uma pele tão escura que tinha um tom de mirtilo. Ifemelu estava tão acostumada a vê-lo sentado, apenas um rosto e um torso, que, a primeira vez que o viu caminhando, seu andar a entristeceu: tinha os ombros curvados, como que sob o peso de perdas prolongadas. Blaine havia ficado amigo do sr. White anos antes e às vezes, na hora do intervalo, ficava lá fora conversando com ele. "Ele é um livro de história", dissera Blaine. Ifemelu já havia falado com o sr. White algumas vezes. "Ela tem uma irmã?", perguntava ele a Blaine, apontando Ifemelu. Ou dizia "Você parece cansado, meu chapa. Alguém não deixou você dormir?" de uma maneira que Ifemelu considerava grosseira. Sempre que eles se cumprimentavam, o sr. White apertava seus dedos num gesto muito sugestivo e Ifemelu arrancava sua mão da dele e evitava olhá-lo nos olhos. Naquele aperto de mão havia uma atitude de posse, de lascívia, e por causa disso ela sempre sentira certa antipatia por ele, mas jamais contara isso a Blaine porque também lamentava por isso. Afinal, o sr. White era um velho homem negro maltratado pela vida e Ifemelu gostaria de conseguir passar por cima das liberdades que ele tomava.

"É engraçado como nunca ouvi você falar tantas gírias afro-americanas antes", disse ela a Blaine na primeira vez em que o ouviu conversando com o sr. White. A sintaxe dele estava diferente, sua cadência, mais cheia de ritmo.

"Acho que me acostumei demais com minha voz de quando os brancos estão olhando", disse ele. "E os negros mais jovens não conseguem mais fazer essa mudança, sabia? Os meninos de classe média não conhecem essa maneira de falar e os meninos dos bairros pobres de cidade grande só falam desse jeito, ninguém tem a fluência da minha geração."

"Vou escrever sobre isso no blog."

"Sabia que você ia dizer isso."

Ifemelu mandou uma mensagem em resposta. *Não, o que aconteceu? O sr. White está bem? Você já saiu do trabalho? Quer ir comer um sanduíche?*

Blaine ligou para ela e pediu-lhe que esperasse na esquina da Whitney, e logo ela o viu se aproximando, um homem esbelto de suéter cinza que caminhava rapidamente.

"Oi", disse Blaine, dando-lhe um beijo.

"Você está cheiroso", disse Ifemelu, e ele beijou-a de novo.

"Você sobreviveu à aula de Boubacar? Apesar de não haver croissants nem *pains au chocolat* que prestassem?"

"Pare com isso. O que aconteceu com o sr. White?"

Enquanto eles caminhavam de mãos dadas para a loja que vendia sanduíches no bagel, Blaine lhe contou que um amigo do sr. White, que era negro, tinha ido visitá-lo no fim da tarde anterior e os dois tinham ficado parados diante da biblioteca. O sr. White dera as chaves de seu carro ao amigo, porque ele queria pegar o carro emprestado, e o amigo dera algum dinheiro ao sr. White, porque ele havia lhe emprestado dinheiro em outra ocasião. Um funcionário branco da biblioteca que estava observando os dois presumiu que os dois negros estavam vendendo drogas e chamou um supervisor. O supervisor chamou a polícia. A polícia veio e levou o sr. White para ser interrogado.

"Ai, meu Deus", disse Ifemelu. "Ele está bem?"

"Está. Já voltou para o posto." Blaine ficou em silêncio por um instante. "Acho que ele espera que esse tipo de coisa aconteça."

"Essa é a verdadeira tragédia", disse Ifemelu, percebendo que estava usando as palavras de Blaine; às vezes, ouvia em sua voz um eco da voz dele. A verdadeira tragédia de Emmett Till, dissera-lhe Blaine certa vez, não foi o assassinato de um menino negro por assoviar para uma mulher branca, mas o fato de que alguns negros pensaram: Mas por que você assoviou?

"Conversei com ele um tempo. Ele quis deixar aquilo para lá, disse que não tinha importância e preferiu falar sobre a filha, com quem está muito preocupado. Ela tem falado em largar o ensino médio. Então vou dar aulas particulares para ela. Vou conhecê-la na segunda-feira."

"Blaine, essa é a sétima criança para quem você vai dar aula particular", disse Ifemelu. "Vai dar aula para todas as crianças das áreas pobres de New Haven?"

Ventava e Blaine estava apertando os olhos; carros passavam por eles na Whitney Avenue, e ele virou o rosto para fitá-la com os olhos pequenos.

"Gostaria de poder fazer isso", disse, baixinho.

"Eu queria poder te ver mais, só isso", disse Ifemelu, colocando o braço em torno da cintura dele.

"A reação da universidade é o maior papo furado. Um simples erro que não teve nenhum cunho racial? Jura? Estou pensando em organizar um protesto amanhã, fazer as pessoas saírem na rua e dizer que isso não é aceitável. Não aqui, no nosso quintal."

Ifemelu percebeu que Blaine já havia se decidido, que não estava só pensando em fazer aquilo. Ele se sentou numa mesa perto da porta enquanto ela foi ao balcão fazer o pedido, tão acostumada com ele, com o que gostava. Quando voltou com uma bandeja de plástico — com seu sanduíche de peru e o wrap vegetariano dele ao lado de dois saquinhos de batatas chips assadas e sem sal —, Blaine estava com a cabeça inclinada, falando ao telefone. Quando chegou a noite, ele já dera telefonemas e enviara e-mails e mensagens de texto, a notícia já havia sido passada adiante e seu telefone tocava e vibrava e soava com as respostas de pessoas dizendo que iam participar. Um aluno ligou para pedir sugestões do que escrever nos cartazes, outro estava entrando em contato com as estações de televisão locais.

Na manhã seguinte, antes de sair para o trabalho, Blaine disse: "Vou dar aula direto hoje, então vejo você na biblioteca, está bem? Mande uma mensagem de texto quando estiver indo para lá".

Eles não haviam discutido aquilo. Blaine simplesmente presumira que Ifemelu estaria lá, e por isso ela disse: "Tudo bem".

Mas ela não foi. E não tinha esquecido. Talvez Blaine a tivesse perdoado com mais facilidade se Ifemelu tivesse simplesmente esquecido; se estivesse tão absorta lendo ou escrevendo no blog que o protesto tivesse desaparecido de sua mente. Mas ela não esqueceu. Apenas preferiu ir ao almoço de despedida de Kavanagh em vez de ficar parada diante da biblioteca da universidade segurando um cartaz. Blaine não ia se importar muito, disse para si mesma. Se sentiu algum desconforto, não teve consciência dele até estar sentada numa sala de aula com Kavanagh, Boubacar e outros professores, bebericando uma garrafa de suco de oxicoco e ouvindo uma jovem falar sobre a revisão iminente de seu contrato, quando as mensagens de Blaine inundaram seu celular. *Onde você está? Tudo bem? Veio bastante gente, estou procurando você. Shan apareceu de surpresa! Tudo bem?* Ifemelu saiu mais cedo da festa, voltou para o apartamento e, deitada na cama, mandou uma mensagem para Blaine dizendo que sentia muito, mas tinha acabado de acordar de uma soneca que havia se estendido por tempo demais. *Certo. Estou indo para casa.*

Blaine chegou e a envolveu em seus braços, com uma força e uma empolgação que haviam entrado junto com ele na casa.

"Senti sua falta. Queria tanto que você tivesse ido. Fiquei tão feliz de Shan vir", disse ele, um pouco emocionado, como se aquilo tivesse sido um triunfo pessoal seu. "Parecia um mini-Estados Unidos. Crianças negras, brancas, asiáticas, hispânicas. A filha do sr. White estava lá, tirando fotografias das fotos dele nos cartazes, e eu senti que finalmente havia devolvido um pouco de dignidade para ele."

"Que bonito", disse ela.

"Shan mandou um beijo. Ela está pegando um trem para voltar a Nova York agora."

Teria sido fácil para Blaine descobrir, talvez uma menção casual de alguém que fora ao almoço, mas Ifemelu nunca soube como foi que aconteceu. Ele chegou no dia seguinte e fitou-a, um olhar cheio de raiva que parecia metálico, e disse: "Você mentiu". A frase foi dita com um horror que a deixou perplexa, como se Blaine nunca tivesse considerado a possibilidade de ela mentir. Ifemelu teve vontade de dizer: "Blaine, as pessoas mentem". Mas disse: "Desculpe".

"Por quê?" Ele estava olhando-a como se ela tivesse esticado o braço e lhe arrancado a inocência e, por um segundo, Ifemelu o odiou, aquele homem que comia o miolo das maçãs e transformava até isso num ato moral.

"Não sei por quê, Blaine. Eu não estava com vontade, só isso. Não achei que você fosse se importar muito."

"Não estava com vontade, só isso?"

"Desculpe. Eu devia ter falado do almoço."

"Por que esse almoço subitamente ficou tão importante? Você mal conhece esse amigo de Boubacar!", disse Blaine, incrédulo. "Você sabe que não basta escrever um blog, tem de viver como se acreditasse nisso. Aquele blog é um jogo que você não leva a sério de verdade, é como escolher uma optativa noturna *interessante* para completar seus créditos." Ifemelu reconheceu, no tom de Blaine, uma acusação sutil, não apenas de preguiça, de falta de zelo e convicção, mas também de africanidade; ela não tinha ficado furiosa o suficiente porque era africana, não afro-americana.

"É injusto você dizer isso", protestou ela. Mas Blaine tinha virado as costas para ela, gélido, em silêncio.

"Por que você não conversa comigo?", perguntou Ifemelu. "Não entendo por que isso é tão importante."

"Como você pode não entender? É o princípio da coisa", disse Blaine e, naquele momento, ele se tornou um estranho para ela.

"Sinto muito mesmo", disse Ifemelu.

Ele havia andado até o banheiro e fechado a porta.

Ela sentiu que se contorcia sob a raiva sem palavras dele. Como podia o princípio, algo abstrato que flutuava no ar, se colocar de forma tão sólida entre eles e transformar Blaine em outra pessoa? Ifemelu teria preferido que fosse uma emoção não civilizada, algo apaixonado como o ciúme ou a traição.

Ligou para Araminta. "Estou me sentindo como uma esposa confusa que liga para a cunhada para que ela lhe explique seu marido", disse.

"No ensino médio, eu lembro que eles estavam tentando angariar fundos para alguma coisa e montaram uma mesa com biscoitos e sei lá mais o quê, e você tinha de colocar um pouco de dinheiro no pote e pegar um biscoito, e, você sabe como é, eu estava me sentindo rebelde, então peguei um biscoito e não coloquei nenhum dinheiro e Blaine ficou furioso comigo. Eu me lembro de pensar: Ei, é só um biscoito. Mas acho que, para ele, foi o princípio da coisa. Ele pode ser ridiculamente moralista às vezes. Espere um ou dois dias, Blaine vai superar isso."

Mas passou-se um dia e depois dois, e Blaine permaneceu enclausurado em seu silêncio enregelado. No terceiro dia em que não disse nem uma palavra para Ifemelu, ela fez uma pequena mala e foi embora. Não podia voltar para Baltimore — tinha alugado seu apartamento e colocado os móveis num guarda-móveis. Por isso, foi para Willow.

O que os acadêmicos querem dizer quando falam em privilégio dos brancos, ou Sim, é um saco ser pobre e branco, mas experimente ser pobre e não ser branco

Bom, um cara falou para o Professor Bonitão: "Essa história de privilégio dos brancos é besteira. Como posso ser privilegiado? Passei uma infância pobre pra cacete em West Virgínia. Sou um caipira dos Apalaches. Minha família recebe ajuda do governo". Tudo bem. Mas o privilégio é sempre comparado a outra coisa. Agora imagine alguém como ele, alguém que seja tão pobre e fodido quanto ele, só que negro. Se ambos fossem presos por, digamos, posse de drogas, seria mais provável que o cara branco fosse mandado para um tratamento e mais provável que o cara negro fosse mandado para a cadeia. Todo o resto é igual, exceto a raça. Veja as estatísticas. O cara que é caipira dos Apalaches é um fodido, o que não é legal, mas, se ele fosse negro, ia ser fodido ao quadrado. Ele também disse para o Professor Bonitão: "Por que a gente sempre tem de falar em raça, aliás? Não podemos simplesmente ser humanos?". E o Professor Bonitão respondeu: "É exatamente isso que é o privilégio dos brancos, o fato de você poder dizer isso. A raça não existe realmente para você, pois nunca foi uma barreira. Os negros não têm essa escolha. O negro que mora em Nova York não quer pensar em raça, até que tenta chamar um táxi, e não quer pensar em raça quando está dirigindo sua Mercedes dentro do limite de velocidade, até que um policial o manda parar. Por isso, o caipira dos Apalaches não tem privilégio de classe, mas tem privilégio de raça com certeza". O que você acha? Dê sua opinião, leitor, e compartilhe sua experiência, principalmente se não for negro.

P.S. O Professor Bonitão sugeriu que eu postasse isso, é um teste para ver se você tem o privilégio dos brancos, inventado por uma mulher muito legal chamada Peggy McIntosh. Se você responder não para a maioria das perguntas, então parabéns, você tem o privilégio dos brancos. Quer saber para que serve isso? Quer saber a verdade? Não tenho ideia. Acho que é bom saber, só isso. Para você poder se gabar de tempos em tempos, para melhorar seu ânimo quando estiver deprimido, esse tipo de coisa. Aí vai:

Quando você quer entrar para um clube exclusivo, se pergunta se sua raça vai dificultar a entrada?

Quando você vai fazer compras sozinho numa loja cara, tem medo de ser seguido ou assediado?

Quando você liga numa emissora de televisão importante ou abre um jornal importante, encontra pessoas que são, em sua maioria, de outra raça?

Você se preocupa com o fato de que seus filhos não vão ter livros e material escolar que falem de pessoas da raça deles?

Quando você pede um empréstimo no banco, teme que, por causa de sua raça, vá ser considerado pouco confiável financeiramente?

Quando você xinga alguém ou se veste com roupas velhas, acha que as pessoas talvez digam que fez isso por causa da falta de moral, da pobreza ou da ignorância de sua raça?

Quando você se sai bem em alguma situação, espera que considerem uma honra para sua raça? Ou ser descrito como "diferente" da maioria das pessoas da sua raça?

Se você critica o governo, teme ser visto como um marginal cultural? Ou teme que alguém te diga para "voltar para X", X sendo um lugar fora dos Estados Unidos?

Se você é mal atendido numa loja cara e pede para ver um gerente, espera que essa pessoa seja de outra raça que não a sua?

Se um policial de trânsito manda você parar seu carro, você se pergunta se é por causa de sua raça?

Se você aceitar um emprego numa empresa que tenha uma cota de vagas para pessoas de cor, teme que seus colegas pensem que não é qualificado e que foi contratado apenas por causa de sua raça?

Se você quer se mudar para um bairro caro, teme não ser bem recebido por causa de sua raça?

Se precisar de ajuda legal ou médica, teme que sua raça possa prejudicá-lo?

Quando vê roupa de baixo ou curativos "cor da pele", já sabe que eles não vão ser da cor da sua pele?

39.

Tia Uju tinha começado a fazer ioga. Estava de quatro, com as costas bem arqueadas, sobre um tapete azul-claro estendido sobre o chão do porão, enquanto Ifemelu a observava deitada no sofá, comendo uma barra de chocolate.

"Quantas dessas você já comeu? E desde quando come chocolate normal? Achei que você e Blaine só comiam chocolates orgânicos desses vendidos em feira."

"Comprei essas barras na estação de trem."

"Essas? Quantas?"

"Dez."

"Hum! Dez!"

Ifemelu deu de ombros. Já tinha comido todas, mas não ia contar isso a tia Uju. Sentira prazer ao comprar chocolates na banca, barras baratas cheias de açúcar, produtos químicos e outras coisas tenebrosas e geneticamente modificadas.

"Então já que vocês estão brigados, vai comer os chocolates dos quais ele não gosta?" Tia Uju riu.

Dike desceu e olhou a mãe, cujos braços agora estavam estendidos na posição do guerreiro. "Mãe, você está ridícula."

"Seu amigo não disse outro dia que sua mãe era bonita? É por causa disso aqui."

Dike balançou a cabeça. "Prima, preciso te mostrar uma coisa no YouTube, um vídeo hilário."

Ifemelu se levantou.

"Dike te contou sobre o incidente com o computador na escola?", perguntou tia Uju.

"Não, o que houve?", perguntou Ifemelu.

"O diretor me ligou na segunda para me contar que Dike tinha invadido a rede de computadores da escola no sábado. Um menino que passou o sábado inteiro comigo. Fomos a Hartford visitar Ozavisa. Passamos o dia todo lá e o menino não chegou nem perto de um computador. Quando perguntei por que achavam que tinha sido ele, disseram que tinham informações sobre o caso. Imagine, o homem acorda e culpa meu filho. O menino nem é bom com computadores. Achei que tínhamos deixado essa gente para trás naquela cidade caipira. Kweku quer que a gente faça uma reclamação formal, mas acho que não vale a pena. Agora, eles disseram que não suspeitam mais dele."

"Eu nem sei *como* entrar numa rede de computadores", disse Dike secamente.

"Por que eles fariam uma imbecilidade dessas?", perguntou Ifemelu.

"Você tem de culpar o negro primeiro", disse ele, rindo.

Mais tarde, Dike contou que seus amigos sempre falavam "Ei, Dike, você tem um bagulho?" e achavam aquilo engraçado. Contou da pastora da igreja, uma mulher branca, que tinha dito oi para todos os outros meninos, mas, ao chegar nele, dissera: "E aí, mano?". "Eu me sinto como se tivesse legumes no lugar das orelhas, imensos brócolis saindo da cabeça", disse ele. "Então, é claro que tinha de ser eu a invadir a rede da escola."

"Esse povo da sua escola é muito burro", disse Ifemelu.

"É engraçado o jeito de você falar essa palavra, prima: *burro*." Ele ficou em silêncio um instante e depois repetiu o que ela dissera: "Esse povo da sua escola é muito burro", imitando bem o sotaque nigeriano. Ela lhe contou a história do pastor nigeriano que, ao dar um sermão numa igreja nos Estados Unidos, disse algo sobre uma luta, mas, por causa de seu sotaque, as pessoas da paróquia acharam que ele tinha dito "puta" e escreveram para o bispo para reclamar. Dike morreu de rir. Aquela virou uma das piadas recorrentes deles. "Ei, prima, vamos à puta", dizia ele.

***

Durante nove dias, Blaine ignorou os telefonemas de Ifemelu. Finalmente ele atendeu, com a voz abafada.

"Posso ir aí nesse fim de semana para a gente fazer arroz de coco? Eu cozinho", disse ela. Antes de ele responder "Tudo bem", Ifemelu sentiu que tinha respirado fundo e se perguntou se havia ficado surpreso por ela ousar sugerir arroz de coco.

Ifemelu observou Blaine cortar as cebolas, observou seus longos dedos e se lembrou deles em seu corpo, traçando linhas na clavícula e na pele escura abaixo do umbigo. Ele ergueu o olhar e perguntou se as fatias estavam de bom tamanho e ela disse: "A cebola está boa", e pensou em como Blaine sempre soubera o tamanho certo para as cebolas, fatiando-as de forma precisa, e em como ele sempre colocara o arroz para cozinhar, embora ela fosse fazê-lo agora. Blaine quebrou o coco contra a pia e deixou sair a água antes de começar a raspar a carne branca com uma faca. As mãos de Ifemelu tremeram quando ela jogou o arroz dentro da água fervendo, e enquanto olhava os grãos fininhos de basmati começando a inchar, perguntou-se se eles estavam fracassando naquilo, sua refeição de reconciliação. Foi olhar o frango que estava no fogo. O cheiro dos temperos subiu quando tirou a tampa — gengibre, curry e folhas de louro —, e ela, de forma desnecessária, disse a Blaine que o frango estava com a cara boa.

"Não temperei demais, como você faz", disse ele. Ifemelu sentiu uma raiva momentânea e teve vontade de dizer que era injusto da parte dele recusar-se a perdoá-la, mas, em vez disso, perguntou se Blaine achava que ela devia pôr um pouco mais de água. Ele continuou a ralar o coco e não disse nada. Ela observou o coco se desintegrando até virar uma poeira branca; sentiu-se triste ao pensar que ele jamais voltaria a ser um coco inteiro e esticou os braços e abraçou Blaine por trás, enlaçando seu peito e sentindo seu calor através do moletom, mas ele se desvencilhou e disse que precisava terminar antes de o arroz virar uma papa. Ifemelu atravessou a sala para olhar pela janela, para a torre do relógio, alta e majestosa, impondo-se sobre os outros prédios do campus de Yale lá embaixo. Viu os primeiros flocos de neve rodopiando no ar do fim da tarde como se fossem atirados de cima e lembrou-se de seu primeiro inverno com ele, quando tudo parecia brilhante e interminavelmente novo.

Entendendo a América para o Negro Não Americano: Explicações sobre o que algumas frases realmente querem dizer

1. De todas as suas divisões, aquela com a qual os americanos se sentem mais desconfortáveis é a raça. Se você estiver tendo uma conversa com um americano e quiser discutir uma questão racial que acha interessante, mas o americano disser: "Ah, é simplista dizer que isso é uma questão racial, o racismo é tão complexo", isso significa que ele quer que você cale a boca agora. Porque é claro que o racismo é complexo. Muitos abolicionistas queriam libertar os escravos, mas não queriam negros morando perto da casa deles. Muita gente hoje não se importa em ter uma babá negra ou um motorista de limusine negro. Mas se importa pra cacete em ter um chefe negro. Simplista é dizer: "Isso é tão complexo". Mas cale a boca mesmo assim, principalmente se precisar de um emprego ou de um favor do americano em questão.

2. A diversidade significa coisas diferentes para pessoas diferentes. Se uma pessoa branca diz que um bairro tem diversidade, isso significa que nove por cento dos moradores são negros. (Assim que passa para dez por cento, os brancos se mudam.) Se um negro diz que um bairro tem diversidade, está pensando em quarenta por cento de moradores negros.

3. Às vezes eles dizem "cultura" quando querem dizer raça. Dizem que um filme é "mainstream" quando querem dizer "pessoas brancas gostam dele ou o fizeram". Quando dizem "urbano" isso quer dizer negro, pobre, possivelmente perigoso e potencialmente excitante. Dizer que algo é "racialmente problemático" significa que estão constrangidos demais para dizer que é "racista".

40.

Eles só voltaram a brigar quando o relacionamento acabou, mas, durante o período em que Blaine se manteve gelado e Ifemelu se escondeu dentro de si mesma e comeu barras de chocolate inteiras, o que ela sentia por ele mudou. Ainda o admirava, admirava sua fibra moral, sua vida com demarcações nítidas, mas agora era admiração por uma pessoa separada dela, uma pessoa distante. E seu corpo havia mudado. Quando estavam na cama, Ifemelu não se virava para Blaine repleta de um desejo em carne viva como costumava fazer e, quando ele a procurava, seu primeiro instinto era se afastar. Eles se beijavam com frequência, mas ela sempre mantinha os lábios firmemente fechados; não queria a língua dele em sua boca. A paixão fora sugada daquela união, mas havia uma nova paixão vinda de fora de ambos que os uniu numa intimidade que jamais tinham experimentado antes, uma intimidade indistinta, silenciosa, instintiva: Barack Obama. Sem fazer esforço, sem as sombras da obrigação e do ceder, eles concordaram em relação a Barack Obama.

No início, embora Ifemelu quisesse que os Estados Unidos elegessem um negro para a presidência, achou que seria impossível, e não conseguia imaginar Obama nesse papel; ele parecia franzino demais, magro demais, um homem que seria levado pelo vento. Hillary Clinton era mais robusta. Ifemelu gostava de vê-la na televisão, em seus terninhos quadrados, com um rosto que era como uma máscara de determinação e com sua beleza disfarçada, porque aquela era a única maneira de convencer o mundo de que ela era uma pessoa capaz. Ifemelu gostava de Hillary Clinton. Torceu por sua vitória e desejou-lhe boa sorte até a manhã em que pegou o livro de Barack Obama, *Sonhos do meu pai*, que Blaine tinha acabado de ler e deixara na estante com algumas páginas dobradas. Examinou as fotografias na capa, da jovem queniana olhando intrigada para a câmera com os braços envolvendo o filho e o rapaz americano vistoso segurando a filha contra o peito. Mais tarde, lembraria o momento em que decidira lê-lo. Só para ver. Talvez não o tivesse lido se Blaine o tivesse recomendado, pois cada vez mais evitava os livros dos quais ele gostava. Mas Blaine não o recomendara, apenas o deixara na estante, do lado de uma pilha de outros livros que já lera, mas que pretendia reler. Ifemelu leu *Sonhos do meu pai* em um dia e meio, sentada no sofá e ouvindo Nina Simone a todo o volume na caixa de som do iPod de Blaine. Ficou absorta e tocada pelo homem que conheceu naquelas páginas, um homem curioso e inteligente, um homem gentil, um homem tão absoluta e irresistivelmente humano. Ele a fez se lembrar da expressão que Obinze usava para descrever as pessoas de quem gostava. *Obi ocha*. Um coração limpo. Ela acreditou em Barack Obama. Quando Blaine chegou em casa, Ifemelu se sentou à mesa de jantar, ficou observando-o picar manjericão fresco na cozinha e disse: "Que bom seria se o homem que escreveu esse livro pudesse ser o presidente dos Estados Unidos".

A faca de Blaine parou de se mover. Ele ergueu o rosto com os olhos iluminados, como se não ousasse esperar que ela acreditasse na mesma coisa em que acreditava, e Ifemelu sentiu, entre eles, o primeiro pulsar de uma paixão compartilhada. Eles se abraçaram diante da televisão quando Barack Obama ganhou as primárias em Iowa. A primeira batalha, e ele havia ganhado. Sua esperança irradiava, explodia em possibilidade; era mesmo possível que Obama ganhasse a eleição. E, então, como numa coreografia, os dois começaram a se preocupar. Temiam que algo fosse desviá-lo dos trilhos, bater naquele trem que se movia tão rápido. Todas as manhãs, Ifemelu acordava e ia ver se Obama ainda estava vivo. Ver se surgira algum escândalo, se alguma história tinha sido desenterrada de seu passado. Ela ligava o computador com a respiração presa e o coração batendo freneticamente no peito e depois, com a certeza de que Obama ainda estava vivo, lia as últimas notícias sobre ele, rapidamente e com avidez, buscando informações e segurança, com múltiplas janelas minimizadas na tela. Às vezes, quando estava em fóruns on-line, Ifemelu murchava ao ler os comentários sobre Obama, e então se levantava, afastava-se do computador como se o próprio laptop fosse o inimigo e ia se postar diante da janela para esconder as lágrimas até de si mesma. *Como pode um macaco ser presidente? Alguém nos faça um favor e dê um tiro nesse cara. Mande-o de volta para a floresta africana. Um negro não pode ir para a Casa Branca, cara, é por isso que chamam de Casa Branca.* Ela tentava imaginar as pessoas que tinham escrito aquilo, com apelidos como MãeSuburbana231 e AmoNormanRockwell, sentadas à mesa com uma xícara de café ao lado e os filhos prestes a chegar em casa no ônibus da escola, envoltas numa aura de inocência. Aqueles fóruns faziam seu blog parecer insignificante, uma comédia de costumes, uma sátira amena sobre um mundo que era tudo menos ameno. Ifemelu não escreveu no blog sobre o horror que parecia se multiplicar a cada manhã que ela entrava na internet, com mais fóruns surgindo, mais ódio aparecendo, porque fazê-lo seria divulgar as palavras de pessoas que execravam não o homem que Barack Obama era, mas a ideia dele como presidente. Em vez disso, escreveu sobre as posições políticas de Obama, num post recorrente intitulado "É por isso que Obama vai ser o melhor", muitas vezes acrescentando links para o site dele, e também escrevia sobre Michelle Obama. Amava o humor irônico e não convencional dela, a autoconfiança em sua postura esguia, e então lamentou quando Michelle Obama foi condicionada, achatada, quando a fizeram soar tepidamente conservadora nas entrevistas. Ainda assim havia, nas sobrancelhas arqueadas demais de Michelle Obama e no cinto que ela usava mais alto na cintura do que a tradição ditava, um lampejo de seu velho eu. Foi isso que atraiu Ifemelu, a ausência de um pedido de desculpas, a promessa da honestidade.

"Se ela casou com Obama, ele não pode ser tão mau", Ifemelu dizia sempre para Blaine, brincando, e ele respondia: "Pode crer, pode crer".

Ifemelu recebeu um e-mail de um endereço princeton.edu e, antes de lê-lo, suas mãos tremiam de animação. A primeira palavra que viu foi "prazer". Ela havia conseguido a bolsa de pesquisa. O valor era bom e as exigências, poucas: esperavam que vivesse em Princeton, usasse a biblioteca e desse uma palestra pública no fim do ano. Parecia bom demais para ser verdade, uma porta de entrada para um reino sagrado americano. Ela e Blaine pegaram o trem para Princeton para procurar um apartamento e Ifemelu ficou impressionada com a cidade em si, com a quantidade de verde, com sua paz e sua graça. "Fui aceito para fazer faculdade em Princeton", Blaine lhe contou. "Era quase bucólico na época. Vim fazer uma visita e achei lindo, mas não consegui me ver me matriculando de verdade."

Ifemelu entendeu o que ele estava querendo dizer, mesmo agora que Princeton tinha mudado e se tornado, nas palavras de Blaine, "agressivamente capitalista". Ela sentiu admiração e desorientação. Gostou de seu apartamento, numa transversal da Nassau Street; a janela do quarto dava para um grupo de árvores e ela caminhou pelo cômodo vazio pensando num novo começo para si mesma, sem Blaine, porém sem ter certeza de que aquele era de fato o novo começo que queria.

"Só vou me mudar para cá depois da eleição", disse.

Blaine assentiu antes de Ifemelu terminar a frase; é claro que ela não ia se mudar até que tivessem acompanhado Barack Obama até a vitória. Ele tinha se voluntariado para a campanha e Ifemelu absorvia todas as suas histórias sobre as portas a que batera e as pessoas atrás delas. Um dia, Blaine chegou em casa e lhe contou sobre uma senhora negra, com o rosto enrugado como uma ameixa, que ficou segurando a porta como se fosse cair se não o fizesse e lhe disse: "Eu não achava nem que o meu neto ia chegar a ver isso".

Ifemelu escreveu no blog sobre essa história, descrevendo as madeixas prateadas no cabelo da mulher e os dedos tremendo de Parkinson como se estivesse lá junto com Blaine. Todos os amigos dele apoiavam Obama com exceção de Michael, que sempre usava um broche da Hillary Clinton na lapela e, nas reuniões deles, Ifemelu não se sentia mais excluída. Mesmo aquela inquietação indefinida que sentia quando estava perto de Paula, que era parte amuo e parte insegurança, havia evaporado. Eles se encontravam em bares e apartamentos, discutindo os detalhes da campanha e caçoando de quão bobas eram as notícias. Será que os hispânicos vão votar em um negro? Será que Obama sabe jogar boliche? Será que ele é patriótico?

"Não é engraçado como dizem que 'os negros querem Obama' e 'as mulheres querem Hillary', mas não falam das mulheres negras?", disse Paula.

"Quando eles falam em 'mulheres', automaticamente querem dizer 'mulheres brancas', claro", disse Grace.

"O que não entendo é como alguém pode dizer que Obama está se beneficiando do fato de ser um homem negro", disse Paula.

"É complicado, mas ele está, até o ponto em que Hillary Clinton também está se beneficiando de ser uma mulher branca", disse Nathan, inclinando-se e piscando ainda mais do que o normal. "Se Hillary fosse uma mulher negra, sua estrela não ia brilhar tanto. Se Obama fosse um homem branco, sua estrela talvez brilhasse tanto ou talvez não, pois alguns homens brancos que não deviam ter sido presidentes já conseguiram ser eleitos, mas isso não muda o fato de que Obama não tem muita experiência e as pessoas estão empolgadas com a ideia de um candidato negro que tem uma chance real."

"Mas, se ele ganhar, não vai ser mais negro, assim como Oprah não é mais negra, ela é Oprah", disse Grace. "Pode ir a lugares onde os negros são detestados sem problemas. Ele não vai mais ser negro, vai ser só Obama."

"Obama está se beneficiando até certo ponto, e a ideia de se beneficiar é muito problemática, aliás, mas ele está se beneficiando até certo ponto e não é por ser negro, mas por ser um tipo diferente de negro", disse Blaine. "Se Obama não tivesse uma mãe branca, se não tivesse sido criado por avós brancos e não tivesse o Quênia, a Indonésia, o Havaí e todas essas histórias que de alguma maneira o tornam um pouco parecido com todo mundo, se ele fosse só um cara negro da Geórgia, aí seria diferente. Os Estados Unidos vão ter progredido de verdade quando um negro comum da Geórgia virar presidente, um negro que tinha média C na faculdade."

"Concordo", disse Nathan, e Ifemelu mais uma vez ficou impressionada com o quanto todo mundo concordava. Os amigos deles, assim como ela e Blaine, acreditavam. Acreditavam de verdade.

No dia em que Barack Obama se tornou o candidato do Partido Democrata, Ifemelu e Blaine fizeram amor pela primeira vez em semanas, e Obama estava ali com eles, como uma prece sem palavras, uma terceira presença emocional. Ela e Blaine passaram horas no carro para ouvi-lo discursar e ficaram de mãos dadas em meio a uma enorme multidão, erguendo cartazes com MUDANÇA escrito em grandes letras brancas. Um homem negro que estava ali perto carregava o filho nos ombros e o menino estava rindo, cheio de dentes de leite, um buraquinho na fileira de cima. O pai estava olhando para cima e Ifemelu soube que estava atônito com sua própria fé, atônito por se flagrar acreditando em coisas nas quais jamais achara que acreditaria. Quando a multidão explodiu em aplausos e assovios, o homem não podia bater palmas, porque estava segurando as pernas do filho, por isso apenas sorriu e sorriu, o rosto subitamente jovem de tanta alegria. Ifemelu observou o homem e os outros em volta, todos brilhando com uma estranha fosforescência, caminhando sobre a mesma linha de emoção completa. Eles acreditavam. Acreditavam de verdade. Muitas vezes Ifemelu levava um doce choque ao perceber aquilo, ao saber que havia tantas pessoas no mundo que sentiam exatamente a mesma coisa que ela e Blaine em relação a Barack Obama.

E, em alguns dias, a fé deles voava alto. Em outros, entravam em desespero.

“Isso não é bom”, murmurou Blaine, indo de um canal para outro na televisão, todos mostrando a cena do pastor de Barack Obama fazendo um sermão, e suas palavras, “Deus amaldiçoe a América”, ficaram cauterizadas nos sonhos de Ifemelu.

Ela ficou sabendo pela internet que Barack Obama faria um discurso sobre raça em resposta às imagens de seu pastor e mandou uma mensagem de texto para Blaine, que estava dando aula. A resposta dele foi simples. *Oba!* Mais tarde, quando estava assistindo ao discurso, sentada entre Blaine e Grace no sofá da sala deles, Ifemelu se perguntou o que Obama realmente estaria pensando e como se sentiria quando se deitasse na cama naquela noite, quando tudo estivesse quieto e vazio. Ela o imaginou, aquele menino que sabia que sua avó tinha medo de homens negros, e que agora era um homem contando aquela história ao mundo para se redimir. Sentiu uma leve tristeza ao pensar nisso. Enquanto Obama falava, com compaixão e cadência, diante de bandeiras americanas que tremulavam, Blaine se remexia, suspirava, recostava-se no sofá. Afinal Blaine disse: “É imoral igualar a indignação dos negros ao medo dos brancos dessa maneira. Simplesmente *imoral*”.

“Esse discurso não foi feito para iniciar a conversa sobre questões raciais, mas para colocar um ponto-final nela. Ele só vai conseguir ganhar se evitar falar em raça. Nós todos sabemos disso”, disse Grace. “O importante é ele ser eleito. O cara tem que fazer o necessário. Pelo menos agora essa história de pastor acabou.”

Ifemelu também encarou o discurso de forma pragmática, mas Blaine tomou-o como uma ofensa pessoal. Sua fé rachou e durante alguns dias ele deixou de ter o ânimo de costume, voltando da corrida matinal sem o entusiasmo suado de sempre, andando de um lado para o outro com passos pesados. Foi Shan que, sem querer, o arrancou de seu torpor.

"Tenho de ir a Nova York durante alguns dias para ficar com Shan", disse ele a Ifemelu. "Ovidio acabou de me ligar. Ela não está bem."

"Não está bem?"

"Teve um colapso nervoso. Não gosto dessa expressão, parece coisa de gente antiga. Mas foi isso que Ovidio disse. Está na cama há dias. Não está comendo. Não para de chorar."

Ifemelu sentiu uma pontada de irritação. Pareceu-lhe que até isso era mais uma maneira de Shan chamar atenção.

"Tem sido difícil para ela", disse Blaine. "Afinal, o livro foi ignorado."

"Eu sei", disse Ifemelu, mas não conseguiu sentir nenhuma pena real, o que a assustou. Talvez fosse porque considerasse Shan de certa maneira responsável por sua briga com Blaine, por não usar o poder que tinha sobre ele para fazê-lo ver que estava exagerando em sua reação.

"Ela vai ficar bem", disse Ifemelu. "É uma pessoa forte."

Blaine olhou-a, surpreso. "Shan é uma das pessoas mais frágeis do mundo. Ela não é forte, nunca foi. Mas é especial."

Da última vez em que Ifemelu tinha visto Shan, cerca de um mês antes, ela dissera: "Eu sabia que você e Blaine iam acabar reatando". Seu tom era o de alguém falando de um irmão adorado que voltara a usar drogas psicodélicas.

"Obama não é empolgante?", perguntara Ifemelu, esperando que isso, ao menos, fosse algo sobre o qual ela e Shan podiam conversar sem alfinetadas implícitas.

"Ah, não estou prestando atenção nessa eleição", disse Shan com desprezo.

"Você leu o livro dele?", perguntou Ifemelu.

"Não." Shan deu de ombros. "Seria bom se alguém lesse o *meu* livro."

Ifemelu engoliu as palavras. *Isso não gira em torno de você. Pela primeira vez na vida, algo não gira em torno de você.*

"Você devia ler *Sonhos do meu pai*. Os outros livros são textos de campanha", disse Ifemelu. "Ele é o cara mesmo."

Mas Shan não se interessou. Estava falando de uma mesa-redonda da qual participara na semana anterior, num festival de literatura. “Então eles me perguntaram quem eram meus escritores preferidos. É claro que eu sabia que esperavam ouvir principalmente o nome de escritores negros, e eu não ia dizer de jeito nenhum que o Robert Hayden é o amor da minha vida, e é. Então não mencionei ninguém que fosse negro, ou de alguma raça que não fosse a branca, ou com inclinações políticas, ou vivo. Listei, com uma determinação imperturbável, Turguêniev, Trollope e Goethe, mas só para não dever demais a homens brancos já mortos, porque seria um pouco de falta de originalidade demais, acrescentei Selma Lagerlöf. E, de repente, eles não sabiam mais o que me perguntar, porque eu tinha atirado o roteiro pela janela.”

“Isso é engraçado”, disse Blaine.

Na véspera da eleição, Ifemelu estava deitada na cama, sem dormir.

“Está acordada?”, perguntou Blaine.

“Estou.”

Eles ficaram abraçados no escuro, sem dizer nada, respirando devagar até finalmente chegar sem perceber a um estado entre o sono e a vigília. De manhã, foram para a escola em que votariam; Blaine queria ser um dos primeiros. Ifemelu observou as pessoas que já estavam ali na fila, esperando a porta ser aberta, e torceu para que todos votassem em Obama. Sentiu uma espécie de luto por não poder votar. Seu pedido de cidadania tinha sido aprovado, mas ainda faltavam semanas para a cerimônia do juramento. Ela passou uma manhã inquieta, lendo todos os sites de notícias e, quando Blaine chegou do trabalho, pediu-lhe que desligasse o computador e a televisão para eles poderem dar um tempo, respirar fundo, comer o risoto que ele tinha feito. Mal haviam acabado de comer quando Ifemelu voltou a ligar o computador. Só para ter certeza de que Barack Obama estava vivo e bem. Blaine fez coquetéis sem álcool para os amigos deles. Araminta chegou primeiro, vinda diretamente da estação de trem, segurando dois telefones e usando ambos para ver as últimas notícias. Então chegou Grace com suas sedas farfalhantes, usando um lenço dourado no pescoço e dizendo: “Ai, meu Deus, não consigo respirar de nervoso!”. Michael chegou com uma garrafa de prosecco. “Queria que minha mãe estivesse viva para ver este dia, não importa o que aconteça”, disse ele. Paula, Pee e Nathan chegaram juntos, e logo estavam todos sentados, no sofá e nas cadeiras da mesa de jantar, com os olhos na televisão, bebendo chá e os coquetéis sem álcool de Blaine e repetindo as mesmas coisas que ele tinha dito antes. *Se ele ganhar em Indiana e na Pensilvânia, acabou. Está indo bem na Flórida. As notícias de Iowa são contraditórias.*

"Muitos negros foram votar na Virgínia, então parece que lá as coisas vão bem", disse Ifemelu.

"É improvável que ele ganhe na Virgínia", disse Nathan.

"Ele não precisa da Virgínia", disse Grace, que então gritou: "Ai, meu Deus, a Pensilvânia!".

Um gráfico foi iluminado na tela da televisão e nele surgiu uma foto de Barack Obama. Ele ganhara na Pensilvânia e em Ohio.

"Acho que é impossível para McCain agora", disse Nathan.

Paula estava sentada ao lado de Ifemelu um pouco mais tarde, quando os gráficos surgiram na tela: Barack Obama havia ganhado na Virgínia.

"Ai, meu Deus", disse Paula, com a mão trêmula sobre a boca. Blaine estava sentado muito empertigado, sem se mover, com os olhos fixos na televisão, e então surgiu a voz grave de Keith Olbermann, a quem Ifemelu assistira de maneira tão obsessiva no canal MSNBC nos meses anteriores, a voz de uma raiva liberal incandescente e borbulhante; e agora aquela voz estava dizendo: "A projeção é que Barack Obama seja o próximo presidente dos Estados Unidos da América".

Blaine chorou abraçado a Araminta, que também estava aos prantos, e depois agarrou Ifemelu, apertando-a demais, e Pee abraçou Michael enquanto Grace abraçava Nathan e Paula abraçava Araminta e Ifemelu abraçava Grace, e a sala se tornou um altar de júbilo incrédulo.

O celular de Ifemelu emitiu um bipe quando chegou uma mensagem de Dike.

Não acredito. Meu presidente é negro como eu. Ela leu a mensagem algumas vezes, com os olhos se enchendo de lágrimas.

Na televisão, Barack Obama, Michelle Obama e suas duas filhas subiam num palco. Eles pareciam levados pelo vento, banhados de uma luz incandescente, vitoriosos e sorridentes.

"*Jovens e velhos, ricos e pobres, democratas e republicanos, negros, brancos, hispânicos, asiáticos, nativo-americanos, gays, heterossexuais, com ou sem deficiência física, os americanos mandaram uma mensagem para o mundo que diz que nós nunca fomos apenas uma coleção de estados liberais ou conservadores. Nós somos e sempre seremos os Estados Unidos da América.*"

Barack Obama às vezes falava mais alto e às vezes mais baixo, com uma expressão solene no rosto e, em torno dele, havia uma imensa e resplandecente multidão de esperançosos. Ifemelu assistiu àquilo hipnotizada. E, naquele momento, não havia nada mais belo para ela do que a América.

Entendendo a América para o Negro Não Americano: Reflexões sobre o Amigo Branco Especial

Uma grande dádiva para o Negro Enrustido é o Amigo Branco que Entende a Situação. Infelizmente, isso não é tão comum quanto deveria ser, mas alguns têm a sorte de ter esse amigo branco para quem não é preciso explicar nada. Por favor, ponha esse amigo para trabalhar. Esses amigos não só entendem como têm um ótimo radar para hipocrisia e por isso sabem que podem dizer coisas que você não pode. A questão é que existe, em grande parte dos Estados Unidos, uma ideia dissimulada no coração de muita gente: a de que os brancos conseguiram emprego e vaga em escolas e universidades por mérito, enquanto os negros entraram porque eram negros. Mas a verdade é que, desde o início, os brancos têm conseguido empregos porque são brancos. Muitos brancos com as mesmas qualificações, mas com pele negra, não teriam o emprego que têm. Mas nunca diga isso publicamente. Deixe que seu amigo branco o faça. Se você cometer o erro de dizer isso, vai ser acusado de uma coisa curiosa que é "jogar a carta da raça". Ninguém sabe exatamente o que isso significa.

Na época em que meu pai estava no colégio em meu país de negros não americanos, muitos negros americanos não podiam votar ou estudar em escolas boas. O motivo? A cor de sua pele. A cor da pele era o único problema. Hoje, muitos americanos dizem que a cor da pele não pode ser parte da solução. Se for, isso é chamado de um nome curioso que é "racismo invertido". Peça para seu amigo branco comentar que a situação do Negro Americano é mais ou menos como se alguém ficasse preso injustamente durante muitos anos, mas aí de repente fosse solto, mas sem receber o valor da passagem de ônibus para voltar para casa. E, aliás, o ex-presidiário e o cara que o prendeu agora são automaticamente iguais.

Se alguém mencionar que "a escravidão aconteceu há tanto tempo", peça para seu amigo branco dizer que muitos brancos ainda estão herdando o dinheiro que suas famílias ganharam há cem anos. Portanto, se esse legado continua, por que não o legado da escravidão? E peça para seu amigo branco dizer como é engraçado quando as pessoas dos institutos de pesquisa americanos perguntam aos brancos e negros se o racismo acabou. Os brancos em geral dizem que sim e os negros em geral dizem que não. Engraçado mesmo. Mais sugestões sobre o que você deve pedir para seu amigo branco dizer? Por favor, coloquem nos comentários. E um brinde a todos os amigos brancos que entendem a situação.

41.

Aisha tirou o celular do bolso e enfiou-o lá de novo com um suspiro de frustração.

"Não sei por que Chijioke não liga pra dizer que vem", disse ela.

Ifemelu não respondeu nada. Ela e Aisha estavam sozinhas no salão. Halima tinha acabado de ir embora. Ifemelu estava cansada, suas costas latejavam e o salão havia começado a deixá-la enjoada, com seu ar abafado e seu teto podre. Por que aquelas africanas não conseguiam manter o salão limpo e ventilado? Seu cabelo estava quase feito e sobrara apenas uma pequena madeixa parecendo o rabo de um coelho na parte da frente da cabeça. Ela estava louca para ir embora.

"Como você conseguiu seus documentos?", perguntou Aisha.

"O quê?"

"Como conseguiu seus documentos?"

Ifemelu tomou um susto tão grande que ficou em silêncio. Era um sacrilégio, aquela pergunta; imigrantes não perguntavam a outros imigrantes como tinham conseguido seus documentos, não invadiam aquele lugar profundo e privado; era suficiente apenas sentir admiração pelo fato de que os documentos haviam sido obtidos e um status legal adquirido.

"Tentei casar com um americano quando vim. Mas ele tinha muito problema, sem emprego, e todo dia pedia dinheiro, dinheiro, dinheiro", disse Aisha, balançando a cabeça. "Como você conseguiu?"

Subitamente, a irritação de Ifemelu se dissolveu e, em seu lugar, surgiu a sensação de uma teia de afinidade, pois Aisha não teria perguntado se ela não fosse africana e, nesse novo laço, ela viu mais um augúrio de sua volta para casa.

"Consegui através do trabalho", disse. "A empresa para a qual eu trabalhava deu entrada no meu processo de cidadania."

"Ah", disse Aisha, como se houvesse acabado de perceber que Ifemelu pertencia a um grupo de pessoas cuja cidadania americana simplesmente caía do céu. Pessoas como ela não podiam, é claro, obter a cidadania através de um empregador.

"Chijioke conseguiu os documentos na loteria", disse Aisha. Devagar, quase com ternura, ela penteou a madeixa de cabelo que estava prestes a torcer.

"O que aconteceu com a sua mão?", perguntou Ifemelu.

Aisha deu de ombros. "Não sei. Vem e depois vai."

"Minha tia é médica. Vou tirar uma foto do seu braço e perguntar o que ela acha."

"Obrigada."

Aisha terminou de torcer uma mecha em silêncio.

"Meu pai morreu e eu não fui", disse ela.

"O quê?"

"Ano passado. Meu pai morreu e eu não fui. Por causa dos documentos. Mas, se Chijioke casar comigo, quando minha mãe morrer, quem sabe eu possa ir? Ela está doente agora. Mas eu mando dinheiro."

Por um momento, Ifemelu não soube o que dizer. O tom melancólico de Aisha, seu rosto sem expressão aumentavam sua tragédia.

"Eu sinto muito, Aisha", disse ela.

"Não sei por que Chijioke não vem. Para você falar com ele."

"Não se preocupe, Aisha. Vai dar tudo certo."

Então, da mesma maneira súbita como revelara aquilo, Aisha começou a chorar. Seus olhos foram inundados, sua boca ruiu e algo aterrador aconteceu com seu rosto: ele desmoronou de desespero. Ela continuou a torcer o cabelo de Ifemelu, sem mudar o movimento das mãos, enquanto seu rosto, como se não pertencesse a seu corpo, continuava a se contrair, com lágrimas escorrendo de seus olhos e seu peito arfando.

"Onde Chijioke trabalha?", perguntou Ifemelu. "Eu passo lá e converso com ele."

Aisha olhou-a com espanto, ainda com lágrimas descendo pelas faces.

"Eu passo lá amanhã e converso com Chijioke", repetiu Ifemelu. "É só você me dizer onde ele trabalha e a que horas tem um intervalo."

O que ela estava fazendo? Devia levantar e sair dali, e não ser arrastada mais para o fundo do pântano de Aisha, mas não conseguiu fazer isso. Estava prestes a voltar para a Nigéria e ia ver os pais, poderia voltar para os Estados Unidos se quisesse, e ali estava Aisha, torcendo para um dia ver sua mãe de novo, mas sem de fato acreditar nisso. Ela conversaria com esse tal Chijioke. Era o mínimo que podia fazer.

Ifemelu espanou os cabelos que tinham caído em sua roupa e deu a Aisha um rolinho fino de dólares. Ela os espalhou na palma da mão, contando as notas depressa, e Ifemelu se perguntou quanto iria para Mariama e quanto para Aisha. Ifemelu esperou que Aisha enfiasse o dinheiro no bolso antes de lhe dar a gorjeta. Aisha pegou a nota de vinte dólares, com os olhos já sem lágrimas e seu rosto mais uma vez sem expressão. "Obrigada."

O salão estava impregnado de constrangimento e Ifemelu, como que para diluí-lo, examinou de novo o cabelo no espelho, dando tapinhas leves nele ao virar a cabeça para um lado e para o outro.

"Vou ver Chijioke amanhã e depois ligo para você", disse Ifemelu. Ela espanou as roupas para tirar qualquer fio que houvesse sobrado e olhou em torno para ver se tinha pegado tudo.

"Obrigada." Aisha deu um passo na direção de Ifemelu como quem ia abraçá-la, mas então parou, hesitante. Ifemelu apertou seu ombro com carinho antes de se virar na direção da porta.

No trem, ela se perguntou como exatamente ia persuadir um homem que não parecia muito ansioso para se casar a fazê-lo. Sua cabeça estava doendo e a parte de seu cabelo que ficava na altura das têmporas, embora Aisha não houvesse torcido com força, repuxava de forma desconfortável, originando uma sensação ruim no pescoço e nos nervos. Ifemelu queria muito chegar em casa e tomar um longo banho frio, colocar o cabelo numa touca de cetim e deitar no sofá com seu laptop. O trem havia acabado de chegar à estação de Princeton quando seu telefone tocou. Ela parou de andar na plataforma para remexer a bolsa em busca dele e, a princípio, como tia Uju estava incoerente, falando e soluçando ao mesmo tempo, Ifemelu pensou que dissera que Dike estava morto. Mas o que tia Uju estava dizendo era *o nwuchagokwa, Dike anwuchagokwa*. Dike quase tinha morrido.

"Ele tomou uma overdose de remédios, foi para o porão e deitou no sofá de lá!", disse tia Uju, com a voz embargada pela incredulidade. "Nunca vou ao porão quando chego. Só faço ioga lá de manhã. Foi Deus quem me mandou descer hoje e tirar a carne do congelador. Foi Deus! Eu o vi deitado ali, tão suado, com suor no corpo todo, e entrei em pânico imediatamente. Eu disse: essa gente deu drogas ao meu filho."

Ifemelu estava tremendo. Um trem passou a toda a velocidade e ela enfiou o dedo no outro ouvido para poder ouvir melhor a voz de tia Uju; ela estava dizendo "indícios de intoxicação do fígado", e Ifemelu sentiu-se engasgada com aquelas palavras, *intoxicação do fígado*, com sua confusão, com a escuridão súbita à sua volta.

"Ifem?", disse tia Uju. "Você está ouvindo?"

"Sim." A palavra teve de subir por um longo túnel. "O que aconteceu? O que exatamente aconteceu, tia? O que você está me dizendo?"

"Ele engoliu um vidro inteiro de Tylenol. Está no CTI agora e vai ficar bem. Deus não estava pronto para ele morrer", disse tia Uju. Ifemelu ouviu pelo telefone o som alto de seu nariz sendo assoado. "Você sabia que ele também tomou um remédio para enjoo para as pílulas ficarem no estômago dele? Deus não estava pronto para ele morrer."

"Vou para aí amanhã", disse Ifemelu. Ela ficou na plataforma por um longo tempo e se perguntou o que estava fazendo no momento em que Dike engolira um vidro inteiro de remédios.

Parte 5

42.

Obinze olhava seu BlackBerry muitas vezes, vezes demais, mesmo quando acordava no meio da noite para ir ao banheiro e, embora caçoasse de si mesmo, não conseguia parar. Quatro dias, quatro dias inteiros se passaram até ela responder. Isso o desanimou. Ifemelu nunca fora do tipo de fingir ser acanhada e normalmente teria respondido muito antes. Talvez estivesse ocupada, disse ele a si mesmo, embora soubesse muito bem que "ocupada" era uma razão conveniente e nada convincente. Ou talvez tivesse mudado e se tornado o tipo de mulher que esperava quatro dias inteiros para não parecer ansiosa demais, um pensamento que o desanimou ainda mais. O e-mail dela tinha sido caloroso, mas curto demais, contando que estava empolgada e nervosa com a perspectiva de deixar aquela vida e voltar para casa, mas sem revelar nada de específico. Quando exatamente ela ia se mudar? E o que era tão difícil deixar para trás? Obinze procurou o negro americano no Google de novo, esperando talvez encontrar um post no blog sobre um término, mas o blog só tinha links para trabalhos acadêmicos. Um deles era sobre os primórdios do hip-hop como ativismo político — que coisa mais americana, ver o hip-hop como um tópico viável de estudo —, e ele foi lê-lo torcendo para ser bobo, mas era tão interessante que o leu até o final, o que o deixou com uma acidez no estômago.

Absurdamente, o negro americano havia se tornado um rival. Obinze tentou no Facebook. Kosi era assídua no Facebook, postava fotos e mantinha contato com as pessoas, mas ele tinha deletado sua conta fazia algum tempo. No início, ficara empolgado com o Facebook, vendo os fantasmas dos velhos amigos subitamente ganhando vida com esposas, maridos e filhos, as fotos seguidas de comentários. Mas começou a ficar horrorizado com o ar de irrealidade, a manipulação cuidadosa de imagens para criar uma vida paralela, as fotos que as pessoas tiravam tendo o Facebook em mente, colocando ao fundo as coisas das quais sentiam orgulho. Agora, ele reativou sua conta para procurar por Ifemelu, mas ela não tinha um perfil. Talvez sentisse a mesma falta de encanto pelo Facebook que ele. Isso fez com que sentisse um prazer vago, mais um exemplo de como eram parecidos. O negro americano dela tinha um perfil no Facebook, mas era visível apenas para os amigos dele e, por um momento insano, Obinze considerou a hipótese de enviar uma solicitação de amizade, só para ver se tinha postado fotos de Ifemelu. Ele quis esperar alguns dias antes de lhe responder, mas naquela noite, em seu escritório, acabou escrevendo um longo e-mail sobre a morte de sua mãe. *Nunca achei que ela fosse morrer, até que morreu. Isso faz sentido?* Obinze descobrira que a tristeza não diminuía com o tempo; na verdade, era um estado volátil. Às vezes, a dor era tão abrupta quanto no dia em que a empregada havia telefonado para dizer que ela estava deitada na cama sem respirar; às vezes, ele esquecia que ela tinha morrido e, sem pensar, planejava ir para o leste do país para vê-la. Sua mãe encarava com desconfiança a fortuna que ele adquirira, como se não compreendesse um mundo onde alguém pudesse ganhar tanto de maneira tão fácil. Quando Obinze lhe comprou um carro novo de surpresa, ela lhe disse que seu antigo ainda estava em bom estado, um Peugeot 505 que dirigia desde a época em que ele estava no ensino médio. Obinze mandou entregar o carro na casa dela, um pequeno Honda que ela não acharia uma ostentação grande demais, mas, sempre que ia visitá-la, via-o estacionado na garagem, coberto por uma camada translúcida de pó. Ele se lembrava com perfeita clareza de sua última conversa com a mãe ao telefone, três dias antes de ela morrer, de seu desalento cada vez maior com o emprego e a vida no campus.

"Ninguém sai em publicações internacionais", disse ela. "Ninguém vai a conferências. É como se fosse um charco raso e lamacento onde todos nós chafurdamos."

Ele escreveu isso em seu e-mail para Ifemelu, como a tristeza da mãe também o havia deixado triste. Tomou cuidado para não ser sério demais, contando como a igreja em sua cidade natal o fizera pagar muitas taxas antes do funeral e como os garçons do bufê haviam roubado carne no enterro, embrulhando pedaços de bife em folhas de bananeira e atirando-os sobre o muro da casa para seus cúmplices, e como seus parentes tinham ficado preocupados com a carne roubada. Eles ergueram a voz e trocaram acusações, e uma das tias disse: "Esses garçons precisam devolver cada um dos bens roubados!". Bens roubados. Sua mãe teria achado engraçada a ideia de carne ser um bem roubado e até com a ideia de seu funeral terminar com uma briga sobre carne roubada. Por que, perguntou ele a Ifemelu, nossos funerais tão rapidamente passam a girar em torno de coisas que não são a pessoa que morreu? Por que o povo das vilas espera por uma morte para se desforrar das injustiças passadas, tanto as reais quanto as imaginárias, e por que cavam até o osso na tentativa de obter sua libra de carne?

A resposta de Ifemelu chegou uma hora depois, um jato de palavras que mostravam um coração partido. *Estou chorando ao escrever isto. Sabe quantas vezes quis que ela fosse minha mãe? Ela era o único adulto — com exceção de tia Uju — que me tratava como se eu fosse uma pessoa com uma opinião que importava. Você teve tanta sorte de ser criado por ela. Ela era tudo que eu queria ser. Sinto muito, Teto. Posso imaginar quão destroçado você deve ter se sentido e às vezes ainda se sente. Estou em Massachusetts com tia Uju e Dike agora, passando por algo que me dá uma ideia de como é esse tipo de dor, mas só uma pequena ideia. Por favor, me dê um telefone para eu poder ligar, se não tiver problema.*

O e-mail dela deixou-o feliz. Ver sua mãe através dos olhos dela deixou-o feliz. E o fez se sentir mais ousado. Obinze se perguntou a que dor Ifemelu estaria se referindo e torceu para que fosse o término com o negro americano, embora não quisesse que o relacionamento tivesse importado tanto para ela a ponto de levá-la a uma espécie de luto com seu fim. Ele tentou imaginar quão mudada Ifemelu estaria agora, quão americanizada, principalmente depois de um relacionamento com um americano. Obinze notava um otimismo exagerado em muitas das pessoas que haviam voltado dos Estados Unidos nos últimos anos, um otimismo de quem assentia, sorria sempre e era entusiasmado demais e que o incomodava, porque era como um desenho animado, sem dimensões ou profundidade. Torceu para que ela não tivesse ficado assim. Não podia imaginar isso sendo possível. Ela havia pedido seu telefone. Não poderia ter sentimentos tão fortes em relação à sua mãe se ainda não sentisse algo por ele. Por isso, Obinze respondeu a Ifemelu dando-lhe todos os seus telefones, seus três celulares, o telefone de seu escritório e o número de sua casa. Ele terminou o e-mail com estas palavras: *É estranho, mas eu senti, a cada acontecimento importante que ocorreu na minha vida, que você seria a única pessoa que entenderia.* Sentiu-se zonzo de empolgação, mas, depois de clicar Enviar, foi tomado pelo arrependimento. Era algo sério demais para dizer cedo demais. Ele não devia ter escrito algo tão pesado. Checou seu BlackBerry obsessivamente, dia após dia e, no décimo dia, deu-se conta de que Ifemelu não ia responder.

Obinze escreveu alguns e-mails pedindo desculpas para ela, mas não os mandou, porque se sentia constrangido em pedir desculpas por algo que não sabia definir. Em nenhum momento tomou a decisão consciente de lhe escrever os longos e detalhados e-mails que se seguiram. A afirmação de que sentira sua falta a cada grande acontecimento de sua vida era exagerada, ele sabia, mas não inteiramente falsa. É claro que houve períodos em que Obinze não tinha pensado em Ifemelu, como quando estava submerso na empolgação inicial por Kosi, por sua filha recém-nascida, por um novo contrato, mas sentia que, no fundo, ela nunca estivera ausente. Sempre estivera firmemente segura na palma de sua mão. Mesmo durante seu silêncio e a amargura atônita dele.

Obinze começou a escrever a Ifemelu sobre sua época na Inglaterra, torcendo para que ela respondesse e então aguardando ansiosamente o simples ato de escrever. Ele nunca tinha contado sua própria história a si mesmo, nunca se permitira refletir sobre ela, porque havia ficado desorientado demais com a deportação e então com a maneira repentina como sua nova vida em Lagos acontecera. Escrever para ela também passou a ser uma maneira de escrever para ele próprio. Não tinha nada a perder. Mesmo que Ifemelu estivesse lendo seus e-mails com o negro americano e rindo de sua tolice, ele não se importava.

Finalmente, ela respondeu.

Teto, desculpe pelo silêncio. Dike tentou se suicidar. Não quis te contar antes (não sei por quê). Ele está bem melhor, mas foi traumático e me afetou mais do que achei que afetaria (foi uma tentativa frustrada, claro, mas passei dias chorando, pensando no que poderia ter acontecido). Desculpe não ter ligado para te dar os pêsames pela morte da sua mãe. Eu tinha planejado fazer isso e fiquei feliz por você me dar seu telefone, mas levei Dike para sua sessão com o psiquiatra naquele dia e, depois, simplesmente não consegui fazer mais nada. Era como se algo me tivesse feito tombar. Tia Uju me disse que estou em depressão. Você sabe como os Estados Unidos gostam de transformar tudo numa doença que precisa de remédios. Eu não estou tomando nenhum remédio, só passando bastante tempo com Dike, assistindo a muitos filmes horríveis com vampiros e naves espaciais. Amei seus e-mails sobre a Inglaterra e eles foram tão bons para mim, de tantas maneiras, que não sei como agradecer o suficiente por tê-los escrito. Espero ter a oportunidade de te falar sobre minha vida — seja quando for. Acabei de terminar um período de bolsa de pesquisa em Princeton e durante anos escrevi um blog anônimo sobre questões raciais, que depois se tornou a maneira como eu ganhava a vida, e você pode ler os arquivos aqui. Adiei minha volta para casa. Vamos nos falando. Cuide-se, espero que esteja tudo bem com você e sua família.

Dike tentara se matar. Era impossível de compreender. Ele se lembrava de Dike como uma criança pequena, uma coisinha branca embrulhada em Pampers enganchado em sua cintura e correndo pela casa em Dolphin Estate. Agora, ele era um adolescente que tinha tentado se matar. O primeiro impulso de Obinze foi ir ver Ifemelu imediatamente. Ele quis comprar uma passagem e entrar num avião para os Estados Unidos e estar com ela, consolá-la, ajudar Dike, fazer tudo ficar bem. Logo depois, achou graça em como estava sendo absurdo.

"Querido, você não está prestando atenção", disse Kosi.

"Desculpe, *omalicha*", disse ele.

"Nada de pensar em trabalho agora."

"Tudo bem, desculpe. O que você estava dizendo?"

Eles estavam no carro, a caminho de uma creche e escola primária em Ikoyi, fazendo uma visita no dia designado para isso como convidados de Jonathan e Isioma, amigos de Kosi da igreja cujo filho estudava lá. Kosi havia combinado tudo e era a segunda escola que eles visitavam para decidir onde Buchi ia ser matriculada.

Obinze tinha visto o casal apenas uma vez, quando Kosi os convidara para jantar. Ele achou Isioma interessante, as poucas coisas que ela se permitia dizer eram ponderadas, mas ela muitas vezes ficava em silêncio, retraindo-se, fingindo não ser tão inteligente quanto era para poupar o ego do marido, enquanto Jonathan, o CEO de um banco cuja foto sempre saía nos jornais, dominava a conversa com histórias longas sobre seus negócios com corretores imobiliários da Suíça, sobre os governadores nigerianos a quem já aconselhara e sobre as diversas empresas que salvara do colapso.

Ele apresentou Obinze e Kosi para a diretora da escola, uma inglesa baixinha e gorducha, dizendo: "Obinze e Kosi são grandes amigos nossos. Acho que a filha deles vai entrar aqui no ano que vem".

"Muitos estrangeiros de alto nível trazem seus filhos para cá", disse a diretora com bastante orgulho na voz, e Obinze se perguntou se era algo que dizia sempre. Provavelmente já o dissera vezes suficientes para saber como funcionava bem, o quanto impressionava os nigerianos.

Isioma perguntou por que o filho deles não estava estudando matemática e inglês.

"Nossa abordagem é mais conceitual. Preferimos que as crianças explorem o ambiente durante o primeiro ano", disse a diretora.

"Mas uma coisa não deveria excluir a outra. Eles também podem começar a aprender um pouco de matemática e inglês", disse Isioma. E então, com um ar divertido que não tentava ocultar a seriedade que havia por trás, ela acrescentou: "Minha sobrinha estuda numa escola no continente e, aos seis anos, sabia soletrar a palavra *onomatopeia*!".

A diretora deu um sorriso frio, que dizia que ela considerava uma perda de tempo discutir os métodos de escolas menores. Depois, todos se sentaram num grande salão e assistiram a uma peça de Natal com as crianças da escola, sobre uma família nigeriana que encontra um órfão diante da porta no Natal. No meio da peça, uma professora ligou um ventilador que soprou pedacinhos de algodão branco no palco. Neve. Estava nevando na peça.

"Por que está caindo neve? Eles ensinam às crianças que o Natal não é Natal de verdade a não ser que caia neve, como acontece no exterior?", perguntou Isioma.

Jonathan disse: "Hum, o que há de errado com isso? É só uma peça!".

"É só uma peça, mas entendo o que Isioma está dizendo", disse Kosi, e então voltou-se para Obinze. "E você, querido?"

Obinze disse: "A menininha que fez o anjo era muito boa".

No carro, Kosi disse: "Sua cabeça está em outro lugar".

Obinze leu os arquivos de Raceteenth ou Observações Diversas sobre Negros Americanos (Antigamente Conhecidos como Crioulos) Feitas por uma Negra Não Americana. Os posts do blog o deixaram atônito, pareciam tão americanos e tão alheios, a voz irreverente, suas gírias, sua mistura de linguagem erudita e popular. Ele não conseguiu imaginá-la escrevendo-os. Arrepiou-se ao ler suas referências aos ex-namorados — O Ex-Namorado Branco e Gostoso, Professor Bonitão. Leu "Esta tarde" algumas vezes, porque era o post mais pessoal que ela havia escrito sobre o negro americano, e procurou por pistas e sutilezas, para saber que tipo de homem ele era, que tipo de relacionamento tinham.

> Bom, um dia, em Nova York, o Professor Bonitão foi parado pela polícia. Achavam que ele tinha drogas. A taxa de uso de drogas é a mesma entre Negros Americanos e Brancos Americanos (podem pesquisar), mas diga a palavra "drogas" e veja qual é a imagem que surge na mente de todo mundo. O Professor Bonitão está chateado. Ele diz que é um professor de uma faculdade prestigiada e sabe como é o negócio, e se pergunta como se sentiria se fosse um menino pobre dos piores bairros da cidade. Estou com pena do meu amor. Quando nos conhecemos, ele me contou que só queria tirar dez na escola por causa de uma professora branca que lhe disse: "Tente conseguir uma bolsa para jogar basquete, os negros têm mais talentos físicos e os brancos têm mais talentos intelectuais, não é bom ou ruim, só diferente" (e essa professora tinha estudado na Columbia, aliás). Por isso, ele passou quatro anos provando que ela estava errada. Não consegui me identificar com isto: querer me sair bem para provar algo. Mas também senti pena naquela ocasião. Por isso, vou fazer um chá para ele. E dar bastante carinho e amor.

Como Obinze não a via desde um tempo em que ela não compreendia bem as coisas sobre as quais escrevia no blog, ele teve uma sensação de perda, como se Ifemelu tivesse se tornado uma pessoa que não reconheceria mais.

Parte 6

43.

Nos primeiros dias, Ifemelu dormiu no chão do quarto de Dike. *Não aconteceu. Não aconteceu.* Ela dizia isso para si mesma com frequência, mas ainda assim pensamentos sobre o que poderia ter acontecido giravam em sua cabeça num círculo interminável. A cama dele, aquele quarto, ficariam vazios para sempre. Em algum lugar dentro dela, uma fenda que jamais voltaria a fechar se abriria. Ifemelu o imaginava tomando os remédios. Tylenol e mais Tylenol; Dike lera na internet que uma overdose podia matar. O que ele estava pensando? Será que pensara nela? Depois que teve alta do hospital e foi para casa, depois da lavagem no estômago e dos exames no fígado, Ifemelu observou seu rosto, seus gestos, suas palavras, procurando um sinal, uma prova de que aquilo realmente quase acontecera. Dike não parecia diferente do que era antes, não tinha olheiras escuras nem um ar fúnebre. Ifemelu fez o arroz jollof que ele gostava, salpicado com pimentão verde e vermelho, e, enquanto ele comia, o garfo indo do prato à boca, Dike dizendo "Está bem gostoso", como sempre fazia, ela sentiu as lágrimas e as perguntas se acumulando. Por quê? Por que ele tinha feito aquilo? O que tinha na cabeça? Ifemelu não perguntou, porque o terapeuta tinha dito que era melhor não perguntar nada naquele momento. Os dias foram passando. Ela se mantinha próxima dele, receosa de permitir que se afastasse e também receosa de sufocá-lo. Teve insônia no início, recusando a pílula azul que tia Uju lhe ofereceu, e ficava acordada, pensando e revirando, com a mente refém dos pensamentos sobre o que poderia ter acontecido, até que finalmente caía num sono exausto. Em alguns dias, acordava cheia de acusações a tia Uju.

"Lembra quando Dike estava te contando algo e disse 'nós, negros' e você disse 'não somos negros'?", perguntou Ifemelu a tia Uju, em voz baixa porque Dike ainda estava dormindo no andar de cima. Elas estavam na cozinha da casa, à luz suave da manhã, e tia Uju, vestida para ir ao trabalho, estava de pé perto da pia comendo iogurte, que ela pegava com uma colher de um potinho de plástico.

"Lembro, sim."

"Você não devia ter feito aquilo."

"Você sabe o que eu quis dizer. Não queria que ele começasse a se comportar como essa gente e pensasse que tudo acontece por ele ser negro."

"Você disse o que ele não é, mas não disse o que é."

"Aonde está querendo chegar?" Tia Uju pressionou o pedal com o pé, a lata de lixo se abriu e ela jogou fora o copinho do iogurte. Passara a trabalhar em meio período para poder ficar mais tempo com Dike e levá-lo para a terapia.

"Você nunca passou segurança para ele."

"Ifemelu, a tentativa de suicídio dele foi por causa de uma depressão", disse tia Uju gentilmente, falando baixo. "É uma doença clínica. Muitos adolescentes sofrem disso."

"As pessoas um belo dia acordam deprimidas?"

"Sim, acordam."

"Não no caso de Dike."

"Três dos meus pacientes tentaram se suicidar e todos eram adolescentes brancos. Um conseguiu", disse tia Uju com um tom apaziguador e triste, o mesmo que usava desde que Dike saíra do hospital.

"A depressão dele foi causada pelo que viveu, tia!", disse Ifemelu, erguendo a voz, e então começou a soluçar e pedir desculpas, sua própria culpa espalhando-se e maculando-a. Dike não teria engolido aqueles remédios se ela tivesse sido mais diligente, mais alerta. Ela se escondera muito facilmente atrás do riso, deixara de remexer o solo emocional das piadas dele. Era verdade que Dike ria e que suas risadas convenciam com seu som e sua luz, mas aquilo talvez fosse uma proteção e, por trás dela, talvez houvesse um trauma brotando e crescendo.

Agora, na atmosfera histérica e silenciosa que tinha surgido depois de sua tentativa de suicídio, Ifemelu se perguntava o quanto eles haviam ocultado com todo aquele riso. Ela devia ter se preocupado mais. Ifemelu o observava cuidadosamente. Ela o protegia. Não queria que seus amigos fossem visitá-lo, embora o terapeuta tivesse dito que não havia problema, caso fosse isso que ele quisesse. Nem Page, que tinha caído em prantos alguns dias antes quando estava sozinha com Ifemelu, dizendo: "Não acredito que ele não desabafou comigo". Era uma criança, simples e com boas intenções, mas Ifemelu sentiu uma onda de ressentimento por ela, por pensar que Dike devia ter desabafado com ela. Kweku voltou de sua missão médica na Nigéria e fez companhia a Dike, vendo televisão com ele, trazendo de volta a tranquilidade e a normalidade.

As semanas passaram. Ifemelu parou de entrar em pânico sempre que Dike se demorava um pouco mais no banheiro. O aniversário dele seria em poucos dias e ela perguntou o que ele queria ganhar de presente, sentindo as lágrimas se acumulando de novo, porque imaginou o aniversário não como o dia em que Dike faria dezessete anos, mas como o dia em que teria feito dezessete anos.

"Que tal a gente ir a Miami?", disse ele, meio de brincadeira, mas Ifemelu levou-o a Miami e eles passaram dois dias num hotel, pedindo hambúrgueres no bar com telhado de palha perto da piscina, conversando sobre tudo, menos a tentativa de suicídio.

"Que vidão", disse Dike, deitando-se com o rosto virado para o sol. "Aquele seu blog era maneiro, você ficou nadando na grana. Agora que parou de escrever, a gente não vai mais poder fazer essas coisas!"

"Eu não estava nadando, só chafurdando um pouco", disse Ifemelu, olhando para ele, seu primo bonito, e o tufo de cabelo molhado em seu peito a deixou triste, porque indicava seu novo estado de adulto, ainda tenro, e ela queria que ele continuasse a ser criança; se tivesse continuado a ser criança, não teria tomado remédios e se deitado no sofá do porão com a certeza de que jamais acordaria de novo.

"Eu te amo, Dike. Nós te amamos, você sabe disso?"

"Eu sei", disse ele. "Prima, você devia ir."

"Ir para onde?"

“Para a Nigéria, como estava pensando em ir. Eu vou ficar bem, prometo.”

“De repente você vai me visitar”, disse ela.

Ele ficou em silêncio um instante. “É.”

Parte 7

44.

No início, Lagos agrediu-a; a pressa aturdida pelo sol, os ônibus amarelos repletos de corpos amassados, os ambulantes suados correndo atrás dos carros, os anúncios em cartazes gigantescos (e outros rabiscados nas paredes — BOMBEIRO LIGUE 080177777) e as pilhas de lixo que se amontoavam à beira da estrada como uma provocação. O comércio pulsava de forma desafiadora demais. E o ar era denso de exageros, as conversas, cheias de declarações excessivas. Numa manhã, havia o cadáver de um homem na Awolowo Road. Em outra, a Ilha de Lagos inundou e os carros se tornaram barcos afundando. Ali, sentia ela, qualquer coisa podia acontecer, uma pedra sólida de repente podia se tornar um tomate maduro. Assim, Ifemelu teve a sensação estonteante de que caía, caía dentro dessa nova pessoa que se tornara, caía no estranho familiar. Será que sempre tinha sido daquele jeito ou tinha mudado tanto em sua ausência? Quando Ifemelu fora embora, só os ricos tinham celulares, todos os números começavam com 090 e as meninas queriam namorar os homens do 090. Agora, a moça que trançava seu cabelo tinha um celular, o vendedor de banana-da-terra que cuidava de uma grelha empretecida tinha celular. Ela crescera conhecendo todos os pontos de ônibus e ruas laterais, compreendendo o código secreto dos motoristas e a linguagem corporal dos ambulantes de rua. Agora, lutava para entender o que não era dito. Quando os donos de loja tinham ficado tão grosseiros? Os prédios de Lagos sempre tiveram aquela camada de podridão em cima? E quando aquela se tornara uma cidade de pessoas que pediam por tudo e se apaixonavam pelo que era de graça?

"*Americanah!*", brincava Ranyinudo sempre. "Você está vendo as coisas com olhos de americano. Mas o problema é que nem é uma *americanah* de verdade. Se pelo menos tivesse um sotaque americano, a gente aturaria as reclamações!"

Ranyinudo a pegou no aeroporto, postando-se ao lado da saída de desembarque num vestido de madrinha esvoaçante, com um blush vermelho demais que fazia com que parecesse estar com as bochechas machucadas, e as flores de cetim verdes do cabelo já tortas. Ifemelu ficou impressionada ao ver como ela estava fascinante, como estava bonita. Não era mais um longo amontoado de braços e pernas compridos, mas uma mulher grande, firme e cheia de curvas, exultante com seu peso e sua altura, o que fazia dela uma pessoa imponente, uma presença que atraía olhares.

"Ranyi!", disse Ifemelu. "Sei que minha volta é um acontecimento importante, mas não sabia que valia um vestido de noite."

"Boba. Eu vim direto do casamento. Não quis ir para casa me trocar e me arriscar a pegar trânsito."

Elas se abraçaram, apertando-se bem. Ranyinudo cheirava a perfume floral, fumaça de carro e suor; era o cheiro da Nigéria.

"Você está deslumbrante, Ranyi", disse Ifemelu. "Apesar de toda essa pintura de guerra. As fotos não te faziam justiça."

"Ifemsco, olhe só para você, uma mulher linda mesmo depois desse voo demorado", disse ela, rindo, negando o elogio, assumindo o velho papel da menina que não era bonita. Sua aparência tinha mudado, mas o ar animado e levemente temerário não. Outra coisa que estava igual era o borbulhar de sua voz, do riso logo abaixo da superfície, pronto para jorrar. Ranyinudo dirigiu rápido, freando de maneira brusca e olhando várias vezes para o BlackBerry em seu colo; sempre que o trânsito parava, ela o pegava e começava a digitar depressa.

"Ranyi, você só devia mandar mensagem de texto e dirigir ao mesmo tempo quando está sozinha, pois assim só mata a si mesma", disse Ifemelu.

"*Haba!* Eu não mando mensagem quando estou dirigindo, ô. Mando quando não estou", disse ela. "Esse casamento foi uma coisa, o melhor casamento da minha vida. Não sei se você vai se lembrar da noiva. Ela era muito amiga de Funke no ensino médio. Ijeoma, uma menina muito amarela. Ela estudou na Holy Child, mas costumava vir para nosso preparatório para o WAEC com Funke. A gente ficou amiga na faculdade. Se você a vir agora, ê, ela ficou uma gata. O marido dela é cheio da grana. A aliança dela é maior que a Pedra Zuma."

Ifemelu olhou pela janela, sem ouvir direito, pensando em como Lagos era feia, com suas estradas infestadas de buracos e casas brotando aqui e ali sem planejamento, como se fossem ervas daninhas. De uma mistura de sentimentos, o único que reconheceu foi confusão.

"Verde-limão e pêssego", disse Ranyinudo.

"O quê?"

"As cores da decoração. Verde-limão e pêssego. O salão estava tão bonito e o bolo era lindo. Olhe, tirei umas fotos. Vou postar essa aqui no Facebook." Ranyinudo passou o BlackBerry para Ifemelu. Ela ficou com ele, para que a amiga se concentrasse em dirigir.

"E eu conheci um cara, ô. Ele me viu quando eu estava do lado de fora, esperando a missa acabar. Estava tão quente, minha base estava derretendo na minha cara e eu sei que parecia um zumbi, mas mesmo assim ele veio falar comigo! É um bom sinal. Acho que esse é mesmo um bom partido. Contei que minha mãe estava rezando uma novena de verdade pro meu namoro com Ibrahim acabar? Pelo menos com esse ela não teria um ataque cardíaco. O nome dele é Ndudi. Nome legal, *abi*? Mais igbo, impossível. E você devia ter visto o relógio dele! Trabalha com petróleo. O cartão tem o telefone de escritórios na Nigéria e no exterior."

"Por que você estava esperando a missa acabar do lado de fora?"

"Todas as damas de honra tiveram de esperar do lado de fora porque nosso vestido era indecente." Ranyinudo falou a palavra "indecente" de um jeito exagerado e deu uma risada. "Isso acontece o tempo todo, principalmente nas igrejas católicas. Tínhamos um casaquinho, mas o padre disse que era rendado demais, então esperamos do lado de fora até a missa acabar. Mas graças a Deus por isso, ou eu não teria conhecido esse cara!"

Ifemelu olhou o vestido de Ranyinudo, com as alcinhas e o decote com pregas que não mostrava nada dos seios. Antes de ela ir embora, as damas de honra eram banidas das cerimônias religiosas porque seus vestidos eram de alcinha? Ela achava que não, mas não tinha mais certeza. Não tinha mais certeza do que era novo em Lagos e do que era novo nela mesma. Ranyinudo estacionou o carro numa rua em Lekki, que só tinha terrenos baldios quando Ifemelu se mudara, mas agora tinha uma fileira de casas grandes circundadas por muros altos.

"Meu apartamento é o menor, então não tenho uma vaga lá dentro", disse Ranyinudo. "Os outros inquilinos estacionam lá dentro, mas você devia ouvir a gritaria que tem de manhã quando alguém não tira o carro do caminho e outra pessoa está atrasada para o trabalho."

Ifemelu saiu do carro e ouviu o barulho alto e dissonante dos geradores, tantos deles; o som penetrava o interior delicado de seus ouvidos e fazia sua cabeça latejar.

"Faz uma semana que não tem luz", disse Ranyinudo, falando alto para ser ouvida apesar dos geradores.

O porteiro havia corrido para ajudar com as malas.

"Bem-vinda de volta, tia", disse ele para Ifemelu.

Não dissera apenas "bem-vinda", mas "bem-vinda *de volta*", como se soubesse que ela realmente estava de volta. Ifemelu agradeceu e, na escuridão cinzenta do fim de tarde, com o ar pesado de odores, sentiu a dor de uma emoção quase insuportável que não sabia definir. Era nostálgica e melancólica, uma linda tristeza pelas coisas que perdera e que jamais conheceria. Mais tarde, quando estava sentada no sofá da sala pequena e elegante de Ranyinudo, com os pés afundados no carpete macio demais e a televisão de tela plana presa na parede em frente, Ifemelu se olhou sem acreditar. Ela havia mesmo feito aquilo. Havia voltado. Ligou a televisão e procurou os canais nigerianos. Na NTA a primeira-dama, com um lenço azul em volta do rosto, estava se dirigindo a uma multidão de mulheres que protestava e, na tela, passava devagar a legenda: "A primeira-dama dá mais poder às mulheres com as redes contra mosquito".

"Nem lembro a última vez que assisti a esse canal idiota", disse Ranyinudo. "Eles mentem para o governo, mas não conseguem nem mentir bem."

"Que canal nigeriano você vê, então?"

"Na verdade não vejo nenhum, ô. Vejo Style e E! Às vezes, CNN e BBC." Ranyinudo havia vestido um short e uma camiseta. "Tem uma menina que vem cozinhar e limpar a casa, mas eu mesma fiz esse cozido porque você ia chegar, então você tem de comer, ô. Quer beber o quê? Tenho malte e suco de laranja."

"Malte! Vou beber todo o malte da Nigéria. Costumava comprar num supermercado hispânico em Baltimore, mas não era a mesma coisa."

"Comi um arroz ofada muito gostoso no casamento, não estou com fome", disse Ranyinudo. Mas, depois de servir a comida de Ifemelu num prato de jantar, comeu um pouco de arroz e cozido de frango de uma tigela de plástico, empoleirada no braço do sofá, enquanto elas fofocavam sobre velhos amigos. Priye promovia eventos e tinha acabado de ficar muito importante depois de ser apresentada à mulher do governador. Tochi perdera o emprego no banco depois da última crise bancária, mas casou-se com um advogado rico e teve um bebê.

"Tochi costumava me contar quanto as pessoas tinham na conta", disse Ranyinudo. "Lembra aquele cara, o Mekkus Parara, que morria por Ginika? Lembra como ele sempre tinha manchas amarelas e fedidas embaixo do braço? Está cheio da grana agora, mas é dinheiro sujo. Você sabe como é, todos esses caras que cometem fraudes em Londres e nos Estados Unidos voltam correndo para a Nigéria com o dinheiro e constroem casas enormes em Victoria Garden City. Tochi me contou que ele nunca ia ao banco em pessoa. Costumava mandar seus empregados com sacolas de feira para levar dez milhões aqui, vinte milhões ali. Já eu nunca quis trabalhar num banco. O problema de trabalhar em um é que se você não pega uma agência boa com clientes que têm somas altas está acabado. Vai passar o tempo todo atendendo comerciantes inúteis. Tochi deu sorte com o emprego e trabalhava numa agência boa, onde conheceu o marido. Quer mais malte?"

Ranyinudo se levantou. Havia uma lentidão sensual e feminina em seu andar, um levantar, rolar e balançar da bunda a cada passo. Um andar nigeriano. Um andar que também indicava certo excesso, mostrava algo que precisava ser menos exagerado. Ifemelu pegou a garrafa gelada de malte das mãos de Ranyinudo e se perguntou se essa seria sua vida se não tivesse ido embora, se ela seria como Ranyinudo, trabalhando para uma agência de publicidade, morando num apartamento de um quarto cujo aluguel não podia pagar com seu salário, frequentando uma igreja pentecostal onde era ajudante do pastor e namorando um executivo casado que lhe comprava passagens de classe executiva para Londres. Ranyinudo mostrou a Ifemelu fotos dele que tinha no celular. Em uma delas, ele estava sem camisa, com a leve barriga de meia-idade, deitado na cama de Ranyinudo e dando o sorriso envergonhado de um homem que acaba de se saciar de sexo. Em outra, estava olhando para baixo num close, o rosto um perfil desfocado e misterioso. Havia algo de atraente e até distinto em seu cabelo salpicado de fios brancos.

"É impressão minha ou ele parece uma tartaruga?", disse Ifemelu.

"É impressão sua. Mas, Ifem, falando sério, Don é um bom homem, ô. Não é como muitos desses inúteis que andam por aí em Lagos."

"Ranyi, você me disse que era um caso passageiro. Mas dois anos não é um caso passageiro. Eu me preocupo com você."

"Gosto dele, não vou negar, mas quero me casar e ele sabe disso. Costumava pensar em ter um filho dele, mas olhe Uche Okafor, lembra dela, de Nsukka? Teve um filho do diretor do Hale Bank e o homem a mandou para o inferno, disse que não é o pai, e agora ela tem de criar o filho sozinha. *Na wa*."

Ranyinudo estava olhando a foto em seu celular com um leve sorriso de ternura. Mais cedo, quando elas estavam no carro, ela dissera, conforme desacelerava para cair e depois sair devagar de um grande buraco na rua: "Eu quero muito que Don me dê um carro novo. Ele está prometendo há três meses. Preciso de um jipe. Está vendo como as ruas estão horríveis?". E Ifemelu tinha sentido algo entre fascínio e desejo pela vida de Ranyinudo. Uma vida em que fazia um gesto com a mão e as coisas caíam do céu, coisas que ela simplesmente esperava que caíssem do céu.

À meia-noite, Ranyinudo desligou seu gerador e abriu as janelas. "Estou com esse gerador ligado há uma semana direto, dá para imaginar? A situação da luz não ficava tão ruim havia muito tempo."

O ar fresco se dissipou rapidamente. Um ar quente e úmido sufocou o quarto e logo Ifemelu estava se revirando em lençóis molhados de suor. Começou a sentir um latejar doloroso por trás dos olhos, ouviu um mosquito zumbindo ali perto e, de forma súbita e cheia de culpa, sentiu-se grata por ter um passaporte azul americano na bolsa. Aquilo a protegia da falta de escolhas. Ela sempre poderia ir embora; não tinha de ficar ali.

"Que umidade é essa?", disse. Estava na cama de Ranyinudo, que deitara num colchão no chão. "Não consigo respirar."

"Não consigo respirar!", repetiu Ranyinudo, achando uma enorme graça naquilo. "*Haba! Americanah!*"

45.

Ifemelu tinha visto o anúncio no site Nigerian Jobs Online — "redatora de conteúdo para grande revista feminina mensal". Ela refez seu currículo, inventou um emprego como redatora de uma revista feminina (com "interrompida por falência" escrito entre parênteses) e, dias depois de tê-lo mandado por correio expresso, a editora da revista *Zoe* ligou de Lagos. Na voz madura e amigável do outro lado da linha, havia algo de inconveniente. "Ah, pode me chamar de tia Onenu", disse ela alegremente quando Ifemelu perguntou quem era. Antes de oferecer o emprego a Ifemelu ela falou, num sussurro confidencial: "Meu marido não me apoiou quando fundei a revista, porque achou que os homens iam correr atrás de mim quando fosse buscar anunciantes". Ifemelu sentiu que a revista era um hobby para tia Onenu, um hobby que significava algo, mas ainda assim um hobby. Não uma paixão. Não algo que a consumia. E, quando a conheceu, sentiu isso com mais força ainda: ali estava uma mulher de quem seria fácil gostar, mas difícil levar a sério.

Ifemelu foi com Ranyinudo à casa de tia Onenu em Ikoyi. Elas se sentaram em sofás de couro que eram frios ao tato e ficaram conversando em voz baixa até tia Onenu aparecer. Uma mulher esguia, sorridente e bem cuidada que vestia legging, uma camiseta larga e um mega-hair juvenil demais, com cabelos ondulados que lhe desciam até as costas.

"Minha nova redatora de conteúdo veio dos Estados Unidos!", disse ela, abraçando Ifemelu. Era difícil dizer que idade tinha, qualquer coisa entre cinquenta e sessenta e cinco, mas era fácil perceber que tia Onenu não nascera com aquela pele branca, pois seu brilho era encerado demais e os nós dos dedos dela eram escuros, como se aqueles pedaços de pele tivessem resistido bravamente ao creme clareador.

"Quis que você passasse aqui antes de começar na segunda-feira para poder te dar as boas-vindas pessoalmente", disse tia Onenu.

"Obrigada." Ifemelu achava aquela visita à casa dela estranha e nada profissional, mas era uma revista pequena e era a Nigéria, onde os limites não eram claros, onde o trabalho se misturava à vida pessoal e as pessoas chamavam suas chefes de Mamãe. Além disso, ela já havia se imaginado assumindo o controle da *Zoe*, transformando-a numa publicação vibrante e relevante para as mulheres nigerianas e — quem sabe — talvez um dia comprando-a de tia Onenu. E ela não receberia os novos contratados em sua casa.

"Você é uma menina bonita", disse tia Onenu assentindo, como se ser bonita fosse necessário para o emprego e ela tivesse temido que Ifemelu não fosse. "Gostei da sua voz no telefone. Tenho certeza de que, com você na equipe, logo vamos ter uma circulação maior que a da *Glass*. Somos uma revista muito mais nova, mas já estamos alcançando a concorrência!"

Um mordomo vestido de branco, um homem grave e bem velho, surgiu para lhes perguntar o que queriam beber.

"Tia Onenu, estou lendo edições passadas tanto da *Glass* quanto da *Zoe*, e tenho algumas ideias de coisas que podemos mudar", disse Ifemelu depois que o mordomo saiu para pegar o suco de laranja delas.

"Você é mesmo americana! Pronta para trabalhar, uma pessoa sem rodeios! Muito bem. Em primeiro lugar, me diga o que acha de nós em comparação com a *Glass*."

Ifemelu tinha achado as duas revistas sem conteúdo, mas a *Glass* tinha uma edição melhor, as cores das páginas não escorriam tanto quanto na *Zoe*, e ela era mais visível no trânsito; sempre que Ranyinudo desacelerava o carro, vinha um vendedor pressionar uma edição da *Glass* na janela. Mas, como ela já podia ver a obsessão de tia Onenu com a concorrência, tão obviamente pessoal, disse: "Elas são mais ou menos iguais, mas acho que podemos fazer algo melhor. Precisamos cortar os perfis de entrevistadas e fazer só um por mês, com uma mulher que realmente realizou algo sozinha. Precisamos de mais colunas e devíamos introduzir uma seção de colunista convidado, além de falar mais de saúde e dinheiro, ter uma presença maior on-line e parar de usar matérias de revistas estrangeiras. A maior parte das suas leitoras não pode comprar brócolis no mercado porque não temos isso aqui na Nigéria, então por que a *Zoe* deste mês tem uma receita de sopa cremosa de brócolis?".

"Sim, sim", disse tia Onenu, devagar. Ela parecia atônita. Então como quem se recuperava, disse: "Muito bem. Vamos discutir tudo isso na segunda-feira".

No carro, Ranyinudo disse: "Falar assim com sua chefe nova, hahaha! Se você não tivesse vindo dos Estados Unidos, ela ia demiti-la na hora".

"Queria saber qual é a história entre ela e a dona da *Glass*."

"Eu li em um tabloide que elas se odeiam. Aposto que é problema de homem, o que mais seria? Mulheres, ê! Acho que tia Onenu fundou a *Zoe* só para concorrer com a *Glass*. Até onde eu sei, ela não é editora, é só uma mulher rica que decidiu fundar uma revista e amanhã pode querer fechá-la e fundar um spa."

"E que casa feia", disse Ifemelu. Era monstruosa, com dois anjos de alabastro ladeando o portão e uma fonte em forma de domo cuspindo água no jardim da frente.

"Feia, *kwa*? Como assim? A casa é linda!"

"Para mim, não", disse Ifemelu, embora já tivesse achado casas como aquela lindas. Mas ali estava ela, desprezando aquela com a confiança altiva de uma pessoa que sabia o que era kitsch.

"O gerador dela é do tamanho do meu apartamento e é completamente silencioso!", disse Ranyinudo. "Você notou o galpão do gerador do lado do portão?"

Ifemelu não tinha notado. E aquilo a irritou. Era isso que um verdadeiro lagosiano teria notado: o galpão do gerador, o tamanho do gerador.

Na Kingsway Road, ela achou ter visto Obinze passar numa Mercedes preta baixa e se empertigou, esticando o pescoço para ver melhor, mas, quando o carro andou mais devagar por causa do engarrafamento, viu que o homem não se parecia nada com ele. Haveria outros vislumbres imaginários de Obinze ao longo das semanas seguintes, pessoas que Ifemelu sabia não serem ele, mas que poderiam ser: a figura de coluna reta e terno que entrou no escritório de tia Onenu, o homem na parte de trás de um carro com vidros escuros que estava com o rosto baixo olhando o celular, a figura atrás dela na fila do supermercado. Ela até imaginou, quando foi conhecer o proprietário de seu apartamento, que ia entrar e descobrir que era Obinze sentado ali. O corretor havia lhe dito que o proprietário preferia inquilinos estrangeiros. "Mas ele relaxou quando eu falei que você veio dos Estados Unidos", acrescentou ele. O proprietário era um homem idoso vestindo um cafetã marrom e uma calça da mesma cor; ele tinha a pele maltratada e o ar magoado de alguém que já sofrera muito nas mãos dos outros.

"Eu não alugo para os igbos", disse o homem num tom suave, deixando-a pasma. Essas coisas eram ditas assim, de maneira tão fácil? Será que sempre haviam sido ditas de maneira tão fácil e ela simplesmente esquecera? "Essa é a minha regra desde que um homem igbo destruiu minha casa em Yaba. Mas você parece ser uma pessoa responsável."

"Eu sou responsável", disse Ifemelu, dando um sorriso afetado. Os outros apartamentos de que tinha gostado eram caros demais. Embora houvesse canos expostos debaixo da pia da cozinha, a privada fosse torta e os azulejos do banheiro fossem mal assentados, esse era o melhor lugar pelo qual ela podia pagar. Gostava de como a sala era arejada, com suas janelas grandes, e ficara encantada com a escadinha estreita que levava a uma varanda minúscula, mas o principal era ser em Ikoyi. E Ifemelu queria morar em Ikoyi. Quando era criança, Ikoyi emanava um ar de nobreza, uma nobreza distante que ela não podia tocar: as pessoas que moravam em Ikoyi tinham rostos sem espinhas e motoristas que eram "o motorista das crianças". A primeira vez que vira aquele apartamento, Ifemelu fora à varanda e vira a propriedade ao lado, uma imensa casa colonial que agora estava amarelada de abandono, com o jardim tomado pelas plantas, a grama e os arbustos subindo uns nos outros. No teto da casa, parte do qual havia caído, ela vira um movimento, um lampejo turquesa de penas. Era um pavão. O corretor lhe dissera que um oficial do Exército tinha morado ali durante o regime do general Abacha; agora, a posse da casa estava sendo disputada na Justiça. E Ifemelu imaginou as pessoas que tinham morado lá quinze anos antes, enquanto ela, num pequeno apartamento do populoso centro da cidade, ansiava por sua vida espaçosa e serena.

Ela fez o cheque equivalente a dois anos de aluguel. Era por isso que as pessoas aceitavam subornos e pediam subornos; de que outra maneira alguém poderia pagar dois anos de aluguel adiantado honestamente? Ifemelu planejou encher sua varanda de lírios brancos e vasos de argila e decorar a sala em tons pastel, mas primeiro tinha de achar um eletricista para instalar aparelhos de ar-condicionado, um pintor para refazer aquelas paredes oleosas e alguém para colocar os novos azulejos na cozinha e no banheiro. O corretor trouxe um homem que colocava azulejos. O homem trabalhou durante uma semana e, quando o corretor ligou para ela para avisar que estava tudo pronto, Ifemelu foi ansiosa para o apartamento. No banheiro, ficou olhando atônita. As bordas dos azulejos eram ásperas e havia pequenos buracos nos cantos. Um dos azulejos tinha uma rachadura feia no meio. Parecia algo feito por uma criança impaciente.

"Que maluquice é essa? Olhe só como isso está áspero! Um dos azulejos está quebrado! Está pior que os azulejos velhos! Como você pode considerar um trabalho acabado?", ela perguntou ao homem.

Ele deu de ombros; claramente, achava que ela estava dificultando as coisas de forma desnecessária. "Estou feliz com o trabalho, tia."

"E quer que eu pague?"

Um pequeno sorriso. "Ah, tia, mas eu terminei o trabalho."

O corretor interveio. "Não se preocupe, senhora, ele vai consertar o que está quebrado."

O homem dos azulejos relutou. "Mas eu terminei o trabalho. O problema é que o azulejo quebra muito fácil. É a qualidade do azulejo."

"Você terminou? Faz esse trabalho horrível e diz que terminou?" A raiva dela estava aumentando, sua voz ficando mais alta e mais dura. "Eu não vou pagar o que nós combinamos, de jeito nenhum, porque você não fez o que nós combinamos."

O homem dos azulejos estava fitando-a com os olhos apertados, perplexo.

"E se quiser arrumar problema comigo, vai arrumar um problema bem grande", disse Ifemelu. "A primeira coisa que eu vou fazer é ligar para o comissário de polícia e eles vão trancar você na Alagbon Close!" Ela estava gritando agora. "Você sabe quem eu sou? Não sabe quem eu sou, é por isso que fez essa droga de trabalho para mim!"

O homem se intimidou. Ifemelu tinha surpreendido a si mesma. De onde viera aquilo, aquela falsa bravata, aquela facilidade a recorrer a ameaças? Veio-lhe uma lembrança, ainda nítida após tantos anos, do dia em que o General tinha morrido, de como tia Uju tinha ameaçado seus parentes. "Tudo bem, não saiam daí", dissera ela. "Fiquem. Fiquem aí enquanto vou chamar os rapazes no quartel."

O corretor disse: "Tia, não se preocupe, ele vai refazer o trabalho".

Depois, Ranyinudo lhe disse: "Você não está mais se comportando como uma *americanah*!". E, mesmo sem querer, Ifemelu ficou satisfeita de ouvir isso.

"O problema é que não temos mais artesãos neste país", disse Ranyinudo. "Os ganenses são melhores. Meu chefe está construindo uma casa e está usando só trabalhadores ganenses para fazer o acabamento. Os nigerianos fazem uma droga de trabalho. Não demoram o tempo necessário para fazer as coisas direito. É horrível. Mas, Ifemelu, você devia ter ligado para Obinze. Ele ia ter resolvido tudo para você. Trabalha com isso, afinal. Deve ter vários contatos. E você devia ter ligado para Obinze antes mesmo de começar a procurar apartamento. Ele podia ter lhe dado um desconto no aluguel em um de seus imóveis ou até um apartamento de graça, *sef*. Não sei o que você está esperando para ligar para ele."

Ifemelu balançou a cabeça. Ranyinudo, para quem os homens só existiam como fontes de coisas. Ela não podia imaginar ligar para Obinze para pedir por um desconto no aluguel de um de seus imóveis. Ainda assim, não sabia por que não tinha ligado. Pensara nisso muitas vezes, pegando com frequência o telefone para selecionar o número dele, mas não havia ligado. Ele ainda mandava e-mails, dizendo que esperava que ela estivesse bem e que Dike estivesse melhor, e ela respondia alguns, sempre de maneira breve, respostas que Obinze presumiria estarem sendo enviadas dos Estados Unidos.

46.

Ifemelu passou semanas com seus pais no velho apartamento, feliz simplesmente por estar sentada olhando para as paredes que haviam sido testemunhas de sua infância; só quando começou a comer o cozido da mãe, com uma camada de óleo flutuando em cima dos tomates batidos, percebeu o quanto tinha sentido saudades dele. Os vizinhos passaram lá para cumprimentá-la, a filha que havia voltado dos Estados Unidos. Muitos deles eram novos e desconhecidos, mas ela sentiu um carinho sentimental por eles, porque a faziam se lembrar de outros que conhecera, como Mama Bomboy do andar de baixo, que certa vez, quando Ifemelu estava no ensino fundamental, tinha puxado sua orelha e dito: "Você não cumprimenta os mais velhos"; Oga Tony, do andar de cima, que fumava na varanda; o comerciante do apartamento ao lado, que, sem que ela conseguisse compreender o motivo, a chamava de "campeã".

"Só vieram ver se você vai dar alguma coisa para eles", disse sua mãe num sussurro, como se os vizinhos que tinham saído pudessem ouvir se falasse mais alto. "Todos esperavam que eu comprasse alguma coisa para eles quando fomos aos Estados Unidos, por isso fui ao mercado e comprei vidros de perfume pequenininhos e disse que eram de lá!"

Seus pais gostavam de falar sobre a visita a Baltimore — a mãe sobre as liquidações e o pai sobre como não conseguia entender o noticiário porque os americanos usavam expressões informais no noticiário sério.

"É a infantilização e a informalização final dos Estados Unidos! Sinaliza o fim do império americano! Eles estão se autodestruindo!", declarou ele.

Ifemelu não os contrariava, ouvindo suas observações e lembranças, e torcia para que nenhum dos dois mencionasse Blaine; ela havia dito que um problema no trabalho o obrigara a atrasar a visita.

Não precisava mentir para suas velhas amigas sobre ele, mas o fez mesmo assim, dizendo que estava num relacionamento sério e que Blaine logo iria para Lagos encontrá-la. Ela se surpreendeu com a rapidez com que a questão do casamento surgia durante seus encontros com essas velhas amigas, fazendo com que as solteiras usassem um tom defensivo e as casadas, um de presunção. Ifemelu queria falar sobre o passado, sobre os professores de quem elas zombavam e os meninos de quem gostavam, mas o casamento era sempre o assunto preferido — quem era casada com um safado, quem estava desesperada para agarrar alguém, postando muitas fotos de si mesma toda produzida no Facebook, quem tivera um homem que a decepcionara depois de quatro anos e a abandonara por uma mulherzinha a quem podia controlar. (Quando Ifemelu contou a Ranyinudo que tinha esbarrado com Vivian, uma velha colega, no banco, a primeira coisa que Ranyinudo perguntou foi "Ela está casada?".) Assim, ela usava Blaine como uma armadura. Se soubessem dele, as amigas casadas não diriam: "Não se preocupe, você vai arrumar alguém, é só rezar por isso", e as que não eram casadas não presumiriam que pertencia ao clube da autocomiseração das solteiras. Havia também uma nostalgia falsa nesses encontros, que às vezes ocorriam no apartamento de Ranyinudo, às vezes no dela e às vezes em restaurantes, pois Ifemelu precisava se esforçar para encontrar, naquelas mulheres adultas, alguns resquícios do passado que muitas vezes não estavam mais lá.

Tochi estava irreconhecível, tão gorda que até seu nariz tinha mudado de formato, com um queixo duplo que pendia abaixo do rosto, parecendo um pão. Ela foi ao apartamento de Ifemelu com seu bebê numa das mãos, o BlackBerry na outra e uma babá atrás segurando uma bolsa de lona repleta de mamadeiras e babadores. Tochi chamou Ifemelu de "Madame América" e passou o resto da visita falando em tiradas defensivas, como se estivesse decidida a lutar contra sua americanidade.

"Só compro roupas britânicas para o bebê, porque as americanas desbotam depois de uma lavagem", disse ela. "Meu marido queria que nos mudássemos para os Estados Unidos, mas eu me recusei, porque o sistema educacional é muito ruim. Uma agência internacional colocou-o na última posição entre os países desenvolvidos, sabia?"

Tochi sempre fora perceptiva e ponderada; era ela quem intervinha com argumentos calmos sempre que Ifemelu e Ranyinudo discutiam no ensino médio. Na personalidade diferente dela, em sua necessidade de se defender contra ofensas imaginárias, Ifemelu viu uma grande infelicidade pessoal. Por isso ela apaziguou Tochi, desdenhando dos Estados Unidos, falando apenas sobre as coisas que também não gostava no país, exagerando seu sotaque não americano, até que a conversa se tornou uma fraude exaustiva. Finalmente o bebê vomitou, um líquido amarelo que a babá rapidamente limpou, e Tochi disse: "Precisamos ir, o bebê quer dormir". Ifemelu viu-a ir embora, aliviada. As pessoas mudavam, às vezes demais.

Priye não estava exatamente diferente, apenas mais dura, com uma camada de cromo lhe cobrindo a personalidade. Ela chegou ao apartamento de Ranyinudo com um monte de jornais cheios de fotografias do casamento caro que acabara de planejar. Ifemelu imaginou a maneira como as pessoas deviam falar de Priye. Ela está indo bem, deviam dizer, está indo muito bem.

"Meu telefone não para de tocar desde a semana passada!", disse Priye num tom triunfal, jogando para trás uma mecha de seus cabelos ruivos e lisos que havia lhe caído sobre um olho; toda vez que erguia uma das mãos para ajeitar o cabelo atrás da orelha, que caía invariavelmente para a frente de novo, já que fora aplicado dessa maneira, Ifemelu se distraía com o rosa vívido de suas unhas. Priye tinha o comportamento seguro e levemente assustador de uma pessoa que conseguia convencer os outros a fazerem o que queria. E ela brilhava — os brincos de ouro, as tachinhas de metal da bolsa de marca, o batom bronze brilhante.

"Foi um casamento muito bem-sucedido, sete governadores compareceram, sete!", disse ela.

"E nenhum conhecia o casal, tenho certeza", disse Ifemelu secamente.

Priye fez um gesto, dando de ombros e espanando o ar com uma das mãos, para mostrar o quanto isso era irrelevante.

"Desde quando o sucesso de um casamento é medido por quantos governadores compareceram?", insistiu Ifemelu.

"Isso mostra que você conhece as pessoas certas. Dá prestígio. Você sabe como os governadores são poderosos neste país? O Poder Executivo não é pouca coisa", disse Priye.

"Quero o maior número possível de governadores no meu casamento. Isso mostra que você é de alto nível", disse Ranyinudo. Ela estava analisando as fotos, virando devagar as páginas dos jornais. "Priye, você ouviu que Mosope vai se casar daqui a duas semanas?"

"Sim. Ela veio falar comigo, mas o orçamento deles era baixo demais para mim. Essa menina nunca entendeu a regra número um da vida aqui em Lagos. Você não casa com o homem que ama. Casa com o homem que pode sustentar você."

"Amém!", disse Ranyinudo, rindo. "Mas, às vezes, um homem pode ser as duas coisas, ô. É a temporada dos casamentos. Quando vai chegar a minha vez, Deus Nosso Senhor?" Ela olhou para cima e ergueu as mãos, como quem rezava.

"Eu disse para a Ranyinudo que faço o casamento dela sem cobrar comissão", disse Priye para Ifemelu. "E faço o seu também, Ifem."

"Obrigada, mas acho que Blaine vai preferir um evento sem governadores", disse Ifemelu, e elas todas riram. "Provavelmente vamos fazer uma cerimônia pequena numa praia."

Às vezes, ela acreditava nas próprias mentiras. Até podia ver a cena, ela e Blaine de roupas brancas numa praia no Caribe, cercados por poucos amigos, correndo até um altar improvisado feito de areia e flores, com Shan observando e torcendo para que um deles tropeçasse e caísse.

47.

Onikan era a velha Lagos, um pedaço do passado, um templo em homenagem ao esplendor apagado do período colonial; Ifemelu se lembrava de como as casas haviam desmoronado, sem pintura ou cuidados, como o mofo tinha subido pelas paredes e as dobradiças dos portões haviam se enferrujado e atrofiado. Mas agora as empreiteiras estavam renovando ou desmontando todas e, no andar térreo de um prédio de três andares recém-reformado, pesadas portas de vidro davam numa recepção pintada de um laranja cor de terracota, onde ficava Esther, uma recepcionista de rosto amigável, e, atrás dela, letras prateadas gigantescas que diziam: ZOE MAGAZINE. Esther tinha inúmeras pequenas ambições. Ifemelu a imaginava remexendo com atenção as pilhas de sapatos e roupas de segunda mão nas barraquinhas laterais do mercado Tejuosho, encontrando as melhores peças e barganhando incansavelmente com o vendedor. Ela usava roupas bem passadas e sapatos de salto puídos, mas engraxados com cuidado, lia livros como *A prosperidade através da reza* e era arrogante com os motoristas e bajuladora com as redatoras. "Esse seu brinco é muito lindo, senhora", disse para Ifemelu. "Se algum dia for jogar fora, por favor, dê para mim que eu ajudo." E não parava de convidar Ifemelu para ir à sua igreja.

"A senhora pode vir este domingo? Meu pastor é um poderoso homem de

Deus. Tanta gente dá testemunho dos milagres que aconteceram em sua vida por causa dele."

"Por que acha que preciso ir à sua igreja, Esther?"

"A senhora vai gostar. É uma igreja com a bênção do Espírito Santo."

A princípio, ser tratada por "senhora" tinha deixado Ifemelu constrangida, pois Esther era no mínimo cinco anos mais velha do que ela, mas o status, é claro, era mais importante que a idade: Ifemelu era redatora, com um carro e um motorista e a aura dos Estados Unidos, e até Esther esperava que se comportasse como uma madame. Então ela o fez, elogiando-a e caçoando dela, mas sempre daquele jeito que era ao mesmo tempo brincalhão e superior, e às vezes dando coisas à recepcionista — uma bolsa velha, um relógio velho. Fazia o mesmo com seu motorista, Ayo. Reclamava que ele andava rápido demais, ameaçava demiti-lo por se atrasar de novo, pedia que repetisse suas ordens para ter certeza de que entendera. Mas sempre ouvia o falso tom agudo de sua voz ao dizer essas coisas, sem conseguir convencer completamente nem a si mesma de seu estado de madame.

Tia Onenu gostava de dizer: "A maior parte dos meus funcionários se formou no exterior, enquanto aquela mulher da *Glass* contrata uma ralé que não sabe pontuar uma frase!". Ifemelu a imaginava dizendo isso num jantar, "a maior parte dos meus funcionários", fazendo a revista parecer uma empresa grande e agitada, embora fossem três pessoas na redação, quatro na administração, e apenas Ifemelu e Doris, a editora, tivessem se formado no exterior. Doris, uma mulher magra de olhos fundos, uma vegetariana que anunciava ser vegetariana assim que possível, falava com um sotaque de adolescente americana que fazia suas frases parecerem perguntas, a não ser quando falava com a mãe ao telefone; então, seu inglês assumia um impassível tom nigeriano. Seus longos cachinhos tinham uma cor cobre de cabelo queimado pelo sol e ela se vestia de uma forma excêntrica — meias brancas e sapatos brogue, camisas de homem enfiadas para dentro de calças capri — que considerava original, e todos no escritório a perdoavam por isso, pois viera do exterior. Não usava nenhuma maquiagem, com exceção de um batom muito vermelho, e aquele rasgão escarlate fazia com que seu rosto fosse um pouco chocante, o que provavelmente era sua intenção, mas sua pele nua tinha um tom cinzento, e o primeiro impulso de Ifemelu ao conhecê-la fora sugerir um bom hidratante.

"Você estudou na Wellson, na Filadélfia? Eu estudei na Temple?", disse

Doris, como quem queria estabelecer imediatamente que eram membros do mesmo clube superior. "Você vai dividir este escritório comigo e Zemaye? Ela é a editora-assistente e está na rua fazendo uma matéria até de tarde, ou pode ser que fique mais? Ela sempre fica na rua o tempo que quer."

Ifemelu percebeu o veneno. Não foi sutil. Doris quis que ela percebesse.

"Achei que você podia, tipo, passar esta semana se acostumando com o ambiente? Ver o que a gente faz? E aí, na semana que vem, pode começar a fazer algumas matérias?", disse Doris.

"Tudo bem", disse Ifemelu.

O escritório em si, um cômodo grande com quatro escrivaninhas com um computador cada uma, parecia vazio e não testado, como se fosse o primeiro dia de todo mundo no emprego. Ifemelu não soube bem o que seria necessário para que não tivesse esse aspecto, talvez fotos de familiares nas escrivaninhas ou simplesmente mais coisas, mais pastas, papéis e grampeadores, prova de que o lugar era habitado.

"Eu tinha um emprego ótimo em Nova York, mas decidi me mudar e me estabelecer aqui?", disse Doris. "Tipo, pressão da família para eu ficar aqui e tal, sabe? Tipo, eu sou filha única? Quando eu voltei, uma das minhas tias me olhou e disse: 'Posso te arrumar um emprego num banco, mas você tem de cortar esse cabelo de maluco'." Ela balançou a cabeça de um lado para o outro, zombando, quando imitou o sotaque da Nigéria. "Juro por Deus, esta cidade está cheia de bancos que só pedem que você seja mais ou menos bonita de um jeito previsível para te darem um emprego no atendimento ao consumidor? Enfim, aceitei esse emprego porque estou interessada na publicação de revistas? E esse é, tipo, um bom lugar para conhecer pessoas, por causa de todos os eventos que a gente vai, sabe?" Doris falava como se ela e Ifemelu de alguma maneira tivessem o mesmo plano, a mesma visão de mundo. Ifemelu se ressentiu um pouco disso, da arrogância da certeza de que ela também, é claro, se sentia da mesma maneira que Doris.

Pouco antes do almoço, entrou no escritório uma mulher vestindo uma saia lápis justa e sapatos de couro tão altos que pareciam pernas de pau, com o cabelo alisado bem penteado para trás. A mulher não era bonita, suas feições não tinham harmonia, mas ela se comportava como se fosse. Núbil. Fez Ifemelu pensar naquela palavra com sua silhueta esguia e bem-feita, sua cintura minúscula e as surpreendentes curvas altas de seus seios.

“Oi. Você é a Ifemelu, não é? Bem-vinda à *Zoe*. Eu sou a Zemaye.” Ela apertou a mão de Ifemelu com a expressão cuidadosamente neutra.

“Oi, Zemaye. Muito prazer. Seu nome é lindo”, disse Ifemelu.

“Obrigada.” Ela estava acostumada a ouvir aquilo. “Espero que não goste de salas frias.”

“Salas frias?”

“Sim. A Doris gosta de manter o ar-condicionado muito forte e eu tenho que usar um suéter no escritório, mas, agora que você vai dividir esta sala também, quem sabe a gente pode fazer uma votação?”, disse Zemaye, sentando diante de sua mesa.

“Do que você está falando? Desde quando tem que usar um suéter no escritório?”, perguntou Doris.

Zemaye ergueu as sobrancelhas e tirou um xale pesado da gaveta.

“É essa umidade que é tão louca?”, disse Doris, voltando-se para Ifemelu e esperando que ela concordasse. “Achava que não ia conseguir respirar quando voltei?”

Zemaye também se voltou para Ifemelu. “Sou nascida e criada no Delta. Por isso, não fui criada com ar-condicionado e consigo respirar mesmo sem uma sala estar fria.” Ela falou num tom impassível e disse tudo sem erguer ou abaixar a voz.

“Bom, acho que não está bem fria? A maioria dos escritórios em Lagos tem ar-condicionado?”

“Não ligados na temperatura mais baixa”, disse Zemaye.

“Você nunca disse nada antes?”

“Eu digo sempre, Doris.”

“Quer dizer que isso impede você de trabalhar?”

“É frio, só isso”, disse Zemaye.

A antipatia mútua era como um leopardo furioso à espreita na sala.

“Não gosto de frio”, disse Ifemelu. “Acho que vou congelar se o ar-condicionado ficar no mínimo.”

Doris piscou. Não só parecia estar se sentindo traída, mas surpresa por ter sido traída. “Bom, tudo bem, nós podemos ligar e desligar ao longo do dia? Eu tenho dificuldade de respirar sem o ar e as drogas das janelas são tão pequenas?”

“Tudo bem”, disse Ifemelu.

Zemaye não disse nada; ela havia se voltado para o computador, como se fosse indiferente àquela pequena vitória, e Ifemelu se sentiu inexplicavelmente decepcionada. Tinha escolhido um lado, afinal, colocando-se de forma ousada junto de Zemaye, mas ela permaneceu impávida, difícil de decifrar. Ifemelu se perguntou qual seria a história dela. Zemaye a intrigava.

Mais tarde, Doris e Zemaye estavam analisando fotografias espalhadas sobre a mesa de Doris que mostravam uma mulher corpulenta usando roupas justas e cheias de babados quando Zemaye disse: "Com licença, estou apertada", e correu para a porta, com movimentos ágeis que fizeram Ifemelu querer perder peso. Os olhos de Doris a seguiram também.

"Você não odeia quando as pessoas dizem 'estou apertada' ou 'preciso me aliviar' quando têm de ir ao banheiro?", perguntou Doris.

Ifemelu riu. "Odeio!"

"Acho que 'banheiro' é uma palavra muito americana, mas dá para falar pelo menos 'toalete' ou 'sanitário'."

"Nunca gostei de dizer 'sanitário'. Gosto de dizer 'toalete'."

"Eu também!", disse Doris. "E você não odeia quando as pessoas simplesmente suprimem os verbos? *Quais as novidades?*"

"E sabe o que eu não suporto? Quando as pessoas dizem 'tomar' em vez de 'beber'. Eu vou tomar vinho. Eu não tomo cerveja."

"Ai, meu Deus, concordo!"

Elas estavam rindo quando Zemaye voltou, olhou para Ifemelu com sua expressão estranhamente neutra e disse: "Vocês devem estar falando da última reunião dos Viajados".

"O que é isso?", perguntou Ifemelu.

"Doris vive falando dessas reuniões, mas não pode me convidar porque são só para pessoas que moraram fora." Se Zemaye estava caçoando daquilo, e tinha de estar, manteve o que sentia oculto pelo tom sem expressão.

"Ai, por favor. Dizer 'Viajado' é, tipo, coisa de gente velha? A gente não está nos anos 1960", disse Doris. E, para Ifemelu, acrescentou: "Na verdade, eu ia te falar sobre isso. A gente chama de Clube Nigerpolita e é só um bando de pessoas que voltaram para o país recentemente, alguns da Inglaterra, mas a maioria dos Estados Unidos? É uma coisa bem informal, só para compartilhar experiências e fazer contatos? Aposto que você deve conhecer algumas das pessoas. Devia ir no próximo?".

"Legal, eu gostaria."

Doris se levantou e pegou sua bolsa. "Preciso ir à casa da tia Onenu."

Depois que ela foi embora, a sala ficou em silêncio, com Zemaye digitando no computador e Ifemelu pesquisando na internet e se perguntando o que a colega estaria pensando.

Finalmente, Zemaye disse: "Então você tinha um blog famoso sobre questões raciais nos Estados Unidos. Quando tia Onenu nos contou, não entendi".

"Como assim?"

"Por que questões raciais?"

"Descobri que as raças existiam nos Estados Unidos e isso me fascinou."

"Humm", murmurou Zemaye, como se achasse isso, a descoberta das raças, um fenômeno exótico e autoindulgente. "Tia Onenu disse que seu namorado é um negro americano que vai vir para cá em breve, é isso?"

Ifemelu ficou surpresa. Tia Onenu havia perguntado sobre sua vida pessoal com uma informalidade que também era insistente e ela lhe contara a mentira sobre Blaine, pensando que sua vida pessoal não dizia respeito à chefe, de qualquer maneira, e agora parecia que fora revelada aos outros funcionários. Talvez estivesse sendo americana demais em relação àquilo, insistindo em ter privacidade sem motivo. Que importância tinha que Zemaye soubesse de Blaine?"

"Isso. Ele deve chegar no mês que vem", disse ela.

"Por que só os negros são bandidos lá?"

Ifemelu abriu e fechou a boca. Ali estava ela, uma pessoa que tivera um famoso blog sobre questões raciais, sem saber o que responder.

"Eu adoro *Cops*. É por causa desse programa que tenho televisão a satélite", explicou Zemaye. "E todos os bandidos são negros."

"Isso é como dizer que todo nigeriano comete fraude", disse Ifemelu finalmente. Era uma resposta vazia, insuficiente.

"Mas é verdade, todos nós temos um pouco de fraude no sangue!" Zemaye sorriu, parecendo, pela primeira vez, realmente achar graça em algo. Depois, disse: "Desculpe, ô. Não quis dizer que seu namorado é bandido. Só estava perguntando".

48.

Ifemelu pediu que Ranyinudo fosse com ela e Doris à reunião dos Nigerpolitas.

"Pelo amor de Deus, não tenho energia para esse povo que voltou do exterior", disse Ranyinudo. "Além do mais, Ndudi finalmente voltou de todas essas viagens que fez para cima e para baixo e nós vamos sair."

"Que bonito, preferir um homem à sua amiga, sua bruxa."

"Isso, ô. É você que vai casar comigo? Aliás, eu disse a Don que vou sair com você, então não vá a nenhum lugar onde ele possa estar." Ranyinudo ria. Ela ainda estava saindo com Don, esperando para ter certeza de que Ndudi era "sério" antes de parar, e também torcia para que Don lhe comprasse um carro novo antes de isso acontecer.

A reunião do Clube Nigerpolita: um pequeno grupo de pessoas bebendo champanhe em copos de papel, à beira da piscina de uma casa em Osborno Estate, pessoas chiques, todas transbordando savoir-faire, todas acalentando o que chamavam de excentricidade — um afro ruivo, uma camiseta com uma estampa do rosto de Thomas Sankara, imensos brincos feitos à mão que pareciam peças de arte moderna. Suas frases eram carregadas de expressões estrangeiras. *Não se acha um smoothie decente nesta cidade! Meu Deus do céu, você participou dessa conferência? O que este país precisa é de uma sociedade civil ativa.* Ifemelu conhecia alguns deles. Ela conversou com Bisola e Yagazie, ambas de cabelo natural usado em madeixas retorcidas, com uma auréola de cachinhos em volta do rosto. Falaram sobre os salões do país, onde as cabeleireiras se atrapalhavam para pentear cabelos naturais como se fossem erupções alienígenas, como se seu próprio cabelo não tivesse sido assim antes de ser derrotado por produtos químicos.

"As meninas do salão sempre dizem: 'Tia, você não quer relaxar o cabelo?'. É ridículo que os africanos não valorizem cabelo natural na África", disse Yagazie.

"Concordo", disse Ifemelu, e ela percebeu a superioridade em sua voz, na voz deles todos. Eram os santificados, os que tinham voltado, aqueles que haviam chegado com uma camada de brilho extra. Ikenna se aproximou delas, uma advogada que tinha morado perto da Filadélfia e que Ifemelu conhecera na convenção Blogging While Brown. Fred se aproximou também. Ele havia se apresentado para Ifemelu mais cedo, um homem gorducho e bem cuidado. "Eu morava em Boston até o ano passado", dissera num tom de falsa modéstia, porque "Boston" significava Harvard (ou ele teria dito que morava no MIT, na Tufts ou em qualquer outro lugar), assim como outra mulher dissera "Eu morava em New Haven", daquele jeito que afetava timidez e que significava que ela havia estudado em Yale. Outras pessoas vieram participar da conversa, todas encerradas numa familiaridade, porque podiam usar as mesmas referências com tanta facilidade. Logo, estavam todos rindo e listando as coisas americanas das quais sentiam falta.

"Leite de soja zero, NPR, internet rápida", disse Ifemelu.

"Bom atendimento ao cliente, bom atendimento ao cliente, bom atendimento ao cliente", disse Bisola. "O pessoal daqui se comporta como se estivesse fazendo um favor em servir você. Os lugares caros são bons, não são ótimos, mas os restaurantes normais? Pode esquecer. Outro dia perguntei ao garçom se podia pedir o inhame cozido com um molho diferente do que estava no cardápio e ele simplesmente ficou me olhando e disse que não. Hilário."

"Mas a ideia de atendimento dos americanos pode ser tão irritante. Alguém que fica rodeando e incomodando você o tempo todo. *Ainda está trabalhando nesse prato?* Desde quando comer virou um trabalho?", disse Yagazie.

"Sinto falta de um bom restaurante vegetariano?", disse Doris, e então começou a falar sobre sua nova empregada, que não sabia fazer um simples sanduíche e sobre como tinha pedido um rolinho primavera vegetariano num restaurante em Victoria Island, dado uma mordida e sentido gosto de frango, e o garçom, ao ser chamado, tinha apenas sorrido e dito: "Talvez eles tenham colocado frango hoje". Os outros riram. Fred disse que um bom restaurante vegetariano ia abrir em breve, agora que havia tantos novos investimentos no país; alguém descobriria que existia um mercado vegetariano a ser atendido.

"Um restaurante vegetariano? Impossível. Só existem quatro vegetarianos neste país, incluindo Doris", disse Bisola.

"Você não é vegetariana, é?", Fred perguntou a Ifemelu. Disse isso só para lhe dirigir a palavra. Ela erguia os olhos de tempos em tempos e o via encarando-a.

"Não", disse ela.

"Tem esse lugar novo que abriu em Akin Adesola", disse Bisola. "O brunch é muito bom. Eles servem o tipo de coisa que a gente gosta de comer. Devíamos ir lá domingo que vem."

Eles servem o tipo de coisa que a gente gosta de comer. Ifemelu sentiu uma inquietação. Ela estava confortável aqui, mas não gostaria de estar. Também gostaria de não estar tão interessada nesse restaurante novo, de não ter se empertigado, imaginando saladas verdes frescas e legumes no vapor que permanecessem firmes. Amava comer todas as coisas das quais sentira saudades quando estava fora, como arroz jollof feito com bastante óleo, banana-da-terra frita e inhame cozido, mas também ansiava pelas coisas com as quais se acostumara nos Estados Unidos, até quinoa, a especialidade de Blaine, feita com queijo feta e tomate. Era isto que ela torcia para não ter se tornado, mas temia que tivesse: o tipo de pessoa que dizia "eles servem o tipo de coisa que a gente gosta de comer".

Fred estava falando sobre Nollywood, com a voz um pouco alta demais. "Nollywood na verdade é um teatro público e, se você vir a coisa dessa maneira, ela se torna mais tolerável. É para consumo público, até para participação de massa, não para uma experiência individual." Ele estava olhando para Ifemelu, pedindo sua concordância com os olhos: pessoas como eles supostamente não deveriam assistir aos filmes de Nollywood e, se assistissem, seria apenas como uma experiência antropológica divertida.

"Eu gosto de Nollywood", disse Ifemelu, embora também achasse que se tratava mais de teatro do que de cinema. Sua vontade de contrariar os outros ali era forte. Se ela se diferenciasse, talvez não fosse tanto a pessoa que temia ter se tornado. "Nollywood pode ser melodramática, mas a vida na Nigéria é muito melodramática."

"Jura?", disse a mulher de New Haven, amassando seu copo de papel, como se achasse muito estranho que alguém ali gostasse de Nollywood. "É tão ofensivo à minha inteligência. Os produtos são simplesmente ruins. O que isso diz de nós?"

"Mas Hollywood faz filmes que são tão ruins quanto. É só a iluminação que é melhor", disse Ifemelu.

Fred riu com entusiasmo demais, para que ela soubesse que estava do seu lado.

"Não é só o lado técnico", disse a mulher de New Haven. "A indústria é regressiva. E a maneira como eles retratam as mulheres? Os filmes são mais misóginos que a sociedade."

Ifemelu viu um homem do outro lado da piscina cujos ombros largos a fizeram se lembrar de Obinze. Mas era alto demais para ser ele. Ela se perguntou o que Obinze acharia de uma reunião como aquela. Será que iria a uma? Tinha sido deportado da Inglaterra, afinal, então talvez não considerasse que era um dos que haviam voltado, como eles.

"Ei, volte para a gente", disse Fred, aproximando-se dela e invadindo seu espaço pessoal. "Sua cabeça está longe."

Ela deu um sorriso sem graça. "Agora não está mais."

Fred sabia das coisas. Ele tinha a autoconfiança de uma pessoa dotada de conhecimento prático. Provavelmente tinha um MBA em Harvard e usava palavras como "capacidade" e "valor" em suas conversas. Seus sonhos não deviam ter imagens vívidas, mas fatos e números.

"Tem um concerto amanhã no Muson. Você gosta de música clássica?", perguntou ele.

"Não." Ifemelu imaginava que ele também não gostasse.

"Está disposta a gostar de música clássica?"

"Disposta a gostar de algo, essa é uma ideia estranha", disse ela, agora curiosa em relação a ele, vagamente interessada. Conversaram. Fred mencionou Stravinski e Strauss, Vermeer e Van Dyck, fazendo referências desnecessárias, citando demais, com o ânimo em sintonia com o outro lado do Atlântico, transparente demais em sua performance, ansioso demais por mostrar o quanto sabia do mundo ocidental. Ifemelu ouviu, dando um enorme bocejo interno. Havia se enganado em relação a ele. Não era o tipo que fazia MBA e achava que o mundo era um negócio. Era um empreendedor, untuoso e bem treinado, o tipo de homem que sabia imitar bem o sotaque americano e o britânico, que sabia o que dizer para estrangeiros, como deixá-los confortáveis, e que teria facilidade em conseguir investimentos estrangeiros para projetos duvidosos. Ela se perguntou como seria por debaixo daquela camada ensaiada.

"Você vai tomar um drinque com a gente?", perguntou Fred.

"Estou exausta. Acho que vou para casa. Mas me ligue."

49.

A lancha deslizava na água cheia de espuma, passando por praias de areias cor de marfim e árvores de um verde explosivo, luxuriante. Ifemelu ria. Ela se flagrou no meio do riso e observou aquele instante, em que estava com um colete salva-vidas laranja amarrado ao corpo, vendo um barco no horizonte esfumado e suas amigas de óculos escuros a caminho da casa de praia da amiga de Priye, onde iam fazer um churrasco e correr descalças. Pensou: estou mesmo em casa. Estou em casa. Ela não mandava mais mensagens de texto para Ranyinudo perguntando o que fazer — *Devo comprar carne no Shoprite ou mandar Iyabo ao mercado? Onde devo comprar cabides?* Agora, acordava com o som dos pavões e saía da cama com a programação do dia já familiar e as rotinas feitas sem pensar. Tinha se matriculado numa academia, mas ido apenas duas vezes, porque depois do trabalho preferia ir encontrar as amigas e, embora sempre planejasse não comer, acabava comendo um sanduíche e bebendo uma ou duas cervejas Chapman e então decidindo adiar a ida à academia. Suas roupas estavam ainda mais apertadas agora. Em algum lugar, numa parte recôndita da mente, estava o desejo de perder peso antes de reencontrar Obinze. Ela ainda não tinha ligado para ele; ia esperar até voltar a ser tão esguia quanto antes.

No trabalho, Ifemelu sentia uma inquietação cada vez maior. *Zoe* a sufocava. Era como usar um suéter que irritava a pele no frio: ela estava louca para arrancá-lo, mas temia o que aconteceria se o fizesse. Pensava muito em começar um blog, em escrever sobre o que lhe importava, construindo-o devagar, e finalmente publicando sua própria revista. Mas era uma ideia nebulosa, uma grande incógnita. Ter aquele emprego, agora que estava de volta à Nigéria, fazia com que se sentisse ancorada. No início, Ifemelu tinha gostado de fazer as matérias, entrevistando mulheres da alta sociedade em casa, observando sua vida e reaprendendo velhas sutilezas. Mas logo começou a se entediar e, durante as entrevistas, não ouvia direito, não estava inteiramente presente. Sempre que entrava nas propriedades cimentadas daquelas mulheres, desejava que ali houvesse areia onde pudesse enfiar os dedos dos pés. Um criado ou uma criança abria a porta para ela e deixava-a sentada numa sala de couro e mármore que lembrava um aeroporto bem limpo num país rico. Então a madame aparecia, simpática e bem-humorada, oferecendo-lhe algo para beber e às vezes comida antes de se sentar no sofá para falar. Todas as madames que Ifemelu entrevistava se gabavam das coisas que possuíam, dos lugares onde elas e os filhos tinham estado, de tudo que já haviam feito, e coroavam esses feitos com Deus. *Agradecemos a Deus. Foi Deus quem fez. Deus é fiel.* Quando ia embora, Ifemelu pensava que podia escrever as matérias sem precisar fazer as entrevistas.

Ela também podia cobrir eventos sem comparecer a eles. Como essa palavra era comum em Lagos, e como era popular: evento. Podia ser o relançamento de um produto, um desfile de moda, o lançamento de um disco. Tia Onenu sempre insistia para que uma redatora fosse com o fotógrafo. "Por favor, não deixe de interagir", dizia. "Se eles ainda não estiverem anunciando na revista, queremos que comecem; e, se já estiverem, queremos que anunciem mais!" Para Ifemelu, tia Onenu dizia "interagir" com grande ênfase, como se achasse que isso era algo que ela não fazia bem. Talvez estivesse certa. Nesses eventos, em salões tomados por balões, rolos de panos cintilantes drapeados nos cantos, cadeiras cobertas de gaze e recepcionistas demais andando de um lado para o outro com o rosto coberto por uma maquiagem berrante, Ifemelu não gostava de conversar com estranhos sobre a *Zoe*. Ela passava o tempo todo trocando mensagens de texto com Ranyinudo, Priye ou Zemaye, entediada, esperando pelo momento em que não seria considerado falta de educação ir embora. Sempre eram feitos dois ou três discursos digressivos que pareciam ter sido escritos pela mesma pessoa prolixa e falsa. Os ricos e famosos eram mencionados — "Gostaríamos de mencionar a presença do ex-governador de...". Garrafas eram desarrolhadas, caixas de suco eram abertas, samosas e satays de frango eram servidos. Certa vez, num evento ao qual Ifemelu foi com Zemaye, o lançamento de uma nova marca de bebidas, ela achou ter visto Obinze passando. Virou-se. Não era ele, mas podia muito bem ser. Ifemelu imaginou-o indo a eventos como aquele, em salões como aquele, com a esposa ao lado. Ranyinudo lhe dissera que, quando estudava, a esposa dele havia sido eleita a menina mais bonita da Universidade de Lagos e, na imaginação de Ifemelu, ela tinha o rosto de Bianca Onoh, o ícone de beleza de sua adolescência, com maçãs do rosto altas e olhos amendoados. Quando Ranyinudo mencionou o nome da mulher, Kosisochukwu, um nome incomum, Ifemelu imaginou a mãe de Obinze pedindo-lhe que o traduzisse. A ideia de a mãe de Obinze e a esposa de Obinze decidindo qual tradução era melhor — A Vontade de Deus ou Como Deus Quiser — foi como uma traição. A lembrança da mãe de Obinze dizendo "traduza" todos aqueles anos atrás parecia ainda mais preciosa agora que ela havia falecido.

Quando Ifemelu estava saindo do evento, viu Don. "Ifemelu", disse ele, e ela levou um instante para reconhecê-lo. Ranyinudo os apresentara certa tarde, meses antes, quando Don passara no apartamento de Ranyinudo a caminho do clube, usando roupa de tênis branca, e Ifemelu tinha ido embora quase imediatamente, para dar privacidade a eles. Estava elegante num terno azul-marinho, com o cabelo grisalho lustroso.

"Boa noite", disse ela.

"Você está muito bonita", disse Don, avaliando seu vestido de noite decotado.

"Obrigada."

"Você nunca pergunta por mim." Como se houvesse algum motivo para ela perguntar por ele. Don lhe deu seu cartão. "Ligue para mim, não deixe de ligar, ê. Vamos conversar. Cuide-se."

Ele não estava interessado em Ifemelu, não particularmente; era apenas um homem importante de Lagos, ela era bonita e solteira e, pelas leis de seu universo, ele tinha de lhe passar uma cantada, mesmo que fosse sem muita convicção, mesmo que já estivesse saindo com sua amiga, esperando, é claro, que Ifemelu não fosse contar a ela. Enfiou o cartão de Don na bolsa e, quando chegou em casa, rasgou-o em minúsculos pedacinhos que observou flutuando na água da privada durante algum tempo antes de dar a descarga. Sentiu uma estranha raiva dele. Sua ação indicava algo sobre a amizade dela com Ranyinudo que não lhe agradava. Ifemelu ligou para Ranyinudo e estava prestes a lhe contar quando ela disse: "Ifem, estou tão deprimida". E, por isso, Ifemelu apenas escutou o que ela tinha a dizer. O problema era Ndudi. "Ele é tão *criança*", disse Ranyinudo. "Se você diz que não gosta de algo, ele para de falar e começa a cantarolar. Cantarolar mesmo, alto. Como um homem adulto pode se comportar de forma tão imatura?"

Era segunda-feira de manhã e Ifemelu estava lendo Postbourgie, seu blog americano preferido. Zemaye examinava uma pilha de fotos em papel brilhante. Doris olhava para a tela do computador com uma xícara que dizia I ♥ FLORIDA entre as duas mãos. Sobre sua mesa, ao lado do computador, havia uma lata de chá.

"Ifemelu, acho que essa matéria está maldosinha demais?"

"Seu comentário editorial não tem preço", disse Ifemelu.

"O que significa 'maldosinha'? Por favor, expliquem para aqueles que não estudaram nos Estados Unidos", disse Zemaye.

Doris a ignorou por completo.

"É só que eu não acho que tia Onenu vai querer publicar isso?"

"Convença-a, você é a editora", disse Ifemelu. "Precisamos deslanchar essa revista."

Doris deu de ombros e se levantou. "Vamos falar sobre isso na reunião?"

"Estou com tanto sono", disse Zemaye. "Vou mandar Esther fazer Nescafé para não dormir na reunião."

"Café instantâneo é horrível?", disse Doris. "É, tipo, a pior coisa?"

Zemaye bocejou e se espreguiçou. "Já eu gosto de café. E café é café."

Mais tarde, quando entraram no escritório de tia Onenu, Doris na frente, usando um macaquinho azul largo e sapatos de presilha com o salto quadrado, Zemaye perguntou a Ifemelu: "Por que Doris usa essas porcarias para vir trabalhar? Ela parece estar contando uma piada com as próprias roupas".

Elas se sentaram ao redor da mesa oval de conferências no espaçoso escritório de tia Onenu. O mega-hair atual dela era mais longo e incongruente que o anterior, com a parte da frente arrumada num penteado alto e madeixas cascateando até as costas. Ela deu um gole numa garrafa de Sprite diet e disse que tinha gostado da matéria de Doris, "Casando com seu melhor amigo".

"Muito boa e inspiradora", disse.

"Ah, tia Onenu, mas as mulheres não devem se casar com seu melhor amigo porque não há química sexual", disse Zemaye.

Tia Onenu lançou a Zemaye o olhar que se lança à aluna maluca que ninguém pode levar a sério e então embaralhou seus papéis e disse que não tinha gostado do perfil de Ifemelu da sra. Funmi King.

"Por que você disse que ela nunca olha para o mordomo quando fala com ele?", perguntou tia Onenu.

"Porque não olha", disse Ifemelu.

"Mas isso a faz parecer horrível", disse tia Onenu.

"Acho que é um detalhe interessante", disse Ifemelu.

"Concordo com tia Onenu", disse Doris. "Interessante ou não, é muito crítico?"

"A ideia de entrevistar uma pessoa e escrever um perfil é fazer uma crítica", disse Ifemelu. "A questão não é o entrevistado. É o que o entrevistador achou do entrevistado."

Tia Onenu balançou a cabeça. Doris balançou a cabeça.

"Por que a gente tem de escrever sempre as mesmas coisas?", perguntou Ifemelu.

Doris disse, com falso bom humor: "Porque aqui não é seu blog americano sobre questões raciais onde você provocava todo mundo, Ifemelu. É uma revista feminina que trata de coisas decentes e saudáveis?".

"É, sim!", disse tia Onenu.

"Mas, tia Onenu, nunca vamos ultrapassar a *Glass* se continuarmos assim", disse Ifemelu.

Tia Onenu arregalou os olhos.

"A *Glass* faz exatamente a mesma coisa que nós", disse Doris depressa.

Esther entrou para dizer a tia Onenu que sua filha havia chegado.

Os sapatos de salto alto pretos de Esther tremiam e, quando ela passou, Ifemelu temeu que fossem arrebentar e torcer os calcanhares da recepcionista. No início da manhã, Esther dissera a Ifemelu "Tia, seu cabelo está ruim" com uma espécie de honestidade triste, falando de algo que Ifemelu considerava um penteado retorcido bonito.

"Ela já está aqui? Meninas, por favor, terminem a reunião. Vou levar minha filha para comprar um vestido e tenho uma reunião com nossos distribuidores à tarde."

Ifemelu estava cansada, entediada. Mais uma vez, pensou em escrever um blog. Seu telefone vibrou. Era Ranyinudo ligando e, normalmente, ela teria esperado a reunião acabar para ligar de volta. Mas disse: "Desculpe, preciso atender, é uma ligação internacional", e saiu às pressas. Ranyinudo reclamou de Don. "Ele disse que não sou a menina doce que costumava ser. Que mudei. Sei que ele comprou o jipe para mim e até passou com ele pela alfândega no porto, mas agora não quer me dar."

Ifemelu pensou na expressão "menina doce". Dizer que Ranyinudo era uma menina doce significava que, durante um bom tempo, Don a transformara numa forma maleável, ou que ela permitira que ele pensasse que o estava fazendo.

"E Ndudi?"

Ranyinudo deu um suspiro audível. "A gente não se fala desde domingo. Hoje, ele vai se esquecer de me ligar. Amanhã, vai estar ocupado demais. Eu disse que não vou aceitar esse tipo de coisa. Por que devo fazer todo o esforço? Agora, ele está emburrado. Não consegue nunca iniciar uma conversa como um adulto ou concordar que fez algo errado."

Mais tarde, quando estavam de volta no escritório, Esther disse que um tal de sr. Tolu queria ver Zemaye.

"É o fotógrafo com quem você fez o artigo sobre os alfaiates?", perguntou Doris.

"É. Ele está atrasado. Evita meus telefonemas há semanas", disse Zemaye.

Doris disse: "Você precisa cuidar disso e ter certeza de que as imagens vão estar na minha mão até amanhã à tarde? Preciso mandar tudo para a gráfica antes das três? Não quero que a impressão atrase de novo, principalmente agora que a *Glass* está sendo impressa na África do Sul?".

"Tudo bem." Zemaye sacudiu o mouse. "O servidor está tão lento hoje. Só preciso mandar isso. Esther, peça para ele esperar."

"Sim, senhora."

"Você está se sentindo melhor, Esther?", perguntou Doris.

"Sim, senhora. Obrigada, senhora." Esther fez uma mesura à maneira dos iorubas. Ela estava parada ao lado da porta como se estivesse esperando ser dispensada, escutando a conversa. "Estou tomando remédio para febre tifoide."

"Você está com febre tifoide?", perguntou Ifemelu.

"Você não viu como ela estava na segunda? Eu lhe dei dinheiro na segunda-feira e a mandei ir a um hospital, não a um farmacêutico?", disse Doris.

Ifemelu desejou que tivesse sido ela quem notara que Esther não estava bem.

"Sinto muito, Esther", disse Ifemelu.

"Obrigada, senhora."

"Esther, sinto muito, ô", disse Zemaye. "Vi o rosto abatido dela, mas achei que era só porque estava jejuando. Vocês sabem que ela está sempre jejuando. Vai jejuar sem parar até Deus lhe dar um marido."

Esther deu uma risadinha.

"Eu lembro que tive um acesso forte de febre tifoide quando estava no ensino médio", disse Ifemelu. "Foi horrível, e acabamos descobrindo que eu estava tomando um antibiótico que não era forte o suficiente. O que você está tomando, Esther?"

"Remédio, senhora."

"Que antibiótico eles te deram?"

"Não sei."

"Você não sabe o nome?"

"Vou trazer, senhora."

Esther voltou com pílulas em pacotes transparentes em que havia instruções, mas não nomes, escritas numa letra muito feia, em tinta azul. *Tomar dois de manhã e à noite. Tomar um três vezes ao dia.*

"Devíamos escrever sobre isso, Doris. Devíamos ter uma coluna sobre saúde com informações práticas e úteis. Alguém devia informar o ministro da Saúde de que os nigerianos vão se consultar e o médico dá remédios sem nome para eles. Isso pode matar. Como alguém vai saber que remédio você já tomou ou o que não deve tomar se já estiver tomando outra coisa?"

"Ahn-hã, mas esse problema é pequeno: eles fazem isso para você não comprar remédios de outras pessoas", disse Zemaye. "E quanto aos remédios falsificados? Vá ao mercado e veja o que eles estão vendendo."

"Bom, vamos com calma? Não precisa dar uma de ativista? A gente não faz jornalismo investigativo aqui?", disse Doris.

Ifemelu então começou a visualizar seu novo blog, com um fundo azul e branco e, no cabeçalho, uma vista aérea de uma cena de Lagos. Nada que fosse familiar, como um engarrafamento de ônibus amarelos enferrujados ou uma favela de barracos de metal alagada. Talvez a casa abandonada ao lado de seu prédio servisse. Ela mesma tiraria a foto, na luz assombrada do fim de tarde, esperando pegar o pavão macho em pleno voo. Os posts do blog seriam numa fonte simples e legível. Um artigo sobre saúde usando a história de Esther, com fotos dos pacotes de remédios sem nome. Uma matéria sobre o Clube Nigerpolita. Um artigo sobre moda falando de roupas que as mulheres realmente possam comprar. Posts sobre pessoas ajudando outras, mas diferentes das matérias da *Zoe*, que sempre mostravam alguém rico abraçando crianças num orfanato com um saco de arroz e latas de leite em pó empilhadas no fundo.

"Mas, Esther, você tem de parar com todo esse jejum, ô", disse Zemaye. "Você sabia que em alguns meses Esther dá todo o seu dinheiro para a igreja? Eles chamam isso de 'plantar a semente', e aí ela vem e me pede para lhe dar trezentos nairas para o transporte."

"Mas, senhora, é só uma pequena ajuda. A tarefa não é pesada demais para a senhora", disse Esther, sorrindo.

"Semana passada, ela estava jejuando com um lenço", continuou Zemaye. "Ficou com o lenço em cima da mesa o dia todo. Disse que uma pessoa de sua igreja foi promovida depois de jejuar com o lenço."

"Era por isso que tinha um lenço na mesa dela?", perguntou Ifemelu.

"Mas eu acredito que os milagres funcionam totalmente? Sei que minha tia se curou de um câncer na igreja dela?", disse Doris.

"Com um lenço mágico, *abi*?", perguntou Zemaye com desdém.

"Você não acredita, senhora? Mas é verdade." Esther estava gostando da camaradagem, relutando em voltar para sua mesa.

"Então você quer uma promoção, Esther? O que significa que quer meu emprego?", disse Zemaye.

"Não, senhora! Todas vamos ser promovidas, em nome de Jesus!", disse Esther.

Todas riram.

"Esther já te disse que espírito você tem, Ifemelu?", perguntou Zemaye, andando até a porta. "Quando comecei a trabalhar aqui, ela sempre me convidava para ir à sua igreja e então um dia me disse que haveria um culto especial para pessoas com o espírito de sedução. Pessoas como eu."

"Isso não é completamente descabido?", disse Doris, com um sorriso zombeteiro.

"Qual é meu espírito, Esther?", perguntou Ifemelu.

Esther balançou a cabeça, sorrindo, e saiu do escritório.

Ifemelu se voltou para o computador. O nome do blog havia acabado de lhe ocorrer. As Pequenas Redenções de Lagos.

"Quem será que Zemaye está namorando?", disse Doris.

"Ela me disse que não tem namorado."

"Você já viu o carro dela? Com o salário que ganha, não consegue nem pagar o farol daquele carro? A família dela não é rica nem nada. Eu trabalho com ela há quase um ano e não sei, tipo, o que realmente faz?"

"Talvez ela vá para casa, mude de roupa e se transforme numa bandida mascarada à noite", disse Ifemelu.

"Esqueça", disse Doris.

"Devíamos fazer uma matéria sobre igrejas", disse Ifemelu. "Como a igreja de Esther."

"Isso não se encaixa na linha editorial da *Zoe*."

"Não faz sentido tia Onenu querer publicar três perfis dessas mulheres chatas que não fizeram nada da vida e não têm nada a dizer. Ou de mulheres mais novas sem nenhum talento que decidiram que são estilistas."

"Você sabe que elas pagam à tia Onenu, não sabe?", perguntou Doris.

"Elas pagam?" Ifemelu arregalou os olhos. "Não. Não sabia. E você sabia que eu não sabia."

"Bom, elas pagam. A maioria? Você tem de se dar conta de que muitas coisas neste país acontecem desse jeito?"

Ifemelu se levantou para pegar suas coisas. "Nunca sei no que você acredita, se é que acredita em alguma coisa."

"E você é uma escrota que adora criticar!", gritou Doris, com os olhos esbugalhados. Ifemelu, assustada com a mudança abrupta, pensou que talvez, por baixo de todas as afetações retrô, Doris fosse uma daquelas mulheres que podiam se transformar quando eram provocadas, arrancar as roupas e brigar no meio da rua.

"Você fica aqui, criticando todo mundo", disse Doris. "Quem você pensa que é? Por que acha que essa revista deve ser sobre você? Ela não é sua. Tia Onenu te disse como quer que sua revista seja e ou você faz isso ou não devia estar trabalhando aqui?"

"Você precisa passar um hidratante e parar de assustar as pessoas com esse batom vermelho horroroso", disse Ifemelu. "E precisa arrumar outras coisas para fazer da vida e parar de achar que puxar o saco de tia Onenu e ajudá-la a publicar uma revista horrível vai abrir portas para você, porque não vai.”

Ela saiu do escritório se sentindo horrível, envergonhada, por causa do que acontecera. Talvez aquilo fosse um sinal para pedir demissão e começar a escrever o blog.

Quando estava saindo, Esther disse, num tom baixo e sincero: “Senhora? Acho que a senhora tem o espírito de repelir marido. É muito severa, senhora, não vai encontrar marido. Mas meu pastor sabe destruir esse espírito”.

50.

Dike estava se consultando com um terapeuta três vezes por semana. Ifemelu ligava dia sim, dia não; ele às vezes falava sobre sua sessão e às vezes não, mas sempre queria saber da vida nova dela. Ifemelu falou de seu apartamento, de como tinha um motorista que a levava ao trabalho, de como estava vendo suas velhas amigas e de como, nos domingos, gostava de dirigir ela mesma, porque as ruas ficavam vazias; Lagos se tornava uma versão mais gentil de si mesma e as pessoas vestidas com suas roupas alegres de domingo pareciam, de longe, flores ao vento.

"Acho que você ia gostar de Lagos", disse Ifemelu. Dike, com um entusiasmo surpreendente, perguntou: "Posso ir visitar você, prima?".

Tia Uju relutou de início. "Lagos? É seguro? Você sabe pelo que ele passou. Não acho que consiga aguentar essa viagem."

"Mas ele pediu para vir, tia."

"Ele pediu para ir? Desde quando Dike sabe o que é bom para ele? Essa não é a mesma pessoa que queria me deixar sem filhos?"

Mas tia Uju comprou a passagem de Dike e agora ali estavam eles, ambos no carro rastejando pelo imenso engarrafamento em Oshodi, Dike olhando pela janela com os olhos arregalados. "Meu Deus, prima. Nunca vi tanta gente negra ao mesmo tempo!", disse.

Eles pararam numa lanchonete, onde Dike pediu um hambúrguer. "Isso é carne de cavalo? Porque hambúrguer não é." A partir de então, só comeu arroz jollof e banana-da-terra frita.

Era auspicioso Dike chegar um dia depois de ela começar seu blog e uma semana depois de pedir demissão. Tia Onenu não pareceu surpresa com o pedido e não tentou convencê-la a ficar. "Venha me dar um abraço, querida", foi tudo o que disse, dando um sorriso falso, enquanto Ifemelu sentia o orgulho ferido. Mas ela estava cheia de expectativas otimistas para As Pequenas Redenções de Lagos, que tinha uma foto onírica de uma casa colonial abandonada em seu cabeçalho. Seu primeiro post foi uma pequena entrevista com Priye, com fotos de um casamento que ela havia planejado. Ifemelu achou que a maior parte da decoração era exagerada e espalhafatosa, mas o post recebeu comentários entusiasmados, falando principalmente da decoração. *Que decoração fantástica. Madame Priye, espero que faça o meu casamento. Ótimo trabalho, parabéns.* Zemaye escreveu, usando um pseudônimo, uma matéria sobre linguagem corporal e sexo. "É possível dizer se duas pessoas estão transando só de ver as duas juntas?" Ela também recebeu muitos comentários. Mas a maioria dos comentários, de longe, foi sobre a matéria de Ifemelu sobre o Clube Nigerpolita.

> Lagos nunca foi, nunca será e nunca quis ser como Nova York ou qualquer outra cidade. Lagos sempre foi indiscutivelmente ela mesma, mas você não concluiria isso na reunião do Clube Nigerpolita, um grupo de jovens que voltaram do exterior e que se encontram toda semana para reclamar das muitas diferenças entre Lagos e Nova York, como se Lagos algum dia tivesse chegado perto de ser como Nova York. Pra falar a verdade: eu sou um deles. A maioria de nós voltou para ganhar dinheiro na Nigéria, para abrir empresas, tentar contratos e contatos com o governo. Outros voltaram com os sonhos no bolso e uma fome de mudar o país. Mas passamos o tempo todo reclamando da Nigéria e, embora nossas reclamações sejam legítimas, eu me imagino como alguém de fora dizendo: Voltem para o lugar de onde vieram! Se seu cozinheiro não sabe fazer o panini perfeito, não é porque é burro. É porque a Nigéria não é uma nação de pessoas que comem sanduíches, e o último Oga dele não comia pão à tarde. Então, ele precisa de treinamento e prática. E a Nigéria não é uma nação de pessoas com

alergia a comida, não é uma nação de pessoas cheias de manias para quem a comida tem a ver com distinções e separações. É uma nação de pessoas que comem carne, frango, pele e bucho de vaca e peixe seco na mesma sopa, e que chamam isso de sopa de sortidos, por isso parem de frescura e entendam que a vida aqui é assim: sortida.

O primeiro comentário foi: *Que post babaca. Quem liga para isso?* E o segundo: *Graças a Deus, alguém finalmente está falando sobre isso.* Na wa *para a arrogância dos nigerianos que voltam do exterior. Minha prima voltou depois de seis anos nos Estados Unidos e outro dia foi comigo até a creche em Unilag onde eu ia deixar minha sobrinha e, perto do portão, ela viu alunos esperando numa fila para pegar o ônibus e disse: "Uau, as pessoas realmente fazem fila aqui!"*. Outra pessoa que estava entre as primeiras a comentar escreveu: *Por que os nigerianos que estudam fora podem escolher onde vão cumprir o Serviço Nacional da Juventude? Os nigerianos que estudam na Nigéria são enviados de forma aleatória, então por que os nigerianos que estudaram fora não podem ser tratados do mesmo jeito?* Esse comentário gerou mais respostas do que o post original. No sexto dia, o blog tinha mil visitantes únicos.

Ifemelu moderava os comentários, apagando qualquer coisa obscena e se deliciando com a vivacidade de tudo, com a sensação de que ela era a vanguarda de algo vibrante. Escreveu um longo post sobre o estilo de vida caro de algumas mulheres em Lagos e, um dia após postá-lo, Ranyinudo ligou para ela furiosa, com a respiração ofegante do outro lado da linha.

"Ifem, como você pôde fazer isso? Todo mundo que me conhece vai saber que sou eu!"

"Não é verdade, Ranyi. Sua história é tão comum."

"Como assim? É óbvio que sou eu! Veja isso!" Ranyinudo fez uma pausa e então começou a ler em voz alta:

Existem muitas jovens em Lagos com Fontes Desconhecidas de Riqueza. Elas vivem uma vida pela qual não podem pagar. Só viajaram para a Europa de classe executiva, mas têm um emprego cujo salário não paga nem uma passagem de classe econômica. Uma delas é minha amiga, uma mulher linda e brilhante que trabalha com publicidade. Ela mora na Ilha de Lagos e está namorando um banqueiro importante. Temo que vá acabar como muitas mulheres de Lagos que definem sua vida pelos homens que jamais poderão realmente ter, tolhidas por sua cultura de dependência, com desespero nos olhos e bolsas de marca nos braços.

"Ranyi, juro, ninguém vai saber que é você. Todos os comentários até agora foram de pessoas dizendo que se identificaram com o texto. Tantas mulheres se perdem em relacionamentos assim. Na verdade, eu estava pensando em tia Uju e no General. Aquele relacionamento a destruiu. Ela se tornou uma pessoa diferente por causa do General, não podia fazer nada por si mesma e, quando ele morreu, ela se perdeu."

"E quem é você para criticar? De que maneira isso é diferente de você e do branco rico dos Estados Unidos? Você teria sua cidadania se não fosse por ele? Como foi que arrumou aquele emprego nos Estados Unidos? Você precisa parar com essa bobagem. Pare de se achar tão superior!"

Ranyinudo desligou na cara dela. Durante um longo tempo, Ifemelu ficou olhando para o telefone mudo, abalada. Então apagou o post e dirigiu até o apartamento de Ranyinudo.

"Ranyi, desculpe. Por favor, não fique zangada."

Ranyinudo fitou-a com raiva.

"Você tem razão", disse Ifemelu. "É fácil ser crítica. Mas não era pessoal e não tive a intenção de ser negativa. Por favor, *biko*. Nunca mais vou invadir sua privacidade desse jeito."

Ranyinudo balançou a cabeça. "Ifemelunamma, seu problema é frustração emocional. Vá ver Obinze, por favor."

Ifemelu riu. Era a última coisa que ela esperava ouvir.

"Preciso emagrecer primeiro", disse.

"Você só está com medo."

Antes de Ifemelu ir embora, elas ficaram no sofá bebendo malte e vendo as últimas fofocas de celebridades no E!

Dike se ofereceu para moderar os comentários do blog, para Ifemelu poder tirar uma folga.

"Meu Deus, prima, as pessoas levam essas coisas muito para o lado pessoal!", disse ele. Às vezes, dava uma gargalhada ao ler um comentário. Outras, perguntava o que significava uma expressão não familiar. "O que significa 'quero ver brilho nos olhos'?" Da primeira vez em que faltou luz desde sua chegada, os bipes e roncos do gerador o assustaram. "Ai, meu Deus, isso é tipo um alarme de incêndio?"

"Não, é só uma coisa que faz minha televisão não queimar com esses apagões malucos."

"*Isso* é doido", disse Dike, mas dias depois já estava indo em pessoa aos fundos do apartamento para ligar o gerador quando faltava luz. Ranyinudo levou suas primas para conhecê-lo, meninas que tinham quase a mesma idade que ele, com calças jeans skinny envolvendo os quadris estreitos e seios incipientes marcados pelas blusinhas. "Dike, você precisa casar com uma delas, ô", disse Ranyinudo. "Precisamos de crianças bonitas na família." "Ranyi!", exclamaram as primas, envergonhadas, escondendo a timidez. Elas gostaram de Dike. Era tão fácil gostar dele, charmoso, bem-humorado, com aquela vulnerabilidade óbvia por trás. Dike postou no Facebook uma foto que Ifemelu havia tirado dele na varanda com as primas de Ranyinudo, com a legenda: *Nenhum leão me comeu ainda, galera*.

"Eu queria saber falar igbo", disse ele, depois de ter passado uma tarde com Ifemelu e seus pais.

"Mas você entende perfeitamente", disse ela.

"Mas eu queria saber falar."

"Você ainda pode aprender", disse Ifemelu, sentindo um desespero súbito, sem saber direito o quanto aquilo era importante para ele, pensando em Dike deitado no sofá do porão, encharcado de suor. Ela se perguntou se deveria dizer mais alguma coisa ou não.

"É, acho que sim", disse Dike, dando de ombros, como quem sabe que já é tarde demais.

Alguns dias antes de ir embora, ele perguntou: "Como meu pai era de verdade?".

"Ele amava você."

"Você gostava dele?"

Ifemelu não quis mentir para Dike. "Não sei. Ele era um homem importante de um governo militar, e isso transforma você e a maneira como se relaciona com as pessoas. Eu me preocupava com sua mãe, porque achava que ela merecia mais. Mas ela o amava, amava mesmo, e ele te amava. Costumava carregar você com tanta ternura."

"Não acredito que minha mãe escondeu de mim durante tanto tempo que era amante dele."

"Ela estava protegendo você", disse Ifemelu.

"A gente pode ir ver a casa em Dolphin Estate?"

"Pode."

Ifemelu levou Dike de carro até Dolphin Estate, espantada com o declínio do lugar. A pintura dos prédios estava descascada, as ruas estavam cheias de buracos e o lugar parecia ter se resignado em ser malcuidado. "Era tão mais bonito naquela época", disse Ifemelu para Dike. Ele ficou olhando para a casa durante algum tempo até que o porteiro disse: "Sim? Algum problema?", e eles voltaram para o carro.

"Posso dirigir, prima?", pediu Dike.

"Tem certeza?"

Ele assentiu. Ela saiu do banco do motorista e deu a volta para sentar no dele. Dike dirigiu até o prédio, hesitando um pouco antes de pegar a Osborne Road e depois levando o carro com mais confiança. Ifemelu sabia que aquilo significava algo para ele, algo indefinido para ela. Naquela noite, quando faltou luz, o gerador não ligou, e Ifemelu suspeitou que o motorista, Ayo, tivesse comprado diesel misturado com querosene sem saber. Dike reclamou do calor, dos mosquitos que o mordiam. Ifemelu abriu a janela, fez com que ele tirasse a camisa e eles ficaram lado a lado na cama conversando sobre assuntos aleatórios. Ela esticou o braço, tocou a testa dele e deixou a mão ali até ouvir a respiração tranquila do sono.

De manhã, o céu estava coberto por nuvens cinza-escuro e o ar estava denso com a ameaça de chuva. Ali perto, uma revoada de pássaros guinchou e alçou voo. A chuva ia cair, um mar descendo do céu, e as imagens da televisão por satélite iam ficar granuladas, as linhas telefônicas iam ficar congestionadas, as ruas iam inundar e o trânsito ia rugir. Ela ficou com Dike na varanda vendo as primeiras gotículas caírem.

"Eu meio que gosto daqui", disse ele.

Ifemelu teve vontade de dizer: "Você pode morar aqui comigo. Existem boas escolas particulares aqui onde você pode estudar", mas não disse.

Ela o levou ao aeroporto e ficou olhando até ele passar pelos seguranças, acenar e dobrar a esquina. Ao chegar em casa, ouviu o som oco de seus passos ao andar do quarto para a sala e de lá para a varanda e depois voltar. Em seguida, Ranyinudo lhe disse: "Não entendo como um menino bonito como Dike pôde querer se matar. Um menino que vive nos Estados Unidos e tem de tudo. Como é possível? Isso é um comportamento muito estrangeiro".

"Comportamento estrangeiro? Do que você está falando, porra? Comportamento estrangeiro? Já leu *O mundo se despedaça*?", perguntou Ifemelu, arrependida de ter contado a Ranyinudo o que Dike fizera. Sentiu mais raiva de Ranyinudo do que em qualquer outra ocasião, mas sabia que a intenção dela fora boa e que tinha dito o que muitos outros nigerianos diriam, e era por isso que não contara a mais ninguém sobre a tentativa de suicídio de Dike desde que voltara.

51.

Ifemelu sentiu-se apavorada na primeira vez em que foi ao banco, tendo de passar pelo segurança armado e pela porta giratória que bipava, ficando dentro do espaço fechado, selado e sem ar como um caixão vertical, até a luz mudar para verde. Será que os bancos sempre tiveram aquela segurança ostensiva? Antes de deixar os Estados Unidos, ela havia transferido um pouco de dinheiro para a Nigéria e o Bank of America a fez falar com três pessoas diferentes, cada uma dizendo que a Nigéria era um país de alto risco; se algo acontecesse com seu dinheiro, eles não se responsabilizariam. Ela entendia? A última mulher com quem Ifemelu falou a fez repetir a resposta. *Senhora, sinto muito, mas não ouvi. Preciso que a senhora entenda que a Nigéria é um país de alto risco*. "Eu entendo!", disse ela. Eles leram advertência atrás de advertência e Ifemelu começou a temer por seu dinheiro, serpenteando pelo ar até a Nigéria, e preocupou-se ainda mais quando foi ao banco e viu as exageradas marcas da segurança na entrada. Mas o dinheiro estava a salvo em sua conta. Mas, quando entrou no banco, viu Obinze na seção de atendimento ao cliente. Estava de costas para ela, que soube, pela altura e pelo formato da cabeça, que era ele. Ifemelu estacou, sentindo um embrulho no estômago de apreensão e torcendo para que ele não se virasse até ela acalmar os nervos. Então ele se virou, e não era Obinze. Ela ficou com um aperto na garganta. Sua cabeça estava repleta de fantasmas. Ao voltar para o carro, ligou o ar-condicionado e decidiu ligar para ele, para se livrar dos fantasmas. O telefone tocou e tocou. Obinze era um homem importante agora; não ia, é claro, atender um telefonema de um número desconhecido. Ifemelu mandou uma mensagem: *Teto, sou eu*. Seu telefone tocou quase imediatamente.

"Alô? Ifem?" A voz que ela não ouvia fazia tanto tempo, e que soava tanto diferente quanto igual.

"Teto! Como você está?"

"Você voltou."

"Sim." As mãos dela estavam tremendo. Devia ter mandado um e-mail primeiro. Devia tagarelar, perguntar pela esposa e pela filha dele, contar que, na verdade, já tinha voltado havia algum tempo.

"Bom", disse Obinze, esticando a palavra. "Como você está? Onde está? Quando posso te ver?"

"Que tal agora?"

A ousadia que muitas vezes surgia quando Ifemelu estava nervosa havia empurrado essas palavras para fora, mas talvez fosse melhor vê-lo logo e acabar com aquilo. Ela lamentou não ter se arrumado um pouco mais, talvez colocado seu vestido envelope preferido com o corte que emagrecia, mas sua saia na altura do joelho não era muito feia, o sapato de salto alto sempre a deixava mais confiante e seu afro, graças a Deus, ainda não tinha encolhido muito por causa da umidade.

Obinze fez uma pausa do outro lado da linha — talvez hesitando? — que a fez se arrepender de ter sido tão precipitada.

"Eu na verdade estou um pouco atrasada para uma reunião", acrescentou Ifemelu depressa. "Mas só queria dizer oi e podemos nos encontrar em breve..."

"Ifem, onde você está?"

Ela disse que estava a caminho da Jazzhole para comprar um livro e que estaria lá em alguns minutos. Meia hora depois, estava parada diante da livraria quando um Range Rover preto estacionou e Obinze saiu do banco de trás.

Houve um momento, um ruir do céu azul, uma inércia entorpecente, em que nenhum dos dois soube o que fazer, Obinze caminhando na direção de

Ifemelu, ela ali parada com os olhos apertados, e então ele estava diante dela e eles se abraçaram. Ifemelu deu-lhe tapinhas nas costas, um, dois, para fazer daquele um abraço de amigo, um abraço platônico e seguro de amigo, mas ele a puxou só um pouco para perto de seu corpo e a manteve ali por um instante a mais, como quem quisesse dizer que não era apenas um amigo.

"Obinze Maduewesi! Quanto tempo! Olhe só para você, não mudou nada." Ifemelu estava afogueada e o tom mais agudo de sua voz a irritou. Obinze estava olhando-a, um olhar franco e sem reservas, que ela não conseguiu sustentar. Seus dedos tremiam sem controle, o que já era muito ruim, ela não precisava ainda por cima olhar nos olhos dele, ambos parados ali, no sol forte, expostos à fumaça do trânsito da rua Awolowo.

"É tão bom ver você, Ifem", disse ele. Estava calmo. Ifemelu tinha esquecido como ele era uma pessoa calma. Ainda havia, em seu comportamento, traços de sua história de adolescência: aquele que não se esforçava demais, aquele que as meninas queriam e os meninos queriam ser.

"Você está careca", disse ela.

Obinze riu. "Sim. Em grande parte, por escolha."

Ele tinha ficado mais forte, deixado de ser o menino esguio da época da universidade e se tornado um homem mais carnudo e musculoso. Talvez por isso, parecia mais baixo do que Ifemelu lembrava. De salto alto, ela ficava maior que ele. Ifemelu não havia esquecido, mas lembrou de novo como ele era discreto, com seu jeans escuro simples, seus mocassins de couro, a maneira como entrou na livraria sem necessidade de dominar o lugar.

"Vamos nos sentar", disse Obinze.

A livraria estava escura e fresca, com um clima soturno e eclético, livros, CDS e revistas dispostos em prateleiras baixas. Um homem parado ao lado da entrada assentiu para eles num gesto de boas-vindas enquanto ajustava seu imenso fone de ouvido. Eles se sentaram um diante do outro no minúsculo café que havia nos fundos e pediram suco. Obinze pôs seus dois celulares sobre a mesa; eles acendiam com frequência, vibrando no silencioso, e ele olhava para as telas e depois desviava o olhar. Obinze malhava, dava para ver pela firmeza de seu peito, sobre o qual estavam esticados os dois bolsos da frente de sua camisa justa.

"Você já voltou há um tempo?", disse Obinze. Estava observando-a de novo e Ifemelu se lembrou de que, antigamente, muitas vezes sentia que ele podia ler sua mente, que sabia coisas sobre ela que ela própria podia não saber de forma consciente.

"Sim", disse Ifemelu.

"Então você veio aqui comprar o quê?"

"O quê?"

"Que livro você queria comprar?"

"Na verdade, eu só queria encontrar você aqui. Achei que, se ver você de novo acabasse sendo algo de que eu quisesse me lembrar, então queria me lembrar de ter sido na Jazzhole."

"Então queria se lembrar de ter sido na Jazzhole", repetiu ele, sorrindo, como se apenas Ifemelu pudesse ter inventado aquela expressão. "Você continua honesta, Ifem. Graças a Deus."

"Já acho que vou querer me lembrar disso." O nervosismo dela estava se dissipando; eles haviam passado depressa pelos momentos de constrangimento necessários.

"Você precisa ir para algum lugar agora?", perguntou Obinze. "Pode ficar um pouco?"

"Posso."

Ele desligou os dois celulares. Era uma declaração rara, numa cidade como Lagos, para um homem como ele, dar-lhe sua total atenção. "Como está Dike? Como está tia Uju?"

"Estão ótimos. Ele está bem agora. Na verdade, veio me visitar aqui. Acabou de ir embora."

A garçonete trouxe dois copos de suco de laranja com manga.

"O que a surpreendeu mais na sua volta?", perguntou Obinze.

"Tudo, para ser sincera. Comecei a me perguntar se havia algo de errado comigo."

"Ah, é normal", disse ele, e ela lembrou como sempre fora rápido para reconfortá-la, fazer com que se sentisse melhor. "Fiquei muito menos tempo fora, obviamente, mas fiquei muito surpreso quando voltei. Ficava pensando que as coisas deviam ter me esperado, mas não tinham."

"Eu tinha esquecido como Lagos é cara. Não acredito na quantidade de dinheiro que os ricos da Nigéria gastam."

"A maior parte são ladrões ou mendigos."

Ifemelu riu. "Ladrões ou mendigos."

"É verdade. E eles não apenas gastam muito, como esperam gastar muito. Conheci um cara outro dia e ele me contou que tinha aberto uma empresa de antenas parabólicas há vinte anos. Isso foi quando elas ainda eram novas neste país, por isso ele estava trazendo algo que a maioria das pessoas não conhecia. Ele fez um plano de negócios e chegou a um preço interessante que lhe daria um bom lucro. Outro amigo dele, que já era um homem de negócios e ia investir na empresa, viu o preço e pediu-lhe que o dobrasse. Se não fizesse isso, disse, os ricos da Nigéria não iam comprar o produto. Ele dobrou e deu certo."

"Louco", disse ela. "Talvez sempre tenha sido assim e nós não soubéssemos, porque não tínhamos como saber. É como se estivéssemos olhando para uma Nigéria adulta que não conhecíamos."

"Sim." Ele gostou de Ifemelu ter dito "nós". Ela viu, e gostou que "nós" tivesse lhe saído tão facilmente da boca.

"É uma cidade tão transacional", disse ela. "Deprimente de tão transacional. Até os relacionamentos, todos são transacionais."

"Alguns relacionamentos."

"Sim, alguns", concordou Ifemelu. Eles estavam dizendo algo um para o outro que nenhum dos dois conseguia articular ainda. Como Ifemelu sentiu o nervosismo lhe subindo pelos dedos de novo, recorreu ao humor. "E há algo de bombástico na maneira como falamos que eu também tinha esquecido. Comecei a me sentir realmente em casa de novo quando comecei a ser bombástica!"

Obinze riu. Ifemelu gostava da risada silenciosa dele. "Quando voltei, fiquei chocado ao ver a rapidez com que meus amigos tinham todos ficado gordos, com enormes barrigas de chope. Pensei: O que está acontecendo? Então me dei conta de que eles são a nova classe média que nossa democracia criou. Tinham emprego e dinheiro para beber bem mais cerveja e comer fora, e você sabe que comer fora aqui é frango com batata frita, então todos ficaram gordos."

O estômago de Ifemelu se contraiu. "Bom, se você prestar atenção, vai ver que não foram só seus amigos."

"Ah, não, Ifem, você não está gorda. Está sendo muito americana em relação a isso. O que os americanos consideram gordo pode simplesmente ser normal. Você precisa ver meus amigos para entender do que estou falando. Lembra Uche Okoye? Even Okwudiba? Eles não conseguem nem abotoar a camisa agora." Obinze fez uma pausa. "Você ganhou um pouco de peso que caiu bem. *I maka.*"

Ela sentiu-se tímida, de uma timidez agradável, ouvindo-o dizer que era linda.

"Você costumava brincar que eu não tinha bunda", disse Ifemelu.

"Retiro o que disse. Na porta, esperei você entrar antes para poder olhar."

Eles riram e então, após o riso morrer, ficaram em silêncio, sorrindo um para o outro na estranheza de sua intimidade. Ela lembrou como, quando levantava nua do colchão em que ele dormia em Nsukka, Obinze erguia os olhos e dizia: "Eu ia mandar você sacudir, mas não tem nada aí para sacudir", e ela, brincando, dava-lhe um chute na canela. A clareza da lembrança, a pontada súbita de saudade que trouxe, deixou-a abalada.

"Mas por falar em surpresa, Teto", disse Ifemelu. "Veja só você. Um homem importante de Range Rover. Ter dinheiro deve ter mudado muito as coisas."

"É, acho que sim."

"Seja sincero. Mudou como?"

"As pessoas tratam você de um jeito diferente. Não estou falando só dos estranhos. Os amigos também. Até minha prima Nneoma. De repente, todos puxam seu saco porque acham que é isso que você espera, toda essa educação exagerada, elogios exagerados, até respeito exagerado que você não fez por merecer de jeito nenhum, e é tão falso e berrante que parece um quadro feio e colorido demais, mas às vezes você mesmo começa a acreditar um pouco nisso e a se ver de outra maneira. Um dia fui a um casamento na minha aldeia e o mestre de cerimônias estava cantando umas músicas de louvor muito bobas quando entrei, e me dei conta de que estava andando de um jeito diferente. Não *queria* andar de um jeito diferente, mas estava fazendo isso."

"Com um gingado?", brincou ela. "Mostre o seu novo andar!"

"Você vai ter que cantar em meu louvor primeiro." Obinze deu um gole no suco. "Os nigerianos podem ser tão servis. Somos um povo confiante, mas muito servil. Não é difícil para nós ser falso.

"Temos confiança, mas não dignidade."

"Sim." Ele olhou para Ifemelu, com reconhecimento nos olhos. "E se as pessoas não param de puxar seu saco desse jeito excessivo, você fica paranoico. Não sabe mais o que é honesto ou verdadeiro. E aí as pessoas se tornam paranoicas por você, mas de um jeito diferente. Meus parentes estão sempre me dizendo: 'Cuidado com onde come'. Até aqui em Lagos meus amigos me dizem para tomar cuidado com o que como. Não coma na casa de uma mulher porque ela vai colocar algo em sua comida."

"E você faz isso?"

"O quê?"

"Toma cuidado com o que come?"

"Não faria isso na sua casa."

Uma pausa. Ele estava flertando abertamente e ela não soube bem o que dizer.

"Mas não", continuou Obinze. "Gosto de pensar que, se quiser comer na casa de alguém, vai ser na de uma pessoa que não vai ter vontade de batizar minha comida."

"Tudo isso parece muito desesperado."

"Uma das coisas que aprendi é que todo mundo neste país tem a mentalidade da escassez. Imaginamos que até as coisas que não são escassas são escassas. E isso cria certo desespero em todos. Até nos ricos."

"Os ricos como você", brincou ela.

Obinze fez uma pausa. Com frequência, ele fazia uma pausa antes de dizer algo. Ifemelu achava isso encantador; era como se tivesse tal consideração por quem o ouvia que queria que suas palavras fossem combinadas da melhor maneira possível. "Gosto de pensar que não tenho esse desespero. Às vezes, me sinto como se o dinheiro que tenho não fosse realmente meu, como se estivesse guardando-o para outra pessoa durante algum tempo. Depois que comprei minha propriedade em Dubai — foi minha primeira propriedade fora da Nigéria — fiquei quase assustado, e quando disse a Okwudiba como me sentia, ele disse que eu era maluco e que devia parar de me comportar como se a vida fosse um dos romances que leio. Ficou tão impressionado com o que eu possuía e eu apenas senti que minha vida tinha se tornado essa camada de pretensão sobre pretensão, e comecei a pensar no passado de forma sentimental. Lembrava a época em que tinha ficado hospedado no primeiro apartamentinho de Okwudiba em Surulere e como esquentávamos o ferro no fogão quando faltava luz. E em como o vizinho dele costumava gritar "Louvado seja Deus!" quando a luz voltava, e em como mesmo para mim havia algo de belo na luz voltando, quando aquilo está fora do seu controle, porque você não tem um gerador. Mas é uma visão romântica boba, porque é claro que eu não quero voltar para essa vida."

Ifemelu desviou o olhar, temendo que a cascata de emoções que sentira enquanto ele estava falando convergisse em seu rosto. "É claro que não. Você gosta da sua vida", disse.

"Eu vivo minha vida."

"Ah, como você é misterioso."

"E você, famosa blogueira, bolsista de Princeton, de que maneiras mudou?", perguntou Obinze, sorrindo, inclinando-se para perto dela com os cotovelos sobre a mesa.

"Quando eu estava trabalhando de babá na época da faculdade, um dia me peguei dizendo para o menino de quem cuidava: 'Descansar, soldado!'. Eu não poderia fazer uma brincadeira mais americana que essa."

Obinze estava rindo.

"Foi então que pensei, sim, pode ser que eu tenha mudado um pouco", disse ela.

"Você não tem sotaque americano."

"Eu me esforcei para não ter."

"Fiquei surpreso ao ler seu blog. Não parecia você falando."

"Mas não acho que mudei tanto."

"Ah, mudou", disse ele, com uma certeza que desagradou a Ifemelu de imediato.

"Como?"

"Não sei. Você está mais acanhada. Talvez mais reservada."

"Você fala como se fosse um tio decepcionado comigo."

"Não." Outra de suas pausas, mas dessa vez Obinze parecia não querer revelar demais. "Seu blog também me deixou orgulhoso. Eu pensei: ela foi, aprendeu e conquistou."

Mais uma vez, Ifemelu se sentiu tímida. "Conquistar já é demais."

"Sua estética mudou também", disse ele.

"Como assim?"

"Você curava sua própria carne nos Estados Unidos?"

"O quê?"

"Li uma matéria sobre esse novo movimento entre as classes privilegiadas dos Estados Unidos. As pessoas querem beber leite direto da vaca, esse tipo de coisa. Achei que você tivesse entrado nisso, agora que usa uma flor no cabelo."

Ela deu uma gargalhada.

"Mas, falando sério, me diga de que maneiras você mudou." Ele usou um tom de brincadeira, mas Ifemelu ficou um pouco tensa com a pergunta;

parecia estar perto demais de seu âmago vulnerável e reconfortante. Então ela disse, numa voz despreocupada: “Meu gosto, acho. Mal posso acreditar na quantidade de coisas que acho feias agora. Não suporto a maioria das casas desta cidade. Agora, sou uma pessoa que aprendeu a admirar vigas de madeira expostas”. Ifemelu revirou os olhos e ele sorriu por ela estar zombando de si mesma, um sorriso que, para ela, foi como um prêmio que queria sempre ganhar.

“É meio esnobe, na verdade”, acrescentou Ifemelu.

“É totalmente esnobe”, disse ele. “Eu costumava ser assim com os livros. Secretamente sentia que meu gosto era superior.”

“O problema é que eu nem sempre guardo segredo a respeito.”

Obinze riu. “Ah, nós sabemos disso.”

“Você disse que costumava ser assim. O que aconteceu?”

“O que aconteceu foi que eu cresci.”

“Ai”, disse ela.

Obinze não disse nada; ergueu de leve as sobrancelhas de uma maneira sardônica, o que queria dizer que ela teria de crescer também.

“O que você anda lendo?”, perguntou Ifemelu. “Tenho certeza de que leu todos os romances americanos já publicados.”

“Tenho lido muito mais não ficção, história e biografias. Sobre tudo, não só sobre os Estados Unidos.”

“O que houve, sua paixão acabou?”

“Percebi que podia comprar os Estados Unidos e o país perdeu o brilho. Quando tudo o que eu tinha era minha paixão, eles não me deram um visto, mas, com minha nova conta bancária, tirar um visto foi muito fácil. Já fui lá algumas vezes. Estava pensando em comprar uma propriedade em Miami.”

Ifemelu sentiu uma pontada; Obinze tinha visitado os Estados Unidos sem que ela soubesse.

“E o que você achou do país dos seus sonhos?”

“Eu me lembro de quando você foi a Manhattan pela primeira vez e me escreveu dizendo: ‘É maravilhoso, mas não é o paraíso’. Pensei nisso quando andei de táxi em Manhattan pela primeira vez.”

Ela também se lembrava de ter escrito isso, pouco antes de cortar o contato com ele, antes de empurrá-lo para trás de muitos muros. “A melhor coisa dos Estados Unidos é o espaço que o país nos dá. Gosto disso. Gosto do fato de acreditar no sonho. É uma mentira, mas você acredita e é tudo o que importa.”

Obinze olhou para o copo sobre a mesa, sem se interessar por sua filosofia, e Ifemelu se perguntou se o que tinha visto em seus olhos era ressentimento, se ele também estava lembrando como ela se afastara completamente dele. Quando ele perguntou "Você ainda fala com suas antigas amigas?", Ifemelu achou que aquela era uma pergunta sobre de quem mais ela se afastara durante todos aqueles anos. Pensou se deveria abordar aquele assunto ou esperar que ele o fizesse. Ela deveria fazê-lo, devia isso a Obinze, mas um medo sem palavras a dominou, um medo de quebrar coisas delicadas.

"Com Ranyinudo, sim. E Priye. As outras agora são pessoas que costumavam ser minhas amigas. Mais ou menos como você e Emenike. Sabe, quando eu li seus e-mails, não fiquei surpresa por ele ter acabado daquele jeito. Sempre teve alguma coisa."

Obinze balançou a cabeça e terminou de beber o suco; colocara o canudo de lado e passara a beber direto do copo.

"Uma vez eu estava com Emenike em Londres e ele estava caçoando de um cara com quem trabalhava, um nigeriano, por não saber como pronunciar o nome F-e-a-t-h-e-r-s-t-o-n-e-h-a-u-g-h. Ele pronunciou como se lê, da maneira como o cara tinha feito, o que obviamente era a maneira errada, e não falou da certa. Eu também não sabia pronunciar o nome, e ele sabia que eu não sabia, e passaram-se alguns minutos horríveis durante os quais ele fingiu que nós dois estávamos rindo do cara. Mas não estávamos, é claro. Emenike estava rindo de mim também. Lembro-me desse como sendo o momento em que me dei conta de que ele nunca tinha sido meu amigo."

"Ele é um perdedor", disse Ifemelu.

"Perdedor. Uma palavra muito americana."

"É?"

Ele ergueu de leve as sobrancelhas, como se não fosse necessário afirmar o óbvio. "Emenike nunca mais entrou em contato comigo depois que fui deportado. Então, no ano passado, alguém deve ter lhe dito que eu tinha virado patrão e ele começou a me ligar." Obinze disse "tinha virado patrão" numa voz que pingava zombaria. "Não parava de perguntar se podíamos fazer negócio juntos, esse tipo de besteira. Um dia eu lhe disse que gostava mais quando ele me desprezava, e ele não me ligou mais."

"E Kayode?"

"Ainda nos falamos. Ele tem um filho com uma americana."

Obinze olhou o relógio e pegou seus celulares. "Detesto isso, mas tenho que ir."

"É, eu também." Ela queria prolongar aquele momento, sentada em meio ao aroma dos livros, redescobrindo Obinze. Antes de entrarem cada um em seu carro, eles se abraçaram, ambos murmurando: "Foi tão bom ver você de novo", e Ifemelu imaginou seu motorista e o dele observando aquilo com curiosidade.

"Eu ligo para você amanhã", disse Obinze, mas ela mal havia se sentado no carro quando seu celular soltou um bipe mostrando uma nova mensagem de texto dele. *Você pode almoçar amanhã?* Ifemelu podia. Era um sábado e ela deveria perguntar por que Obinze não estaria com a mulher e a filha e iniciar uma conversa sobre o que exatamente os dois iam fazer, mas eles se conheciam havia muito tempo, tinham um elo muito forte, e aquilo não precisava significar que iam fazer qualquer coisa, ou que qualquer conversa fosse necessária, e assim ela abriu a porta quando ele tocou a campainha e ele entrou e admirou as flores na varanda, os lírios brancos que subiam dos vasos como cisnes.

"Passei a manhã lendo As Pequenas Redenções de Lagos. Devorando, na verdade", disse Obinze.

Ifemelu ficou feliz. "O que achou?"

"Gostei do post sobre o Clube Nigerpolita. Mas é um pouco moralista."

"Não sei bem como interpretar isso."

"Como a verdade", disse ele, erguendo de leve uma das sobrancelhas daquela maneira que tinha de ser um cacoete novo, pois ela não se lembrava de vê-lo fazendo isso no passado. "Mas é um blog fantástico. Corajoso e inteligente. Adorei o visual." Ali estava ele de novo, passando-lhe segurança.

Ifemelu apontou para a propriedade ao lado. "Reconheceu?"

"Ah! Reconheci."

"Achei que seria perfeito para o blog. Uma casa tão bonita que virou essa espécie de ruína magnífica. Além do mais, tem pavões no telhado."

"Parece um pouco um tribunal. Sempre fico fascinado por casas antigas e as histórias que trazem." Obinze puxou a grade de metal da varanda, como se quisesse verificar quão durável era, quão segura, e Ifemelu gostou de ele ter feito isso. "Alguém vai comprá-la em breve, demoli-la e construir um prédio cheio de apartamentos de luxo caros demais."

"Alguém como você."

"Quando comecei a trabalhar no setor imobiliário, pensei na hipótese de reformar casas velhas em vez de demoli-las, mas não fazia sentido. Os nigerianos não compram casas porque elas são antigas. Como um celeiro de moinho reformado de duzentos anos, sabe, o tipo de coisa da qual os europeus gostam. Isso não funciona aqui de jeito nenhum. Mas é claro que isso faz sentido, porque somos do Terceiro Mundo, e pessoas do Terceiro Mundo olham para a frente, nós gostamos que as coisas sejam novas, porque o que temos de melhor ainda está por vir, enquanto no Ocidente o melhor já passou, então eles têm de transformar esse passado num fetiche."

"É impressão minha ou você agora está com a mania de fazer pequenos discursos?", perguntou ela.

"É que é um alívio ter uma pessoa inteligente com quem conversar."

Ifemelu desviou o olhar, imaginando se era uma referência à esposa de Obinze e desgostou dele por tê-la feito.

"Seu blog já tem muitos leitores", disse ele.

"Tenho grandes planos para ele. Gostaria de viajar pela Nigéria e postar matérias sobre cada estado, com fotos e histórias de pessoas, mas preciso ir devagar no começo, estabelecê-lo, ganhar algum dinheiro com os anúncios."

"Precisa de investidores."

"Não quero seu dinheiro", disse ela com um pouco de veemência demais, mantendo os olhos fixos no teto desabado da casa abandonada. Estava irritada com o comentário de Obinze sobre uma pessoa inteligente, porque era, tinha de ser, uma referência à esposa dele, e quis perguntar por que estava lhe dizendo aquilo. Por que se casara com uma mulher que não era inteligente se na primeira oportunidade se viraria e afirmaria isso?

"Olhe o pavão, Ifem", disse Obinze gentilmente, como se sentisse a irritação dela.

Eles observaram o pavão sair de debaixo da sombra de uma árvore e fazer um voo lúgubre até seu poleiro favorito no telhado, onde ficou observando o reino decadente ali embaixo.

"Quantos são?", perguntou Obinze.

"Um macho e duas fêmeas. Sempre torço para ver o macho fazendo a dança do acasalamento, mas nunca vi. Eles me acordam de manhã com seus gritos. Você já ouviu? Parece uma criança fazendo pirraça."

O pescoço esguio do pavão se moveu de um lado para o outro e então, como se a tivesse escutado, ele piou, abrindo bem o pico e emitindo os sons da garganta.

"Você tinha razão quanto ao som", disse Obinze, aproximando-se de Ifemelu. "Parece mesmo uma criança. Essa casa me lembra uma propriedade que tenho em Enugu. Uma casa antiga. Foi construída antes da guerra e comprei para demolir, mas decidi ficar com ela. É uma propriedade elegante e tranquila, com varandas grandes e velhos pés de jasmim-manga nos fundos. Estou redecorando o interior todo, então ela vai ficar bastante moderna por dentro, mas o lado de fora continua com a aparência antiga. Não ria, mas, quando vi a casa, pensei num poema."

A maneira como disse "Não ria" tinha algo de infantil que fez Ifemelu sorrir para ele, um sorriso meio zombeteiro que também mostrava que ela gostava da ideia de uma casa que o fizera pensar num poema.

"Imagino que, um dia, quando fugir de tudo, vou viver lá", disse Obinze.

"As pessoas realmente se tornam excêntricas quando ficam ricas."

"Ou talvez todos nós sejamos excêntricos, só que não temos dinheiro para mostrar. Eu adoraria levar você para ver a casa."

Ifemelu murmurou algo, uma vaga aquiescência.

O celular de Obinze estava tocando fazia algum tempo, emitindo um zumbido surdo e interminável em seu bolso. Ele finalmente o pegou, olhou-o e disse: "Desculpe, preciso atender". Ela assentiu e foi para dentro do apartamento, imaginando se seria sua esposa.

Da sala, Ifemelu ouviu fragmentos da voz de Obinze, mais alta, mais baixa e então mais alta de novo, falando igbo. Quando ele entrou, seu maxilar estava um pouco contraído.

"Tudo bem?", perguntou ela.

"É um menino da minha aldeia. Pago a escola dele, mas agora está com uma ideia louca de que pode me pedir qualquer coisa, e esta manhã me mandou uma mensagem dizendo que precisa de um celular e perguntando se posso mandar até sexta. Um menino de quinze anos. Imagine o desplante. Então começou a me ligar. Por isso, acabei de dar uma bronca nele e de dizer que também não vou mais pagar a escola, só para ver se ele fica com medo e toma juízo."

"Ele é seu parente?"

"Não."

Ifemelu aguardou, esperando que ele explicasse melhor.

"Ifem, eu faço o que é esperado dos ricos. Pago a escola de cem alunos da minha aldeia e da aldeia da minha mãe." Obinze disse isso com uma indiferença constrangida; aquele não era um assunto que gostava de discutir. Ele estava parado diante de sua estante. “Que sala linda.”

“Obrigada.”

“Você mandou todos os seus livros para cá?”

“A maioria.”

“Ah. Derek Walcott.”

“Adoro. Finalmente consigo entender alguns poetas.”

“Estou vendo Graham Greene.”

“Comecei a ler por causa da sua mãe. Adoro *O cerne da questão*.”

“Comecei a ler esse livro depois de ela morrer. Queria amá-lo. Pensei que se eu puder amá-lo...” Obinze tocou o livro, deixando o resto da frase no ar.

A melancolia dele a comoveu. “É literatura da boa, o tipo de história que as pessoas ainda vão ler daqui a duzentos anos”, disse ela.

“Você fala igual à minha mãe.”

Obinze era familiar e não familiar ao mesmo tempo. Pela cortina aberta entrava um raio de luz em forma de lua crescente que atravessava a sala. Eles estavam diante da estante, e ela contando sobre a primeira vez em que finalmente lera *O cerne da questão*, ele escutando daquela sua maneira intensa, como se bebesse suas palavras. Estavam diante da estante, rindo ao se lembrar de quantas vezes a mãe dele tentara convencê-lo a ler aquele livro. E de repente estavam diante da estante se beijando. Um beijo doce no início, lábios contra lábios, e então suas línguas começaram a se tocar e Ifemelu sentiu-se amolecer nos braços dele. Obinze se afastou primeiro.

“Não tenho camisinha”, disse Ifemelu despudorada, deliberadamente despudorada.

“Não sabia que precisávamos de camisinha para almoçar.”

Ela deu-lhe um tapa de brincadeira. Seu corpo inteiro foi invadido por milhões de incertezas. Não quis encará-lo. “Uma menina limpa e cozinha pra mim, então tem cozido no freezer e arroz jollof na geladeira. Podemos almoçar aqui. Quer alguma coisa para beber?” Ifemelu se virou para a cozinha.

“O que aconteceu nos Estados Unidos?”, perguntou Obinze. “Por que você cortou o contato comigo daquele jeito?”

Ifemelu continuou a andar até a cozinha.

“Por que cortou o contato comigo daquele jeito?”, repetiu ele, muito sério. “Por favor, me diga o que aconteceu.”

Antes de Ifemelu se sentar diante dele em sua pequena mesa de jantar e lhe contar sobre o professor de tênis de olhos corruptos de Ardmore, na Pensilvânia, serviu suco de manga de caixa para os dois. Ela falou de pequenos detalhes do escritório do homem que ainda estavam em sua memória, as pilhas de revistas esportivas, o cheiro de mofo, mas, quando chegou à parte em que ele a levou até o quarto, disse apenas: "Eu tirei a roupa e fiz o que ele pediu. Não consegui acreditar quando fiquei molhada. Odiei aquele homem. E me odiei. Como me odiei. Senti como se tivesse, não sei, me traído". Ela fez uma pausa. "E traído você."

Durante muitos minutos Obinze não disse nada, com os olhos baixos, como se estivesse absorvendo a história.

"Não penso muito nisso", acrescentou Ifemelu. "Eu lembro, mas isso não me absorve, não permito que me absorva. É tão estranho falar sobre isso agora. Parece um motivo idiota para jogar fora o que tínhamos, mas foi por isso, e, conforme mais tempo foi passando, cada vez sabia menos como consertar a situação."

Obinze ainda estava em silêncio. Ifemelu olhou a caricatura emoldurada de Dike que estava pendurada em sua parede, mostrando as orelhas dele exageradamente pontudas, e se perguntou o que Obinze estava sentindo.

Finalmente, ele disse: "Nem consigo imaginar como você deve ter se sentido mal e como deve ter se sentido sozinha. Devia ter me contado. Queria tanto que tivesse me contado".

Ifemelu ouviu as palavras dele como se fossem uma melodia e sentiu que estava com a respiração entrecortada, sorvendo o ar. Ela não ia chorar, era ridículo chorar depois de tanto tempo, mas seus olhos estavam se enchendo de lágrimas e havia uma pedra em seu peito e algo queimando sua garganta. As lágrimas faziam seus olhos coçarem. Ifemelu não emitiu nenhum som. Obinze pegou sua mão e eles ficaram de mãos dadas sobre a mesa. Entre eles, cresceu um silêncio, um silêncio ancestral que ambos conheciam. Ela estava dentro desse silêncio, e estava segura.

52.

“Vamos jogar pingue-pongue. Sou sócio de um pequeno clube em Victoria Island”, disse ele.

“Não jogo há décadas.”

Ifemelu lembrou como sempre quisera ganhar de Obinze, apesar de ele ser o campeão da escola, e de como ele lhe dizia, provocando-a: “Tente usar mais estratégia e menos força. Paixão jamais ganha um jogo, apesar do que dizem”. Disse algo parecido agora. “Desculpas não ganham jogo. Você devia tentar com estratégia.”

O próprio Obinze tinha dirigido até o apartamento dela. No carro, ele ligou o motor e o som ligou também. Estava tocando “Yori Yori”, do Bracket.

“Ah, eu adoro essa música”, disse Ifemelu.

Ele aumentou o volume e os dois cantaram juntos; havia uma exuberância na música, sua alegria rítmica, tão livre de artifício, que encheu o ar de leveza.

“Hum! Você voltou há tão pouco tempo, como é que já sabe cantar isso tão bem?”, perguntou Obinze.

“A primeira coisa que fiz foi me atualizar em música contemporânea. É tão empolgante, todos esses artistas novos.”

“É mesmo. Agora as casas noturnas tocam música nigeriana.”

Ifemelu não esqueceria esse momento, sentada ao lado de Obinze em seu Range Rover parado no trânsito ouvindo "Yori Yori" — *Your love dey make my heart do yori yori. Nobody can love you the way I do* — com um Honda brilhante último modelo ao lado e, atrás, um Datsun velhíssimo que parecia ter cem anos de idade.

Depois de algumas partidas de pingue-pongue, e de Obinze ter ganhado todas e alfinetado Ifemelu o tempo todo, eles almoçaram no pequeno restaurante do clube, onde além dos dois havia apenas uma mulher lendo jornal no bar. O gerente, um homem gorducho cujo paletó preto pequeno demais estava quase arrebentando, ia até a mesa com frequência dizer: "Espero que esteja tudo bem, senhor. É muito bom vê-lo de novo, senhor. Como está o trabalho, senhor?".

Ifemelu se inclinou para a frente e perguntou a Obinze: "Você às vezes sente vontade de vomitar?".

"O homem não viria tanto à mesa se não achasse que estou sendo negligenciado. Você está viciada nesse celular."

"Desculpe, só estava olhando o blog." Ela se sentia relaxada e feliz. "Sabe, você devia escrever para mim."

"Eu?"

"É, eu te passo uma pauta; que tal os perigos de ser jovem, bonito e rico?"

"Eu ficaria feliz de escrever sobre um assunto com o qual possa me identificar."

"Que tal segurança? Quero fazer uma matéria sobre isso. Você já teve alguma experiência na ponte que liga a ilha ao continente? Alguém estava me falando que saiu de uma casa noturna tarde da noite e, quando estava voltando para o centro, o pneu furou na ponte, mas a pessoa continuou, porque é perigoso demais parar lá."

"Ifem, eu moro em Lekki, e não vou a casas noturnas. Não mais."

"Tudo bem." Ifemelu olhou o celular de novo. "É que quero ter conteúdo novo e interessante com frequência."

"Você está distraída."

"Conhece Tunde Razaq?"

"Quem não conhece? Por quê?"

"Quero entrevistá-lo. Quero ter uma coluna semanal chamada 'Lagos por alguém que está por dentro' e quero começar com as pessoas mais interessantes."

"O que é interessante nele? Ser um playboy de Lagos que vive com o dinheiro do pai, acumulado com um monopólio de importação de diesel devido ao fato de serem próximos do presidente?"

"Ele também é produtor musical e parece que é campeão de xadrez. Minha amiga Zemaye o conhece e ele acaba de escrever para ela dizendo que só concorda com a entrevista se puder me levar para jantar."

"Ele deve ter visto uma foto sua em algum lugar." Obinze ficou de pé e empurrou a cadeira para trás com uma violência que surpreendeu Ifemelu. "Esse cara é um canalha."

"Não seja assim", disse ela, divertida; o ciúme dele lhe agradou. Obinze pôs "Yori Yori" para tocar de novo quando eles voltaram para o apartamento de Ifemelu, e ela balançou e dançou com os braços, o que ele achou muito engraçado.

"Achei que sua Chapman era sem álcool", disse ele. "Quero pôr outra música para tocar. Ela me faz pensar em você."

"Obi Mu O", de Obiora Obiwon, começou a tocar e Ifemelu ficou imóvel e em silêncio conforme as palavras iam tomando o carro. *This is that feeling that I've never felt... and I'm not gonna let it die.* Quando a mulher e o homem cantaram em igbo, Obinze cantou junto, tirando os olhos da rua para fitá-la, como se estivesse lhe dizendo que aquilo na verdade era um diálogo entre eles dois, ele dizendo que ela era linda, um chamando o outro de seu verdadeiro amigo. *Nwanyi oma, nwoke oma, omalicha nwa, ezigbo oyi m o.*

Ao deixá-la em casa, Obinze se inclinou para beijar sua bochecha, hesitando em se aproximar demais ou abraçá-la, como se temesse ser derrotado pela atração entre eles. "Posso ver você amanhã?", perguntou ele, e Ifemelu disse que sim. Foram a um restaurante brasileiro perto da lagoa, onde o garçom trouxe chapas e mais chapas com pilhas de carne e frutos do mar, até que Ifemelu declarou estar quase passando mal. No dia seguinte, Obinze chamou-a para jantar e levou-a a um restaurante italiano onde ela achou a comida cara demais e sem graça, e onde os garçons de gravata-borboleta, melancólicos e lentos, a encheram de uma tristeza vaga.

Eles passaram por Obalende quando estavam voltando e a rua movimentada estava ladeada de mesas e barraquinhas, com chamas laranja bruxuleando nos lampiões dos vendedores ambulantes.

"Vamos parar e comprar banana-da-terra frita!", disse Ifemelu.

Obinze encontrou uma vaga um pouco mais para a frente, diante de uma cervejaria. Ele cumprimentou os homens que estavam sentados em bancos bebendo de um jeito caloroso e natural e disseram: "Chefe! Pode ir! Seu carro está seguro!".

A vendedora de banana-da-terra frita tentou persuadir Ifemelu a comprar batata-doce frita também.

"Não, só banana-da-terra."

"E akara, tia? Fiz agorinha. Muito fresco."

"Tudo bem", disse Ifemelu. "Pode pôr quatro."

"Por que você vai comprar akara se não quer?", perguntou Obinze, achando graça.

"Porque isso é o verdadeiro empreendedorismo. Ela está vendendo o que faz. Não está vendendo a localização, ou a fonte do óleo que usa ou o nome da pessoa que mói seus feijões. Só está vendendo o que faz."

No carro, ela abriu o saquinho oleoso de banana-da-terra e pôs uma fatia pequena, amarela e frita de maneira perfeita dentro da boca. "Isso é tão melhor que aquela coisa encharcada de manteiga que eu mal consegui acabar de comer no restaurante. E você sabe que não dá para ter intoxicação alimentar, porque a fritura mata os germes", acrescentou.

Obinze a observava, sorrindo, e Ifemelu desconfiou de que estava falando demais. Ela também guardaria essa lembrança, de Obalende à noite, iluminada por centenas de pequenas luzes, as vozes altas de homens bêbados vindas de perto e o balançar dos quadris largos de uma madame que passou ao lado do carro.

Obinze perguntou se podia levá-la para almoçar e Ifemelu sugeriu um lugar casual novo do qual tinha ouvido falar, onde pediu um sanduíche de frango e depois reclamou de um homem que fumava num dos cantos. "Que coisa mais americana, reclamar da fumaça", disse Obinze, e Ifemelu não soube dizer se aquilo era uma reprimenda ou não.

"O sanduíche vem com batata frita?", perguntou Ifemelu ao garçom.

"Sim, madame."

"Vocês têm batatas de verdade?"

"Como, madame?"

"São batatas congeladas importadas ou vocês cortam e fritam suas próprias batatas?"

O garçom pareceu ofendido. "São as congeladas importadas."

Quando ele se afastou, Ifemelu disse: "Essas coisas congeladas têm um gosto horrível".

"Ele não acredita que você queira batatas de verdade", disse Obinze secamente. "Batatas de verdade são uma coisa do passado para ele. Lembre que esse é o mundo da nova classe média. Não completamos o primeiro ciclo de prosperidade antes de voltar ao início, para beber leite direto da teta da vaca."

Cada vez que ele a deixava em casa, dava-lhe um beijo na bochecha, ambos se inclinando na direção um do outro e então se afastando, de modo que ela pudesse dizer "Tchau" e sair do carro. No quinto dia, quando Obinze estava chegando ao prédio dela, Ifemelu perguntou: "Você tem camisinha?".

Ele não disse nada durante algum tempo. "Não, não tenho."

"Bom, eu comprei um pacote há alguns dias."

"Ifem, por que você está dizendo isso?"

"Você é casado e tem uma filha, e nós sentimos tesão um pelo outro. A quem vamos enganar com esses encontros castos? É melhor acabar com isso logo."

"Você está se escondendo atrás do sarcasmo", disse Obinze.

"Ah, como você é superior." Ela estava com raiva. Mal fazia uma semana desde que o tinha visto pela primeira vez, mas já estava com raiva, furiosa com a ideia de ele deixá-la ali e ir para sua outra vida, sua vida real, e por não conseguir visualizar os detalhes dessa vida, não saber em que tipo de cama ele dormia, em que tipo de prato comia. Desde que começara a olhar o passado, havia imaginado um relacionamento com Obinze, mas apenas em imagens esmaecidas e linhas pouco nítidas. Agora, diante da realidade dele e da aliança prateada em seu dedo, temia se acostumar com ele, afogar-se. Ou talvez já estivesse afogada e seu medo existisse porque sabia disso.

"Por que você não me ligou quando voltou?", perguntou Obinze.

"Não sei. Queria me instalar aqui primeiro."

"Eu queria ter ajudado você a se instalar."

Ifemelu não disse nada.

"Você ainda está com Blaine?"

"O que isso importa, senhor homem casado?", disse ela, com uma ironia que soou cáustica demais; ela queria parecer fria, distante, no controle da situação.

"Posso entrar um instante? Para conversar com você?"

"Não, preciso fazer uma pesquisa para o blog."

"Por favor, Ifem."

Ela suspirou. "Tudo bem."

No apartamento, Obinze sentou no sofá e Ifemelu na poltrona, o mais distante dele possível. Sentiu um terror súbito e bilioso do que quer que ele fosse falar, temendo que fosse algo que não queria ouvir, e por isso disse, sem pensar: "Zemaye quer escrever um guia de brincadeira para homens que querem trair a esposa. Ela contou que não conseguia entrar em contato com o namorado outro dia e, quando ele finalmente apareceu, disse que tinha derrubado o celular na água. Segundo ela, essa é a desculpa mais esfarrapada do mundo, 'meu celular caiu na água'. Achei isso engraçado. Nunca tinha ouvido isso antes. Então, o item número um do guia dela seria nunca diga que seu telefone caiu na água".

"Para mim, isso aqui não é traição", disse Obinze baixinho.

"Sua mulher sabe que você está aqui?" Ifemelu estava provocando-o. "Eu me pergunto quantos homens dizem isso quando traem, que aquilo para eles não é traição. Pense bem, será que eles realmente diriam que aquilo para eles é traição?"

Obinze se levantou com movimentos deliberados, e no início ela achou que ia se aproximar ou talvez ir ao banheiro, mas ele andou até a porta da frente, abriu-a e saiu. Ifemelu ficou olhando para a porta. Ficou sentada, imóvel, durante um bom tempo, e então se levantou e andou de um lado para o outro, sem conseguir se concentrar, pensando se deveria ligar para ele, debatendo-se consigo mesma. Decidiu não ligar; ressentia-se de seu comportamento, seu silêncio, seu fingimento. Quando a campainha tocou alguns minutos depois, parte dela estava relutando em abrir a porta.

Ifemelu deixou Obinze entrar. Eles se sentaram lado a lado no sofá.

"Lamento ter ido embora daquele jeito", disse ele. "Não estou normal desde que você voltou e não gostei da maneira como falou, como se o que há entre nós fosse comum. Não é. E acho que você sabe disso. Acho que estava dizendo aquilo para me magoar, mas principalmente porque *você* está confusa. Sei que deve ser difícil para você, a maneira como nos vimos e falamos sobre tanta coisa, mas ainda assim evitamos tantas outras."

"Você não está sendo claro."

Obinze parecia estressado, com o maxilar trancado, e Ifemelu sentiu desejo de beijá-lo. Era verdade que ele era inteligente e seguro, mas também tinha uma inocência, uma confiança sem ego, algo que remetia a outro tempo e outro lugar, que a deixava tocada.

"Eu não disse nada porque às vezes fico tão feliz por estar perto de você que não quero estragar tudo", disse ele. "E também porque quero ter algo a dizer primeiro, antes de dizer qualquer coisa."

"Eu me masturbo pensando em você", disse ela.

Obinze olhou-a, ligeiramente perturbado.

"Não somos dois solteiros se cortejando, Teto", disse Ifemelu. "Não podemos negar a atração que há entre nós e talvez devêssemos conversar sobre isso."

"Você sabe que o sexo não é o mais importante aqui", disse ele. "Nunca foi."

"Eu sei", disse ela, pegando sua mão. Havia, entre eles, um desejo sem peso, perfeito. Ifemelu se aproximou e beijou-o, e a princípio ele foi lento em sua resposta, mas então estava tirando sua blusa, abaixando o sutiã para libertar seus seios. Ela recordava claramente a firmeza do abraço dele, mas também havia algo de novo em sua união; seus corpos se lembravam e não se lembravam. Ifemelu tocou na cicatriz do peito de Obinze, lembrando-se dela de novo. Sempre tinha achado a expressão "fazer amor" um pouco piegas; "fazer sexo" parecia mais verdadeira e "transar" era mais excitante, mas quando ela se viu deitada ao lado dele depois, ambos sorrindo, às vezes rindo, seu corpo transbordando paz, pensou em como era apropriada a expressão "fazer amor". Até suas unhas estavam despertando, as partes de seu corpo que sempre tinham estado dormentes. Ifemelu quis dizer a Obinze: "Não se passou uma semana sem que eu pensasse em você". Mas aquilo era verdade? É claro que houvera semanas durante as quais ele estava guardado debaixo das camadas da vida dela, mas a *sensação* era de que era verdade.

Ifemelu se apoiou nos cotovelos e disse: "Eu sempre via o teto com os outros homens".

Obinze deu um sorriso longo e lento. "Sabe o que eu venho sentindo há muito tempo? Que estava esperando para ser feliz."

Ele se levantou para ir ao banheiro. Ela achava tão bonito ele ser baixo, a solidez e a firmeza que vinham de ser baixo. Ali estava um sinal de estabilidade; ele suportaria qualquer coisa, não oscilaria facilmente. Quando voltou, Ifemelu disse que estava com fome. Obinze encontrou laranjas em sua geladeira e descascou-as. Eles as comeram, sentados ao lado um do outro, e depois ficaram deitados entrelaçados, nus, num círculo completo e perfeito, e ela adormeceu e não viu quando ele foi embora. Acordou numa manhã escura, nublada c chuvosa. Seu telefone estava tocando. Era Obinze.

"Como você está?", perguntou ele.

"Grogue. Não sei bem o que aconteceu ontem. Você me seduziu?"

"Que bom que sua porta tranca só de bater. Eu teria detestado ter de acordar você para trancar a porta."

"Então você me seduziu mesmo."

Obinze riu. "Posso ir até você?"

Ela gostou da maneira como ele disse "Posso ir até você?".

"Sim. Está uma chuva louca."

"É? Aqui não está chovendo. Estou em Lekki."

Mesmo sabendo ser bobagem, Ifemelu achou excitante o fato de estar chovendo onde ela estava, mas não onde ele estava, a poucos minutos de distância, e por isso esperou, com impaciência, com um deleite eletrizante, até que os dois pudessem ver a chuva juntos.

53.

Assim começaram os dias estonteantes cheios de clichês: Ifemelu se sentia completamente viva, seu coração batia mais forte quando Obinze chegava a sua porta e ela via cada manhã como um presente a ser desembrulhado. Ifemelu ria, cruzava as pernas ou mexia de leve os quadris com uma consciência aguçada de si mesma. Sua camisola tinha o cheiro do perfume dele, um aroma sutil de fruta cítrica e madeira, porque Ifemelu a deixou sem lavar durante o máximo de tempo possível, assim como demorou a limpar um pouco de creme hidratante que ele havia derramado na pia e, depois que eles faziam amor, deixava intocada a cova no travesseiro, uma marca suave onde a cabeça de Obinze tinha pousado, como quem quisesse preservar sua essência até a próxima vez. Com frequência, os dois ficavam na varanda dela observando os pavões da casa abandonada, dando-se as mãos de tempos em tempos, e ela pensava na vez seguinte, e na seguinte, em que fariam isso juntos. Era amor, ficar tão ansiosa pelo amanhã. Será que tinha se sentido assim quando era adolescente? As emoções pareciam absurdas. Ifemelu ficava inquieta quando Obinze não respondia de imediato a suas mensagens de texto. A mente dela ficava enegrecida pelo ciúme de seu passado. "Você é o grande amor da minha vida", ele disse a Ifemelu, que acreditou, mas ainda assim sentia ciúme daquelas mulheres que Obinze amara mesmo que de forma passageira, aquelas mulheres que haviam ganhado espaço em seus pensamentos. Sentia ciúme até das mulheres que gostavam dele, imaginando quanta atenção recebia em Lagos, sendo tão bonito e agora rico também. Quando o apresentou a Zemaye, a graciosa Zemaye com sua saia justa e seu sapato de plataforma, reprimiu uma sensação de desconforto, pois viu nos olhos alertas e apreciadores da amiga os de todas as mulheres famintas de Lagos. Era um ciúme imaginário, pois Obinze não fazia nada para instigá-lo; sua devoção era constante e evidente. Ifemelu ficava maravilhada com a maneira intensa e atenciosa que ele tinha de ouvi-la. Lembrava-se de tudo o que ela dizia. Ela nunca tivera aquilo antes, ser ouvida, ser realmente escutada, então ele se tornou precioso por mais um motivo; a cada vez que se despedia no fim de um telefonema, Ifemelu sentia um pânico crescente. Era mesmo absurdo. O amor de adolescência deles tinha sido menos melodramático. Ou talvez fosse porque as circunstâncias eram diferentes e avultando-se sobre eles agora havia o casamento sobre o qual Obinze nunca falava. Às vezes, ele dizia: "Só posso chegar no meio da tarde no domingo", ou "Tenho de ir embora mais cedo hoje", frases que ela sabia terem a ver com sua esposa, mas não conversavam sobre o assunto. Obinze não tentava fazê-lo e Ifemelu não queria fazê-lo, ou dizia a si mesma que não queria. Ficava surpresa com o fato de ele a levar para sair abertamente, para almoçar e jantar, para seu clube, onde o garçom a chamava de "madame", talvez presumindo que fosse sua mulher; de ficar com ela até depois da meia-noite e nunca tomar uma ducha depois de fazerem amor; de ir para casa com seu toque e seu cheiro na pele. Obinze estava determinado a dar ao relacionamento deles toda a dignidade que podia, a fingir que não estava se escondendo, embora, é claro, estivesse. Certa vez ele disse, com um ar misterioso, quando estavam deitados na cama dela na luz indecisa do fim de tarde: "Posso passar a noite aqui? Eu gostaria de passar". Ifemelu respondeu com um não rápido e mais nada. Não queria se acostumar a acordar ao lado de Obinze, não se permitiu pensar em por que ele podia passar aquela noite ali. Assim, aquele casamento pairava sobre eles, inefável, insondável, até certa noite, quando ela não estava com vontade de comer fora. Ele, animado, disse: "Você tem espaguete e cebolas. Deixe que eu cozinho para você".

"Desde que não me dê dor de estômago."

Obinze riu. "Sinto saudades de cozinhar, não posso cozinhar em casa." E, naquele instante, a esposa dele se tornou uma presença obscura e espectral na sala. Era palpável e ameaçadora de uma maneira que nunca fora quando ele dizia "Só posso chegar no meio da tarde no domingo" ou "Tenho de ir embora mais cedo hoje". Ifemelu virou as costas para ele e abriu o laptop para ver o blog. Uma fornalha havia se acendido em seu âmago. Obinze sentiu o peso súbito de suas palavras, porque foi se postar ao lado dela.

"Kosi jamais gostou da ideia de eu cozinhar. Ela tem ideias bem básicas e tradicionais de como uma esposa deve ser e acha que eu querer cozinhar é uma crítica a ela, o que para mim é bobo. Por isso parei, só para ter paz. Faço omeletes, mas só isso, e nós dois fingimos que minha sopa onugbu não é melhor que a dela. Finge-se muita coisa no meu casamento, Ifem." Ele fez uma pausa. "Eu me casei com ela quando estava me sentindo vulnerável; minha vida estava muito caótica na época."

Ifemelu disse, com as costas viradas para ele: "Obinze, por favor, só faça o espaguete".

"Sinto uma grande responsabilidade por Kosi, mas isso é tudo o que sinto. E quero que você saiba disso." Ele a virou de frente suavemente, segurando seus ombros, e parecia querer dizer outras coisas, mas esperando que ela o ajudasse a dizê-las e, por isso, Ifemelu sentiu o ressentimento se avivando outra vez. Voltou-se para o laptop de novo, engasgada com a vontade de destruir, rasgar e queimar.

"Vou jantar com Tunde Razaq amanhã", disse Ifemelu.

"Por quê?"

"Porque quero."

"No outro dia você disse que não ia fazer isso."

"O que acontece quando você chega em casa e deita na cama com sua mulher? O que acontece?", perguntou ela, sentindo vontade de chorar. Algo havia se rompido entre eles, estragado. "Acho que você devia ir embora", disse Ifemelu.

"Não."

"Obinze, por favor, não discuta e vá embora."

Ele se recusou a ir e, mais tarde, Ifemelu sentiu-se grata por isso. Obinze fez espaguete e ela ficou empurrando a comida no prato, com a garganta seca e sem apetite.

"Nunca vou te pedir nada. Sou uma mulher adulta e sabia da sua situação quando me meti nisso", disse ela.

"Por favor, não fale assim", disse ele. "Isso me assusta. Faz com que eu me sinta dispensável."

"Não tem a ver com você."

"Eu sei. Sei que é a única maneira que você tem de manter um pouco de dignidade nisso."

Ifemelu olhou para Obinze e até o fato de ele ser tão razoável começou a irritá-la.

"Eu te amo, Ifem. Nós nos amamos", disse ele.

Havia lágrimas em seus olhos. Ela começou a chorar também, um choro desamparado, e eles se abraçaram. Mais tarde, ficaram deitados juntos na cama e o ar estava tão parado e silencioso que o som gorgolejante do estômago dele pareceu alto.

"Isso foi a minha barriga ou a sua?", perguntou ele num tom de brincadeira.

"É claro que foi a sua."

"Lembra a primeira vez que fizemos amor? Você tinha acabado de ficar de pé em cima de mim. Eu adorava você de pé em cima de mim."

"Não posso mais fazer isso. Estou gorda demais. Ia matar você."

"Pare com isso."

Finalmente, Obinze se levantou e pôs a calça, com movimentos lentos e relutantes. "Não posso vir amanhã, Ifem, tenho de levar minha filha..."

Ela o interrompeu. "Não tem problema."

"Vou a Abuja na sexta", disse ele.

"É, você disse." Ifemelu estava tentando afastar a sensação de abandono iminente; seria dominada por ela assim que Obinze saísse e ouvisse o clique da porta sendo fechada.

"Venha comigo", disse Obinze.

"O quê?"

"Venha comigo para Abuja. Tenho só duas reuniões e vamos poder passar o fim de semana todo lá. Vai ser bom para nós estar num lugar diferente, conversar. E você nunca foi a Abuja. Posso reservar dois quartos separados no hotel se você quiser. Diga sim. Por favor."

"Sim", disse ela.

Ifemelu não tinha se permitido fazer isso antes, mas, depois que ele foi embora, olhou as fotos de Kosi no Facebook. A beleza dela era espantosa, aquelas maçãs do rosto, aquela pele sem jaça, aquelas curvas femininas perfeitas. Quando Ifemelu viu uma foto tirada de um ângulo não muito favorável, examinou-a por um tempo e sentiu um prazer mesquinho e perverso.

Ifemelu estava no salão quando Obinze lhe mandou uma mensagem: *Desculpe, Ifem, mas acho que é melhor que eu vá sozinho a Abuja. Preciso de um tempo para pensar. Te amo.* Ela ficou olhando para a mensagem com os dedos tremendo e respondeu com três palavras: *Covarde de merda*. Depois, virou-se para a cabeleireira. "Você vai escovar meu cabelo com essa escova? Deve estar brincando. Vocês não pensam?"

A cabeleireira ficou intrigada. "Tia, desculpe, ô, mas foi isso que usei no seu cabelo antes."

Quando Ifemelu chegou ao prédio, o Range Rover de Obinze estava estacionado diante dele. Ele foi atrás dela para o apartamento.

"Ifem, por favor, quero que você entenda. Acho que tudo isso entre nós dois aconteceu um pouco depressa demais e quero um pouco de tempo para pôr as coisas em perspectiva."

"Um pouco depressa demais", repetiu ela. "Nada original. Nem um pouco a sua cara."

"Você é a mulher que eu amo. Nada pode mudar isso. Mas tenho uma sensação de responsabilidade em relação ao que preciso fazer."

Ela esquivou-se dele, de sua voz rouca, da falta de sentido nebulosa que lhe saiu tão facilmente da boca. O que significava "responsabilidade em relação ao que preciso fazer"? Que ele queria continuar a se encontrar com ela, mas tinha de permanecer casado? Que não podia mais se encontrar com ela? Obinze sempre comunicava de maneira clara o que queria, mas agora ali estava ele, escondendo-se atrás de palavras sem consistência.

"O que você está dizendo?", perguntou ela. "O que está tentando me dizer?"

Quando Obinze ficou em silêncio, Ifemelu disse: "Vá para o inferno".

Ela entrou no quarto e trancou a porta. Da janela, ficou observando o Range Rover até ele desaparecer numa curva.

54.

Abuja tinha horizontes amplos, ruas largas, ordem; ir de Lagos para lá era ficar perplexo com as sequências e os espaços. O ar cheirava a poder; ali, todos avaliavam todos, perguntando-se quão poderoso era cada um. Cheirava a dinheiro, dinheiro fácil, que trocava facilmente de mãos. E também transbordava sexo. Chidi, um amigo de Obinze, dizia que não corria atrás de mulher em Abuja porque não queria brigar com um ministro ou um senador. Todas as mulheres jovens e bonitas se tornavam misteriosamente suspeitas. Abuja era mais conservadora do que Lagos, dizia Chidi, porque era mais muçulmana, e nas festas as mulheres não usavam roupas reveladoras, mas você podia comprar e vender sexo com mais facilidade ali. Tinha sido em Abuja que Obinze quase traíra Kosi, não com uma das meninas vistosas com lentes de contato coloridas e cabelos falsos cascateantes que não paravam de dar em cima dele, mas com uma mulher de meia-idade que usava um cafetã e se sentou ao seu lado no bar de um hotel, dizendo: "Sei que você está entediado". Ela parecia faminta por perigo, talvez fosse uma esposa reprimida e frustrada que havia escapado só naquela noite.

Por um instante a luxúria, uma luxúria vibrante e crua, o dominou, mas ele pensou como ficaria mais entediado depois, ansioso por ir embora de seu quarto no hotel, e a coisa pareceu-lhe um esforço grande demais.

Ela acabaria com um dos muitos homens de Abuja que viviam vidas sórdidas e ociosas em hotéis e casas em que moravam durante parte do tempo, bajulando e cortejando pessoas importantes para conseguir um contrato ou receber por um. Na última viagem de Obinze para lá, um homem assim, que ele mal conhecia, havia olhado por um tempo para duas jovens na outra ponta do balcão e lhe perguntado casualmente: "Você tem uma camisinha sobrando?". Obinze se afastara, chocado.

Agora, sentado a uma mesa coberta de branco em Protea Asokoro, esperando por Edusco, o executivo que queria comprar seu terreno, ele imaginou Ifemelu ali ao seu lado e se perguntou o que ela acharia de Abuja. Não ia gostar da cidade, de sua falta de alma, ou talvez gostasse. Não era fácil prever suas reações. Certa vez, quando estavam jantando num restaurante em Victoria Island, com garçons sorumbáticos rondando a mesa, ela parecia distante, com os olhos na mesa atrás dele, e Obinze temeu que estivesse chateada com alguma coisa. "No que você está pensando?", perguntou.

"Estou pensando em como todos os quadros de Lagos sempre parecem tortos, nunca são pendurados direito", disse ela. Obinze riu e pensou como, com ela, sempre ficava de uma maneira como nunca estivera com outra mulher: alegre, alerta, vivo. Mais tarde, quando saíram do restaurante, ele a observou se desviar com habilidade das poças de água nos buracos perto do portão, e sentiu um desejo de alisar todas as ruas de Lagos por ela.

Sua cabeça estava conturbada: num minuto achava que tinha sido a decisão certa não ir a Abuja com Ifemelu, porque precisava refletir, e no minuto seguinte se enchia de arrependimento. Talvez a tivesse afastado. Ele tinha ligado muitas vezes, mandado mensagens perguntando se podiam conversar, mas Ifemelu o ignorara, o que talvez fosse melhor, porque ele não sabia o que diria caso se falassem.

Edusco tinha chegado. Uma voz alta bradando ao telefone do saguão do restaurante. Obinze não o conhecia bem — eles tinham feito negócios apenas uma vez antes, apresentados por um amigo em comum —, mas admirava homens como ele, que não conheciam nenhum homem importante, não tinham contatos, e haviam ganhado dinheiro de uma maneira que não era contrária à lógica simples do capitalismo. Edusco tinha acabado de terminar o ensino fundamental quando arrumou uma vaga de aprendiz no varejo. Começara com uma barraquinha em Onitsha e agora era dono da segunda maior transportadora do país. Ele entrou no restaurante, com um porte seguro e uma barriga grande, falando alto em seu inglês terrível; duvidar de si mesmo não era algo que lhe ocorria.

Mais tarde, quando estavam discutindo o preço do terreno, Edusco disse: "Veja bem, meu irmão. Você não vai vender por esse preço, ninguém vai comprar. *Ife esika kita*. A recessão está mordendo todo mundo".

"Irmão, suba essa mão um pouco, estamos falando de um terreno em Maitama, não na sua aldeia", disse Obinze.

"Seu estômago está cheio. O que mais você quer? Está vendo, esse é o problema com vocês, igbos. Não tratam de irmão para irmão. É por isso que gosto dos iorubas, eles cuidam uns dos outros. Sabia que outro dia fui ao escritório da Receita Federal perto da minha casa e um homem de lá, um igbo... eu vi o nome dele e falei com ele em igbo, e ele nem me respondeu! Um hausa fala hausa com outro hausa. Um ioruba vê um ioruba em qualquer lugar e fala ioruba. Mas um igbo fala inglês com outro igbo. Fico até surpreso de você estar falando igbo comigo."

"É verdade", disse Obinze. "É triste, é o legado de ser um povo derrotado. Perdemos a Guerra de Biafra e aprendemos a ter vergonha."

"É só egoísmo!", disse Edusco, sem se interessar pela visão intelectual de Obinze. "O ioruba está ali ajudando seu irmão, mas vocês, igbos? *I ga-asikwa*. Veja você agora, me pedindo esse preço."

"Tudo bem, Edusco, por que eu não te dou a terra de graça? Vou lá pegar o título e te dar agora."

Edusco riu. Gostava de Obinze, dava para perceber; imaginou-o falando dele numa reunião de outros igbos que tinham feito fortuna com as próprias mãos, homens francos e empreendedores, que tocavam diversas empresas enormes e sustentavam diversos membros da aldeia. *Obinze ma ife*, ele imaginou Edusco dizendo. *Obinze não é como esses menininhos inúteis que têm dinheiro. Ele não é burro*.

Obinze olhou para sua garrafa quase vazia de Gulder. Era estranho como tudo sem Ifemelu perdia o brilho; até o gosto de sua cerveja preferida ficava diferente. Ele devia tê-la levado a Abuja. Era idiota afirmar que precisava de tempo para refletir quando tudo o que estava fazendo era se esconder de uma verdade que já sabia. Ela o chamara de covarde e havia mesmo uma covardia em seu medo de desordem, de perturbar aquilo que nem sequer queria: sua vida com Kosi, aquela segunda pele em que jamais estivera perfeitamente confortável.

"Tudo bem, Edusco", disse Obinze, sentindo-se exausto de repente. "Não vou poder comer a terra se não a vender."

Edusco ficou espantado. "Está dizendo que concorda em vender pelo que ofereci?"

"Sim."

Depois que Edusco foi embora, Obinze ligou para Ifemelu sem parar, mas ela não atendeu. Talvez o telefone estivesse no silencioso e ela estivesse comendo sentada à mesa de jantar, com aquela camiseta rosa que usava sempre e que tinha um buraquinho na gola e HEARTBREAKER CAFÉ escrito na frente; seus mamilos, quando endureciam, pontuavam aquelas palavras como vírgulas. Pensar na camiseta rosa de Ifemelu o deixou excitado. Ou talvez ela estivesse lendo na cama, com sua canga abadá espalhada sobre o corpo como um cobertor, com uma calcinha preta modelo shortinho e mais nada. Todas as suas calcinhas eram pretas modelo shortinho; ela achava engraçadas roupas de baixo femininas demais. Certa vez, Obinze pegou uma calcinha daquelas no chão, onde a havia jogado depois de tirá-la de Ifemelu, e olhou para a casquinha leitosa nela. Ela riu e disse: "Ah, você quer cheirar? Nunca entendi essa história de cheirar calcinha". Ou talvez estivesse diante do laptop, trabalhando no blog. Ou na rua com Ranyinudo. Ou ao telefone com Dike. Ou na sala com algum homem, conversando sobre Graham Greene. Obinze sentiu um enjoo se espalhando ao pensar em Ifemelu com outro. É claro que não estaria com outro, não tão pouco tempo depois. Ainda assim, havia aquela teimosia imprevisível nela; talvez o fizesse só para magoá-lo. Quando ela lhe disse, naquele primeiro dia: "Eu sempre via o teto com os outros homens", ele tentou imaginar quantos houvera. Quis perguntar, mas não perguntou, porque temeu que Ifemelu lhe dissesse a verdade e temeu que isso o atormentasse para sempre. É claro que ela sabia que ele a amava, mas será que sabia o quanto aquilo o consumia, como a cada dia era infectado por ela, afetado por ela? E como ela tinha poder sobre ele, mesmo quando estava dormindo? "Kimberly idolatra o marido e o marido se idolatra. Ela devia abandoná-lo, mas nunca vai fazer isso", disse Ifemelu certa vez sobre a mulher para quem trabalhara nos Estados Unidos, a mulher com *obi ocha*. As palavras dela tinham sido leves, livres de sombra, mas Obinze ouviu nelas o veneno de outros significados.

Quando ela falava de sua vida americana, ele ouvia com uma atenção próxima do desespero. Queria fazer parte de tudo que Ifemelu já tinha feito, ser familiar a cada emoção que já sentira. Certa vez, ela disse: "O problema de namorar uma pessoa de outra cultura é que você passa muito tempo se explicando. Meu ex-namorado e eu passávamos muito tempo nos explicando. Eu às vezes me perguntava se teríamos alguma coisa para dizer um ao outro se fôssemos do mesmo lugar". Obinze ficou satisfeito ao ouvir isso, porque dava ao seu relacionamento com Ifemelu uma profundidade, uma ausência de novidade superficial. Eles eram do mesmo lugar, mas ainda assim tinham muita coisa a dizer um para o outro.

Estavam falando sobre política americana certa vez e ela disse: "Gosto dos Estados Unidos. É o único lugar onde poderia viver, além daqui. Mas, um dia, um bando de amigos de Blaine e eu estávamos falando sobre crianças e eu me dei conta de que, se algum dia tiver filhos, não quero que tenham uma infância americana. Não quero que digam 'oi' para os adultos, quero que digam 'bom dia' e 'boa tarde'. Não quero que murmurem 'bem' quando alguém perguntar como estão. Quero que digam, 'estou bem, obrigado' e 'eu tenho cinco anos'. Não quero um filho que se alimenta de elogios, espera ganhar um prêmio por ter feito um esforço e desafia os adultos em nome da autoexpressão. Isso é horrivelmente conservador? Os amigos de Blaine disseram que é e, para eles, 'conservador' é o pior insulto que existe."

Obinze riu, lamentando não ter estado lá com o "bando de amigos", e queria que aquele filho imaginário fosse dele, aquele filho conservador com bons modos. Ele disse: "Essa criança vai fazer dezoito anos e pintar o cabelo de roxo", e ela respondeu: "Sim, mas a essa altura eu já vou tê-la expulsado de casa".

No aeroporto de Abuja, quando ia voltar para Lagos, Obinze pensou em ir para a ala internacional e comprar uma passagem para um lugar diferente, como Malabo. Então, sentiu um nojo passageiro de si mesmo, porque é claro que não faria isso; faria o que esperavam que fizesse. Estava entrando no voo para Lagos quando Kosi ligou.

"O voo está no horário certo? Lembre-se de que vamos sair com Nigel para comemorar o aniversário dele", disse ela.

"É claro que eu lembro."

Fez-se um silêncio do outro lado da linha. Ele tinha perdido a paciência.

"Desculpe", disse. "Estou com uma dor de cabeça estranha."

"Querido, *ndo*. Sei que você está cansado", ela disse. "Vejo você logo."

Obinze desligou e pensou no dia em que a filha deles tinha nascido, melada e de cabelos encaracolados, no hospital Woodlands, em Houston, lembrando como Kosi se virara para ele enquanto ainda tirava as luvas de látex e dissera, como pedindo desculpas: "Querido, vamos ter um menino da próxima vez". Obinze havia recuado, horrorizado. Percebera que ela não o conhecia. Não o conhecia nem um pouco. Não sabia que o sexo de seu bebê lhe era indiferente. E ele sentiu um leve desprezo por ela, por querer um menino porque eles supostamente deviam querer um menino e por ser capaz de dizer, logo depois de dar à luz, aquelas palavras: "vamos ter um menino da próxima vez". Talvez devesse ter falado mais com Kosi, sobre o filho que estavam esperando e sobre tudo o mais, porque, embora trocassem sons agradáveis, fossem bons amigos e compartilhassem silêncios confortáveis, não conversavam de verdade. Mas nunca havia tentado, porque as perguntas que fazia sobre a vida eram inteiramente diferentes das dela.

Obinze soube disso desde o início, sentira-o em sua primeira conversa depois que um amigo os apresentara num casamento. Kosi usava um vestido de madrinha fúcsia, com um decote profundo que mostrava um colo para o qual ele não conseguia parar de olhar. Alguém estava fazendo um discurso, descrevendo a noiva como "uma mulher de virtude", e Kosi assentiu com vigor e sussurrou para ele: "Ela é mesmo uma mulher de virtude". Obinze ficou surpreso por ela poder usar a palavra "virtude" sem um pingo de ironia, como acontecia nos artigos mal escritos da seção feminina das edições de fim de semana dos jornais. *A mulher do pastor é uma discreta mulher de virtude*. Ainda assim, sentiu desejo por ela e a perseguiu com uma obsessão imensa. Nunca tinha visto uma mulher com um desenho tão perfeito das maçãs do rosto, que fazia toda a sua face parecer tão vivaz, tão arquitetada, erguendo-se quando ela sorria. Além disso, Obinze havia acabado de ficar rico e estava desorientado: numa semana, estava morando de favor no apartamento da prima, e na outra tinha milhões de nairas em sua conta no banco. Kosi se tornou uma pedra de toque da realidade. Se ele pudesse ficar com ela, tão extraordinariamente bela, mas tão normal, previsível, doméstica e dedicada, então talvez pudesse acreditar que aquela era mesmo sua vida. Ela se mudou do apartamento que dividia com uma amiga para a casa de Obinze e organizou seus vidros de perfume em sua cômoda, aromas cítricos que passou a associar com estar em casa; sentava-se na BMW ao lado de Obinze como se aquele sempre tivesse sido o carro dele, sugeria viagens casualmente como se ele sempre tivesse podido viajar, e, quando os dois tomavam banho juntos, esfregava-o com uma esponja dura, mesmo entre os dedos dos pés, até ele sentir que havia nascido de novo. Até sua vida nova lhe pertencer. Kosi não tinha os mesmos interesses que ele — era uma pessoa literal que não lia, era satisfeita com o mundo, e não curiosa em relação a ele —, mas Obinze sentia-se grato a ela, sortudo por estar com ela. Então, Kosi lhe disse que seus parentes estavam perguntando quais eram as intenções dele. "Eles não param de perguntar", disse, acentuando o "eles" para se excluir desse clamor pelo casamento. Ele reconheceu a manipulação e não gostou. Ainda assim, casou com ela. Já estavam morando juntos, ele não estava infeliz e imaginou que, com o tempo, Kosi ganharia um pouco de peso. Mas após quatro anos não ganhara, a não ser fisicamente, de uma maneira que, para Obinze, a deixara ainda mais linda, mais fresca, com quadris e seios mais cheios, como uma planta bem regada.

Obinze achava graça no fato de Nigel ter decidido se mudar para a Nigéria em vez de simplesmente ir para lá sempre que precisava de seu gerente-geral branco. O salário era bom e Nigel agora podia levar o tipo de vida em Essex que jamais teria imaginado antes, mas queria morar em Lagos, pelo menos por algum tempo. Assim, Obinze passou a esperar, jocoso, pelo momento em que Nigel enjoaria de comer sopa de pimenta, ir a casas noturnas e beber nas barracas da praia Kuramo. Mas Nigel continuava ali, em seu apartamento em Ikoyi, com uma empregada que passava a noite ali e seu cachorro. Ele não dizia mais "Lagos tem tantos sabores", reclamava mais do trânsito e finalmente tinha parado de se lamuriar por causa da última namorada, uma moça de Benue com um rosto bonito e um jeito dissimulado que o largara por um executivo libanês rico.

"O cara é completamente careca", Nigel tinha dito a Obinze.

"Seu problema, meu amigo, é que você se apaixona muito fácil e demais. Qualquer um podia ver que aquela moça era falsa, que estava procurando um homem maior."

"Não diga que o homem era maior, cara!", exclamou Nigel.

Agora ele tinha conhecido Ulrike, uma mulher esguia de rosto angular com um corpo de rapaz jovem que trabalhava na embaixada e parecia determinada a ficar emburrada durante todo o tempo que permanecesse na Nigéria. No jantar, ela limpou seus talheres com o guardanapo antes de começar a comer.

"Você não faz isso no seu país, faz?", perguntou Obinze com frieza. Nigel imediatamente olhou-o, assustado.

"Na verdade, faço", disse Ulrike, encarando-o.

Kosi deu um tapinha em sua coxa por debaixo da mesa, como se quisesse acalmá-lo, o que o irritou. Nigel também o irritava, começando a falar de repente sobre as casas que Obinze pretendia construir, como era interessante o projeto do arquiteto novo. Uma tentativa tímida de pôr um ponto-final no diálogo entre Obinze e Ulrike.

"A planta interna é fantástica, me fez pensar em algumas fotos daqueles lofts chiques de Nova York", disse Nigel.

"Nigel, não vou usar esse projeto. Uma cozinha americana nunca daria certo com os nigerianos, e nosso público-alvo são eles, porque vamos vender, não alugar. Projetos com cozinha americana são para estrangeiros, e os estrangeiros não vão comprar propriedades neste país." Ele já havia dito muitas vezes a Nigel que a culinária nigeriana não era cosmética, com todos aqueles pilões. Era suada e apimentada, e os nigerianos preferiam apresentar o produto final, não o processo.

"Chega de falar em trabalho!", disse Kosi alegremente. "Ulrike, você já experimentou comida nigeriana?"

Obinze se levantou de forma abrupta e foi ao banheiro. Ligou para Ifemelu e ficou furioso por ela ainda não atender. Culpou-a. Culpou-a por transformá-lo numa pessoa que não tinha controle completo sobre o que estava sentindo.

Nigel entrou no banheiro. "O que houve, cara?" As bochechas dele estavam muito vermelhas, como sempre ficavam quando bebia. Obinze estava diante da pia com o celular na mão, sentindo aquela lassidão exausta se espalhar por ele de novo. Quis contar a Nigel. Nigel era o único amigo em quem confiava inteiramente, mas ele adorava Kosi. "Ela é muito mulher, cara", dissera Nigel para ele certa vez, e Obinze tinha visto em seus olhos aquele desejo terno e esmagado de um homem por aquilo que nunca conseguiria ter. Nigel ouviria, mas não compreenderia.

"Desculpe, não deveria ter sido grosseiro com Ulrike", disse Obinze. "Só estou cansado, pode ser malária."

Naquela noite, Kosi se aproximou dele, numa oferta. Não era uma declaração de desejo o ato de acariciar seu peito e esticar a mão para pegar seu pênis, mas uma oferta votiva. Alguns meses antes, ela havia dito que queria começar a "tentar fazer nosso filho homem". Não disse "tentar ter um segundo filho", disse "fazer nosso filho homem", e aquilo era o tipo de coisa que aprendia na igreja. *Existe poder na palavra falada. Reivindique seu milagre.* Ele lembrava como, quando ela estava havia meses tentando engravidar pela primeira vez, começara a dizer, emburrada e ofendida: "Todas as minhas amigas que tinham vidas desregradas estão grávidas".

Depois que Buchi nasceu, Obinze concordou em mandar rezar uma missa de Ação de Graças na igreja de Kosi, um salão lotado de pessoas bem-vestidas, que eram amigas de Kosi, que eram como ela. E ele as vira como um mar de bárbaros ignorantes que batiam palmas e dançavam, todos aquiescentes e maleáveis diante do pastor em seu terno de marca.

"O que houve, querido?", perguntou Kosi, quando ele não ficou ereto em sua mão. "Está se sentindo bem?"

"Só estou cansado."

O cabelo dela estava coberto por uma rede preta e seu rosto tinha uma camada de um creme que cheirava a hortelã, do qual Obinze sempre tinha gostado. Ele deu as costas para ela. Vinha lhe dando as costas desde o dia em que beijara Ifemelu pela primeira vez. Não devia comparar as duas, mas comparava. Ifemelu exigia dele. "Não, não goze ainda, eu mato você se gozar", dizia, ou: "Não, amor, não se mova", e então enfiava as unhas em seu peito e se movia em seu próprio ritmo e, quando finalmente arqueava as costas e soltava um grito agudo, Obinze se sentia realizado por tê-la satisfeito. Ela esperava ser satisfeita, mas Kosi não. Kosi sempre reagia a seu toque com complacência, e às vezes Obinze imaginava seu pastor lhe dizendo que uma esposa devia fazer sexo com o marido mesmo que não tivesse vontade, ou o marido encontraria consolo numa Jezebel.

"Espero que você não esteja ficando doente", disse Kosi.

"Estou bem." Normalmente, Obinze a abraçaria e faria carinho em suas costas devagar até que ela dormisse. Mas, agora, não conseguiu fazer isso. Tantas vezes nas últimas semanas havia começado a falar de Ifemelu para Kosi, mas desistido. O que ele ia dizer? Ia parecer uma cena de um filme bobo. *Estou apaixonado por outra mulher. Existe outra pessoa. Vou deixar você.* O fato de essas serem palavras que alguém podia dizer a sério, fora de um filme e fora das páginas de um livro, parecia estranho. Kosi estava enlaçando-o com os braços. Obinze se afastou, murmurou que estava enjoado e entrou no banheiro. Ela havia colocado um novo pot-pourri, uma mistura de folhas secas e sementes, numa tigela roxa, em cima da caixa da privada. O cheiro forte demais de lavanda o deixou sufocado. Ele jogou o conteúdo da tigela na privada e no instante seguinte sentiu-se culpado. A intenção de Kosi tinha sido boa. Ela não sabia que o cheiro forte demais de lavanda seria desagradável para ele, afinal.

Na primeira vez em que Obinze encontrou Ifemelu na Jazzhole, chegou em casa e disse a Kosi: "Ifemelu está na cidade. Eu tomei um suco com ela", e Kosi disse: "Ah, sua namorada da faculdade?", com uma indiferença tão indiferente que ele não acreditou completamente nela.

Por que ele havia lhe contado? Talvez porque, mesmo na época, houvesse percebido a força do que sentia e querido prepará-la, revelar tudo em etapas. Mas como Kosi poderia não ter visto que ele tinha mudado? Como poderia não ver isso em seu rosto? Em todo o tempo que passava sozinho em seu escritório, na frequência com que saía, em como voltava tarde? Obinze, de maneira egoísta, havia torcido para que isso a afastasse, a irritasse. Mas Kosi sempre assentia, aceitando com naturalidade, quando ele lhe dizia que estivera no clube. Ou na casa de Okwudiba. Certa vez, Obinze disse que ainda estava correndo atrás do negócio com os donos árabes da Megatel, mencionando "o negócio" casualmente, como se ela já soubesse o que era, e Kosi emitiu sons vagos de encorajamento. Mas ele nem estava envolvido com a Megatel.

Na manhã seguinte, Obinze acordou cansado, com a mente envolta em uma grande tristeza. Kosi já havia se levantado, tomado banho e estava sentada diante de sua penteadeira, que era cheia de cremes e loções organizados de maneira tão cuidadosa que ele às vezes se imaginava enfiando as mãos embaixo da mesa e virando-a, só para ver o que aconteceria com aqueles vidros.

"Faz tempo que você não faz uns ovos para mim, Zed", disse ela, indo lhe dar um beijo quando viu que ele estava acordado. Então Obinze fez ovos para ela, brincou com Buchi na sala e, quando a menina adormeceu, leu os jornais, sempre com a mente envolta naquela tristeza. Ifemelu ainda não atendia seus telefonemas. Obinze subiu as escadas e foi para o quarto. Kosi estava organizando um armário. Havia uma pilha de sapatos com os saltos para cima no chão.

Ele ficou parado diante da porta e disse baixinho: "Não sou feliz, Kosi. Amo outra pessoa. Quero me divorciar. Não vai faltar nada para você e para Buchi".

"O quê?" Ela virou de costas para o espelho e encarou-o, atônita.

"Não sou feliz." Não era assim que ele tinha planejado dizer aquilo, mas na verdade não tinha planejado nada. "Estou apaixonado por outra pessoa. Não vai faltar..."

Kosi ergueu a mão, a palma aberta virada para ele, para fazê-lo parar de falar. Não diga mais nada, implicava a mão. Não diga mais nada. E Obinze ficou irritado por ela não querer saber mais. Sua palma era branca, quase diáfana, e ele podia ver o entrecruzar esverdeado das veias. Kosi baixou a mão. E então, devagar, tombou de joelhos. Era uma descida fácil para ela, tombar de joelhos, porque fazia isso com frequência quando rezava, na sala de televisão do andar de cima, com a empregada, a babá e quem mais estivesse na casa. "Psiu, Buchi", dizia entre uma palavra e outra da prece, enquanto a filha continuava com sua tagarelice infantil, mas no fim Buchi sempre guinchava com sua vozinha aguda: "Amém!". Quando Buchi dizia "Amém!" com aquele deleite, aquele entusiasmo, Obinze temia que crescesse e se tornasse uma mulher que, com aquela palavra, "amém", esmagaria as perguntas que queria fazer ao mundo. E agora Kosi estava tombando de joelhos diante dele, que não queria compreender aquele gesto.

"Obinze, somos uma família", disse ela. "Temos uma filha. Ela precisa de você. Eu preciso de você. Precisamos manter a família unida."

Kosi estava de joelhos, implorando-lhe que não a deixasse, e ele preferia que ela estivesse furiosa.

"Kosi, eu amo outra mulher. Detesto machucar você dessa maneira e..."

"A questão não é outra mulher, Obinze", disse ela, erguendo-se, com a voz ficando mais fria e o olhar, mais duro. "A questão é manter a família unida! Você fez um voto perante Deus. Eu fiz um voto perante Deus. Sou uma boa esposa. Somos casados. Você acha que pode destruir esta família só porque sua ex-namorada voltou para a cidade? Sabe o que significa ser um pai responsável? Você tem obrigações com aquela criança lá embaixo! O que faz hoje pode arruinar a vida dela e traumatizá-la até o dia de sua morte! E tudo porque sua ex-namorada voltou dos Estados Unidos? Porque você está fazendo sexo acrobático que o fez lembrar seus tempos de faculdade?"

Obinze recuou. Então, ela sabia. Ele foi para o escritório e trancou a porta. Odiou Kosi por saber durante todo esse tempo e fingir que não sabia, e pelo lamaçal de humilhação que lhe ficara no estômago. Vinha guardando um segredo que nem sequer era segredo. Uma culpa de múltiplas camadas o deixou pesado, não apenas por querer deixar Kosi, mas por ter se casado com ela. Ele não podia primeiro se casar com ela, sabendo muito bem que não deveria ter feito aquilo, e agora, quando tinham uma filha, abandoná-la. Kosi estava decidida a continuar casada e esse era o mínimo que ele lhe devia, continuar casado. Obinze sentiu-se trespassado pelo pânico ao pensar em continuar casado; sem Ifemelu, o futuro se avultava com um tédio infindável e sem alegria. Então, ele disse a si mesmo que estava sendo bobo e dramático. Tinha que pensar em sua filha. Mas, quando sentou na cadeira e girou-a para procurar um livro na estante, sentiu-se já alçando voo.

Como Obinze havia se refugiado em seu escritório e dormido no sofá lá dentro, como eles não tinham dito mais nada um para o outro, ele achou que Kosi não ia querer ir à festa de batizado do filho de seu amigo Ahmed no dia seguinte. Mas, de manhã, Kosi dispôs sobre a cama deles sua saia longa azul de renda, o cafetã senegalês azul dele e, entre os dois, o vestido rodado de veludo azul de Buchi. Ela nunca havia feito isso antes, escolher roupas da mesma cor para eles todos. Ao chegar lá embaixo, Obinze viu que ela tinha feito panquecas, gordas como ele gostava, que estavam sobre a mesa de café da manhã. Buchi havia derramado um pouco de Ovomaltine no joguinho americano dela.

"Hezekiah ligou", disse Kosi, distraída, referindo-se ao primo de Obinze de Awka, que só ligava quando queria dinheiro. "Mandou uma mensagem dizendo que não consegue falar com você. Não sei por que finge não saber que você ignora seus telefonemas."

Era estranho Kosi dizer aquilo, falar do fingimento de Hezekiah quando ela própria estava imersa em fingimento, colocando cubos de abacaxi fresco no prato dele como se a noite anterior não tivesse acontecido.

"Mas você devia fazer algo por ele, mesmo que pouco, ou ele não vai deixar você em paz", disse Kosi.

"Fazer algo por ele" significava dar-lhe dinheiro e Obinze sentiu um ódio súbito daquela tendência dos igbos de recorrer a eufemismos sempre que falavam de dinheiro, usando referências indiretas, fazendo gestos vagos em vez de apontar. Encontre algo para essa pessoa. Faça algo por essa pessoa. Aquilo o irritava. Parecia covarde, em especial para um povo que, em qualquer outro respeito, era brutalmente franco. Ifemelu o chamara de *covarde de merda*. Havia uma covardia até mesmo no fato de ele ligar e mandar mensagens para ela, sabendo que não responderia; poderia ter ido ao seu apartamento e batido na porta, mesmo que fosse só para ouvi-la mandando-o embora. E havia uma covardia no fato de ele não dizer a Kosi mais uma vez que queria se divorciar, de se aninhar no conforto da negação da esposa. Kosi pegou um pedaço de abacaxi de seu prato e comeu. Ela estava inabalável, focada, calma.

"Segure a mão do papai", disse Kosi para Buchi quando eles entraram na festiva propriedade de Ahmed naquela tarde. Ela queria que a normalidade voltasse pela força de sua vontade. Queria que um bom casamento surgisse pela força de sua vontade. Carregava um presente embrulhado em papel prateado, para o bebê de Ahmed. No carro, tinha contado a Obinze o que era, mas ele já esquecera. Tendas e mesas com comida estavam espalhadas pela imensa propriedade, que era cheia de árvores e tinha um jardim planejado, com um buraco nos fundos que viria a ser uma piscina. Havia uma banda tocando. Dois palhaços corriam de um lado para o outro. Crianças dançavam e gritavam.

"Eles chamaram a mesma banda da festa de Buchi", sussurrou Kosi. Ela quisera fazer uma grande festa para celebrar o nascimento de Buchi e Obinze tinha passado aquele dia como se flutuasse, com uma bolha de ar entre ele e a festa. Quando o mestre de cerimônias disse "o novo pai", Obinze teve um estranho sobressalto ao perceber que era a ele que o homem se referia, que ele era o novo pai. Um pai.

A esposa de Ahmed, Sike, estava abraçando-o, apertando as bochechas de Buchi, as pessoas relaxavam, o ar estava repleto de gargalhadas. Eles admiraram o bebê, adormecido nos braços da avó, uma senhora de óculos. E Obinze se deu conta de que havia alguns anos eles tinham ido a diversos casamentos, mas agora eram batizados e logo seriam funerais. Eles morreriam. Todos morreriam após se arrastarem por uma vida na qual não eram nem felizes nem infelizes. Ele tentou se livrar da sombra melancólica que o envolvia. Kosi levou Buchi até o grupo de mulheres e crianças reunido ao lado da entrada da sala; elas faziam alguma brincadeira organizadas num círculo, no centro do qual estava um palhaço de boca vermelha. Obinze observou a filha — seu andar desajeitado, a tiara azul enfeitada com flores de seda em meio aos seus cabelos fartos, a maneira súplice como olhava para Kosi, com uma expressão que o fez lembrar sua mãe. Ele não podia suportar a ideia de Buchi crescer e se ressentir dele, sentir a falta de algo que ele deveria ter sido para ela. Mas o que devia importar não era se ele ia ou não deixar Kosi, mas a frequência com que veria Buchi. Moraria em Lagos, afinal, e se certificaria de que ela o visse sempre que possível. Muitas pessoas eram criadas sem o pai. Ele próprio fora criado assim, embora sempre houvesse tido o espírito de seu pai para consolá-lo, idealizado, congelado em lembranças alegres da infância. Desde que Ifemelu tinha voltado, Obinze procurara histórias de homens que deixaram o casamento, desejando que acabassem bem, com os filhos mais felizes com pais separados do que com pais casados e infelizes. Mas a maior parte das histórias era sobre crianças ressentidas que viam o divórcio com amargura, crianças que prefeririam que os pais infelizes permanecessem juntos. Certa vez, no clube, ele se animara ao ouvir um jovem falando com os amigos sobre o divórcio dos pais, sobre como se sentira aliviado, porque a infelicidade dos dois era pesada. "O casamento deles bloqueava as bênçãos em nossa vida, e o pior é que eles nem brigavam."

Na outra ponta do balcão, Obinze tinha exclamado "Muito bem!", fazendo com que os outros o olhassem, estranhando.

Ele ainda estava observando Kosi e Buchi falando com o palhaço de boca vermelha quando Okwudiba chegou. "Zed!"

Eles se abraçaram, trocaram tapinhas nas costas.

"Como foi na China?", perguntou Obinze.

"Esses chineses... É uma gente muito astuta. Você sabe que os idiotas que estavam cuidando do projeto antes assinaram um monte de acordos imbecis com eles. Queríamos rever alguns acordos, mas, esses chineses, chegam em cinquenta a uma reunião e eles só trazem os papéis e dizem: 'Assine aqui, assine aqui!'. Você fica exausto de tanto que negociam e no fim eles ficam com seu dinheiro e sua carteira." Okwudiba riu. "Venha, vamos lá para cima. Ouvi dizer que Ahmed pôs umas garrafas de Dom Pérignon lá."

Lá em cima, no que parecia ser uma sala de jantar, as pesadas cortinas cor de vinho estavam fechadas, deixando a luz do sol do lado de fora, e um candelabro vistoso e brilhante, que parecia um bolo de casamento feito de cristal, pendia do centro do teto. Havia homens sentados em torno da grande mesa de carvalho, que estava repleta de garrafas de vinho e licor e travessas com arroz, carne e saladas. Ahmed entrava e saía, dando instruções à criada, ouvindo conversas e contribuindo com uma ou duas frases.

"Os ricos não ligam para as tribos. Mas, quanto mais baixo se desce, mais importantes são", dizia Ahmed quando Obinze e Okwudiba entraram. Obinze gostava da natureza sardônica de Ahmed. Ele havia alugado telhados estratégicos em Lagos bem na época em que as empresas de telefonia móvel estavam começando a chegar à cidade, e agora os alugava para suas estações de base e ganhava o que ironicamente chamava de "o único dinheiro fácil e limpo do país".

Obinze apertou a mão dos homens, a maioria dos quais conhecia, e perguntou à criada, uma jovem que havia colocado uma taça de vinho diante dele, se poderia pegar uma Coca. O álcool o faria afundar ainda mais em seu pântano. Ele ouviu a conversa ao redor, as piadas, as provocações, as mesmas histórias contadas e recontadas. Então, como sabia que inevitavelmente ocorreria, os homens começaram a criticar o governo — dinheiro roubado, contratos que não eram levados até o fim, infraestrutura largada que apodrecia.

"Vejam bem, é muito difícil ser do governo neste país e não ser corrupto. Tudo é feito para você roubar. E o pior é que as pessoas querem que você roube. Seus parentes querem que você roube, seus amigos querem que você roube", disse Olu. Ele era magro e curvado, com a arrogância fácil que vinha com seu dinheiro herdado, com seu sobrenome famoso. Diziam que certa vez tinham lhe oferecido um ministério e ele respondera: "Mas não posso morar em Abuja, não tem mar, não consigo sobreviver sem meus barcos". Olu tinha acabado de se divorciar da esposa, Morenike, amiga de Kosi da faculdade. Ele vivia importunando Morenike, que era só um pouco acima do peso, para emagrecer, de forma a manter o interesse dele. Durante o divórcio, ela descobrira uma série de imagens pornográficas no computador que eles tinham em casa, todas de mulheres obesas, com montes de gordura nos braços e na barriga. Morenike concluíra, e Kosi concordava, que Olu tinha um problema espiritual.

"Por que tudo tem que ser um problema espiritual? O homem tem um fetiche, só isso", dissera Obinze a Kosi. Agora, ele às vezes se pegava olhando Olu com uma curiosidade divertida; nunca se sabe o que se passa na cabeça das pessoas.

"O problema não é que as pessoas do governo roubam, o problema é que roubam demais", disse Okwudiba. "Olhe todos esses governadores. Eles deixam seus estados, vêm para Lagos, compram um monte de terra e só vendem depois que deixam o cargo. É por isso que ninguém tem dinheiro para comprar terra hoje."

"É verdade! Os especuladores estragam os preços para todo mundo. E os especuladores são do governo. Temos um problema sério neste país", disse Ahmed.

"Mas não é só na Nigéria. Existem especuladores de terra em todo lugar do mundo", disse Eze. Eze era o homem mais rico ali, dono de poços de petróleo. Assim como muitos dos ricos da Nigéria, era livre de angústias, um homem feliz, sem preocupações. Colecionava arte e dizia a todo mundo que colecionava arte. Aquilo fazia Obinze se lembrar da amiga de sua mãe, tia Chinelo, uma professora de literatura que havia voltado de uma curta temporada em Harvard e dito à sua mãe, sentada à mesa de jantar da casa deles: "O problema é que temos uma burguesia muito atrasada neste país. Eles têm dinheiro, mas precisam se tornar sofisticados. Precisam entender de vinho". E a mãe de Obinze respondera num tom brando: "Existem muitas maneiras diferentes de ser pobre no mundo, mas cada vez mais parece existir apenas uma maneira de ser rico". Mais tarde, depois que tia Chinelo fora embora, sua mãe dissera: "Que bobagem. Por que eles teriam que entender de vinho?". Aquilo havia impressionado Obinze — "Precisam entender de vinho" — e, de certa maneira, o havia decepcionado, porque ele sempre gostara de tia Chinelo. Ele imaginava que alguém tinha dito algo parecido a Eze — você precisa colecionar arte, precisa entender de arte — e o homem fora atrás de arte com o zelo de um interesse inventado. Toda vez que Obinze o encontrava e o ouvia falando desajeitadamente sobre sua coleção, tinha vontade de aconselhá-lo a vender tudo e se libertar.

"O preço das terras não é problema para alguém como você, Eze", disse Okwudiba.

Eze riu, uma risada que mostrava concordância e vaidade. Ele havia tirado seu blazer vermelho e pendurado na cadeira. Em nome do estilo, vestia-se quase como um dândi; sempre usava cores primárias e as fivelas de seus cintos eram grandes e proeminentes, como os dentes de uma pessoa dentuça.

Na outra ponta da mesa, Mekkus estava dizendo: "Vocês sabiam que meu motorista me disse que passou na prova do WAEC, mas outro dia eu o mandei escrever uma lista e ele não sabe escrever nada! Não sabe soletrar 'menino' nem 'gato'! Incrível!".

"Por falar em motoristas, meu amigo estava me dizendo outro dia que o motorista dele é um homossexual econômico: ele vai atrás de homens que lhe dão dinheiro, e tem esposa e filhos."

"Homossexual econômico!", repetiu alguém, para gargalhada geral. Charlie Bombay pareceu achar uma graça particular naquilo. Tinha um rosto rude e cheio de cicatrizes, era do tipo que ficava mais à vontade no meio de um grupo de homens falando alto, comendo carne apimentada, bebendo cerveja e vendo um jogo do Arsenal.

"Zed! Você está muito quieto hoje", disse Okwudiba, bebendo a quinta taça de champanhe. "*Aru adikwa?*"

Obinze deu de ombros. "Estou bem. Só cansado."

"Mas Zed sempre é quieto", disse Mekkus. "Ele é um cavalheiro. Só porque veio aqui se sentar com a gente? O homem lê poemas e Shakespeare. É um inglês perfeito." Mekkus riu alto da própria piada sem graça. Na universidade era brilhante com eletrônicos, consertava aparelhos de som que eram considerados causas perdidas, e fora dele o primeiro computador pessoal que Obinze vira. Formou-se e foi para os Estados Unidos, então voltou pouco tempo depois, muito furtivo e muito rico, porque, segundo muita gente, havia participado de um enorme esquema de fraude de cartões de crédito. Sua casa era repleta de câmeras de vigilância; seus seguranças carregavam armas automáticas. E, agora, à menor menção dos Estados Unidos numa conversa, Mekkus dizia: "Nunca mais posso entrar nos Estados Unidos depois do negócio que fiz lá", como quem quisesse se adiantar aos sussurros que o perseguiam.

"Sim, Zed é um cavalheiro de verdade", disse Ahmed. "Dá para imaginar que Sike estava me perguntando se conheço alguém como ele para apresentar para a irmã dela? Eu disse: 'Hum, você não está procurando alguém como eu para casar com sua irmã, em vez disso está procurando alguém como Zed'. Imagine, ô!"

"Não, Zed não é quieto por ser um cavalheiro", disse Charlie Bombay, falando daquele jeito vagaroso que tinha, com o forte sotaque igbo acrescentando sílabas extras às palavras, já na metade de uma garrafa de conhaque que havia colocado diante de si, num gesto territorial. "É porque ele não quer que ninguém saiba quanto dinheiro tem!"

Eles riram. Obinze sempre tinha imaginado que Charlie Bombay batia na esposa. Não havia motivos para pensar isso; não sabia nada sobre a vida pessoal de Charlie Bombay e nunca nem tinha visto sua esposa. Ainda assim, sempre que o via o imaginava batendo na esposa com um grosso cinto de couro. Ele parecia repleto de violência, aquele homem malandro e poderoso, aquele chefão que havia pagado pela campanha eleitoral do governador de seu estado e agora tinha um monopólio em quase todos os ramos de negócio do estado.

"Deixem o Zed, ele pensa que não sabemos que é dono de metade das terras de Lekki", disse Eze.

Obinze emitiu uma risadinha obrigatória. Ele pegou o celular e rapidamente mandou uma mensagem para Ifemelu: *Por favor, fale comigo.*

"Ainda não nos conhecemos, eu sou Dapo", disse o homem sentado do outro lado de Okwudiba, estendendo a mão para apertar a de Obinze com entusiasmo, como se ele tivesse acabado de brotar do chão. Obinze envolveu a mão do homem num aperto pouco entusiasmado. Charlie Bombay havia mencionado sua riqueza e, de repente, ele se tornara interessante para Dapo.

"Você também trabalha com petróleo?", perguntou Dapo.

"Não", disse Obinze secamente. Ele tinha ouvido trechos da conversa de Dapo mais cedo, sobre seu trabalho de consultoria no ramo de petróleo, sobre seus filhos que moravam em Londres. Dapo devia ser um daqueles homens que deixavam a esposa e os filhos instalados na Inglaterra e voltavam para a Nigéria para correr atrás de dinheiro.

"Eu estava dizendo agora que os nigerianos que não param de reclamar das petroleiras não entendem que a economia vai entrar em colapso sem elas", disse Dapo.

"Você deve estar muito confuso se pensa que as petroleiras estão nos fazendo um favor", disse Obinze. Okwudiba olhou-o, atônito; a frieza de seu tom não era normal. "O governo nigeriano basicamente financia a indústria de petróleo de tanto que investe nela, e as grandes petroleiras estão planejando se retirar das operações em terra de qualquer maneira. Elas querem deixar isso para os chineses e se concentrar só nas operações no mar. É como uma economia paralela; eles ficam só com as operações no mar, só investem em equipamentos de alta tecnologia, extraem petróleo que fica a milhares de quilômetros de profundidade. Não contratam pessoas locais. Os funcionários são trazidos de Houston e da Escócia. Não, elas não estão nos fazendo nenhum favor."

"Isso!", disse Mekkus. "E é tudo ralé. Todos esses bombeiros de fundo do mar, mergulhadores de alta profundidade, gente que sabe consertar robôs debaixo d'água. Ralé, todos eles. Estão sempre no lounge da British Airways. Ficam no batente durante um mês sem poder beber álcool e, quando chegam ao aeroporto, já estão caindo de bêbados e se comportam como idiotas no voo. Minha prima era aeromoça e ela disse que chegou ao ponto em que as companhias aéreas tiveram que obrigar os homens a assinar um termo sobre o consumo de bebidas alcoólicas, ou não os deixavam embarcar."

"Mas Zed não viaja de British Airways, então ele não tem como saber disso", disse Ahmed. Certa vez, caçoara de Obinze por se recusar a viajar de British Airways, porque era a companhia que os homens importantes usavam.

"Quando eu era um cara comum viajando de econômica, a British Airways me tratou como se eu fosse um cocô", disse Obinze.

Os homens riram. Obinze estava ansioso para sentir seu telefone vibrar e aquela ansiedade o irritava. Ele se levantou.

"Preciso ir ao banheiro."

"É logo ali na frente", disse Mekkus.

Okwudiba foi atrás dele.

"Vou para casa", disse Obinze. "Tenho que encontrar Kosi e Buchi."

"Zed, *o gini*? O que foi? É só cansaço?"

Eles estavam diante da escadaria em curva, que era debruada por uma balaustrada cheia de ornamentos.

"Você sabe que Ifemelu voltou", disse Obinze, e o mero ato de dizer o nome dela o aqueceu.

"Sei." Okwudiba deixou claro que sabia mais que isso.

"É sério. Quero me casar com ela."

"Hum. Você virou muçulmano e não nos contou?"

"Okwu, não estou brincando. Eu nunca devia ter me casado com Kosi. Sabia disso, mesmo naquela época."

Okwudiba deu um suspiro fundo e exalou, como quem quisesse expelir o álcool. "Olhe, Zed, muitos de nós não casamos com a mulher que realmente amávamos. Casamos com a mulher que estava por perto quando estávamos prontos para casar. Então, esqueça isso. Pode continuar a vê-la, mas não precisa se comportar como um branco. Se sua mulher tem um filho de outro homem ou se você bate nela, isso é motivo para se divorciar. Mas chegar e dizer que você não tem nenhum problema com sua mulher, mas vai largá-la por outra? *Haba*. Por favor, nós não fazemos isso."

Kosi e Buchi estavam paradas no pé da escadaria. Buchi chorava. "Ela caiu", disse Kosi. "Disse que quer ser carregada pelo papai."

Obinze começou a descer a escada. "Buch-Buch! O que aconteceu?" Antes de chegar perto de Buchi, ela já estava com os braços estendidos, esperando por ele.

55.

Um dia, Ifemelu viu o pavão macho dançar, as penas abertas num imenso leque. A fêmea ficou por ali ciscando algo no chão e então, depois de algum tempo, se afastou, indiferente à grandiosa exibição das penas do macho. Ele pareceu cambalear subitamente, talvez com o peso das penas ou com o peso da rejeição. Ifemelu tirou uma foto para o blog. Ela se perguntou o que Obinze acharia daquilo; lembrou-se de como ele perguntara se ela já tinha visto a dança do macho. As lembranças dele invadiam sua mente com tanta facilidade; no meio de uma reunião numa agência de publicidade, Ifemelu se lembrava de Obinze tirando um pelo encravado de seu queixo com uma pinça, ela deitada com a cabeça para cima no travesseiro e ele muito próximo, examinando-a com muita atenção. Cada lembrança a deixava perplexa com sua luminosidade ofuscante. Cada uma trazia consigo uma sensação de perda irreparável, um grande fardo sendo atirado em sua direção, e ela queria poder se encolher, abaixar-se, para que aquilo a ultrapassasse, para que pudesse se salvar. O amor era uma espécie de luto. Era isso que os romancistas queriam dizer quando falavam em sofrimento. Ifemelu sempre tinha achado meio boba a ideia de sofrer por amor, mas agora entendia. Evitava com cuidado a rua de Victoria Island onde ficava o clube dele, não fazia mais compras no shopping Palms e o imaginava também evitando sua parte de Ikoyi, mantendo-se afastado da Jazzhole. Ela não esbarrara com ele em lugar nenhum.

No início, Ifemelu colocava "Yori Yori" e "Obi Mu O" para tocar sem parar, mas então deixou de fazer isso, porque as canções davam uma finalidade às suas lembranças, como se fossem hinos fúnebres. Estava magoada com a falta de empenho de suas mensagens e telefonemas, com a vacilação de seus esforços. Obinze a amava, ela sabia, mas lhe faltava certa força; sua coragem fora amolecida pelo dever. Quando publicou um post escrito após uma visita ao trabalho de Ranyinudo, sobre o fato de o governo estar demolindo as barracas dos vendedores ambulantes, alguém deixou um comentário anônimo dizendo *Isso parece poesia*. E ela soube que era ele. Simplesmente soube.

É de manhã. Um caminhão, um caminhão do governo, para perto do prédio comercial alto, ao lado das barracas dos ambulantes, e dele saem homens que batem, destroem, arrasam, arruínam. Destroem as barracas, reduzindo-as a tábuas de madeira. Estão cumprindo seu dever, vestindo a palavra "demolição" como se fosse um terno bem passado. Eles próprios comem em barracas como essas e, se todas as barracas como essas desaparecessem de Lagos, não teriam onde almoçar, pois não poderiam pagar a comida de nenhum outro lugar. Mas estão esmagando, pisoteando, batendo. Um deles esbofeteia uma mulher, porque ela não pega sua panela e seus utensílios nem sai correndo. Fica ali parada, tentando falar com eles. Mais tarde, seu rosto arde com a bofetada enquanto ela vê seus biscoitos enterrados na poeira. Seus olhos traçam uma linha na direção do céu sombrio. Ela ainda não sabe o que vai fazer, mas vai fazer algo, vai se recompor, reorganizar-se, ir para outro lugar e vender feijão, arroz, espaguete mole, Coca, balas e biscoitos.

É fim de tarde. Diante do prédio comercial alto, a luz do dia se esvaece e os ônibus da empresa estão esperando. As mulheres caminham até eles, usando sapatilhas e contando histórias sem muita importância. Seus sapatos de salto alto estão na bolsa. Da bolsa aberta de uma delas, sai um salto que parece uma adaga cega. Os homens andam mais depressa até os ônibus. Caminham sob um grupo de árvores que, apenas algumas horas antes, faziam sombra sobre os pontos em que ambulantes ganhavam a vida. Era ali que os motoristas e boys compravam o almoço. Mas agora as barracas se foram. Foram arrasadas e não restou nada, nem uma embalagem de biscoito, nem uma garrafa de água vazia, nada para sugerir que um dia estiveram ali.

Ranyinudo insistia com frequência que ela saísse mais, namorasse outros homens. "Obinze sempre me pareceu frio demais, de qualquer maneira", disse Ranyinudo, e, embora Ifemelu soubesse que a amiga estava apenas tentando consolá-la, ainda se espantava de nem todo mundo achá-lo tão próximo da perfeição quanto ela.

Ifemelu escrevia posts se perguntando o que Obinze acharia deles. Escreveu sobre um desfile de moda ao qual foi, sobre como a modelo havia girado com uma saia ankara, num rodopiar vibrante em tons de azul e verde, parecendo uma borboleta altiva. Escreveu sobre a mulher na esquina de uma rua em Victoria Island que disse alegremente "tia bonita!" quando Ifemelu parou para comprar maçãs e laranjas. Escreveu sobre o que via da janela do quarto: uma garça branca murcha no muro da mansão, exausta por causa do calor; o porteiro ajudando uma ambulante a colocar a bandeja na cabeça, um gesto tão cheio de graciosidade que ela ficou olhando durante um bom tempo depois de a ambulante se afastar. Escreveu sobre as pessoas que falavam nos anúncios do rádio, com sotaques tão falsos e engraçados. Sobre a tendência das mulheres nigerianas de dar conselhos, conselhos sinceros cheios de hipocrisia. Sobre o bairro alagado cheio de barracões de metal, com telhados que pareciam chapéus achatados, e sobre as jovens que moravam lá, cheias de estilo e esperteza em suas calças jeans justas, com a vida pontilhada por esperanças teimosas: elas queriam abrir um salão, entrar na universidade. Acreditavam que sua vez chegaria. *Estamos a apenas um passo dessa vida de favela, todos nós que temos uma vida de classe média com ar condicionado*, escreveu ela, imaginando se Obinze concordaria. A dor da ausência dele não diminuiu com o tempo; ao contrário, parecia ir mais fundo a cada dia, despertando nela lembranças ainda mais vívidas. Mesmo assim, Ifemelu estava em paz; por estar em casa, escrevendo seu blog, por ter descoberto Lagos de novo. Finalmente, havia se engendrado num ser completo.

Ifemelu voltou a estabelecer contato com seu passado. Ligou para Blaine para dizer oi e dizer a ele que sempre o achara bom demais, puro demais para ela, e ele pareceu constrangido, como se ressentido do fato de ela ter ligado, mas, no fim, disse: "Que bom que você ligou". Ligou para Curt e ele pareceu animado, radiante por ter notícias de Ifemelu, e ela imaginou voltar a namorá-lo e estar num relacionamento livre de profundidade e dor.

"Era você que mandava aquelas somas enormes que eu recebia pelo blog?", perguntou ela.

"Não", disse Curt, e Ifemelu não teve certeza se acreditava ou não. "Ainda está escrevendo um blog?"

"Estou."

"Sobre questões raciais?"

"Não, só sobre a vida. Falar sobre questões raciais não funciona bem aqui. Quando saí do avião em Lagos, me senti como se tivesse deixado de ser negra."

"Aposto."

Ela tinha esquecido como ele soava americano.

"Não foi igual com mais ninguém", disse Curt. Ifemelu gostou de ouvir isso. Ele ligava para ela tarde da noite no horário da Nigéria e eles conversavam sobre as coisas que costumavam fazer juntos. As lembranças pareciam ter um novo brilho agora. Curt falou vagamente em ir visitá-la em Lagos e ela respondeu vagamente que ele devia ir, sim.

Certa noite, quando estava prestes a entrar no Terra Kulture para ver uma peça com Ranyinudo e Zemaye, encontrou Fred. Depois, eles quatro foram tomar um suco.

"Gostei desse cara", sussurrou Ranyinudo para Ifemelu.

A princípio Fred falou sobre música e arte, como antes, com o espírito algemado pela necessidade de causar uma boa impressão.

"Eu gostaria de saber como você é quando não está fazendo uma performance", disse Ifemelu.

Ele riu. "Se sair comigo, vai saber."

Fez-se um silêncio, Ranyinudo e Zemaye olhando para Ifemelu com um ar expectante. Ela achou graça.

"Eu saio com você", disse.

Fred levou-a a uma casa noturna e, quando Ifemelu disse que estava cansada da música alta demais, da fumaça e dos corpos seminus de estranhos muito próximos do dela, ele disse timidamente que também não gostava de casas noturnas, mas tinha achado que ela gostava. Assistiram a filmes juntos no apartamento dela e depois na casa dele em Oniru, que tinha quadros pretensiosos nas paredes. Surpreendeu-a o fato de eles dois gostarem dos mesmos filmes. O cozinheiro dele, um homem elegante de Cotonou, fazia um cozido com amendoim moído que ela amava. Fred tocou violão para Ifemelu e cantou com uma voz rouca, dizendo-lhe que seu sonho era ser cantor de uma banda folk. Era um homem bonito, o tipo de beleza com a qual você se acostuma com o tempo. Ela gostava dele. Ele com frequência colocava os óculos para cima do nariz, com um pequeno empurrão do dedo, e ela achava isso encantador. Quando estavam deitados na cama dela, nus, daquele jeito quente e bom, Ifemelu lamentou que não fosse diferente. Era uma pena que não podia sentir o que queria.

E então, numa tarde lânguida de domingo, sete meses depois de Ifemelu tê-lo visto pela última vez, lá estava Obinze, na porta de seu apartamento. Ela ficou olhando para ele, atônita.

"Ifem", disse ele.

Foi uma surpresa tão grande vê-lo, olhar para sua cabeça raspada e a doçura tão linda de seu rosto. Seu olhar era urgente e intenso, e Ifemelu podia ver seu peito subindo e descendo com a respiração ofegante. Ele segurava um longo papel com muitas palavras miúdas. "Escrevi isso para você. É o que gostaria de saber se fosse você. Explica onde andei com a cabeça. Escrevi tudo."

Obinze estava oferecendo o papel, com o peito ainda arfando, e ela ficou ali, sem pegá-lo.

"Eu sabia que podíamos aceitar as coisas que não podemos ser um para o outro e até transformá-las na tragédia poética de nossa vida. Ou podíamos agir. Eu quero agir. Quero que isso aconteça. Kosi é uma boa mulher e meu casamento era uma espécie de contentamento flutuante, mas nunca devia ter me casado com ela. Sempre soube que faltava algo. Quero criar Buchi, quero vê-la todos os dias. Mas passei todos esses meses fingindo e, um dia, ela vai ter idade suficiente para saber que estou fingindo. Saí de casa hoje. Vou ficar no meu apartamento em Parkview por ora e espero ver Buchi todos os dias, se for possível. Sei que demorei demais, sei que você está seguindo em frente e entendo totalmente se não tiver certeza e precisar de algum tempo."

Ele parou de falar e se remexeu. "Ifem, vou correr atrás de você. Vou correr atrás de você até dar uma chance a isso."

Ifemelu ficou um bom tempo olhando para Obinze. Ele estava dizendo o que ela queria ouvir, mas ela continuava apenas olhando para ele.

“Teto”, disse, finalmente. “Entre.”

Agradecimentos

Minha profunda gratidão à minha família, que leu rascunhos, me contou histórias, disse *jisie ike* exatamente quando eu queria ouvir, aceitou minha necessidade de espaço e tempo e nunca vacilou naquela fé estranha e bela que nasce do amor: James e Grace Adichie, Ivara Esege, Ijeoma Maduka, Uche Sonny-Eduputa, Chuks Adichie, Obi Maduka, Sonny Eduputa, Tinuke Adichie, Kene Adichie, Okey Adichie, Nneka Adichie Okeke, Oge Ikemelu e Uju Egonu.

Três pessoas maravilhosas deram muito de seu tempo e sabedoria a este livro: Ike Anya, *oyi di ka nwanne*; Louis Edozien e Chinakueze Onyemelukwe.

Por sua inteligência e sua generosidade extraordinária ao ler o manuscrito, às vezes mais de uma vez, permitindo que eu visse meus personagens através de seus olhos e me dizendo o que funcionava e o que não funcionava, agradeço a estes queridos amigos: Aslak Sira Myhre, Binyavanga Wainaina, Chioma Okolie, Dave Eggers, Muhtar Bakare, Rachel Silver, Ifeacho Nwokolo, Kym Nwosu, Colum McCann Funmi Iyanda, Martin Kenyon (pedante adorado), Ada Echetebu, Thandie Newton, Simi Dosekun, Jason Cowley, Chinazo Anya, Simon Watson e Dwayne Betts.

Meus agradecimentos a meu editor Robin Desser, da Knopf; a Nicholas Pearson, Minna Fry e Michelle Kane, da Fourth Estate; à equipe da Wylie Agency, principalmente Charles Buchan, Jackie Ko e Emma Patterson; a Sarah Chalfant, amiga e agente, pela sensação de segurança constante; e ao Instituto Radcliffe para Estudos Avançados de Harvard, pelo pequeno escritório repleto de luz.

Sobre a autora

NA forever

Chimamanda Ngozi Adichie nasceu em 15 de setembro de 1977, em Enugu, na Nigéria. Quinta filha de seis irmãos, seus pais, Grace Ifeoma e James Nwoye Adichie, são falantes de igbo. Embora sua família seja originalmente da cidade de Abba, no estado de Anambra, a autora cresceu em Nsukka, na casa que já foi do renomado escritor Chinua Achebe. O pai de Chimamanda foi professor de estatística na Universidade da Nigéria, em Nsukka, e a mãe foi a primeira mulher a ocupar o cargo de reitora administrativa na mesma instituição.

Chimamanda completou o ensino médio no colégio da universidade e recebeu diversas honrarias. Estudou medicina e farmácia em Nsukka por um ano e meio e, durante esse período, editou a revista *The Compass*, dos estudantes de medicina.

Aos dezenove anos, mudou-se para os Estados Unidos com uma bolsa para estudar comunicação na Universidade Drexel, na Filadélfia, mas pediu transferência para a Universidade Oriental do Estado de Connecticut, onde se formou summa cum laude em comunicação e ciências políticas e contribuiu para o jornal *Campus Lantern*. Lá, morou com a irmã Ijeoma, que trabalhava em uma clínica médica.

Em 2003, defendeu seu mestrado em escrita criativa na Universidade

Johns Hopkins, em Baltimore. No mesmo ano publicou *Hibisco roxo*, seu primeiro romance, que começou a escrever ainda durante a graduação. O livro foi calorosamente recebido pelo público e pela crítica, sendo ganhador do Commonwealth Writers' Prize e do Hurston/Wright Legacy Award.

Entre 2005 e 2006, Chimamanda foi fellow da Universidade de Princeton. Seu segundo romance, *Meio sol amarelo*, publicado em 2006, venceu no ano seguinte o Orange Prize for Fiction (atual Women's Prize for Fiction) e o National Book Critics Circle Award. O livro recebeu adaptação para o cinema em 2013.

Em 2008, a autora defendeu seu mestrado em estudos africanos pela Universidade Yale com a dissertação intitulada *O mito da 'cultura': Delineando a história das mulheres igbo na Nigéria colonial e pré-colonial*. Sua primeira coletânea de contos, *No seu pescoço*, foi lançada em 2009.

Entre 2011 e 2012, recebeu uma bolsa do Radcliffe Institute for Advanced Study, da Universidade Harvard, para escrever o romance *Americanah*, publicado em 2013.

O livro, eleito um dos dez melhores do ano pelo *New York Times Book Review* e vencedor do National Book Critics Circle Award, teve os direitos para o cinema adquiridos por Lupita Nyong'o.

A obra da autora foi traduzida para mais de trinta línguas e apareceu em inúmeros periódicos, como as revistas *New Yorker* e *Granta*. Juntas, suas conferências no TED Talk já somam mais de 20 milhões de visualizações.

Chimamanda é casada e tem uma filha. Atualmente, divide seu tempo entre a Nigéria, onde ministra workshops de escrita com regularidade, e os Estados Unidos.

facebook.com/chimamandaadichie
instagram.com/chimamanda_adichie
chimamanda.com

ESTA OBRA FOI COMPOSTA POR ACOMTE EM FREIGHT TEXT E IMPRESSA
PELA GRÁFICA SANTA MARTA EM OFSETE SOBRE PAPEL PÓLEN NATURAL DA SUZANO S.A.
PARA A EDITORA SCHWARCZ EM JUNHO DE 2024

FSC
www.fsc.org
MISTO
Papel | Apoiando o manejo florestal responsável
FSC® C005648

A marca FSC® é a garantia de que a madeira utilizada na fabricação do papel deste livro provém de florestas que foram gerenciadas de maneira ambientalmente correta, socialmente justa e economicamente viável, além de outras fontes de origem controlada.